U0909738

谨以此书献给母亲张士杰女史

界河悠悠

刘广元 著

UNITY PRESS 团结出版社

图书在版编目（C I P）数据

界河悠悠 /（安巴）刘广元著 . -- 北京 : 团结出版社 , 2025. 3. -- ISBN 978-7-5234-1628-0

Ⅰ . I769.445

中国版本图书馆 CIP 数据核字第 2025GQ4051 号

书名题字：辛　旗
责任编辑：石　晶
执行编辑：殷　芳
特约编辑：郑再帅
封面设计：色未央工作室

出　版：团结出版社
（北京市东城区东皇城根南街 84 号　邮编：100006）
电　话：（010）65228880　65244790
网　址：http://www.tjpress.com
E-mail：zb65244790@vip.163.com
经　销：全国新华书店
印　装：北京中科印刷有限公司

开　本：170mm × 240mm　16 开
印　张：26　　字　数：426 千字
版　次：2025 年 4 月　第 1 版　　印　次：2025 年 4 月　第 1 次印刷

书　号：978-7-5234-1628-0
定　价：59.00 元

目 录

序 一

时寒冰

翻开广元哥的新作《界河悠悠》，厚重的历史感扑面而来，我心感受到了强烈的震撼。

一个人的文字，源于其学识，也源于其传奇般的经历与感悟。

《界河悠悠》是一部家族纪事的文学作品，也是一部勾画时代的社会史。这部作品描写的是 1934 年至 1949 年那个战火纷飞的时代：从抗日英雄、草莽土匪到普通民众，从日寇军官、伪军军官，直至车夫、管家、日本军妓等等，都得到细致的描述。这些人物形象都极具个性，从言语到肢体动作，各个细节都刻画得形象而逼真，犹如在展现一幅《清明上河图》般的社会史画卷。同时，整部作品的叙事扣人心弦，情节一环套一环地向前推进，如同一部电影大片，各个群体的音容笑貌都完整地浮现在读者的面前……从决策的将军到浴血的士卒，从北大荒的村民到侵华的日本“开拓团”的妇女，不同人物的叙事视角变换，不同个体的命运碰撞、交织，立体地呈现或者还原了那个深切改变我们民族命运的时代……一部 40 多万字的作品，由于结构紧凑，阅读时很容易让人忘掉时间的流逝……

熟悉近现代史的人都知道，那是中国历史上非常惨烈和悲壮的时代：1934 年，在日本关东军的操纵下，伪满洲国在吉林长春恢复帝制。中华儿女奋起反抗，为民族尊严而战，他们不惧牺牲，前赴后继，谱写了可歌可泣的历史。

广元先生为什么能写这段厚重的历史，并且，能写得如此真实生动和大气磅礴？我相信，这跟他的家世和经历有着内在的渊源。

20 多年前，我主编电子期刊《中国》的时候，与广元先生结为莫逆之交，他是商人，亦是文人，却一身豪爽侠义之气。他妻子黄锋有着同样的气度。我也多次见过他的父亲、母亲。他的父亲曾经作为新华社代表团成员陪同周恩来总理参加 1954 年的日内瓦会议。他的母亲是东北义勇军第十四路总司令张作儒之女。

张作儒先生在东北率部抗战的时候，多次给日军造成沉重打击。1937年，他被日寇围捕，虽然在夫人舍身掩护下侥幸脱险，但家人亲戚均遭日军的凶残报复，或被下狱，或遭杀害。广元先生的外婆在抵抗日本宪兵时被炸断手臂，被捕后又遭严刑拷打，她英勇就义的时候，年仅24岁。

广元先生的外祖父为躲避日寇追捕，逃到长沙，被时任湖南省主席张治中派任石门县县长，参与了长沙保卫战和常德保卫战。广元先生的叔外祖父张作祥是衡阳保卫战中唯一一支炮兵队伍的指挥官，他与方先觉将军在衡阳城中浴血奋战，以寡敌众，坚守47天，共打死日军约2万人，伤近6万人，击碎了日军大本营原计划7天之内打通湘桂线、直抵滇缅的黄粱美梦。我方守军牺牲16000余人，是中国抗战史上敌我双方伤亡最多、中国军队正面交战时间最长的城市攻防战，被誉为“东方的莫斯科保卫战”。而后，张作儒先生被调任第五军政治部少将，后来还担任过国民党沈阳日报社社长和辽北省政府委员兼建设厅厅长，先后与薛岳、邱清泉、陈诚等国民党高级将领共事。张作儒先生亲身经历了抗日战争和解放战争的全过程，并且职位非同一般，作为叙事人物之一，他为我们提供了一个较为独特的视角。他的弟弟张作祥也爱好写作，著有自传，也为广元先生的创作提供了丰富的素材。

这些是成就《界河悠悠》这部重要作品的深厚基础。

中国人常说，文如其人。对广元先生来说，这是恰如其分的。他与夫人乐善好施，经常做慈善捐赠，无论是在国内，还是在加勒比海地区，他们所到之处，都留下爱和善的种子。当爱之博大和善之真切转换为文字的时候，我们就不难从字里行间感受到他对我们中华民族深切的热爱和对人类回归善良的呼唤。

爱是一种伟大的力量，无论它以行动还是文字表达出来。

《界河悠悠》这部书中，既有对抗日英烈的缅怀，对普通战士的追忆，也有对底层民众的悲悯；既有浴血奋战的男人，更有站在他们身后的奇女子……。其中，描写的一对姐妹常淑琴和常淑婉，其真实原型就是广元先生的外婆秦淑芳和秦雅范。

当民族的精神被千千万万的人以血肉之躯铸成丰碑，当家族的命运跟民族的命运紧密联系在一起，当家族的信仰和忠诚以一种纯粹的方式延续下来，当所有的这一切被广元先生用文字平静地表述出来，我们能真切地感知到一种叫作灵魂的东西，正在不断激荡着我们的心灵。

读完书稿，忍不住掩卷落泪。

广元先生一直非常勤奋，近年来，他相继出版了《加勒比飓风》《加勒比海啸》《黑心树》《乩坛玄狐》《风信子》和《加勒比宝藏》等热门小说。有些作品售罄多年后，甚至被藏书者在旧书网站高价出售，某种意义上，这是对他作品最真实的评价。

我相信，《界河悠悠》不仅是一部值得阅读的书籍，也将成为一部流传于后世的经典。

2022 年 7 月于北京

序　二

余　熙

承蒙广元先生美意，邀我为他的新著写几句话。我满是感动地应允了下来，因为我确实有话想说。

其一，我钦佩广元惊人的定力！他写作本书的时机太过特殊——恰好处在全球新冠肺炎肆虐之际，每天都有铺天盖地的信息倾泻而来，能顶住这些搅扰而奋力创作者殊为不易。就在广元从遥远的加勒比地区历经辗转飞返国内时，这部作品尚未杀青，但他入境后在14天隔离期内依然笔耕不辍，终于赶在隔离的最后一天写完全书。

其二，我敬佩广元的历史站位独特且高远。他在演绎抗日战争和解放战争这一重大历史题材之时，能够娴熟地运用故事逻辑，将史实脉络条清缕析、令人信服地进行还原。他将抗日民族英雄的桂冠，果断地逐一戴到了共产党人睿智和爱国将领嘉轩等主人公的头上，这既需要勇气，更需要眼界和胸怀，这也是我乐于就此书发表见解的一个原因。

小说从头到尾，在对共产党坚持敌后抗日伟大功绩进行讴歌的同时，也能对国民党军在正面战场关键的抗击予以客观描写，这使得中国人民抗击日本侵略者的反法西斯战争伟大画卷的正义性，显得格外波澜壮阔，丰满真实。

以书中难以忘怀的一个亮点为例，国民党军抗战人物中无论是主人公嘉轩，还是人们耳熟能详的名将张治中、邱清泉、何应钦、杜聿明……他们的音容笑貌都被细细加以描写和烘托。作者并未将这些人物脸谱化或概念化，而是用感人的故事细节，娓娓讲述着他们的性格特征与品格操守，并按每个人的战功、官阶、学识和个性，分别进行文学开掘。能这般客观描写国民党军各级官兵，特别是高级将领，共赴国难表现的文学作品，一直似不多见，因而难能可贵。

正由于这部作品在进行的宏大叙事之时，能够还原风诡云谲的抗日战争伟大史诗性历史图景的真实容貌，正确看待与评价国民党军在正面战场的抗战功绩，并能鲜明地将其升华于中华民族生死存亡这一根本的政治前提之上，从而具有实事求是的科学价值观和审美观。

作品在彰显抗日民族统一战线的立场上，在讴歌中华民族抵御外侮的英雄主义情结上，和在阐释捍卫家国大义与民族解放事业上，凸显了什么才是最大的政治正确？什么才最具有人伦的本质情怀？

因而，洋溢于全书字里行间的凛然正气启迪着读者：历史正在承认，为捍卫中华民族利益与尊严而流血牺牲的每一个中国人，都是民族的功臣和英雄，都应该在历史的苍穹下庄重亮相。他们实至名归，一个都不能少！

这，或许正是本书最耐人寻味的意义所在。

其三，我钦佩广元讲述故事的超凡能量，作为一部好看的长篇小说，本书无疑已经做到了。

在抗日战争至解放战争的宏大背景下，故事从东北白山黑水大地发轫、随即跨越山重水复的中国大地。一个又一个形象鲜活生动的社会各界人物，在政治力量犬牙交错的复杂环境中，在国恨家仇的血泪情节中，活蹦乱跳地得以发酵和升华。故事以一对姐妹与同一个男人的爱情纠葛发端，将质朴的人性和对国家民族的血性、对日寇的仇恨，以及在抵御外侮打鬼子中秉持的民族气节，更有大型战争残酷与血腥场面，逐一再现……

故事在东北大地与湘楚大地之间频繁切换，甚至涉及“长沙大火”等重大历史事件，将多处著名抗日战役的现场呈现在读者面前，展现了广阔的历史画卷。这种“空间大挪移”般的写作技巧，足以令读者的思绪随之在中国辽阔的抗日战场横向律动，激励人心。

小说在写作风格上亦有不少可圈可点之处，它的布局结构丰富复杂，人物形象生动饱满，故事情节九曲回肠，战争场景扣人心弦，敌后周旋惊险刺激，文字叙述细腻委婉……通篇故事引人入胜，非一气读完而不能。

例如小说对人物多重性格的开掘，多次出现的激烈感情冲突，就具有很强的文学感染力。女主人公淑婉在病床前，与父亲常继善、母亲姚氏、暗恋他的赵睿智，以及日本城防司令藤原等四方人物的同场矛盾冲突，还有主人公淑琴极为鲜明的个性特征，都能给人留下极为深刻的审美体验。

小说在整体结构的布局上也很不寻常，以赵睿智、淑琴等人物为主线、以淑婉、藤原等为辅线；佐以国军高级将领等人物关联，使得一场场令人感叹、感动乃至感慨的生死画卷，次第铺陈！

随着作家巧妙编排的故事逐渐深入，读者能强烈感受到，这是一部沉甸甸的中国现代史悲情故事。它“写作于忧患”时期，主题是展现抗战的内忧外患，通篇凝聚着浓郁的悲情意识，每一页都饱蘸着国恨家仇的忧患色彩。我突然想到，莫非是疫情中的沉重氛围，加深了作家的忧患情怀？

读过书稿掩卷而思，我的心绪难以平复。若将这部新著与广元近年来出版且在海内外广受好评的多部长篇小说进行横向比较，我感到这部作品最为出色，最能展现作者对历史高度眺望的水准。从更宏观的角度来看，本书可被视为中国长篇小说方阵近年来难得一见的独特之作。侨居加勒比地区多年的广元先生，心系祖国，佳作迭出，足令友人如我等欣喜有加并钦佩之至！

特草作此言，谨致贺忱！

第一章　暗通款曲

自从日本军人占领了这座城，就没有百姓可以登上南城的城墙了。如果你曾经顺着城楼的青砖台阶登上城墙，站在宽约四丈的城楼兵道，极目眺望，护城河之外就是广袤的荒野。荒野上稀稀拉拉地长着杨树和槐树，如今已经树叶落尽，只剩下枯枝了。护城河有三丈来宽，即使冬季也不曾干涸，因为这条河源自东辽河。东辽河流经辽源、伊通、梨树、怀德、双辽等县，河水来自长白山的哈达岭支脉，水源充沛。这河水引入城边，也就成了护城河，本地老百姓也叫它界河，因为过了这条护城河，就是山林胡子的天下。在东北说起“胡子”，人人都知道那就是指土匪。东北人把土匪叫胡子也许与地缘有关。东北的土匪怕政府派兵清剿，平日里多聚藏在深山老林，隔三岔五出来打家劫舍，然后回山里躲避。日子一长头发胡子都很长，也没人打理，日子久了，他们自个儿还觉得长着乱蓬蓬的长胡子挺威风，于是“胡子”就成了土匪的别称。

胡子有枪有马，打了就跑，就连鬼子小队人马也不敢轻易出城。每天天亮城门才敢开，到了傍晚也就早早关闭了。

如果站在城墙转身往城里望去，最显眼的就是靠城楼边的一大片灰瓦青砖的四进院大瓦房，据说这曾是一位王爷的旧宅。因现在这家大院的主人姓常，人们就习惯把它叫作“常家大院”。关于这院子是如何到了常家手里，民间众说纷纭，流传最广的说法是常家祖上有一位通五行八卦的高人，当年为那位王爷化解了一难，王爷为了感恩就把这套宅子送给了他。

大年三十入夜时分，整座大院被串串红灯笼点缀成一片，在南城这一带亮成耀眼的璀璨。

今儿是年初一。从清晨六点半，打更的老李头开始顺着墙根把灯笼熄灭。他手里提着一根丈把长的竿子，竿子的头上有个钩子，在钩子头上老李头又加了一个能活动的小铁帽子。这样他只要把竿子伸进大灯笼里，用小铁帽盖住燃烧的蜡烛，就可以轻松地把蜡烛熄灭。

老李头的身后跟着两条黑色大狼狗，它们吐着舌头喘气，粗重的鼻息间夹杂着低沉的吼声。两条狗长得又壮实又高大，凶狠的目光扫视着四周，让它们盯上一眼都觉得瘆得慌，所以，平时白天老李头很少带它们上街。它们是日本的品种，那是常家世交赵家的儿子睿智送的。赵睿智是日本人的翻译。

熄完灯笼，天已大亮。此时，家家都早起拜年，巷里巷外走动的人渐渐多起来了。不过，兵荒马乱的年头，人们的穿着也没那么讲究。大姑娘小媳妇上街的明显减少，只有孩子们还是那么开心，平日里不想早起的也都下炕在院子里疯玩，刚换的新衣服不一会儿就沾上土，少不了挨大人几句不痛不痒的吼骂。

老李头从大院正门绕着大宅子巡视一圈。他边走边跟过路的熟人作揖行礼，互道新年。一路走走停停，大约小半个时辰才绕回到正门口。此时，黑漆大门前的台阶下站着几个人，看见老李头走过来，一家老小就跪下来朝着大门磕头，嘴里念念有词道："常老爷，我们把头磕在这儿啦。"

等他们站起来，急忙又给老李头作揖，让老李头给东家带话，他们全家来拜过年了。老李头知道，这些乡亲觉得自己身份低，不够资格进门给常老爷拜年。常家的买卖大，那些有头有脸的人才能进到常家大院拜年。不过通常他们会来得晚些，要等八点韩管家来了以后。那些身份高的来得更晚些，他们会被韩管家请进内厅，当面给常老爷和家人拜年。

老李头朝着他们拱拱手。常家讲礼数，无论对方身份高低都要礼数周全。老李头在常家待了那么些年，待人处事也都特别讲规矩。这时候韩管家已经打开了前门，笑吟吟地站在了门口，今天一个上午他都会站在门口迎来送往。老李头走进了院子，他知道老爷这会儿应该在南院的祠堂了。

常家的祠堂已有百年历史，各代都只有修缮，没有改动。进入祠堂，左右各有两根红漆柱子，上面有金字对联一副，左边是"山光悦鸟性"，右边是"潭影空人心"。正中上梁上挂着一副巨大的匾额，写着"微山世泽"，四个大字遒劲有力。微山是常家的祖籍之地，世泽也就是希望祖先的遗泽可以绵延后代。

常继善站在了香案前，脸色凝重。他的手里拿着一尊花觚，若有所思。在他身后站着一位身材修长的妇人，她的脸色有些灰白，嘴唇也有些发紫，但是眼睛很亮，眉毛是修过的，细长整洁，头发向后梳成一个发髻，插了一个碧绿的玉簪。她披着一件蓝白碎花长袄，更显她的身形瘦小。她静静关注着丈夫，一言不发。

“你们都来了，”人未到声音先进了祠堂，“其实天没亮我就来过了。”

从外面风风火火地进来一位妇人，手里还牵着一个十四五岁的男孩。她是二夫人廖氏。她身披一件浅黄色狐皮裘袍，烫着时髦的卷发，皮肤白净，嘴唇鲜红。

“老爷，夫人，我这儿给您二位拜年了。”她说着扭着身子道了一个万福，耳垂上的翡翠玉坠随着她的身子乱颤。

廖氏以前只是个陪房丫头，是姚氏嫁过来时带在身边的贴身丫头。姚氏生了三个女儿后落下了病，一直恶露不尽。为了不让常家断了香火，姚氏做主把陪房丫头廖姑娘扶为妾。廖姑娘肚皮争气，与老爷行房后几个月就有了身孕，而且一生就是个带把的小子。都说是母凭子贵，本来低眉顺目的丫头渐渐长了脾气，除了在老爷太太面前服软，在下人面前那架子比老爷太太还大。

“快过来给你爹磕头。”她说着按着孩子的头，恨不能即刻把他按在地下。小男孩倔强地一扭脖子，避开母亲的手，但还是顺从地跪下来，小鸡啄米似的给常老爷磕了三个头。

“说话呀，这大过年的还不会说句吉祥话？”廖氏急了，伸出指头去点孩子的额头。

“别再为难孩子了。庆瀚呀，一会儿跟爹回屋里拿红包。”常继善看上去还挺喜欢这男孩儿的倔性，脸上浮现出笑容。

“您又在操心这几件宝贝了。为了您这宝贝，我夜里都起来看过的，早上来又刚擦过一回。您就放心吧。”

香案前一共摆着五件掐丝珐琅的工艺品：中间摆放着一尊香鼎，两边各是蜡台和花觚一对。香案上还供有鲜花、清水和水果，还有一些糕点。常家祠堂香案上这五供是乾隆釉下三彩，据说还是宫中之物，不敢说价值连城，但是要论价值也够买下一座大宅子了。乾隆时期的掐丝珐琅器已经开始使用两广的料，色调变得沉稳、浑厚。与康熙时期相比，器型显得更加匀称稳重。虽然乾隆时期的瓷胎不如康熙时期坚硬，也不如雍正时期细腻，但其造型规范、胎釉精细、绘画秀丽，仍是收藏界的珍品。

常老爷把花觚交给了廖氏。

“那我先回房了，你让庆瀚再给祖宗磕几个头，然后来我房里拿红包。”

回到二进院的大北房门口，太阳已经晒到了正门的门槛。

常老爷取出红包递给小儿子。

“花钱也要动脑子。爹给你的是银圆，花的时候要换成纸币或者铜钱。要是买了花炮，放炮的时候离远点儿，别伤了自己。”

“老爷，您这里的炕烧得够暖的。”廖氏有些没话找话。

“你是不是又缺钱了？”常老爷目光炯炯地看了廖氏一眼。

“看老爷说的，有就花，没了就在家做个针线。”

“你还做针线？别哄我了，”常老爷转身进里屋拿出来十块光洋，“就当也给你一份压岁钱，总长不大似的。”

“我哪能跟大太太比呀，”以前廖氏在陪房过来前称姚氏为大小姐，亲密时干脆叫姐姐，成了小妾以后就改口称大太太了，也是心里期待人们叫她二太太，“我就是一个粗人，大字认不得几个，还都是那时候大太太教的。”

“今天章老师会来吗？”常老爷突然想起什么。

“他不会来了。”姚氏淡淡地说，“我已经把他辞了。”

“辞了？你怎么也不跟我说一声？”常老爷显然很吃惊。

“女儿都要嫁人了。女子无才便是德，早晚的事。”姚氏仍然是一脸淡定。

“姐姐做得对。章老师做事胆儿也太大了，”廖氏突然也插话进来，看见老爷诧异的目光，她突然意识到自己说漏了嘴，“对不起，我刚才应该称大太太的。”

“你好像说章老师做事怎么了？”常老爷显然还没有从最初的震惊中恢复过来。章嘉轩老师可是常老爷为子女们千挑万选的。他是东洋留学回来的，还是世交赵家公子赵睿智的同学，不仅教儿子国学和数学，还教女儿日文。人也长得体面，常老爷对这位家教是十分满意的。

“其实也就是外人乱嚼舌头根子，”廖氏看见姚氏利剑般的眼光，立刻慌了神，急忙掩饰道，“还不是嫉妒我们家大小姐和二小姐，人长得漂亮又聪明……”

“你这个女人说话怎么总是那么不着调，我问你章老师的事，你扯到咱家姑娘身上做什么。”

“时间不早了，你带庆瀚到前厅去看看韩管家来了吗。”姚氏出来为廖氏解围，“万一客人来得早，没人候在那里，让人家怪我们常家缺礼数。”

“知道了，大太太。那老爷我们就先告退了。”廖氏如释重负地拉着儿子走了出去。

“你听见什么闲言碎语了吗？”常老爷心里还是有疑惑。

“这丫头就是喜欢嚼舌头根子。章老师虽然是在东洋留学，但是挺恨日本人的。也许说话不注意吧，我到时候说说他。”姚氏若无其事地解释道，“咱家姑娘也是，这都什么时候了，还不知道过来磕头，我过后院瞅瞅去。”

她刚转过身，常老爷在身后叮嘱道：“你叮嘱一下淑琴那丫头，今天人家正式上门提亲，别闹出什么不痛快的事。”

“我知道的，出不了纰漏。”姚氏随即走了出去。

常家的三个女儿住在第三进院，三间大北房各住一间。庆瀚随廖氏住在第四进院。

二女儿常淑婉头三更就醒了，一直翻来覆去地在炕上折腾，直到天亮才昏昏沉沉地迷糊过去。此时，一阵激烈的敲门声把她惊醒了。她披上棉袄，下炕开门。带着一股寒风冲进门的是大姐淑琴。淑琴头戴翻皮帽，脚蹬大皮靴，长围巾裹住了脸。她又长得人高马大，不说话活脱脱像个大小伙子。

“你从哪里来？昨晚又没有回来？”淑婉有些吃惊地看着一脸怒气的姐姐。淑琴的眼圈发黑，肯定是一宿未眠。

“日晒三竿了你还窝在炕上，炕不烧穿了你是不会起床。”淑琴脱下皮袄扔在了炕上，顺手抓起茶壶就大口大口地喝起来。

“你悠着点儿，暖壶里有热水。”

“我不用。咱娘就是偏心，就你屋里有暖壶，我才不稀罕。”淑琴仰着脖子灌了几口水，把茶壶重重往桌上一放。

这暖壶还真是个稀罕东西，是有人从京城带回来的。可是就只有两把，常老爷夫妇留了一把，另一把给了她们姐妹俩，但淑琴硬要留在淑婉这里。这会儿她又这么说，淑婉也不会跟人顶嘴，心里有话还没出口，脸憋得通红。

“看你怎么进门就那么大火气？又有谁惹你了？”

“咱妈！”淑琴在炕沿坐了下来，两眼直瞪瞪地看着妹妹，“妈要把章老师赶走了！”

“真的吗？”淑婉正拿着暖壶要给茶壶加热水，一听此话，脸色大变，失手将暖壶掉在桌上。暖壶随即滚落到地下，发出一声闷响，水花四溅！

“烫着你了吗？”淑琴跳下炕，蹲下来查看妹妹的脚。

“怎么了？暖壶砸了？”屋外传来母亲的声音，随即姚氏掀帘冲了进来，“烫着没有？”

“没什么？就溅上几滴。”淑婉紧皱着眉头，看来烫得不轻。

淑琴把妹妹扶到炕边坐下，抬起她的脚。

“还说没什么，都红了这么大一片，家里有烫伤膏吗？”

“有，有，我这就去拿。”

姚氏刚出门，淑婉就紧抓住姐姐的手问：“你说的是真的？”

淑琴用有些疑惑的眼神看着妹妹。

“你这是怎么了？我这儿还没发作，你先跟火上房梁一样。”淑琴与章老师暗通款曲的事没有瞒着妹妹，她这么一问倒是把淑婉问了一个大红脸。

“人家还不是为你着急吗？”淑婉低头小声说道。

“急有什么用？不过活人总不能让尿憋死。”淑琴边说边用嘴吹着妹妹烫红的伤处。

“那你准备怎么办？”

“还能怎么办？跑就是了。”淑琴说得似乎很轻松。

“跑？跑哪儿去？”淑婉一下子坐直了身子，惊讶地看着姐姐。

“他到哪儿我去哪儿，就这么简单！”

“烫伤膏来了，”姚氏气喘吁吁地赶了进来，把手里一个小瓶子递给淑琴，“快给她抹上，不然起个大泡连路都走不了了。”

“妈，您别那么紧张，我看没事。”淑琴接过瓶子开始给妹妹抹药。

“就你心大，除了打架，就没见过你着急过。”

“您没打过架您不明白，这打架事儿才该着急啊。您这儿稍微慢一茬儿，人家大巴掌就呼上来了！”

“你这没正经的丫头，什么事儿到了你嘴里还有好？”姚氏说着不轻不重地在淑琴背上拍了一下。

“您可不能打我，我这手一歪，可把妹妹的脚皮捅破喽！”

姚氏突然注意到淑琴身上的衣服。

“看你这身穿戴是什么？忘了今天是过年？快去换身衣服给爹磕头。记着今天赵家可是要上门提亲，你别给我再捅什么娄子。”

“我早说了，这事儿都是你们整的，跟我没关系，谁爱嫁谁嫁去。”

“你这孩子怎么就不会好好说话？”姚氏伸出指头杵了淑琴额头一下，“都是从小惯坏了你，不裹脚也依你，上学也依你。看看现在，一双大脚也不嫌寒碜，成天就想出去野，上学打架给人家学校撵回家！”

“这些陈糠烂谷子的事您别再叨叨了，好不好？求您了！”

“要我不叨叨也行，别的都依你，唯独婚姻大事不行！从古到今，这婚事必须是父母说了算。这赵家老爷是你爹的世交，赵家公子一表人才，你也不是不认识。章老师来咱家教书还是他介绍的啊！我嫁给你爹的时候，我还没见过你爹一面……”

“妈，您知道庐隐吗？”

“我不知道你在说谁。”姚氏一脸茫然。

“那您知道林徽因吗？”

“你到底想说什么？”深知女儿脾气的姚氏预感不对。

“您也是读书识字的人，赶明我送您几本书，看了您就明白了。”

“大太太，有客人到了，老爷喊您过去。”门外有丫鬟传话过来。

“我先过去了，”姚氏又看了淑婉的脚，“你要是能下地，也过来吧，让姐姐搀着你。今天是初一，这礼数还是少不了的。”

走到门前她又转回身，瞪了淑琴一眼。

“过来的时候换身儿见人的衣服，不然我打明天起天天守着你，不让你出门！”

第二章　盈虚有数

常老爷在前厅陪赵老爷喝茶。赵老爷名叫赵仲虎，当过一任县长，不仅拥有城里最大的药房，还有良田千垧，是城里数一数二的大户人家。但据说他是靠贩大烟起家，而且与各地胡子有很深的交情，人们对他是又敬又怕。赵老爷身穿皮袄，头戴貂帽。他才五十出头，可胡须全白了。他的脸型瘦削，留着全白的山羊胡子有些显老，其实他比常老爷还年轻几岁。

赵睿智坐在侧排的太师椅上。他穿了一身藏青色的学生服，黑亮的二分头，唇红齿白，面带微笑望着坐在正堂方桌两端的长辈，显得自在从容。

"小孩子不懂规矩，让你们见笑了。"看见女儿还不露面，常老爷觉得有些丢面子，转脸对韩管家吩咐，"你再去后院催一下。"

"世伯不必着急，女孩子家事多。我们喝茶也是挺好的，您的茶叶真不错。"

"是吗？这是云南上好的普洱，你们喜欢，走的时候带些回去。"

赵睿智其实有些心不在焉，因为他心里明白，今天只是走过场，最终会无果而终。这两家大人怎么知道，为这事儿昨晚淑琴已经找到赵睿智那里闹了一场。

淑琴、淑婉和赵睿智曾经还是同学。赵睿智知道淑琴可不是一盏省油的灯，几岁大的她就带着妹妹反抗裹小脚，把家里搞得人仰马翻，长大以后又闹着要上学。淑琴的闹可不是撒泼滚地，那是有智有谋。她会把老爹的皮大衣偷出来，丢进院子里救火的大缸里。她还会带两个妹妹溜出廖氏住的四进院的角门，躲在大院后面的杨树林里，任家里人喊破嗓子也不出来。

常老爷无奈，只得同意淑琴和淑婉陪弟弟去学校读书。作为姐姐，理应保护弟弟，她就像是个职业保镖。为了不让弟弟受欺负，她有一次抄起板凳跟三个比她大的男生干仗，把一个男孩的额头打出了血，因此被校方勒令退学，而赵睿智就是三个被打的男生之一。赵睿智从此对这个发飙的女生留下了深刻印象。因为两家是世交，他们也在过年过节的日子聚过。情窦初开的他对这个风风火火的女子动了心，在去日本留学前就大胆跟父亲提过，父亲答应等他学成回国就去提亲。

在日本留学期间，赵睿智看到消息，国民政府与日本政府之间的矛盾日益激化。国民政府声明，倘若日方公文使用支那之类文字，中国外交部可断然拒绝接受，甚至考虑与日本单方断交。而后发生的九一八事变，促使他参加了秘密抗日团体，并提前回国。受到组织的安排，他担任了驻守日军的翻译，为此受到不少亲朋好友的责难，提亲的事也一拖再拖。为了拉近与淑琴的关系，当他得知常家要请家教，就把自己的同学章嘉轩介绍给了常家。很快他发现自己怕是犯了一个极大的错误，就是让狗熊去看管蜂蜜。当他意识到这点的时候，似乎已经为时已晚。而父亲依然记得当初提亲的事，而且几次要睿智与他一起上门提亲。他狠了一下心，答应跟爹一起去，心里是想验证一下，自己究竟还有没有希望。

没想到昨夜提前得到消息的淑琴，竟然溜出门找赵睿智来摊牌，说自己不会嫁给他，但又不许他提前说破这件事，因为她不想让家里知道自己来过。这让睿智彻底断了念想，但还是不得不来走个过场，给这场梦做个了结。

“赵老爷、赵公子早呀，给你们拜年了。”姚氏扭着小脚气喘吁吁地走了进来，身后还跟着一位十四五岁的小姑娘，“淑芬，快给赵叔叔和赵大哥磕头！”

“赵叔叔就磕，赵大哥就不磕。”淑芬嗓子脆亮，边说边趴下给赵老爷磕头，然后站起来一溜小跑躲到赵睿智身后，一把抓过他手上的红纸包，“这是给我的吧？”

“看你这孩子没规矩的样子，”姚氏又急又恼，“快把东西还给赵大哥！”姚氏的小脚哪里追得上顽皮的小女儿，气得她直跺脚。

“把那个还给你赵大哥，那是给你大姐的，你的在我这里，”赵老爷笑眯眯地从怀里掏出一个红纸袋。常老爷一直笑吟吟地看着不说话，看得出他对这个小女儿也特别宠爱。

“真不好意思，淑婉早上不当心砸了暖壶，把脚给烫伤了，淑琴正在帮她，一会儿就过来。”

“你怎么不早说？烫得要紧吗？要不要叫大夫来看看？”常老爷一听就急了。

“不打紧的，只是红了一块，没破皮儿。”

“要不要我看看，我在日本也是学医的。”赵睿智关切地问。

“别那么一惊一乍的，又不是泥捏的。”人未进屋，淑琴低沉的嗓音先传了进来。

“怎么说话呢？一点儿礼数都不懂！”姚氏急忙走到门口，帮忙扶着淑婉。

“妈，我没事儿，是姐非要搀着我的，我自己能走。”淑婉不知为何进门就红了脸，低下头有些不知所措。

见她们姐妹进来，赵睿智急忙站起身来，双手一拱。

“给你们姐妹俩拜年了！”

“等等，还有我啊！”淑芬说着就往姐姐们面前凑。

行过礼后，赵老爷清了清嗓子，对着常老爷拱了拱手。

“今天是大年初一，是个吉祥喜庆的日子。咱们两家是世交，也就不搞那些虚头巴脑的媒人提亲那一套了。我今天带了犬子过来，就是向你们常家来提亲的，希望你们能把大小姐淑琴许配给我们睿智。来，睿智，给老丈人磕头！”

赵睿智有些尴尬地看了淑琴一眼，他惊奇地发现淑琴并没有什么特别的表示，似乎他们在说些与自己不相干的事，按照他所知道的淑琴的脾气，她掀翻桌子的事也是干得出来的。

“小婿给岳父大人磕头。”赵睿智规规矩矩地走到常老爷面前，跪下去接连磕了三个响头。

“这怎么敢当！”常老爷嘴里客套，脸上笑开了花，他从口袋里掏出一个厚实的大红包递给赵睿智，“贤婿请起！”

淑婉目瞪口呆地看着姐姐，她怎么也没想到这么一件终身大事，就这么随随便便几句话就定下了？她更奇怪的是，一向脾气火爆的姐姐就这样悄然无声地默认了？

这一幕让姚氏也没有想到，她没想到赵老爷就这么直截了当地把事提出来，就像逼婚，而淑琴居然也没有暴跳如雷，这今天到底演的哪一出？

“睿智，把你的聘礼也直接交给淑琴吧。”赵老爷脸上浮现出满意的微笑。

赵睿智怯怯地走到淑琴面前，先给她深深鞠了一躬，然后双手捧着那个大红包，递到了淑琴的面前。

淑琴推了一把妹妹。

“你帮我收好了。”

淑婉晕头转向地接过红包，有些不知所措地看着妈妈。

“还发什么愣？你姐让你收着你就帮她收着。”姚氏也真心希望大女儿只是在嘴上逞强，看到老爷动真格的她也就服软了。

“这一大家子都在呀，这才像过年！”声音刚落，廖氏就扭着身子迈进了门槛，“庆瀚，快过来给赵老爷磕头！”

廖氏眼尖，一眼扫见淑婉手里的红包，惊诧地脱口而出：“这么大的红包！老爷真大方！”

“这是赵家给淑琴的聘礼，不是红包。”姚氏知道廖氏误会了，低声解释道。

“那么好事定了？”廖氏吃惊地瞪大了眼睛，“恭喜老爷太太！恭喜赵老爷！恭喜赵贤侄！”廖氏风车似的打转作揖，“那我们庆瀚还得跟老爷讨个红包！”

“这个该给！”常老爷笑嘻嘻地从怀里又掏出一个红包。

“恭喜淑琴妹妹呀，”廖氏也不顾什么辈分，一直管淑琴叫妹妹，“难怪我进院的时候，看见咱家大槐树上有喜鹊一直在叫唤呐……”

“哪来的什么喜鹊？我跟你一起进院的，明明是一只老鸦。”说话间从外面又进来一个人，瘦高的个子，脑袋后面挽了一个发髻，穿一身灰蓝色的道袍，脚下一双黑色白边的宽沿布鞋。

“我说俊安，这大过年的，怎么也不换身喜庆的衣服，还打扮得跟老道似的。”姚氏把姚俊安拉到一边，不好意思地对赵老爷解释，“你看我这个弟弟，这么大年龄了，还是没个正行，一天到晚就是神神叨叨的，嘴里也说不出句中听的话。”

“姐，瞧您说的，我可是拜过师父，正儿八经的修道之人。这十里八乡，看风水看事儿不都求上我……”姚俊安嘴里嘟嘟囔囔着，很是不服气。

“咱们俊安看事儿还是挺有名气的。”赵老爷笑着捋着胡子，“你看今天这睿智和淑琴的婚事也订了，你看看给挑个日子？”

姚俊安瞪大了眼睛看着姐姐。

“这是怎么说的？这事儿咱们不是合计过？”

“你这半瓶子醋就别在这儿瞎晃荡了。”姚氏急忙打断了弟弟的话。

淑琴的眼睛一亮，专注地看了舅舅一眼。

“二位老爷，日本驻城司令藤原大佐来访。”韩管家神色有些慌张地跑进来禀报。

“那我们就先告辞了。”赵老爷听罢，起身朝常老爷拱了拱手。

“不，不，你们坐，我与日本人可没有什么秘密。你们在正好有个见证，万一有什么风声，你们还可以为我洗刷清白。”

听到常老爷这么说，赵老爷也只好坐下了。

“那么你留下，其他人都先回避一下，”赵老爷对姚氏和女儿们说，“把孩子也带走。”

不一会儿，韩管家领着一位同样穿背心马褂、戴着皮帽的中年人走了进来。看他这身打扮实在分辨不出他是日本人。赵老爷已经把上座让了出来，自己坐在儿子身边，看见藤原进来，大家都站起了身。

藤原进屋先对着常继善拱手行礼。

“常老爷新春大吉，万事如意！”他的中国话说得很标准，还带一些东北口音。他的副官站在他身后，一脸严肃，手里还拿着一轴画卷。

一番客套后，藤原转身对赵仲虎说：“真巧，赵先生也在。本来看望过常先生后就要去府上拜望，没想在这里遇上了。还有我们的赵翻译。”

常继善请藤原入座后，对姚氏吩咐：“赶紧上茶。”

藤原对副官做了一个手势，副官上前几步，双手把画卷捧给了藤原。

“这是溥仪先生的一副墨宝，我也十分喜爱，但是宝剑赠英雄，我还是忍痛割爱，拿给常先生做一份新年礼物，不成敬意！”

常继善虽然文化水平不高，但溥仪的书法他还是略知一二的。战乱年头，为了防范万一，家里都会收藏一些金银细软，其中就有古玩字画。溥仪的书法水平很高，他的老师有袁励、王国维、朱益藩等，不是状元就是翰林，学术造诣非凡。溥仪的书法取法欧阳询，擅长楷书，再加上他的特殊身份，他的书法可谓一字难求。

“这怎么敢当。”常继善急忙站起来，连连摆手。

藤原接过姚氏捧来的茶盏，打开杯盖轻轻吹拂，对着副官说：“把它打开。”

赵睿智上前帮着副官慢慢展开画卷。这是一张四尺的横轴字画，装裱十分精美，黄底黑字，大墨淋漓地书写了四个字“永绥吉劭”。

“这字分开念还认得，可是连起来读就不明白是什么意思了。”常继善说的是老实话。

“还是让赵翻译官解释吧，他的学问好。”藤原看见众人不解的表情，心满意足地喝了一口茶。

“我也说不好。这句话是出自庄子的养生篇，前一句‘指薪修祜’，是说薪火相传。上一辈子修德积福，子孙后代就会享受上一代的福报。这‘永绥吉劭’大概就是长久安定、吉祥美好的意思。”

“果然有才，说得好！”藤原笑着鼓起掌来。

“无功不受禄，如此大礼老夫受之有愧！还是您自己收藏吧。”常继善还是推辞道。

“拒不收礼可是打客人的脸呀。”藤原的脸色开始阴沉下来。他挥了一下手，副官一言不发地把画轴卷收起来。

“我看常伯伯就不必推辞了，这是藤原先生的一番美意，我先代您收下了。”赵睿智出来打圆场，他从副官手里接过画轴，交给了站在一旁已经面无血色的姚氏。

“听说赵君就要成为常家的乘龙快婿了。恭喜你呀，办喜事的时候我可是要去讨杯喜酒喝的哟！”

赵睿智双眉一挑。

“藤原先生真是消息灵通呀，到时候一定请您做上宾。”

姚俊安并不常住在大院，他在城里自己租了一个街边门脸房，平时在那里给人测字看事儿，谁家有红白喜丧的事情，还会请他去帮忙，所有的礼数套路他都懂。常家在最紧里头的四进院也给他留了一间房，朝向并不好，是西屋，冬天不烧足火坑就会冷。这间屋子是他自己挑中的，他说这里阴气重，地仙鬼神容易降临，便于自己修仙。

淑琴三步并作两步，在姚俊安回屋前截住了他。因为姚俊安有个怪脾气，只要他进了屋，任谁敲门也不应不开，而且他的房间从来不让人进去，他说自己与那些凡人看不见的地仙同住，它们怕人打搅。

“舅舅，你那天跟我妈说什么了？”

“我说什么了？”姚俊安不敢回视淑琴咄咄逼人的目光。

“我不信我妈没有问过你！”

“我姐的婚事呀！”淑婉跟了上来，她当然知道姐姐要问什么。

“这都有些日子了，怎么说的，我这一时片刻还真想不起来。”

姚俊安想搪塞过去，转身要开门进屋。

“那你现在就给我看看。”淑琴身子更快，她一低头猫腰站在了舅舅的前面，用身子堵着了门口。

“我叫你姑奶奶行吗？你就饶了我吧。”

“叫什么也不好使，这么多年白叫你舅舅啦？今天你不想看也得看！”看淑琴的神情，是不肯罢休了。

“好了，好了，小姑奶奶，我答应你，”姚俊安双手捂住耳朵，“那你们就回去等着，等我有了答案就来找你们。”

“那可不行，我就在这里等着。”淑琴耍赖地摇着舅舅的手臂。

姚俊安无奈地摇着头。

“我算是服了你了。”他掏出腰间的钥匙，打开插锁，在开门前先轻轻敲了几下门。

“里面又没有人，你把谁锁屋里了？”淑琴调皮地问。

“你不懂的，你要问我的事，我得问它们。惹它们不高兴，什么答案也没有。”

打开门走进屋，姚俊安转身刚想关门，淑琴一步已经踏入房门，用背顶住了门。淑婉也不由分说挤了进来。姚俊安急得张大了嘴说不出话来。

“就让我们看看，我们保证出去什么都不说。”淑琴边说边关上了门。

姚俊安无可奈何地摇着头。

“你们真是我的前世小债主，也不知道哪辈子欠你们的，”他边说边朝屋里四面八方连连作揖，嘴里也不停说着，“多有得罪，见谅！见谅！”

淑琴、淑婉互相看了一眼，躲在舅舅身后偷笑。姚俊安四面告罪后走到台案前点燃了两支蜡烛。

这间房虽然有窗，但是朝向不好，光线很弱。姚俊安也不开窗，屋里散发着一股香烛和潮湿混杂的霉味儿。借着烛光可以看见这屋里就像乡下的土庙，正中有一个大佛龛，上面供着一些姐妹俩也认不全的神仙菩萨的塑像，有金的，也有泥塑和木雕的。佛龛前是一张特别大的香案，上面摆满了各式各样的供品。供品以糕点为多，还有鸡蛋。

“你们俩站着别乱动，这屋里也没有地方坐，要不就进里头炕上坐。”舅舅头也不回地叮嘱她们，自己忙着用鸡毛掸清扫香案上的浮尘。

姐妹俩环顾四周，在屋里看不见一把椅子。睡炕在紧里头，里面黑咕隆咚的，她们可不想去那里坐。姚俊安拿出几张黄纸，开始在上面写字。

"您在写什么呢？"淑琴好奇地问。

"你的生辰八字，要不然谁知道你是谁。"

"舅舅您帮我也算一个吧。"在一旁的淑婉怯生生央求。

"你要算什么？"

"也是婚姻吧。"淑婉小声羞怯地说。

"好在舅舅记性好，恐怕你们都不知道自己的生辰八字。"舅舅摇了摇头，换了一张纸继续写，"可是今天的事，不管是问出什么结果，都不许对你妈说！听见没有？"

"听见了。"姐妹俩连声承允。

姚俊安写完字放下手中的笔，转回身对着淑琴招手。

"拿来！"

"什么拿来？"淑琴懵懂地问。

"钱呀，咱们得给人家点儿实惠的呀。"

"我没有钱。"淑琴摇了摇手。

"淑婉手里那个红包里是什么？还舍不得呀，"舅舅诡秘地笑了笑，"我知道你们以前根本就不信舅舅。你这闺女也真行，收了人家的聘礼，现在还要问什么婚姻前程，早干吗去了？"

"那钱可不能动。"

"你到底是想算还是不想？"舅舅有些不耐烦了。

"那要多少？"

"不多。一百元。"

淑琴从妹妹手里拿过红包，抽出一张蓝色的纸币。

"那就一百元。"

"看你这小气劲儿，"舅舅嗤笑道，"你们俩一人一百。"

淑琴撅起嘴，又递给舅舅一张。

"不许再加了。"

"也就是你们，要是在我的店铺里给人看事儿，最低五百起价，从来不打折。"

姚俊安把钱放在香案上，随即跪在香案前的跪垫上。他突然撩开道袍，从里面掏出一把匕首，对着自己的指尖轻戳了一下，鲜血立即涌了出来。

“您这是干什么？”姐妹俩大惊失色。

“让它们知道我是你们的亲戚，让它们多多关照。”舅舅把血洒在两张写好姐妹俩生辰八字的黄纸上，然后点火焚烧。

“过来，你们俩，给黄仙磕头，今天它当值。”

淑琴看了一眼淑婉，嘴里嘟囔着：“舅，你真多事儿，除了爹妈，我可从来没给谁磕过头。”

虽然觉得委屈，她们还是分别走到跪垫前，学着舅舅的样子给神像磕头。之后，姚俊安让她们站在一边，自己双腿一盘坐在跪垫上，双手合十，闭上眼睛。不一会儿，姚俊安的身体开始抖动，一开始像是抽搐，后来幅度越来越大，简直是前仰后合，姐妹俩都担心他会从跪垫上摔下来。突然，姚俊安坐直了身子，嘴里大声呵斥道：“我跟你说了，我这里有黄仙在主事儿，不需要你帮忙！”

姐妹俩面面相觑，不知舅舅是在对谁说话。

过了一会儿，姚俊安又说：“我知道你是谁，你出殡的时候我还去送过礼，但你不是在你侄儿的堂口做教主吗？人家好吃好喝地供奉你，你跑我这里干什么？”

看来他真的是在跟什么常人看不见的人说话，淑琴和淑婉有些害怕了。

“他们香火不旺是他们的事，你也不能跑我这里来！我这里请的是黄仙，片刻它就到了，你快走吧，别找不自在。”

淑琴姐妹几乎屏住呼吸，大气也不敢喘地望着姚俊安那熟悉又陌生的脸。姚俊安平息了片刻，突然开口：“你们家这丫头我不敢惹，她逮谁跟谁急，这会儿她是没本事，她有了本事还不上天！”姚俊安说话的声音突然变得刺耳尖细，还有些口音和沙哑，像个农村的老妇人。

“你是说大丫头还是老二？”姚俊安声音恢复如初。

“你傻呀，自己家的孩子还闹不清？”声音又变回那个老妇人，“见天地折腾，心眼大了去了，什么事儿都自己做主，能落好吗？”

“今天是问您她婚姻的事。”又是姚俊安四平八稳的声音问道，像是很熟悉老妇人的脾气。

“我说的就是她婚姻的事，只是你蠢听不明白，那姑娘心里明镜似的，不信你问她，她还要不要我往下说？”

姚俊安突然睁开眼睛，望着淑琴问道：“你明白了吗？还要往下问吗？”

从来不会红脸的淑琴，这会儿脸红得像新娘的盖头，她使劲摇了摇头。

“那你是明白了？”看上去还是姚俊安不明白。

淑琴点了点头。

姚俊安闭上了眼睛，声音又回到了老妇人。

“你看这丫头冰雪聪明，人说这人儿是不点不亮，她整个儿就是透亮的，要是她出马吃你这口饭，非得活活饿死你！”

“那我家二丫头呢？”姚俊安继续发问。

淑婉看见刚才姐姐的表现，心里更是紧张了，她不由紧紧攥住姐姐的手。

“她就是个傻丫头，可是还倔，不会听劝的，如果听劝就让她离姐姐远点儿，你问她能行不？”

“她问的也是婚姻的事。”姚俊安提醒道。

“我说的还是婚姻的事，这屋里就属你笨，别人都明白了，不信你问她。”

“婉儿你明白了吗？”姚俊安又睁开了眼睛。

淑婉竟然点了点头，这次连淑琴都瞪大了眼睛。

“好了，没我什么事了，我这就回去歇了。真是邪性，遇到这姐妹俩，累坏我了，今天就别再叫我了。”

“淑琴，淑婉，过来磕头送黄仙。”

这会儿淑琴毫不犹豫地走过去，认认真真地跪下磕了三个头。淑婉也老老实实地跟着，神情虔诚地也跟着磕头。淑琴站起来，掏出红包打开，从里面又掏出几张蓝色的老头票递给姚俊安。

“这件事千万不能跟任何人说！”

这回轮到姚俊安傻眼了。

“你们这对活宝，我是什么都没明白，让舅舅真觉得自己是笨透了……”

第三章 防不胜防

淑婉眼尖，刚进院就看见姚氏站在淑琴屋子的门前。她拉了一下淑琴的衣襟。

"姐，妈在等你呢！"

淑琴还处在魂不守舍的状态，呆呆地看了妹妹一眼。

"你说什么呢？"

"找你们那么半天了？去哪儿啦？"轻易不提高嗓门的姚氏冲着姐妹俩已经吼上了，看来火气不小，"娘在这门口都站半晌了，还不紧走几步？"姚氏的催促让姐妹俩更有些紧张，看来是兴师问罪的。

淑琴走到姚氏面前，强作镇定地打岔："大过年的，您着什么急呀，都在这院里，不还没到吃饭的时候嘛！"

"你少给我贫嘴，快打开门进去！"

看今天姚氏有些不依不饶的样子，淑琴只好乖乖掏出钥匙开门。

"看把你惯的，这哪里像姑娘家的闺房？递溜算卦的，埋汰得像猪圈！"

淑琴看了一眼炕上凌乱一团的被子。

"谁知道您要来呀？还不是您催得急，一早上跟催命似的……"

"你别跟我打岔！我知道你心眼多，又来绕我。站好了，我有话问你！"姚氏在方桌旁的椅子上坐了下来。

"娘，俺去给您沏茶。"淑婉想冲淡一下屋里的火药味儿。

"你先出去，在你屋里待着，一会儿娘去找你。"

淑婉走后，屋里一下静了下来。姚氏也不开口，只是盯着淑琴看，看得淑琴心里发毛。

"娘，您这是干什么？有事儿说事儿，跟瞅贼似的。"

"那就说说吧，今早怎么回事？"

"什么怎么回事呀？"淑琴还想装糊涂。

"自己的闺女娘心里还没个数？"姚氏冷笑一声，"那么爽快就答应人家了？哄谁哪！”

淑琴松了一口气。

“您看您，这可就是您不讲理了，您不见得让我当场给赵老爷下不了台吧？这大过年的，不是得讨个吉利不是？”淑琴说着家撒娇似的往姚氏身边靠。

“你给我老实站着！”姚氏的嗓音又拔高了三度，“你以为你贫嘴滑舌就能糊弄过去？甭想！没门儿！”

“您今儿个怎么这么大火气？不至于吧？”

“那你就跟我说老实话，你跟章老师究竟是怎么回事！”

淑琴心一沉，看来妈还是听到风声了，但她还是装着若无其事的样子。

“章老师挺好的呀，什么怎么回事？”

“你别跟我揣着明白装糊涂！人家都看见你们了，半夜三更躲在城墙边上，有没有这事？”

“他们看错人了吧？晚上那么黑，人也不少……”

“那你还是去了？”

“我没有。”

“那你怎么知道人不少？”

淑琴知道说漏了嘴，连忙分辩：“我猜的嘛，猜的也不行？”

“告诉你实话，娘的手里没有实锤，就不会来砸你这颗硬核桃！是有人跟你出去看见的！”

“那是他们瞎编排的，不信您把他叫出来当面对质！”

啪的一声，姚氏在桌上猛拍一掌！淑琴被吓了一跳。

“我就知道你嘴硬！你给我跪下！”

“娘！”淑琴还想讨饶，但是看见娘被气得发白的脸，只得乖乖跪下，

“你晚上到底有没有溜出去过？”

“真的没有。”

“到现在还要撒谎，要不要我把老李头叫进来当着你的面问问？！”

淑琴沉默了，她知道娘知道的远比她猜想的多。虽然她相信老李头不会出卖她，但要是再犟下去，这事儿就没有个头儿。

“不言语了，看把你能的！娘还不是为了你好。”姚氏语气舒缓了些，“你先起来吧，地下凉。”

淑琴站了起来。姚氏对她招了招手。

“过来吧，”淑琴顺从地走了过去，姚氏拉起她的手，“你也不想想，你是娘身上掉下来的肉，娘能害你吗？”

淑琴点了点头，双手也握住姚氏的手。

“那就告诉娘，那章老师没有怎么你吧？”姚氏一把拉近女儿，贴近淑琴的耳朵压低嗓音问道。

淑琴像是触了电，浑身一抖落，差点挣开姚氏的手。

“您在说什么啊？”

姚氏更大力地把女儿掩进怀里，仔细看着她的眉毛。

“我怎么觉得你的眉毛散了？大姑娘家的，那眉毛就该顺溜地躺着，不能有一根立起来……”

淑琴奋力挣开母亲的怀抱。

“我又不是小孩子啦，干吗把我搂那么紧。”

“女孩子家知道自个儿长大了，就该知道分寸。”姚氏知道这样下去问不出什么结果，就站起身，板下脸来，“我就知道你不会跟娘说实话，那娘就告诉你，娘已经把那个姓章的辞了，从今往后不许他进我们常家的门！你也不许再见他！”

淑琴知道这是在跟她摊牌了，反正她心里已经拿定了主意，就抬起头正眼看着姚氏。

“看你的胆子不小，还敢瞪我，跟我耍横呀！”姚氏看着倔强的女儿，身子气得有些发颤，“我知道你心里不愿意今天的婚事，这事儿咱们有的商量，唯独章老师那事是个死磕儿！我今天把话撂在这儿，他要是再进我们家门，除非从我身上踩过去！”

姚氏说罢转身出门，一推门差点撞到躲在门外偷听的淑婉。

“你们这俩活祖宗是打算要了你老娘的命了。”姚氏狠狠地瞪了淑婉一眼，“这会儿没工夫跟你再较劲了，明天谁都不许出门！看我怎么收拾你们！”

淑婉看母亲走远了，推门走进了淑琴的房间，一眼看见淑琴正在炕上整理衣服。她看见淑婉进来就显得十分慌张。

“你快把门关上！”

淑婉看见姐姐把春秋季的服装也拿了出来，感觉有些不对劲。

“姐，你这是要干什么？”

“娘好像已经知道我和章老师的事儿。我怀疑咱家有内奸！”

“内奸？”淑婉的眼睛瞪大了，“那会是谁呢？”

淑琴心烦意乱地摆了摆手。

“哎呀，现在也没有心思理睬那些。”说着她突然抓住了淑婉的手，“姐是无路可走了，我必须马上走！”

“走？你去哪儿？”淑婉完全懵了。

“他去哪儿我就去哪儿，”淑琴脸色浮现出一丝懵懂神往的兴奋，“天涯海角，永不分开！”

门外突然有个人影一晃，淑婉一惊，大声叫道：“谁在外面？”

这一喊把淑琴也喊醒了，她快步走到门口，一把推开了门，门外站着的是二娘廖氏。

“大小姐呀，我是来恭喜你的呀，听说你跟赵家公子定亲了？”廖氏虽然一脸堆笑，但淑琴还是不买账，“这大白天的上门就该先言语一声，哪有趴着门口的？知道的是你，不知道的还以为是贼！”

“大小姐说笑了，这大白天的，常家大院哪里会有贼？”

“这可不一定，贼的脑门也不会刻字儿！”

淑琴和淑婉小的时候，廖氏还是个丫头，不过比她们也就大了十来岁。小时候她们还一起玩，没人的时候以姐妹相称。自从填房做了小妾，廖氏对姐妹俩的态度就有了变化，等生了儿子庆瀚以后，那态度就大变样了。虽然还不至于在姐妹俩面前摆谱，但总是要在人前摆出一副在常家主事儿的模样，淑琴就特别反感她那套。

“大过年的，咱们多说些吉利话。”廖氏似乎心情很好，毫不在意淑琴的敌意，她神秘地从大襟里掏出一个红包，轻声说道，“虽然我们情同姐妹，但在辈分上你还是吃点亏，给你发个红包可不是讨你的便宜呀！”

看见廖氏手里的红包，淑琴愣了一下，随即脸上也浮现了笑意。

“还是你想得周到，倒是我失礼了。”

看见淑琴身后的淑婉，廖氏又掏出另一个红包。

“这是给你的，缺谁的也不能缺你的，你是家里的小可人儿！”

淑婉看了一眼淑琴。

“你拿着吧，说声谢谢！”

淑婉从淑琴身后伸出手接过红包。

“谢谢了！新年快乐！”

“还是我们婉儿嘴甜。”廖氏见淑琴始终用身子堵住门，没有请她进去的意思，有些尴尬地笑了笑，“今天客人多，我去前面应酬一下，待会儿一起吃饭。”

回到屋里，淑琴立即打开红包，开始数钱。数完自己的又朝淑婉伸手。

“把你的也给我看看。”

淑婉一声不吭地递了过去，淑琴也打开数了一遍，然后坐在炕沿，把睿智给她的红包也打开数了起来。

“你这是干什么？”淑婉问道，心头一沉。

“出门在外，身上哪能不带钱？咱们平时也不知道攒钱，这些钱也不知道能过多久？”

姐妹俩平日里上街也不带多少钱，买大件的都是赊账，回家后让账房去付账，的确没有什么钱。

“你的这份姐先收了，算是借你的，反正你在家也不缺什么钱。”

“钱可以给你，但是我要跟你一起走！”

“你说什么？”淑琴猛地站起来，放在膝盖上的钱撒了一地，“姐是非走不可，你瞎凑什么热闹！”

“我不是凑热闹，我也是非走不可！”

“你个死丫头！还来劲了！”淑琴走到淑婉面前，用手指戳了一下妹妹的额头，“你老实待家里，不许胡思乱想！”

淑婉拉住姐姐的手，眼里噙着泪水。

“姐，我真的要跟你走！”

“你真是个糊涂丫头，”淑琴有些不知该说什么好，“有些事儿姐没法告诉你。”

“姐你不用说，我知道。”淑婉的声音变得很平静了，闪着泪花的眼睛一眨不眨地望着淑琴。

“你知道什么？”淑琴的声音有些发颤。

“姐，你怀孕了。”

“你说什么？”淑琴紧张地四下望了一眼，伸手去捂淑婉的嘴。

“姐你有几个月没来我这里拿月经带了。”淑琴的私密卫生用具都是淑婉帮着拾掇的，淑琴完全忘了这回事。

被妹妹这么一提醒，淑琴一下子羞红了脸，她也无从辩解，默默走到炕边，蹲了下来一张张把钱拾起来。

“其实你刚才说要走，我就猜到了，谁遇到这样的事也都会懵。”

“既然你已经知道了，姐也就不再瞒你了，你说这家姐还能待得下去吗？”

“那我就更得跟你走了。”淑婉说道。

“你什么意思？”淑琴似乎感到一丝不祥的预兆。

“你不用猜了，我也是。”

“你是什么？”

“我也怀孕了。”

“你确定？”淑琴的声音在发颤。

“我的月事一向很准，现在已经两个多月没有来了。”

赵睿智和父亲离开常家，本来父亲还要带儿子去县长家拜年，但是他借口宪兵队那里有事，急急忙忙地与父亲分手，朝着南城边的一条街走去。

在一间药铺门口他停下脚步，因为是年初一，店铺没有开门。他走到侧面的一扇小门，掏出钥匙打开门走了进去。

店铺是二层小楼，他从木梯走上二楼，在一间房门前敲了敲门。

“稍等一下。”里面有个声音传了出来，赵睿智在门口有些不耐烦地看了一下手表。

房门开了，穿一身灰色长衫的章嘉轩笑着迎上来。

“这大过年的，也只有你会想到来看望。没带什么吃的来？我可真有些饿了。”

赵睿智没有说话，径直走进房间，看见炕上堆着一些衣物。

“怎么？收拾东西呀。”

“平日子里忙，这过年也清闲，把东西拾掇拾掇。”章嘉轩神态自若地笑了笑，“怎么样？要不要来杯咖啡？我这里有上好的巴西咖啡。”

“不用麻烦，给我一口凉茶就可以，我还真有些渴。”不知为何，在日本的时候，也是章嘉轩这种礼数周全的样子，特别让赵睿智受不了，这样的客套似乎在他们之间砌了一道墙，让人无法亲近。而赵睿智不知道的是，他的这种感觉是正确的，因为章嘉轩要刻意营造一种氛围，要与赵睿智保持一定距离。

赵睿智坐了下来，喝了一口章嘉轩端来的隔夜茶，茶水冰冷，瞬间激了他一下。

“真凉！”

“我说咖啡会热一些。”章嘉轩站在离他一米之外，用关爱的眼神看着他。

“我和我父亲今天去常家提亲去了。”赵睿智不动声色地看着章嘉轩。

“哦，怎么样？”

“你应该知道这件事吧？”

“对，我知道，淑琴来找过我。”

“她怎么说的？”

“她不同意。”

“可是她今天答应我了。”赵睿智又端起茶杯。

“水太凉，我去帮你热一下。”

赵睿智做了一个拒绝的手势，看着章嘉轩的眼睛问：“为什么？”

“什么为什么？”

“她为什么答应嫁给我？”

“这个我还真不知道。”章嘉轩做了一个无可奈何的表情。

“我知道她喜欢你。”赵睿智目不转睛地看着章嘉轩。

“我也知道你喜欢她，”章嘉轩的回答同样坦白，“这件事原本不该是这样的，但是偏偏就发生了，完全不是我想象的那样……”

“现在怎么办？”赵睿智打断了章嘉轩的话。

“什么怎么办？”

“我还有机会娶她吗？”赵睿智放下了茶杯。

“你这可真把我问住了，”一向镇定的章嘉轩有一丝尴尬，“我好像没有资格回答这个问题。”

赵睿智笑了笑。

“我应该知道这个答案，只是来验证一下。”

说着他站起身。

“谢谢你的凉茶，让我清醒多了。”

看着赵睿智悻悻而去，章嘉轩站立许久，而后走到桌前，抽出一张白纸，提笔疾书。

“睿智吾兄台鉴：……”

然后笔停在了半空，一滴墨汁滴在了白纸上。他恼怒地把白纸捏成一团，丢在了地板上。然后又抽出一张纸，稍稍定了一下神，开始写下一行字。

“敌情禀报：杨树县日伪军兵力部署分布……”

姐妹俩并肩坐在炕沿上，谁都没有说话。

许久，还是淑琴打破了沉默。

“也是他？”

“嗯。”

“怎么会？”

“其实他先爱上的是我。”

淑琴一下子从炕沿跳了起来。

“你胡说！”

淑婉这时不再像平常那么懦弱，她毫不畏惧地看着姐姐好似要喷火的眼睛。

“他很久以前就跟我表白过，可是那时候我也不怎么懂，也不敢告诉你。”

淑琴听罢，跌坐在炕上，双手捂面。淑婉并没有去劝说姐姐，而是继续吐诉压抑很久的感情。

“后来你跟我说你爱上了他，我真的很慌张，不知道该怎么办，那时候我才明白，我也是爱他的呀！”

淑琴双肩剧烈起伏，强力压抑住哭声。

“可是我没有你大胆，我不敢像你一样，晚上溜出去见他。我只是不停地给他写信，写了一封又撕了一封，你不知道那时候我有多恨你！”

淑琴突然抬起头，泪眼婆娑地握住淑婉的手。

“其实我该猜到的。开始我去找他的时候，他总是问我为什么你没有来，还总是打听你的事，是我太自私了，我喜欢他，就不顾一切，连你我也不顾了。”

淑婉什么也没说，张开双臂像个大姐，把淑琴搂在了怀里，两个人相拥而泣。

姚氏来到了四进院，她站在廖氏的门口，犹豫了一下，还是举手敲门。

房门打开，廖氏脸上写满了惊讶。

“是太太来了！真没想到！”

姚氏预料到廖氏会是这个表情，她微微皱了一下眉毛。

“也没什么可大惊小怪的，就是随便聊聊。”

“就是就是。”廖氏收敛起夸张的表情。

“您看我都乐糊涂了，您快请进！”

刚走进廖氏的房间，姚氏又一次皱起眉头。

“这屋怎么这么大味儿？”

“这不是有姐妹刚送给我过年的礼物，说是法国的香水，我哪懂这个？刚拆开看您就过来了。”

“这洋人就是邪性，”姚氏掏出手绢挡住鼻子，“我还就闻不惯这味儿。”

“你看我这事儿办的，我这就去开窗。”廖氏急忙转身要上炕开窗。

“那倒不必了，我来就是问几句话。”

“那我给您沏壶茶？”

“我说不必了，我问完话还得去前院，你就爽快说就成。”

“那您问。”

“你也别站着，坐下回话吧。”姚氏又不知不觉摆出了主子的做派。

廖氏满脸堆笑答应着，只在椅子上坐了小半个屁股，心里还在打鼓。

“那天你说有人看见章老师和我们家大丫头的事儿，不是瞎胡编派的吧？”

“太太看您说的，这么大的事儿，我敢胡说吗？”

“那你告诉我是谁看到的？”

“这个……”廖氏不由低下头去。

“你放心，这事儿就你我知道。”

听到姚氏这么说，廖氏叹了一口气。

“这不在我这后院有个小南门吗，那次我无意中看见大小姐晚上出去，二小姐为她插门。我也是担心她出事儿，就让我们家庆瀚跟出去看看，没承想看见他们拉手去了南城墙……”

“你可真是！让个孩子干这事儿！”姚氏忍不住变脸了，“你确定那孩子不会出去乱说？”

廖氏一下从椅子上出溜下来，跪在地上。

“太太恕罪！我哪想到后面会有这一出呀！我跟庆瀚说了，这事儿打死也不能说出去！孩子懂事儿……”

“也有你这样一个不懂事儿的娘！”姚氏站了起来，“今天这事儿到这里就了了，咱们都把它烂在肚子里！要是再有风声，小心我一块儿收拾你们！”

走到门口，姚氏突然站住了，转回身用和缓的语气说道：“你起来吧，这事也不能怪你。你还是做得对的，以后也还是帮我看着点儿，有什么动静就赶紧告诉我！”然后扭头走了。

廖氏从地上爬了起来，靠着椅子喘气儿，片刻后才小声地狠狠说道：“自己的闺女看不好，到我这里撒野……”

“咱们也都别哭了，哭肿了眼睛一会儿怎么见人。”淑婉抬手给姐姐抹去泪水，“这事儿你还不能怪他，其实是我不好，那天他来给我补课，我觉得要失去他了，心里实在难受，就忍不住抱了他……”

“你要这么说，那还是我得不对，”淑琴也伸手去给妹妹抹泪，“其实我那时候也觉得他对你有心，一开始他在我这儿总是打听你的事，可是我真没看出来你对他也有意，为了怕节外生枝，我就对他很主动，你要说我勾引了他，我也不否认……”

“看你这脸皮厚的，都快赶上南城墙了。”淑婉破涕为笑，握起拳头去敲打淑琴的背。

“看你打人都不会，”淑琴也笑了，“你这是在给我捶背，以后每天晚上你都给我捶一会儿吧。”

姐妹俩打闹了一通，又回到正题。

“看来咱们俩还真得一块儿出走了。”淑琴叹了一口气。

“走到这一步，也是没有别的选择了。”淑婉握着姐姐的手，“也不怕你笑话，其实现在我挺心安的。这事儿没告诉你之前，我每天醒来心里都犯嘀咕，我该怎么开口跟你说这事儿……”

“咱们先不说这事儿了，先捡要紧的说，咱们出走这事可算是定了？”

“当然。”淑婉干脆地回答。

“那好，什么时候走？”

“就今晚，以免夜长梦多。”

“我突然想到，咱妈说知道我溜出去的事，会不会是让廖姐看见了？”姐妹俩从来没有叫过廖氏二太太，小时候她们人前叫她廖姑娘，私下就喊她廖姐。

“我觉得很有可能。”

“那咱们得提防着点儿，那就等后半夜。”

“一会儿我去厨房弄点猪油，那个门闩开起来有响动，怕人听见。”

“去了他那儿咱们怎么住呀？”淑婉很认真地问。

“那有什么，咱俩睡炕，让他睡地下！”

这话惹得姐妹俩儿都笑了，心里最初的阴霾也被驱散得无影无踪。

出了廖氏的后院，姚氏来到了马厩，看见老李头在给马铡草料。老李头在常家干了有大半辈子了，也算是常家的人了。

老李头看见姚氏走来，连忙站起身，拱手弯腰给姚氏鞠躬。

“老李头给您拜年了，祝您和老爷年年增福，年年兴旺！”

“也给你拜年！身体健康！岁岁平安！”姚氏说着掏出一个红包递了过去。

“哎呀！太太！这可使不得！”老李头连连摆手推辞，“老爷刚给过了，怎么好再拿您的。”

“好事成双，拿了老爷的怎么就不能拿我的，给你你就收着。”

老李头只好接过红包，连连作揖致谢。

“夜里值更辛苦吧？”姚氏开始跟老李头兜圈子。

“这些年了，早就习惯了，不辛苦。”

“最近晚上巡夜没遇上什么事儿吧？”

“没什么事儿呀！这年头夜里出来的人少多了，二更天就不见多少人啦，三更以后就没什么人在街上，有的只是日本人在巡逻。”

“咱家正门我是不担心，可是这后院的小南门我有些不放心，那门单薄，你巡夜的时候多留点心，有事就言语一声。”

老李头对姚氏过来看他还是多个心眼，一听她这么说，心里就有了底儿，他用力点了点头。

“太太，您放心，这夜里我勤看着后门，一定把院子看严实了！”

“那就好，那我就放心了。”

看着姚氏的背影，老李头摇了摇头，他心里有愧，他心里明白太太想知道什么，但是他不能说，他看见过大小姐夜里溜出过小南门。

这一顿年夜饭，全家人吃得好开心。做了决定后的姐妹俩如释重负，她们也怀着一份对父母的愧疚，在席间对父母表现出平日少有的热情。起初，姚氏还心有疑虑，但是见她们不断地敬酒，自己也喝得人仰马翻的，心想过年开心，也就渐渐不当回事，由着她们性子闹。其实她不知道，这姐妹俩在酒里动了手脚，她们给别人劝的都是白酒，自己喝的都是白水。

晚宴都不知道什么时候撤席的，淑琴她们窃喜地看见她们的主攻目标——父母亲和廖氏都被丫头扶进了房。比较麻烦的是舅舅，他滴酒不沾，再加上有那个预知未来的神通，他倒是今晚最值得警惕的一个。

等大堂撤席，姐妹俩回到各自的房间，开始紧张地收拾准备。淑婉有块怀表，淑琴便让她掌握时间，夜里三点集合行动。

淑婉收拾完行李，看看表才十二点多。她坐了下来，心乱如麻，许多头绪无法理清，最让她担心的是，见到章嘉轩后她该怎么说？怀孕的事她还没有告诉过章嘉轩，这一下子姐妹俩一起找上门去，他该怎么办？

这几个时辰不知是怎么熬过来的，淑婉几乎几分钟就会看一次表，她也试着想给章嘉轩写一封信，但是写了又撕，撕了又写，气得她差点想把笔都摔了。过了好一会儿，她静下心来，再次铺好纸，端正地写上几行字：“不孝女淑婉跪禀……”

终于熬到三点，淑婉把打好的衣物包裹背在身后，一只手提着一个杂物袋子，另一只手提着一个小包，里面放着凝冻住的猪油。她悄悄地打开门，摸黑来到姐姐的房门。还没等她敲门，淑琴的房门已经悄无声响地开了。看来她也等不及了。借着月光，淑婉看见姐姐背上的包裹还要大，估计她带的衣服更多，她手里拿着一根短粗的棍子。

事不宜迟，淑婉也没多问，姐妹俩轻手轻脚地穿过院子。接近月圆时分，夜里的月光很亮，这让她们也格外紧张。

好容易挨到小南门，淑婉摸索到门闩，打开纸袋，把一包猪油都抹在了门闩上，然后一点点抽出门闩。当她们轻手轻脚地推开小门，淑婉惊讶得差一点失声叫了出来！淑琴一把捂住了她的嘴！小门打开，只见一个人披着老皮袄背朝着她们，正吸着旱烟，长长的烟杆头火星一闪一闪。

今天上午太太来马厩找他，老李头心里就明白是怎么回事，但是这层窗户纸他不能捅破。所以他夜里就守在了小南门门口，不过希望这扇门不会被打开。

“大小姐，回去吧，回去就没事儿了，没人会知道。”老李头还是坐在台阶上说话，并没有回过头来。

淑琴从兜里拿出一沓钱，递给了老李头。

“李大爷，通融一下，我们都会感恩您一辈子！”

淑婉惊讶地看了姐姐一眼，似乎她早有预料。

“这钱我要是收下了，我老李头成什么人了。我是为你们好，年轻人做事莽撞，可不能由着性子来呀！”

“李大爷，求求您了！”淑婉带着哭腔央求道。

“怎么还有你？”老李头说着回过脸来，“二小姐，您怎么今儿个也这么糊涂？这事儿可就犯大了，俩闺女要是跑了……”

“大爷，有人来了！”淑琴紧张地轻轻叫了一声。

“在哪儿？”老李头转脸望着巷口。

淑婉惊讶地看见淑琴举起手里的短棍，重重地朝老李头头上的狗皮毡帽上打了下去！老李头一声没吭地歪倒在地下。淑琴把老李头的脸抬起来转向一侧，伸手去探了探老李头的鼻息。

“没事儿，有气儿！一会儿就能醒过来，咱们快走！”说着抓出一沓钱塞进了老李头的衣襟里，一把拉住淑婉就往巷口跑去！

第 四 章　李代桃僵

章嘉轩听见敲门声，三步并作两步赶到门前，打开门张开双臂。

“真急死我了……”突然他的话就像噎在了嗓子眼里，举着的手臂也悬空着，就像被定身法定住了，站在那里呆若木鸡！

“怎么？就让我们站在大门口？还不快接一下东西！”淑琴说着从背上解下包裹，一把推到章嘉轩怀里。章嘉轩下意识地后退了一步，他的目光定在淑琴身后的淑婉身上。淑婉低下头去，躲避开他的目光。

“你还在发什么愣？”淑琴又说道。

嘉轩这才把姑娘们让进门，然后急忙关上了门。

“真悬！差一点儿就出不来了！我还把老李头给打晕了！”淑琴说着拿起桌上的茶杯就喝，“我是又渴又饿，今晚上我就没怎么吃东西，你有什么吃的没有，让我们垫巴垫巴。”

“你打人了？伤着没有？要不要我去看看？”章嘉轩完全被眼前这一幕闹懵了。

“你去？你去你也回不来了！”淑琴一口喝干了杯子里的水，又倒了一杯给淑婉，“这得罪人的事儿我一个人扛了！哎！你到底有吃的没有？”

“我去给你们找吃的去！”嘉轩这才如梦初醒。

“我帮你去拿吧。”淑婉说着跟嘉轩走到里面，她想找个机会跟嘉轩解释一下。

这屋子的内外屋就是用门帘把外间与卧室隔开。嘉轩打开炕上的包裹，拿出了两个馒头。

“本来预备路上吃的，可是你怎么来了？”嘉轩压低嗓音着急地问。

“我……”淑婉的话还没有出口，淑琴的声音在背后传了出来，“你是真不知道呀，还是假装糊涂？”

嘉轩浑身一震，转头看见淑琴掀着帘子靠在门框上。

“恭喜你呀，很快就是两个娃的爹了！”

“这怎么可能？”嘉轩脑袋嗡的一声，转脸不知所措地看着淑婉。淑婉红着脸低下了头。

“那是你们章家的种子好呀，还是我们常家的地好？”淑琴继续调侃道，她憋了一天的怨气还没地方出呢，“你说我们常家哪辈子欠你们章家的了？两个如花似玉的大闺女连夜跟你私奔，明天这城里要是传开了，还不知道常家会不会出人命！”

“姐！你就少说两句！”淑婉听不下去了。

“淑琴，我真的不知道怎么跟你说这事儿。”嘉轩的话音里都带着哭腔，“淑婉，真怪我，我真不知道你也……”

“好了，现在也别说那些没用的了，就先走一步看一步吧。”淑琴走过来从嘉轩手里抓过馒头，一个递给淑婉，一个就朝嘴里塞，边嚼边含混不清地问，“马车什么时候到？我们什么时候动身？”

“我约了早上五点，再早城门还没开呢。”

“没想到出了老李头这档子事儿，”淑琴走到外屋喝了一口水，“就怕他醒来立马去报告我爹妈，他们知不知道你住的这个地方？”淑琴突然想到，有些紧张地望着嘉轩。

“我也不清楚，应该不会吧。除了给你们教课，我和你爹妈没有怎么聊过，但是他们可能会去问睿智。”

“要是睿智知道了，那他可真的要气疯了。”淑琴冷笑了一声，“我今天答应了他的求婚，还拿了他的聘金，就是为了逃亡的费用，他要是得到了信儿肯定就明白了。”

“那他会不会让日本人来抓我们？”淑婉害怕了。

“那就得菩萨保佑了！我们得赶在城门刚开的时候就出城！”淑琴冷静地说，“现在几点了？”

淑婉掏出怀表看了一眼。

“快四点了，马车要是早点来就好了。”

“我估摸着你们家不会把这事儿闹得动静太大。”嘉轩安慰说。

“你这时候才想到我们家的面子，早干吗了？”嘉轩刚开口就被淑琴怼了回去。

“我认得那个车夫的家，我现在就去找他，咱们早点走！”嘉轩脸一红，说着要走。

“你去多会儿回来？”淑琴问。

“来回得二十来分钟吧。”

“你还是别去了，如果路上遇到日本巡逻队，再惹出麻烦来就更糟了。那个车夫靠谱吗？”

“老实人，靠谱。”

“那就一动不如一静，我估摸他们的动作没有那么快。”淑琴真是饿了，几口一个馒头就下了肚，“你也吃点儿，一夜也没怎么吃东西。”淑琴看着妹妹说。

“我真吃不下。”淑婉手里的馒头还一口没动，“我还在担心，你那一棍子，会不会打得太重了？老李头真的没事儿？”

“你放心。你平时不打架，所以你不懂。”淑琴走过去把淑婉手里的馒头掰了一半咬了一口，“我常打架，也被人用棍子砸过头，还没有戴帽子，当时有些晕，过后就没事儿了。人的头顶骨最瓷实！”

“你怎么会想到带一根擀面棍？”淑婉好奇地问。

“你没注意听打更呀，”说到这里，淑琴还有些得意，“我听到这巡更的声音不对，本来应该绕着大院，今天总是一个方向，我就留了个心眼。”

“那你是想好了要打他的？”淑婉被姐姐的话吓到了。

“我以前溜出去的时候碰见过他。那时候我就琢磨有可能再遇上他，但是怎么也不能让他坏了咱们的事儿呀。其实不打他一棍，他也没法给我们家老爷太太交代呀。”

“姐，你这脸皮也真够厚实的。”淑婉看着淑琴眉飞色舞的样子又好气又好笑。

“等这事儿过去了，我找他赔不是去，就带着这根擀面杖，让他也给我来一下子。”淑琴这时候像个淘气的孩子，站在一旁的章嘉轩也不知说什么好。

淑琴似乎察觉了嘉轩的神色。

“你是不是觉得我一点儿都不像淑女吧。我明里告诉你，这根擀面杖也是为你准备的，万一以后你对我们姐妹俩有什么不对付的，我就用它来招呼你！”

“你能不能别那么张牙舞爪的，看你一进门就训，都训到现在了。”淑婉有些听不下去了。

“瞧瞧，这就心疼上啦？”淑琴立即把炮火转向妹妹，“看来咱们这就要立家规了，这以后家里谁说了算，倒是要掰扯掰扯……”

“时间差不多了，我要下去看看，车夫可能已经到了，”章嘉轩说着转身溜走。淑婉被姐姐的话气得说不出话，刚咬了一口的馒头也噎在嗓子里，喘不上气儿来。

“赶紧喝口水，”淑琴一边帮妹妹捶背，一边递过茶杯，“瞧你还真往心里去呀，我这张嘴本来就没边没沿的，你还不知道……”

老李头逐渐苏醒过来了。他慢慢坐了起来，脱下皮帽，摸了摸脑袋，又把帽子戴了回去。他手撑着地想站起来，但是剧烈的头晕又让他坐倒在地。他索性从地下捡起烟杆，装上烟丝，点火抽烟。一袋烟后，他站了起来，走回马厩，把拴起来的狗放了出来。然后拿起几样工具，再走回小南门门口，用凿子对着门闩的位置凿了起来，接着又在门闩上凿了几下。

老李头在下过薄雪的地面来回走了几趟，看起来像是有许多人来过。然后又把淑琴和淑婉的房门窗户纸掏破了。打开房门，进门把衣服被子扔了一地。干完这些，他掏出怀表看了看，带着狼狗跌跌撞撞地跑到老爷和太太的门口，大声喊叫：

“不好了！老爷、太太，出事儿啦！……”

“马车来了！”章嘉轩带着一阵风跑进了屋，三个人七手八脚收拾好行李。淑婉突然看见章嘉轩从枕头下面摸出一把小手枪来。他撩起长衫的后摆，把枪掖在腰后。

“你怎么会有那个？”淑婉紧张地指着嘉轩的腰间。

“什么东西？”淑琴回头问道，刚才的一幕她没有看见。

“没什么，只是防身用的，我们快走吧。”嘉轩不想纠缠这个，转身提起包裹就往外走。淑婉也只好暂时咽下这个疑问，跟着嘉轩下楼。

“你们先走一步，我马上下来。”嘉轩突然想到什么，又走回了屋里。几分钟后他走出来，手里多了一个小瓶子。

赶马车的是个四十来岁的中年人，胡子拉碴，一顶油腻腻的皮帽有年头了，毛皮黑亮还擀毡。他好像是个哑巴，见了人不打招呼也不说话。

他赶的是辆带篷子的马车。那篷子看起来还挺讲究，两边的遮板还有花雕窗户。只是有年头了，那陈旧的车篷都看不出原来的色儿了。拉车的是两匹马，本地人管这车叫二马车子，一匹马驾辕，另一匹马在右边拉套。

嘉轩让淑婉躺在车里装病人，身上给她盖了一条被子；淑琴换了一件马夫带来的旧衣服，在脑袋上扎了一条毛巾，看上去就像乡下女人。嘉轩把手里的瓶子交给淑婉。

“如果日本人要搜查，你就把它打开，小心别弄洒了，里面的东西埋汰。”

天刚蒙蒙亮，一路几乎没有遇上什么人。到了城门口，等在城门口的人已经有十几个了，还有几辆没有篷的马车。

章嘉轩坐在车把式旁边，强作镇定，眼睛却不停四下张望。虽然他不认为常家会求助日本人，但是病急乱投医，谁知道他们会不会出此下策？

五点整，城门徐徐打开，人流开始缓缓向前移动。越是接近城门口站岗的士兵，章嘉轩的心跳得越发剧烈。

马车在铁丝栅栏前停了下来，一个日本兵向着章嘉轩招手。章嘉轩跳下马车朝日本兵走去，面上露着微笑，主动用日文打招呼。

“你的日本话说得很好。”日本兵用生硬的中文说。

“您的中文也不错。”章嘉轩递上一支烟。

“我在值勤，不能抽烟。”

“那您空了抽。”章嘉轩把一包烟都递了过去。

“你车上有什么？”

“一个病人，又吐又泻，这里的大夫看不了，带她去四平。”

日本兵看了他一眼，说道：“过去看看！”

淑婉躺在车上，看不见外面的动静，心里十分恐慌。坐在身边的淑琴拉开窗帘望着窗外，突然紧张地说：“日本兵过来了！”

淑婉想起嘉轩刚才的交代，急忙打开手中的小瓶子，一股冲鼻的恶臭在车篷里弥漫。淑琴抓起被角捂住口鼻。

章嘉轩来到马车前，掀开篷帘，一股恶臭迎面扑来，日本兵皱起眉头后退了一步。

“不好意思，不好意思，她又拉了。”嘉轩连连鞠躬。

日本兵捂住鼻子没有说话，摆了摆手让他们通过。

马车驶出城外，嘉轩叫停了马车，掀开车篷。

“你们可以把瓶子扔了。”

淑琴跳下车一阵干呕，好一会儿才缓过气儿说道：“这么龌龊的主意你也想得出来。”

“你看不是管用吗？”嘉轩笑了笑，然后转身对淑婉说，“你也可以坐起来了。”

淑婉坐了起来，把头伸出车外，大口呼吸着新鲜的空气。望着远方宽广的道路，她的心里并没有轻松下来，转脸看见姐姐欢欣的笑脸，不知为何她的心情更加沉重，她不知道前面等待她的是什么，她也不知道该如何处置她的感情和肚子里的小生命……

常家大院一时翻了天！常老爷和姚氏衣襟不整地来到淑琴淑婉她们住的内院，看见满地杂乱的脚印和屋内凌乱的衣物，常老爷惊诧道：“这不是进了绑匪了吗！赶快去叫警察！”

“慢着，”姚氏叫住了佣人，“现在警察来了也没什么用，咱们自个儿先弄明白了再说！”

姚氏先走到小南门查看了被撬的门和门闩，又看了看老李头青肿带血的伤口，然后去淑琴和淑婉的房间，在里面待了好一会儿，走出来对院子里的人大声说：“你们去报警吧，就说家里来了绑匪，把我们家两个姑娘绑走了！”

姚氏看着下人们散去，却把韩管家叫住了，轻声对他说：“快去赵家把赵睿智公子请来！”

闻声赶来的姚俊安衣衫不整，大褂的纽扣还扣错了眼儿。

“这是怎么档子事儿？”

姚氏看了一眼弟弟，没好气儿地说：“还自称活神仙，自个家里的事儿怎么就掐算不出来？”

“大小姐和二小姐都不见了。”一旁的韩管家小声告诉他。

“这就怪了，昨天她们俩还来找我看事儿……”

“看什么事儿？”姚氏立即警觉起来。

“说是要看婚事。”

“那你怎么说的？”姚氏疾步走到俊安面前。

“我是怎么说来着？”姚俊安看着姐姐犀利的目光，一时慌了神，“这黄大仙上身的时候，我自己都不知道我说了些什么，可是那姐儿俩都听明白了……”

“你个蠢货！”姚氏气得一跺脚，“从你嘴里说出来的话，你总该记得一句半句的吧？”

“好像是说这丫头不敢惹，她逮谁跟谁急，这会儿她还是没本事，她要是有了本事，那就要上天了……”

“这是说淑琴啊，什么意思？”

“这不是我说的，是那个黄仙借我的身子说的。”俊安也急了。

“这话什么意思？”

“我也没弄明白呀，可是淑琴说她听明白了。”

“那淑婉呢？那个什么黄仙说淑婉怎么了？”

“好像是说让她离姐姐远点儿，她是个傻丫头，不会听劝的……”

“算了算了，”姚氏突然像泄了气似的摆了摆手，“我也不想多听了，都是一群蠢货！”她转身离开，剩下姚俊安还傻愣地站在庭院中央……

从桦树县到四平也就三四十里地，马车不快不慢地跑着。走一阵儿还得停下来给车轱辘加油。车夫从挂在车辕下的一个小铁桶里捞出黑黏的臭油，抹在车轴与车辋的结合部做润滑。大约走了一个多时辰，马车进入四平的大街。与榆树县相比，四平也是个大城市了，道路两边都是二三层的楼房，街边还有电线杆和路灯。

淑琴和淑婉还是小时候来过四平，俩人好奇地注视着车外。这里女人的打扮也要比她们那里时尚，好些年轻的女子都烫着短发。她们似乎要穿得更少些，有的就在旗袍外套一件毛皮坎肩，更显得身材婀娜。

在章嘉轩的指引下，马车停在了一家当铺的门口。这是一栋二层小楼，铺面有些老旧，但是门面收拾得很整洁，嘉轩让姐妹俩先在车里等着，他大步走了进去。没多久，有个男子跟随嘉轩走出来了。他个子高大，身材魁梧，双目炯炯有神。

“这是我的好朋友葛鹏飞，比你们长几岁，你们就叫他葛大哥吧。”

淑琴对这位葛大哥点了点头，便先跳下车，然后扶着淑婉下车。

“我来帮你们拿行李吧。”葛鹏飞想去帮她们一把。

“不必了，我们也没什么行李。”淑琴说着把包裹往肩上一甩，提着擀面杖就往里走。

章嘉轩付给马夫包车钱让马车回去。葛鹏飞走到章嘉轩的身边，压低声音说，“走在前面的那位就是你说的红颜知己？怎么还多来了一位？不会是齐人之福吧？”

章嘉轩有些尴尬地低声说道：“老哥口下留情！不是你说的那回事。”

“那你可得关照兄弟一下，鄙人可还是茕茕孑立呀！”

走进铺子，淑琴立在高大的屏风旁好奇地左看右看，她还是第一次走进当铺。

“这边请！”葛大哥带她们绕过屏风，后面是一个高高的柜台。整个柜台像是一座木板打就的城堡，有伙计坐在柜台里面，从一个小栅栏门洞里露出好奇的眼睛。

“这柜台怎么那么高呀！”淑琴好奇地问道。

“这个嘛，一言难尽，”葛大哥清了清嗓子，“我们这行门道多，规矩重，以后给你慢慢说，我先带你们去你们的房间吧。”

葛鹏飞在房间的侧面摸索了一下，墙壁打开了一扇暗门，推进去是一条长长的甬道，没想到在里面别有洞天。

“你这里可真神秘。”淑琴饶有兴趣地打量着两旁，“是不是还有什么机关，会有暗刀飞箭射出来？”

“你的想象力也太丰富了，”葛鹏飞走在前面笑着说，“不过当铺是钱银交割的地方，是胡子最想打劫的地方，也不得不提防。”

走到尽头，葛鹏飞推开一扇门。

“这里就是了。”

这是小院里的一间库房，四面没有窗户。屋里摆放的家具也很简陋，只有一张木床，一张方桌和几把椅子，一个不大的衣柜。淑琴并没有想过像家里那样奢华的日子，但眼前的景象还是让她有些失落。

“你们先坐，我去给你们沏茶。”

“条件简陋了些，先凑合住着，我再想办法。”嘉轩也看出姐妹俩的神情，不无尴尬地解释。

“不是说嫁鸡随鸡嫁狗随狗吗？”淑琴勉强笑着说。

“你这可就是骂我了。”嘉轩知道她的确在意，不由心生愧疚。

“咱们也知足吧，”淑婉一屁股坐下来，双手捧着脸，胳膊肘支在桌上，“今天能顺利逃出来已经不容易了，我躺在马车上震了这一路，骨头都要散架了。”

淑琴走到木床边，双手撑着边沿坐了下来，单薄的木床发出不胜重负的吱吱呀呀的声音。

“这么窄的床怎么睡呀？”淑琴皱起眉头，

“你们俩今晚睡这儿，我再去找地方。”嘉轩低头小声说。

“你想哪儿去了？”淑琴的脸一下子绯红起来，“我是说我这人睡觉不老实，睡惯了大炕，睡一夜能从这头滚到那头……”

“我一会儿叫伙计再加两块铺板，真是对不住了。”葛鹏飞提着茶壶进来，正好听见淑琴的话。

“我就顺嘴这么一说，开玩笑的，”淑琴也有些不好意思，“已经给你添麻烦了。”

“真是这样，”嘉轩从葛鹏飞手里接过茶壶，“今晚我们请你去饭馆吃饭，聊表谢意。”

“改日吧。今天我已经叫伙计在厨房备下酒菜了，今晚咱们痛痛快快喝一壶……”

院子里的吵闹声惊醒了淑芬，她起床穿衣，边走边揉着眼睛，走去姐姐的院子看个究竟。平日家里最引人注目的就是俩姐姐和小弟弟，在众人眼里淑芬就像一个隐形人，她在与不在似乎家人都毫不在意。可是这会儿她刚一露面，爹和娘一起围了过来，你一句我一句地不停地问。七嘴八舌中淑芬听明白两个姐姐失踪了，一下子她成了家里的重要人物。

“我夜里好像听见有人在走路。”也不知为什么，她开始编排故事。

“有好些人吗？”爹爹着急地问。

“好像是吧。”

“什么时候的事？”姚氏问道。

“后半夜吧。”

“你怎么不言语一声？”姚氏感到有些十分困惑，这和她的猜测结果不一样。

“我害怕呀！”淑芬委屈地说。

“那天亮了你怎么也不说？”姚氏急了，不自主地推了她一把。

“我后来又睡着了。”淑芬这时候感到害怕了，眼泪流了下来。

“咱们别急，别再吓着孩儿了，”常老爷心痛地说，“这都丢了俩孩子了。”

淑芬原先是想多引起家人的注意，可是看到爹妈着急的样子，就再不敢瞎编了。

后院的廖氏也拉着儿子赶了过来。

“这是咋整的？俩大活人怎么会不见了？是不是偷偷跑出去玩儿了？”

“行了！你们都别再添乱了！”姚氏站起身来，狠狠瞪了廖氏一眼。

廖氏赶忙把后面的话咽了回去。

看见韩管家还愣在那里，姚氏大声对他喊道：“你还发什么愣？没听见我喊你赶紧去呀！”

“是，是，太太，我还以为您还有什么话要吩咐……”韩管家忙不迭地说。

“太太，让我赶车带韩管家去吧，那样快得多。”老李头站在台阶下说。

“那你的头还疼吗？”

“不碍事的。”老李头戴上了帽子，陪着韩管家离开。

姚氏看见常老爷脸色苍白，出气也有些喘，就先扶着他回屋里。

淑芬看见众人散去，就偷偷溜进大姐的房间。姐姐在的时候，她不大敢进来，更不敢翻动她的东西。现在只剩下她一个人，就壮着胆子在大姐的房间翻寻好看好玩的物件。在衣服堆里，她找到一块粉红色的丝巾，看看周围没人，她就塞进了自己的口袋。随后又来到二姐的房间，她先去翻梳妆台。大姐不怎么喜欢打扮，而二姐喜欢那些个胭脂花粉，而这也是淑芬最喜欢的。她打开梳妆台的小抽屉，里面已经没有东西。当她打开最下面的暗格，发现了一个精美的胭脂盒子，打开看已经没有多少脂粉，但她还是揣到兜里。

突然，她看见了一封没有封口的信，好奇地拿起来看，没想到信的下面还有一张小照片，照片上是章嘉轩站在樱花树下微笑。

淑芬把信打开，结结巴巴地念了起来。

“慈母台鉴：不孝女淑婉给谢罪……”

老李头赶着敞篷马车一路狂奔，虽然是过年，韩管家还是让老李头把车先赶到日军驻城司令部。日本人近来总是在夜里开会，赵公子为了方便，大多时间就住在司令部里。

韩管家经常在外打交道，所以日文也不错。他向门口站岗的士兵说明来意，哨兵到岗亭打了一个电话。

不一会儿，赵睿智就从里面走了出来。韩管家把大致情况说了一遍，赵睿智紧皱眉头。

“你们等我一下。”睿智随即转身走进岗亭，立即拨打了一个电话，然后匆匆走了出来，“去你们家！”

姚氏瘫坐在太师椅上，手里拿着淑芬交给她的那封信，拿着那张纸的手一直在颤抖。淑芬站在母亲对面，小心翼翼地望着母亲，对信上的内容她虽然不太明白，但她读懂了姐姐不是被人劫走的，是自己偷偷跑掉的。

“芬儿，你要记住娘今天对你说的话，”姚氏缓过气来，“出了这个门，不许你提这封信！跟任何人都不许说，包括你爹！你听明白了吗？”

淑芬似懂非懂地点了点头。

“从今天起，只有你和你弟弟庆瀚是我们常家的儿女，你没有那两个伤风败俗的姐姐，她们也别再想进我们常家的门！”

不知道是害怕还是伤心，两行眼泪从淑芬眼眶里流了出来。

“不许哭！以后对人就说她们是让胡子绑走的，也别在娘的面前提她们的名字！记住了吗？”

“记住了。”淑芬用手背擦了一把眼泪。

“太太，赵先生来了！”门外传来韩管家的声音。

“你出去吧，先待在你的房间别出来，别跟人说话！”姚氏站了起来，把信揣好，然后推开门。

淑芬急忙溜了出去。走过门廊的时候，她还偷偷瞄了赵睿智一眼，赵睿智也看了她一眼。

“夫人好！”赵睿智健步走上台阶。

“屋里坐，上茶。”姚氏做了一个请的姿势。

“茶就不必了，我还有公务，咱们先说事儿吧。”

“那也好。”姚氏对韩管家摆了摆手，顺手带上了门。

“我们家的事韩管家都跟你说了？”姚氏开门见山地问。

“是的，韩管家在路上大致说了，一会儿我再去后院看一下。”

“昨天才定亲，今天出了这档子事，也怪对不住赵公子的。”

“您见外了，现在还是商量该怎么做吧。”

“您是明白人，我也就不藏着掖着了，”姚氏直望着赵睿智的眼睛，“这淑琴怕是心里有人了，昨天提亲的事她其实不乐意，又碍着她爹和我的面子，这明着答应了，暗里其实另有打算。”

说到这里，她停顿了一下，看看赵睿智的反应。

“您接着说，我听着。”赵睿智脸上看不出什么表情，姚氏知道他喜欢淑琴，心里很佩服这个年轻人的沉稳。

“我还能说什么？真是对不住您家对她的抬举，也对不住你对她的一片情意，我这做娘的怪对不住你……”姚氏说着掏出手绢，擦去眼角的泪水。

“这个时候就不说这些见外的话了，”赵睿智安慰道，“您看这下一步怎么做？”

“这事儿得瞒着常老爷，要不真得出人命！还得瞒着其他的人，不然常家在杨树城里就再也抬不起头来了。”

“我明白。”赵睿智点了点头。

“那这件事就这么定了，对外咱们就说是被胡子绑了。你待会儿去后院，也这么跟警察说。”

“好的，我照办。”

“另外，我要你帮我查一下她们的去向，也不能让她们就这样不明不白地跑了。”

从姚氏那里出来，赵睿智神色沉重，昨天他的预感是正确的，淑琴那么爽快地同意婚事，的确是有问题，但只是没有想到会演变得这么激烈。他走到后院，还有几个警察站在院子里闲聊，一看见赵睿智走过来，他们急忙立正向他敬礼。

“赵翻译官！”

“你们谁是领头的？”

“还在屋里呢！”

赵睿智快步走上台阶。一走进淑琴的房门，就看见还有三个警察坐在炕上，拿着淑琴的衣衫在打闹。

“你们就这么办案的？”赵睿智厉声喝道。

屋里的警察吓得跳了起来，急忙丢下手里的衣物，一个身形矮胖的警察连忙立正敬礼。

“赵先生，我们在寻找证据……”他的舌头有些打颤，口吃不清。

“那你们发现什么了？”

“胡子来得人不少，院子里全是脚印，这屋里也翻得很乱，显然他们还想寻找钱财……”

“你们觉得是那帮胡子干的？”

“这还真不好说，”领头的矮个子警察看了看手下的兄弟，“你们觉得呢？”

“我猜是大茬子山谢家兄弟干的。”一个瘦高个警察插嘴说。

大茬子山原名叫大碴子山，是附近最高的一座山。山里藏着一窝胡子，为首的是姓谢的两兄弟，也是方圆百里势力最大的胡子。两年前因为抢夺日本自卫团的枪械，谢老大被日本人视为最危险的敌人。日本人加强了对他们的围剿，但是他们依然很活跃。

“你们还有什么发现吗？”

几个警察面面相觑，都摇了摇头。

“那么你们先回去吧，继续打探，绑架的事暂时对外保密，有什么消息及时通告我们。”

赵睿智知道，要他们保密是根本不可能的，到了晚上，全城的人大概都会在餐桌上唠嗑常家的事。赵睿智这么说其实是让他们把绑架的消息散发出去，那也是姚氏想要达到的效果。

等警察离开，赵睿智匆匆赶往药铺。他心里已经知道常家姐妹会躲到哪里去。当他上楼敲打章嘉轩的房门，他发现房门是虚掩着的。

他推开房门走了进去，房间里已经收拾得干干净净，一眼就看出来是人去楼空。突然，他发现书桌下有几个揉皱的纸团。他捡起一个纸团打开一看，映入眼帘的只有几个字。

“睿智吾兄台鉴：小弟不才……”

赵睿智苦笑着摇了摇头，随手又把它揉成一团，丢在地下。

晚上这顿饭是在当铺的厨房里吃的，一张八仙桌正好坐他们四个人。当铺平日都是轮流吃饭，厨房的空间也不大，桌上摆着大拉皮、小鸡炖蘑菇、蒜薹炒肉、糖醋鲤鱼，还有一大盘饺子。菜肴虽然丰盛，但是气氛有些冷清。淑婉没有动筷子，眼泪还吧嗒吧嗒落了下来。

“哭什么哭？怎么也是大过年的，哭了不吉利。”淑琴不乐意了，把碗在桌上重重一顿！

“我想娘了，她这时候还不知道怎么惦记咱们呢！”

“你想好事，”淑琴从鼻孔里哼了一声，“她这会儿不把你我骂得七魂出窍我就不信了，不过有个人倒是会比咱们被骂得更狠。”淑琴说着瞄了嘉轩一眼。

嘉轩举着筷子刚要去夹菜，听到淑琴的这句话，他的筷子停在半空，进退都不是。

“再怎么说也是大过年的，这事儿慢慢就过去了，现在咱们继续喝酒吃菜。嘉轩，你给淑琴夹菜呀，她还没吃两口呢，酒倒是下去几杯了。好酒量！来，再满上！”葛鹏飞说着又给淑琴倒酒。

“酒呢？这酒都快见底了？”淑琴抬眼看了一眼酒瓶。

“瞧我这眼神。”葛鹏飞转身出去了一下，回来手里提着一个蓝色的酒瓶，“烧刀子，六十度，能喝不？”

“起开吧，还等什么。”淑琴先递上自己的碗。

“太夸张了，改用碗喝？”

“咱们就用碗，用碗痛快！”

“我可不行！”当葛鹏飞要给淑婉加酒，她急忙用手捂住了自己的碗。

“有什么不行？我来！”淑琴伸手夺过淑婉面前的饭碗，一手接过葛鹏飞手里的酒瓶，“今天谁也不许少喝！”

这“烧刀子”酒历史悠久，据说可以追溯到周秦时代，流行于古辽东地区。度数高，味浓烈，一口喝下去，如同吞下一把烧红的刀子，因而得名。

葛鹏飞刚才只给淑琴倒了个碗底儿，淑琴给妹妹倒了一小碗，又给自己的碗里倒了半碗。

“咱们先走一个！”

葛鹏飞急忙伸手劝挡。

“妹妹这么喝，咱们可就吃不成菜了……”

淑琴一把拨拉开葛鹏飞的手。

“你们随意，我先干了！”说完一仰脖儿就一干而尽！

葛鹏飞和章嘉轩面面相觑，也不得不举起碗喝了下去。两个人都被呛了，章嘉轩更是立时变得满脸通红！

淑婉看着他们也不说话，她知道姐姐酒量好，这点酒放不倒她，也许被姐姐的气场所带动，她竟然也把碗里的酒一口喝了个干净！

“哈哈，这才够劲儿，来，咱们再来！”

酒的确是个神奇的东西，酒过三巡，桌边的人便是神采飞扬，动作夸张，连淑婉说话也海阔天空起来。

“这是我喝的最痛快的酒！我一身轻松！如果这间屋子里有窗户，我可以从窗户里飞出去！”她说着还象征性地忽闪了几下手臂。

“从门口飞！！我给你开门！”淑琴夸张地走向门口，打开屋门，一股寒风吹了进来，“你可以从这儿飞出去！”

葛鹏飞急忙走过去关上了门。

“外面冷，这风多大！”

“我热！”淑琴说着就开始解口子，然后脱去了棉衣，露出里面的白藕色麻布的内衣。

“姐，你这是干啥？”淑婉脑子还清醒，急忙上前拿起棉衣要给姐姐穿上。

“你别想多了，”淑琴推开了妹妹，“这屋里就是咱大哥，还有咱们男人，怕啥？”

嘉轩也觉得再喝下去可能会出事，他拿起酒瓶递给葛鹏飞，暗示他赶紧把酒拿走。

“你们谁都别耍心眼，”淑琴用手指着葛鹏飞，“乖乖把酒送回来，不然今晚谁都别想好过！”

葛鹏飞无奈地看了嘉轩一眼，只好把酒交到淑琴手里。

“先自罚一杯，把你的碗拿来。”葛鹏飞把碗递了过去，“本来应该给你满上，可惜酒不多了。”

“我认罚，你倒吧。”葛鹏飞想多喝些，早些结束这个酒局。

“咱还有酒吗？”

“没了，两瓶都喝了。”

“那就不能多给你，”淑琴又把葛鹏飞的碗拿回来，往自己的碗里倒，“我不能再吃亏了！”说着她把酒瓶里的酒全部倒进了嘉轩的碗里。

“都是你的了，想这么喝就怎么喝！”

淑婉知道姐姐的情绪上来了，她本来想为嘉轩分担一些，但是转念一想恐怕会更招姐姐不高兴，便把伸出去的碗又收了回来。

“好，我陪你喝！”嘉轩端起盛了大半碗的酒看着淑琴。

“你当是罚酒啊，这可是好东西。”淑琴端起酒碗，眼泪却流了下来，滴落进了碗里，“那就跟你碰个双杯！都说天下没有不散的筵席，我倒要看看这筵席是怎么散的！”

淑琴举着碗朝嘉轩的碗碰去，她用力过猛，碗在空中碰碎了，俩人的手都被碗碴子割破了，酒水和血水流了一桌！

葛鹏飞和淑婉都被惊呆了，葛鹏飞回过神来，急忙说："你们捂着伤口，我这就去找纱布来！"

不一会儿，淑婉把他们的伤口包扎好，淑琴已经睁不开双眼了。他们把淑琴扶回了卧房，淑婉关上了门，嘉轩和葛鹏飞才回到了厨房。

"兄弟，你到底演的是哪一出呀！"坐回到八仙桌旁，葛鹏飞像变戏法一样又拿出一瓶酒。

章嘉轩看了他一眼，什么也没说，用牙咬开瓶盖，先给自己倒了半碗，咕咚咕咚喝了下去。

"一醉解千愁呀！"葛鹏飞推开了章嘉轩伸向酒瓶的手，"我现在是代表组织跟你说话，作为你的联络员，我必须知道你现在正在做些什么！"

章嘉轩没有说话，他解开身上的棉衣，撕开里面的内衬，掏出一个黄皮信封。

"这里面是杨树县城所有日伪部队的布防情况，都是我亲自查验的，绝对可靠。"

葛鹏飞接过信封，谨慎地揣进怀里。

"告诉你一个好消息，中央政府已经正式任命你为东北义勇军第十四路总司令，委任状就在我那里，明天交给你，还有六万元花旗银行的大洋券。"

"你怎么会有那么多钱？"

"那不是我的钱，是国民政府给你的活动经费。那是我从山海关背过来的。在绥中车站的时候还差点儿出事，遇上宪兵的突然搜查。我真是走运，遇到一位我当兵时的熟人，这才侥幸躲过一劫。"

"这的确是个好消息，我已经联系了大大小小十四家地方武装，如果有了政府的委任状，还有这些现金，那么收编工作就可以尽快展开。"说着他站立起来，"只是我现在还是个光杆司令呀。"

"瞧你说的，你这不是还有我吗？"葛鹏飞笑着又给嘉轩和自己斟上了酒，"这当司令是一回事儿，向组织交代是另外一回事，你还是得坦白，你把人家姐妹俩都带出来是什么意思？"

"你怎么能代表组织？"

"你少废话，除了我谁能把你的情况上报中央？"

"我真服了你了，"章嘉轩喝了一口酒，"那好吧，我就从实交代，就是所谓英雄难过美人关吧。”

“夸张了吧，那你也不能一下子带上人家姐妹俩呀？”

“你说得也是，”嘉轩的眼神有些躲闪，“其实我是看上了妹妹，本来打算通过拉拢姐姐去接近妹妹，没想到让淑琴爱上了我……”

“你这叫干的什么事儿！”葛鹏飞摇了摇头，“这也太没谱了，你是借道徐州奔沧州，结果顺手把人家徐州也给霸占了……”

“哥哥你说话可不能这么难听，”章嘉轩已经喝完碗里的酒，又去拿酒瓶，“那真的不是顺手牵羊的事儿，我原来以为淑婉冷若冰霜是不爱我，其实是她矜持。当她知道姐姐爱上我了，十分痛心后悔，结果一冲动我们就没有把持住……”

“你是说你跟她们都有了那种关系？”

“不仅是有关系，她们还都怀上了……”

葛鹏飞送到嘴边的碗倾斜着，碗里的酒流淌到了衣襟，他瞪大了眼睛看着章嘉轩，像是不认识他。

“你怎么啦，眼神那么吓人。”

“我没听错吧，你是说你前面跟姐姐巫山云雨，这紧跟后面你就暗度陈仓……”

“你别说得那么难听，最多是情不自禁……”

“别给自己整那些好听的词儿！你看你办的这叫什么事儿！你这一下子拐走人家两个黄花大闺女，人家家里还不得跟你玩命呀！”

“哎呀，你就别哪壶不开提哪壶啦，”章嘉轩把酒碗往桌上一顿，“现在她们已经都跟我来了，可是我下一步还要去收编队伍，你说我该怎么分身呀！”

“南唐的皇帝李煜先娶了大司徒周宗的大女儿周娥皇，后来还娶了她妹妹，老弟你这光杆司令也有皇帝的福分呀。”葛鹏飞走到章嘉轩的身边，拍了拍他的肩膀，“船到桥头自然直，咱们走一步看一步吧。你就先把她们姐妹安顿好，不过最好让她们分开住，我来帮你操办这件事，你该干吗干吗，先把队伍拉起来，咱不能总是光杆司令呀！”

“你真是好兄弟！”章嘉轩感激地握住了葛鹏飞的手，“来！为了患难知己再干一杯！……”

第五章　纡郁难释

晨曦从门缝外照射进来，淑婉睁开了眼睛。她感觉有一只手臂压在她身上，她转过脸，看见姐姐还在昏睡中，头发胡乱披散在脸上。她轻轻移开姐姐的手臂，慢慢起身，从水缸里舀出一瓢清水倒入脸盆。脸盆架上有面镜子，可惜有道裂纹。她对着镜子仔细看着自己的脸，由于那道裂痕，她的脸有些变形，显得似乎更加憔悴。洗完脸后，她拿起牙刷和茶缸去院子里刷牙。院子里空无一人，可以听见外面熙熙攘攘的车鸣马嘶。洗漱罢，她刚转回身要回房去，一个声音从身后传来。

"二小姐起那么早？"

淑婉转脸看见是葛鹏飞站在不远处。

"葛大哥早。"

"姐姐昨晚还好吗？"

"还好，这会儿还睡着呢。"

"那就别惊动她，让她多休息会儿。"

"谢谢大哥那么关照，昨晚失礼了，我代姐姐给您赔不是。"

"看你见外了，嘉轩跟我是好兄弟，咱们就是一家人，大哥有照顾不周的地方你们就直说！"

"看您说的，不过我倒是真有件事要求您。"

"但说无妨。"

"我想找一份工作，越快越好，报酬什么的无所谓。"

"那好，我尽快帮你去打听。"

"还有我想尽早搬出去住，您顺便帮我看看有没有合适的房间帮我租一间。"

"我记下了，一定尽快安排。"

赵仲虎家的客厅是中西合璧的，看上去要比常家的客厅气派豪华。外面盛传赵家和常家为谁是这杨树县的首户在暗地里较劲，姚氏知道那都是瞎扯，常家根本没有比高低的心，至于赵家有没有，那她不得而知。

赵仲虎一直在吸着水烟，眼睛眯缝着。姚氏手里捧着茶盏，掀开杯盖儿一个劲地吹沫儿，两人有一阵子没说话。还是赵老爷先开口。

“看弟妹一直不肯张口，一是有什么为难的事儿，我把话搁在前头，再为难的事儿您但说无妨。不说咱们两家上辈子的交情，就说我和你家老爷情谊也胜过兄弟。”

姚氏今天来并没有告诉自己的丈夫，淑琴和淑婉离家出走近一个月了，还是消息全无。常家丢了闺女的事儿已经传遍了大街小巷，甚至还有人到常家来提供情报，说在哪个胡子窝里见过这俩闺女，说得活灵活现的，其实就是为了骗几个钱。

姚氏今天来找赵仲虎的事儿她不能跟任何人说，因为事关重大，她得先明白赵老爷的态度，否则不但碰一鼻子灰还会留下祸根。

听见赵仲虎开诚布公的表态，姚氏心里有了底。她放下手中的茶盏，慢条斯理地开口道：“我们家的事儿赵老爷想必都知道了，这已经都大半个月过去了，我们是生不见人，死不见尸，这日子过得就甭提了，寒冬腊月也像在火堆上架着烤着……”

“我能理解，能理解。”赵仲虎听了连连点头，“睿智也经常跟我提起这件事，警察局和宪兵队他都托人四处打听，您看您今个儿来是想让赵某人为您做些什么？”

“警察局都是一帮蠢货，宪兵队更是一群睁眼瞎，他们都不顶事儿，我是求你再找人。”

“您觉得还有谁能有那么大本事？”赵仲虎稍稍停顿了一下，“是不是找个会看事儿的？可是听说你弟弟就不错……”

“他就是个笑话！就知道外头糊弄人，真本事一点没有。”姚氏抬起头，一双明亮的眼睛直盯住赵仲虎，“我要你帮我找最厉害的胡子！”

“你要找胡子去打探？万一就是那伙人干的？”

“我知道是谁拐走了我闺女，我就是要胡子去逮他！”

“你已经知道是谁了？”

“章嘉轩！”姚氏几乎是从牙缝里挤出这三个字。

“你家那位教书先生？”

“就是他！”

“啊……”赵仲虎拖着长音儿点着头，他似乎全明白了，“看来你是铁了心要这么做？”

“他干出那么伤天害理的事儿，我做鬼都不能饶了他！”

看着姚氏咬牙切齿的样子，赵仲虎知道姚氏已经拿定了主意。

“那我得好好寻思寻思能找什么人……”

“就找那个大茬子山的谢家兄弟！”

“为什么是他？”

“因为他狠！”姚氏的回答斩钉截铁，“因为我的条件也只有他能办到！”

“你的条件是？”

“我不要活的，杀了他提头来见！”

赵仲虎也是见过世面的人，听到姚氏说出的话也不由浑身一震：这话从姚氏嘴里说出来尖锐刺耳，像是带着血雨腥风！

“您这是气话还是当真？”

“生气还有用吗？当真！”说着她打开身边的小包，取出一个精致的盒子打开，放在了茶几上，“这是定金，事成之后，也不必真的提着脑袋来，只要能证明那姓章的死了，我再加倍付钱！”

赵仲虎远远地瞟了一眼，那盒子里摆放着一块翡翠如意。不用细看，那水头成色和雕工，都是绝对上乘之作，不敢说价值连城，买几栋宅子和几十垧好地肯定是绰绰有余的。

“您这是给我出了难题了。”赵仲虎端起水烟吸了一口。

“您是应承我还是……”

“这么着吧，您的忙我一定帮，东西就先放在我这里，我不收下您不放心我，这事儿能不能办成不好说，但是话我一定给您带到！”

“行！有您这句话就妥了！”姚氏站了起来，又从袋子里拿出一个大红包放在茶几上，看厚度比睿智带去常家的那个大了一倍，“这是睿智上回给的聘金，也不知道数目对不对，您大人大量多包涵！”

说着，姚氏弯腰给赵仲虎深深地鞠了一躬。

赵仲虎急忙站起来还礼。

“不过这事儿如果没办成，这东西您可要拿回去！”

“如果事儿办不成，这物件也就给您留下了。我家闺女不懂事，就当是给您赔不是了。”姚氏说着转身要走。

“您再等会儿，您有那位章老师的照片吗？不然怎么让他们认人呀！”

“这我倒忘了，”姚氏打开提兜，掏出了一张小照片交给了赵仲虎，“您可收好了，我这儿就这一张。”

“行，到时候我让人去照相馆里再多翻拍几张……”

从当铺出来，葛鹏飞叫了人力车。淑婉穿了一件蓝色布料棉袄，围了一条白色羊毛，跟着葛鹏飞上了车。

“真是谢谢您，这么快就帮我找到事儿做。”淑婉把手揣在袖子里，天气还是有些冷。

“也是赶巧，我先带你去看看，成不成还另说。”

“是当小学老师吗？”

“是我的一位老顾客介绍的，说他们那间小学要招老师，我就想带你去试试。你不是跟嘉轩学过日文吗？现在的学校都要教日文，还要用日文上课。”

“我教小学生日文应该可以，语文应该也行。”

“那是一所铁路小学，里面的学生大多是南满洲铁道株式会社职员的孩子，大多也是咱们中国人的孩子。可是现在不教日文不行，连他们的校长也是个日本人。前面拐弯就到了。”葛鹏飞指了指前面拐口。

拐过街角，淑婉看见路边有一面高大的白色墙院，墙院有一个半圆的拱门，门口挂在一个黑白大字写着的牌子“南满洲铁道子弟小学”。

在校门口，他们下了车。

走进校门，里面的建筑像是一座庙宇改建的，除了正面的一栋雕梁画栋的主殿，两侧还有厢房，里面似乎还有套院。葛鹏飞带淑婉从侧面的小月牙门进到后院。他们经过正殿的时候，听见里面传来孩子们琅琅的读书声。葛鹏飞径直走向西厢房，房屋的门紧闭着，他上前敲了敲门。

“请稍候。”里面传来一个男子的浑厚的声音，一听就是东北口音。

门被打开，出来一位五十开外的男子，个子不高，体形魁梧，身穿一身粗呢的深色西服。他的脸上皱纹不多，但已经是满头白发。看见站在门口的葛鹏飞和淑婉，他眼前一亮。

“欢迎二位光临。”说着，他对葛鹏飞和淑婉深深地弯腰鞠躬。

看着他深鞠躬的样子，淑婉立即意识到面前这位东北口音的男子原来是日本人。

“这位是伊东校长，”葛鹏飞向淑婉介绍，“校长，这位就是我向您提起过的常淑婉女士。”

“二位请屋里坐。”

这间屋子不大，两张桌子相对放在房间的正中，这样的摆放使这个本来空间不大的厢房显得有些拥挤。在屋子的一角有一个书架，上面堆满了文件夹和文件袋，书架旁边有一个双人沙发和两个单人沙发，但是因为面积太小，如果三个人坐下来，几乎要膝盖碰膝盖。

“真不好意思，房子很简陋，不过很温暖，不是吗，淑婉小姐？不介意我这样称呼您吗？”

伊东校长一面让座，一面用带有胸音的男中音说话。淑婉不得不承认，他真的很适合当老师，他的声音充满磁性，只是语气上总感觉有些咄咄逼人。

“您客气。”淑婉没有正面回答他，她想知道自己有没有机会在这里任教，因为她毕竟没有教学经验。

伊东请葛鹏飞他们在双人沙发上坐下，自己则搬开单人沙发，与他们保持了一个适当的距离，让人觉得他很细致体贴。

“先让我大致介绍一下我们的情况，”伊东开门见山，没有做任何客套，“我们学校接收的大多数铁路员工的孩子，将来他们也可能就在铁路上工作，所以我们希望孩子们能更好地适应环境，他们要很好地掌握日文。”

淑婉认真听着，点了点头。

“孩子们的中文课程应该难度不大，我相信淑婉小姐一定能够胜任。只是我不太清楚您的日文程度，请问您是在哪里学习的日文？”

“我的家庭老师。”

“原来这样，看来淑婉小姐家境不错。下面我们可以用日文对话吗？”

“もちろんです（当然可以）……”

“我被学校聘用了！”还没有进门，淑婉就快乐地喊了起来。她推开门，看见姐姐还半靠在炕上，身后垫着高高的被褥，而嘉轩就坐在她的身边。

淑婉猛地刹住脚，嘉轩也迅速站了起来，三个人都有些尴尬。

葛鹏飞随即走了进来。这一幕葛鹏飞也看在眼里，但是他当什么也没看见，把手里提着的一盒点心放在桌上，说：“槽子糕、雪衣豆沙、牛舌头糕。

淑婉已经找到工作了，请我们大家吃点心。”

他说着从桌上提起茶壶，给自己个儿倒了一碗凉茶，一饮而尽。

“我这两天胃口不好，还真惦记点心呢。”淑琴从炕上下来，坐到桌边，打开点心盒，抓出一块糕就往嘴里塞。

“顺便跟你们说一下，他们学校提供宿舍，我今天就搬过去。”说着淑婉头也不回地走进里面，开始收拾自己的衣物。

淑琴放下了手里的点心，呆坐在那里。

嘉轩更是张口结舌，说不出话来。

“你怎么不跟姐商量一下？”好一会儿淑琴才说出一句话。

“这事儿还用商量吗？”平日里细声慢气的淑婉突然说话特别呛人。

“你这是吃了枪药了？怎么火气那么重？”淑琴的火头也蹿上来了，“找到工作了不起呀，还不是葛大哥帮忙……”

“都少说两句。”葛鹏飞赶紧站起来打圆场，旁观者清，他知道这姐妹俩心里都憋着一股气，这时候嘉轩是指望不上了，他要是帮忙只能越帮越乱。

“人家学校挺客气，房间都准备好了，以前就有老师住过，铺的盖的都有，条件比我这里还好。”葛鹏飞知道，这姐妹俩是不可能再同住一个屋檐下的，所以在第一时间他就支持淑婉搬出去。

淑琴不作声了，她默默地站起来走到妹妹身边，帮她整理行李。

淑婉并没有多少东西，不一会儿就整理完了。淑婉手里提了一个包，葛大哥帮她拿着包裹，他们刚要迈出门口，淑琴从身后叫住了她。

“婉儿，这点东西你拿着”，说着她递给淑婉一个小袋子，“里面有些钱和抹手抹脸的护肤膏。”

淑婉张了张嘴，还是没说什么，默默地接过袋子。

嘉轩也走了过来，他的手里也拿了一样东西，用黄色绸布包裹着。

“这个你也带着。”

“这是什么？枪？”淑婉一摸吓了一跳，明明是一支手枪！

“你一个姑娘家在外，有枪安全些。”

“我也不会用呀！”

“很简单的，我来教你。”

葛鹏飞也同意嘉轩的做法，他从淑婉手中接过袋子。

“还是跟嘉轩学一下，磨刀不误砍柴工……”

“校长是个日本人吧，他也住校？”嘉轩似乎是漫不经心地问。

“我了解过，他是个有教养的人。”葛鹏飞心里明白嘉轩话里的意思，肯定地回答。

“人最难看懂的就是心。”淑琴上来补了一句。

“你们都别说了，我会照顾好自己。”淑婉的话也说得很坚决，淑琴惊异地看了她一眼，觉得她已经不像她曾经熟悉的小妹了。

“今儿个是第二十三天了吧？”常继善坐在炕沿，抚摸着小女儿淑芬的头，嘴里喃喃地说。淑芬一脸幸福，以前都是姐姐和弟弟得到父母的关注，现在终于轮到她了。

“可不是吗。”姚氏随口答应着。

“怎么一点动静也没有？这绑票的都会发个镖，告诉我们要多少赎银，这钱我都给他们备下了呀！”

“就是说这个理儿呀！”姚氏还是顺着丈夫说。

“是不是他们要抢压寨夫人呀？”

“这可说不好，那些胡子什么伤天害理的事儿干不出来？前些日子他们闯进满家铺子，绑架满家兄弟的小孙子。满家人给了钱，他们嫌不够还要把人带走。满家兄弟急了跟他们拼，结果他们把人家小孙子倒挂起来用钉子给钉死了……”

“你那个弟弟这些日子去哪里了？”常继善突然问道，“都说他看事儿有一套，特别是寻人找物，这家里需要他的时候怎么他就没影了？”

“唉，您还信他？不成器的东西，老大不小了，就知道在外面耍嘴皮子，一点正经的也没有。”

常继善哪里想得到姚氏已经知道了女儿们的去向，只是想瞒住所有的人。

“如果再没有消息，我们就把钱捐出去，请政府派兵去剿这帮胡子！”常继善一拍炕沿，把淑芬吓了一跳。

屋外有人敲门，姚氏开门，进来的是廖氏母子。

“这么晚了还没歇着？”看见儿子，常继善的脸上露出少见的微笑。

庆瀚乖巧地跑到父亲身边。

“您不是也还没睡？看见您屋里的灯还亮着，我们就进来看看您。”

“这孩子长大准是个人精，嘴真甜！”姚氏的话不软不硬，也听不出个褒贬。

“这孩子这两天也想姐姐呢，没事还老去她们房里看看。”

“爹，要是她们不回来了，能不能把大姐那间屋给我住？那间屋可暖和了……”

“庆瀚，你瞎说什么？”廖氏一听就变脸了，一把抓过儿子，顺手在他身上拍了一巴掌！

庆瀚被这突然的一巴掌打懵了，他委屈地看了他爹一眼，发现他爹也没有看他，也好像没看见他被打。

“算了，孩子小，有口无心，不必计较。”还是姚氏给了台阶下。

“姐姐们会回来的。”淑芬的话让现场的气氛更加尴尬。

“当然，当然，姐姐就快回来了，我们都盼着姐姐早些回来，是不是？庆瀚？”廖氏暗暗在儿子手臂上狠狠地拧了一把。

“是的，爹爹，我想姐姐回来。”庆瀚眼里掉下了眼泪，嘴都痛得歪斜了。

“好了，好了，你们都去休息吧，我想自己静静。”常继善疲惫地挥了挥手，廖氏急忙点着头拉着儿子出去。

“爹，您歇着，我也回屋了。娘，您也早些睡吧，您的眼圈都黑了。”淑芬说着也转身出去了。

“嗯。”姚氏答应了一声。

看见女儿轻手轻脚地关上门，常继善欣慰地感叹：“家里出了事儿，这孩子倒是长进了，懂事多了。”

“女孩子家，太机灵了麻烦。”姚氏不以为然地回答，“看她的造化吧，投胎做了女人，就是一辈子累心呀！”

淑婉整理完东西，心里空落落的。长这么大还是第一次独处，她感觉那么无助。坐在桌前，她打开一本日文书，内页的一行雄健洒脱的字迹映入眼帘：“山河不足重，重在遇知己，淑婉小妹惠存。”

两行热泪夺眶而出。淑婉合上书，趴在书桌抽泣起来。忽然她停止哭泣，警觉地抬起头望着门口。

片刻，门外响起敲门声，淑婉几乎从椅子上跳了起来，她最担心的事还是发生了！

“是谁？”她厉声问道，声音有些发颤。

“是我，伊东校长。”外面的男声还是那么平稳醇厚，但是在淑婉此时听来，就是一种无形的威胁。

“你有什么事吗？”

“没什么事，就是来看看你。”

“我很好。”淑婉突然想起什么，一边回答，一边从小包里面掏出嘉轩给她的手枪。

“请开开门。”门外的伊东校长似乎没有离开的意思。

握住了枪，淑婉似乎有了勇气。她用衣袖擦了一把眼泪，再次查看了一下手枪，慢慢走到门口，把房门拉开了一条缝。门外，伊东校长手里抱着一条被子，他站在门口说：“这里没有火，夜里还是很冷，我怕你的被褥不够暖，再给你带一条来。”

淑婉一时愣住了，不知说什么好。

“你接一下被子，太晚了我就不进去了。”

淑婉紧张地用一只手去托被子，用被子挡住手枪，才长舒了一口气。

“我有一个女儿跟你的年龄差不多，”伊东看着淑婉说了一句，“到年底我就能回去了。我真想家，我看你哭了，你也是想家了吧？”

淑婉不知说什么好，只是点点头。

“以后有什么需要就找我，我会尽力帮助你的。你早些休息。”

伊东转身走了。淑婉关上门，把被子扔在床上，一屁股坐下，呆呆望着手里的枪，久久一动不动……

淑琴又靠在了炕上，眼神茫然地望着墙壁。嘉轩坐在桌旁，也不敢贸然靠近，他知道淑琴心里一定憋了一肚子话。

“你知道我在想什么吗？”淑琴突然发问。

“想你妹妹吧。”嘉轩小心翼翼地回答。

“我在想你那把枪。”说着她转过脸望着嘉轩。

“我不太明白……”嘉轩有些不知所措，他想不到淑琴会问这个问题。

“你能再给我搞一把吗？”

“你要枪干什么？”嘉轩更是丈二和尚摸不着头脑了。

“难不成我就是这窝里的金丝雀了？”淑琴冷笑了一声。

“这不是暂时的吗？”

“她能有办法，我就不行？”淑琴从炕上跳了下来，“我一直想把淑婉拢在胳肢窝下面保护她的，没想到她飞得比我还早。”

“这不是情况特殊吗？”

“特殊？”淑琴从鼻子里哼了一声，“我跟她有什么不同？”

“你不要乱想……”嘉轩觉得她又在映射什么了，他的表情也有些僵硬起来。

“是你的想象力太丰富，”淑琴的嘴还是不饶人，“脚上的泡是自己走出来的，我虽然是个娘们儿，但是有事我自己会担当！”

“淑琴，你要这么说，那扯得可就太远了！”嘉轩的脸越来越挂不住了。

“你说我妹妹为什么跟我们出来？又为什么急着出去？我宁愿今天出去的是我！”说到这里，淑琴终于憋不住了，热泪夺眶而出！

嘉轩愣了一下，顿时感到十分惭愧。他心里一直隐藏的愧疚，让他看不清实际是淑琴为妹妹痛心，她不想把妹妹排挤出他们的关系，但是又无能为力，只有在心里自我折磨。嘉轩冲了过去，把淑琴紧紧搂在怀里，这是他们这些天来第一次相拥。淑琴伏在嘉轩肩头泣不成声，嘉轩心疼地爱抚着淑琴的背，终于他们双目相视，深情相吻。等情绪平稳下来，嘉轩握住淑琴的手说：“我还有一个秘密一直没有对你说，现在我必须说了。”

淑琴立刻紧张起来，瞪大了眼睛望着嘉轩。嘉轩从怀里掏出一个黄皮信封，从里面掏出一张纸递给淑琴。淑琴的手有些颤抖，她打开一看，原来是一份委任状：

> 国民政府军事委员会任职令：
>
> 统（二）086号
>
> 兹委任章嘉轩为东北义勇军第十四路总司令。
>
> 此令
>
> 委员长蒋介石
>
> 中华民国二十三年一月

“你不是常常为我不知去向而担忧吗？”嘉轩从淑琴手里抽回委任状，放回信封，又揣回怀里，“我是有苦衷的，有些事没有结果，我就不能说，但是事情我也不能不干。”

“那你以后要带兵打仗吗？”淑琴兴奋地问。

“那还难说，我现在是要去收编一些地方武装，因为这里还没有我们的正规部队。”

“你说的地方武装，是不是就是那些地痞、胡子呀？”

“差不多吧。”嘉轩含混地回答。

“他们能听你的吗？一群打家劫舍的胡子！”

“也不完全这样。他们很多人都是穷苦人，被生活所逼，但是他们都恨日本人。他们手里有枪，他们也想从日本人那里搞枪，壮大自己的武装。”

“这些人说变就变，与他们打交道会很危险的。”

“不怕，我还有个弟弟在国军当连长，真要是他们要混，我就叫我弟弟带兵收拾他们！”

“真的？”

“开玩笑的，他一个小连长哪有权力带兵？不过前几年的九一八事变你是经历过的。前年成立的伪满洲国已经不让我们当中国人了，再危险我们也不能不去跟他们斗！不然就真的亡国灭种了！”

“不怕，我们这里还会有个小男子汉！”淑琴把嘉轩的手拉过来，放在自己的肚子上，“我都感觉他在动了。”

“不会吧？才四个月就会动？”

“这个你不懂，我问过人家，四个月就能感觉到了，不信你摸。”

嘉轩把手放进淑琴的腰间，全神贯注地感觉着。

“他又动了！你感觉到了吗？”

“好像是，又好像是你说话的颤动。”

“你这个笨爸爸。”淑琴笑着用拳头捶打嘉轩的背……

第六章　一语成谶

早操的时刻总是淑婉最舒心的时刻。熬过漫长的黑夜，走进明媚的晨曦中，看见孩子们一张张纯真的笑脸，淑婉感到这是她一天里最大的享受。正当她专心看着孩子们做操的时候，身后有人轻轻叫她："小常老师，校长有请。"

谢过同事，淑婉走过院门，来到校长办公室，轻轻敲了敲门。

"请进！"校长在里面应答。

"校长早！"淑婉进门给校长鞠了一躬。

"小常老师，你早。"校长还在低头写字，他的毛笔字写得很漂亮，蝇头小楷端端正正。

校长没有抬头看淑婉，也没有请她坐下，而是自顾自地写字，这让淑婉感到有些拘谨。

"我是不是来得不是时候？我可以待会儿再过来。"

"不必，我马上就完。"伊东校长边说边写，还是没有抬起头来。

在淑婉的局促不安中，伊东终于放下了手中的笔，他站立起来，转过身背对着淑婉。"国破山河在，城春草木深"，念完这两句，他转过身来，眼睛看着淑婉，示意她继续念下去。

"感时花溅泪，恨别鸟惊心。对吧？"

淑婉立即明白了，这是昨天下午她在下课后给学生们讲的杜甫的《春望》。

"昨天有同学问我这第一句，我就给他们解释了一下。"

"这是在我们的教科书上的吗？"伊东提高了嗓音，脸上的表情是淑婉从未见过的，有一种居高临下和冷酷的轻蔑。淑婉对眼前这张脸感觉是那么陌生。

"常老师，你是个聪明人。"伊东显然从淑婉眼中读到了她的心理变化，他收敛了一些，口气也变得缓和，"我们日本帝国和'满洲政府'每年花费那么多的财力和精力，免费为‘满洲国’的孩子们提供教育，我们应该得到善意的回报，我想小常老师应该懂得。”

“教孩子们历史和文化避免不了要提及历史……”

“什么历史？”伊东再次拉高了声调，像是要在气势上彻底压服淑婉，“你所要教的就是我们提供的教材上的历史！”他说着走回到办公桌，抓起他刚写好的那几页纸，“看看这是什么？这就是教材！我可以从头到尾地默写下来！”

淑婉惊异地看着咆哮中的伊东，一句话也说不出来。

“你现在把这几页拿回去，好好读一遍，最好也能背下来！以后上课就按照教材来讲，不准多一个字！”

淑婉没有去接他手里的那几张纸，只是静静地看着他。

“我那里有教材，如果校长没有其他什么事了，我要去备课了。”

伊东举着那几张纸的手一直没有放下来，看着转身离去的淑婉，许久才慢慢地把这几张纸揉成了一团……

“你看我这是鸠占鹊巢了。”嘉轩把手里的信封交给了葛鹏飞，“你离开几天这店铺的事儿我能做主吗？”

“你放心，店铺伙计那里我都交代过了，你只要晚上核对一下账目，有什么要拿主意的事儿，跟他们商量一下。”葛鹏飞接过嘉轩递来的信，小心揣进衣襟里。

“我那位同学思想新潮，为人开朗。”章嘉轩为葛鹏飞添茶，“在东京的时候，我们谈起过关于日本人占据我们家乡的事，还是他主动提起的。言谈之中，很有些反日的倾向。可是那时候我们还不熟，他的家庭背景又很复杂。他父亲长袖善舞，说是生意人，跟官府走得很近，但是人们都传言，他跟各路的胡子都有来往，我吃不准他，所以没敢在他面前表态。”

“那你为什么这次让我去试探？我们有胜算吗？”葛鹏飞喝了一口茶。

“也许是直觉吧。我们回国后，他完全有机会去大医院做医生，但他回来不久，就去了日本宪兵队当翻译，为此招来不少骂声，可是他为什么要这样做呢？他家里有钱，肯定不是为了收入，所以我觉得他另有所图。”

“你是说他可能在秘密抗日？”

“不排除这种可能。”嘉轩说得激动起来，“我有几次向他打听日本人的军事布防，他居然跟我说得非常详尽，所以我怀疑他是有意而为。”

“那你当时怎么没有及时发展他？”

“说来惭愧，”嘉轩不由低下了头，“是他把我介绍给了常家，而且他告诉了我，他喜欢常家的大小姐，可是……”

“可是你横刀夺爱？”

“这是阴差阳错，其实我去了以后，的确喜欢上了常家的小姐，不过是二小姐。”

“可是你怎么……”

“造化弄人吧，”嘉轩显然不想继续这个话题，“这件事我的确有愧睿智，在我的信里我也写了，算是一个交代。”

“看来我这趟使命比蒋干盗书要难多了，尽量不辱使命吧。”葛鹏飞站起来，“如果没有别的事，我现在就走了。”

嘉轩上前紧紧握住葛鹏飞的手，心里的谢意也融入这紧紧的相握之中。

葛鹏飞刚迈出门，淑琴从外面走进来。

“葛大哥这就要走？”

“你也知道了？”

“嘉轩跟我说了，他托你有事，我也托你有事，请稍等。”说着走进了屋。

葛鹏飞看了嘉轩一眼，嘉轩摇了摇头，表示他也不知道什么事。不一会儿淑琴走了出来，手里拿着一封信。

“拜托请交给睿智。”

葛鹏飞又看了嘉轩一眼，嘉轩假装没看见，转身走进屋去。

葛鹏飞接过信揣了起来。

“一定带到。”

“睿智是个好人，虽然他给日本人做事，我希望你们的事不会害了他。”淑琴似乎对嘉轩的安排有所猜疑，有些不放心地关照。

葛鹏飞估计嘉轩没有跟她细说要找赵睿智做什么，善良的淑琴有些担心，他点了点头。

“你放心，我有分寸。”

“还有，你要想法子去我家看看，打听一下老李头怎么样？要是能见到他，你把这些钱交给他。”淑琴说着递给了葛鹏飞一沓钱，“原以为跑出来会花费不少，没想在你这里也没有什么需要花钱的地方，只是我欠睿智的钱还暂时不能还他，你也帮我说一声……”

赵睿智是骑着马赶回家的，当他走进客厅时还是一身戎装。葛鹏飞见赵睿智进门，立刻站立起来，双手抱拳。

“鄙人葛鹏飞，未曾通禀，贸然登门，还乞谅宥！”

赵睿智上下打量了一下访客，虽然他言语甚谦，但是气宇轩昂，眉宇之间英气四射，他知道来人非等闲之士。

“我听说您是我东京同学的朋友，不知您说的是哪一位？”

“在下这里有书函一封。”葛鹏飞从怀里掏出了一封信递给了赵睿智。

赵睿智看了一眼信封上的字，便知是谁写来的信。他望了一眼坐在太师椅上的父亲，顺手把信揣进口袋，并没有拆封。

“葛姓最多的地方是江苏吧，可是葛先生的口音不像，来东北很多年了吧？”

“所说极是，葛姓的第一大省是江苏，但我的祖籍是山东。”

“山东哪里？”赵仲虎一听来了精神，“咱们可是老乡了。”

“山东蓬莱。”

“真是越说越近了，我们老家靠近烟台，也算是贴着的近邻呀！”赵仲虎显得十分兴奋，简直要喧宾夺主了。

“葛先生初次到这里来吧？”赵睿智打断了父亲的话，“要不要我带你去转转？”

“求之不得！”

“会骑马吗？”

“会，只是骑得不好。”

“不怕，咱们也不是去赛马。”赵睿智站了起来，“爹，我陪他出去转转，一会儿回来，让他陪您喝酒。”

赵睿智骑一匹枣红马领头，葛鹏飞骑一匹栗色马紧随，在冬末的原野上驰骋。不一会儿他们来到一片坡地，前面有一座古旧的城墙。

“这就是叶赫那拉古城，你应该听说过。”赵睿智勒住了马，举鞭指着前方。

“听说过，叶赫那拉部落被努尔哈赤所灭。不过他们与清朝皇室的关系十分微妙，努尔哈赤的夫人孝慈高皇后和慈禧太后都出生在这里，这些女性对清王朝影响很大。”

“你对这段历史还挺熟悉，那我们就走进去看看吧。”

二人拴好了马，信步朝残破的城墙走去。朔风猎猎，四野茫茫，周围看不到行人，让人生出一种苍凉之感。

“这座古城的建筑还是很有特点的，每道城门有木、土、石三道城墙，城外还有护城河，特别是里面那座八角楼，是北方少见的古建筑群体，可惜已经败落了。”

说话间，两人来到了城墙，登高望远，谁也没有说话。

“你还没有说明来意呢。”还是赵睿智打破了沉默。

“你也还没有看那封信呢。”葛鹏飞笑着回答。

赵睿智从兜里掏出了信，看也没看，几下就撕碎了，丢下了城墙。

葛鹏飞吃了一惊，不知道赵睿智是不是因常姑娘的事而恼怒。

“我对他的了解比他自己认为的要多。”赵睿智笑了笑，“他敢做不敢当，有才气但是缺乏魄力，也许他将来也会带兵，但他还是适合文官而不是武将。我看你倒是块行伍的材料，你当过兵吧？”

“当过几年兵，”葛鹏飞爽快地承认，他发现在赵睿智面前很适合讲真话，“只是没有文化，干不成大事。”

“你在嘉轩身边很好，你可以辅助他，一文一武，相得益彰。”

“赵先生过奖了。”

二人策马信步，来到了一条河边。

“断垒生新草，空城尚野花。翠华今日幸，谷口动鸣笳。”睿智望着河水吟诵了几句诗。

“睿智兄还是诗人呀，出口成章。”葛鹏飞笑道。

“我哪有这份才华，这是康熙皇帝的诗。”睿智用手中的马鞭一指，“康熙、乾隆都曾在这里狩猎，此地史称‘盛京围场’，据传这首诗就是康熙乘狩猎之兴所做。”

“我只知道这条河好像通往二龙湖，听说日本人不喜欢名字中带龙，因为他们只希望这里人认为他们是伪满洲国人，要去掉所有关于中国的印迹。”

“你是南京方面的人吧？”赵睿智突然打断了葛鹏飞的话，单刀直入地问。

葛鹏飞愣了一下，接着点了点头。

“章嘉轩向我打听日本驻军的情况，尽管他绕了那么大的弯子，其实我早就知道他是什么人。”

“那么赵先生您又是什么样的人呢？”葛鹏飞不失时机地反问道，他的话果然把赵睿智问得一愣。

“你还真把我问住了，”赵睿智想了想，念出一句诗，“时人不识凌云木，直待凌云始道高。”

“我的文化不高，赵先生能不能解释一下？”

“我有些放肆了。”赵睿智转回目光，“压抑得有些久，遇到你就像他乡遇故知，不对，是他乡遇老乡！”说着他发出一阵爽朗的笑声。

但是，葛鹏飞不想放过这个机会。

“您还没有告诉我您刚才诗句的意思？”

“那你猜呢？”赵睿智脸上突然露出顽皮的笑容。

“要让我猜，那就是跟‘身在曹营心在汉’差不多。”

赵睿智专注地看了葛鹏飞一眼，葛鹏飞也镇定地看着他。

“看来我这套黄皮还没有镇住你呀！”

两个人相视一笑。

“其实人生有时候就像站在这界河两岸，泾渭分明。”赵睿智继续说道，“人不能脚跨两岸，总是要选择站在哪一边，谁也无法逃避。”

“赵兄说得对，良禽择木而栖，贤臣择主而侍。不好意思，在赵兄面前班门弄斧了，见笑！”葛鹏飞抱拳朝赵睿智拱了拱手。

“常家姑娘在你那里可好？”赵睿智像是漫不经心地问道。

“她们都挺好，淑婉还找到了工作。”葛鹏飞觉得已经没有必要隐瞒。

“她们也在四平吧？”

葛鹏飞没有回答，但是赵睿智已经懂了。

“你们真是胆大，常家人到处悬赏，但是他们都以为她们会远走高飞。”

“灯下黑嘛，其实家门口最安全，她们还不宜远行。”葛鹏飞道出实情，他从怀里又掏出一封信，“在家里不方便给您。”

赵睿智一看信封的字，迫不及待地拆了开来，葛鹏飞在一旁悄悄地叹了一口气。

傍晚时分，淑婉有些疲倦地走回宿舍。刚进院子，她看见有一个人站在门口徘徊，她不由愣住了。

看见淑婉走了进来，嘉轩停住了脚步，然后快步走了过来。

“你怎么在这里？”

“是伊东校长带我来的，”嘉轩故意答非所问，“他说你还在上课，让我在这里等你，他这个人看上去不错。”

“我是说你来干什么？”嘉轩的最后一句话让淑婉听了反感，她的眉毛先皱了起来。

“来看看你呀，想知道你过得怎么样？”

“我过得挺好，你回去吧。”淑婉站在宿舍门口，就是不开门。

“时间还早，我再待会儿。”嘉轩只好耍无赖。

“你还是去陪我姐吧，我都挺好，不用你操心。”淑婉拉下脸下了逐客令。

“就是你姐让我来看你的呀，”嘉轩只好讨饶，“看看你生活得怎么样？”

“到底说实话了，怎么不早说？”淑婉更加没有好脸色了，她掏出钥匙打开门，推开房门，自己站在门口，“你进去看呀，看看还有什么不知道的。”

嘉轩硬着头皮走了进去，他在里面看了一圈，淑婉还是站在门口没有进来。

“淑婉你进来呀，我跟你说件事。”

“我在门口听一样。”淑婉靠着门框，冷眼看着他就是不动身子。

“我让葛大哥去你们家了。”

“什么？我爹娘怎么样？”一听这话，淑婉似乎忘了刚才的矜持，很快走了进来。

“他当然没敢直接去你们家里，就在你们家院子外面转了转，见到了老李头。”

“对了，我正要问老李头怎么样了？”淑婉凑到嘉轩跟前，完全忘了赌气的事儿。

“他挺好，葛大哥要把你姐给的钱交给他，他死活不要，只是要你们在外面当心自己……”

淑婉的眼泪一下子涌了出来。在嘉轩眼里她的神情楚楚动人，把嘉轩都看呆了。

“那我爹我娘呢？”

嘉轩如梦初醒，急忙接着说：“你爹妈的身体挺好，就是到处托人打听你们的消息。不过他们挺聪明，说这一切都是山上的胡子干的，城里的人都在骂胡子没有人性……”说到这里嘉轩突然意识到什么，脸一红说不下去了。

“谁知道那个没有人性的胡子躲在这里。”淑婉立即明白了，带着泪水的脸上笑开了花。

“你真美。”嘉轩情难自禁地说道。

“守着我姐你还想什么呢？”淑婉板下脸来。

“你是知道的，对你姐我是喜欢，但对你我是真爱。”

嘉轩说的是发自心里的话，几天来一直在孤单寂寞中的淑婉被感动了，“既知如此，何必当初？……”她低下头软瘫在椅子上，像是在喃喃自语。

嘉轩不由自主地走到淑婉的身边，轻轻抚摸她的头发。淑婉身子一软，歪倒在嘉轩的怀里……

不知过了多久，门外传来一声轻咳，他俩如梦初醒，迅速分开。

“食堂还给你留着饭呢。”伊东校长在门外说了一声。

“我马上就去。”淑婉站了起来，迅速擦了一把脸上的泪水。

“还有我们的校门马上要关闭了，请这位先生也要从速离去。”

章嘉轩也站了起来，不无尴尬地说道：“我知道了，我这就走了。”

章嘉轩身穿皮袍，头戴毡帽，手里提着一个皮挎袋子，就像一个做买卖的生意人。葛鹏飞帮他拎着一个包裹，淑琴陪在一旁走出了门。

“你真的不带这个家伙了？”葛鹏飞掀起长袍后摆露出了盒子枪。

“不带了，跟他们谈事儿，要靠这个可是斗不过他们。”章嘉轩笑了笑。

“说的也是。”葛鹏飞放下衣襟，“这胡子善变，你要顺势而为，谈不拢就作罢，来日方长。”

“知道，你就放心吧，去的那几家还是有把握的，只是最后要去的谢家兄弟不好整。”

“不好整就先别整了，等你有把握再说。”淑琴突然插了一句。

“这谢家兄弟是这一带最有实力的，影响也大，只要把他们拉进来，那就能打开局面。你们放心，我会小心行事。”

走到当铺门口，伙计牵着一匹白马在等候。那匹马有些岁数了，毛色斑斓，眼睛有些浑浊，低头摆尾，不像有精神的样子。

“这匹马算不得好马，但是听话，耐力也不错，去山里骑马还是比坐马车

强。再怎么说你现在也算是白马王子了，对吧，淑琴？”葛大哥边说边把包裹系在马鞍子旁边，

“有这么灰头土脑的白马王子吗？”淑琴笑了，眼神里还带些忧郁。

“放心吧，我大概三五天就回来，我会带几支野山参回来给你补补身子。”

章嘉轩翻身上马，对着葛鹏飞和淑琴摆了摆手，扬鞭而去……

穿过一片桦树林，可以看见一条被横七竖八的干枯树干掩住的小道，要骑马进去是很困难的。章嘉轩下了马，走到路边，找到一块大石头，然后又捡起旁边的一块拳头大的石头，开始有节奏地敲打起来。

不一会儿，他听见林间有一声尖锐的哨声。那是用桦树皮做的哨子，猎人可以用它模仿狍子的叫声，引诱它们出来射杀。章嘉轩继续用石头敲击了几下，然后坐在石头上等待。突然，林子里钻出两个穿着翻毛大皮袄的年轻人。他们脸上胡子拉碴，与头上耷拉下来的狗皮帽子连成一片，几乎看不清他们的面容。他们平端着枪，小心翼翼地接近章嘉轩，章嘉轩坐在那里一动不动。

“里口来的（本地盘里的同伙）？”嘉轩知道这两个胡子是在跟他盘道，他们不认识他，但是发现他会敲石头发暗号，所以问他是不是本地的同伙。

“给当家的带叶子来了。”他回答自己是给他们的头子带信来了。

“带喷子了吗？”他们在问他有没有带手枪。

“没有。”

“你是熟脉子，门清。”

嘉轩知道他们在说他是同道人，应该懂规矩，于是慢慢站了起来，举起了双手。那两人并没有放松警惕，一个仍然端着枪，另一个上前搜身。搜完身的胡子朝另外一个点了点头，于是那个端枪的也上前从腰间掏出一块黑布，蒙住章嘉轩的眼睛，然后牵着马，带着章嘉轩一脚高一脚低地走向另外一条道……

当黑布被摘去后，嘉轩发现自己已经站在了一间漆黑的房间里，虽然是白天，但这屋里没有一丝光亮从外面透进来，只是靠房间中间的一个火盆给了屋里一些光亮。

“过来坐吧，靠火盆热乎些。”坐在火盆边的一个人背对着他，声音有些沙哑。

“山里绕了那么大一圈儿，也是槽空了（饿了）。”嘉轩走到他身边，笑着坐了下来。

“闻到我的狍子肉香了吧，刚打的，我已经啃严了（吃饱了）。”那人伸手递过来一块火盆上的烤肉，“你这山里的黑话学了不少，上次教你用桦树皮吹哨子有没有学会？套狍子这个最好使。”

“听说你又干了一票大的，”嘉轩接过狍子肉大口啃着，“还得了不少枪。”

那人笑了笑，递过来一个皮囊子。

“宝泉烧酒，活血驱寒，放在皮囊子里味儿最正，是我们满族人的最爱。”

“你赫大喇叭这嘴上的功夫就是不一般。”

赫宝盛以前嗓门大，爱在山林里学虎叫，生生把嗓子给喊哑了。他就去学吹喇叭，谁家有什么喜丧事儿都会请他，后来跟人上山落草，大当家死后他就成了寨主。嘉轩接过皮囊子对嘴喝了一口。

“你这什么味儿呀，一股子腥臭！”

“那是我的口水吧。”赫宝盛一本正经地回答，然后憋不住狂笑起来。

“我知道你是故意打岔不想回答我，”嘉轩认真地看着他，“说说怎么回事？”

“都是按照你的计谋呀，”赫宝盛一脸无辜的样子，“你提供的情报，按照你的吩咐，我们在雪坷里趴了三个多星期，摸熟了他们的路线和时间。那天他们来了二十多小鬼子，我们去了三十多，还有何三炮他们二十几个，在山沟里给鬼子包了饺子。”

“不是跑了好几个？”

“都是何三炮贪心，急着下去捡枪，给鬼子留下了一个口子。”

“那何三炮是怎么死的？”

“流弹……”赫宝盛突然舌头有些不利索了，他干咽了一口唾沫，从嘉轩的手上一把拿回了酒囊，“让流弹给打死了。”

“你们原来不是不对付吗？怎么想起来这次约他挂注（入伙）？”

“这不是人手不够怕弄不过小鬼子吗，跟他拉个对马（联合作战）。”赫宝盛有些不耐烦了，“你怎么还没完没了了？跟审犯人似的？是不是听谁嚼舌头根子了？”

嘉轩不置可否地笑了笑，继续追问道：“何三炮的手下是不是都归顺你了？”

“这可是他们自愿的，群龙无首了嘛！”赫宝盛摆出一副无辜的样子。

“咱们可是要扛着抗日的大旗，可不能让人家指着我们的脊梁说，我们是在趁火打劫呀！”

“哪个王八蛋敢这么说？”赫宝盛一下子站了起来，让人又能感受到他当年大喇叭的大嗓门，他从腰间拔出枪来，“我跟他对挑！”

“你看，我刚从外地回来，这道上传什么的都有，你找谁去拼命？”

“对了，你这些天去哪了？怎么都没你的信儿了？”

“我去政府那里落实咱们的队伍番号，你有刀吗？借我使使。”

嘉轩用猎刀割开棉袄的内襟，拿出了那份委任状递给赫宝盛。

“我又不识字，你念给我听听。”

“国民政府军事委员会任职令：兹委任章嘉轩为东北义勇军第十四路总司令。此令，委员长蒋介石，中华民国二十三年一月。”

“我还没听太明白，你再给我解释解释。”

“这是国民政府给我的委任状，任命我作为东北义勇军十四路军的司令。”

“这回我明白了，那以后我们的队伍就叫东北义勇军，对吧？”

“是。”

“那你是司令，我是什么？”

“你就是带你这支队伍的支队长。”

“这么说你还有其他的队伍？”

“是的。”

“有大茬子山的谢家兄弟吗？”

“也许有。”

“那我们可有话在先，虽然他们人马多，可是我不能听他使唤。”

“你们有过节？”

“反正看不对眼。”

“那好，你们分成两个支队，你们就是喇嘛甸支队，他们是大茬子山支队。”

“那行。”赫宝盛又坐了下来，

“不过要有大的作战行动，你们可能还要互相配合，就像这次你和何三炮一样。”

“那不能一样。”赫宝盛反驳道。

“怎么不一样？”嘉轩饶有兴趣地看着赫宝盛。

“跟你实话说吧，何三炮底下的人早就烦透他了，又贪心又好色，连他自己手下兄弟的女人也搞，还说什么兄弟如手足、女人如衣裳，他怎么不把自己那十几个女人分给弟兄们？”

“那他的死是他底下的人干的？”

“差不多吧，我也没细问。”

“你看，这是个很坏的榜样，今天他们搞他投靠你，将来就可能搞你再投靠别人。”

“你不要再说了，我都明白了，以后这样的事不会再出现在我这里！”

“咱们一言为定？”

“一言为定！谁反悔谁打仗挨枪子！”

俩人握手哈哈大笑。

“你让你兄弟把我的褡裢拿来。”

不一会儿，褡裢被抬进来了。嘉轩把它底朝天翻过来，杂乱的东西滚落一地，有衣服、鞋子、书本和干粮。然后他又拿起那把猎刀，把褡裢的底部割开。原来底部还有夹层，里面是整整齐齐的一沓沓美国花旗银行发行的大洋券。

“这是什么钱？我还没有见过。”赫宝盛好奇地抓起一沓。

“这是美国花旗银行在哈尔滨发行的大洋券，现在日本人不是在搞币制统一吗，以前所有的铸币和纸币都要在规定的期限里换成伪满洲国币，这以后什么袁大头和票号的银票都不能用了。”

“这钱可不老少了。”

“我就先把这些都留在你这儿，我在外地还有。不过我这两天要去大茬子山见谢家兄弟，到时候我还要带些票子去。”

“你这么信得过你兄弟，我真服了你了！”赫宝盛在嘉轩肩上擂了一拳，“听弟兄说你身上连喷子都没带，就敢带着那么多钱往老林子里钻，真是条汉子！来，我也有件东西送你。”他说着把腰间那把枪掏了出来，“这是这次偷袭鬼子的时候得来的，打死了他们的一个头头儿。”

“这是南部式甲型自动手枪，可以装八发子弹，对吧？”

“你还懂枪？我还以为你只是个读书人呢。”

“那好吧，我就收下了。来你这里我放心，离开了你的地盘，我还是得靠自己呀！”

这话说得赫宝盛也很开心。

“今晚就跟我住，咱们一醉方休……”

“另外，我还要告诉你，我派人去你老家千金寨了，给你全家被害的亲人在那里修了个像样的坟。”

赫宝盛扑通一声跪了下来，还没等嘉轩阻拦，他已经扎扎实实在地上磕了三个响头。

“有你这样的兄弟，我宝盛这辈子认定你了！”

淑婉在灯下备课，忽听有人敲门。

“是谁呀？”她大声问道。

“是我，伊东校长。”

淑婉迅速站起来，走到床边，从枕头下摸出手枪，藏在了腰间。自从那次关于“满洲化”的教育之争后，她发现自己与伊东之间有一道无法逾越的鸿沟，她觉得自己并不了解这位看上去温文尔雅的校长。

打开门，伊东校长一脸微笑。

“我给你带客人来了！”伊东身后露出两个身影，是姐姐淑琴和葛鹏飞大哥！

“我就不打搅你们了，刚才这位先生说马上要回去，那我就送他出校门了。”

葛鹏飞上前把手里的点心盒和水果篮递给了淑婉。

“你姐要来看你，我怕路上不安全。今天晚了，你们聊，我先回去了。”

淑婉感激地朝葛鹏飞点点头，她真希望自己有一位可亲可爱的大哥。

“姐姐这些天都没有过来，你不怪姐姐吧？”淑琴沉默了一会儿才开口，这在她可是很少有的。

“我不是也没去看你嘛。”淑婉回答得也很淡漠，这在她们姐妹俩之间也是很少有的。

“你还在生我的气呀！”淑琴感到眼前的妹妹有些陌生。以前淑婉总是一副小鸟依人的样子，对自己总是百依百顺，于是她渐渐来了气儿，嗓音也提高了。

“你也没有做什么对不起我的事，我有什么理由生你的气？”

“那我就不明白了，好心好意来看你，摆什么脸子给人看！”淑琴终于压不住火了，她还觉得自己一肚子委屈。

“你也不必大声嚷嚷，喊疼的人未必有不吱声那个疼。”淑婉似乎不再害怕姐姐发脾气了，她还是一副沉静若水的样子。

淑婉的话一下子把淑琴给噎住了。淑琴瞪着眼睛看着淑婉，好像不认识她了。淑琴站着，淑婉坐着，淑琴一时不知道该如何往下接。

“我今天算是长见识了。这刚飞出来几天，翅膀就变硬了，这嘴也快变铁嘴钢牙了，再往后还不啃掉我几口肉！”淑琴说话的口气也软乎多了，她一屁股坐了下来，脑袋也耷拉下来。

淑婉还是第一次见姐姐认怂，禁不住扑哧一声笑出声来。

“你坏死了！让姐姐打两下！”淑琴站了起来，走到淑婉面前，高高举起拳头，但拳头落下去却是软绵绵的，她情不自禁地搂住了妹妹的肩膀，“来，让姐抱一下，可把姐想死了。”

“姐。”淑婉带着哭音儿应了一声，张开手臂环绕着姐姐的腰，放声哭了起来。姐妹俩紧紧搂在了一起。过了不知多久，她们压抑在心中许久的情绪得到释放，眉眼间又是姐妹情深。

“你的身子怎么样？”淑婉关切地问。

“已经不再闹喜了，胃口挺好，小东西已经会踢人了，你来摸摸。”淑琴把妹妹的手拉进怀里，“你呢？”

“还是胃口不好，早上就特别吃不下东西，吃什么吐什么。”

“再熬些日子就好了，姐这两天常过来，给你带些滋补的。”

“我想吃梨！”淑婉撒娇地向桌上的水果篮一指。

“刀在哪里？姐给你削。”

淑婉啃着梨，淑琴玩着手里的刀，她突然问道：“你的枪呢？”

淑婉不作声地从后腰拔出枪来。

“你怎么随时带在身上？”

“没有，晚上就压在枕头底下，刚才校长敲门我才带上的。”

“他有对你怎么吗？”

“这倒没有，我开始还觉得他挺像个正人君子。”

“后来他怎么了？”淑琴有些紧张。

“他倒是没有对我怎么样，只是他就是个日本鬼子，一心想把咱们中国人的孩子变成他们的伪满洲国人。”

“太可恶了！这怎么受得了？”

“我这不是还没地方去吗？在这里也没有认识什么人，葛大哥刚给找到个地方，有吃有住，不好意思再麻烦他。”

“我们也多留神，看看找个机会，早些离开这里。”

“你说的我们是指谁？”

淑琴一愣，随即醒过神来。

“你这个小心眼儿，看我不收拾你！”她说着就伸出指头去戳淑婉的额角。

“看你，心虚了吧？”淑婉边躲边笑。此刻她心里没有那么多阴影了，她知道即使有嘉轩站在她们中间，也阻挡不住她们之间的骨肉情谊。

“今天咱们姐妹就把话挑明了说吧，我们都看走眼了。”淑琴突然一本正经地说道。

“你这是什么意思？”淑婉被她这突如其来的话听懵了。

“他不是什么家庭教师，他是国民政府的特派员，东北沦陷了，政府派他来组织抗日队伍打鬼子。”

“我早就猜到了！”淑婉突然兴奋地握紧了拳头，脸上飞起两朵红晕，“他有几次对我说起抗日的事，我还问他是不是想拉队伍打鬼子呢！这件事是他对你说的？”

“是的，他还把政府给他的委任状给我看过，他现在是东北义勇军十四路军司令。”

“司令？他哪里来的队伍？”

“要靠他自己去拉，我看他主要是去拉那些胡子的队伍。”

“那些人可信吗？”

“那些人原来也都是穷苦人，还不是活不下去了才去落草？还有不少人的家人也是被鬼子杀了，他们也恨鬼子。”

“只是当胡子惯了，抢劫杀人成了平常事，这良心也埋汰了。”

“说的也是。”淑琴看了一眼淑婉。她觉得虽然她们分开才不久，但是妹妹明显成熟了许多，“他今天去胡子窝了。”

“哪个胡子？”淑婉一下子攥紧姐姐的手。

“我也不清楚，据说有好几个，他枪也不肯带，说是去了那里，有枪也没用。”

淑婉低头不语，纵使担心也是束手无策。

“这还是刚开头，就是他收编队伍成了事，以后要对付的是鬼子。张学良二十万大军对付不了几万鬼子和汉奸，他最后跑不了也就是个玉石俱焚的结果。”

“这也许就是咱姐妹俩的命吧。”淑婉轻轻地说了一句，双手温柔地握住了姐姐的手。

“我会为他生下孩子，但是我不会嫁给他。”淑琴用真诚的目光望着妹妹，“儿女情长会毁了他，让他有太多牵挂，打仗的事要是牵肠挂肚，最后会毁了他！”

“那就毁了我们自己吧，”淑婉笑着流泪，“我也会为他生下孩子，但是我也不会嫁给他！”

“我的好妹妹！”轻易不落泪的淑琴也控制不住自己的眼泪，“我准备与他一同抗日，我想以我的性格，我会比他死得早。”说着淑琴笑了。

“生完孩子，我也会加入。”淑婉也露出笑容。

“你想过万一被鬼子抓住怎么办？”

“大不了一死。”淑婉的回答很坚定。

“可是万一死不了呢？”

“那你就帮我！你现在就答应我，万一有那样的事，你要帮我！”

淑琴看着妹妹坚定的眼神，点了点头。

“那好，咱们一言为定，要是我落在敌人的手里，你也要成全我！”

第七章 狭路相逢

赵睿智推开面前的文件，从办公桌前站起身，做着扩胸伸展动作走到窗口，打开窗户深吸了一口气。突然他看见一辆黑色的轿车驶进院子，这是藤原大佐的座驾，但从里面下来的人却是自己的父亲赵仲虎。

赵睿智关上窗，心里纳闷，今天并没有人告诉他要请他父亲来。藤原没有从车上下来，但父亲来肯定是藤原派车去接的，没有让自己去接，这里肯定有原因。

“是自己暴露了吗？”赵睿智想了想，但很快否认了这个猜测。依照藤原老奸巨猾的性格，如果他发现了自己的真实身份，肯定不可能给自己留下防范的空间。他回到桌旁坐下来，评判着各种不测和可能。每当门口响起脚步声，他都不禁要抬头望去，但是等了很久也没有人来敲他的门。

突然，他听见窗外传来马达的轰鸣声，急忙站起来冲到窗口，正好看见父亲钻进轿车，而藤原站在一边向他挥手道别。

肯定是没有出什么大事，睿智的心平定了一些，但也肯定不会有什么好事。藤原不叫自己参加，定有原因。不一会儿，门外有人敲门。

他走过去打开门，门外站的是藤原大佐。

“你父亲刚才来过了。”藤原开门见山地说。

“是吗？”

“我派人请来的。”

“噢？”

“我没有叫你，因为今天要谈的事可能让你为难。”

“还有这种事？”赵睿智做出好奇的表情。

“我们要在杨树县成立地方自治维持会，我们有两位会长的人选，第一位就是你父亲，第二位是你的岳父常继善。”

“原来是这样。”

“坦白说，我知道这对你们会有很大压力，这不仅是个苦差事，还有一定危险。”藤原说这些话的时候，一双眼睛一眨不眨地盯着赵睿智，观察他的细微反应。

“这点我了解。”

“前些日子在有些成立了维持会的城市，有反日组织发传单说要暗杀维持会长，但那都是叫嚣而已。他们恨的是日本人，真要有胆量就冲着我们来了，所以只是吓唬人而已。”

“卑职明白。”

“当然我们也不能掉以轻心，如果老先生就职，我们还会派兵加强对他的安全保护，只是你父亲刚才婉言谢绝了。”

“是吗？”赵睿智还是做出一副诧异的表情。

“他说自己才疏学浅，在地方的威望也平平，当然是托词。”

“那您看是不是让我回去劝劝他？”

“那当然好，我静候佳音。”

“不过他也许不一定能听我的。”

“尽力而为吧，你能主动请缨我还是很欣慰的。”藤原拍了拍赵睿智的肩膀，转身离去。

赵睿智快步走进花亭，看见父亲正在悠闲地坐着喝茶，对面的石桌上还有一盏喝了一半的茶，像是有人刚走。

“这么冷的天您怎么坐在外面喝茶？有人来过？”

“有客人刚走。你这么早回来，是藤原让你来的？”

“我自己个儿。对不起，我喝一口。”睿智端起茶盏喝了一口，“这茶都凉了。”

“我这儿可烧心着呢！”

“我知道原因，藤原都跟我说了。”

“那你就成了他的说客了？”

“那哪能呀，要是我有这个道行，他请您去怎么不让我参加呢？”

“我也纳闷这件事，是不是他不信任你了？”

“那倒未必。藤原这个人心思缜密，走一步棋要想几步对策，我已经习惯了。”

“那倒是还好，维持会长的事儿我是不会去干的，只是这糟心的事还不止这一件。”赵仲虎长叹了一口气。

“还有什么？”

赵仲虎没有说话，从衣袖里拿出姚氏给他的首饰盒，默不作声地递给了儿子。

赵睿智打开看了一眼。

“这么精致的翡翠件儿，是宫里的玩意儿吧？是刚才那位客人拿来的？开什么价？”

“本来是给他的，人家没拿，说是办完事一起来拿。”

“这是您的？”

“是常家的，烫手呀！”赵仲虎接过盒子又收起来，“也许是爹做了一件糊涂事。”

“这究竟是怎么回事？”

“常家的大太太来找我，给了这个作为信物，要胡子找章嘉轩去算账。”

“您是说要找人去取他的性命吧？”赵睿智看见父亲躲躲闪闪的眼神就猜到了。

“什么也瞒不过你。”

“您竟然答应了这种事？您真是糊涂呀！”

“我知道嘉轩是你的朋友，可他干的那件事是人干的事儿吗？”听到儿子的指责，赵仲虎的脾气反倒上来了，“常家大太太虽然没有明说，但是常家闺女失踪的事，十有八九是他干的，说什么胡子绑架，还不是掩人耳目……”

“爹，一码归一码。嘉轩尽管有错，但是罪不至死吧？”

“这常家人可不那么想，我估摸他们认为姓章的浑小子一死，那俩闺女可能就乖乖回来了。不过咱们有言在先，就是她们回来了，你也不许再娶那个伤风败俗的女人！再说，人家把聘金也还回来了……”

“爹，咱们先不扯那个！你说刚才是谁来承诺要杀嘉轩？”赵睿智急得站了起来。

“是大茬子山的谢家兄弟。”

“他们怎么找得到嘉轩？”

“不用找，嘉轩会自己送上门去。”

“怎么？”

“具体怎么回事儿我也不清楚，但是人家说得特别有把握，说让把赏金都准备好，这两天儿就提头来领赏。”

“我去想办法阻止他们。”

“太晚了，你不了解这谢家兄弟，他们特别重承诺，说出的话从不反悔，要不怎么在江湖混到这个名号……”

“我走了。”赵睿智转身要走。

“你回来！别再添乱！”

赵睿智就好像没有听见，快步离去。

赫宝盛为章嘉轩换了一匹马。这匹小黑马个头不高，颈上的鬃毛很长。宝盛说因为去大茬子山要走很多坡地，嘉轩原来那匹马虽然高大漂亮，但是不适合走山路。他还派了他的二当家索大勇陪他一起去。索大勇也是满族人，从小住在山里，一家以打猎为生。十几年前村子闹瘟疫，全村死了一大半人，索大勇的父母都染病身亡，他和弟弟、妹妹离开山里进城。后来弟弟和妹妹去了河北，他孤身一人靠打短工度日，直到一个偶然的机会他遇到了赫宝盛，从此上山落草。因为枪法准、敢拼命，很快成了赫宝盛的左膀右臂。

一路上，索大勇不怎么说话，骑马也总是超出章嘉轩一匹马身，好像不很情愿与他并肩而行。章嘉轩也不勉强，两人相伴而行，花了大半天进入了大茬子山。

大茬子山是长白山余脉，山脉起伏，丛林密布，因为不是交通要道，加上多年来胡子猖獗，人们很少进山，所以几乎没有车行的道路。

索大勇毕竟是猎户出身，他在前面探路。他虽然也是第一次来大茬子山，但是他从地面残存的马蹄印和断枝就能判断，什么时候有多少人马经过这里。到了一片略微开阔的林间地带，他站住了。

“这应该就是谢家兄弟入寨的门口了，他们如果有岗哨会看见我们。”

等了一会儿，林子里没有动静，索大勇从马背的包囊里掏出一根小火箭。他把火箭插在雪地上，点着了引线。小火箭蹿出火苗，发出尖厉的哨声冲向天空，然后在半空爆炸！

嘉轩知道，这是胡子之间一种特殊的通报，不到特殊情况他们不会使用。这是已经混出了头脸的山头才有的资格，各个山头放射火箭的数量和品种是不同的。

果然，不久从山林中就下来十几个人。他们没有像一般土匪见面要盘问黑话，也没有搜身，只是默默地在前面带路，领他们进入山寨。

葛鹏飞拗不过淑琴，在她的房间里教她拆卸手枪。突然有伙计在门外叫他，说是柜台有电话找他。

葛鹏飞在店里安装电话还不久，座机就安置在店堂的柜台。他很奇怪谁会打来，因为知道他电话的人不多。

刚接起电话，里面就传来赵睿智急促的声音。

“嘉轩跟你在一起吗？”

“没有呀！”

“他是不是去联络胡子了？”

“是的。”葛鹏飞觉得不必隐瞒他。

“他会去找谢家兄弟吗？”

“应该会的。”

“那就糟了，能不能想办法通知他千万不要去，去了会有危险。”

“恐怕很难，我这会儿也不知道他在哪里。”

“那你要尽快找到关系，阻止他上山，因为常家出了高价要杀他！”

葛鹏飞明白这不是一般的警告，是确确实实的危险。他在脑海搜索什么人可以帮助他找到嘉轩，或者能去大茬子山阻止他上山。

“我先挂了，我也再想想办法，有情况再通知你。”

挂下电话，葛鹏飞呆坐在椅子上，一时想不出可行的办法，突然身后传来淑琴的声音：“是嘉轩出事了？”

原来淑琴久等葛鹏飞没有回来，看着零件摊了一桌的手枪，她料定有事，便走去堂前，没想看见葛大哥一脸愁容坐在那里，她心里本能地一紧。

“也不能算是有事，只是提醒我们。”

“谁？谁提醒我们？”

“赵睿智。”看着淑琴犀利的目光，葛鹏飞吞吞吐吐地说出了赵睿智的名字。

“睿智说什么？你痛快说！都快急死人了！”

葛鹏飞把刚才的电话内容大致说了一遍，淑琴二话没说，伸手就把葛大哥从椅子上拽起来。

“走！”

回到屋里，淑琴开始收拾行李，葛鹏飞问道：“你这是要去哪里？”

“大茬子山！”

“你自己要去？”

“哪那么多废话？再晚了那咱们就真等着捧人头了！”

“你让我再想想……”

“别想了，我妈要的是他的命，不是我的命，我自己去！看他要谁的命！”

“可是……”

“没那么多可是，你跟我去吗？”

葛鹏飞一听这话，不由苦笑。

“我能不去吗？”

“那好，赶紧把你桌上那堆劳什子收拾起来，咱们这就走！”

走进谢家兄弟的议事大堂，章嘉轩感觉气氛有些不对。以前他来时，谢家兄弟会请他去客房，他们谈话时也没有外人在，这议事堂他还是第一次进来。说是议事堂，也就是比普通的农家客堂大一些，不同的是房屋的正中间有香案，佛龛里供着红脸的关公老爷。

今天这议事堂里站了十几号人，各个虎视眈眈。谢老大个子不高，蹲在太师椅上抽着长竿烟锅，头也不抬。谢老二身材魁梧，身上披一件鬼子的黄呢大衣，背冲着他们，听见他们进来也不转回身。

“这是怎么了？是嫌我来晚了？”章嘉轩强作镇定地笑着跟他们招呼。

“不早不晚，来的正合适。”谢老二转回身，眼睛里凶光毕露，“都还愣着干吗？还不把他们绑起来！”

众人一拥而上，七手八脚就把章嘉轩和索大勇给绑了起来。

“这是怎么回事？我是喇嘛甸的二当家，你们懂不懂规矩？”

“要说规矩，咱们就有得说了。”谢老大慢腾腾地把烟杆铜头在太师椅上磕了磕灰，“这账咱们一笔一笔算，不过还轮不着你，我要找你们当家的。”

“谢老大，您在江湖上可是拔头份子的人，顶天立地，我这带朋友上山，有什么过节也该单算，这人多势众弄我们俩，要是传出去……”

“传出去？怕是你们没有那个命了！”谢老二冷笑一声，令人不寒而栗，章嘉轩知道今天麻烦大了。

"谢老大，我这大老远地上山，您总得让我把话说完，我还有东西要给你看。"

谢老大摆了摆手。

"你要说些什么，我都明白。这杀鬼子的事儿，我还是答应你。不是因为你说得好听，是我们跟他们有仇，哪天我下山杀了鬼子，我提着小鬼子的人头到你的坟前祭拜你。"

章嘉轩感觉一股凉气从脊梁上寒到脚跟，似乎没有回旋余地了，他不知道这变化来自何方，但是他也不能束手就擒。

"谢老大，这脑袋容易砍，要长回去可就难了。咱们之间有什么过节，恐怕还不到不共戴天的份儿上吧？"

"我不知道我们什么时候结下了梁子，可章先生是无辜的，他现在是国民政府任命的义勇军司令，你们不能这么滥杀无辜呀！"

"我说这么早怎么外面就有老鸦叫唤，原来是你这个丧门星自己要撞上门来！"谢老大突然提高嗓门，一拍桌子，"那好，死也让你死个明白。你们前几天打死的那个何三炮是我拜把子弟兄，我们插过香拜过天，歃血为盟，同生共死。你们打黑枪还霸占了他的队伍，还跟老子谈什么联合抗日？我要是跟你们一起，早晚也要挨黑枪！"

"谢老大，这里有误会……"

"有什么误会去跟何三炮解释吧，拉出去砍了！别浪费我家的子弹！"谢老大一挥手，几个手下不由分说，拉起索大勇就往外拖。不一会儿这几个人就回来了，把一颗血淋淋的人头丢在了章嘉轩的脚下。

"看来我也不用多废话了。看在我们还有过交情，能不能给临死的人一个面子？"章嘉轩知道今天是凶多吉少，但是还想尽量拖延，寻找一线生机。

"说来听听。"

"在路上赶了一天，这也是快吃晚饭的时候了，也别让我当个饿死鬼。我那匹马驮子里有索格营子的圣元春酒，本来是想庆祝我们合作的，好歹当作一顿送行酒，也不枉我们认识一场！"

谢老大望了望天，天色已经转暗，他爽快地点了点头。

"那就现在喝吧，我也陪你喝两盅！"

"这酒是不错，"谢老大又给自己倒了一碗，跟章嘉轩碰了一下碗沿，"你要是错过这顿酒可真的冤了。"

章嘉轩知道谢老大爱喝酒，所以特地让赫宝盛去搞了几瓶，没想到竟然成了自己的送行酒。他苦笑着摇了摇头，用被绑住的双手捧起酒碗，扎扎实实地喝了一大口。谢老二皱着眉在一旁磨着一把猎刀。他没有喝酒，看得出他不赞成大哥跟这个就要被砍脑袋的家伙喝酒，心里暗想，一会儿要亲手把这颗长着漂亮脸蛋的头砍下来！

“听说大哥祖上是这一带有名的镖师？”嘉轩问道。

“知道会友镖局吗？北京头一号。总镖头跟我们祖上那是换帖子的兄弟。我们祖上也经营了一家镖行，只是到我爹这一辈被贱人和奸人所害，你看我们谢家兄弟俩不养女人，就是这个道理。”

“的确是，人家山头的寨主少说养着三四个女人，还有养十二金钗的，你们哥儿俩这样的可是少见。”

“我爹就是死在女人手里，”谢老大有些喝多了，舌头都有些大了，“他就不该把个窑子的女人娶回来……”

“哥，”旁边的谢老二显然不高兴了，“你少喝点儿！”

“你住嘴！管天管地，你还管你哥喝酒？”谢老大喝住了弟弟，继续举杯，“那个窑子里的女人果然就是个贱货，跟北京来的镖师搞上了，竟然私奔，盗走了镖银，还伤害了镖局的兄弟。父亲赔不起镖银，自杀谢罪。你知道这走镖的人信誉比命重！”

“我敬你父亲是条汉子！”嘉轩举碗干了碗里的酒。

“可是你小子跟我爹一个德行，平日里说起道理头头是道，可就是遇到女人就找不到北了！要说你一下子拐走人家两个黄花大闺女，换了谁家不要你小子的性命！”

“你说得对！是我欠他们家的，这性命你拿走就是。”章嘉轩头也不抬地继续倒酒。

听完这话，谢老大哈哈笑了两声，举手把酒碗砸了，用血红的眼睛瞪着章嘉轩。

“拿人钱财，替人消灾，该听的你听了，不该听的你也听了。这酒也喝得差不多了，就准备上路吧？”

章嘉轩笑了笑，知道命已该绝，举起酒碗。

“谢老大快人快语，章某人领你这个人情，咱们来生再聚！”

突然外面传来枪声，谢家兄弟一惊，齐齐站起身来！

门外慌慌张张跑进一个手下。

“当家的，山寨外来了俩人，一个是女的，冲着天开枪，可点着名儿喊着您呢！”

“是你安排的？”谢老大恶狠狠地望着章嘉轩。

“单枪匹马挑山寨？她当她是谁呀？我有那么笨吗？”章嘉轩继续给自己倒酒，他的酒也喝得差不多了。

“八成是冲这小子来的，我先把他砍了！”谢老二冲过去要揪章嘉轩的脖子。

“且慢！”谢老大这时候倒有几分冷静，“如果是冲他来的，正好留他做个人质，看看他们葫芦里卖的什么药！你多带几个弟兄出去看看，如果没有埋伏就再把那两个人抓进来！”

谢老二应了一声，带着手下匆匆赶了出去。不一会儿，他们就押着一男一女走进了议事堂。走在前面的是常淑琴，紧随其后的是葛鹏飞。

“你们谁是谢老大？”淑琴进屋，虽然看见了被绑着的章嘉轩，但是她没有理会，眼睛直愣愣看着谢老大，显然她已经认定了他。

“跑上门来撒野？自我占这个山头你还是第一个！你吃了什么熊心豹子胆？”谢老大没有想到这个女人居然没有一丝恐惧，让他的自尊心都受到伤害。

“知道你谢老大是条汉子，这次上山来会会你，你看你这一屋子兄弟，还怕我咬了你不成？”

这两句话说得谢老大有些尴尬，但是也给了她面子，他挥了挥手，让手下的人放开淑琴。

淑琴揉了揉肩膀，抱拳给谢老大行礼。

“惊扰山门，拂了您的面子，小女子先给您赔罪！”

谢老大一愣，不知她什么路数，一时不知该如何应答。

“大哥，少跟她废话！”谢老二在一旁提醒他。

“你们俩是什么人？怎么敢来大茬子山撒野？”谢老大醒过神来。

“撒野不敢当，小女子常淑琴，那位是我大表哥，四平当铺的掌柜，您也放开他吧。”

听了淑琴的话，谢老大松了一口气，大致明白是怎么回事儿。他冲着手下摆了摆手，他们也放开了葛鹏飞。

“这么说你是为了这个短命鬼来的？”

“短命不短命是老天的事儿，在这里他是我男人。”淑琴的话说得铿锵有力，让屋里的人都为之一震。

“要说你这女人倒是真像条汉子，敢做敢当。”谢老大换了语调，用一种赞赏的眼光看着淑琴，“可是江湖就讲个诚信，我收了你常家的钱，我就得为常家办事。”

“常家的钱你一分不会少，我马驮子里还带了现金孝敬您！”淑琴走到桌前，拿起章嘉轩的碗给自己倒了一碗，一饮而尽。

“那做人要讲信用，这不见血我没法向您母亲交代。”

“要见血吗？”淑琴说完飞快从墙上拔出一把猎刀。众人惊呼一声，齐齐地端枪对准了她！

淑琴头也不抬，把手放在了香案上，手起刀落，一节小指在空中翻滚着落在谢老大的脚下！

“拿布来！”淑琴捂着手大声喝道，旁边有人从自己的衣襟撕下一块布递给她。

淑琴并没有用布去包裹伤口，而是用断指在布上写字。不一会儿，两行血淋淋的血书写就。她递给站在一旁目瞪口呆的谢老大。

“拿去给我妈，包你圆满复命！”

谢老大把血书交给弟弟。

“念！”

谢老二清了清嗓子，念道：“腹中有常家骨血，感谢母亲不杀之恩，不孝女淑琴跪泣。”

谢老大喃喃自语：“这真是我们东北娘们儿！我服了！”

他冲着淑琴拱了拱手，转身指着章嘉轩说道：“看你小子是什么福分？哪一天你要是对不起这姑娘，我就亲手剁了你！……”

酒楼的二楼，葛鹏飞与赵睿智在对斟，葛鹏飞显得有些激动。

“别看我现在坐在这里喝酒，想起昨晚上的事儿我还跟做梦似的。”葛鹏飞自个干了一杯，“那血糊糊的脑瓜子还在地下滚着，一屋子的刀枪指着，就是我这个老爷们腿肚子也抽筋，可人家淑琴……”说着，他翘起大拇指。

“我现在算是明白了，为什么你和嘉轩都会对淑琴那么着迷，谁能得到这样的女人，这辈子都值了！”

“希望他配得上她！”睿智的口气不太客气，沉着脸也灌了一杯，“淑婉现在怎么样？”

葛鹏飞低下头回避睿智的目光。

“她挺好，在小学教书，分开住呢。”

“希望他别再犯浑！要不然我饶不了他！”睿智把酒杯往桌上重重一顿，震得碗盘都跳了起来。

“我代嘉轩向你问候。他说这次喇嘛甸成功伏击日寇，全靠你的情报。”葛鹏飞有意把话岔开，“对这次伏击，鬼子有什么反应？”

“当然是恼羞成怒了，他们也知道这一带没有像样的正规部队，袭击他们的一定是小股武装力量，所以他们一定会展开报复行动。”赵睿智为葛鹏飞斟酒，“也可惜了何三炮和索大勇，这胡子的队伍可不好带。”

“谁说不是呢，”葛鹏飞点了点头，“虽说这次谢家兄弟也同意加入抗联，最有意思的是谢老大居然说是看在有淑琴这样的女人参加，可是要真的把队伍拉在一起作战，恐怕还有挺艰难的路要走。”

“不过日本人更紧张的是铁路线的安全。这一带是铁路交叉点，处于重要交通要道，在军事上可以打击日本鬼子的命脉。另外你听说过东北抗日联军吧？”赵睿智好像是不经意地提及。

“当然听说过，共产党的部队吧，也打鬼子，就是没有多少人。”

“人多又怎么了？”赵睿智冷笑了一声，“张学良三十万部队，还有坦克和飞机，还是让一万多日军人赶出了东北，误国误民！”

葛鹏飞听出赵睿智话中有话，有些试探地反问道：“可他们抗联不是很多都改为红军游击队了吗？在那里搞土地革命，建立苏维埃，这和当前的抗日可是不太和谐呀！”

赵睿智知道葛鹏飞所说的情况，当时的东北地下党在创建和领导武装斗争上缺乏经验；对九一八事变以后的形势，做出了错误的判断，没有积极开展抗日斗争，而是仍然按照搞苏区根据地的方法进行活动。但是这些情况赵睿智很难对葛鹏飞解释，但他还是希望把葛鹏飞发展到自己的组织里，看来这一次尝试还是难以取得突破。

“睿智兄是打算弃暗投明了？”葛鹏飞觉得这是自己的一个机会，“如果你决心上岸，就到南京来吧，延安太远。”

赵睿智没想到葛鹏飞会这么说，他有些尴尬地笑了笑，玩弄着手里的酒杯，吟道："我本将心向明月，奈何明月照沟渠。"

"赵兄言重了吧？我可是真心相邀。"

"我也是。"

葛鹏飞着实吃了一惊。

"这么说，赵兄的脚已经迈到陕西了？"

"日本人都进了山海关，中国人的脚步不该比他们快一些？"赵睿智给自己斟了一杯酒，一饮而尽。

葛鹏飞明白了赵睿智的意思，拿过酒壶也给自己斟上一杯，举杯对着赵睿智拱了一拱。

"感谢赵兄性命之托，无论今后我们的朋友处到哪一步，我跟赵兄这生死之交算是认定了！"说完他也一饮而尽！

第八章　初战告捷

“看来上次睿智给我们的情报是准确的，打击鬼子的铁路线是上级给我们的作战任务。”葛鹏飞一边说，一边摘去礼帽，脱掉大衣。嘉轩为他倒了一碗水，淑琴半靠在炕上，腹部明显隆起许多。

“这次我们要弄就弄他个有动静的，”章嘉轩也显得有些兴奋，“扒铁轨、打冷枪还是不能打痛敌人，我想整他一个火车站！”

“想好哪一个了吗？”葛鹏飞一口喝干了碗里的水。

“就是淑婉学校旁边的那个。我都看了不下几十次了，它的规模不大不小，靠近铁路中心枢纽，打掉它影响力大，绝对可以震撼整个满洲里！”

“感觉离鬼子的兵营太近了，战斗打响十来分钟就得撤，不然就被鬼子包饺子了。”

“你说得有道理，但是这个火车站只有五个鬼子和两个伪军。只要我们攻其不备，动作神速，搞定它还是有把握的！”

“这是个比较大的动作，恐怕我们要先做出计划，然后报上峰批准。”葛鹏飞还是有些犹豫。

“行！磨刀不误砍柴工，不过计划做完，还要你辛苦跑一趟沈阳，电话里说这些不安全。”

“那当然，只是要摸清车站鬼子的行动规律不容易，我们不能总是钉在那里，会引起怀疑。”

“我去吧，我去方便。”淑琴在炕上说。

“你怎么去？”葛鹏飞瞪大了眼睛。

淑琴从炕上抓起一条手巾，熟练地往头上一裹，然后再把炕沿边的花棉袄披上。

“看看，像不像农村妇女？”她又学着街上挂篮子卖杂货的妇女喊了一嗓子，“香烟水果桂花糖咯！”

“你的身子不行。”嘉轩首先反对。

“你的脸也太白净，不像农村妇女。”葛鹏飞也说。

“我抹上一些土，”淑琴笑着起身下炕，“我这就去院里抹土去。”

“我的姑奶奶，你消停一些好不好？看你这身子。”嘉轩还是反对。

“我这身子才没人注意啊，累了我就在站里的长凳子上一坐，更加没有人怀疑。”

“我觉得她说得有道理。”葛鹏飞开始认真考虑淑琴的想法，“不过你特别要当心身子，万一有个闪失，我都不能原谅自己。”

“我自己的身子我知道，日子还没到呐，真的不行我就去淑婉的学校，在她那里躺一会儿。”

嘉轩也不再反对了，淑琴的脾气他知道，一旦她认准了，谁劝也没用。

挎着篮筐、一身农妇打扮的淑琴出现在了火车站。她真的在脸上抹了锅灰和土，头巾里垂下来的头发遮住了半边脸。

“香烟水果，瓜子花生！”她大声地叫卖着，周围的旅客没有什么人注意到她，只是有好心的大妈大娘会招呼她坐下歇会儿。

淑琴注意到站长室在车站入口的左手门里；站长是个近五十岁的老人，个子不高还有些驼背，脸上总是笑眯眯的。白天站里还有三个日本兵，轮流站在铁路边的火车进站口和出站口；还有两个伪军站在旅客进出的站口；有一个日本兵还会不定时在旅客中进行搜查，那时候门口的一个伪军会进来配合检查。

到了傍晚，旅客渐渐稀少，最后一班旅客列车将在七点开出。淑琴想等最后一班车开走再回家，没想到那位站长朝她走了过来，淑琴不禁紧张起来。

“我注意你很久了。”站长走近她，劈头盖脸就是这一句。他的中文不怎么好，但是能听明白，这让淑琴吃了一惊，不知是否让这个鬼子站长看出什么破绽。

淑琴极力镇定自己，抬起头一副茫然的样子，痴呆似的看着站长，好像不知道他在对自己说话，“你要买香烟吗？”

“你跟我来！”站长转过身，自顾自走向他的办公室。淑琴决定继续装傻，还是呆呆地站在原地。

站长发现淑琴没有跟过来，转头对着她招手。

“你的，过来！”

淑琴知道不能再硬顶下去，只好拖着步子慢慢跟着他走去办公室。没有想到的是，她刚一进门，站长就随手关上了门。淑琴感觉不妙，但是此时已经退无可退。

“外面很冷，这里很暖，对不对？”站长脸上又浮现了平日的笑容，但是神情上多了几分猥琐。

淑琴直觉告诉她，她的身份并未引起鬼子的怀疑，只是鬼子对她起了歹心。她紧张地思索着该如何摆脱这个色狼。鬼子站长走到她的身边，用手摸了一下她的肚子。

“里面是真的孩子吗？是不是藏了炸弹？”

淑琴下意识地收腹躲闪了一下，她被腰间一样东西顶了一下，那是她的水壶。她突然有了主意，她假装没有听懂站长的话，大声说道：“茅楼儿！我要去茅楼儿！”说着还指着自己的肚子。

鬼子站长一下子没有听懂。

“什么是茅楼儿？”

淑琴假装急得跺脚，暗中打开瓶盖，让水从裤脚流了出来。

“坏了！坏了！”她假作慌张地叫喊起来。

鬼子站长一看傻了眼，急忙走到门口打开门。

“出去！快出去！”

淑琴迅速地走出门，急忙赶去了淑婉的学校。

“多危险呀！”淑婉赶紧拿来自己的棉裤给淑琴换上，淑琴坐在炕上直笑。

“都说小鬼子变态，还真让我碰上了，这个下流的老鬼子！就该收拾了他的车站！”

“真悬！亏得你脸上还抹了土，刚才我差点没认出你来，以后可不敢这样冒险了！你这肚子里还有一条命，真折腾出事儿可怎么得了！”

“这件事可不准告诉别人！尤其是嘉轩！羞都羞死了。再说他要是知道了，以后肯定不让我去了。”

“以后还是我去吧，”淑婉抬头看着姐姐，“我是铁道学校的老师，他认识我，不敢怎么我。我假装去接人，你们想知道什么我也能打听到。”

喇嘛甸支队赫宝盛的议事堂里，原来的佛龛处挂了一面义勇军的军旗。

图案是章嘉轩设计的，底色为红色，象征牺牲奉献、勇敢奋斗的精神；在国旗青天白日的位置上有一颗白色的星星，代表着东北大地的白雪和用战斗赢得胜利光明的期盼。

在旗帜下面，还供奉着二当家索大勇的牌位。赫宝盛说这个牌位要等他报了仇才会撤掉，至于如何报仇、向谁复仇他没有说。

屋子里的气氛有些沉闷，几个人都在抽烟，连平时从不抽烟的章嘉轩手里也夹了一支燃着，他似乎专注地望着冒着烟的烟头。

葛鹏飞打破了僵局。

"赫队长，你看这么分工行不行？你和大茬子山的队伍分开行动，要不然你来攻打火车站，他负责外围打阻击；或者他打火车站，你负责阻击鬼子的增援。"

"我这话已经撂下了，一口吐沫一颗钉，这次行动有我没他，有他没我！"

"都是为了打鬼子……"

"一码归一码！我这二当家的尸骨未寒，要我跟他并肩作战？除非他来我喇嘛甸，给我索大勇兄弟披麻戴孝！"

"二当家的是为我而死，我来给他披麻戴孝！"章嘉轩站了起来，丢下烟头用脚跟捻灭，眼睛望着赫宝盛。

"这可是两码事！"赫宝盛也站了起来，眼睛瞪着嘉轩，"他杀索大勇为的是何三炮的死。冤有头债有主，他要是个爷们儿，有事冲我来！杀一个手无寸铁的人，他算什么东西？"

赫宝盛的话怼得嘉轩和葛鹏飞都说不出话来，屋子里又是一片沉默。

"那好，我问你最多能招来多少兄弟？"章嘉轩问赫宝盛。

"怎么着也得有六七十人吧。"赫宝盛估摸着说。

"有多少条枪？"

"长短家伙能有四十条吧，其他就只有砍刀和扎枪了。"

"能打响的枪有多少？"葛鹏飞追问道。

"汉阳造和日本三八大盖，还有几支盒子炮都能打响，能有二十多杆。猎枪就多一些，只是每次只能放一枪。"

"大茬子山有马克西姆机枪，打阻击他们最合适。"

"就别再提了！"赫宝盛粗鲁地打断了葛鹏飞的话，"不就是五六个鬼子吗？我们十个人按住他一个还不成？”

“打仗不是按人头数。要是被他们发现，躲在车站里抵抗，我们在明他们在暗，也不能用手雷炸，动静太大。如果鬼子增援，大卡车十分钟就能赶到，到时候进退两难，你说该怎么……”葛鹏飞的脾气也上来了，说话也带着火药味儿。

“咱们都冷静一下。”嘉轩举起手，示意葛鹏飞不要再往下说。

“按说这几十号人对付几个鬼子也是够了。关键是兵贵神速，上级还要我们尽可能拿到火车站里的文件，特别是通讯电码，所以尽快制服鬼子是第一位的。”嘉轩看着赫宝盛继续说道，“我想先在队伍里挑选十几个身体好会功夫的兄弟，让他们带上短兵器。如果能进入车站就占了主动，最强的弟兄对付鬼子，伪军还是比较弱，只要制服了几个，我们的胜算就大了！”

“还是嘉轩兄弟有学问，不愧是当司令的材料，我听你的！”赫宝盛对嘉轩竖起大拇指。

“那就辛苦赫队长先把短枪集中起来，让葛大哥检查一下，他对枪械比较精通，再把那几个精练的弟兄集合起来，我们来训练一下他们的反应能力。”

“这次就真的只带赫宝盛他们一支队伍干了？”葛鹏飞有些担心地问。

“兵贵在精而不在多，这次战斗还是突袭性质，如果人太多，纪律也不严明，万一有人擦枪走火甚至内讧，那还不如选一支精兵强将。”

“你说得也在理。”葛鹏飞点了点头，“现在最难的是如何进入车站。我们动手至少要十点以后，那时候已经没有火车了，车站关闭，我们怎么进去？”

“我能进去。”淑琴在一旁突然插了一句。

“你说什么？”嘉轩和鹏飞几乎异口同声地问道。

“我说我有办法进去，”淑琴坐在炕上，看上去信心满满，“你们听我的，计划是这样的……”

夜幕降临，章嘉轩带领队伍悄悄埋伏就位。因为火车站正面是居民住宅，很难隐蔽，他们把队伍先安置在铁道线附近，离火车站有五百米开外。章嘉轩和赫宝盛带着五个精干的手下先去车站附近近距离观察。葛鹏飞带着另一支队伍埋伏在宪兵队大院附近的道旁。如果战斗打响，鬼子出兵增援必须经过这里，葛鹏飞选择了最好的枪手和长枪在这里执行阻击和掩护。

淑婉的房间里，淑琴趴在桌上像是打盹，淑婉显得有些坐立不安，不时掏出怀表来看时间。

“我看你就别去了，”淑婉心疼地看着姐姐，“你还有两个月就要生了，现在去打仗，真是太危险了。我的日子还早，那个鬼子站长我也认识，还是我代你去吧。”

“这可不行，”淑琴摆了摆手，“我是个卖杂货的小贩，晚了没去处，想去车站避避风说得过去。你一个小学老师，半夜三更地去火车站干吗？还不惹人怀疑？”

“你去我真的不放心。啊，对了，你把这个带上，”淑婉从枕头底下掏出了手枪，“说不定还能用上。”

淑琴接过枪来看了看，点了点头，把小手枪放在装香烟的篮子里，用一块蓝手巾盖上。

“我这心跳得可乱了，”淑婉看着姐姐，“嘉轩好像还没有打过仗，第一次就要面对面跟鬼子干，我还是有些担心他。”

“只怪你没有打过架，”淑琴用手指刮了一下妹妹的鼻子，“打架前心会慌，可是等人家的拳脚上来，你就什么都不怕了，打仗也应该是同样道理。”

“你说得轻松，打仗能跟打架比吗？你当我小孩子呀！”淑婉努起了嘴。

“看你还生姐的气？逗你玩的。”淑琴笑着说，“不过我真是没有紧张，也不是我自己去收拾那个鬼子站长，我只是负责把门打开……”

章嘉轩和赫宝盛回到铁路边，已经是九点半了，离他们预定的动手时间还有半个小时。

一列货车远远驶了过来，车灯把四下照得非常清晰。大伙儿穿着翻皮羊袄，都埋下头来。当货车带着雪片和寒流飞驶而过，把大家身上残存的热气也刮跑了。这时野外的气温已经降到零下十四五度，躺在地下的兄弟们都快冻僵了，说话时舌头都打颤了。

“别搂着枪了，”章嘉轩小声对他们说，“把手揣到怀里暖和暖和。”

“就是，你们傻呀，一会儿都拉不动枪栓了。”赫宝盛也骂道。

“我估摸着淑琴差不多该到了，我去接应她。等我给你信号，你就带队伍过来！”章嘉轩对赫宝盛嘱咐道。

“要不还是我去吧，面对面跟鬼子干，你确定你行吗？”赫宝盛有些不放心。

“狭路相逢勇者胜，我这手里的家伙也不是吃素的。”章嘉轩扬了扬手里的枪。其实他是不放心让淑琴跟别人配合，万一有个闪失，他会遗憾终身。

章嘉轩带着四个干练的伙计向车站摸去，在车站拐角等了一会儿，淑琴的身影出现了，章嘉轩迎了上去。

“你确定你能行？”嘉轩又问了一遍。

淑琴没有答话，只是点了点头。

嘉轩一招手，身后的人紧贴上来。此时火车站的大门紧闭，窗户透出灯亮，守夜的鬼子和伪军都在车站里头。

章嘉轩躲在了车站入口的门后，淑琴提着篮子上前敲门。

“谁呀？”里面有中国人在问话，肯定是伪军。

“我，香烟、火柴、瓜子……”

“这么晚了，没人买，快走吧。”

“长官，外面太冷了，城门关了，我出不去了，让我进去暖和暖和吧。”淑琴带着哭腔苦苦哀求。

“跟你说了不行！你快走吧！”里面的声音变得不耐烦起来。

“香烟、火柴和瓜子！”淑琴叫得更响亮，就是想引起鬼子站长的注意。

“八嘎呀路（混蛋）！”里面传来鬼子的骂人声，守在门口的章嘉轩顿时紧张起来，把枪举起来对着门口。

吱呀一声门打开了，探出头来的果然是那个矮胖的鬼子站长。他看见门口站着的淑琴犹豫了一下，突然伸手就去抓她。

事不宜迟！章嘉轩一个箭步迈上去，枪口对准了鬼子站长的脑袋！

令嘉轩没想到的是，那个鬼子站长显然学过武术。只见鬼子站长迅速下蹲，双手向前一探，从章嘉轩的身子下面硬生生地勒住淑琴的脖子往屋里拖，嘴里还不停喊着：“射撃する！”

章嘉轩全身的热血往上涌，他一大步跨进了门，闪过身让身后的队员也冲了进来。车站里有一个鬼子和两个伪军正围着炉子烤火，他们的枪还架在身旁的凳子上。

那个鬼子身手敏捷，他一把抄起枪就准备拉枪栓。由于章嘉轩事先交代过尽量避免开枪，一个队员顺手抄起一把凳子砸向鬼子手里的枪，随即扑上去与他抱成一团。

那两个伪军也伸手去拿枪，后面冲进来的队员也跟他们扭在了一起。

鬼子站长把淑琴揪着挡在自己身前，章嘉轩举枪也无法射击。淑琴的脖子被勒住，脸也涨得通红，鬼子站长渐渐退到自己的办公室门口，继续把淑琴往里面拖。

淑琴在挣扎中想到了篮子里的手枪，她一面极力挣扎，一面把手伸进篮子。摸索中她终于抓到了枪，她极力翻转手腕，从自己的腋下朝着身后的鬼子站长开了一枪！子弹穿过淑琴的棉袄射进了鬼子站长的肚子。鬼子站长一愣，他的手慢慢松开了，双膝软瘫，跪倒在地下。

章嘉轩急忙上前，一脚把鬼子站长踹了个仰面朝天，又对着他的胸口补射了一枪。鬼子站长脑袋一歪，鲜血从嘴角流淌出来。

“你没事儿吧？”章嘉轩回头匆匆问了一句。

淑琴大口喘着气摇了摇头。

嘉轩持枪冲出门外，看见自己的人已经把鬼子和伪军压在身下。那个鬼子被手枪柄打得脑袋开花，两个伪军也是鼻青脸肿。

“还有一个鬼子呢？”章嘉轩走到伪军面前厉声喝问。

“去妓院了吧。”伪军有气无力地回答。

“死ね（去死吧）！”门口突然传来一声叫骂。

嘉轩刚一抬头，一声枪响，一颗子弹飞来射中了他面前的队员。三八大盖的强大火力击穿了他的身体，又射入了伪军的脑袋！

原来那个溜出去的日军回来了，听见枪响他跑步赶来，刚好看见屋里的情况，立即举枪就射！嘉轩和队员立即卧倒。双方开始互射，一时枪声大作，子弹横飞！

突然从鬼子背后传来一声枪响，鬼子一个趔趄朝前倒了下去。随即冲进来一个人，正是气喘吁吁的赫宝盛。

“你们怎么没有给我发信号？”赫宝盛气急败坏地问。

嘉轩的目光盯住刚才最后进来的队员。

“那个老鬼子抓住了她，我也急了，光顾冲进来……”队员不好意思她指着刚从鬼子站长室出来的淑琴。

淑琴头发蓬散，手捂着肚子，一脸的痛苦。

“你中枪了？”嘉轩急忙奔了过去……

葛鹏飞看着怀表，焦急地望着车站方向，手下的人也都冻得受不了了，尽量跺脚取暖。突然，葛鹏飞听到一声微弱的枪响！

“他们干上了！”有人兴奋地说。

不一会儿，他们听见了第二声枪响，几乎与此同时，宪兵队院墙里的探照灯亮了起来。

“大家准备！”葛鹏飞把子弹上膛，打开保险栓，紧紧盯住宪兵队的大门口。

没多久，车站方向枪声大作，鬼子大院里的汽车也发出轰鸣声，紧接着两道光柱直射大门口，载满鬼子的卡车开出了院子。

“打！”鬼子的卡车刚接近街口，葛鹏飞一声令下，他身边的长枪一起开火，齐齐射向鬼子卡车的轮胎！轮胎被打爆了，卡车歪斜撞在路边，后面一辆车来不及刹车，一头撞在了前车的尾部！

“扔手榴弹！”

随着葛鹏飞的命令，几颗手榴弹飞了过去，在卡车前飞升起团团火光和黑烟！

“撤！”葛鹏飞知道他们势单力薄，不能恋战，见卡车已经不能动弹，立即带领队伍撤退。

“我肚子疼得厉害。”淑琴扶着嘉轩的肩膀，脸上汗水沿着乱发流淌下来。

嘉轩回头望了一下被鬼子打中的队友，跑过去查看的战友站了起来，摇了摇头。

“你们先把他和伤员抬走，我去搜一下文件。”他看了一眼淑琴，“你等我一下，我马上回来！”说完他扶着淑琴坐下，自己冲进站长室开始发狂似的搜寻。

几分钟后，他挎着皮包文件走了出来，对站在一旁的赫宝盛说：“我们把桌椅板凳都堆在火炉上，把车站烧掉！”

几个人七手八脚把桌椅拆散，踢倒了炉子，架起火来烧。火苗越蹿越高，远处传来一阵枪声和爆炸声。

“我们动作要快些，敌人就快赶过来了，你们先回山里去。宝盛，你帮我把她抬去鹏飞的店里。”

淑琴被抬进屋里时，下身已经是一片血水。葛鹏飞已经先撤退到了家，看见这个状况，又看见淑琴腰间有一个弹洞，还以为淑琴中了枪伤。

“怎么？她中枪了？”

“不是枪伤，是她要生了。”嘉轩已经急得满头大汗。

“不是还没到日子吗？”葛鹏飞也急了，“这会儿去医院也不知道来不来得及？”

“我们刚才身上都带着家伙，没法去医院。一会儿鬼子一定会在街上乱抓人，出去也太危险。”嘉轩焦急地看着淑琴惨白的脸。淑琴紧紧握着他的手，双目紧闭，紧咬的下唇都咬破了，看得出她在忍受巨大痛苦。

“我认识附近一家药铺，里面有位老太太会接生！”葛鹏飞突然想到，“我这就去把她请来！”

一盏茶的工夫，葛鹏飞带着一位老妇人进来。

“你们先去烧两盆热水，”老妇人一进屋就开始吩咐，“不相干的男人先出去！”

热水端进来了，老妇人掀开被子为淑琴开始清洗。

“我的天，这羊水都破了，脑袋都能看见了，头胎吧？这该多疼呀，这姑娘怎么一声儿都不吭？”

嘉轩站在旁边手足无措，不知该做什么。

“姑娘，听大妈的话，这孩子脑袋冲外是顺产。你年轻力气好，一会儿就能生出来，现在别熬着痛，该喊就喊出来，让你用力就用力。”

听到老妇人的话，淑琴从胸腔里发出一声撕裂似的吼声，随即喘气也匀了些。站在一旁的嘉轩听得心惊胆战，紧紧攥着拳头。

“你也别傻站在那里，是她男人吧？”

嘉轩点了点头。

“你过来帮着揉揉她的肚子，手别太重了，也别太轻，慢慢往下推。”

嘉轩试着按照老妇人的指导做，但是淑琴一把抓住了他的手，攥得紧紧的，指甲都掐进他的肉里，嘉轩只是紧咬下唇。

“姑娘，现在用力憋气，往下使劲……对，对，就这样，好，很好，小脑袋已经出来了……”

门外葛鹏飞焦急地来回踱步，不时停下来把耳朵凑到窗边听一下，终于屋里传来婴儿的一声啼哭，葛鹏飞兴奋得用拳头捶了一下墙！

嘉轩打开了门，喜悦的脸上还挂着泪水，他忘乎一切地大声嚷着：“是个女儿！我现在是爸爸了！……”

第九章　暗度陈仓

当宪兵队的大队人马赶到火车站，车站的房子已经燃烧得像一枚巨大的火炬，城里也没有像样的灭火队。虽然有一些人在尽力扑救，但是火势已经无法控制，屋顶开始坍塌，周围还有少数居民冒着危险在远处看热闹。

大火烧了两个多小时才缓缓熄灭，宪兵队冒着烫人的热浪，从火堆里抬出五具烧焦的尸体。车站已经成了一片废墟，修复至少需要二三个月的时间。

这次袭击让伪满政府极为震怒，不仅严加斥责了守城司令，而且撤了宪兵队队长的职，要求限期破案。

喇嘛甸支队这次虽然牺牲了一名战士，还有一名战士负了轻伤，枪械也仅缴获了长短枪五支，但在江湖上已经名声大振，慕名投靠的人络绎不绝，队伍一下子壮大了几十人。

章嘉轩从车站缴获的文件里，发现了上级急需的铁路运输计划，和铁路通讯密码。由于车站被烧毁，敌人一时也难以判断文件是否丢失。从战斗规模看，他们认定是小股地方武装袭击，认为着火也属于意外，因而很长时间没有更改密码，这为以后了解敌情提供了便利。

上级嘉奖了章嘉轩和他的队伍，这对嘉轩来说是双喜临门，战斗取得胜利，淑琴平安生下女儿。他的心里对淑琴充满感恩之情，由衷感觉女性的伟大。他给女儿取名“世英”，希望女儿将来能成为像她母亲一样的巾帼英雄。

赵睿智一早出家门，没想到常家的老李头守在了家门外。

“这大冷天的怎么不进去？”睿智快步走到老李头面前。

“太早怕打搅您，就在门口候着呢。”

“有什么事儿吗？”

“是太太有请，说您选个方便的时候。”

“那我这就跟你去吧，反正天还早。”

姚氏坐在堂前的太师椅上，淑芬趴在她的膝盖上。看见睿智走了进来，淑芬欢天喜地地迎了上去，拉住了他的手。

“这孩子没个分寸，转眼就十五岁了，还跟个孩子似的。这不听说你要来，死活赖着不走，说要等你。”

“你看我这记性，原来想着给你带了一件礼物，出来一忙还给忘了。”睿智笑着对淑芬说。

“那待会儿我跟你回去拿。”

“别瞎胡闹，睿智哥哥一会儿有正事。你先出去，我跟你睿智哥哥有事要说。”

淑芬不情愿地离开了，姚氏这才从衣襟里掏出一块血迹斑斑的破布，无声地递给了赵睿智。

赵睿智打开一看，立即明白了。他什么也没说，就递还给姚氏。

“这闺女是打算要了我们的老命。”

“您也别这么说，”赵睿智也觉得胸口堵得慌，一时也找不出适当的话来劝慰。

“你爸都跟你说了吧？”姚氏的眼神像刀子一般锋利。

“嗯，我知道。”

“你不会觉得我下手太狠吧？”

“您当时的心情我能理解。”赵睿智不置可否地回答。

“谢老大下不去手，我也是瞎忙乎一阵。”

“话也不能这么说，既然淑琴以命相搏，谢老大手下留情也是情理之中。”

“他们那么对不起你，没想到你还护着他们。”姚氏用赞赏的眼光看着他，口气也缓和多了。

“强扭的瓜不甜，”睿智苦笑道，“是我没那个福分。”

“是我们家淑琴没有福分，现在不仅毁了她自己，把她爹也害得不轻。”

“对了，我常伯伯身体如何？”

“前几天就病倒了，这会儿还在炕上躺着呢。”

“是为了淑琴她们的事儿急的？”

“也不光是这事儿。你是自家人，跟你说没关系。现在日本人一直逼他去当什么维持会会长，他坚决不答应。你知道我们家主要做粮食买卖。可是现在日本人缺粮食，规定伪满洲国人不许吃大米白面，只许吃高粱米，种出来的大米小麦统统征收，以后这粮食生意还怎么做？”

“日本人拿这个当条件了？”睿智追问道。

姚氏点了点头，“藤原大佐说，如果我们家老爷答应出任会长，他们就特许我们家继续经营粮食，还可以把军粮采购的事儿委托我们家做。”

“常老爷有种！”睿智伸出了大拇指。

“看看还能扛多久吧，谁叫咱们赶上这个世道。”姚氏无奈地叹了一口气，“你肯定知道那炸鬼子火车站的事儿了？”

“这‘满洲国’还有谁不知道。”

姚氏突然放低了声音，悄悄问道：“听谢老大说，领头的就是那个章嘉轩？”

“我也不清楚呀，日本人也一直在查。”

“那你也帮我留神一下，如果有什么消息一定告诉我一声。”

“那是一定的，您尽管放心，我要是知道什么，一定告诉您。”

“谁让那个傻丫头跟他绑到一块儿呢，这还有了身孕。”姚氏的眼圈发红，声音也有些哽咽。睿智还从未见到这个一向刚毅果断的女人有这样儿女情长的表露。

“我记着呢，一定尽力打听。”

“还有，万一你能跟他们接上话，帮我递个口信，过去的事儿也就过去了。如果有难处，回家娘不会嫌。”

“那么那个男的呢？”

“他打鬼子，也算条汉子，我还没想好怎么发落他。”说到这里，姚氏破涕为笑，“让你见笑了，还托过你父亲，让他也为难，现在就一阵风吹了吧。”

睿智理解地笑了笑，“您是大人大量，就是常老爷那里能交代吗？”

“这也是我今天找你来的原因之一，我想让你和我们配合演一出戏……”

这一天，里里外外跑得最欢实的要算淑芬了。舅舅那间神秘小屋她现在可以随便进出，还能指挥佣人干这个干那个，好生威风。只是苦了舅舅姚俊安，让人在他的宝贝窝里大动干戈，可这是姚氏的安排。他还得背诵姚氏让赵睿智写的台词，紧张的他大冷天一脑门子汗水。

一众人忙活了小半晌，赵睿智也到了，穿了一身军服。韩管家急忙去请大太太，不一会儿姚氏就过来了，先跟睿智交代了几句，然后问了弟弟几句话，点了点头，吩咐道："你们就在这里候着，我去请老爷。"

"你今天是怎么了？你不是总说这俊安不着调儿吗？这怎么还折腾起我了？"常继善不想从炕上起来。

"这回真的不同了。前天他说黄仙附体，告诉他淑琴和淑婉被胡子抓去关在哪里，我还不信他，但我让赵睿智按他说的去查验了，结果还真找到了淑琴和淑婉穿过的衣服！"

"你说的是真的？"常继善一下子从炕上坐了起来，"那人哪，人在哪儿？"

"也不知道他们是不是听到了什么风声，睿智他们赶到的时候已经晚了，他们已经逃走了。"

"我可怜的琴儿婉儿，她们真遭罪了！"常继善不由老泪纵横，"还能查到他们逃到什么地方去吗？"

"你看这不让俊安再试着问问大仙，兴许还能问出个下落。"

"那咱们去，快去。"常继善急忙摸索着要下炕，姚氏赶忙过去搀他下地。

常继善刚走进姚俊安的屋子，赵睿智就迎了上来，"听说您的身体欠安，也没能早些过来看您，真是对不住了。"

"淑琴和淑婉的事儿让你费心了。"常继善紧紧地握住了睿智的手，"听说你找到了那帮土匪的老巢？"

"也多亏俊安舅舅的指点，"睿智只能按照姚氏的安排编下去，"只可惜去得晚了，只是找回一些衣物。"

"咱们别耽搁时间了，让俊安快点开始。"姚氏怕话多露馅，急忙上前打断，扶着常继善在门口临时摆放的太师椅上就座。

俊安身穿道袍走了出来，他的神情非常紧张，他不仅是怕今天这出戏会不会演砸，而且还担心这样做会得罪屋里供奉多年的地仙。他先取香点燃后向屋里的四面鞠躬祭拜，然后跪在香案前长磕不起，嘴里振振有词。

看到这一幕，淑芬不禁笑了起来，她悄悄挨在赵睿智的身边，被赵睿智发现。赵睿智轻轻拍了她一下，举起手指在唇边做了一个噤声的手势，可是他没有想到他这一拍，却让淑芬觉得无比幸福。

常继善看得有些不耐烦了，他转脸看看姚氏。姚氏微笑着轻轻拍拍他的手背，意思让他耐心一些。常继善只得转过脸看着俊安如何继续下去。

不一会儿，俊安的身体开始抖动，嘴里的咕嘟声儿也变得清晰，只是声音似乎变成了女声："你怎么没完没了地问同一件事？我已经告诉过你了。"

他的话大家都听得清清楚楚。这时候廖氏拉着儿子庆瀚也进来了。今天的事儿没有人告诉她，她心里挺不痛快的，进门前还拉长了脸。可是一进屋她就满脸堆笑，捅了捅儿子，又指了指常老爷。庆瀚很乖巧地溜到爸爸身边，拉住常继善的手。

看见儿子亲近的样子，常继善脸上露出笑容。姚氏看见满脸堆笑的廖氏，不由沉下了脸，她最怕让这个女人看出破绽，因为她毕竟知晓一些内情。

“遇到你们这样没有慧根的，我总是特别辛苦。好了好了，我再细说一下，你们家闺女是被一拨人救走的，带头的男的看上去挺高大帅气的呢。”

一听此话，常继善不由站立起来。

“你说什么？”

俊安没有回头，只是回了一句：“何人在此吵闹？”

姚氏急忙把常继善按回在椅子上，附耳说道：“这时候不能打断俊安。”

“太气人了，我走了。”俊安说完，伏在垫子上长跪不起，好一会儿才用自己的声音说话，“弟子跪送仙姑！”

当他站起来转过身来，常继善再也按捺不住。他站起来快步走向俊安，几乎要揪住他的道袍，“你快说淑琴她们在哪儿？”

俊安做出一副无辜的神情，“您问我？我还要问您呢！跟你们说过请神的时候不许嘈杂，不许打搅，你看看你们来了这么多人，又不是在看耍猴！”

姚氏走上前劝阻道：“老爷您缓一缓，让俊安把话说完。”

“我正要问，老爷一发话，把仙姑惹恼了，后面的事儿也没法问了。”俊安一副委屈的神情，心里却在窃喜自己找了一个最好的台阶。

“我看俊安还是问出了一些新情况，”睿智上前来解围，“如果仙姑说的是真的，那么淑琴她们现在是被人救了，至少比在土匪手里安全，无论如何也是个好消息。”

“就是就是，”姚氏也来安慰说，“比起过去咱们什么都不知道，现在可算有个好信儿。您好好歇着，我去庙里再求求菩萨，让俊安再求一次仙姑，这说不定哪天人家就把人送回来了。”

“可不是吗，”廖氏也挤了上来，“淑琴和淑婉都是吉人天相，一定会没事的，老爷保重身子才是。庆瀚，快扶爹爹回屋，外面风大。”

“睿智呀，我看还是你多费心，再加紧帮着查查。”常继善边走边回头向赵睿智叮嘱道。

“您老放心，我一定会加紧！”说着他与姚氏交换了一个眼神，这一条水到渠成的路子总算是铺垫开了。

不知是否因为受了惊吓，淑婉也早产了，她也生了个女儿。嘉轩就着大女儿的名字，给女儿取名“世杰”。淑婉说这像是男人的名字，但是嘉轩觉得响亮，淑婉也就随了他的心愿。

随后的几个月里，嘉轩带领队伍又大大小小干了几仗。虽说规模不大，缴获也不多，但是名声大振，在这一带义勇军十四路军的旗号已经广为人知。最让他感到高兴的是，大茬子山的谢家兄弟带话给他，给了个日子说要亲自来喇嘛甸见面。章嘉轩亦惊亦喜，因为当初赫宝盛可是放出狠话，要谢老大披麻戴孝，如果他真的上山，不知赫宝盛会如何处置。

到了当天，章嘉轩和葛鹏飞一起来到喇嘛甸寨。一番寒暄之后，章嘉轩就把今天的来意挑明了，没想赫宝盛一听就翻了脸。

“什么事都好商量，这件事没得商量！”赫宝盛拉下脸来，“大男人说出去的话板上钉钉，说话的时候弟兄们都在，怎么能反悔？”

“你看他来还不是为了商量一同打鬼子？”葛鹏飞也上前劝说。

“他打他的鬼子，我也不妨碍他不是？”说着他拍了一下葛鹏飞的肩膀，“你看这几天，那么多新兄弟上山，我们都快没地方安置他们了。没有大茬子山，我们一样可以干个更大的，再多搞几条枪……”

嘉轩苦笑地摇了摇头，他正要开口说话，外面突然熙熙攘攘的，一人气喘吁吁地跑进门大声说道：“大当家的……”

“规矩点儿，叫队长！”赫宝盛喝住了他，转脸向嘉轩笑了笑。

“赫队长，您快出来看看！”

“你慌什么！”赫宝盛边说边迈出了门口。他的眼睛发直，一脚外一脚内卡在了门槛！

见状，嘉轩也急忙走到门口，他也被眼前的情景惊呆了。只见谢老大身上果真身穿麻衣，头戴麻帽，脚穿草履，腰扎草绳，一个人稳稳当当站在院子中央。

“灵堂在哪里？”谢老大看着目瞪口呆的赫宝盛，气定神闲地问道。

“我这就领你去！”赫宝盛满脸涨得通红，不无狼狈地带头走在前面。一众人随即走到议事堂。

谢老大从香案取出一支香，在蜡烛上点燃，把香举过头顶，九十度大鞠躬拜了三拜。接着又跪下来磕了三个结结实实的响头，然后站起来，转过身对赫宝盛说："我今天来给你兄弟披麻戴孝，你看下面我们可以一起谈事儿了吗？"

赫宝盛被他的大气所折服，面红耳赤地说："当然，当然。"然后一挥手冲手下喊道："撤灵堂，备茶备酒！"

"真没想到这谢老大还真是条汉子，敢作敢当。"淑琴抱着孩子坐在桌边感慨道。

"你们都是一群了不起的人。"淑婉躺在炕上，以崇敬的目光望着嘉轩。

"昨晚喝酒，谢老大还专门问到你们，还说过两天要派人送几支好山参给你们滋补一下。"

"真是不打不成交呀，"淑琴笑了，"我身子骨硬朗，我没事儿，淑婉的孩子快满月了，那人参就留给妹妹吧。"

"你说什么呢？"淑婉依然羞红了脸，"我早就可以下地了，是你们逼的，成天躺在床上，都快把人腻死了。要是最近有什么行动，给我一点儿事儿做。烧火车站的那回我也没捞上去，这打日本鬼子我可什么都没干呢。"

嘉轩张了张口，又把话咽下去了，走过去伸手抱过孩子。

"你有什么话就说，这么藏着掖着的多难受。"淑琴在一旁看出了门道。

"最近有这么一个事儿。南京方面得到情报，说在长春会举行一个重要的军事会议，各地的日本军官都会赶去参加。上面希望我们尽早摸清情况，在铁路上再搞一次大行动，争取多歼灭一些鬼子军官。可是我们现在还没有关系可以去了解到鬼子行动的时间。"

"我倒是想起一个关系可以利用。"淑婉思索了一下，看着嘉轩说。

"你说说看。"

"我有一个学生在班里非常蛮横，经常打骂同学。后来我才知道，他父亲是南满洲铁道株式会社的重要人物，连校长都对他很恭敬。"

"南满洲铁道株式会社？这倒是个非常关键的机构。"

南满洲铁道株式会社是日本在伪满地区进行政治、经济、军事等方面侵略活动的指挥中心。除了经营铁路，还拥有在铁路两侧二十至三千米不等的铁路附属地。所以，它是日本大陆政策的据点，由关东都督、关东长官和日本驻伪满洲国大使直接掌控。嘉轩知道，这个人会是一个重要的情报来源。

“他是日本人吗？”

“是的，叫稻垣。”

“你有什么想法？”

“最近他儿子的功课退步很大，校长要我特别关注他，我想以此为理由，去他家做一次家访，看看能不能在他家里发现什么。”

“这太危险了！”嘉轩知道这件事风险很大，淑婉一点情报工作的基础都没有，要去稻垣家里窃取情报太危险了。

“我和校长去做过一次家访，他的太太人挺好，总是在厨房里忙，我还进去过稻垣书房，也许能有机会。”

“让我再好好想一想，这太危险，我再想想还有没有其他的方法。”

“给您添麻烦了。”稻垣太太亲自来开门，并给淑婉深深鞠了一躬。

“这是应该的。”淑婉一面还礼，一面偷偷四下打量。

“犬子高志让您费心，他说过今天您会来，我们一直都在等您。”

淑婉换上拖鞋，进门看见稻垣的儿子高志靠在门道站得笔直。

“你在家可真规矩。”淑婉还是忍不住说了一句。

“其实在家高志还是挺听话的。”稻垣太太听见了淑婉的话，“他爸爸对他要求很严的，是我惯坏了他。”

稻垣太太把淑婉引进了客厅，这里的摆设颇具中国传统风格，有八仙桌和太师椅，桌上放着高志的课本和书。

“听说您最近刚生了孩子？”稻垣太太问道。

“是的，刚过了产假。”

“生了儿子还是女儿？”

“是个女儿。”

“还是女儿好，我这个儿子可是让我吃够了苦。”她边说边疼爱地抚摸了一下儿子的头，高志很不情愿地把头扭开，“看看，现在就不愿意我再碰他了。”

“听说男孩子过了十岁大多是这样。”淑婉同情地笑着说。

“他爸爸也是这么说。”稻垣太太幸福地笑了，“你看我又怀上了，真希望这次是个姑娘。”

“那可真是太好了，我祝愿你心想事成。”

“您今天来家里是做家访吗？”

“今天主要想给他补习一下作业。”

“那好，我就不打搅你们了，我去做些点心，一会儿请务必尝尝。”

稻垣太太说着退了出去。

“老师，我们今天做什么作业？”

“还是语文吧，你好像不怎么喜欢语文课，你都喜欢什么？”

“我喜欢打仗。”高志突然很认真地说，

“像你爸爸一样？”

“是的。”高志一溜小跑进了父亲的书房。不一会儿又跑出来，手里拿了一顶父亲的军帽，走到淑婉面前，一本正经地戴上，还给淑婉敬了一个军礼。

“高志好棒！以后会成为一个像爸爸那样的军人。”淑婉对着高志鼓掌，然后说道，“不过做军人也要懂得看文件呀，不然上级的命令怎么看得懂呢？”

“我能看懂的。”高志固执地说。

“老师不信，要不你去把爸爸桌上的文件拿来念给老师听，老师看看你念得对不对？”

“好，老师您等一会儿。”高志又跑进父亲的书房，很快就捧着一个牛皮文件袋出来。

“好的，老师看看你来念哪一份，最好简单一点的。”淑婉的心几乎要跳了出来，她接过高志手上的文件袋，打开的时候手都在发颤。

“你先念这一份吧。”淑婉递给高志一份电报稿。

“伊通急电：南满洲铁道株式会社：伊通铁路站站长吉田正一、驻防中队中村震太郎大尉联名求助。近日在伊通铁路沿线发现匪徒频繁骚扰，匪徒皆具备武装，多为夜间出动，毁坏铁轨、割取电线，车站防守及夜间巡逻兵力严重不足，恳请支援……”

淑婉在文件夹里发现一个标着“绝密”字样的信封，她心情激动地取出里面的文件，一目十行地迅速阅读，一面嘴里应付着高志：“你知道伊通在哪里吗？”

“我知道，伊通在四平附近，还有一条伊通河。”

“对了，伊通的西南面与公主岭接界，北与长春连接，是重要的铁路线。”说话间淑婉已经将文件看完，她迅速把文件装了回去，然后伸手把高志手上的文件拿了回来，“老师听你读得很好，现在把文件放回去，记住要按照原样放好，不然爸爸会不高兴的。”

高志点了点头，接过淑婉手里的文件夹，又跑回了父亲的书房。淑婉立刻打开练习本，在上面记下刚才看到的内容，然后撕下纸页，藏在怀里。

高志回来，淑婉已经神态自若地打开书本。

“你刚才念得很好，只要坚持再认识更多的字，就会明白更多的意思。我们现在开始复习这一段课文……”

淑婉怀里的婴儿又哭了。

“快把孩子抱给我，”淑琴从淑婉怀里接过孩子，一面解开衣襟，“你看我们姐儿俩，我的奶水多，到现在还是一个劲儿地往外涌。你可是就没有多少奶水，总是饿着孩子，干脆你把孩子留在我这儿，省得你总是两头跑。”

淑婉已经搬出了学校，在离当铺不远的地方租了一间小屋。因为距离不远，得空就来姐姐这里，让孩子也蹭姐姐的奶喝。

“你真是了不起！”看完淑婉给他的纸片，章嘉轩不由重重拍了一下桌子！

“只是运气好罢了。”淑婉谦虚地说，一脸陶醉地看着婴儿贪婪吸吮的样子。

嘉轩把纸片递给葛鹏飞，葛鹏飞也笑了。

“时间地点都有了，还有防护队的兵力！淑婉，没想到你还是个搞情报的天才！”

“我说了，只是运气好，万一稻垣在家或是突然回来，那就惨了。”

“现在我们就可以规划一次大规模的行动了。”章嘉轩兴奋地摩拳擦掌，葛鹏飞也很激动。

“我呢？你们怎么忘了我？”淑琴躺在炕上不满地叫嚷起来。

嘉轩开始不解地看了她一眼，还是淑婉反应快，她从桌上捡起那张纸，递到了姐姐手里。淑琴隔着已经睡着的孩子伸手接过来，认真地看了一下。

“三月十七日夜里一点，他们在郑家屯集中，开往长春，这么长的铁路线你们准备在哪里动手？”

“卧虎屯怎么样？你们看，鬼子的列车从郑家屯出发，卧虎屯离郑家屯三十公里，地形复杂。如果战斗打响，鬼子最近的增援部队只能从郑家屯赶过来，我们还可以在半途打他一个伏击！”葛鹏飞边说，边用桌上的茶壶和茶碗做演示。

“这个方案可以考虑，”嘉轩思索着点了点头，“离十七号还有几天，我们辛苦些，索性骑马把沿线走一遍，看看选在什么地方。”

“不管最后我们选在哪里打伏击，这次恐怕要集合我们所有的兵力了。”葛鹏飞说道，“这次幸亏谢家兄弟有气度，不然缺了他们，我们的实力恐怕还是欠缺。”

“事不宜迟，我们明天就开始行动，同时拟订作战计划上报，争取再多搞一些炸药和手雷……”

“还有一个问题，”淑琴皱起眉头说，“这鬼子军官搭乘的是十九次客车，要打它就一定要拆除铁轨让火车停下来。万一它停不下来就会出轨，这客车上说不定还有老百姓呢！”

“这个风险一定会有的。”嘉轩重重地点了点头，“打列车必须要先拆除铁轨，这是必须的。我们可以考虑集中一部分队伍歼灭鬼子，再组织一部分抢救可能受伤的老百姓。”

“我倒是担心紧跟在后面的三十九次客车，”淑婉插话说，“这两列车的间距太近了，搞不好会撞在一起。”

“战斗打响后，我们派几个人去设法拦截后面的客车。如果我们发信号，我想他们还来得及刹车。”

“你想得很周到，”嘉轩用赞许的眼光望着葛鹏飞，“你们今天的建议都很有价值，我们的确要考虑全面，不然战斗打响，出现意外就措手不及了。”

“你们也许要多准备一些手电筒，因为是夜里打仗。”淑婉补充道。

“最好多带一些纱布、绷带什么的，”淑琴提醒道，“我估计那时候一片混乱，你们也没有时间去抢救平民，能帮他们逃出车厢就不错了。不过我估计这兵荒马乱的年头，坐夜班车的人也不会很多。”

“还是你们考虑得周到。”葛鹏飞朝淑婉竖起大拇指，“带手电筒这一条太重要了，不然黑灯瞎火的，开枪都不知道往哪里射……”

经过实地观察，章嘉轩他们最终把伏击地点确定在了卧虎屯。卧虎屯早年隶属于蒙古族王爷达尔汗所辖，设蒙古屯初才有三十七户人家。1927 年蒙古达尔汗王出卖东夹荒后，卧虎屯分别隶属于双山县、辽源县，还是属于人少地偏的地方。

赫宝盛的喇嘛甸支队负责埋伏在卧虎屯伏击鬼子列车，大茬子山的谢家兄弟埋伏在郑家屯阻击鬼子的援军，其他零散的小部队居间做战斗配合。

谢家兄弟一开始不同意打援军，他们希望担任打列车的主攻，但是喇嘛甸支队已经有过两次伏击鬼子的战斗经验，而且打援军的任务可能比袭击鬼子列车更艰巨。最后章嘉轩还是做了妥协，让谢老大带一部分队伍参加打列车的行动，但是一切听从章嘉轩的指挥，葛鹏飞负责郑家屯的阻击。

晚上十点多，两路人马已经在卧虎屯和徐家屯埋伏就位。因为做了充分准备，特别是保暖，该穿戴的都披挂上了，子弹手雷也是能带多少带多少。这次行动尽可能保密，人员也是挑了又挑。被选上的自然是欢欣鼓舞，人人摩拳擦掌，希望干一票大的。

到了十一点多，云层散去，月亮还有大半边是圆的，给大地镀上一层银色。章嘉轩选择了一个土坡作为埋伏地点，居高临下，铁路两头的情况可以看得清清楚楚。

“真是良辰吉日，老天也帮忙。”他扭头对赫宝盛说。

“吉人自有天相。”赫宝盛也很开心，

“这拆铁轨什么时候开始？”谢老大有些担心地问。

“拆两段铁轨，有半个时辰足够。”赫宝盛底气十足地说。因为章嘉轩让他在铁路工人里找帮手，他找到了四洮铁路卧虎屯保线工区的一个叫许殿芳的工人，非常有经验。

“火车在一点左右经过，我们在十二点动手，徐家屯那里也差不多会同时开始。等我们拆完铁轨，估计还有半小时鬼子坐的火车就该到了。”章嘉轩胸有成竹地说。

第 十 章　玉石俱焚

稻垣有些心烦，本来他不用赶这班夜车去长春。他原本计划自己开车去长春，也就是两个来小时的路程，而且刚好赶上周末，说好了带妻子和儿子一起去，开完会在长春住两天，再去净月潭看看。为了解决新京（今长春）的城市供水，净水潭正在建造大型水库。可是突然接到上级命令，要他去郑家屯亲自带队，而且要把涉及铁路安全的军官全都带上。因为这次会议要讨论铁路沿线的安全保卫，上级要稻垣全权负责这趟行程的安全。

稻垣通知了所有负责铁路沿线安全的宪兵队和巡逻机动部队的负责人，要求他们尽可能参加这次会议。为了行程的安全，没有安排大家坐军列，而是乘坐普通客车。因为怕有人安置炸药炸毁铁路，还安排大家统一坐在客车的尾部。在午夜发车后，又加派一列客车押后，也算是双重保险。

一想到又一次让妻子和儿子失望，稻垣就很沮丧。今天忙碌了一天，发车时候稻垣已经又困又乏，列车刚开出郑家屯，他就已经酣然入睡。

一阵剧烈的震动把稻垣从睡梦中惊醒，随即一股巨大的力量将他从座位上掀翻，头部和胸部被重重撞击在什么物体上，一阵剧痛几乎让他喘不过气来！四下传来撕心裂肺的嚎叫，显然有人受伤了。车厢的顶灯已经熄灭，四下一片黑暗，唯有月光从窗外照射进来。借着月光他看见车厢已经侧翻，显然列车已经出轨，稻垣立即意识到他们遭遇了袭击！

"我的腿！我的腿断了！"有人带着哭腔喊着，"谁带了电筒？火柴也行！帮帮我，我需要止血！"

稻垣冷静下来观察周围，由于这节车厢位于列车尾部，车厢没有彻底倒翻，只是被前面侧翻的车厢侧扭了三四十度。这个角度也非常不利，从地下爬出去非常困难，而从顶上爬出去目标太大，而且如果有伏兵在外，在月光下爬出去正好成了敌人最好的靶子。

黑暗中车厢里亮起了一束光柱。

“你在哪里？我来帮你！”黑暗中有人呼应道。

“笨蛋！把手电筒关掉！”稻垣大声喝令，“你们想让人当靶子打？”

话音未落，外面传来嘈杂的人声，听声音不下几十人，有人在说话。

“不在这节，去那节车厢看看。”

“都不许说话！准备射击！”稻垣一边压低声音命令道，一边掏出手枪上膛。

车厢门口有手电光柱射了进来，稻垣举枪瞄准了门口，屏住了呼吸。哐当一声响，门被一脚踹开了，有人侧身站在门口用手电筒往里照。稻垣随即开枪，但是几乎就在同时，有人在那个人身后拉了一把。稻垣感觉子弹射中了那个人的肩膀，手电筒落在了地上。

“他奶奶的！他们就是躲在这一间了，给我开枪！”

“卧倒！”稻垣刚喊出这句，子弹便如同雨点一般射进车厢。稻垣感觉有一个人在他身旁哼了一声，歪倒在他身上，喷射出来的血液糊住了他的眼睛。他顺势把这个人的身躯压在自己身上，随即听见子弹射在那个人身上发出噗呲噗呲的声音。

枪声渐渐稀疏下来，不一会儿又有手电光贴着地面照射进来。车厢里死一般的寂静，稻垣轻轻推开身上的尸体，举枪瞄准。

“队长你受伤了，这回我先进去看看！”一个年轻的声音传进来。

借着月光稻垣看见一个戴狗皮帽子的身影贴着地面爬进车厢，突然打亮手电照射进来！

稻垣躺在地板上，手电的光没有照到他的脸。他瞅准时机，瞄准那个狗皮帽子就是一枪。帽子被打飞了，那个人倒在地板上抽搐了一下就不动了。

“大家不要怕！再坚守一阵，我们的铁甲车马上就会到了！”稻垣趁这个空隙又大声叫喊了一声！

正在此时，列车尾部又是一声巨响！车厢被撞击的少许离开地面，随即又重重砸下，这回整个车厢彻底侧翻了！

“是三十九次客车！”这个念头飞快闪过稻垣的脑海，他的头被撞在了什么硬物上，昏死了过去……

稻垣原来的计划不错，他的护卫计划的一部分就是万一遇袭，驻守郑家屯的守备队伍立即出发增援。铁甲车的时速大约在六七十公里，如果他们能坚持半个小时，援军就能赶到。然而他没有估算到的是，这次他们的对手并不是一支普通游击队。

葛鹏飞听到了来自卧虎屯方向传来的枪声，他知道是章嘉轩他们那里打响了战斗，估计一会儿郑家屯方向的鬼子增援部队就会出来。

“炸药埋的不会有问题吧？”他扭头问谢老二。

“是你亲自教我们的，你还不放心？”

“我这心里总有些不踏实，要不要咱们干脆把铁轨再拆一段儿？”

“那也行，把后面那一段儿也拆了，万一埋雷那段出事儿，咱们还有后手。”

“对！要干就快！”葛鹏飞一挥手，几个影子从路边又回到铁轨，开始起路钉，卸铁轨。突然，远处有一道雪亮的灯光照射过来，是鬼子的铁甲运兵车！

卸轨看来是来不及了，葛鹏飞奋力用撬棍把铁轨撬离了轨道，然后一个翻身滚进了路基，慢慢爬回到伏击地。

“一会儿听我命令开火！”

葛鹏飞已经看清鬼子的铁甲运兵车了，一共有三节。打前阵的是有装甲炮塔的指挥舱，里面配备有火炮和机枪；后面两节车厢是带沙包防弹的运兵车厢，既有射击枪眼，又配备轻重机枪，两头各有侧门可以方便步兵下车展开攻击。

埋炸药处有一棵歪脖儿柳树。铁道两边树木稀少，因而这棵歪脖儿树特别显眼，也成为葛鹏飞他们的观察标记。在铁甲车灯的照耀下，歪脖儿树的身影似乎变得高大起来，铁甲车距离越来越近，葛鹏飞觉得心都要跳到嗓子眼里了。

铁甲车像一头金属怪兽迎面扑来。日军的铁甲列车一般配备十二节，车载一百多名士兵。如果不是正规部队，一般没有与之正面较量的能力。游击队没有可以打击列车的火炮，普通的枪弹无法打穿铁甲车的防护钢板。游击队如果与铁甲列车发生遭遇战，游击队一般会选择撤退。即使采取炸药爆破，如果爆炸点选择不当，也只会让铁甲车脱轨，所造成的伤亡有限；而且日本兵普遍经过严格的军事训练，尤其是在铁甲车作战的士兵，他们训练有素，在遭遇突发事件时表现尤为突出。

葛鹏飞也是第一次如此近距离与铁甲车相遇，他手下的战士更是显得紧张，有的人已经开始慢慢向后爬。葛鹏飞转回头狠狠瞪了他们一眼。

糟了！葛鹏飞眼见得铁甲车已经碾过了埋雷点，却并没有发生他所期待的爆炸，是压发雷管失效了？他心里暗暗叫苦，看来只能依靠被扒开的铁轨，看看会不会出轨……

正当他无比恼怒的时候，铁甲车车轮下面突然冒出一朵火花，然后迅速升腾起火焰，随即一声震耳欲聋的爆炸声带着冲击波迎面而来！

葛鹏飞悬着的心终于放下了。炸弹在铁甲车正中爆炸，巨大的爆破力把铁甲车掀了起来，又重重砸向路基旁！

铁甲车侧翻在铁轨旁，后面的车厢虽然没有侧翻，也歪倒在铁轨上。趁着鬼子还没有还手之力，葛鹏飞一声“开火”！他手中的步枪和身边的枪支一起吐出了火花……

稻垣渐渐从昏迷中苏醒，他感觉脑袋剧痛，伸手一摸都是黏糊糊的血，不知道是自己的还是刚才死在他身上的那个人的。

远处传来一声巨大的爆炸声，车厢外有人兴奋地叫起来。

“是郑家屯！一定是葛队长他们把鬼子的铁甲车给炸了！”

稻垣听得懂中文，他知道援军是不可能来了，如果铁甲车被阻，那他们肯定坚持不到援军的到来。他摸索着找到自己身上的公文包，开始从里面掏出文件用力撕毁，嘴里叫着：“还有活着的吗？都快把身上的文件毁掉！”

稻垣的叫声被车厢外的章嘉轩听见了。

“鬼子要毁掉文件！我们进去搜！注意安全，还会动的补一枪，别舍不得子弹！把每个鬼子军官的东西都要搜仔细，每片纸片都要！”

握着手电筒，章嘉轩第一个冲进车厢。在手电光柱的照射下，车厢里横七竖八躺倒了十几个鬼子，跟随章嘉轩进来几个战士一边用脚踢着鬼子的尸体，一边搜寻着文件，也的确有被震昏的鬼子，若他们还会动弹，战士就补给他们一枪！

章嘉轩走到稻垣的身旁，他看见稻垣的嘴角淌着血，眼睛瞪得大大的，死死盯住章嘉轩。稻垣身边有个牛皮公文包，还有撕碎的纸片，手里还握有文件。章嘉轩蹲下去，拿起公文包，把撕碎的纸片都装了进去，然后去拿稻垣手里的文件。

稻垣用尽全力把文件送入嘴里，开始使劲咀嚼。章嘉轩给了他一拳，但是他还没有放弃。在一旁的谢老二看见了，抬手对着他的脑门就是一枪，稻垣头一歪，嘴也停止了咀嚼。章嘉轩从他嘴里掏出文件，他看见稻垣的眼睛还是睁得大大的……

淑婉的家里比较窄小，大约十来个平方，放一张桌子都嫌挤。淑婉呆呆地望着桌上的牛皮公文包，还有一张残破的纸页，上面依稀能看到血迹。

“你说那个军官就是稻垣？”

“应该是吧，在他身上找到了军官证。”章嘉轩知道淑婉心里不好受，他有些后悔自己考虑不周，不应该把这个包带回家。

“其实看见这份文件我就明白了，”淑婉表情麻木地说，“跟我那天在他家里看到的是一样的。”

“淑婉，你不要这样，这不是你的错。”嘉轩走过去拥住她，试图缓和她的情绪。

淑婉奋力挣脱了他的拥抱。

“我知道，但我就是不能停止想到他的妻子和孩子。”

“这是战争！”嘉轩也有些激动了，“是你死我活的战争！我们不消灭他们，他们就会……”

“不要给我讲这些大道理！我不懂吗？”淑婉并不理会嘉轩的劝导，“我讲的是人的感受，活生生的人！你明白吗？一个每天在家琢磨如何给丈夫做一道新菜，一个无辜的孩子在等待他无比崇拜的父亲回家……就是因为我。”淑婉说不下去了。

嘉轩知道现在说什么也没用，其实在他确认了稻垣的身份后，又看了一眼满脸淌血的稻垣，心里也涌起过类似的感觉。他只是后悔不该把稻垣的公文包带回家给淑婉看，他当时只是想给淑婉一个回复，说明她为这次战斗提供了最重要的情报，但是没有顾及淑婉的感受。

“有一件事我想应该值得注意，”嘉轩看着淑婉出神的侧影，突然想到，“我们这次行动一定会遭到敌人疯狂的报复。鬼子一定会意识到，我们的这次伏击行动一定有人泄密，我担心他们会千方百计追查泄密的线索，所以为了安全起见，我觉得你不要再去学校了。”

淑婉抬起头看着嘉轩，觉得他说得有理，就点了点头。

“我明天就去辞职，就说小孩体弱多病，无法继续任课。我不去说明情况，恐怕他们会更加起疑……”

“另外，想跟你说个事儿。”嘉轩说着脸上泛起笑容，淑婉有些迷惑地看着他，“睿智传来消息，说你母亲让你舅舅做了一场法事，其实就是演给你父亲看的，说我英雄救美，把你们从胡子窝里救了出来，我想是你母亲原谅我了吧？”

“真的？”淑婉含泪的眼睛里冒出喜悦的火花，“那我们就能回家去看妈了？”

“他说，因为你母亲知道我们在打鬼子。这次我们打了大胜仗，我先回去看他们，任他们打骂责罚，等他们出够了气，我再带你们回家！”

“你真好！我的大英雄！”淑婉说着扑了上来，双手搂住了嘉轩的脖子，两个人热烈相拥亲吻……

赵睿智已经被连续的熬夜开会折腾得非常疲劳了，回到自己的办公室，他解开领扣，长舒了一口气，然后趴在桌子上，准备打个盹儿，突然有人敲门。赵睿智赶忙起身，揉了揉眼睛。门口的一位军官通知他去审讯室。赵睿智边走边扣着风纪扣，顺口问道：“有什么重要犯人？”

“是巡逻宪兵在酒馆抓住的。那个人手上戴了一块手表，好像是这次被袭击的一位军官的。”

赵睿智心中一沉，很可能就是参战部队的一员。这些胡子改编的队伍从不把战斗中截获的财物当回事儿，这回恐怕要捅大娄子。

走进审讯室，藤原大佐已经在了，可以看出他对这次审讯相当重视。审讯室正中有一把椅子，那个被捕的人被绑在靠背椅上。那人看上去有三十来岁，头发和胡须都很长，他的棉衣棉裤都被脱去，不知道是因为冷还是害怕，他浑身抖得厉害。

看见赵睿智进来，藤原笑了笑，一言不发，伸手抬起那个人的下巴，用戴着白手套的手玩弄那个人的胡须。那个人似乎被藤原的动作吓傻了，眼神从藤原身上溜到赵睿智的身上，又溜到赵睿智身边的鬼子军官身上。

“你是胡子？”藤原笑眯眯地问。

“什么？”那人脑子转不过弯儿了。

“问你是不是土匪？”赵睿智不耐烦地翻译道。

“不，不是，我良民……”那人的回答带着哭腔。

“这个，”藤原一下子把那人的袖子拉起来，一只金表显露出来，“哪里来的？”

藤原没有事先取下手表，似乎要给他突然一击。

“捡……捡来的。”

“哪里捡来的？火车上吧？”

“火车？什么火车？我没有去过火车！”那个人叫喊了起来。

“覚えが悪いようです。治療が必要です。”藤原说了一句日语，揪住那人的胡须，狠狠地往下一拉，一撮胡须带皮被他生生揪了下来！剧烈的疼痛让那个人撕心裂肺地嚎叫了一声。

赵睿智极力抑制住自己的情绪，淡漠地翻译说：“看来你的记性不好，需要治疗。”

赵睿智身边的军官心领神会，转身出去，不一会儿跟他进来一位手提医药箱、身穿白大褂的日本军医。

“我们这位是专门治疗记忆不好的病人。”藤原走回那个人的身边，拿起他的一只手，取下那块金表，“一会儿医生为你治病，每过三十分钟，他会切掉你的一根手指。”

藤原继续用日语说着，让赵睿智翻译。这时，医生已经打开医药箱。藤原朝着医生伸出手，医生会意地递给他一把手术刀。

藤原接过手术刀，在那人的手指上比画着。

“我们就先从小手指开始，然后是无名指、中指、食指，然后还有脚趾。”他说着用刀刃在那人手背上划了一刀，鲜血立刻流了出来，那人又惨叫一声。

“你不用怕，我们的医生会为你止血。如果你一直想不起来，那就比较麻烦。好在你身上的东西还不少，切完手指和脚趾，还有你的耳朵、鼻子和眼睛。不过你要当心，不要让医生切了你传宗接代的东西，那你们家就绝后了。”

说完，藤原把手术刀还给了医生。

“我们走，等他恢复记忆我们再来。”藤原和赵睿智走到审讯室门口，藤原又回过头说，“带一条狗过来，让它把一会儿割下来的东西收拾干净！”

赵睿智跟着藤原去了藤原的办公室。藤原一副若无其事的样子，谈笑风生。

“您今天的心情很好。”赵睿智笑着说，“昨夜您也没有怎么睡觉，要不要休息一会儿？”

“今天我们一定会有突破！”藤原笑着回答，“上天送了这个宝贝给我们，我能感觉到那个胡子坚持不了多久。我们会用这些人的血去祭奠列车上牺牲的大日本帝国的勇士……”

没多久，赵睿智与藤原跟随那个日本军官回到审讯室。审讯室内只有医生和受刑人，那人的椅子前面还半卧着一只黑色狼狗。那人脑袋耷拉在胸前，双手血肉模糊，地面却是干干净净，血迹应该是被狼狗舔食干净了。

藤原走上前，一把揪起那人的头发。

“说！你是哪里的胡子？”

“喇嘛……喇嘛甸……”他的声音有气无力，含混不清。

“是喇嘛甸吗？”赵睿智厉声追问。

“是。”

“十七号晚上炸火车你也去了？”藤原大声问道。

“是。”

“去了多少人？”

“不清楚，还有大茬子山的，有一二百人吧。”

“是谁带的头？”

“一个教书的……教书的先生。”

藤原松开手，嘱咐医生：“马上把他的伤口清洗干净包扎好，可以给他打麻药止痛。”然后回头叮嘱那个军官，“马上把他关进单人监舍，没有我的命令，不许任何人接触他！”

藤原说完也不看任何人，摘掉手套扔在了地上，转身快步离去……

葛鹏飞当铺的电话铃声响了起来。

“情况紧急，我不能多说，说最重要的，一、出了叛徒，喇嘛甸、大茬子山都已暴露，鬼子可能会去袭击；二、章嘉轩有可能暴露，让他多加小心，我挂了！”

前后不到十秒，对方已经挂断了电话。葛鹏飞听出来是赵睿智的声音，这个消息太突然了！

挂断电话，葛鹏飞立即去找章嘉轩。当他把情报告诉了嘉轩，嘉轩有一刻愣在了那里。

“猜到敌人可能会采取行动，但是他们怎么会掌握得那么准确？是我们内部出了问题？”

“这些日后再议，当务之急还是要通知喇嘛甸、大茬子山的队伍。恐怕要暂时避一避，正面冲突我们的力量肯定是不够的。”

“好的，我马上走一趟。”

“这不行。睿智说你可能也暴露了。你最近一定要谨慎外出，也许还要考虑出去避一避。”

“葛大哥说得对，”淑琴放下手中的婴儿，让两个孩子并排躺着，“就先让葛大哥辛苦一趟，后面的事后面再议。”

“这样也行，”嘉轩点了点头，“如果你去，看看有没有机会再见见睿智，了解更多的情况，看看问题到底出在哪里。还有，告诉睿智，让他转告淑琴妈妈，我们暂时回不去了。”嘉轩说着，看了淑琴一眼。淑琴眼圈一红，默默地点了点头。

“事不宜迟，我现在就动身。”

凌晨时分，薄雾蒙蒙，喇嘛甸山脚的森林一片寂静，唯有早起的鸟在鸣啼。密林中，一支鬼子的队伍出现了。他们行动迅速，但是悄然无声，显然是训练有素。

这支队伍在林间的开阔地附近隐蔽好，出来了五六个平民打扮的人，他们身上的穿着与一般胡子队伍的打扮没有什么两样。他们走到一块大石头旁边，一人弯腰捡起一块石头，开始有节奏地敲打。等了一会儿，林中什么反应也没有。他们互相看了一眼，走进了隐秘处。

藤原大佐正举着望远镜观察，对刚才的情况他都看清了，对山上的胡子没有按照暗号做出反应，他也有所准备。

“按照第二方案开始进攻！”他猛地挥手下令。

队伍开始向山上发起冲击。出乎他们意料的是，一直攻入了寨子，也没有遇到任何抵抗，他们俨然攻入了一座空城。

藤原拔刀把议事堂的香案一劈两半！他意识到自己身边一定有人走漏了消息！

黑色的轿车停在了稻垣家门口。藤原独自下车，他身穿黑色礼服，手捧一把白色的菊花。稻垣夫人开门出来，她身穿黑色和服，全身只有胸襟两侧各有一颗银白色的铝扣，这是稻垣家的家徽。

“夫人节哀顺变！”藤原弯腰鞠躬，献上手中的菊花。

稻垣夫人接过菊花，也弯腰回礼。

“我是藤原大佐，虽然不是您先生的同事，但是我现在负责此案件的调查。今天来一是吊唁稻垣先生，另外是想向您了解一些情况。”藤原说着掏出一个系着白色结子的信封，双手奉上，“这是我个人的一点心意，请收下。”

“谢谢藤原先生，请屋里坐吧。”稻垣夫人接过信封。

起居室被改作了灵堂，桌子上搭建了一个祭坛。祭坛正中间放着稻垣的照片，两侧放着荷花灯、鲜花和果篮。

藤原为稻垣上香后入座，也不再客套，直奔主题：“我们认为这次列车袭击是因为内部情报泄露。这次去长春开会，只有少数高层知道，与稻垣君同行的很多军官事先都不知道，所以我们觉得事发蹊跷，希望能掌握更多情况。稻垣夫人，请问在事发前后有没有发现什么异常？”

稻垣夫人想了想，摇了摇头。

“不着急，您再好好想想，想起什么可以随时告诉我。”

“你们有什么发现吗？”

“我们抓住了参与袭击的一个匪徒。”

“那么你们知道是谁干的？”

“还不能完全确认。因为我们去抓捕的时候，他们已经逃走了。不过据匪徒招供，为首的曾经是一个私塾老师。”

“老师？”稻垣夫人突然想起什么，“稻垣出事前家里也来了一位老师。”

“什么老师？”藤原一下子警觉起来。

“是我们儿子高志的老师，是个女的。”

“你儿子在吗？我可以跟他谈谈吗？”

“他在楼上，我这就去叫他。”

“稻垣夫人提及的那位老师已经辞职了，她刚生了孩子，”伊东校长表情沉重地说道，“她去稻垣夫人家的事我真的不知道。”

“当然我们现在还不能确定她就是窃取情报的人，但是她的嫌疑很大，”

藤原的态度很沉稳，“您现在有办法找到她吗？”

“她是一家当铺老板介绍来的，只是我跟那家老板也不很熟，也没有去过他那里，不过我可以去问问。”

“那就不必了，万一她真的有问题，那就打草惊蛇了。好在这里当铺也不多，我们先去秘密查访。”

“那也好，有什么情况我一定配合。”

“明天我会派一位画师来，您给他讲讲这位老师的长相，看看能不能画出来，这样可以帮助我们辨认。”

常庆瀚刚出校门就看见对面的路边停着一辆黑色轿车。庆瀚过年的时候在家门口见过这辆车，知道那是日本司令官的车。突然，从小轿车的后窗伸出一只手向他招手。庆瀚一眼认出来就是那位日本司令官。他转头看看身边没有别人，就朝着车子走去。

“我是你爸爸的朋友，”藤原对着庆瀚笑眯眯地说，“你叫庆瀚吧？”

“是的，常庆瀚。我认识你，你来过我们家。”

“好聪明的孩子，上车来，我们说说话。”

从稻垣夫人那里回来，藤原想到可以从私塾老师这条线查起。因为县城不大，请得起私塾老师的家庭并不多，他第一个想到的就是常家，但是他不想直接去常家，从孩子下手应该比较容易。

庆瀚坐上小轿车很兴奋，东看看西摸摸，这还是他第一次坐上轿车。

“我们可以开车吗？”庆瀚问。

“当然可以，我们就在街上转转。”

庆瀚趴在窗户上，从轿车里往外看，这世界仿佛都变了样儿。当他看见一个同学，便拼命朝他招手，可是对方没有看见。

藤原笑着侧过身去，帮他摇下玻璃。庆瀚高兴得几乎探出半个身子去，向着远去的同学使劲招手。

“听说你以前在家里上学？”

“是的，爸爸为我请了家庭老师。”

“是吗？他叫什么名字？”

“他姓章，名字我不知道，不过我可以去问爹爹。”

“那就不用了。现在那个老师呢？”

“让大妈妈给辞了。”他管姚氏叫大妈妈。

“为什么？对你不好吗？”

“他对我挺好，”庆瀚低下了头，“可是对我姐姐更好。”

“是吗？你知道？”

庆瀚看了一眼司机，司机专注开车，似乎根本不理会后座的他们。

“我姐姐晚上偷偷出去会他。”庆瀚压低嗓子神秘地说。

“噢，你怎么知道的？”藤原做出很感兴趣的样子。

“我妈让我偷偷跟姐姐出去，我亲眼看见的，”庆瀚突然紧张起来，“您可不要告诉别人，妈妈不让我说的。”

“好的，我不告诉别人，但是你要告诉我，你姐姐去哪里了？”

“我姐姐……”庆瀚说到这里不说了，低下了头。

“你看这是什么？”藤原拿出一把小巧的武士刀，虽然只是一件工艺品，但是非常精美漂亮。

“哇，好漂亮！”庆瀚眼里发光。

“你要是告诉我，我就把这把武士刀送给你。”

庆瀚犹豫了一下。

“我姐姐被胡子抓走了。”

“说实话！”藤原把武士刀握在手心，收了回去。

庆瀚望了望左右，压低声音凑近藤原的耳朵。

“她们跑了，跟章老师跑了。”

“你怎么知道的？她们跑去哪里了？”

“我妈说的，可是我不知道她们跑去哪里了。”

藤原沉默了，他估计这个小孩也可能真的不知道更多情况。

“这把刀还能给我吗？”庆瀚怯生生地问。

“你回家拿一张你姐姐的照片给我好吗？我也可以帮你找姐姐呀。”

庆瀚不知所措地望着藤原，不知道该怎么回答。

“不知道大妈妈给不给？”

“你自己去拿就是了，不要告诉别人。我就在外面等你，这把刀会送给你。如果找到你姐姐，我还会送给你一把小手枪！”

“是真枪吗？”庆瀚的眼睛瞪大了。

“先给你一把玩具枪，等你再长大些，就给你一把真枪。”

淑婉从当铺出来，已经是黄昏时分。她用一条长围巾遮住了半张脸。因为要赶回去，她走得很快，完全没有注意到身后有人。

躲在巷口的两个人掏出照片看了一眼。

“好像是她。”

“还是看不清楚，她遮了半边脸。”另一个不确定地摇了摇头。

“跟还是不跟？”

“万一还有人出来呢？”

“这都整整一天了，还会有人吗？”

“不好说，要不要假装抢劫，就近看一眼？”

“你去？”

“我去就我去。”

“你可看准了。”

“放心。”说话的那人把大棉帽的耳朵放下来，在下巴上扎紧，整张脸几乎只剩下了眼睛。他快步尾随淑婉而去，在一个没人的街头，突然冲了上去，抢夺淑婉手里的提包。

淑婉紧紧地把包捂在胸前，并大声呼救。争夺中她脸上的围巾掉了下来，那个抢包的落荒而逃。

“怎么样？”看到同伴回来，守候的那个焦急地问。

“是她！绝对没错！”

“那好，你在这里继续盯着，我马上去报告！”

淑婉回到家里，依然神魂不定，坐立不安。她打开一本书，随便翻了几页，又放在桌上，竖起耳朵聆听门外的声音。终于门外传来脚步声，淑婉从椅子上跳了起来，奔到门口去开门，章嘉轩走了进来。

“你怎么了？脸色不对？”嘉轩敏感地察觉到淑婉的恐慌。

淑婉把刚才的事说了一遍，紧张地看着嘉轩。

“我觉得好奇怪，他人高马大的又有力气，怎么会抢不到包就跑了？”

“你是说你出当铺没多远？”

“是的。”

“的确奇怪。按说打当铺主意的人是有，他们认为进出当铺的人不是有钱就是有货，但是都那么晚了，当铺早关门了，怎么还会有人等？”

“反正到现在我的心还是扑腾扑腾地跳，不信你摸摸。”淑婉抓过嘉轩的手捂住胸口。

嘉轩顺势把淑婉搂在怀里。

“你的担心不是没有道理的，我们要有所准备。你把东西收拾一下，我们明天就离开这里。”

“嗯，好。”

淑婉转身开始收拾行李。嘉轩坐了下来，掏出腰间的手枪，拉开枪栓检查了一下里面的子弹，又掏出两颗手雷放在桌上。

“这玩意儿就是重了些，不然你也带一颗在身上，万一发生情况，拉弦就往外扔。它一炸就是烟雾一片，容易逃生。”

“我可不挂那玩意儿。姐已经把枪还给我了，我已经习惯带它了。”

夜幕下，装有日本宪兵的两辆卡车开到路口停了下来，熄灭车灯。卡车上的士兵鱼贯下车。从巷口跑过来一个跟梢的暗哨。

“刚才又进去了一个男的。”

“太好了！一定要小心！不要发出任何声音！藤原大佐马上赶来，估计要一个小时左右，他要亲自指挥。这条街有人出来立刻抓捕，不准开枪！”

宪兵们拉开距离，在暗哨的带领下，朝着巷子里走进去……

赵睿智的神经高度紧张，司令部这两天活动频繁，尤其是藤原，几乎每天都在外面。诡异的是，藤原几乎都是单独行动，没有召开过任何会议，自然也没有让他参与过任何行动。

被捕的人还被关押在单人牢房，但是从来没有提审过，都是藤原亲自去牢房，也不要赵睿智做翻译。他的伙食也是厨房单独做的，饭菜有专人送。有一次还从外面的餐馆叫了饭菜，连看管他的狱警都嫉妒犯人的伙食。

今天下午的情况特别不寻常，藤原把自己关在办公室几乎一天没有出来，晚上所有宪兵队都在待命，感觉将有重大行动。因为没有接到任何通知，到了下班时间，赵睿智按时离开了司令部，但是随即又悄悄在附近一家酒馆隐蔽起来。

大约七点多钟，司令部里马达轰鸣，很快藤原的轿车先开了出来，随后是一辆卡车。按照惯例，如果是大规模战斗，卡车至少会有三辆，每辆卡车一般有十五至二十个士兵，带这样少的兵力，除非是与其他部队会合……

突然一个念头闪过赵睿智的脑海，他急忙起身，付过酒钱匆匆离去……

葛鹏飞放下电话神色大变，他吩咐伙计收拾细软，准备撤离。然后赶去淑琴的房间，通知她先收拾行李，随时准备离开，并告诉她不必紧张，他现在就去通知淑婉和嘉轩。

刚走出店铺，葛鹏飞就发现后面有人盯梢，他突然转回身向那个人走去。那人忙不迭地躲闪开，葛鹏飞借机从反方向跑了。绕过了几条巷子，他朝着淑婉家的方向跑去。刚跑到最近的路口，他就看见了停在巷口的日军卡车。

葛鹏飞掏出枪来，蹑手蹑脚地向里面走。走了不多远，他突然发现巷子里已经蹲满了持枪的日本宪兵！他知道鬼子已经包围了淑婉的家，现在根本没有可能进去通知嘉轩他们了，无奈之下，他举枪瞄准一位日本士兵，连发两枪！

枪声在寂静的夜空响起，淑婉一惊，嘉轩一下子从椅子上跳了起来。

“有情况！别管那些东西了！”

嘉轩抓起桌上的手枪，慢慢拨开门。他们家的外面是个小院子，有一道不高的土墙。当嘉轩推开门缝的一瞬间，他看见两个鬼子兵正从墙上往下跳。事不宜迟，嘉轩举枪就射，一个鬼子兵被他击中倒地！

“前门出不去了，我们跳后窗吧。”

这时可以听见有人打开了院门，更多的脚步声直冲过来。

“你先走，我掩护你！”淑婉咬住嘴唇，掏出了自己的手枪。

“不行！你先走！”嘉轩说着过来拉淑婉的手。

这时外面已经在用枪柄砸门。

淑婉毫不犹豫地在嘉轩手臂上狠狠咬了一口。

“你快走！再晚你也走不了了！快去通知我姐她们！带走我们的孩子！”

嘉轩吃痛，松开手臂，淑婉举枪对着门口开了一枪！

门外的撞门声音突然停了片刻，淑婉对着嘉轩又是一脚！

嘉轩含泪上炕，推开窗户，扭头又看了淑婉一眼。淑婉对他嫣然一笑，嘉轩不由肝肠寸断！

铛铛两枪，子弹从门下射了进来，打在了房梁上，显然鬼子想活捉他们。

随即砸门声又骤然响起！

“你快走！”淑婉又喊了一声，举枪继续朝门外射击。

嘉轩一咬牙，从窗口跳了下去。

淑婉再扣扳机，发现子弹已经打完了，她抓起嘉轩留在桌上的手雷，眼睛盯着即将被撞开的木门。

木门闩被砸断了，一群鬼子冲了进来，淑婉拉开手雷引线，对着鬼子扔了过去！手雷砸在门上，反弹了回来，一声巨响，淑婉在烟火中倒下……

第十一章　池鱼幕燕

“我们都在等待您的到来，”负责现场指挥的军官向藤原汇报，“但是后来突然出现一个袭击者，他从我们背后开枪。后来监视当铺的暗哨报告，有一个人试图袭击他，我们再赶回去当铺，里面的人都已经逃走了。”

“你们在当铺怎么只留守那么少人？”

“当时还不能确认是那家当铺，我们也是今天傍晚刚发现这个女人。当时也是大意了，只顾跟踪她，疏忽了当铺。”

“对那个女俘虏抢救得如何？”

“她的右手和右脚被炸断了，还在昏迷中，流了很多血，但是现在没有生命危险。”

“你们一定要保证她活着，尽早把她送到我那里去！”

这是农村的一间土坯房，炕沿点着昏暗的油灯，葛鹏飞在闷头抽烟，嘉轩在门口来回踱步。

“你别再走了，我的头都被你走晕了！”淑琴坐在炕头看着孩子，一肚子火气没处发。

“给我一支烟，”嘉轩向葛鹏飞伸手。

葛鹏飞看了他一眼。

“最后一根了，凑合着抽吧。”他把自己嘴边的烟递给了嘉轩。

嘉轩接过烟狠狠抽了一口，刚吸入肺里，就猛烈呛了起来。

“还能做点有用的吗？”淑琴狠狠瞪了他一眼。

“总得给我一点时间……”

“时间，时间，你可以找时间，但她没有时间了！”

“淑琴，你的话比刀子还快呀，”嘉轩带着哭腔说，“我知道你心里不好受，可我这心里也在淌血呀！我宁愿逃出来的是她呀！你看她咬的牙印，”嘉轩撸起袖子，他的手臂可以看到一排清晰的牙印，“她真的是急了，都是为了我们……”

“怎么说大老爷们儿也不能让女人殿后……”

“淑琴，你这话可是过了！要不是嘉轩赶过来及时，我们晚一步就都跑不出来呀！你妹妹也是为了我们和孩子。”葛鹏飞忍不住插嘴劝说。

“那颗手雷爆炸肯定是淑婉干的，是死是活都不知道，我这脑袋都快炸了！”淑琴终于哭出了声。

“我天一亮，就去找赵睿智。如果找到睿智，一定就会有确切的消息了。”

淑婉慢慢睁开眼睛，她四周的墙是白色的，床头挂着吊瓶，感觉像是在医院。她感觉头疼欲裂，刚想举手摸一下头，才发现自己的手被手铐铐在床上。

“你醒了，”身旁有人在说话，但是那人说的中文很生硬，“我是山本医生。你没有生命危险，只是你的手脚被炸断了，我已经处理好了。幸运的话，你还可以走路。”

淑婉静静听着，没有说话，也没有表情，失血的脸就像一尊白色的雕塑。

“你先休息，有事可以随时叫我。”山本朝淑婉微笑地点了点头，转身离去。

“这几天你的日子不好受吧。”藤原坐在办公桌前，笑盈盈地看着赵睿智。

“闲得难受。”赵睿智看着藤原的眼睛，一副无可奈何的样子。

“你是不是觉得自己被排除在行动之外了？”藤原也直视着赵睿智的眼睛，“会不会甚至想到自己不被信任了？”

“我知道您抓了常淑婉，我们两家的关系您是知道的，我现在完全能够理解。”

“恐怕还不止这些。我们已经查到，这些袭击事件的幕后指挥就是她的老师章嘉轩，听说还是你介绍给常家的。”

“常家女儿的事已经让我震惊，没有想到还有章嘉轩！”赵睿智一脸错愕，“属下失察，还请司令治罪！”

“不知者无罪，你何罪之有？”藤原笑了笑，“现在真相大白，所以让你知道，以后你可以参加对这个案子的审讯！”

“这个合适吗？”赵睿智做出诚惶诚恐的样子。

“有什么不合适？你跟她很熟吧？更容易说服她。一个弱女子，我们也不希望做得太鲁莽……”

“报告！”有人在门外喊。

“进来！”

进来的是山本医生。

“她已经醒了。”

“很好，”藤原站了起来，“睿智君，我们一起去看看……”

常家大院的门口，老李头正在备车。这是一挂四匹马拉的篷车。常老爷和姚氏要去四平，有人说在四平看见了淑婉。

常老爷和姚氏兴致勃勃地走出大门，廖氏和韩管家一行都到门口送行。庆瀚拉着常老爷的手不放开，“爹，你就带我去吧。”

“庆儿听话，你还要念书。爹去去就回，回来给你带好吃的、好玩的。”

说话间，巷口出现了两辆日本军车，从车上跳下来一群鬼子兵，端着明晃晃的刺刀就冲了过来！

常家一家大小骤然失色，只见鬼子兵把他们团团围住，喝令他们举起手来，连孩子也不放过。

跟在后面的淑芬吓得当场大哭，退后几步就往院子里跑，但是很快就有鬼子兵追了上去，揪住她的脖领子把她拖了回来。

“这是怎么回事儿？怎么回事！”常继善大声地叫喊。

鬼子兵一言不发，搜身之后，把每个人都押上了卡车。

巷口已经站满了围观的人群，在人们的指指点点下，卡车绝尘而去……

“我叫藤原，是这里的城防司令。”藤原笑着对淑婉说，“我去过你家，跟你的父亲是朋友，我相信我们也会成为朋友的。”

藤原说着后退一步，把赵睿智推到前面。

“你看，我把你们家的朋友也带来了，他会跟你好好聊聊，有什么不舒服就叫医生，他就在门口等候。”

藤原说完一挥手，所有的人都离开了，屋里只留下赵睿智和淑婉。

“你感觉怎么样？伤口还疼吗？”赵睿智坐在床前的椅子上，关切地看着淑婉的脸。

淑婉看着赵睿智，眼光冷漠，就像看一个陌生人。

赵睿智不清楚淑婉是否知道自己的真实身份，葛鹏飞也许告诉了她，也许为了他的安全而隐瞒了。藤原把他留下的用意很清楚，淑婉应该也清楚。

“你姐还好吗？”赵睿智一时想不出合适的话语，他知道此刻藤原一定正在隔壁监听，他也想找机会把这个告诉淑婉，但是淑婉扭过脸去，闭上了眼睛。

赵睿智有些尴尬地站了起来。

“那你先休息，我再来看你。”

在隔壁房间，藤原戴着耳机，正在监听他们的说话。在淑婉的床底下，隐藏着一个窃听器。

听到赵睿智拉开椅子离开，藤原站了起来，问身边的军官：“去查看一下我请的客人到了没有？”

载着常继善一家人的卡车开进了司令部大院，一家人被推搡着下了车。

淑芬惊恐地看着周围端着刺刀的鬼子士兵。他们一个个凶神恶煞，面目狰狞，但是不发一声。庆瀚一手挽着常继善的胳膊，另外一只手紧紧攥住廖氏的手，他完全不明白发生了什么事情。只有姚氏在鬼子出现的那一刻就明白发生了什么。事已至此，恐惧与担心都是无用的，只能看日本人出什么招数。

“老爷，一会儿有什么事儿都我来应付，你就说病了，什么都不知道。”

“你是不是知道什么？”常继善此时实在不明白怎么会发生这样的事。

“不许说话！”一个军官模样的人大声呵斥。

常家人被分别关进了牢房，庆瀚、淑芬和廖氏被关在一起，其他的人都是一人一间。

鬼子兵们离开了，空荡荡的牢房里只有淑芬撕心裂肺的哭叫声。

藤原又出现在淑婉面前，他弯下身子，还是那般温文儒雅，“恐怕要打搅常小姐一下，有人一定要来见你，希望你不会拒绝。”

淑婉一直侧着身子一动不动，没有一丝反应。藤原笑了笑，直起腰对门外说了一声：“请客人进来！”

淑婉仍然一动不动，她只听见有人进来，椅子被挪开，有人坐下。

“张老师，我知道你醒着。”

淑婉身体像是被电流击中，一下子绷直了。她睁大眼睛转过脸来，稻垣夫人坐在她的身边！

稻垣夫人穿了一身黑色丧服，戴着黑纱礼帽，脸色煞白，神色憔悴。

张姓是淑婉在铁路学校用的假姓，而稻垣夫人的声音她一直不能忘记，也出现过在她的噩梦中。看到稻垣夫人的那一刻，她感觉自己如同置身噩梦！

“没想到我们又见面了，想要再见到你，也是我活下来的理由之一，你一定明白为什么。”

淑婉此时脑子一片空白，稻垣夫人也许是她今生最不想再面对的人。

“本来我想带高志一起来，看看他那么信任的老师，好像那天他为你读过他爸爸的文件，而你就是因为那些文件杀死了他的父亲。”

“稻垣夫人，求你了……”淑婉的泪水从眼角流淌了下来。

“求我什么？求我不要说了？”稻垣夫人的声音尖厉起来，听上去就像用小刀在刮玻璃，“你知道那天是我儿子的生日吗？他本来是要自己开车带我们去长春的。他答应过我们好多次，可是我们从来没有去成，现在更是一个永远实现不了的承诺了。”

“稻垣夫人，请相信我，当我知道你丈夫也在那趟列车上，我心里也是……”

“你是怎么样的魔鬼？可以利用一个孩子的信任去杀害他的父亲？”稻垣夫人站立起来，几乎咆哮起来，“我真想亲手挖出你的心脏，看看你的心是怎么长的？你还算是人吗？”

坐在隔壁监听的赵睿智有些坐不住了。

“稻垣夫人要失控了，是不是去看看？”

藤原举了一下手制止了他。

“再等等！受不住的更可能是常家小姐。”

“要挖出我的心脏吗？你可以这样做，对于你们来说，这不是很平常的事吗？”淑婉突然冷静下来，她开始反击道，“你们有一位保健股长高桥明不是喜欢吃活人心脏吗？你去问问他一共吃了多少？”

稻垣夫人被她的突然质问惊呆了，一时说不出话来。

“还有奉天来的那位千叶医学博士山田立木，他好像一次就要吃好几颗心脏；你们的参事官林田连路边老太太的心脏也不放过；你们警务科的佐藤老婆生病，你们的医生说要三颗活人心配药，司法股不是给了三名在押的中国人，然后用汽船运到松花江南岸挖心抛尸！让他们来挖我的心脏吧，你自己动手也可以。”说完她大气直喘，闭上了眼睛。

“你……你！”稻垣夫人被淑婉一番抢白气得张口结舌，“没想到你不仅心狠，还这么无耻！你利用我儿子谋杀了我的丈夫，你就没有一点忏悔心吗？”

“该忏悔的应该是你们！”淑婉睁开眼睛，目光炯炯地看着稻垣夫人。她说话的气力显然不足，但还是铿锵有力，“其中也包括你丈夫。你们远渡重洋来到我们的国家，侵占我们的国土，杀害我们的人民。看看你们的士兵，烧杀掳掠，无恶不作，消灭你们我绝不后悔，也没有什么可忏悔的！我对你再也无话可说！”

说完这番话，淑婉再次闭上了眼睛。

常继善和姚氏被带进了藤原的办公室，里面除了藤原还有赵睿智。藤原虽然一身戎装，但是依然满脸堆笑。

“真没想到我们在这样的情景下见面。”藤原让他们入座，然后先发制人，“这也是我不想见到的。”

“我正要问这是为什么？”常继善是一脸震惊。

藤原没有说话，从桌上的文件袋里取出一沓照片，递给了常继善。

“我建议您夫人就不必看了。”

常继善接过照片，里面都是一些死亡的日本士兵的照片。照片中有的血肉模糊，有的是一副烧焦的尸体。

“你们都知道我们的火车站和列车都遭受了袭击，这些是其中被杀死的日本官兵。我们已经找到了主犯，也抓捕到参与人员。”

常继善预感到什么，而姚氏则很冷静，她已经大致猜到了因由。

藤原又从文件夹里拿出一张照片平摊在桌上。

“这个人你们应该认识吧？”

常继善看了一眼，照片拍得很清晰，正是他们曾经的家庭教师章嘉轩。

“这是章老师……”

“他就是这些袭击事件的幕后指挥者！”

“你们抓到他了？”

“这就是我请你们来的原因。因为只有在你们的帮助下，我们才能找到他。”

“这怎么可能？我们早就辞退他了，他现在哪里，我们毫不知情。”

“你们不知道，但是你们的女儿知道。”

常继善一听激动地站立起来。

“我们的女儿被胡子绑架了，我们还在找她。”

“这编造的故事你也信，”藤原轻蔑地哼了一声，“你女儿现在就在我们这里。你们要好好劝她，只要她幡然悔悟，你们全家都会没事的。”

“婉儿。”常继善带着哭腔的一声叫喊，让淑婉像遭了雷击。淑婉转身试图坐起身来，但是强烈的剧痛让她失声呻吟，颓然倒下。

“婉儿，你别动，伤在哪儿了？”姚氏扑上前去，扶住女儿的身体，大滴的泪珠落在白色的床单上。

“她的手脚都被她自己扔的手雷炸断了，是我们的医生帮她包扎起来的。”藤原在身后说道，“现在我给你们一点时间，好好劝劝她。只要她帮我们找到那个章嘉轩，你们全家都可以回去了。”

说完，藤原招呼赵睿智也一同离开，只留下他们一家人。

“婉儿，这到底是怎么回事儿？”常继善老泪纵横，“这些日子我们都要急疯了。”

淑婉也只是落泪，说不出一句话。

“你让婉儿缓一缓，她受了那么重的伤，还不知道遭了多大的罪呢！”姚氏轻轻抓住女儿那只没有受伤的手，轻轻抚摸着。

“爹，娘，女儿不孝，连累你们受苦了。”淑婉说完，泣不成声。

“先不说这些，你姐好吗？你们在一起吗？”姚氏压低声音问。

淑婉看了一眼周围，也压低声音说：“她挺好，您放心。”

在隔壁监听的藤原紧张异常，他将声音调到最大，对一旁做速记的赵睿智说：“把他们说的每句话都记下来！”

赵睿智点点头，他也十分紧张，因为他不知道淑婉会不会猜到这屋里有监听。

“你姐生的是男孩还是女孩？”姚氏关切地问。

“是女儿，叫世英。”

“你们在说些什么？”常继善有些急了，“我怎么什么都不明白。”

“淑琴和淑婉是跟那个章老师跑的。”姚氏有些无奈地向常继善坦陈。

“那胡子绑架的事都是假的？”

“还不是怕你受不了……”

“你早就知道这些？”常继善的声音听上去有些颤抖。

“你看你，别再急了，事情已经这样了，再上火也没有用。”

“可是我们常家……”

“对常家也不都是坏消息，你现在已经做外公了。”

“你说什么？”

“你已经有一个外孙女了。”

“是两个，我的女儿叫世杰。”淑婉羞怯地说。

赵睿智看了一眼藤原，藤原做了一个无所谓的手势，意思让他们继续讲下去。

“我的天！”常继善几乎支撑不住了，姚氏急忙把椅子移到他的身下。

“爹，妈，恕女儿不能尽孝了。”淑婉握着姚氏的手，眼噙热泪，“但愿你们的孙女会代我尽孝。嘉轩是个好人，他待我很好，我这一生有了他，有了世杰，我知足了，其他的话我也不想多说了。”说完她闭上了眼睛。

“婉儿，爹也不知道该说些什么，但是爹要你知道，不管这事儿是怎么结果，爹不怨你。”

两行泪水从淑婉眼角流了下来，她缓缓点了点头。

“我这会儿真的好幸福……”

藤原的脸色变得很差，终于他被激怒了。

“ばかやろう（混蛋）！”他叫骂了一声，转身走去隔壁……

“我要这个人！听明白没有？”藤原冲进屋，径直走到淑婉床前，粗鲁地一把揪起淑婉，拿着章嘉轩的照片在淑婉面前晃动，“我要这个人！这个人！你听见没有？”

藤原的动作显然碰及了淑婉的伤口，淑婉脸色煞白，紧咬嘴唇，几乎要失去知觉。

“你弄伤她了！”常继善站起来去拉藤原的手。

藤原一把把他推开。

体弱多病的常继善几乎被他推倒，姚氏急忙上前扶住了丈夫。

“你要抓人就靠自己的本事，欺负老人和病人算什么能耐？”姚氏不顾一切地叫嚷起来。

藤原一松手，淑婉倒在床上，鲜血从缠裹着的纱布里渗透出来。

“你们不要以为皇军就抓不到他，让你们提供线索是给你们机会！”藤原抖动着手里的照片，“从明天开始，‘满洲国’的大街小巷都会贴满他的照片，谁能提供线索抓住他，皇军悬赏一万光洋！”

“我们家再加上一万！”姚氏的声音更大了，“这个男人毁了我的女儿，你去江湖打听打听，我早就悬赏要他的脑袋。明天你就在你的告示上加上我的话，我们常家说到做到！”

姚氏的话不仅听傻了藤原，连淑婉也是将信将疑。

淑婉惊愕地看着母亲，感觉她就像一头威风凛凛的母狮子……

桌子上摆着一张悬赏通缉告示，葛鹏飞抽着烟。

“你必须离开这里，现在满街都是你的照片，你再不走大家都危险。”

“我早就说了，你要尽早离开这里。”淑琴也望着嘉轩诚恳地说。

“你带着两个孩子，我走了你怎么办？”嘉轩显得一筹莫展，“还有山里的队伍。”

“山里的队伍暂时隐蔽，目前要保存实力，避其锋芒。”葛鹏飞接过话说，“淑琴这里我会帮你照顾，只要你脱离危险，团聚是早晚的事儿。”

嘉轩走到淑琴身边，从她手里接过孩子。看着孩儿天真无邪的笑脸，嘉轩心如刀割。

“在这么危难的时候，我把你们抛下……”

“你一个大男人怎么婆婆妈妈的？”淑琴的嗓音又提高了，“这是逃生，给大家多几分活命的机会。我看事不宜迟，越快越好！”

“现在淑婉那里生死不明，我这样走……”

“我已经说了，等这两天风声一过，我就去找睿智。现在他那里也不方便打电话，托人去也不安全。”葛鹏飞说道，“其实淑婉的事我们也无回天之力，你只有好好活下去，才不辜负她舍身救你的心意！”

“现在大撤退，组织关系很难建立。我上次跟你说过，我有个弟弟在长沙，我想先去那里。”

“我设计了几条路线，可能会辛苦些，铁路和公路都不安全。”葛鹏飞在桌上摊开几张纸，“你们一起来看看……”

孩子都睡了，淑琴把头依靠在嘉轩的肩膀，目不转睛地看着他。

“你这么看着我，把我都看毛了。”嘉轩笑着说。

“你也没做什么亏心事，怎么会心里发毛？”淑琴笑着捶了一下他的手臂，嘉轩失声叫了一声。

“怎么？碰疼你了？让我看看。”

“不必了。”嘉轩躲闪了一下。

“我就要看！”淑琴撸起嘉轩的袖子，他的手臂缠了一层纱布，隐隐有血渗了出来。

“是淑婉咬的吧？怎么发炎了？昨天不是都快好了？”

“是快好了，没事儿。”嘉轩含糊回应着，“咱们睡吧。”

“那怎么还会有血流出来，不行我要看看！”

淑琴轻轻打开纱布，她的目光像是被磁石吸住，死死盯着那片血肉模糊的伤口。

“你做了什么？”

“嘉轩没有回答，试图抽回手臂。

“告诉我！你是怎么弄的？”

“刀，是小刀刻上去的，我不想让它消失，我想留一个念想……”

淑琴没有说话，小心翼翼地把伤口又包扎起来。她抓起嘉轩的另外一只手臂，撸起袖子，对着胳膊狠狠咬了下去！

“你……你这是干什么？”嘉轩疼得泪花都冒了出来，但淑琴就是死死咬住不松口。等到她抬起头来，已经满脸泪痕，嘉轩的手臂上是整整一圈冒着血珠的牙印！

“你是个男人，我妹妹就是为了你死也是值了。”淑琴用手捧着嘉轩的脸，“可是我也要你刻骨铭心地记着我。我不要你动刀去刻我的牙印，等着牙印消了我还会去咬，我要这么咬你一辈子！你会答应吗？”

“我答应你！”嘉轩也伸手捧住淑琴的脸，对着她的嘴唇深情地吻下去……

突然门外传来急促的敲门声！

嘉轩跳了起来，从枕头下摸出手枪！

“是我，鹏飞。”门外传来葛鹏飞的声音。

嘉轩急忙下地开门。

“是这样。我刚遇到了一队贩粮食的，他们今夜就要回关内。你知道他们现在这行的风险很大，被鬼子抓住也是要掉脑袋的，所以他们走的都是秘密的小路，跟他们走不那么累，也比较安全。”

在日寇占领东北三省后，日寇当局就出台了“满洲经济统治方案”，提出了“日满一体的经济计划纲领”。最初东北土著居民也可以吃大米，但是随着日本战场扩大，大米、白面作为战略物资，要运往世界各个战场。在这种情况下，粮食就紧缺起来。日本鬼子规定，大米白面只准日本人吃，伪满洲国国民吃了属于犯罪。为了强制实施，鬼子宪兵会在街头抽查行人，用棍子捅他们的喉咙，如果呕吐物里有大米，即会被逮捕。

“你还愣着干吗？收拾东西，赶紧的。”淑琴催促道，说着自己也起身，打开橱柜为嘉轩翻找衣物。

“那么，那你们……”嘉轩仍然感觉这一切太突然。

“都到这个节骨眼了，你还磨叽什么？”淑琴摊开包裹布，把衣物放进去，“你再找找还有什么？”

“我到长沙一安顿下来，就尽快想办法接你们过去。”

“这都是后话，说眼前的，有什么事儿赶紧跟葛大哥交代。”淑琴说话时头也不抬，眼泪落在包裹上，她急忙侧过身不让嘉轩发现。

“山里的弟兄就先交给你了，还有淑婉和他们家，也都拜托了！”

“你放心，你的事就是我的事，安心赶路，到了地方捎个信儿，我也想办法跟你联系！”

“姐。”淑婉感觉有人握住了她的手，颤巍巍、怯生生的声音在耳边喃喃。

“淑芬。”淑婉睁开了眼睛，“你怎么在这里？”

“不光是你妹妹，我们和你舅舅都在。”说话的是廖氏，她牵着庆瀚的手，他们身旁站着姚俊安。

“庆瀚。”淑婉想抬起手，但是发现自己的手被绑在了床沿上，手背上扎着输液针。

庆瀚似乎没有听见姐姐喊他，更紧地握着了妈的手，看着姐姐就像看一个陌生人。

“他们说你这两天绝食。婉儿，何必糟践自己的身体，看看你都瘦成什么样子？”廖氏说着也抹起眼泪。

“都是我连累大家了。”淑婉握着妹妹的手，眼圈红了。淑芬伸手去抹她眼角的泪水。

“你遭那么大罪，就别为我们担心了，”姚俊安眼圈也红了，“你的事儿我们都知道了，舅舅见到你只有惭愧，堂堂一个男儿还不如……”

廖氏忍不住踩了一下姚俊安的脚。

“这个时候了，就别说这些没用的，看看怎么能救我们淑婉一命！”

淑婉心里明白，这肯定是藤原的诡计，要用亲情来给她施压。她朝廖氏微笑着点了点头。

“二妈的心意我懂，我知道二妈也是知书达礼的人，有句话你应该听说过，忠孝不能两全，婉儿也只能给您赔不是了。”

“其实我倒真没什么，也就是吃不好睡不着，扛一扛也就是了。可怜你的老父亲，自打你们离家，他就朝思暮想，这病了都快大半年了……”

“二姐，你说这些不是给婉儿添堵吗？”姚俊安有些听不下去了，“婉儿你放心，我们都挺好，你自个儿挺住了。该干吗干吗，甭担心我们……”

淑婉惊讶地看着姚俊安，感觉过去从来没有真正了解这个舅舅，心里充满感激。

姚俊安也感受到了淑婉的心情。

“舅舅这两天也想了很多，想想以前的日子，我就是一个混吃等死的废人，装神弄鬼，不务正业。现在看看我外甥女，女中豪杰，这传出去谁不翘大拇指？我要是也这样英武一回，这辈子也就值了……”

姚俊安话还没有说完，从外面进来一个鬼子军官，上前一把揪住姚俊安的衣领，左右开弓就是一顿耳光！

庆瀚和淑芬都被吓哭了起来，淑婉也声嘶力竭地叫喊：“住手！你住手！”

那位日本军官完全没有住手的意思，直到他打累了，才一脚把姚俊安踢倒在地，瞪了屋里的人一眼，转身离去。

姚俊安挣扎地坐起身来，吐掉嘴里的碎牙，他已经满脸是血。

“舅舅！”淑婉泣不成声，“是我害了您。”

“说蠢话了，”姚俊安居然笑了，他口齿不清地继续说道，“这通打值了。

我跟我外甥女算是同道了，以来我也能挺直腰杆对人说，我让鬼子打碎了一嘴的牙，可爷们儿我还是站起来了。”

说着，姚俊安晃晃悠悠扶着墙站了起来，他把手上的血涂抹在白色的墙上。

“他舅舅您就少说几句吧，”廖氏忍不住抱怨，“其实就是婉儿的一句话，跟他们说那个章老师大概去哪里了。其实有这话儿没这话儿也差不多，有这话日本人也未必能抓住他，可是对咱们就不同了，不用在这里遭罪。再说那个章老师丢下婉儿自个儿跑了，他算什么男人？……”

“不许你这样说我的男人！”淑婉大声说道，廖氏被吓了一跳，“你们都出去，我一人做事一人当，跟你们没关系……”

从刚才鬼子军官进来，淑婉就确定了这屋里有窃听装置，她这话也是说给鬼子听的。她推开了淑芬的手，闭上眼睛，不再理会……

“弟妹！开门，我回来了，”葛鹏飞风尘仆仆地站在屋外敲门。只听屋内扑通一声，似乎有凳子倒地，然后门开了，露出淑琴兴奋的脸。

“你当心些，磕疼了吧？”

“没事儿，这几天掉了魂似的等你的信儿，没想你已经回来了。”

“赶巧了，”葛鹏飞坐下喝了口水，抓下头上的帽子放在桌上，“本来打算在赵家门口守上几宿，没想第二天晚上就碰上了。睿智也是回家看一眼，这些天日本人就不准他回家。”

“快说正题，我妹妹怎么样？”

“她被炸伤了，情况很不好。”

“在监狱里？”

“还在鬼子司令部里，鬼子还是想逼她说出嘉轩的情况。”

“她遭老罪了吧？”淑琴有些魂不守舍，“睿智能帮上忙吗？”

“这案子是鬼子驻城司令自己管，别人插不上手。而且鬼子知道你们两家的关系，对他也有所怀疑。”

“去我家了？我父母怎么样？”

葛鹏飞张了张嘴，没说话，又给自己倒了一碗水。

“你快说呀，急死个人儿了！”

“我说了你可不能上火，”葛鹏飞担心地看了淑琴一眼，“鬼子把他们都抓走了！”

“什么？把他们都抓了？”淑琴果然跳了起来！

葛鹏飞点了点头。

“他奶奶的！”淑琴抓起桌上另一只碗，狠狠朝门外摔去！

“你看，别吓着孩子了！”

砸碗的声音果然惊醒了世杰，她咧开嘴哭了起来。淑琴走了过去，把孩子抱了起来，极力压下火继续问道：“他们在里面怎么样？”

“目前还行，鬼子主要是用他们来给淑婉施加压力，没有对他们动粗。”

淑琴坐了下来，好久没有说话。

“自从淑婉出事，我就着急上火，一直都没有什么奶水，全靠你搞来的奶粉和米粥喂孩子。我想你能不能帮世杰找有奶的人家带一阵子，等孩子大些我们再领回来……”

“你说这事儿我刚好想跟你说。几天前嘉轩就跟我提过这事儿，让我留心找个奶妈。正巧有这么个人家，孩子夭折了，也正希望有个孩子照顾着，也是一个念想。”

“那这事儿就拜托你了，省得孩子在我这儿受罪。”

“放心吧，这事儿我马上去办……”

葛鹏飞手里提着一只鸡，菜篮里还有两颗大白菜，兴冲冲来敲淑琴的门。敲了好一会儿，里面没人答应。葛鹏飞疑惑地推了推门，门是虚掩的，里面空无一人。葛鹏飞心里一沉，因为他们说好的最近她们娘儿俩不要出门。他环视一周，发现桌子上有一封信。

“葛大哥：原谅我不告而别，谢谢你带走世杰，拜托你多加照顾。我去杨树县城了，我要去顶替回我的父母，不管遭多大的罪我一人扛！一切拜托！

书不尽言……”

日军司令部门口，端着刺刀的哨兵警觉地望着街上来往的人群，突然一个抱着孩子的妇女径直朝他们走了过去，

“站住！”鬼子哨兵喝令道。可是那妇女并没有停止脚步。

“再不站住我开枪了！”鬼子哨兵拉开了枪栓。

“我找你们司令！他也在找我。”淑琴神情镇定地对着哨兵说，抬眼望了望门岗里的司令部楼房……

第十二章　求仁得仁

藤原的办公室里寂静无声，房间里的几个人面面相觑。藤原坐在办公桌后，赵睿智站在他的身旁，对面坐着怀抱孩子的常淑琴。

“说实话，我这半辈子也经历了不少事，见过不少人，但是我必须承认，你令我吃惊。”藤原终于开口了。

赵睿智开始翻译，却被淑琴打断了。

“我不需要翻译，我能听懂。”

“那很好，我们就开门见山，”藤原脱下白手套放在桌上，“你来找我，你想要什么？”

“释放我妹妹和我的家人。”

“我为什么要这样做呢？我找到你们很不容易。”藤原笑着说。

“因为从她们身上你得不到你想要的东西。”

“那么你知道我想要什么？”

“当然。”

“那么请告诉我，我想要什么？”

“谁袭击了你的火车站和列车。”

“是谁？”

“我。”

藤原最初没有作声，随即放声大笑。

“我必须承认，你真是个奇特的女人，但是我也不得不说，你这样做实在是太拙劣了，不会有人相信你。”

“是吗？”淑琴轻蔑地笑了笑，“想知道火车站是怎么被烧的吗？”

“我当然想知道。”

“但有条件。”

“那你也说来听听。”

“先让我和家人见面。”

藤原转头看了一眼赵睿智。

“难怪你会向她求婚，她真是很不一般。你看我就答应她这个条件怎么样？让我们听听她要讲一个什么样的故事。”

常家一家大小被带进了一间摆有长桌的会议室，他们鱼贯而入，眼前的景象令他们难以置信，会议桌上摆放着各种糕点、水果，还有茶水。他们正怀疑是不是走错了地方，藤原笑着走了进来。

“给大家准备了茶点，随便用，随便用呀！”藤原说着从桌上拿起一块绿豆糕咬了一口，“这是从你们家点心铺里买的，快尝尝，味道很不错。”

常继善一家都呆站着不动，不知这个鬼子司令在玩什么花样，只有庆瀚忍不住向前走了一步，却被常继善一把揪了回来。

“误会很深。理解，理解。”藤原吃完了手上的糕点，又端起茶喝了一口，“我去请一个人，你们见了她就会明白。放心吧，这点心和茶水很安全。”

“妈，我饿。”庆瀚看着廖氏哀求道。

“这东西不能随便动，可能被鬼子下了药。”廖氏看了常继善一眼，劝着儿子。

“吃吧，没事儿，”姚氏率先走到桌旁，抓起一个苹果就咬了一口，“他们要想弄死我们，不用费那么大工夫。”

听见姚氏的话，庆瀚和淑芬都跑到桌边，一手抓起一个点心，急不可待地左边咬一口，右边咬一口。

“妈！”门口突然传来一声呼唤。

姚氏转回头，举在嘴边的苹果落地，一直滚到淑琴的脚边。

“爹！”淑琴走到了常继善的面前，双膝跪下，失声痛哭。

常继善恍如梦中，不知所措。

姚氏几步奔上前去。淑琴怀中的孩子被惊醒了，也哇哇大哭起来。姚氏弯腰从淑琴的怀中接过孩子，热泪直淌，眼里流露出疼爱之情。

“他爹，看看你的外孙女，长得真水灵……”

啪的一声！姚氏扭头一看，淑琴捂住了半边脸。只见庆瀚凶神恶煞地瞪着姐姐，满脸通红，“都是你！都是你害的！”

“庆瀚！”廖氏慌了神儿，急忙赶来一把拖开了庆瀚。

“他说得对，是我害了你们，”淑琴苦笑着看着父亲，“让全家人都吃苦了！”

“你快起来，”姚俊安走过来扶起淑琴，“舅舅没有觉得苦。”

“舅舅，你的牙……”

“没什么，被狗撞掉了。”姚俊安傻呵呵笑了。

“你怎么也被抓了？”姚氏关切地问。

“是我自己来的。”

“什么？你疯了？这是什么地方？”

“我知道，可是我不能不来，妹妹在这里，你们也在。”淑琴镇定地回答。

“我的傻闺女，”姚氏不知说什么好，“你自己来，怎么还把孩子带进来了？”

“她是我身上的肉，交给谁我都不放心，我能活她就能活！”

“我怎么生了你这么个倔性的丫头！”姚氏看一眼外孙女，又看一眼淑琴，“这闺女长得真俊，比你小时候漂亮……”

藤原一动不动站在扩音机旁聆听着，眼睛盯着赵睿智做的记录。

“你打算怎么办？”姚氏问。

“让他们放你们回家。”

“这怎么可能？”

“他们要的不是你们，是要知道我们干的那些事儿。我要是不说，他们就会继续瞎折腾。”

“可是他们会……会不会打你？”廖氏也胆战心惊地问了一句。

“我这人皮贱，还就是不怕打。”淑琴居然笑了，“妈也知道从小到大我打架不论个儿，单挑群斗我都不怵！”

“那是孩子闹着玩儿……”廖氏讪讪地说。

“一个道理。你要是恨一个人，他越打你，你就越恨他，越打越不服！”

藤原直起身子，对身后的军官发令：“把那一家人都押回去，那个女的单独关起来！”

藤原伸手关上扩音机，在屋里走了几步，站在了赵睿智面前。

“对这个女人自投罗网，你是怎么看的？”

“她应该是有备而来，”赵睿智斟酌了一下，继续说道，“我跟她小学就是同学，她的个性我比较清楚，好出头，不服输，同学背后叫她‘假小子’。我判断她自己投案有两点，一是想救她妹妹，二是想保她家人。”

"你觉得她会知道那个章嘉轩的下落吗？"

"章嘉轩是这两个女人的男人，他的去向这两个女人都应该知道一些，但是姐姐可能会比妹妹知道得多一些，因为她刚刚从章嘉轩身边离开。"

藤原点点头。

"你继续说。"

"既然她自己上门，手里一定有牌，要不然怎么与我们交换？我想，要不然我先去摸一摸她的底牌是什么，那样下一步我们也主动。"

"言之有理，"藤原拍了拍赵睿智的肩膀，"我原来以为你会为了避嫌而推辞。很好，你去跟她谈，不过我们要监听你们的谈话。"

赵睿智笑了笑，心说鬼才相信你们不监听。

赵睿智走进了淑琴的监房，光线有些暗，因为窗户很高很小，室内有一股夹带着血腥味儿的潮湿霉味儿。监房里有一张狭窄的木床，没有被褥。

"你不该把孩子带来。"赵睿智看着仍在抽泣中的孩子，心疼地说了一句。

"你也不该到这里来。"淑琴的回答很冷漠，但是她的眼光很友善。

淑琴的反应并不出赵睿智的意料，他相信淑琴是知道自己真实身份的。淑婉被抓的时候很突然，也许还不知道更多情况，而淑琴进来则是有所准备的。

睿智回头看了一眼，身后的狱警已经离开了。他无声地指了指床下，暗示屋内有窃听，淑琴会意地点了点头。

"我们都很佩服你的勇气，也知道你救人心切，但是你知道，天下没有免费的午餐，你想拿什么来交换？"

"我自己呀。"

睿智笑了。

"这恐怕不够。"

"那就是你们愚蠢，"淑琴声音很大，"我们离家那么久，我父母一点不知道我们在哪里。他们对你们毫无用处，最多就是当个人质。可你是知道我的，从小没心没肺，不然也不会干出离家出走的事儿，也早就伤透他们了。我这回进来，能帮上他们也就是还债，帮不了他们就是一死，我这心里也就不欠他们什么了。"

淑琴的话说得那么绝情，睿智听着都觉得寒心，要不是知道她故意说给藤原听，他都有些受不了。

“你这话说得也太无情了……”

“你不要打断我，”淑琴提高了嗓音，吓得孩子又开始哭起来，“至于我妹妹，你是知道她的，在家里在外面什么都是听我的。说句不好听的，连嘉轩也是听我的。你认识我们那么多年，你应该知道。”

“说来说去你只是想把所有的事儿都揽到自己身上，我估计你的这番话不足以让我们放人。”

“那就请便，别瞎耽误工夫了，我还要哄孩子睡觉，有事你让那个能主事儿的司令来找我！”

“软硬不吃，她的确比我想象的难对付。”藤原看着一脸沮丧的赵睿智若有所思，“我们还是要分析一下她们的弱处是什么。”

“她们姐妹在学校就与众不同，特别倔强。”赵睿智愁眉紧皱，“这常淑琴敢把孩子也带进来，就是一副不成功便成仁的架势。我想您是不是直接跟她谈一次，也许更清楚她的真实意图？”

“我不想再陪她们玩这种谦谦君子的游戏了。”藤原走到赵睿智的面前，“我理解你的感受，但是你也要理解我的处境。中国人不是有一句话，敬酒不吃吃罚酒。她们要是选择罚酒那是她们自讨苦吃！”

赵睿智把马牵进了马厩。他刚拴好马，一个黑影从马厩的草垛后面走了出来。

“睿智，”来人是葛鹏飞，“真抱歉用这种方式与你见面。”

赵睿智左右打量了一下。

“我也正想找你，还是这样的方式安全。”赵睿智把葛鹏飞引进一间偏房，“抱歉，今天就不招待你了，现在嘉轩的情况怎么样？”

“他已经离开沈阳了，我安排他进了关内，先去咱们自己的地盘。”

“那很好，这里太危险，鬼子急眼了，非要找到他和他的队伍进行报复！”

“淑琴他们怎么样？”葛鹏飞急切地望着赵睿智。

“目前还好，鬼子想先软后硬，还没有动刑，但是，看样子不会久了。”

“这个淑琴，我一个没留神，她留了一封信就跑了，还把孩子带走了。”

“她就是这么个性子。宁为玉碎，不为瓦全。”

“能有什么法子救她们吗？”

“很难，劫狱的可能几乎没有，一是鬼子防守很严，二来现在要召集有素质的队伍几乎不可能。”

“那也不能看着她们遭罪等死呀！”

“谁说不是，”睿智脱下军帽放在桌上，“我想用我的家庭去赌一把。”

“你打算怎么做？”葛鹏飞的神情有些紧张。

“我要去说服我们家老爷子出面担保。”

“恐怕那个藤原也不一定会给面子吧？”

“不是面子，是交换，让我爹去当维持会会长！”

葛鹏飞站了起来。

“你真打算这么做？老爷子能答应吗？”

“不去试怎么知道，”赵睿智看着葛鹏飞，“鬼子的军需供应和社会治安都急需地方豪绅的支持。为了这个维持会会长他们找了我爹好几次，也一直给我压力，这样做也算成全藤原。”

“可这是个遭千人骂万人怨的差事。”

“我知道，我不入地狱，谁入地狱！”赵睿智神色坚定，“不过同时希望你们在外围也配合一下，能不能提供一些关于嘉轩的假情报？”

“你是说让淑琴她们把假情报提供给藤原？”

“那没有用，一来藤原不抓住嘉轩他就不会相信，二来我估计淑琴她们也不会同意。”

“那你希望我怎么做？”

“我还没有考虑成熟，比如有人举报发现了嘉轩，搞几件嘉轩的私人物品……”

“或者被人发现已遭杀害？或者脸被毁容？”葛鹏飞突然开了窍。

“反正你们再去琢磨琢磨，我们两头下功夫，尽可能转移藤原的注意力，看看能不能刀下夺人……”

“你是要你爸我去当汉奸？”赵仲虎用难以置信的眼神看着儿子。

“是身在曹营心在汉。”

“过去不是你一直要爹顶住，不能背这千古骂名吗？”

“爹，现在情况不同，儿子是求爹去救人。”

“爹明白了，”赵仲虎长叹了一口气，“是救常家那两个闺女吧。”

赵睿智点了点头。

“儿啊，从小到大什么事爹没有依着你？”赵仲虎看着儿子，无限感伤，“你要去东洋留学，爹答应你；你回来不做医生要去给鬼子当什么翻译，爹也由着你，但这件事儿可是关乎我们赵家千秋万世的脸面，爹万万不能答应！”

“爹！”

“什么事儿都有的商量，唯独这件事儿说破天也没用！爹知道你喜欢那个淑琴，但是人家已经嫁人生子了，你再惦记有什么用？”

“爹，这不是一码事儿！”

“这就是一码事儿！儿子你放心，媳妇的事儿爹一直挂在心上，一定帮你找到一个好人家的……”

“爹，实话告诉您，儿子是共产党！”

赵仲虎几乎从椅子上跳了起来，手里的烟杆也掉在了地上。他瞪着眼睛看着儿子，又紧张地走到门口，打开房门向外望了望，关上门走到睿智的面前，咬牙切齿地低声说道：“这事儿可不敢胡说！”

“不是胡说，我去当鬼子的翻译就是为了打鬼子！”

赵仲虎久久看着儿子没有说话，而后双手捂住了脸垂下头去，“我只有你这一个儿子，你可是我们赵家的根儿啊！”

“这打鬼子不也是为了咱们的后代吗？谁愿意就这么窝窝囊囊地活着？”

“你刚才跟爹说的事儿，可不敢再跟别人说！”

“这我知道，刚才不是着急了嘛！”

“为那俩傻闺女你就把你爹和你自己搭进去，值当的吗？”

“她们可不傻，知道烧火车站和炸鬼子军官列车的事儿吧，就是她们干的！”

“当真？我可真没想到！”

“所以我一定要设法救她们，这才请您出马。”

“出马就是去当大汉奸？”

“这点您放心，等到打垮小日本的那一天，我来给您正名，您是钻进牛魔王肚子的孙悟空！”

赵仲虎扑哧一声笑出了声。

“还孙悟空呢，刚才都把你爹吓得差点钻桌子底下了。你看，这烟袋掉了都忘了。”

“爹，您坐着，我给您捡起来。”

“你已经见到你的家人了，现在就请常小姐开始你的故事吧。”藤原看着淑琴，嘴上的话很客气，但是脸色没有一丝温和的气息。

“那我的条件呢？我可是说得清清楚楚。”淑琴的口气依然坚硬。

“那要看你的故事值不值得。”藤原把身子往后一靠，摆出一副聆听的样子。

“好吧，那就给你讲讲我们是怎么烧火车站的。”

接下去淑琴足足讲了快半小时，甚至把鬼子站长性骚扰的事儿也说了出来。藤原全神贯注地听着，赵睿智在旁不停记录，足足写满了一个本子。

“你看，这件事从头到尾都是我的主意、我的指挥，连章嘉轩都要听我的，你说跟我妹妹有何相干？”

藤原有一阵没有说话，他在判断这个女人说的是真是假，但是有一点他可以确信，这个女人的确是肚里有货，值得深挖。

“怎么样？你应该兑现你的承诺了吧？”淑琴眼睛一眨不眨地盯着藤原。

“我们会对你说的进行核查。”

“你还想不想继续听了？”淑琴表现得也很不耐烦。

“那好，你的这个故事不值得释放你们全家，可以考虑先放几个人。”

“那先放了我爹娘。”

“那可不行。”

“那就把我弟弟和他妈先放了，还有我妹妹。”

“这个可以。”

“还有我舅舅，他无辜挨了打，牙齿都被打掉了。”

“那好，我们成交！现在可以继续说了。”

“不行，先让赵翻译送他们回家。等赵翻译回来，我们接着谈。”淑琴的神色果断坚毅，没有回旋余地。

藤原做了一个无可奈何的表情。

“好吧，这次依你。”他对着赵睿智挥了挥手，“快去快回！”

赵睿智走到牢门口，狱警打开了牢门。姚俊安坐在地上闭目打坐，看见牢门打开也没有站起来。

“怎么？要枪毙我？”看见赵睿智站在门口，他悠悠地问了一句。

“哪儿那么多废话？赶快起来跟我走，放你们回家！”

姚俊安慢慢爬了起来。

“这黄大仙也靠不住呀，许是嫌我这儿脏，要不就是没有点香，这些天都不来上身，有这好事儿提前说一声该多好。”

赵睿智又好气又好笑，带着他又去开隔壁的门。牢门打开，里面是廖氏、庆瀚和淑芬。开门的时候他们都躲在角落，当看见赵睿智站在门口，淑芬第一个冲上前去抱住了他的腰。

“睿智哥哥，救我们！”她带着哭腔叫着。

“现在就带你们回家，赶紧跟我走！”

廖氏将信将疑地看着赵睿智，一把拉起庆瀚。

“真的吗？我不是在做梦吧？”

坐在卡车上，当得知常老爷和姚氏还没有被释放，廖氏突然痛哭起来，淑芬也陪着落泪。

“我们的命怎么那么苦？真是祸从天降，今后的日子可怎么过？”廖氏哭喊着。

“你们就不关心淑琴她们？”赵睿智有些受不了了。

“对了，她们是不是招了？不然日本人怎么会放了我们？”

赵睿智再也听不去了，他转过脸问庆瀚：“你是不是打了你姐一个耳光？”

“是呀，”庆瀚一脸无辜的样子，“都是她把我们全家害的……”

话音未落，庆瀚就挨了一记响亮的耳光！

卡车里的人都惊呆了，廖氏张口结舌说不出话，连看押的日本兵也瞪眼看着赵睿智不知道发生了什么事。

“这记耳光是让你记住了，你们今天能出牢房，是你姐用她的命换来的！”

庆瀚也许被打蒙了，捂着脸连哭都不敢哭出声来。姚俊安看了一眼，只是无奈地摇头。廖氏伸手搂住儿子，也不敢抬头看睿智一眼。只有押车的鬼子兵不住地摇头，他怎么也搞不懂，这位平日看起来温和谦逊的翻译，会动手打一个未成年的孩子。

老李头坐在台阶上，看见卡车开过来，急忙起身。当他看见赵睿智扶着姚俊安下车，他的眼泪就淌了下来。

“去扶一下夫人。”赵睿智吩咐老李头。

“老天保佑，你们可算回来了。老爷太太呢？”当老李头发现常继善和姚氏都不在车厢里，他不知所措地问。

“先别问那么多了，先带孩子们回房。”赵睿智凑近姚俊安的身边低声说道，“告诉大家立刻收拾离开，越快越好。”

姚俊安一脸惊愕。

“我们去哪儿？”

“越远越好，等事儿平息了再回来！记住！”睿智眼睛盯着车厢里坐着的鬼子兵，看见姚俊安点头，就转身上了卡车……

等赵睿智回来，淑琴开始继续讲述夜袭列车的事。但是她发现，藤原的脸上逐渐露出不耐烦的神情，她干脆停止了讲述。

“你好像并不想听。”

“的确，”藤原挺直了身子，“我希望你明白，不要耍小聪明，我并不傻。你说这个故事的目的就是要我相信，你是这一切的幕后指挥者，而你妹妹是无辜的。”

“我说的都是事实。”

“她去稻垣家做家访是你的主意，让孩子读文件也是你的主意？我奇怪，你不在现场怎么能知道孩子可以拿到文件？或许你和你那位神奇的舅舅一样，可以未卜先知？”

淑琴沉默了，她知道先前的策略已经对付不了这个狡猾的鬼子司令了。

“你看，我对你和你家里的情况并不是一无所知。”看着淑琴的神色，藤原露出了得意的微笑，“你看，我们可以把事情变得复杂，也可以把它变得简单。我现在只需要知道一个事实，章嘉轩在哪里？”

赵睿智停止了记录，抬起头紧张地望着淑琴。淑琴把目光转向了怀里的孩子，她知道游戏结束了，她将面临真正的考验。

“我懂了，你现在是铁，我是锤子。现在你想试试，是铁能扛过锤子，还是锤子能砸软了铁！”藤原一拍桌子站立起来，“你到现在还没有见过你的妹妹吧，你一定很想念她了，现在我们就去见见她……”

尽管淑琴在进屋前一再提醒自己不能失态，但是当见到被铐在病床上的淑婉时，再也控制不住自己。她扑上去跪倒在床前，紧紧握住妹妹的手，泪如雨下。

藤原走上前一把掀开淑婉盖着的被子。

“你好好看看，你妹妹身上是炸伤，我们没有动过她一根手指，给她输液是因为她拒绝进食。”

因为掀开被子的动作触痛了淑婉身上的伤口，她狠劲咬牙忍住伤痛，但泪水还是不停地流淌下来。

“姐姐，你怎么进来了？”

“你们姐妹情深，你姐姐是为了你自己走进来的。”

刚才的动静把淑琴怀里的孩子惊醒了，世英开始大声哭泣。

“怎么把孩子也带进来了？”淑婉惊恐地问，“世杰在哪里？”

“你放心，她很安全。”

“你现在走开，不要妨碍医生换药。”藤原粗暴地揪住淑琴的衣领一把拖开。淑琴猝不及防地往后倒地，怀里的孩子也滚落到地上。淑琴爬过去，搂住哭得上气不接下气的小世英。一个穿白大褂的医生走到淑婉床前，动作野蛮地开始拉扯纱布，鲜血立即从裹着的纱布里渗透出来，淑婉痛得叫出了声！

淑琴惊恐地看着那血肉模糊的大腿，从膝盖以下几乎分不清皮和肉，在膝盖部分可以清楚地看到白森森的骨头和筋膜，淑琴不由倒吸了一口凉气！

医生从医药箱里取出一个瓶子，打开盖子朝着伤口直接浇了上去。淑婉发出一声惨叫，身子绷成了一张弓，又一下子软瘫下来！

“婉儿！”淑琴不顾一切地扑了上前。只见淑婉脸色惨白，已经失去了知觉，两鬓都是豆大的汗珠。

“你们这帮畜生！”淑琴破口大骂。

“常小姐真是少见多怪，”藤原摆出一副若无其事的样子，“这只是在治疗，要是我们逼她说话，我们还有很多方法，保证你听都不曾听说过。”

“有什么事你冲我来！折磨一个受伤的女人你还是个男人吗？”

“是不是男人你以后会知道！今天就到此为止，你回去好好想想，我们有的是时间！……”

“报告司令！赵仲虎求见！”有军官在门口报告。

“请他进来。”藤原放下手里的文件，“把赵翻译也叫过来。”

“报告！”赵睿智在门外喊了一声。

“进来吧。”藤原低头看着文件没有抬头。

赵睿智行罢军礼，笔直地站着，不知藤原玩的哪一出。

“你父亲来了，找我什么事你知道吗？”

“报告司令，我不知道。”

“那好，我们就一起听听。”

门外有人报告：“客人到了。”

“请他进来。”

赵仲虎一进门，看见儿子站在屋里，微微一愣。

“赵老先生请坐，”藤原放下文件，笑容可掬地招呼道，“怎么有时间来看我？稀客呀，倒茶！”

赵仲虎在藤原面前坐了下来。

“每天忙忙碌碌，终日瞎忙，也没来看看司令，真是抱歉！”

“赵老先生客气，您今天能来，我非常高兴，有什么指教吗？”

“岂敢，”赵仲虎朝藤原拱了拱手，“实不相瞒，今天上门是有事相求。”

“赵先生请说。”

“听说常继善先生一家都在这里？”

藤原笑着看了一眼睿智，“赵先生消息灵通。”

“这么小的县城，那天去抓他们开的是大卡车，当晚大街小巷就传遍了。”

“那倒是，惊扰赵先生了。”

“按说这是公务，老夫不该多嘴，但是我与常先生相交数十年，我们两家又是世交，我对他是知根知底的。”

“赵老先生请用茶，”藤原做了一个请的动作，“中国也有句古语，知人知面不知心呀！”

“要说别人我还真不敢说，可是这位常先生，我是可以担保的。”

“您担保他什么？”

“担保他是个良民，不会干违法的事儿。”

“他有没有违法现在还不好说，但是我们已经有了证据，他的两个女儿参与了袭击大日本皇军的行动。”

“这个我也听说了，”赵仲虎端起茶杯喝了一口茶，“您的茶叶很不错。”

“是睿智告诉您的吧？”藤原看了看赵睿智笑着说。

“睿智是个守规矩的人，他从来不在家里说公事。”

赵睿智微笑着迎上藤原的目光，自信地点了点头。

“我收回刚才的话，”藤原往后靠了靠，“那么赵先生今天的来意是？”

赵仲虎从身上掏出一个精美的盒子，微笑着推到藤原的面前。

藤原打开一看，眼前一亮。他把盒子里的物件拿了出来，转身对着窗外照了一照。

“晶莹剔透，做工精美。我虽然不是行家，但可以看出这是上乘之物，怎么？赵先生要贿赂我？”

“岂敢，这只是一件证物。”

“此话怎讲？”

“这是常家大太太给我用来悬赏章嘉轩人头的定金。”

“还有这样的事？”藤原疑惑地问。

“千真万确！常家是杨树县城有头有脸的大户，常家的女儿已经许配给我们家睿智。这个章嘉轩拐走了常家的两个女儿，败坏了常家的名声，常家怎么会不恨他？”

藤原没有作声，他脱下军帽，用手摸了摸头。

“他们要我去找胡子干掉章嘉轩，可是没有人能办到，所以这个物件还在我手里。你可以马上提审他们，若有半句假话，我赵某人甘受任何责罚！”

见藤原没有回答，赵仲虎继续说道：“我想这事能不能这样，他女儿的事他女儿承担，但她们的家人一定是无辜的。我愿意为他们做保人，以后查出有什么事，我与他们同罪！”

“赵先生言重了，这件事容我再考虑考虑。”藤原说着站起身来，把那个翡翠摆件推了回来，分明是送客的意思。

“这件东西本来就不是我的，”赵仲虎也站起身来，又把盒子推了回去，“在您手里也是一件证物。

藤原不作声了，会意地笑了笑。

“另外，我还有一个建议，如果常先生能回来助我一臂之力，那样我就可以勉为其难，出任杨树县城的维持会会长，为‘满洲国’和皇军效犬马之劳！”

“此话当真？”藤原脸色露出真心的喜悦。

“军中无戏言！我此刻可真是身在军中呀！”赵仲虎笑着说。

藤原绕过办公桌，握住赵仲虎的手。

“你今天说的事我一定仔细考虑，然后向上方禀报，希望能够皆大欢喜！”

这些日子葛鹏飞也是急了，每天天蒙蒙亮就起身往山沟里钻，逢人就打听哪儿闹土匪，只要听说有土匪打劫就奔那儿去。

这天，刚进林子，就听背后有人喊：“哪路子？什么价？（什么人？到哪去？）”

葛鹏飞懂得黑话不多，但是简单会话还是能来几句。

“里码子（同行）。”

“走头子的（为胡子贩卖货物的人）？”对方问道。

葛鹏飞没有听懂他的问话，就含糊应了一声，扶鞍下马。

“别动！”身后响起拉枪栓的声音。

“我不动，只是取几块光洋请几位兄弟搬姜子（喝酒）！”

葛鹏飞高举双手，心里一个劲儿打鼓，虽然说他是来找胡子的，但是不知道会碰上什么样的胡子。

“转过身来，慢慢地！”对方喝令道。

葛鹏飞举着手慢慢转身，看见有四个穿反面皮袄的胡子正端着枪朝着他逼近。

“葛先生？怎么是你？”其中一个人叫道。

“你是？”

“我是喇嘛甸支队的，我叫高峰，”那个人一边朝葛鹏飞跑过来，一边对同伙马佳喊，“这是章司令的副手葛先生。”

马佳带路，一行人钻进山林深处。他们的窝棚搭在一个半掩的山洞里。

“这里条件是差一些，但是安全，”高峰解释道，“这里视野辽阔，但是外人不容易发现这里。山洞不大但是遮风避雨，也只能将就了。”

葛鹏飞带来了烧酒，马佳他们拿出了狍子肉干，他们边吃边聊。

“那天夜里赫宝盛突然召集大家撤离，在老林子里转了好几天，缺吃少穿，还被人打了伏击。”

“是鬼子？怎么没听说？”

“是山里另外一支队伍，”高峰苦笑道，“赫队长被人打死了，脑袋打得像个筛子，都认不清了。有人说是谢老大干的，说他当初披麻戴孝就憋了一口气，现在有机会了就来寻仇。”

“他们现在躲在哪里？”

“有人说他们去了榆树台，谁也说不清。”高峰摇了摇头。

“那其他人呢？”

“都被打散了，也不敢回家，将就着找个山头凑合着活着。”

“难怪我和赫队长约了见面的时间和地点，他都没有出现。”葛鹏飞看着高峰，突然想到了一个主意，他兴奋地问道，“赫队长牺牲在哪里？你还能找得到吗？”

“应该能找到。”

“那次战斗打死了不少人吧？”

“可不，我们的、他们的都有。”

“那他们的尸体呢？”

“就埋在附近的老林子里，就怕埋得不够深，让老狼和熊瞎子刨出来……”

“你这就带我去，我有个事儿要跟你们商量……”

赵睿智拿着一个牛皮包走进藤原的办公室。

“报告！这就是今早在大门外发现的公文包，里面有稻垣先生的军官证和一封信，还有一只人耳朵。”

藤原拿过牛皮公文包，打开看了一眼，把信交给了赵睿智。

“念！”

“章嘉轩在我们手里，一手交钱，一手交人。放一半钱在城西树林，我们自有人去取，交人后再付一半。同意交易的话，在司令部门口挂一盏红灯笼。”赵睿智看了一眼藤原，“信下面画了一张交易地点的草图。”

“你怎么看？”

“这个包是稻垣先生的吧？”

“有这个可能，下午送去给稻垣夫人确认一下。”

“如果能够确认这个包就是稻垣先生的，那么不排除章嘉轩在他们手里的可能。”

“如果稻垣夫人确认这个公文包，那么你就去挂一盏灯笼。同时要加紧对那个女人的刑讯，无论如何要搞到一些可以辅助确认的证据！这样，我们现在就一起去！”

藤原和赵睿智走进刑讯室，被绑在老虎凳上的淑琴全身血迹斑斑，脑袋垂在胸前已经昏死过去，两个打手正坐着抽烟。他们看见藤原和赵睿智进来，急忙从凳子上站了起来，熄灭了烟头。

“有什么进展？”

“这个女人就是个疯子，又是叫又是骂，还会疯笑！笑得你毛骨悚然。”一个打手上前报告。

“你们把她打昏了还怎么问？”

“这没关系，一会儿去把她的孩子弄哭了，她就会醒。”另外一个打手笑着说。

藤原看了一眼地下酣睡的孩子，估计那孩子也是哭得没有力气了。

“把她弄醒吧，我们有话要问。”

一个打手走过去，用脚踢了一下蜷缩成一团的孩子，孩子开始有气无力地哭泣。淑琴果然有了反应，她的头缓缓晃动了一下，努力想要抬起来，但是没有成功。

藤原走了过去，一把揪住淑琴的头发，把她的脸扬了起来。

“还想不想见你的孩子和家人了？”

淑琴勉强睁开眼睛，眼光无神地看着藤原。

“想。”

“那就告诉我们一些有用的。”

“我也想知道。”

“你这是什么意思？”

“我要问我妹妹，她最后跟他在一起。”

“你愿意劝说你妹妹？”

淑琴点了点头，闭上了眼睛。

“这可是你们姐妹最后的机会，到时候不要说我没有警告过你们。还有，告诉你妹妹，立即停止绝食，要死没有那么简单，我们会尽一切努力挽救她的生命。要救你们自己，就不要再继续无意义的顽抗！”

淑琴走在长长的甬道，似乎没有尽头。关押淑婉的地方已经从司令部换到了地牢，这里阴森潮冷。狱警打开牢门，先摘下手套捂住口鼻。刚打开门，一股浓烈腐肉臭气扑面而来！

淑婉躺在地下，身子下有一块床板，她的双手被打开，分别被绑在两根原木上，手臂上还扎着输液针，身上盖着一张浑浊不堪的被单。一缕阳光从高高的斜窗照射进来，照在她瘦削苍白的脸上。她紧闭双目，宛如一具尸体。

铁门在淑琴身后关上了。淑琴不敢作声，缓缓走近妹妹的身旁，从铺板和被单下有老鼠和蟑螂钻出来四下逃窜。淑琴蹲下身来，轻轻为她拂去脸上的乱发。

“姐姐。”淑婉轻轻地叫了一声，脸上浮出微微的笑容，张开的嘴唇裂出一道道血痕。

“你渴吗？”淑琴泪如雨下。

淑婉微微含颚，还是没有睁开眼睛。淑琴解开前襟，用力挤压有些干瘪的乳房，终于被她揉按出几滴乳汁，然后俯身将乳汁滴在妹妹的嘴里。

淑婉贪婪地用干枯的舌头舔吮，然后慢慢地睁开了眼睛，她笑了。

“姐，你现在是我的娘。”

淑琴再也抑制不住泪水，她继续挤压乳房，直到再也挤不出一滴奶水。她伸手抚摸着妹妹的脸。

“姐姐，我一直在做梦，我梦见你像这样坐在我的身旁，抚摸着我的脸，对着我笑……”

“婉儿，你受苦了。”淑琴泣不成声，不知该如何抚慰心爱的妹妹。

“我每天都会梦到门会打开，嘉轩带着他的队伍进来。他拿着枪，威风凛凛。他把我搂在怀里，把我抱出去。我们站在阳光里，对着彼此会心一笑……”

一滴眼泪慢慢地滑出淑婉的眼眶，她已经没有多少眼泪了。淑婉望着窗外那一束阳光。

“每天早上我真恨这阳光，为什么我还要醒来？这阳光也像我一样被钉住了，一动不动，那么漫长。”

“婉儿，你身上疼吗？姐帮你揉揉。”

“我的下半身已经没有知觉了。姐，我问你，还记得我们以前的约定吗？”

淑琴像被雷击中了一样浑身一震！自从落到鬼子手里，她就无数次想到那一夜她们姐妹俩在学校宿舍的对话。

淑琴：“你想过万一被鬼子抓住怎么办？”

淑婉：“大不了一死。”

淑琴：“可是万一死不了呢？”

淑婉：“那你就帮我！你现在就答应我，万一有那样的事，你要帮我！”

淑琴：“那好，咱们一言为定，要是我落在敌人的手里，你也要成全我！”

没想到真的一语成谶!

“现在是我们唯一的机会了。姐，你看着我。”

淑琴不敢看妹妹的眼睛，她也曾无数次地想过这个她又怕又放不开的念头。

“姐，你看着我，我像怕死的样子吗？”淑婉的声音镇定温柔。淑琴不由抬眼望着妹妹，她果然在笑，脸上绽放出美丽的光彩。

“婉儿，你真美。”淑琴情不自禁地赞叹。

“姐，帮我。这一生有你，有世杰，还有嘉轩，我知足。”

淑琴抹去脸上的泪水，坚定地点了点头。

“姐，你要答应我，如果你能出去，一定把世杰带在你的身边，无论她跟着你吃什么样的苦，我在九泉之下都心安了。”

“姐答应你！”

“姐，你再抱抱我。”淑婉温柔地请求。

淑琴俯下身抱住了淑婉。

“再紧一点，压着我的脸。”淑婉发出含糊不清的声音。

淑琴明白了，于是用胸部贴紧了淑婉的脸。

淑婉嘴里发出痛苦的呻吟声，她的身子开始抽搐。淑琴咬破了嘴唇，仍然压在淑婉的身子，直到淑婉的身子瘫软下来……

许久，淑琴才挣扎着起身。她默默端详着淑婉，鲜血从淑婉嘴里流了出来，但她的脸显得那么平静，嘴角似乎还带一缕微笑。

淑琴放声大哭，狱警冲了进来，一见状况不对，急忙吹响脖子上挂的警哨。

不一会儿，医生和藤原赶到了，赵睿智也随后而来。医生扒开淑婉的眼皮看了看瞳孔，又扒开淑婉的嘴。

“这个女人真够狠的，把舌头几乎都咬断了，那么深的伤口引发大出血，根本救不过来。”医生站起身，朝藤原摇了摇头。

藤原冲到淑琴面前，大声吼道：“你跟她说了什么！说了什么！”

淑琴目光涣散，像是不认识人似的看着藤原。

“你是谁？你为什么要杀我妹妹！”说完，她放声大笑，“我妹妹飞走了，她飞得好高，没有人能抓住她，哈哈，她飞了……”

赵睿智强忍悲愤走到藤原身边低声说：“她在学校就会发癔症，就是这个样子，估计这会儿又发病了，是不是先关起来？”

“这个疯子！”藤原厌恶地脱下手套扔在淑琴脸上，转身离去。

第十三章　柳暗花明

章嘉轩觉得自己的运气真好，虽然这一路风餐露宿，跋山涉水，吃了不少苦，但总算顺利入了关。幸亏这伙儿粮食贩子认识的人多，消息灵通，居然没有走多少冤枉路，就找到了弟弟章嘉栋的住址。章嘉轩对弟弟的信息所知不多，更不要说这年头在打仗，军队调动频繁，居然能这么快找到弟弟，他真是喜出望外。章嘉栋从兵营跑了出来，他惊喜得一时说不出话来，只是紧紧握着章嘉轩的手。

“你怎么会找到这里来？我真是做梦都想不到，”嘉栋把嘉轩带到食堂，搞了些饭菜，一面看着哥哥狼吞虎咽地吃，一面关切地问道，“你那里情况如何？听说你已经带兵打仗了？”

“说来话长。”嘉轩含糊地应着，嘴里不停地咀嚼，这些天他实在是饿坏了。“我也算是千里走麦城了。”

吃饱喝足，俩兄弟开始唠嗑。嘉轩简略地把自己逃亡的经历说了一遍，说到动情处竟还落了泪。嘉栋听着也不胜唏嘘，觉得哥哥也真不容易。慢慢聊到弟弟的情况，嘉轩说道：“常德历来是兵家必争之地，所谓‘吴蜀咽喉，滇黔户牖’，你们驻守在这里，一定有重要使命。”

“哥，你还是那么爱读书，我就不行。”嘉栋用敬佩的眼光看着哥哥。嘉轩比他大五岁，一直是他心中的偶像。

“你现在可比哥哥强多了，还干上了炮兵，还是尉官了。”嘉轩笑着看着嘉栋胸前的蓝边徽章。

“还不是因为在北平进过军校，也靠你一直接济我。”嘉栋腼腆地笑了笑。

“亏的你干了炮兵，要不然我怎么能找到你？炮兵可是部队最稀罕的宝贝，稍一打听都知道你们。”

“我们这几天搞操练，过几天要进行一次迫击炮的实弹射击演习，方先觉团长也会参加，我争取让你也来参观一下。”

“这方便吗？”

“你不是东北义勇军的司令吗？也是抗日英雄。我跟营长提起过你，他也挺佩服你的。再说这次演习是我负责指挥，我对这次演习内容做了很大修改，以前迫击炮都是单炮标杆式射击，我把它改成了野炮射击。”

“你这样一说，我倒是真想看看。”

“你坐在这里等我，我去向营长汇报一下，顺便请示一下，让你先住我这里，得空可以来看我们操练。”

射击演习被安排在一座小山坡，目标靶群分别设在山腰和山头，有地堡和稻草扎起来的模拟人像，还有个调皮的士兵在一个靶人手里插了一面日本膏药旗。方团长拿起望远镜看靶时会意地微微一笑。一声号响，章嘉栋率领炮兵营战士跑步进入阵地。他们迅速架炮，测量射击诸元，装填炮弹，动作迅速准确。

章嘉栋一声令下，几十门迫击炮一起开火，炮弹如雨点一样飞向目标，有的吊射，有的近乎平射。吊射的炮弹从地堡上方砸进目标，把整个地堡掀了盖；平射的炮弹如同机枪扫射，成片飞向草靶群，炸得草靶如同漫天飞花！

“打得好！”方团长从椅子上站立起来带头鼓掌，周围的军官也纷纷起立鼓掌。

炮击结束，方团长发话：“把那个指挥的军官叫上来！”

章嘉栋一溜小跑赶到观察棚，立正给师长敬礼。

“你叫什么名字？”

“章嘉栋。”

“是哪个军校毕业的？”

“中央陆军军官学校。”

“刚才打得非常好！我第一次看到迫击炮能发挥这么大的火力。目标击中率如何？”他转过头问参谋长。

“还没有完全统计好，但是正面目标的命中率达到百分之八十以上。”

“火力集中还不浪费炮弹，真不愧是军校的高才生！你现在什么职务？”

“炮兵营二连副连长。”

“肖营长在吗？”

“报告师长！在！”

“你不是还缺一个副营长吗？这个章嘉栋给你做营副。”

“这个？”肖营长显然没有准备，“他还是刚从军校毕业的尉官……”

“非常时期，不拘一格。”方团长不屑地挥了一下手，“尉官又怎么样？过两天打个胜仗直接提他做校官！”说完，他转身带着参谋长一行离去。

章嘉栋站在原地又惊又喜，等他们走远了才醒悟过来，慌忙转身敬礼。

“谢师长提携！”

“妈的，你该谢的是我。”肖营长低声愤愤地嘟囔着。

望着章氏兄弟远去的背影，肖营长愤愤地说：“算老子瞎了眼，让你小子来指挥全营的炮火……”

是夜，兄弟俩在营房喝多了，他们敞开衣襟，走到旷野吹风。

“哥，你下一步打算怎么办？”

“有家难归呀，”嘉轩仰天长叹，“暂时恐怕只能在你这里躲一躲，等那边有了消息，我还是要回去的。”

“我倒是有一个建议，张治中将军现在是湖南省政府主席，他也经常为我们官兵讲课。我因为经常提问被他留下来面谈，也算认识了。听说最近省里要招考公务员，我想为你争取一个机会。”

嘉轩一听也很兴奋。

“如果能有这个机会那真是太好了，我也想在政府工作一个时期，对自己也是历练。”

“那我明天就请假，直接去省政府找张主席！”

嘉栋一早出门，到中午也没有回来，嘉轩心情忐忑地在营帐里等消息。到了下午四点多，嘉栋才气喘吁吁地跑回来，马上要嘉轩跟他走，说张主席晚上要见他。章嘉轩换了一身蓝色的长袍，这是他唯一的一件会客衣服，跟随嘉栋坐上一辆军用卡车。一路嘉栋不停催促司机开快些。到了长沙县城时，天已经黑下来了。

卡车停在一个大院门口，嘉栋先跳下车向门岗通报，嘉轩从卡车后座下来，一路的颠簸让他有些晕车。一名卫兵带领他们走进院子，在一栋二层小楼前停了下来。卫兵上前通报，不一会儿里面有人开门。

“我估计你们差不多要这个时辰到。”开门的人穿了一件藕白色长衫，身材匀称，戴一副无边眼镜，笑容可掬。

“报告张主席，章嘉栋奉命来到！”嘉栋立正给张主席敬礼。

嘉轩得知面前这位就是张治中将军，他本能地立正想行军礼，但立即意识到自己是平民装束，急忙改为鞠躬，一时间动作有些仓促。

“章先生不必拘礼，今天是私人会面，都快请进吧。”

走进厅堂，八仙桌上已经摆上了碗碟筷子，只是还没有上菜。

“你们都饿了吧，一起吃一点儿，我们边吃边聊。”张治中招呼兄弟俩入座，示意厨师上菜。

“张主席这么晚还等我们，真是愧不敢当。”嘉轩入座，朝张将军拱手致谢。

“你们来巧了，今天是我长女的生日，本来打算一起来过的，可是她在负责省政府的妇女慰劳自卫抗战将士委员会的活动，今晚就不过来了。”

“张主席好福气，您那么年轻，女儿都那么大了。”嘉轩由衷地感叹。

“上午听嘉栋说，你也有个女儿？”

“是的，可是现在都生死未卜呀。”嘉轩心情沉重地回答。

“这个听嘉栋说了。你为了党国，不顾个人安危，亲人殉难，骨肉分离，令人唏嘘，令人敬佩，有机会我会代你向上峰禀呈。”

“一切仰仗主席！”

“这几天省里就要招考县长，我帮你报个名，不过要经过公开考试，能不能录取要靠你的真才实学了！”

“谢谢张主席给我这次机会！”嘉轩举起了手中的茶杯。

“特殊时期，我们就以茶代酒。来，嘉栋，我们一起干一杯！也祝贺你荣升营副！”

“您怎么也知道了？”嘉栋欣喜地问。

“今天方团长来我这里，把你们炮兵营好好夸赞了一番。过些日子我们可能要跟鬼子干一仗，希望到时候拿出你的本事让鬼子领教领教！”

张治中爽朗的笑声感染了两兄弟，他们也没有了刚进门时的拘谨。这时候菜也上来了，但有一股独特的味道在屋里弥漫，嘉轩不由皱了皱眉。

嘉轩的这一表情没有逃过张治中的眼睛。

“你是不是闻到一股臭味儿？”张治中用筷子指着刚上来的一盘鱼。这条鱼像是红烧过的，表面有一层芡汁，鱼身还有笋片、火腿、葱、姜、红辣椒、蒜瓣等配料，露出的鱼尾有花色斑点。“这是我们家乡最有名的腌鲜鳜鱼！我都很久没有吃过了！”

张治中说着自己先夹了一筷子，送入口中，连连点头。

“好手艺！很正宗，你们也尝尝！”

嘉轩和嘉栋小心翼翼地各夹了一小块，送入口中后互相看了一眼，很努力地咽了下去。

张治中哈哈大笑。

“不勉强你们了，我知道你们是东北人，想为你们准备猪肉炖粉条，可惜这地方找不到粉条，那你们就招呼大肥肉吧，保证管够！”

兄弟俩对视了一眼，也不再客气，同时将筷子伸向了热气腾腾的红烧肉……

“哥！哥！你中了！”人未进门，嘉栋在营帐外就大呼小叫起来。嘉轩正在写信，闻声抬头，正好看见嘉栋兴高采烈地冲了进来。

“中了什么？”

“你中了探花！”嘉栋从公文包里掏出一份公函挥舞着，“你是全省考试第三名！这份公函还是张将军亲自给我的。他还让我给你带话，说这次考试你报名报晚了，是他特别把你推荐给了负责主考的副主席韦老先生。你考出了前三名的好成绩，他面子上也有光！”

“看你这满头大汗，先坐下歇会儿。”嘉轩递过自己的手巾给弟弟擦汗。

“你看你怎么一点儿都没有个兴奋的样子？你心里就那么有把握？”

“你想我是个什么样儿？范进中举？”

哥哥的逗趣儿让嘉栋乐了。

“我是真心高兴，张将军还说明天晚上在韦副主席家有宴请，要请你们这些榜首状元、榜眼和探花。我也沾你的光一起去！”

韦副主席的宅院比起常家大院可是豪华气派多了。嘉轩一面与进出的人们拱手致礼，一面细细端详这座宅院的精美设计。它的厢房之间都有画廊连接，庭院里不仅有草坪花木，还有小桥流水、池塘假山。住宅房是翘檐雕梁的二层楼阁，此刻张灯结彩，更显得璀璨辉煌。

进入宽敞的筵席大厅，他们被安排在主桌。这张巨大的圆桌约有十二位宾主就座，席首是一位留着白色长须的老人，看上去鹤发童颜，矍铄有神，想必就是那位韦副主席了。

坐在韦副主席左边的是张治中将军。今天他也没有穿军服，而是穿了一身白色中山装，更显得温文儒雅。当他看见章家两兄弟入座便站起身来，绕过椅子，走到他们面前，把俩兄弟介绍给韦副主席。

“这位就是我们的军中秀才章嘉轩，曾经是我们东北抗日义勇军的一位司令官，也是我们这次考试的探花。这位章嘉栋是他弟弟，是我们的炮兵之神，哪一天我们与日军一战，我们等着看他的炮火秀啊！”

“果然英雄才俊，令老夫这里蓬荜生辉呀！”

章家兄弟连连鞠躬致谢，韦副主席兴致很高，把席桌上的客人一一介绍给兄弟俩。

“这位就是我们的今科状元时广才先生，是河南人，做过教书先生。”

“我们还曾经是同行，不过我仅仅当过私塾先生。”章嘉轩向这位状元拱手，他看上去有四十多岁。

“听说章先生还带过兵，打过仗，不胜仰慕！”对方也拱手还礼。

“这位是我们的榜眼，也是东北人，姓伦，伦向东。”

“您是满族人吗？”嘉轩问道。

“是呀！您是东北哪旮旯儿的？”

“吉林杨树县。”

“哎呀妈呀，咱们老乡呀，我伊通的，才百十里地。”

“看来你们是他乡遇故知了。”韦副主席笑了。

“丢了东三省，东北的才子不得不跑到外面来了。”张治中感慨地说。

“我看就安排你们坐一起吧，你们还可以唠唠嗑，我这句东北话说得对吧？”韦副主席笑着问。

“您说得可地道了。”伦向东和嘉轩齐声说道，大家相视而笑。

“最后重点介绍一下我的孙女。韦婉，请站起来一下。”

从桌对面站起一位姑娘，她一直坐在那里低头不语，几乎没有人注意到她，让爷爷这么一点名，她站起来时已经满脸通红。

“我这孙女也算是位女秀才。可惜这次是招考县长。要是考文学，不是我偏心，说不定这今科状元就是她的了。”

“看您说的，您再这么说我可走了。”韦婉低头不敢看大家，自顾自地坐下了。众人一笑，也纷纷就座。

“你出来多久了？”嘉轩兴奋地问伦向东。

“有三年多了。”

“回去过没有？”

“没有，先去了南京，后来跟张将军来了湖南。”

“跟家里还有联系吗？家里人还好吗？”

“就靠书信，有时候几个月才能收到一封，你呢？”

“老家还有老父亲，几年前就让我弟弟接去北平了，现在家里没人了。不过我想跟你打听一下，你听说过杨树县城有一户做粮食买卖的常家吗？”

“知道呀。常家在咱们一带可有名了。他们家的买卖大，名声不错，价钱公道，农户都愿意把粮食卖给他家。”

嘉轩眼前一亮。

“你有没有听到过他们家最近的消息？”

“说来也巧了，我前几天刚收到一封家信，是我妹妹写的。她特别喜欢聊天，她倒是说起常家出了大事，说他全家都被抓了。”

“那是怎么回事儿？”嘉轩紧张地双拳紧握，脸色发白。

“说是他的两个女儿都参加了抗日，还炸了鬼子的火车。”

“她们怎么样？”

“你是说那两个女儿？也都被抓了。”

“都被抓了？怎么会？”嘉轩失态地站了起来。

“你怎么了？你认识她们？”伦向东也站了起来。

嘉轩点了点头。

“是的，你妹妹还写了什么？”

“没有更多的消息了。”伦向东似乎猜到什么。

“真对不起，我要出去一下。”嘉轩站起来对众人拱了拱手便匆匆离去，嘉栋也连忙跟了出去。

韦副主席注意到他们的突然离去，侧身询问张治中。张将军轻轻摇头，说了一句：“君埋泉下泥销骨，我寄人间雪满头。”

韦副主席听后若有所思，他无意间抬眼看见孙女正疑惑地看着自己，而她一接触到爷爷的眼神，便又垂下眼帘。这一切都被韦副主席看在了眼里。

韦婉在书房练字，韦副主席悄悄走了进来。他在书房的屏风旁站立了一会儿，静静看着孙女挥毫。看得出她有些烦躁，一张纸还没有写完，就放下毛笔把刚写的字揉成一团丢进纸篓，再铺开一张纸，却久久没有落笔。

“什么字难倒我们的才女了？”

“爷爷，您怎么进屋也不敲门？”

“这可是我的书房呀，你擅自闯进来还要责怪爷爷吗？”

“您又取笑我。”韦婉娇嗔地跺脚。

“你怎么逃席了，害得我一阵好找。”爷爷说着从纸篓里捡起被揉皱的纸团，“来看看我孙女为什么烦恼……何当共剪西窗烛，却话巴山夜雨时。”

“还给我！”韦婉羞红了脸，伸手去抢夺爷爷手里的那张纸。

“闺中待字，爷爷不能为你搭台抛绣球，今天的招贤宴请，你是不是相中了什么人？”

“爷爷你又调侃我。”韦婉举起毛笔假作要画爷爷的脸。

“别闹了，我还有正经事要问你。刚才张主席念了两句诗，我有些不太明白，要向你这位小诗仙讨教。”

“什么诗句？”韦婉饶有兴趣地问。

“君埋泉下泥销骨，我寄人间雪满头，大概就是这两句。”

韦婉皱了一下眉。

“这是白居易的一首七言律诗，诗的开头是‘夜来携手梦同游，晨起盈巾泪莫收’，写的是在梦中与老友元稹相会的惆怅，想到老友一身枯骨已化作泥土，自己徒剩一具躯壳寄于世间。”

“那我大概明白了。”

“您明白什么了？”

“等我打听清楚，再来告诉你。”

章嘉轩跟随张治中登上了山峰的一块平台，章嘉轩有些气喘吁吁。

“我比你年长十几岁，你这体能还需要锻炼呀！”张将军脱下帽子，解开衣领的扣子，“好风呀！”

章嘉轩已经满脸通红。

“说来惭愧，这两年虽然是带兵打仗，但是躲躲藏藏地打游击，跟你们正规队伍千里大奔袭的素质相比就差多了。今天您那么忙还来陪我查看天门县，我真是诚惶诚恐……”

“我们把你放在这里当县长，对你的确寄予很高的期待。”张将军回过身语重心长地说，“我今天来不是要陪你看，而是我自己对这一带还是忧心忡忡。”

说着，他伸手招呼道：“你来看看这一带的地形，你的前方是澧县，后方是常德，你们就是湘西的北门户。常德是湘西重镇，有所谓‘西楚唇齿’‘黔川咽喉’之称，也是重庆大后方的唯一物资补给线，其重要意义你应该很清楚。”

“属下惭愧，到县里就任后，主要是集中精力想先解决教育问题，现在县里缺少经费，我只好下了重手……”

“我已经听说了。你通过县政工作会议做出决定，征收和没收全县的公共财产：姓氏宗祠，庙宇庵场，公共的田产，以充作教育基金，还向乡绅、豪户募捐筹集。”

“您都知道了？”嘉轩惊讶地看着张主席。

“状子早就告到我这里了，我怎么能不知道？”张主席笑着说，“不过我和韦副主席都全力支持你。新官上任三把火，你这头火烧得好！只有解决了教育经费，才能使教师安心施教，学校正常运转，不过也要注意工作方法。”

“我是这样做的。为了尽快恢复经济，我们通过不同途径摸查了县里有钱人家的家底，首先向田粮单位去核查富户们的田产数量，还去核查他是否兼营其他企业。这些行动都是邀请地方德高望重人士一起做的。经过这番精细的调查，把各富户豪绅经济能力摸清，再把他们盘剥百姓和欠税漏税的状子集中起来，去砸开他们的钱袋子！”

“做得好，省里支持你们！还要向其他县里推广你们的做法！”看着嘉轩兴奋发红的脸，张主席拍了拍他的肩膀，“不过今天我来主要想跟你谈谈战略防务。目前战事吃紧，当前北方大部沦陷，南方的上海、南京都沦于敌手，重庆成为大后方，而湖南成了最后的屏障。如果湖南沦陷，重庆将失去最后屏障，国民政府将无路可逃！”

嘉轩沉默了，感觉到肩上的压力更重。

“你们县是常德的门户，常德又是湖南的门户，所以省里希望你在经济和教育方面下功夫之外，也要在军事防御方面做些准备。”

“好的。下面我会抽出时间，再详细查看一下周边地形，在澧水南岸和十九峰山一线的军事要塞修筑一些工事。”

“真不愧是带兵打过仗的，一点就通！”张主席爽朗地笑了起来。

张主席的笑声也感染了章嘉轩，让他感觉到心里更有底了。

下山的路走得比较轻松，张主席突然像是无意中问道：“那天在筵席上你不告而别，是不是你的老乡告诉了一些你家里不好的情况？”

“那天我真的是昏头了，一直也没有找到合适的机会向你们致歉。我的确得知了不好的消息，我的女人被日本人抓走了，有可能已经遇害了。”

“其实那天你走后，韦副主席已经去找向东了解情况。你要节哀顺变。”

“谢谢两位主席的关心，”章嘉轩的眼圈红了，“我现在唯有努力工作，争取多杀鬼子来为她们报仇！”

“是的，国恨家仇，必须讨还血债！”

去稻垣家的人回来了，稻垣夫人确认了那只公文包的确是属于稻垣的。藤原终于同意了交赏金换人的方案，他让赵睿智去找了一盏红灯笼挂在了司令部的岗楼。很快司令部门口又收到了一封信，告知交易的时间和地点。地点有了变化，但是相距不远，大致还是那个范围。

藤原不想节外生枝，他让赵睿智带上一半的赏金去交钱，希望能有所收获，对上方的追查也能有所交代。因为案情至今没有任何进展，虽然一直对常淑琴动刑，但是几乎没有得到任何有价值的信息，而且那个女人变得越来越疯狂，肉体的折磨对她几乎无效，以致医生也认为她可能是因为受到巨大刺激而导致精神错乱。

赵睿智骑着马来到了那个指定地点。这里林深道险，有人藏匿其中很难被发现，而来人却很容易被发现。

赵睿智在一棵挂着红灯笼的树下下了马，他观察了一下周围，然后席地而坐。

“赵兄别来无恙？”从一棵树后走出面带笑容的葛鹏飞。

“我猜就是你来。”

“一路没有跟梢的吧？”

“没有，藤原也是急于要得到章嘉轩的确切信息。你们送的稻垣的公文包起到很大作用。”

“淑琴她们怎么样了？”葛鹏飞关切地问。

睿智的脸一下子阴沉下来。

“淑婉已经牺牲了，死得很惨烈，看上去像是咬舌自尽，但我估计是淑琴帮了她。淑婉实在太遭罪了。”

睿智大致说了一下当时的情况。

葛鹏飞的眼眶也湿润了。

“没想到她们姐妹那么坚贞不屈，我们大老爷们儿都比不了呀！”

“这桩事我永远不能原谅章嘉轩！”睿智几乎咬牙切齿地说，“关键时刻他怎么能丢下她们姐妹俩只管自己逃命！”

“这话可真的不能这么说，”葛鹏飞把那天晚上发生的经过仔细说了一遍，“如果不是嘉轩及时脱身来给我们报信，我们就被一锅端了！后来全城都贴满了他的照片，你说那时候他能怎么办？”

睿智不说话了，但依然是一脸怒容。

“淑琴的情况怎么样？”

“还是每天被刑讯，扎竹签、灌辣椒水、老虎凳，有什么刑具都上了。她似乎在装疯，越打她她越是笑骂，但我担心她真的被逼疯了。”

“那孩子呢？”

“她那个样子怎么能带孩子？好在孩子大些，可以喝米汤和粥，让牢里的女犯人带着，身体很弱，能不能活下来真的很难说。”

“就没有什么办法了？”

“今天我把你找来的尸体带回去。如果他们能认定这就是章嘉轩的尸体，那么还有一线转机。我估计八成他们会认，因为他们也急着要交差。”

“这具尸体与嘉轩的身高体型差不多，脑袋被子弹打烂了，看不清脸。我还找到了章嘉轩逃跑时穿的衣服，估计那天跟踪的特务也看见过。还有我找到了这张照片，也准备放进去，你看看。”

葛鹏飞递给睿智一张照片。睿智接过来一看，是嘉轩和淑婉在照相馆里照的合影。俩人坐得很近，淑婉的头靠着嘉轩的肩膀，她笑得很甜蜜。

看到照片，睿智的心像是被尖刀捅了一下。他把照片还给了葛鹏飞，默默点了点头。

“我说服我爸爸去出任维持会会长，以此来担保淑琴他们一家。”

葛鹏飞一惊。

“那不是要连累你父亲遭人骂？”

“总得要有人付出代价，”睿智咬了咬牙，“我告诉你，也是要你以后在锄奸的时候高抬贵手，只有你知道这里的隐情。”

“我明白了，”葛鹏飞点了点头，“也告诉你些好消息。我已经联络到东北抗日救国协会北平分会，他们答应帮助我们解决给养和武器。我现在联络到不少被疏散的部队，加起来又有几百人了。”

“很好，你们争取在近期再打几仗，这样也会转移日本人对常家人的注意力。”

睿智知道东北人民抗日救国联合会是共产党领导的抗日救亡团体，主要是发展流亡关内的东北各界民众，以抗日救亡为宗旨。葛鹏飞能够与他们建立联系，那真是再好不过了。

“你现在能跟嘉轩取得联系吗？”

“现在还很困难，我给他留了沈阳的一个地址，那是我们军统的联络站，但是已经被鬼子摧毁了，我已经提醒他在取得联系前不能暴露自己的身份。我准备在山里带一阵子队伍，过些日子我去沈阳，试试能不能和中统方面联系一下，以前因为业务与陈立夫先生有过交往……”

“你带来的队伍今天可是帮了大忙了。”章嘉轩走到弟弟面前，嘉栋还在壕沟里挖土。

“今天只带来四十来个人，本来还可以带更多些。”嘉栋喝了一口哥哥递过来的水，擦了一把额头的汗，“可是我们营长总是跟我不对付，他原来想提拔三连连长当副营长，没想到半路杀出了我这个程咬金。”嘉栋说着自己也笑了。

“程咬金可是一员福将，希望你能给我们大家都带来好运。”嘉轩把手伸给弟弟，“上来歇一会儿。”

“我们已经准备按照你选的地点修建水泥碉堡，”嘉轩手指前方，“军事方面你是行家，还要多指点我。”

“我只是根据炮兵的知识给你一个参考意见。”嘉轩指着山下的几片丘陵地带，“你看那里，如果我是日军炮兵，我就会把山炮安置在那一带。我帮你选的几个碉堡位置角度都比较刁，山炮的直线射击很难击中，而迫击炮要吊射距离又太远，这些碉堡可以有效防御敌人步兵的进攻……”

突然四下响起一片掌声，嘉轩他们回头一看，士兵和民工们都站起来放下工具，对着山下鼓掌。他们循声望去，只见一队人抬筐背篓朝山上走来。

嘉轩正在纳闷怎么回事，嘉栋笑着告诉嘉轩：“是咱们的妇女慰劳队来了！”

说话间，那些妇女已经说说笑笑地走近了。她们从箩筐和背篓里拿出了烤得焦黄的大饼，分送给士兵和民工们。

“来，尝尝我们湖南的法饼。”一位年轻姑娘朝两兄弟走来，她头戴土家族的蓝色披肩头巾，肩背一个绣花的竹背篓，汗水沿着鬓发流淌下来，面颊绯红。

嘉栋急忙上前帮她卸下肩上的背篓。

“好沉呀，你就一直背上山的？”

姑娘微笑道：“你们快趁热尝尝，这可是我们湖南的特产。”

嘉轩接过来咬了一口。

“很香，好像还有鸡蛋和牛奶，怎么还有酒味儿？”

“这就对了，这是用甜酒醪糟发酵，加了白糖、鸡蛋和牛奶。这个发饼在我们湖南有三百多年的历史了。”她说着又从背篓里掏出一个坛子和军用饭盒。

“来尝尝我们的米酒和炸发肉，”她取出两个军用茶缸和两双筷子，“赶紧趁热。”

姑娘说话时总是低着头，让人看不清她的脸，她说的是纯正的普通话，没有湖南口音，这让两兄弟好生奇怪。

“你不是土家族吧？”嘉轩好奇地问，天门县城的土家族占全县人口的一半，其他还有白、回、苗、佤、蒙古、维吾尔等十五个少数民族。

“你说呢？”姑娘反问了一句，“快吃吧，凉了就不香了。这炸发肉可是用鸡蛋和米粉搅拌发酵后炸的。”

嘉栋不客气地先夹了一块送入口中。

“好吃，哥，你快尝尝。”

“那就不客气了，”嘉轩也接过筷子去夹肉，“你怎么会有日本人的军用饭盒？”

“你的问题还真不少，法饼和炸肉都堵不上你的嘴。”

姑娘抱起坛子往杯子里倒酒，然后把酒杯递给了嘉轩，抬起头含笑看了他一眼。

“你是……”嘉轩差点被嘴里的食物噎住了，眼前的姑娘让他想起一个人。

“哥，你怎么了？”嘉栋发觉了哥哥的失态。

“贵人多忘事。”姑娘娇嗔地看了他们一眼。

“你是……”嘉栋也瞠目结舌！

“韦副主席的孙女韦姑娘！”嘉轩终于想起来了，他急忙放下手里的杯筷，站立起来。嘉栋也不知所措地跟着站起来，他举手想敬礼，才发现手上还抓着筷子。

“你们这是干什么？我只是妇女慰劳将士委员会的一员，张主席的女儿素我姐才是我们的领导，见了她你们可以敬礼。”她说着笑出了声。

“这怎么敢当？”嘉轩真心被感动了，“您是副主席的孙女，让您背着背篓翻山越岭来慰问我们……”

“不是你们，是抗日的将士们。”韦婉板起脸一本正经地反驳，但还是忍不住笑了出来。

“让韦姑娘见笑了。”嘉轩感觉到韦婉姑娘是在调侃，他一时也感觉窘迫，不知该如何应对。

“好吧，不为难你们，不过一会儿有空我还想考考我们的探花。”韦婉摘下头巾，一头秀发披散下来，被山风吹拂得飞扬起来。

“不敢当，有什么问题一定知无不言，你现在就可以问。”

韦婉眼望山下起伏的山陵，随口吟道：“塞下秋来风景异，衡阳雁去无留意。四面边声连角起，千嶂里，长烟落日孤城闭。”

“这是范仲淹的《渔家傲·秋思》，是不是韦小姐看见这连绵起伏的群山里，夕阳西下，青烟升腾，触景生情？”

“你能和上一首近似的诗词吗？”

嘉轩略加思索，答道：“角声满天秋色里，塞上燕脂凝夜紫。半卷红旗临易水，霜重鼓寒声不起。”

嘉栋似乎觉察到些什么，他喝干了自己的杯中酒，一手抓起了个饼，另一只手抓了几块肉，悄悄溜走了。

“这是李贺的《雁门太守行》。”韦婉有些欣喜地看着嘉轩，“这首诗是乐府曲调，但是诗中的情与景都与《渔家傲》的词有异曲同工之妙，果然是才子呀！”

“承蒙韦姑娘谬赞，甚是惭愧。”

“你这几句就有些酸腐了吧？”韦婉笑道。

“其实我的诗文底子很差，正好蒙对一二句，让姑娘见笑了。”

"不知为何，站在这里，听见你念的诗句，我好像能看到战场的画面：敌军鼓噪而前，步步紧逼，我守军势孤力弱，但是士气高昂，战旗猎猎，号角震天，厮杀从白昼持续到黄昏，敌军尸横遍野……"

也许是被韦婉的话语所吸引，在嘉轩的眼前，也似乎呈现出同样的画面。他们现在没有想到的是，在不久的某天，就在这块山坡，一场震惊中外的血腥大战即将上演……

第十四章 虎口脱险

“哥，我定亲了！”傍晚时分，嘉栋推开了哥哥的房门。

嘉轩住在县长办公室，在办公桌旁放了一张行军床，就是他的“行辕”。

“你真是兵贵神速呀。”嘉轩放下毛笔，笑吟吟地看着还有些羞涩的弟弟。

“三战区谭团长介绍的，是他姑姑的女儿，叫李淳清，比我小四岁。”

“桃李年华呀，跟你很般配，你见过了？”

“今天去见的，这不才回来。”

“人怎么样？”

“好看。”嘉栋有些乐不可支的样子。

“我是问人品怎么样？”

“还没说上话，挺秀气的。”

“人家也相中你了？”

“是，下月就成亲。”

“那么仓促？”嘉轩感觉有些意外。

“他们家说了，这年头兵荒马乱，既然定了亲，越快成家越好，他们也不要我什么彩礼。”

“真是实在人家，”嘉轩感慨地点了点头，“只是哥哥我现在两袖清风，大喜之日也只能送你一副字了，也不知道挂不挂得出去？”

“我看这县城向你求字画的不少，你都可以卖字画为生了。”

“瞧你说的，等我不当这县长的时候，你看还有多少人会来讨字画。”

“大嫂那边有什么消息吗？”嘉栋问道。

“写了好几封信，一直也没有收到回信，可能是那个联络点被撤销了，暂时与葛大哥也联络不上。”嘉轩皱起了眉头，“托那位榜眼同乡再去打听，他也没有收到来信，只怕是凶多吉少。”

“吉人自有天相，我今天去相亲，看见他们家附近有座小庙，香火挺旺，我还去给嫂子们烧了香。”

“难得你这份心意，也不知道你们有没有叔嫂的缘分。”嘉轩走上前摇了摇弟弟的肩膀，“今天就不说这些不开心的，你已经长大成人，成了国家的栋梁，也就要有自己的家了，哥哥真的很开心，今晚能不能不回去？咱们出去喝一壶？”

嘉栋的婚礼设在南岳大旅社，酒席只摆了两桌。虽然规模不大，但充满了温馨。酒席上，嘉栋和亲友们把酒言欢，好不热闹。嘉栋也逐渐有些不胜酒力了，突然旅社老板叫他去接电话。

电话里是副师长孙明谨。

“我听说师长要给你一个星期的假？我想恐怕不行。这个营是你一手训练出来的，官兵们都信任你，你不在大家都不放心。我还是希望你过了新婚之夜，明天就尽快赶回部队。这两天很可能发生战事，所以尽早回来吧。只好委屈新娘了，我代表全营官兵给她道歉！”

第二天一早，嘉栋只得送新娘和她的家人赶回老家。离别时新娘做了一个谁也没有想到的举动：她出门就用红盖头又把自己的脸蒙上，出行时也不跟任何人打招呼，也许是想通过此举告诉大家，她还是娘家那个新嫁娘。她的这个举动让大家都为之心酸。

嘉栋更是满怀歉疚，但是军令如山，他与勤务兵一起骑马送行，一直送出了五里地。

当晚嘉栋赶回营地，意外发现全营官兵已经在草坪上集合待发。果然，孙副师长的预感是正确的，部队马上要出发。嘉栋真是又惊又喜，惊的是如果自己晚到一步，部队就要出发；喜的是总算及时赶到，没有掉队。

看到嘉栋归队，肖营长并没有露出喜色，而是板起脸来下令道：“我们营要在明天拂晓前赶到立山，支援二十九团作战。我先带炮兵侦察排和警卫连先行，以免贻误战机，你带辎重随后跟上。不过记住，大路已经被敌人封锁，你们就按地图走点线，带齐装备，立即出发！”

肖营长说完一挥手，带领队伍消失在夜幕中。嘉栋急忙召集几个连长清点火炮和弹药，然后集合队伍向着立山方向前进。因为不能走大道，只能打着手电寻找山路。

这一夜又是乌云遮月，大家只能靠指南针寻找方向，一脚高一脚低地摸索前进。走了大半夜，来到一个小山顶，突然再也找不到下山的路了。战士们有的背着炮身、炮架，有的背着座钣和炮弹，道路一片漆黑，根本没有办法往山下走。

嘉栋只得走回头路，同时命令几个连长注意观察立山的方向有没有可以下山的小路。大约走了近半个小时，嘉栋发现了一条荆棘丛生的小路。他急忙从勤务兵手里拿过大刀，劈开荆棘，走在小路的最前面。等到他们走下山脊，东方已经露出鱼肚白。

突然，前方传来机枪扫射的声音，嘉栋急忙命令大家跑步前进。这时候已经隐约可以看见国军修筑的步兵防线。嘉栋大喜，从身边一个战士手中接过炮身，扛在肩上就开始小跑。没过多久，天空传来敌机的轰鸣声。没想到天还没亮敌机就出动了。由于敌机飞得很低，几乎是贴着山头飞行。等大家听到敌机的声音，两架隼式战斗机已经飞到了头顶。

嘉栋他们身边没有可以隐蔽的树丛，身上背的炮筒又会反光，敌机肯定发现了他们，机头一压对着他们直冲过来！

“大家卧倒！”嘉栋大喊一声，急忙卧倒在路边。只见敌机两翼的机枪已经吐出火舌，子弹在他们身边打出长长的一条弹道。嘉栋听见有人中弹发出惨叫。

敌机在拉起机头前，又投下了两枚炸弹。炸弹就落在他们的身旁，巨大的爆炸声震得嘉栋一时耳聋，听不见周围的声音，石块和泥土纷纷砸在他们的身上。

等烟尘过去，嘉栋急忙带领队伍冲进二十九团的战壕。这时候已经可以用肉眼看见敌人在山下集结，慢慢向阵地前进。嘉栋一面命令各连就近架设炮位，校正射击诸元，一面让通信员寻找团部，报告他们现在的位置。

没过多久，二十九团张团长赶了过来，一见面就给了嘉栋一个大大的拥抱。

“你来得真是时候！鬼子真是疯了，这么早就开始进攻。他们的人数远远超过了我的预计，按他们进攻兵力的密度，我估计正面敌人大约有一个联队。”

日本的一个步兵联队大约有三千五百人，而国军的建制基本是三三制：九个人一个班，三个班一个排，三个排一个连，三个连一个营，三个营一个团。一个团不过千把人。要对付训练有素、武器精良的日军，张团长的压力可想而知。

“我准备在这里协助你。这里视野开阔，居高临下，能够实施火力压制。”

“很好。我这就去向师长汇报。刚才你们肖营长还在我这里说，这黑灯瞎火地赶山路，你未必能够赶到！他现在已经去了师部，又只剩下你们自己了。”张团长笑着在嘉栋的肩上擂了一拳。

激战持续到中午，嘉栋来到团指挥部找到张团长。

“团长，能不能借我一支精干的小部队？”

“你有什么主意？”张团长看着衣衫褴褛的嘉栋，“有没有受伤？要不要先换件衣服？”

嘉栋低头看了一眼。

“是刚才下山被那些刺儿树刮的，没事儿。”他抓起桌上的茶缸喝了一口，“我们带的炮弹不多了，不知道什么时候补给才能上来。我发现了鬼子迫击炮阵地的位置，离我们大约一千五百米，比较隐蔽。我想带一支小部队去偷袭。鬼子现在满脑子进攻，一定没有提防我们会主动出击。我搞些炮弹就回来，但是如果偷袭不成，我们就及时撤回。”

“我把我的警卫连给你够不够？”

“那太好了！我原以为你只会给我一个排。”嘉栋咧开嘴笑了，“我们立即出发，趁鬼子吃午饭的时候，打他个措手不及！我估计我们二十分钟后能到达位置，你这里配合我们主动攻击他们一下，转移一下鬼子的注意力。”

“好的，就这么定！”

嘉栋带着警卫连从灌木丛中穿行，尽量避开敌人的散兵线，一路大多是匍匐前进，满脸满手都被刮得鲜血淋漓。绕过山脊，他们悄悄接近了鬼子的迫击炮阵地。果然鬼子在吃着罐头，他们万万没有想到有一支队伍像豹子一样盯着他们。

嘉栋看了一下手表，示意大家等待。只听侧方枪声大作，鬼子兵丢下罐头向山上观察，嘉栋一挥手，一排手榴弹飞向鬼子阵地，炸得毫无防备的鬼子鬼哭狼嚎！

嘉栋趁着烟雾带领警卫连冲了上前，几位机枪手扫射着还负隅顽抗的残敌。其他的战士直奔弹药箱，扛起来就跑，因为嘉栋给他们的命令是不许恋战。不到十分钟，他们已经走在返回阵地的路上。他们这次收获不小，几十个人都扛着箱子。回到营地一清点，他们不仅拿回了炮弹，还有罐头和机枪子弹。

嘉栋让警卫连扛着罐头和子弹箱回到张团长的指挥所，当着张团长的面打开一箱子罐头。

“你的队伍我给你完整带回来了，这些是我们炮兵营对你们支援的谢意！”

张团长哈哈大笑。

“跟你做买卖挺划算，以后有什么要合伙的，尽管来找我！”说着张团长拿来一件军服，“赶紧穿上，看你那身都赶上乞丐了。”

嘉栋接过来一看，军服上的胸标是黄框的。

“这是您的校级军服，我可没有资格……”

张团长伸手揪住胸标一把扯下。

“打仗还管这些，我看你就比那些校级军官强得多！”

傍晚时分，张团长气喘吁吁地赶到嘉栋的阵地。

“我们的左翼被鬼子突破了，已经接到命令要我们于黄昏时刻伺机转移。你们是师长的宝贝，他命令让你们先撤，去陶田庙与师部会合。”

“陶田庙怎么走呀？”

“我也不清楚，反正是往长沙方向。我那里有个向导可以借你，不过这个人脾气古怪，一路上你都要听他的，可以吗？”

“完全可以。”

等到张团长的通信员把那位向导带来，真把嘉栋吓了一跳。只见他蓬头加络腮胡子，一张脸几乎都埋在毛发中。眉毛也很重，眼睛铜铃大，还一脸的疙瘩。

还没等嘉栋开口，向导先说话：“我有个条件，到了陶田庙，我就要回来，你不能让我继续走！”

“这个我答应你，还有什么？”

“你们只管跟着我，不要问话，一路要跟紧，我走路很快！”

当跟着他上路，嘉栋才知道这个人真是很难对付。他走的都是荒坡灌木丛，脚步飞快，而嘉栋他们身背炮具和炮弹，要跟上真是用尽了全力！

因为有言在先，嘉栋也不能要求向导放慢速度。当大家几乎都要累得瘫倒的时候，向导往前面一指，说：“那就是陶田庙。”

嘉栋抬眼一看，在山坡顶上果然有一座山庙。大家精神一振，但是进了庙门，才发现大殿空空，根本没有师部的影子。

“这就是陶田庙吗？”

“哪里还有第二座。就是这里，我已经把你们带到了，我现在要回去了。”

“你能不能再等一下，我们找一找……”嘉栋的话音还未落，那位向导已经拔腿就走，转眼就看不见他的身影了。

嘉栋无奈地摇了摇头，吩咐侦察排散开在周边搜索。他自己也走出庙门，借着月光查看周边地形。

突然远处传来脚步声，嘉栋一挥手要大家隐蔽。不一会儿出现了一队人，依稀能看见是自己的队伍。

“你们哪一部分的？”嘉栋大声问道。

对方的队伍停了下来。

“二十九团步兵营的，你们是师部的吗？”

“我们是炮兵营的。”

说话间，彼此已经可以看清对方。

“原来是章营长。”对方先迎上前来。

“阮营长。”白天嘉栋和他们还并肩作战过，彼此看见十分亲切，“阮兄现在去哪里？”

“来与师部会合呀，你们呢？”

“也是一样，可是我们没有找到师部。”

“怎么会这样？他们应该比我们先到呀！”阮营长也有些不知所措。

“我刚才派人出去找了，要不然再等等？”

“这样吧，我再往前搜索一下，你们带着炮不方便，就在这里等我消息吧。”阮营长说罢就带着队伍匆匆消失在夜幕中。

嘉栋命令战士们原地待命。经过一天的战斗，又加上这一路奔波，大家都是人困马乏，一听可以休息，几乎刚坐下就睡着了。

睡了没多久，突然前方传来一阵激烈的枪炮声，嘉栋急忙赶出庙门查看。只见侦察兵一溜小跑过来。

“报告副营长，前方发现敌军，阮营长他们遭受伏击。阮营长已经牺牲！”

嘉栋一听大惊失色，没想到敌人包抄速度那么快，他估计师部已经转移了，现在突围是唯一的选择。

“立即向两翼分头侦察，有情况立即回来报告。我给你们五分钟，现在对表！五分钟内必须赶回！”然后他对各连连长下令：“全营集合！准备出发！不准有火光，也不准说话。现在检查装备，武器装备绝对不允许丢失！”

几分钟后，侦察员气喘吁吁地跑回来报告，右翼发现敌人。于是嘉栋立即带领部队向左前方摸索前进。

在黑暗中跌跌撞撞地走出大约十里地，他们发现了一座茅草房。嘉栋进去查看，里面住了一位白发苍苍的老妇人。

嘉栋惊喜地发现老妇人身边有一个军用水壶和干粮袋，很像国军部队用的。他连忙追问，老妇人说不久前有部队经过，说他们要去马场坪。

嘉栋立即查看地图，马场坪离长沙不远了，就在前面，看来他们走对了。嘉栋又留给老妇人一些水和干粮，立即带领炮兵营向马场坪方向前进。

第二天下午终于到达马场坪，在那里遇到了其他团的一个机枪连，一问才知道他们也与师部失去联系了。他们一面派出一个小队前往长沙寻找师部，一面就地构筑工事准备迎击鬼子的骑兵，因为数小时前有鬼子的骑兵侦察部队在附近活动。

“我看你们就先与我们一起，免得被敌人分散击破。”机枪连连长建议说，“等我们派出的人有了确切消息，我们就一起出发。现在你们可以休息一下。我们刚做好饭，你们一起吃。”

从昨天到现在，嘉栋的炮兵营几乎没有吃过像样的饭，受到友军邀请他们自然很开心。战士们还拿出了一箱日本罐头分给机枪连。嘉栋又喜又气，没想到在这么艰难的行军中，这帮战士居然还藏了几箱罐头！他瞪了战士们一眼，他们也知道营长没有真的生气，便笑着做了一个鬼脸。

直到第二天早上，机枪连派出的侦察队才带回来确切消息，师部于昨天到达了离长沙一百多公里的衡山。嘉栋听到消息为之一振，建议队伍立即出发。

机枪连连长看了看刚修好的工事阵地，皱了皱眉。

“刚抢修好工事，兄弟们都累得够呛，要不然休息一晚上，明天再出发？”

“只怕夜长梦多呀。”嘉栋极力相劝，“师部几次更换驻地，只怕我们去晚了，师部会再转移，恐怕再找到他们就不容易了。”

嘉栋的建议让连长很为难，虽然他们不是一个部队，但嘉栋毕竟是营长，他也不敢担一个贻误军机的罪责，于是下令集合队伍立即出发。

从目前的综合情况判断，他们应该是陷在敌人的包围之中。为了谨慎起见，他们尽量避免走大路，并分别派出前哨，一面侦察敌军的位置，一面打探师部的消息。这样走走停停将近三天，到达了南岳山附近。突然侦查员来报，师部就在前面的南岳山。

听到这个好消息，全营上下几乎沸腾起来，嘉栋与机枪连连长也紧紧拥抱。嘉栋安置好部队立即去师部报到，还没有走到师部指挥所，就远远看见方师长站在门口等他。

“听到你们来的消息，我都难以置信！”师长上下打量着衣衫褴褛的嘉栋，“带回来多少队伍？”

“空袭时死了几个弟兄，其他基本都带回来了。”

“炮也带回来了？”

“一门没少，还缴获了鬼子的三门迫击炮和一些炮弹。”

“真是奇迹呀！你小子真能呀，怎么干的？快进屋说说！”

嘉栋进屋后把大致情况简略汇报了一下，方师长感慨万分。

“千军易得，一将难求，我们太需要你这样灵活机智的指挥官了！”

等嘉栋坐下来，方师长又感慨道：“不瞒你说，这次战役是军部诱敌深入的战略，但在执行的时候出现了战术错误，尤其是在各个部队的协调方面，让一些部队掉了队。不过总体上我们还是成功的，我们这个军起到了诱敌作用，延引敌军深入腹地。现在整个军团已经形成分进合围的态势，要围剿这伙落网的日军，要它全军覆没！”

听到这里，嘉栋刚才疲惫的身体又注入了活力，他站了起来问道：“我们什么时候参加战斗？”

“不急，你们现在要好好休息一下，等我们把整个包围的口袋扎紧，你们再来一起包他们的饺子！”

睿智从马背上把尸体取下，放在了司令部的过道。藤原立即跑下楼来，急不可待地要人打开装着尸体的麻袋。

“你查看过了？”藤原兴奋地问道。

“查看过了。”麻袋打开，那股呛人的尸臭令人作呕。

“能够确认是他吗？”藤原用手套捂住鼻子，坚持要看尸体。

“脑袋都被打烂了，面部难以辨认，但身上的遗物还是有一些。”睿智掏出一个旧钱包，打开递给了藤原，“这个钱包我见过，是他在东京买的。这张照片应该也能说明问题。”

藤原接过钱包，抽出照片认真看了一眼。

“是他们的结婚照吧？”

这时候军医也赶到了。

“你们把尸体抬去解剖室。”藤原挥了挥手。

“我要一起去吗？”睿智问。

“你就不必去了。你也辛苦了，先回家洗个澡，顺便告诉你父亲，今晚我们有个宴会，请你和你父亲一起参加，我会有个好消息给他。”

“我不在的时候，那个常淑琴有什么情况吗？”

“你很关心她嘛！”藤原的反问让睿智愣了一下，他本来觉得这样主动地提问，可以显示自己的胸襟坦荡，没想到藤原会这么回答。

还没等睿智开口辩解，藤原先摆了摆手。

“你不要多想，我没有别的意思。这个常淑琴的情况的确不好办，这些天我们一直用刑逼供，要不你试试其他的方法？”

睿智还在迟疑，藤原把手里的钱包交还给他。

“你就把这个拿给她看，就说我们已经击毙了章嘉轩，看看她有什么反应？如果她是装疯卖傻，我相信听到这个消息，她再能装也会露出马脚！”

“我去合适吗？”睿智心里一沉。

“怎么不合适？你去最合适。”这个主意大概也是藤原突然想到的，他自得地哈哈大笑，“你要是不放心，就让医生陪你一起去。”他扭头对军医说，“坂田君，你可以先帮那个女犯人处理一下伤口，回头再过来查验尸体。”

站在藤原身边的军医坂田听罢，向前跨出一大步。睿智别无选择，只得接过钱包朝牢房走去。

淑琴一直被五花大绑在刑讯室的长凳上，长凳两端各绑了一块木板，把她的手臂和腿成大字捆绑住；手掌和脚背被钉上了长长的钢钉，每个脚趾和手指也都被钉上了小一些的钉子。

淑琴的额头被一条皮带紧紧箍住，不能左右移动。头部上方挂着一个罐子，罐底被戳了一个小洞，不停往下滴着液体，正对她的嘴部。淑琴紧闭双唇，白色的液体便溅到她的脸上和头发上，与她的血迹凝作一团。

“你们这是做什么？”睿智大声斥问道。

“她不肯吃东西，我们给她喂的米汤。”看守立正回答。

“先把它撤掉！”睿智命令道。

听见有人说话，淑琴身子扭动了一下，因为眼睛上也都是米汤，她只能紧闭双眼。

看守拆去了汤罐，坂田走上前打开药箱，取出手术钳，开始为淑琴拔去指尖的钉子。

剧痛让淑琴不停张嘴呻吟，嘴边的米汤流入气管，引起她一阵剧烈的咳嗽。

“你们这帮蠢货！万一米汤呛入肺里，呛死她你们谁负责任！”睿智满腔怒火，此刻只能借此对看守发作。

睿智取来纱布，蘸着酒精为淑琴擦拭脸上的污垢和血迹。当坂田转身去处理淑琴脚趾上的钉子，淑琴睁开了眼睛，看见睿智，她的眼睛里发出一道热烈的光芒。这一刻睿智知道她的意志没有被摧毁，她没有疯！

睿智知道此刻看守也在注视着他，所以，他不能把他们赶出去，只能用目光去回应淑琴，真希望自己的目光能给她增添一点力量。

“你能听懂我说的话吗？你要是明白就点点头。”睿智解开绑在淑琴额头的皮带，继续为她擦拭额头和头发上的污垢。

淑琴把视线从睿智脸上转移，呆呆地望着屋顶，没有任何反应。坂田每拔去一颗钉子，她的脸上会出现疼痛的抽搐。

睿智拿出嘉轩的钱包，举在了淑琴的眼前。

“你认识这件东西吗？”

淑琴的眼睛深处燃起希望的火苗，但是立即熄灭了，她仿佛又回到了麻木的状态。

“那么这张照片你应该认得吧？”睿智从钱包里抽出那张结婚照，举在淑琴的眼前。

此时，淑琴的心理防线似乎在崩溃的边缘，眼泪从她的眼角淌落下来。睿智机智地用手上的纱布迅速将她的眼泪拭去。

淑琴明白睿智的用意，她紧紧闭上了眼睛。

“你看，你的抵抗是没有意义的，没有你的口供我们照样抓住了他。所以，如果你想活着见到他和你的女儿，就要好好配合我们。”

这时候坂田已经处理好了伤口，走过来掀开淑琴的衣襟检查她身上的伤口。

睿智侧身让过一旁，在坂田掀开她衣服的一瞬，他看见淑琴胸前一片血肉模糊！

睿智紧握拳头，指甲已经掐到了掌心的肉里。他极力镇定自己，继续往下说：“皇军对你用刑也是迫不得已，你如果早些配合，也不至于吃这样的苦。老话说，识时务者为俊杰，你也是明白人，希望不要执迷不悟。你要是听明白，就睁开眼睛看着我。”

淑琴仍然紧闭双眼，脸上没有任何表情。

睿智知道，自从自己走进刑讯室，所有的对话就会被录音，而且藤原也会向军医和看守了解自己的表情和反应，他必须极力控制自己，不能流露任何让敌人起疑的破绽。

“我们今天为你医治，是希望你明白，回头是岸。我们会给你一些时间好好想一想。如果到时候你还是冥顽不化，那么刑讯还会继续，最终你会后悔莫及！”

晚上的庆寿宴安排在司令部的餐厅，虽说参加宴会的只有几十个人，但是藤原不仅找来了县城里高档餐馆的厨师，还特别从四平请来了几位日本餐馆的厨师。

当睿智带着父亲走进餐厅，里面的摆设让他吃惊。士兵吃饭用的长桌长凳都被移走，而摆上了酒楼里用的八仙桌。餐具摆放得像是中国的喜宴，桌上摆满了各种日本传统菜肴：鸡蛋寿司、鳗鱼寿司，还有天妇罗，当然还有最具日本特色的生鱼片。不仅食物精致，摆盘也是十分讲究。

藤原穿上了崭新的军礼服，胸襟挂满了勋章与勋标。看见睿智和他父亲进来，他主动迎了上来，把赵仲虎安排在了主桌，并向他介绍了同桌的宾客。其中大多人赵仲虎都认识，警察局局长、宪兵队队长和皇协军的队长，另外几位客人是从伪满洲国来的官员和记者。

宾主就座，藤原站起来先举起酒杯，满面笑容地开始他的祝酒词。

“各位来宾，今天很荣幸请到我们‘满洲国’尊贵的官员和我的同仁，还有我们的各界朋友。我们今晚要来庆祝皇军的一次辉煌胜利！经过我们坚持不懈的努力，我们终于锁定了曾经袭击我们火车站和列车、杀害我们士兵和军官的匪徒。就在今天，我们已经将他们一网打尽！”

说到这里，他停顿了一下，四下响起热烈的掌声。

“现在我请大家先共饮杯中酒，然后一起来见证我们皇军的赫赫战果！”说完，他领着众人走出餐厅，绕过办公楼来到后院。此时几盏探照灯齐刷刷地照射在后院的操场上，霎时把整个操场照得如同白昼。

睿智陪着父亲也来到了操场，他明白藤原想利用章嘉轩的尸体做文章，但是他很疑惑为什么要搞这么大的动静。来到操场一看，他才恍然大悟。

操场中间整整齐齐排放着几十具尸体，他们的身旁还摆放着各种枪支和刀具，每个人都是血肉模糊。睿智明白了，为什么他从刑讯室出来，藤原就立即让他回家，原来他们在密谋今晚的行动。这些尸体一定是他们去哪里秘密屠杀了百姓来冒充游击队员。

藤原带领众人来到一具单摆独放的尸体前，大声宣布：“诸位，这就是匪首章嘉轩！”

这时候四下镁光灯闪亮，记者们开始拍照。

藤原走到赵仲虎面前，微笑地说：“我跟你儿子说，我有一个好消息要给你，现在我想应该让你知道了。”

他向一个军官挥了一下手，那个军官一路小跑离去。不一会儿军官带过来两个人。睿智一眼就看到来人正是常继善和姚氏。

赵仲虎走上前握住常继善的手。

“你们受苦了！”

常继善只是一个劲儿地摇头，老泪纵横，说不出话来。

藤原走了上来，指着一具尸体对姚氏说：“你说章嘉轩是你们家的仇人，这就是章嘉轩的尸体！你好好辨认一下。我现在已经为你报仇了，你们该如何感谢我？”

“我女儿呢？”姚氏眼睛炯炯发光，一眨不眨地盯住藤原。

藤原有些尴尬地笑了笑。

“没想到你竟然是这样来报答我的。那么好吧，现在还有许多客人，我们先吃饭，这笔账我们慢慢算。”

回到宴会厅，宾主纷纷就座。藤原安排常继善夫妇坐在赵仲虎和睿智身旁。常继善惊魂未定，有些战战兢兢地坐下了，姚氏却依然站着。

“你也请坐，我们可以开席了。”藤原指着桌上刚上的一道菜说道，“这是按照东北习俗做的生鱼片，还有土豆丝和香菜，是用冻鱼削成的薄片，要马上吃……”

“什么时候能放我女儿？”姚氏仍然站着，直瞪瞪地看着藤原。

屋里一下子静了下来，所以人的目光都集中射向藤原和姚氏。

“这个我们吃完饭再说……”藤原还是轻描淡写地想糊弄过去。

“不行！”姚氏斩钉截铁地回答，她揪了一把常继善，“当家的，你也站起来，如果他们不放我们的女儿，就让他们再把我们关回去！”

藤原的手紧握椅背，青筋凸起，但他还是尽力控制自己。

“那好吧，我们尽快办理。赵翻译官，那就麻烦你先把他们送回家吧。”

睿智起身，急忙拉了一把赵仲虎，又意味深长地看了一眼姚氏，暗示她快走，然后带着他们走出了餐厅……

第十五章　猝不及防

章嘉轩来天门县一年多了，这是张治中主席第一次打电话让他去长沙。

一路上，嘉轩心里直打鼓，不知道张主席要跟自己说什么。最近县里的工作基本顺利，通过征收地方财税，政府手里也有了一些资金。除了用于教育，他也计划在最贫困的土家族人居住区开辟一条道路来。

进了省政府大院，章嘉轩直奔张主席的办公室。在张主席二楼办公室的楼道两端都有卫兵站岗，章嘉轩向卫兵告知了身份，卫兵通报后回来带领他走进了张主席的办公室。

七月的长沙已经渐热，张主席身穿一件白色棉麻对襟短衫，下着宽松的长裤，正在写字台前写字。他抬头看见嘉轩进来，朝他招了招手，还是继续挥毫。

嘉轩走过去看见张主席正在书写最后一个“舟”字，然后落款“张治中敬题”，盖上印章“张治中印”。

“你过来看看怎么样？”张治中让到一边，让嘉轩走到书案前，这时嘉轩才看清这张条幅上写着四个大字“风雨同舟”。

“您的书法早就闻名遐迩，端正凛然，骨力中正，在碑帖上一定下了大功夫。”嘉轩看了不由点头称赞。

“你要是喜欢就送给你了。”张主席笑着说，“听说天门县也有不少人向你求字画，有时间你也帮我写一幅。”

“岂敢，岂敢，这不是班门弄斧？”嘉轩连连摆手，“这幅墨宝真的送我？太好了！我要珍藏起来！”嘉轩兴奋得有些手足无措，不知该如何叠放这幅字。

“我让人裱好送给你。你先过来，我还有样东西要交给你。”

张主席走到办公桌旁，从抽屉里取出一个牛皮纸信封，郑重地交到嘉轩的手里。“你可以坐在那里看，”他抬手指了指一边的沙发，“我先批改几个文件，等你看完了，我们再谈谈。”

嘉轩接过信封，惊奇地发现信封上印着“中央组织部调查科”。信件很厚，他的心猛烈地跳了起来，预感里面有什么不好的消息。

嘉轩走到沙发前，迫不及待地拆开了信封，里面竟然还有一个白色信封。拿出白色信封，“章嘉轩先生亲启”几个字映入眼帘，这么熟悉的字迹，他知道写信的人是谁。

嘉轩贤弟：

如面！

请原谅一直没能与你取得联系，沈阳工作站被敌人破坏，联络员牺牲，一直未能与组织建立联系，不得已跨界向你的朋友陈立夫先生求助，还望见谅！

首先要向你报告的是淑琴和淑婉的消息。十分不幸，淑婉为掩护你不慎负伤被俘，受尽严刑英勇就义。常家老幼悉数被捕。淑琴为了营救被捕的家人自投图圄，备受酷刑，伤重不治。所幸世英与世杰安好。勿念。

你离开后部队被日军围剿，赫宝盛牺牲，谢老大失踪，队伍基本被打散。

为了迷惑敌人，我们用土匪的尸体假替你交给了藤原，但是狠毒的藤原为了虚报战功，竟然屠杀了无辜民众冒充义勇军。这笔血债，一定要向他清算！

我现在已经与喇嘛甸的弟兄拉起了新队伍，收编了齐福臣的队伍。齐福臣的枪法特别好，能用手枪打断柳罐绳。只是这支队伍大多是原来的“胡子”，手里的武器都是些套筒子、大鼻子枪和鸟铳，纪律方面就更差，也没有粮饷和服装，不得已还要靠劫富济贫。

最近情况有了好转，我们在县保安大队找到了关系，控制住了队长李宝珍。他手下有九个中队，还有四门迫击炮，有枪有马有子弹。我们跟他们已经开过几次战，每次他们都是放空枪，把一部分子弹壳拿回去报销，然后再把领来的子弹以两毛钱一颗卖给我们。

现在运回武器弹药可方便了，四面城门都是保安大队把守，我们只要派上几辆马车，用麻袋装上绿豆，把子弹枪支埋在里面，就可以顺利地拉出来。

按照这个方法，我们又发展了双山、辽源等地的保安大队，现在队伍已经发展到上千人。为了保证弹药的供应及枪支的修理，我们还建起了一个修械所，就设在六十面井的韩永年家里。有六七个工人，还请了两位师傅，从四平、沈阳等地买来材料自己制造枪支和子弹。

但经费筹集和组织联系还是有很大困难，不得已我去了北平，找了你曾经带我去过的陈立夫先生那里。最后得到陈立夫的支持，在一定程度上解决了后勤问题。

真对不起，一直聊的都是我的事，我还不知道你的情况，陈立夫先生说可以设法联系南京方面的关系找到你。

总之，你自己保重。如果你在那边发展有困难，还可以回来我们一起干，在哪里都是打鬼子。我希望你一切都好，珍重珍重！

鹏飞拜

信封里还有一张从《盛京时报》上撕下来的报纸头版，嘉轩打开一看，醒目粗大的标题是“烧毁车站炸毁军车的案件告破，匪首章嘉轩被击毙”，旁边还有他与淑婉的合影以及一张血肉模糊的尸体照片。

看见照片，嘉轩禁不住失声痛哭。张主席放下了手中的笔，走了过去。

“发生了什么情况？”

“她们都死了，为什么我还活着？”嘉轩把信交给了张主席，双手抱住了头。

张主席打开看了一遍，又把信交还给嘉轩。

“你要活着才能为她们报仇呀！”

嘉轩感觉自己有些失态，急忙抹去眼泪站了起来。

“对不起，我太失控了。”

“多情未必不丈夫。”张主席劝慰道。

“这样，你现在去韦副主席那里看看，把你近来的工作也向他做一个汇报。中午我们一起吃个饭，有些情况我们再聊聊。不过有件事我不太明白，”张主席看了一眼桌上的信封，“我知道你原来的领导是国民政府军事委员会的，现在怎么又跟中央组织部调查科搞在一起？”

“这个我也不太清楚，或许是因为我们原来的关系被切断了，我又认识中调科的陈立夫长官，所以他们去找了中调科。”

“我只是想提醒你，无论是做官还是做事，忠于职守是最起码的操守，但不要涉及政党或派别之争，于国于己都不利。”

“主席的教诲我记住了。”嘉轩站起来，感激地对张主席行了一个礼。

中午在餐厅的小包厢里，嘉轩与两位主席一起用餐，韦副主席用一把银制高脚壶为张主席和嘉轩斟酒，嘉轩站了起来。

“让我来吧，怎么敢当？”

“今天这酒必须我来，”韦副主席笑着说，“今天你是主客，我们作陪，我要以湘西的特色来招待你。”说着他举起手中的银壶，“我们湘西苗族人酷爱银饰，无论是服饰还是银饰，都是这里的文化亮点。看看这把银壶，纯手工打造的，多么精致。据说还可以检验酒里有没有被下毒下蛊。”

“这下蛊真有其事吗？”张主席饶有兴趣地问。

“这个真不好说，”韦副主席坐了下来，“这巫蛊之术在出土的商朝甲骨文中就有记载，在西汉时期盛行。汉武帝时期有名的‘巫蛊之祸’，死人上千，以后各个朝代都严令禁止，但是这种事，也不是一个禁令就能停止的。”

韦副主席说着举起酒杯。

“好了，不谈这个了，我们来尝尝这本地的土家白酒，是用玉米、高粱、小麦、糯米和大米混合酿造的，还有人叫它‘土匪酒’，哈哈！”碰杯后，韦副主席笑着带头一饮而尽。

“听说还有土匪鸭？”嘉轩好奇地问道。

“的确有呀！”张主席笑着告诉嘉轩，“这里还有个传说。据说乾隆年间，雪峰山下有位张氏在山寨路边开了一家小餐馆，她养了一群鸭子。张氏忙于店里的生意，这群鸭子便成了野鸭，满山遍野地去糟蹋庄稼，害得张氏天天拿着竹竿又赶又骂：‘你们这些该死的鸭子，简直像土匪！’也许是爱撒野的鸭子肉质更加细腻鲜活，再加上张氏的烹调手艺，她烧的鸭子酥软嫩滑，鲜香绝伦，口耳相传，就成了闻名遐迩的‘土匪鸭’。”

“说曹操曹操到。这就是你刚才说的土匪鸭。”韦副主席用筷子点着一道新上来的菜，“快趁热尝尝！”

嘉轩夹了一筷子送入口中，不由吐着舌头连连哈气。张主席笑了。

“你这一年多还没有适应湘菜！”嘉轩流着泪点头说不出话。

“告诉厨师下一道土匪猪肝少放辣椒。”韦副主席对着勤务兵交代。

“还有土匪猪肝？”嘉轩好容易缓过气来问道。

“还有土匪鸡、土匪肉呢，”张主席接过话来，“湘西地区是个土匪猖獗的地方，从自然环境来说，丛林密布，山险水恶；从社会环境来说，百姓穷困，出现过不少土匪的大本营，也就有了这些土匪文化。”

“这些还不是最严重的，最严重的问题是鸦片。”韦副主席放下筷子，语重心长地说，“土家族地区大量种植鸦片，破坏了自给自足的自然经济，使农村日益破产，广大农民纷纷失去土地。”

“我们已经做了这方面的工作，”嘉轩回答说，“最近还派人去山里铲除了鸦片烟苗，在城里查封了几个吸食鸦片的烟馆。”

“这也是我们今天找你来要谈的另一件事，”张主席的神情也变得严肃，“你们县少数民族多，特别是土家族人口占了一多半，还有山里的土匪势力。你上任后所做的征税和禁毒，损害了一些人的利益。我们得到情报，他们可能会利用土匪对你做手脚。”

“这你们放心，我在东北一直与土匪打交道。”嘉轩笑着回答。

“今天请你来吃这顿土匪宴，看来也没有吓住你。”韦副主席端起酒杯笑着说，“你有信心有准备，我们很高兴，但还是大意不得。来，为你下一步的工作我们一起干一杯！”

饭后，章嘉轩即离席告辞，他要赶回去参加晚上的军民联谊会，这是妇女慰劳将士委员会搞的，他必须参加。看着他离开的背影，韦副主席有些感慨：“真是块材料，难怪有人为他牵肠挂肚。”

“你是说韦婉吧，我也一直在关心这件事。”张治中笑着说，

“韦婉这孩子心气儿高，也到年龄了，不少人为她的婚事操心，可是她就是没有相中的。这回鬼使神差，偏偏中了邪一样盯上了他，有机会就往天门县跑。”

“我也听我女儿说了，她也看出几分，只是她好像还没有看出章嘉轩有什么表示。”

“这也是情理之中，他现在毕竟还有惦记的人。这样有情有义的男人倒是值得尊重。”

“刚才我把他叫来，也是为了这件事。我转交给他的一封信里说，他的爱

人已经牺牲了。”

“难怪刚才看他有些心不在焉，原来是这样。”韦副主席沉思片刻，“那么看来这件事还有希望。”

“你们不在意他还有女儿吗？”

“这点我倒是没有什么意见，如果韦婉不在意，那就是天作之合了。”

“看他们的缘分吧，我是乐见其成。”

俩人相视一笑。

“为这个我们再干一杯！”韦副主席又端起酒杯……

赵睿智到家门口的时候，夕阳从巷口照射到了大门。他翻身下马，习惯地看了一眼门前的石狮子，在石狮子的底座有人用粉笔画了一个不起眼的小叉。赵睿智镇定地环顾了一下四周，牵马走进院子。

是夜八点多，天已经完全黑下来了，赵睿智换了一身便装，打开后院的小门，朝城墙根儿走去。在一个隐蔽的巷口，一个熟悉的人影儿闪了出来，赵睿智紧跟上他，走到一个拾荒人的破窝棚前。

“有日子没见了。”葛鹏飞紧紧握住赵睿智的手。

“你们还好吧？最近鬼子盯你们很紧，不过你们最近干得真不错！”

“在抗日救国协会北平分会的帮助下，我们的队伍已经发展到三千多人，”葛鹏飞的声音也很亢奋，“现在我们已经分成了三个支队。齐福臣的支队在怀德、双山、辽源、昌图和伊通这些地区作战；新发展的阚玉田支队在四平至郑家屯一带活动，三江口和付家屯的仗就是他率队伍打的；原来喇嘛甸支队的高峰在东南一带南满线上活动，最近在范家屯、公主岭打了鬼子的伏击！”

“真没想到这些日子你们发展那么快，把伪满洲国的上层都给惊动了。”说到这里，睿智也有些兴奋，“上次藤原报的那个假胜仗，受到了关东军司令部的嘉奖，听说很可能还要升迁，去伪满洲国就任特务机关长。”

“说到这事，我就火冒三丈。”葛鹏飞一下子提高了声调。

赵睿智急忙拉了他一把。

“咱们小声些。”

葛鹏飞压低声音说：“那次我以为他拿一具尸体去交差就是了，没想到他竟然在山里屠杀了整整一个村庄的人！一个活口都没留下！还放火焚烧了村子！这深山老林里的事，要不是被我们发现，山外没人知道这村子的人被绝了户！”

“这笔账我们迟早要跟他清算！我正在筹备一个计划，到时候我们一起联手除掉这个恶魔！”

“好！我一定全力以赴！”葛鹏飞紧紧握住了赵睿智的手，“近期我可能不方便找你，现在连四平的鬼子也派过来参加清剿，还有保安大队和守备队。这几天每天还有三四架飞机进行低空侦察，好几次逼急了，我们就用步枪射它！”

“你们的战斗也转移了鬼子的注意力，鬼子有可能会在近期释放淑琴。”

“那真是太好了！她的情况怎么样？”

“非常不好，一直在发烧，吃不下东西，也不知道能不能挺到出来的那一天。”

“刚才我还忘说了，我通过陈立夫给嘉轩发了信，还不知道他有没有收到。在信里我告诉他淑琴和淑婉都牺牲了，免得他心挂两头，他也鞭长莫及。”

“比起她们姐妹俩受的罪，就是他心疼又算什么？”说起嘉轩，赵睿智还是愤愤不平。

“话也别这么说，”葛鹏飞还是婉言劝说，“这都是让鬼子害的，到时候新账老账一起算！……”

从长沙开车到天门县要三个多小时。章嘉轩乘张主席安排的军用卡车，下午四点多赶到天门县政府。县政府空无几人，都去县中学操场布置晚会会场了。

章嘉轩在办公室翻阅了几份报告，突然有人敲门，进来的是通信员，说外面有几位山民找他，但不愿上楼。章嘉轩有些纳闷，他的办公室向来对百姓开放，便想可能是山里人拘谨，不习惯见官，就让通信员转告他们稍等，自己这就下去。

嘉轩在一份报告上写下自己的意见后，起身下楼。推门进入县政府大院门口的小门房，还能没等他张口，一支黑洞洞的驳壳枪就顶在了他的腰间。

“别说话！老老实实跟我们走一趟！”

这突然一幕把看门大爷也吓傻了，他从椅子上跌落在地下。嘉轩这才看清屋里有四个黑衣人，他们穿安铜扣的琵琶襟上衣，头上缠着人字路的青丝头帕，脚穿高粱面白底鞋，一身土家族人的装扮。嘉轩知道他们有备而来，反抗无益，只能见机行事，便顺从地配合他们走出门房。在街上有一辆带篷的马车停着，黑衣人用枪顶住他的后腰，挟持他迅速上了马车。

门房大爷这时跑出门房，刚好看见他们驾车离去，赶忙大声呼救……

两匹马拉的马车跑得很快。四个黑衣人，只有两人上了车，显然是想减轻马车的重量。章嘉轩看不清外面，只觉得路面开始剧烈颠簸，知道是到了城外的土路。嘉轩被推倒，面朝下趴在车上，他一直在寻找脱身的机会。但土匪十分警惕，持枪的土匪不仅用枪指着他，还一脚踩在他的背上。马车剧烈颠簸，震得他胸口生疼，车板缝隙间的尘土呛得他咳嗽不止。土匪又塞了块手巾到他嘴里，让他更难呼吸。

嘉轩开始思索这伙土匪的身份和绑架自己的目的。他首先想到，会不会是藤原派的特务追踪而来？但转念一想，日本人既然已经宣称击毙了他，想必不会如此大费周章地活捉他。即使是报复，他们也可以暗杀或者直接击毙，没必要留活口。这帮人要留他的性命，必定另有所图。

“土匪？”嘉轩突然想起午饭时，两位主席对自己的提醒。当时自己还不以为然，自诩经验丰富，如今看来，真是要被打脸了！马车颠簸得厉害，嘉轩直想吐。但他强迫自己冷静，在心中计算着时间。马车速度减慢，显然是在爬坡，他猜想已经走上了山路。此时，嘉轩肯定自己是被土匪绑架了，这一定与他最近的禁烟行动有关。至于绑架的原因，他还没想透。事已至此，他不再考虑逃脱，而是打算见机行事，与土匪周旋。

韦婉正在布置舞台。今晚她们编排了不少歌舞节目，不仅有土家族、苗族的歌舞，还有她自己精心编导的地花鼓节目《十月望郎》。地花鼓俗称花鼓子，是流传在湖南农村的古老舞蹈，多表现劳动和爱情，唱腔多采用民歌小调，歌词也多为即兴创作。为了写这些歌词，韦婉费了不少心思，熬了好几个通宵。她想通过这场歌舞，表达自己心底的感情。她相信，如果两人心心相通，对方一定能明白，这是她一个姑娘家主动表达情感的最好方式。

通信员气喘吁吁地跑来报告，章县长被绑架了！这个消息对韦婉来说，犹如晴天霹雳。但此时，来参加联欢的部队还没到，通知长沙也远水救不了近渴。县里没有正式的武装队伍，章嘉轩手下都是文人，几个秘书也像热锅上的蚂蚁，没了主意。韦婉尽量镇定。她一面安排嘉轩的秘书给省里打电话，一面和通信员回到县政府，仔细询问门房大爷。听大爷说绑匪是土家族打扮，她立刻有了主意。她让通信员牵马，告诉他自己去找寇姐了。

说完，她翻身上马，一路狂奔而去……

马车终于停下来了，嘉轩被押出马车。夜色已深，四周高大的树林环绕，他们已然身处大山深处。一条青石板小路蜿蜒向上，百余米后，眼前豁然开朗，一片坡地直抵高墙。高墙皆由巨岩垒砌，一道原木扎成的木门通向院落，院中矗立着一栋高大的吊脚楼。院中，粗大的杉木火把熊熊燃烧，火光映衬着周围走动的人影。借着火光，可见吊脚楼采用钥匙头、高门槛、高窗户的设计，极具土家族特色。

嘉轩走过本县不少村寨，却从未见过此地。他一边估算路程，一边抬头望星，试图辨别方位。

"低头！"身后传来一声粗暴的喝令，后脑勺重重挨了一掌，他被推搡着走上台阶，进入二楼厅堂。

厅堂正墙上，汉白玉雕刻的白虎与巨猿，一卧一立，栩栩如生。嘉轩知这是土家族"以虎为父，以猿为母"的图腾，但如此装饰客厅，却属初见。宽敞的厅堂仅置三张座椅，更显空旷。正中红木太师椅上铺着虎皮，两侧座椅则覆以豹皮，森然之气顿生。

突然，大厅有人咳嗽了一声，嘉轩的膝盖弯被踢了一脚。

"跪下！"他身后的人吼了一句。

嘉轩被按倒在地板上，头也被牢牢按住。他感觉到有一群人走了进来，余光瞥见他们都穿着黑裤黑鞋。

"让他抬起头来。"有人发话。

按着嘉轩头的手松开了。嘉轩抬起头，看见一个体型肥胖的人坐在正中间那把椅子上。那人没有缠头帕，头顶光秃秃的。他身边的椅子空着，两边站满了人，一个个都穿着琵琶襟的衣服，头上缠着头帕。光线昏暗，嘉轩看不清他们的脸。

"你就是那个什么县长？"坐在椅子上的人发问。

嘉轩沉默着没有说话。

"我们土司问你话呢！"身后的人在嘉轩头上拍了一下。

"别动手！他是客人！"那位被称作土司的人喝了一声。

"没有客人是跪着说话的。"嘉轩沉稳地说道。

“松开他，让他站起来。”

嘉轩站了起来，掸了掸衣服上的土。

“县长是很大的官吗？”那个秃头土司问道。

“官不在大小，关键是能不能办事。”嘉轩想引他说出他们究竟想干什么。

“这话我爱听，”土司笑了，“请客人上座。”

嘉轩被推搡着坐在了土司右手边的椅子上，但是距离土司还有好几米远，所以看不清他的长相，只是看上去有五六十岁的样子。

“你不是我们本地人，却要管我们本地的事，你觉得这说得过去吗？”

“事总要有人做，不是看谁来做，而是要看他做得对不对。”

从对方的几句话里，嘉轩大致对目前的状况有了判断，所以他说话也就更有底气了。

“你当县长，是要人过穷日子还是好日子？”

“我希望大家都能过好日子。”

“你来了到处征税，还派人毁了庄稼，这是让人过好日子吗？”

“你这话，我爱听。”嘉轩微笑着回答。

“你这是什么意思？”土司坐直了身子，他没有想到会听到这样的回答。

“因为你在讲道理，只要是讲道理的话我都爱听。”

土司想了一下。“我明白你想说什么，你是说我们今天请你来的方式不太讲道理？我们也有苦衷，因为我们的话你听不进去。”

“我还没有听到你说什么，你怎么就知道我听不进去？”

“因为你蠢。”

嘉轩有些吃惊地看了土司一眼。

“愿闻其详。”

“就说当年赵恒惕省长与蔡钜猷开战，几十万军马集中在我们这里，兵力超过了两广和云贵四省军力之总和，那么多人所需的军饷从哪里来？一个是税收，一个是鸦片，谁会跟钱过不去？可是看看你！”

“我明白土司的意思了，征税政策伤到你了？”

土司连连摆手。

“我们土家人不做生意，所以不干我的事，可是你毁了我的鸦片田，那就是我的事了。”

“你有孩子吗？”

“有呀！”

“他们上学吗？”

“当然上学！”

“你知道我收税干什么吗？要给老师发薪水，让老师养家糊口。如果没有税收，就没有学校，没有老师。至于禁烟，国民政府军事委员会禁烟总会有禁烟令。绝对禁止种植罂粟的省区有十七个，我们湖南榜上有名。‘铲除毒卉，务在彻底，即使流血，亦所不惜’，这是国家政策……”

“停！不要再说了！”土司一拍椅子扶手站了起来。

嘉轩有些惊讶，觉得自己说得没错，不知什么地方惹怒了土司。

“是我错了，居然跟你讲道理！”土司摇着头一副痛心疾首的样子，“他们早就提醒我，不用跟你废话，跟你讲道理，你能把天说出一个洞来！把东西搬上来！”

随着他一声喝令，后面有人抬上来一张方桌，上面摆满了瓶瓶罐罐。

土司走到嘉轩面前，冷笑了一声。

“到我们这里也有些日子了吧？听说过我们的蛊术吧？”

一听土司的话，嘉轩全身一寒。相传蛊术是民间一种古老的神秘巫术，如果被人下蛊，被下蛊之人会身心痛苦，甚至不治而亡。嘉轩记得中午吃饭时还听韦副主席说起，没想到竟让自己遇到了！

韦婉策马来到一个山寨。她跳下马直奔桥边的木楼，到了门前也不敲门，叫了一声“寇姐”就往楼上直冲。

“这么没有规矩的就属你了。”二楼的火盆旁坐着一个女人，背对着楼梯口正在烤火，听见韦婉大呼小叫，头也不回地说了一句。

“寇姐，这回你得帮我！”韦婉也顾不上寒暄，冲到火盆前跪下，对着寇姐合掌拱手。

“还没见过你这个模样，哪还像个大小姐的样子！”寇姐从火盆旁倒了一杯酒，不急不慢地递给韦婉，“这是我自己酿的米酒，不上头，试试看。”

寇姐虽然没有结过婚，但是她不像一般姑娘家梳长辫，扎花方巾，包青布帕，而是把辫子在后脑一圈圈地盘绕，再用别簪绾成一个“粑粑鬏”。她身穿一件无领左开襟衣，从上领到下摆直到衣裙脚，都是手绣的花边。胸前还有一件外套围裙，当地人俗称“妈裙”，这让她看起来有些老气，其实她才过四十。

“寇姐，我真的有急事！”韦婉放下酒碗，还是一副气急败坏的样子。

“宁和直人动刀，不和刁人相交。”寇姐不紧不慢地说了一句，“你是跟人家动刀了，还是交了坏人朋友？”

“哎呀，都不是，是我的朋友被坏人绑走了！”

“让什么人绑的？”

“不知道撒，”韦婉不自觉地用本地话回答，“来了几个人，穿着土家族的衣服，什么话也没说，就把人绑走了。”

“那你要我仙娘上身为你启坛？”

寇姐是本地的仙娘，也就是汉地的巫婆。本地人有事求问的时候，她就会在神像前设一神坛，放一个米斗，斗内装满谷子，在谷子上插一把剪刀。坐定后，用青丝绸巾覆盖脸上。如果是要与阴间的亡魂说话，她就会引亡魂上自己的身，用半哼半唱方式，回答求事人的各种问题。一般都是儿女婚嫁、寻物找人，或者家人疾病。

“寇姐，你知道我不信那个。”

韦婉看见寇姐有些不高兴了，知道自己的态度过于急躁，就端起米酒喝了一口。

“被绑走的是我们县长，你见过的。”

“啊，我想起来了，是那个章县长，挺高挺俊，你看上他了？”寇姐笑着问，这会儿她来了兴趣。

“寇姐，你别瞎猜，我说的是公事。”韦婉一下子羞红了脸。

“公事我就不管，要是私事我是非帮不可。”寇姐摆出一副不问出个究竟不罢休的样子。

“就算是吧。”韦婉垂下了头。

“你要是再不承认，寇姐就去把他抢走了。”寇姐觉得这个话题很有趣，还是不依不饶。

“抢不走的。”韦婉突然回了一句嘴。

“你别以为寇姐年纪比你大，勾人的本事不如你。如果真的被姐姐我看上了，我就给他下蛊！看他到时候依从不依从！”

“寇姐，咱们先救下人再说吧。这十里八乡的情况你最清楚，你认为谁会绑县长？”

“这县长也没有什么钱，你想想他会得罪什么人？”

“这个我在来的时候也想过。我爷爷说，他在这里向有钱人收税，还禁鸦片，一定会得罪什么人。”

“你让我想一想，”寇姐从火盆边拿起一杆半米长的烟袋。这种烟袋本地人叫作“支子花”，是中青年人常用的一种比较高雅的烟袋。烟袋杆儿是用优质白铜铸造，也有用糯米条树枝做的，烟嘴用玉石和动物骨头雕刻而成。在烟嘴与烟杆接口处用白铜镶嵌一道箍。这种烟袋的烟嘴、烟袋杆和烟锅呈三种颜色，特别好看。

寇姐把烟叶卷成一根烟柱，装在烟嘴儿里，伸进火盆面点燃。她刚抽两口就一拍大腿。

“杨廷辉！一定是他！”

“为什么？”

“这杨廷辉住在深山里，虽然很少出门，但是他有自己的武装，还结交了不少有钱的商人。所以，很可能是利益受到了损害的商人出钱收拾县长。另外，他自己又种鸦片，自然也恨县长毁了他的鸦片生意。”

“那我们怎么办？需要带兵吗？章县长的弟弟是炮兵营长。”

“你这样反而会把县长害了。动静闹大了，他们偷偷把县长杀了，然后死不认账，我们也拿他没办法，要在山里找一具尸体根本不可能。”

“那我们怎么办？”

“我陪你走一趟。他曾经有过大难，是我帮他挡的，他欠我人情。”寇姐说着站了起来。

“那我跟你一起去！”

“那可是土匪窝，你不怕吗？”

“有你在，我什么都不怕！”

“说得好听，是想救情郎心切，什么都不顾了。这个男人真好命，人家是英雄救美，你是美人救英雄。”

“看你说的，明明是你帮我救人。”韦婉娇羞地握住寇姐的手。

“你爷爷救过我们一大寨子的人，这个恩情我们不会忘，还你这个人情是应该的……”

“二位深夜来访，寇姐是要为我做媒吗？”杨廷辉不时用眼睛瞟着韦婉，故作轻松地调侃道。

“嚼牙包骨（胡说八道），你都搞不清在跟谁说话！”寇姐的嘴不饶人，“你知道这位小姐是哪一个？她的爷爷是我们湖南的省主席，得罪了她，你就等着吃牢饭吧！”

“省主席就了不起呀，”杨廷辉跷起二郎腿，“山高皇帝远，老子在深山老林，还有石头高墙，他能咬我的脑壳？”

“笑话！”寇姐用鼻孔哼了一声，“这姑娘的小叔子是炮兵营长，打得日本鬼子找不到家，你这个石头墙他几炮就给你轰平了，到时候还看你吹！”

“我这个林子他们哪里那么好找？只怕绕几圈他们就晕了。”杨廷辉放下了二郎腿，神色有些紧张，但还是嘴硬。

“有我带路呀，还怕找不到。”寇姐笑着说。

“寇姐你……”杨廷辉气得说不出话来。

“我看你也不想后半辈子躲在深山老林里，蚊子叮蚂蟥咬。如果你一定要这么做，那先把你这座吊脚楼送给我吧，也算还我一个人情，我可是救了你们全家人的命呀！”

“寇姐，你到底想要什么？”

“我要什么你心里明白，把白天抓的人交出来！”

“你在说什么？我一点都不明白。”

“你再给我装！”寇姐从椅子上站了起来，“你寇姐我是干什么的你还不清楚？这方圆几十里什么事情瞒得了我？你不要敬酒不吃吃罚酒。如果我站起来出了这个门，你再后悔求我也没用了！姑娘，我们走！”

看见两个女人真的站起来往外走，杨廷辉从椅子上跳了下来。

“好，好，你赢了！谁叫我欠你的！”

寇姐站住了，慢慢转回身。

“这可是你说的，人呢？”

土司向身边的人一挥手。

“把人带上来。”

不一会儿，两个黑衣人扶着章嘉轩走进厅堂。

韦婉一见急忙跑了上去，只见章嘉轩脸色苍白，眼神迷离，似乎认不出她来。

“你们怎么他了？”韦婉带着哭腔责问。

寇姐也走了过来，厉声问道：“你们对他下蛊了？”

“就是要他答应几件事，怕他日后反悔，我会给他解药。”

“少废话，你给他下的什么蛊？”

“有癫蛊、疳蛊、石头蛊，还有金蚕蛊，让他自己挑，他死活不肯，我就代替他挑啦，用的是疳蛊，最轻的啦……”

“你脑壳里走哒屎哦，”寇姐气得骂起粗话，“这种事也干得出来！”

“无蛊不成寨嘛，这也是祖辈们留下来的。”

“说你蠢你还不相信，你今天下蛊害人，以后就要一直干下去。如果不干了，你自己会中蛊而亡，你晓不晓得？”

“不是我自己干的，是我下面的人……”

“没时间跟你废话！赶紧备马车，我们马上下山！”

“你不用我的药？”

“谁知道你的药管不管用。你要记得，这一次你又欠我了，不然你的家就又要全毁了！蠢人没得救，你就是一个蠢人！”

马车驶进县政府大院，天色已经蒙蒙亮，院子里有长沙赶来的士兵，嘉栋也带着兵在等待。一看见韦婉她们，众人都涌了上来，寇姐赶紧挥手。

“叫他们都走开！”

韦婉也来不及解释，就让大家先散开。她们叫人把嘉轩抬进屋里，寇姐吩咐让人脱去嘉轩的衣服。

嘉栋亲自动手，小心翼翼地脱去嘉轩的衣服，但是什么也没发现，身上看上去都是好好的，但是嘉轩一直喊痛。

“他们把你怎么样了？”韦婉心疼地问。

“他们按住我的头，在我嘴里倒了一些粉末。”

“弹在你皮肤上都可以，”寇姐在一旁摇头，“放蛊的方法很多，关键是看他们用的哪一种。”

“从来没有这么疼过，”嘉轩的全身都在不断渗出汗水，“就像全身都在被虫子啃咬，真的好难受。”

“先把这个喝了，”寇姐从衣兜里掏出一个小瓶子，“这是百毒散，都是毒药，有八里麻、铁灯台、半截烂、蛇包谷，你要是没有中毒，吃了你就爬不起来；可是要是中了毒，它就会有效。”

寇姐取过水碗，滴了几滴，然后把碗放在蜡烛上烧。等水烧开了，交给韦婉拿去给嘉轩喝，然后吩咐嘉栋："去拿一个新鲜鸡蛋来，再找一根缝衣针和线。记住，线一定要是黑色的，然后还要一个炉子和锅！"

很快嘉栋把寇姐要的东西取来了。寇姐把线穿好，把针对着鸡蛋较尖的那一头插进去，再把黑线缠在鸡蛋上面，那种缠法相当复杂。然后拿着缠好黑线的鸡蛋走到嘉轩身边，在他的身上上下左右地来回滚动，一共滚动了三遍。

寇姐把锅放到火炉上，倒进一些水，再把从嘉轩身上滚过的鸡蛋放了进去，在鸡蛋上面扣上一个碗。水很快就烧开了，寇姐仍然坐在旁边等着，直到锅里面发出剧烈的碰撞声。

寇姐把锅从火上端下来，一直等到它放凉，然后再取出鸡蛋，把缠在上面的黑线和针拔掉，慢慢剥开鸡蛋。

在剥开鸡蛋的一刹，韦婉和嘉栋都看傻了眼！只见洁白的鸡蛋白上显现出一组奇怪的花纹，就像是雕刻师的作品，整齐匀称，精美绝伦。

"这就是腰带蛊，也是疳蛊的一种。"寇姐长舒了一口气，"下蛊的人一般都是把药下在水或食物里。你们现在去看看章县长的腰部。"

韦婉和嘉栋赶忙走到嘉轩身边。嘉栋解开哥哥的腰带，果然嘉轩的腰上出现了一圈红红的小疙瘩，密密麻麻地遍布腰间，乍一眼望去，真像是捆了一条腰带。

"你现在感觉怎么样？"寇姐问道。

"感觉没有刚才那么疼了。"

"发出来就会好一些，"寇姐一屁股倒在椅子上，"明天你们去山里采一些天青地红、马润子，再搞些硫黄，把它们放在一起捣碎，涂抹在他的腰上，应该不用几天就会好的。"

"那么他没有危险了？"韦婉问道。

"你就放心吧。只是以后喝喜酒的时候不要忘记寇姐就行！"

寇姐的话又把韦婉闹了个大红脸，躺在床上的嘉轩看看韦婉，又看看嘉栋，心里明白这两个女人所传达出来的信息……

第十六章　劫后余生

赵睿智刚到办公室，宪兵队队长就过来敲门，说藤原司令请他过去。

刚走进藤原的办公室，藤原就绕过办公桌，走到赵睿智的身旁，伸出双臂，给了他一个结结实实的拥抱。这对于平日从不感情外露的藤原来说真是非常少见的举动。

“睿智君，今天就要跟你告别了，我被调去新京（长春）了，我会想念你的。”

“是吗？首先要恭贺您的升迁。怎么这么突然？”睿智也假装十分兴奋。

“目前的局势还是很严峻的，各地的反日反满活动很猖獗。他们不是正规军，目标不大，又总是隐蔽在暗处，大多夜间才出来活动，给我们的清剿带来很大困难，总部急着要我去新京走马上任呀！”一说到这些，藤原的神情也沉重起来，“本来今年我有个假期，可以回去看看家人，但是形势不允许，按照中国人的说法，忠孝不能两全啊！”

“十分理解您的心情，”睿智也做出沉痛的样子，“最近经常有人往我们家丢裹着字条的石头，还在大门上插刀带信，骂我们全家是汉奸。我父亲还能挺住，我母亲成天担惊受怕，已经病了多日了。”

“你怎么现在才告诉我？本来我应该去看望一下老人家，”藤原也做出一副关切的样子，“那就给你的母亲带去我的问候。我到了新京，会设法找些好的补品给老人家送去。”

藤原说罢，转身走到办公桌前，拉开抽屉，从里面取出一件红布包裹的东西放在桌上。

“睿智君，你过来。”他一面招呼睿智，一面打开红布，里面是一把精致的日本带鞘短剑。这把短剑长约三十厘米，刀鞘与刀柄都以铜饰包嵌。

藤原从刀鞘中拔出短剑，只见短剑身上刻有“天皇”两个字。“这是我收藏的幕府时期的短剑，距今也有一百多年了。那时皇权丧失，国家由武士掌控，这把剑应该是皇亲国戚所用，现在我留给你做个纪念！”

“这怎么敢当？”

“宝剑赠英雄，这也是你们爱说的一句话，我现在把这句话和这把剑一起送给你！”

睿智双手接过短剑。

“却之不恭，受之有愧，睿智收下了，一定好好珍藏！”

“另外，我决定今天就释放那个常淑琴。”藤原专注地看着睿智。

睿智举着短剑的手微微一颤。

“我知道你还不能完全放下她。儿女情长，我能够理解，但是大丈夫做事不能婆婆妈妈，要用这把短剑，快刀斩乱麻！”

“属下明白！”

“她的身后也可能隐藏着我们所不知道的秘密，也有可能是潜在的危险，所以我们不能放虎归山，让我们失去对她的监控，”藤原说这些话的时候，眼睛一直没有离开睿智的脸，“我们会宣布她为国事犯，把她流放到北大荒。看管她的屯子必须与她连坐，她要是出逃或者通匪，全屯子的人都不能留！”

“明白了。”睿智也看着藤原，眼睛一眨不眨。

“我要你亲自执行这个任务，希望不会为难到你。”

“这是司令对我的信任，我感激不尽！”睿智立正给藤原行礼。

“很好。以后有什么事你还可以直接找我，等我全面掌握，也会设法把你调来我身边。在我看来，你早就不是一个普通的翻译官，而是我的心腹参谋。”

“谢谢司令的栽培！”睿智脚后跟一并，再次对藤原行礼。

藤原满意地笑了。

“还有件事请司令恩准。”

“你尽管说吧。”

“那个淑琴现在体质太差，若立刻送去北大荒，恐怕就活不了了。我建议让她先回家里养几天，可以派专人看守。等她身体稍微恢复一些，我就亲自送她去北大荒。”

“那就按你的建议办吧。”

淑琴慢慢睁开眼睛，看着周围一双双关切的眼睛，她低声问道：“我已经死了吗？”

姚氏握住女儿的手。

“菩萨保佑，你在家里都昏睡三天了，总算醒过来了。”

常继善也坐到了床边，老泪纵横。“淑琴，还是你命大，从鬼门关里爬回来，总算没让我们再次白发人送黑发人呀！”

“世英呢？”淑琴突然想坐起来。

“你躺着别动。她挺好，在隔壁屋里玩儿呐。还是孩子有元气，回来足吃足睡了两天，就在炕上按不住了。”

“可是淑婉……”一提淑婉的名字，淑琴的眼泪就不停地涌了出来。

“爹妈都知道了，”姚氏忍住眼泪，“她是好样的，没给常家丢脸。哪天赶走了小鬼子，全城的百姓都会给她立碑塑像！她是咱东北老百姓的女英雄，对吧，她爹？”

常继善什么话也说不出来，只是使劲点头。

“把她抬回来了吗？”

“让鬼子给烧了，给了一包骨灰。”姚氏的眼泪忍不住流了下来，“好歹也是咱们家的骨肉，我们找了块坟地，先立了一块无字碑。等打跑了小鬼子，再好好寻思刻上什么字，这会儿先在我屋里供着。”

“我要去看看……”淑琴挣扎着还要起身。

“你别动，先好好养身子，”姚氏按住淑琴的肩膀，“等你好些，咱们有时间。淑婉在我屋里有俊安请来的佛菩萨看护着，你放心。”

“舅舅呢？”

“这两天一直在为你念经，说为你积攒功德，让你早些醒来。这会儿他肯定还在小屋哪。淑芬，快去叫你舅舅去！”

“哎，我这就去！”

“琴儿，你果然醒了，”俊安风风火火地跑了进来，“这大仙太灵了，它跟我说你很快就会醒来的，你看是不是？”

“俊安，你别再疯疯癫癫了，说点正经的。”姚氏有些不耐烦这个整天神神叨叨的弟弟。

“我怎么不正经了？不是我告诉你们，这几天淑琴就会回来的吗？”

姚氏朝他翻了个白眼，因为这句话他每隔两三天就说一次，她早就听烦了。

“淑琴，等你好些，要跟舅舅去给大仙上香。咱们做人讲知恩图报，不要以为看不见就不存在，这世上因果报应可灵了。”

“你再胡咧咧信不信我去你那屋子掀了你那些劳什子。”姚氏真的生气了，“给鼻子上脸，还不快点去厨房找点吃的，现在可以不用整天灌汤给琴儿喝了。”

“厨房里还能有什么？家里多久都没见肉星子了，我还是去赵家借一点吧。”

“家里怎么了？”淑琴敏感地察觉到什么。

“日本人断了咱们家的买卖，还抄了家，说是要找你们抗日的证据，把值钱的都搜走了。”说话的是廖氏，站在边上一副眼泪汪汪的样子。

“多嘴！哪儿都怕显不出你来！”姚氏厉声道，“谁都不许在这儿哭丧。多大的事儿啊，破财消灾，这不，人活着回来了，天大的喜事儿。今儿大家都散了吧，各回各屋，让琴儿好好歇一歇。”

“赵哥哥来了！”门口淑芬惊喜地叫了起来，“还带来好多吃的。”

说话间赵睿智进了屋。

“大伙儿都在呀，伯父，伯母，淑琴好些了？”睿智提着大包小包走进了屋。

“来得正好，淑琴刚醒。”姚氏见到睿智喜上眉梢，“淑琴，你睿智哥来看你了。”

见到睿智，淑琴憋了许久的泪水哗哗地往外流。

“好闺女，别哭了，再哭坏了身子……”

“还是让她哭一会儿，”睿智能够理解淑琴此刻的心情。“让她憋着更难受。”他转头对姚氏说：“今天淑琴醒来的事儿，让大家都别对外人说，明白吗？”

姚氏点了点头，对众人说道：“你们都回去，记住睿智的话，淑琴的事儿一个字儿也别对外人说！”

等屋里只剩下淑琴和她父母，睿智清了清喉咙说：“看到淑琴醒来挺高兴，但有个坏消息，鬼子对淑琴不放心，只给了一周的时间，说不管淑琴恢复得如何，时间一到就要送她去北大荒。”

“一周？那不只剩四天了吗？”姚氏跳了起来。

“这四天就不容易了，能回到家，还不知道赵家为我们担了多大风险！”

常继善此刻很清楚，他深知这次淑琴能死里逃生，虽是万幸，也让赵家父子费了许多周折。

"你们放心吧，" 淑琴开了口，"他们在牢里都没能整死我，去北大荒也不能！"

"瞧咱这闺女生的，跟铁打似的。"姚氏虽然笑着说话，但两行热泪还是顺着面颊流了下来。

"伯父、伯母，你们放心，虽然淑琴在北大荒，我还是会尽力去照顾她。我们能挺过去的！"

"谁说不是呢，"姚氏拉起睿智的手，"回去向你爸爸问好。听说他最近身体也不好，我们现在不方便去看他，连累你们太多了。"

"伯母，这是说的哪里话，咱们是自家人。"说到这儿，他压低了嗓音说，"其实我爸身体还行，也是做给鬼子看的。那个汉奸的差事不好干，给他们磨洋工呗。"

他的话逗笑了几个人，屋子里的气氛轻松了一些。

"妈，爸，我有些话想要跟睿智单独说。"淑琴看着姚氏说道。

"好，我们这就走。睿智慢坐，不过别聊久了，淑琴你还要多休息。"

"妈，我知道。"

等父母出了门，淑琴从怀里掏出一张报纸，指着上面的照片问："这究竟是怎么回事？"

睿智一看，是那张刊登章嘉轩被击毙的《盛京时报》，他明白淑琴想知道什么。

"这是藤原给你的？"

淑琴点了点头。

睿智望了望门口和窗外，凑近淑琴小声说："那是糊弄鬼子的，也是为了救你。"

淑琴脸上浮现出久违的微笑。

"我猜也是，我心里就一直不相信。他现在在哪里？"

"去内地了，葛大哥在设法联系他。"

"这次我能被放出来，我这心里也在琢磨，是不是鬼子也不信，想用我做诱饵引诱嘉轩上钩？"

"也不能排除这种可能。这次鬼子要送你去北大荒的八狼窝铺，那里情况也很复杂，你要多加小心。”

“你什么时候能见到葛大哥？”

“现在鬼子追踪他们很紧，我跟他也是单线联系，都是他来找我。你有什么事儿？”

“你看到葛大哥，要他帮我把世杰要回来。我答应过淑婉，我会自己带大她的孩子！”

“好的，见到葛大哥，我一定把话带到！”

一辆军用卡车奔驰在一片荒凉的旷野，满眼望去，几乎看不到绿色。树木长得稀稀落落，多是绦柳，因为它耐寒性强，耐湿又耐旱，干瘠的砂地和盐碱地上都能活，还能长十几米高。还有榆树，它们在干瘠之地长成灌木状，树皮暗灰粗糙，一丛丛趴在沙窝里，天色昏暗时看上去就像一座座坟丘。

睿智和淑芬坐在驾驶室里，姚俊安、淑琴带着世英坐在车厢里。七月的天气已经挺热了，可是淑琴还披着被子，世英趴在她的怀里。虽然父母一再反对，但是淑琴坚持要把世英带上。她说她的孩子必须自己带，小孩吃苦不算什么，过好日子的孩子才容易学坏。

淑琴的身体还是很弱，俊安自告奋勇要去陪淑琴一段时间，但姚氏考虑俊安一个大老爷们儿不方便，就让淑芬也一同去照顾淑琴。

“那是什么？”坐在窗口的淑芬指着窗外问。

睿智扭过脸去看，只见一条体型硕大的灰狼在距离卡车不远的地方与车并行着奔跑。由于这段路坑洼特别多，睿智怕车子过于颠簸淑琴母女受不了，所以他让司机开慢点儿。也许是车上人的味道吸引了狼，让这头狼追着不放。

“趴下！捂住耳朵！”睿智让淑芬趴在他的腿上，他掏出手枪对着狼瞄准，砰一声枪响！

“妈呀！”淑芬捂着耳朵惊叫一声。

“停车！”睿智对司机喊道。他让淑芬坐在车里，自己持枪跳下车去。

“你们都坐着别动，没有什么事儿，我去看一下。”睿智对卡车后车厢喊了一声，自己朝草丛跑去。

只见那头狼倒卧在草丛，鲜血从它的耳根涌了出来。睿智警惕地左右张望了一下，确定旁边没有其他的狼，才慢慢走近。子弹射进了狼的脑袋，它已经完全软瘫不动了。

睿智试着去拉它，但是这只狼足足有好几十斤重。他向司机招手帮忙，二人把这头狼搬上了卡车。

“今天咱们运气不错，有狼肉可以吃，多加些姜葱大料去腥气，味道肯定差不了，还大补！”睿智对淑琴说道。

“这狼皮剥下来还可以铺在炕上当褥子呢，可暖和了。”

俊安笑着在狼身上踢了一脚。

卡车刚开进屯子，路口跑来一个五短身材的中年男人。

“你就是屯长肖长贵吧？”

“您是赵翻译官，我认识您，在司令部见过。”

“那好，我们就不多说废话了，先带我们去看看房子。”

这个屯子不大，总共才几十户。整个屯子只有一条路，房子散落在道路两旁。一行人走了不到百米远，就已经到了屯子的尽头。在一棵已经腐烂中空的老绦柳树下，有一间低矮的茅草房。

“就是这儿了。”肖长贵点头哈腰地指着那间破屋。

睿智让大家先待在车里，自己跟肖屯长先进了屋。一进屋就是一股呛人的霉味儿，屋顶的茅草棚顶都是破洞，土炕也塌了，地上都是枯败的树叶。

“这是人住的地方吗？”睿智皱起眉头问。

“不是说就只住一个犯人吗？”肖长贵小心翼翼地回答。

“犯人也是人呀，这是人住的地方吗？”

“这里以前也住过一个国事犯，前年死了，就没有人住了，我也没来看，没想到已经破烂成这个样子。”

“先去你家吧。”睿智转身走出屋子。

“您说什么？”肖长贵急忙跟了出来。

“我说现在去你家。”睿智看了他一眼，那神情告诉他这事儿没得商量。

肖屯长的家，也是茅草盖顶，只是房子砌得高些。房间倒是有三间，一间客房，一间卧房，还有一间厨房。客房里除了八仙桌和条凳，几乎没有什么摆设，只是在墙上贴了一张小孩抱公鸡的年画。

“有什么吃的没有？赶了半天路，早就饿了。”睿智把车上的人都叫进了屋里。他掀开卧室的门帘看了一眼，里面没有人，他便让淑琴带着孩子先进去躺下歇会儿。

“没什么好吃的，先拿这些将就将就。”肖长贵从厨房端来几个玉米窝头放在桌上。

“就给吃这个？”睿智敲了敲桌子。

“还有大碴子粥，在锅里，我去给您盛……”

“你们屯子这名字挺怪的，这里狼很多吗？”

“我们这屯子叫八狼窝铺。这里狼是挺多的，以前这附近有不少狼窝子。老人们说，最初这屯子里才住了五户人家，那狼窝子倒是有八个，这才取了这么个名字。”

“那现在狼又少了一头，来的路上我打了一只，一会儿把它卸下来给大家改善一下伙食。”睿智说着，从口袋里掏出一沓银圆放在桌上，“找几个人把那间屋子修修，这些钱够不够？”

“足够，足够，可是我怎么能收您的钱呢？”

“少废话，屋子要隔开，要住四个人呢。”

“明白，明白。”

“动作要快，屋子修好以前，他们就先住在你这儿。”

“长官，这……这可不合适吧？”肖长贵干搓着手一脸尴尬。

“有什么不合适的，你一个人在厨房搭张铺板也能睡。”

“我……我不是一个人。”肖长贵有些吞吞吐吐地说。

“噢？我没看见这屋里有别的人呀！”

“藏……藏起来了。”肖长贵看看屋里的人，咬牙说出实情，“这里总来土匪。我娶了关里逃荒的女人，怕让土匪看见，挖了个地窖让她平日里就藏起来。这屯里都没几个人知道。”

“藏多久了？”

“三年。”

“在地窖里藏三年？”睿智也震惊了。

“晚上能出来。”

“带我去看看那个地窖。”

肖长贵无奈地带着睿智走进了厨房，把灶台旁边的柴火堆移开，露出一块木板。掀开木板就是地窖入口，下面出现了一张苍白惊恐的女人脸。

睿智不动声色地查看了一下地窖，让肖长贵又把地窖盖上了。

“那么这么办，白天让她们娘儿几个睡你们屋，晚上你们夫妻睡屋里，她们睡地窖。给这位先生在厨房搭张铺。等那边房子修好了，她们就搬过去。”睿智想了想又说，“在修房子的时候，也要挖这么个地窖，能住人的。这件事就这么定了，现在你们几个都在这里等我一下。”说完睿智转身走进了卧房。

肖长贵呆若木鸡地站着，抬头看了一眼姚俊安，他也不知道这个男人是什么来路。姚俊安脸上则是一副高深莫测的样子，似笑非笑地望着他，肖长贵不知所措地急忙埋下了头。

睿智走到炕边，从腰里掏出手枪，又从口袋里掏出一沓银圆交给了淑琴。

“这里也不太安全，要好好保护自己，财物损失都没什么，性命最重要。”

“你放心，我有孩子在身边，什么都能忍。鬼子的大牢我都活过来了，这里你就放心，我可没那么容易死！”

“委屈你了，我会尽可能来看你，多多保重！……”

也许是肖长贵太想让淑琴他们早些搬出去了，所以修房子的事他是一点儿也没耽搁。肖长贵不仅每天去监工，而且还会帮工。一周后，他就高兴地对淑琴他们说，可以搬去住了。

回到那间破屋，果然是焕然一新，不但换了新顶和门窗，还在旁边依墙又盖了一间房，屋外还有栏杆围起来的牲口棚。

接下来就需要解决生存问题了。淑琴向肖长贵买了鸡仔、羊羔和猪崽儿，又让肖长贵在屯边给他们划了一片地。于是他们开始除草翻地，准备先种些玉米、小麦和高粱。

在北大荒种地可不像想象中那么简单。站在地头，看着一望无垠的荒草，心里难免生起畏惧。草高过人头，荒草要靠刀砍。肖长贵不让用火烧，因为这里风大，一旦发生火情，火势很难控制，特别是风向变化就可能烧了别人家的庄稼，甚至还会烧了屯子里的房子。

耕作还是老牛破车疙瘩套，即木犁锄头耕种，牛要向人家租用。一年的收成也不多，勉强混个温饱。这里最常吃的是高粱米、玉米面大饼子，再就是农家自制豆酱、盐煮大豆、粉条、豆腐。要想改善生活就要去打猎捕鱼，但全凭运气，大多是十去九空。

这么穷的地方女人自然不愿嫁进来，性别比例严重失衡。有一首民谣很形象地唱出了当时的北大荒：“北大荒呀真荒凉，蓬草高呀大苇塘，又有狍子又有狼，就是缺少村庄还有大姑娘。”

北大荒还有一个现象就是亦民亦匪，能过得去就在家当顺民，活不下去了只能出门当土匪，找到比自己更弱小的屯子，抢粮食抢女人，一旦得手，还回到自己的宅子当顺民。

这里的狼群很多，一群就有十几条。到了冬季缺食物的时候，它们甚至敢来屯子里拖牲口。大白天在野地里也时常能看到狼，淑琴出门腰里都别着枪，并用一根绳儿把世英拴在自己的腰上，生怕有个闪失。

开荒时最麻烦的还是蚊子。北大荒的蚊子多得铺天盖地，个头也比其他地方的大得多。下地必须用棉布把头包上，若遇到一种“小咬儿”，形体很小，依然防不胜防。

姚俊安这辈子还没有下过地，现在成了主要劳动力。他的皮肤很快被晒黑了，手上也出现了血泡和老茧。在村民的指点下，他们的生活逐渐好转，鸡下蛋了，小牛犊也开始学着站立，小羊羔也长大了。

淑芬今年也满十六岁了，正是长身体的时候，虽然吃得不怎么样，但还是发育得很好，人也爱打扮。因为怕晒，她只下过几次地，总是躲在家里，慢慢也学会了烧火做饭。下地的人回家有热茶饭等着，心里也感到慰藉。

淑琴几次开口让姚俊安带着淑芬回去，但是姚俊安就是不答应。淑琴苦熬着，心里还是有个念想，她期待有一天那个人会突然出现。她让姚俊安算卦，想知道那个人什么时候会来，但是那个人始终没有出现……

夜幕降临，肖长贵插上门闩，打开地窖，伸手拉媳妇上来。媳妇虽然瘦小，但是动作麻利，一会儿工夫饭菜就得了。俩人刚端起碗筷，就听得有人敲门。

“是谁呀？有什么事明天再说吧。”肖长贵让媳妇别慌着躲起来，先指望把来人支走。

门外继续敲门。

“我这就来！”肖长贵暗示媳妇躲到卧房去，然后慢腾腾站起来开门。

肖长贵打开门，门外站在淑琴和她舅舅，还有一个陌生的男人。

“别担心，那是我大表哥。”淑琴边说边往屋里走，她身后姚俊安和葛鹏飞也跟着走了进去。

“还没吃饭啊。我们快点说话，然后你们接着吃。”淑琴坐了下来，姚俊安和葛鹏飞也坐了下来。

“大姐有什么事尽管吩咐！”肖长贵看见陌生人心里就发怵，他也没敢坐下，眼睛不停地瞄着一直不开口的葛鹏飞。

“我要离开屯里办点事儿，也许当天就回来，也许回不来。”淑琴看着肖长贵轻描淡写地说。

“这……这可是有些为难我，”肖长贵一时不知该说什么好，“您知道这里的规矩，小鬼子不让您离开。这万一让鬼子知道了，那谁也担待不起呀！”

“你不说不就完了？别以为我不知道，日本人把你当看家狗使唤，你别那么听人家使唤。”

“大姐你这话说得可有些难听了。”肖长贵一脸苦笑，“这不是人在屋檐下嘛，要活着都不容易。我不是不让您走，可这消息走漏了，那遭罪的可不只是我一家人呀！”

“这个我明白，这屯里还有谁是多嘴多舌的？”

“别人我不敢说，你们那个邻居廖天佑就很可疑。他还老是到我这儿打探你的事儿，你可不能不防。”

“那个山东的大高个儿？”

“就是他，前几年才从关外来的……”

“别以小人之心度君子之腹。”淑琴很不以为然地挥了挥手，“他的确来帮过俊安几次，他住得离我们挺近，邻里之间守望相助也没什么可大惊小怪的。”

“你可别小看他，他可是我们屯里的土匪头子！”

“你说的是真的？”姚俊安紧张起来，因为平日里他与廖天佑接触最多。

“我还能骗你？不信你等到冬天看看。那时候地里没收成，人人都窝在炕头，他就联络屯里不安分的男人夜里出去，打家劫舍。一个冬天过去，屯子里数他吃得满面红光，那肚子贼老圆的！”

“不说他了，还是说我的事儿。我明天去，尽早回来，地里有我舅照看，娃有我妹看着，你就踏踏实实把心放在肚子里！”

从肖长贵家出来，淑琴突然说道：“要不咱们今晚就出发，夜里就能到四平了，一早就跟他们说正事儿，赶顺了当夜就能赶回来。”

“这夜里道上不安全吧？”姚俊安有些担心，“弄不好遇上狼，我白天都见过几回。”

“狼倒是不怕，我有枪，只要不遇上鬼子或是保安队，也没有什么大不了的，”葛鹏飞还是倾向淑琴的建议，“我只是担心如果淑琴明天赶不回来，那可能会招来大麻烦。所以要走就趁早。”

“那就这么定了，”淑琴对葛鹏飞和姚俊安说，“我回去加一件衣服，立马就出发！”

等牵来了马，让葛鹏飞犯了难，这么长的路不可能一人一马，可要同骑一匹马，这哥哥和弟妹这么紧挨着似乎有些尴尬。

淑琴看出了葛鹏飞的为难，她笑了笑。

“瞧你这满脑子封建，你路熟悉你骑在前头，我骑在后面揪着你的大衣。”

听此话葛鹏飞也就不再犹豫了。他翻身上马，伸手把淑琴也拽上马。从八狼窝铺到四平城郊大约三十公里地，二人骑了三个多小时，夜里一点多来到了四平的城郊。

“这就是收养世杰的人家。”葛鹏飞指着一栋小楼说，“这家的主人姓李，原来是奉系军阀的一名师长，在直奉战争中立过战功。脾气暴躁，粗声大气，不让人讲话的主儿，但是人很正直，有正义感。两口子没有孩子，自从把孩子带过来他们就很宝贝这姑娘，除了只能喝奶粉，这孩子没遭什么罪。”

“那就好。我们来的还是时候，要是再久了，他们就把世杰当自己的孩子了，那时候再想要回来就难了。”

“可是，你那里真的很困难，这时候再多带一个那么小的孩子能行吗？”

“不行也得行，”淑琴毫不犹豫地回答，“淑婉临死前把世杰托付给我。她说无论孩子吃多大的苦，也一定要跟着我，我答应过她。”

“说到这儿，我还真有件事儿不好开口。”

葛鹏飞干咳了一声似乎有些为难。

“有什么事儿你直说，这么掖着捂着，让我更揪心。”

淑琴敏感地察觉到葛鹏飞要说的事儿一定不是什么好消息。

“托人照顾孩子这事儿我是让我姨妈帮忙的，原来带孩子那家女主人又怀上了，所以就不想再带世杰了。我姨妈打听到这李家夫妇想要一个孩子，她听我说过嘉轩和淑婉的事儿，她想世杰没了父母，我也没成家，这孩子有个好人家也挺好。可那时候我在山里被鬼子追剿回不来，她就做主把孩子……”

葛鹏飞说不去了。

“我听明白了，你是说世杰这孩子不是托别人带的，是说好送给人家了？”

“就是这个意思。”

“你是怕今天我们讨不回来？”

“这位李师长我见过，我知道这事儿后就来过，可是他们不是很好商量。”

“我明白了。现在我要是去开口就是我们出尔反尔了，怕人家不干。”

“差不多是这个意思。”葛鹏飞松了一口气，这难言的事儿总算捅开了。

“你们当时也是为难，不能怪你们，但这孩子得要回来，这没得商量！”

葛鹏飞知道这时候再劝也是没有用的，他脱下身上的大衣披在淑琴肩上。

“看来我们要在这里守到天亮了。”

“你自己披着吧，我衣服够，能抗。”淑琴伸手拉了一把葛鹏飞，“咱们就在这门口坐吧。还有时间，你再跟我说说嘉轩的事吧。”

“我给他去了信，信里说了这里的情况，还说你和淑婉已经牺牲了。生死不明，我怕他心挂两头……”

“这个我明白，以后也先别对他说我从牢里回来的事儿。我琢磨鬼子放我回来，也是想把嘉轩骗回来，他们是不可能轻易放过我们的。”

“我知道了，只是苦了你。”

“跟在鬼子大牢里比，这都不算什么。”

不知不觉天色已经发白，人困马乏的他们也蜷缩着睡着了，直到听见有人开门。

“你们怎么睡在这里？”一位妇人挎着菜篮站在门槛内惊讶地看着他们。

“是你。”妇人认出了葛鹏飞。

“是我，”葛鹏飞急忙站了起来，淑琴也忙不迭起身，“我们来只是想再见见孩子。”

“你们等着，我去跟老爷太太通报一声。”

不一会儿，那妇人出来了。

“老爷说让你们回去吧，孩子挺好的，让你们放心。”

葛鹏飞有些不知所措地看了淑琴一眼，淑琴似乎早预料到，她很镇定地对那妇人说：“麻烦你转告你们家老爷，我是孩子的妈，今天不见到孩子我是不会走的。”

说完，淑琴转过身一屁股坐在门口的石阶上。

那妇人大惊失色，什么也没说就退了回去。

葛鹏飞心里一个劲儿打鼓，他是见过那位老师长的，也知道这位老爷子的暴脾气，今天看来是不好收场了！

“你放心，一会儿他们就会请咱们进去。”淑琴还为葛鹏飞宽心。

那妇人果然出来了。

“我们老爷让你们进去。”

淑琴得意地瞟了葛鹏飞一眼，领先跟着妇人进了院子。

淑琴和葛鹏飞刚进客厅，就听里面厉声道：“站住！”

葛鹏飞抬眼，看见老先生坐在太师椅上，手里拄着龙头拐杖，他身边还站着一位老太太。“就站在那里回话！”

淑琴微微一笑，站直了身子等那位老人家发话。

“不是说孩子的父母已经双亡了吗？你到底是谁？”老人用拐棍狠狠地敲击了一下地面。

“孩子的妈的确牺牲了，我是孩子妈的姐姐。”

“你说的话我一句也不信，你们从开始就说谎！”老爷子又连连用拐杖击地，看得出来他已经非常愤怒。

“你们起初骗我们为你们抚养孩子，现在孩子跟我们有感情了，你们又来要人，你们到底是想讹人还是讹钱？”老太太也上火了，她一面轻轻敲打老爷子的背，一面指着葛鹏飞，“还有你，你那位姨妈怎么不亲自来？没脸见人了吧？”

葛鹏飞已经是面红耳赤，有口难辩，他着急地看了看淑琴，不知道她怎么那么镇定。

“我没有说谎，您可以看看这个，”淑琴从怀里掏出那份《盛京时报》，“这上面的照片就是孩子的父母亲，这件事您应该也听说过。”

妇人接过报纸递给了老爷，老先生拿过来看了一眼。

“一张报纸能说明什么？谁都可以在街上买一张，你们这些骗子什么手段没有，你们根本就没有廉耻心。”

“是吗？那么你们可以看看这个，”淑琴边说边解开前襟的扣子，“看了您就明白了。”

“你……你要做什么？”老太太慌神了。

“你说我无耻，我就给你看看无耻的样子。”淑琴边说边继续脱衣，葛鹏飞在一旁也傻了眼，不知该如何劝阻。

“你们都傻了吗？怎么都愣着不动？”老太太对妇人喊了起来，自己也上前阻止，但是她们都没有淑琴手快。淑琴脱下一边的衣襟挡住前胸，把整个赤裸的后背袒露给老爷子和老太太。

老爷子和老太太都被眼前所看到的震惊了，这哪里还是人的后背，就像是被炮火焚烧过的田野，伤疤纵横交错，层层叠加，不仅有鞭痕，还有烙铁印，几乎找不到一块完整的皮肤。

“这是在鬼子监狱里留下的。我妹妹更惨，她为了打鬼子，自己的手和脚被炸断了，鬼子每天都不停地折磨她……”

“你别说了。我是军人，我也受过伤，我懂。”老爷子抬起手做了一个制止的手势。

“你快把衣服穿起来，别冻坏了。”老太太也来劝说，一边用手抹去眼角的泪水。

“我还是要说，我要把我妹妹临死前对我说的话说给你们听。”淑琴套上了衣袖，边扣衣扣边讲述淑婉罹难的前言后果。

讲完，在场的人都已经泪流满面。

“我的泪已经流干了，我现在只想实现我妹妹的遗愿。”淑琴镇定地看着众人，“我知道孩子在你们这里受到最好的照顾，而我很穷，还被鬼子定为国事犯，孩子跟着我也会吃苦，但也许这就是我们的命，还望老先生和太太成全。”说完话她双膝跪下，不再抬头。

老爷子丢开了拐杖站起来，走了几步来到淑琴面前，双手扶住了淑琴。

“姑娘请起！”

淑琴想站起来，也许是昨夜太过疲劳，她一歪身子反而侧倒在地。

“昨天晚上我们赶了一夜的路，她也才出狱不久，身子太虚。”葛鹏飞解释道。

老太太也上前帮着搀扶起淑琴。“快坐下吧。”他们把淑琴带到椅子前。

“赶紧去倒杯水。”老夫人吩咐道。

“我没事，惊扰了你们，真的很抱歉，您也快坐下。”淑琴诚恳地对老爷子说。

“我也是从枪林弹雨里出生入死几十年了，但我没有见过像你们姐妹俩这样的奇女子，老夫真心佩服。”老先生坐下了，看着淑琴说道，“你今天说的我都听进去了，不过我还有两个条件。”

“别说两个条件，只要我能做到的，赴汤蹈火我都答应！”

“那你听好了，”说话间他看了一眼葛鹏飞，“你这个男人，怎么这个熊样儿？怎么配得上这位侠女？”

葛鹏飞刚把悬着心放下，让老爷子这么一说，不禁面红耳赤。

“我的确不配……”

“老先生误会了，他是我先生的朋友，还是抗日联军的副司令呢。”淑琴笑着解释道。

“那是老夫有眼无珠，你也是一位大丈夫呀！”老先生捋着胡子笑了起来。

“不好意思，老先生，请说您的条件。”淑琴着急地催问。

“这第一，要在我家吃一顿饭，我要敬酒三杯，你不得拒绝！”

站在一旁的老夫人也笑了，她刚才还担心自己丈夫会提出什么刁难的条件。

淑琴双手合掌行礼。“一切听从老先生安排！”

“这第二，孩子这些日子与我们已经有了感情，希望以后有机会就带她回来看看。”

说到这里，老先生的声音有些哽咽了。老夫人也眼圈一红，又开始落泪。

淑琴从椅子上下来，走到老先生面前又一次跪了下来。

“您二老如果不怕受我们牵累，淑琴愿做二老的干女儿，这孩子就是你们的孙女，不知道我们有没有这样的福分？”

淑琴这一跪让葛鹏飞也吃了一惊，只见老爷子弯腰扶住淑琴的胳膊肘，连连说道：“姑娘请起，这是老夫的福分呀，是不是？老太婆？”

老夫人也快步上前扶住淑琴。“这可是天大的喜事，我们高兴都来不及呢，没想到今天又多了一个女儿！”

“我现在可以看看世杰了吗？”淑琴站起来问道。

“当然，当然，徐妈，快把孩子抱来！”

不一会儿，妇人抱着世杰走了进来。小世杰脸庞红润，瞪着乌黑的大眼睛望着几位陌生人。

“世杰，还认得我吗？”淑琴走上前眼含热泪，没敢伸手去抱孩子。

也许是淑琴身上的气息唤醒了孩子的记忆，她竟笑着向淑琴伸出双手。淑琴小心翼翼地把孩子抱在怀里，用自己的脸去贴近孩子的脸，止不住的热泪滴在了孩子的脸上……

第十七章　乐极生悲

韦副主席官邸的门前停了不少车辆。从外面看，韦副主席官邸与平日并无不同，只有婚宴的餐厅里才张灯结彩，布置一新。餐厅里宾客满座，菜肴已经上齐，但大家并未推杯换盏，因为他们还在等一个人。

韦副主席频频看表，显得有些焦虑。坐在他身边的新郎章嘉轩则有些腼腆拘谨，新娘韦婉则是一脸幸福，双颊绯红，不时含情脉脉地看向嘉轩，看得嘉轩更加局促不安。

宾客们正低声议论着，这时，张治中将军出现在餐厅门口，立刻引起一阵骚动，掌声雷动。

张将军边走边拱手做礼，径直走到韦副主席身边。

“诸位久等了，有些要紧军务，分身不得。如果今天不是喜宴，我当自罚三杯，不过今晚我就不喧宾夺主了，还是请韦副主席先说几句！”

一片掌声中，韦副主席站了起来。

“今天是我孙女韦婉大喜的日子。在战火中她与她的如意郎君章嘉轩先生喜结良缘。今晚除了他们，老夫我是最快乐的人了！”

韦副主席说着自己先笑了，席间也是笑声一片。

“虽说今天开席稍稍晚了一些，但我还是要请我们的证婚人和大媒人张主席为这对新人说几句话，大家鼓掌！”

张主席笑着站了起来。

“那我就说几句，既是说给我们在座的各位宾主听的，也是说给城外的日本鬼子听的。嘉轩和韦婉这对新人，是在抗战的烽火中结识，在一起并肩战斗了四年多。今天喜结良缘，虽然城外是兵临城下，但是我们的喜事还要办！为什么？因为我们要让鬼子看看，他们的飞机大炮摧毁不了我们的抗战信心，也无法摧毁我们追求美好生活的意志！不管打上多久，我们都不会屈服，因为明年，我们还会有新的小战士出生，我们的队伍也会越来越强壮，你们说对不对呀？”

“对！”席间响起一片山呼海啸般的吼声和笑声。

“那就让我们共同举杯，为我们的新人，为我们的未来，为彻底打败侵略者干下这杯酒！”张主席带头举杯，一饮而尽！

由于战事紧迫，喜宴结束得早，还不到十点，一对新人已经被亲友送入洞房。众人嬉闹一番后渐渐离去，四周静了下来，韦婉走到门口插上了门闩。

“刚才爷爷送给你的是什么字画？”韦婉走到嘉轩的身边，好奇地看着嘉轩放在桌上的锦盒。

喜宴将结束的时候，韦副主席拿出了这个锦盒交给了嘉轩，还神秘地吩咐他回去再看，亲友们一直在闹洞房，他还没有来得及打开。韦婉伸手拿过锦盒，取出里面装裱好的字画，解开了系着的丝带，但想了想还是交还给嘉轩。

“是爷爷给你的，应该你来打开。可能很名贵吧，那么郑重其事。”

嘉轩疑惑地接过卷轴，小心翼翼地打开，还没等他看清上面的字，韦婉突然一把抢过字画，藏在了身后，脸上娇羞得飞起两朵红晕。

“是什么宝贝？你干吗藏起来？”

“就不给你看！”韦婉做出一副顽皮的表情。

嘉轩感到体内有一股烈焰在升腾，他站了起来，故作威胁地说道：“你到底给不给？”

“就不给，你能怎么样？……”

话音未落，嘉轩已经一步近身，伸出双手抓住了韦婉背在身后的双手。他的脸已经贴近了韦婉嘴唇，胸膛也紧压住了韦婉丰满坚挺的酥胸。嘉轩感觉怀中的韦婉软瘫下来，他紧紧地把她拥入怀里。韦婉闭上了眼睛。

“含辞未吐，气若幽兰。”他突然听见韦婉有气无力地说了一句。

“你说什么？”

韦婉睁开眼睛，又说了一遍。

“这是说女人的吧？”

“我说的就是你。”

“烂嚼红绒，笑向檀郎唾。”嘉轩此刻已经心旌摇曳，难以把持，俯下脸去，用自己的嘴唇紧紧包含住芳唇。

韦婉手一松，画轴落在了地上。嘉轩犹豫了一下，还是松开手从地下捡起了那幅字画。韦婉瘫坐在椅子上，整个上身趴在桌上，也不再去阻止嘉轩打开那幅字。

“何当共剪西窗烛，却话巴山夜雨时。”嘉轩轻轻念道，“这怎么看着像是你写的？”

韦婉抬起头，略带娇羞地把她那天写下这句诗的情景说了一遍。

“没想到爷爷把我那张丢掉的纸拿去裱了起来，还当作新婚礼物送给我们。”

“你爷爷……不，是咱们爷爷真善良，我一个走投无路的书生，被你们这样珍惜，真让我无以为报。”

“你那么有才的探花郎，怎么说出这么酸的话？”韦婉向嘉轩伸出双臂，“我今天可要罚你。”

嘉轩放下画轴走了过去，俯身拥住了软玉温香的娇妻。

“任打认罚。”

“这可是你说的，”韦婉笑着假意挣脱嘉轩的臂膀，“给你出一句诗，对上了咱们就去纱帐里坐。”

“那就请出题，不过我要是答对了，也要给你出道题。”

“好呀，那你现在听题，‘今夕何夕，见此邂逅’。”

嘉轩笑了。

“你这是有意放水吧，这么简单，那么我对‘子兮子兮，如此邂逅何’。”

“如何解对？”

“此句出自诗经《绸缪》，今天是什么样的日子，竟然能与你有如此美好相遇。”说着他便双手抱起韦婉向床头走去。

“你作弊，我要你对诗，不是要你接下句。”

“你说晚了，谁让你事先不说清楚规矩。”

言罢，嘉轩已经将韦婉放倒在绣花床，将她的双腕压在枕头上，将嘴唇压了上去……

凌晨三点多，嘉轩突然被一阵紧密的锣声敲醒了。他警觉地坐起身，睡眼惺忪的韦婉一把抱着他的腰，含混地问：“你怎么起来了？”

“你醒醒，好像出事了！”

嘉轩紧张的语气让韦婉的睡意顿消，她也披衣坐了起来。窗外的喧闹声越来越大，俩人急忙穿上衣服，嘉轩刚穿鞋下地，就听见有人敲门大喊：“快醒醒！外面着大火了！”

嘉轩刚打开门，只见外面的火光已经映红了半边天！韦婉走到嘉轩身边，一见这情景也大惊失色，她紧紧搂着嘉轩的腰。

“怎么会这样？”

“你别慌，你先在这里等我，哪里都不要去。看情况这火还没有烧到咱们家，我去查看一下，马上就回来！”

嘉轩跑出庭院，只见院子里的人有的拎着水桶，有的拿着拖把，像是没头苍蝇到处乱跑，谁也不听谁的。嘉轩径直跑出大门，门口还有哨兵在站岗，但是一个个满脸恐慌。

“什么情况？”

“说不清楚了呀，也不像是正常失火。”一个士兵还算镇定，“这火是突然窜起来的，而且从四面八方，一下子就冒得老高。不像是民房起火，像是有人纵火，也许是日本人的奸细……”

“嘉轩，你也在这儿，”韦副主席也身穿睡衣跑到门口，“搞清楚怎么回事了吗？”

“估计有人纵火，您给消防队打电话了吗？”嘉轩问。

“打了，他们说现在已经没有消防车可派了。”

“现在先把女眷集中起来，把男丁派去院子的四周，哪里有火情，赶紧来报，我们再集中人力去救火。”

“就按你说的办。”

“我先去安置一下韦婉，您让人集中家眷，然后我会带人清除附近的易燃物，并准备灭火器材，有急事您派人找我！”

黎明时分，张主席匆匆赶了过来。他一脸疲惫，也不跟众人寒暄，便叫上韦副主席和嘉轩走进了客厅。

“这次我们怕是闯了大祸了。”张主席劈头盖脸就是一句，把韦副主席和嘉轩都听呆了，“昨天婚宴我之所以迟到，是因为上午接到蒋委员长的密令。”

他说着从公文包里拿出一份电报交给了韦副主席，转头对嘉轩说：“你就不要看了，内容是要我们准备焚毁长沙。”

韦副主席打开电报，只见上面写着：“长沙如失陷，务将全城焚毁，望事前妥密准备，勿误！”

“下午我又接到侍从室副主任林蔚的电话，”张治中接着说，“他明确告诉我准备对长沙实施焦土政策，也就是战区司令李宗仁长官所说的‘不惜化全国为焦土，与侵略者作一殊死之抗战’！”

韦副主席看完电文，什么都没有说，默默把电报稿交还给了张主席。

“昨天下午我找警备司令酆悌和省保安处处长徐权一起商议，因为怕泄密没有告知更多人。下午四点他们搞了一份‘焚城计划’，一共有十三条。在里面明确要求在弃守前，需将长沙市的公私建筑和一切不准备运走的物质全部焚毁，不资敌用。”

“可现在不是还没到弃守的时候吗？”韦副主席皱起眉头发问。

“的确是这样，本来这个任务是交给省警备司令部警备第二团和长沙市社训总队负责执行，还对引火材料的发放和控制，起火的命令、信号、秩序、纪律等做了具体规定。放火的地点也选好了，就在天心阁，这是长沙城中地理位置最高的地方。我在他们的计划上做了批示：‘限明晨四点准备完毕，我来检阅。’然后我就来赴宴了。”

“可他们怎么会擅自启动点火行动了呢？”

“问题就出在这里，”张治中情不自禁地捶了一下桌子，“据目前了解到的情况看，是长沙南门口外的伤兵医院意外失火，保安处处长徐权得到士兵的报告后，打电话找警察局局长文重孚要求救火，但是为了实行焦土政策，所有消防车都把水换成了汽油，所以消防队无法出动灭火。”

“我也给警察局打了电话，他们也没跟我说清楚，原来是这样。”韦副主席连连摇头。

“最糟糕的是，不知真相的城内警备司令部见城外起火，以为是放火信号，就按计划纷纷点燃各个引火点，包括天心阁。你知道这城里的房子一间挨着一间，又没有消防队伍，结果就是全城大火。我来的时候街上还在烧，估计老百姓的伤亡也少不了。”

由于缺乏有效的灭火措施，长沙的这场大火竟然烧了三天三夜。火情发生在半夜，老百姓从梦中惊醒，还以为是日军打进城来了，也顾不上救火就纷纷夺路而逃。此时大多街巷已被烟火封住，人们在拥挤混乱的奔逃中，有的被踩死，还有人被汽车压死。还有母亲带着孩子躲进水缸避火，结果母子被活活煮死；还有三十多位商号员工躲进防空洞，竟被烤成焦炭！

转眼一个多月过去了。这天，嘉轩和韦婉刚回到房间，突然门外有人喊了一声“哥”！

嘉轩开门，只见门外站着风尘仆仆的章嘉栋。

“哥，嫂子。”嘉栋满面笑容地冲着嘉轩身后的韦婉也叫了一声。

“进来吧，这回你走了好久。”嘉轩招呼他坐下。

“刚从衡阳回来。这次连你们的婚礼都没赶上，只有送上这份礼物作为给你们的新婚祝福！”说着嘉栋交给了韦婉一个精美的礼品盒。

韦婉欣喜地打开一看，里面是一门铜铸的山炮模型。

“哪有你这样挑礼物的？不是枪就是炮。”嘉轩看了一眼笑着说。

“这就是我去衡阳学习的美式山炮，这是能分解的，很适用我们在山地作战。”

“制作多精美呀，我喜欢。”韦婉把山炮捧在手心，对着门外的阳光端详。

兄弟俩没谈几句，嘉栋还有军务在身，只好匆忙与哥嫂告别。

由于战局变化，国民政府军事委员会将全国划分为十个战区，其中第九战区管辖湖北南部和湖南、江西两省的战事，可谓责任重大。随后，长沙保卫战打响。嘉栋所在的预十师在激烈的战斗中顽强抵抗。在一次战斗中，嘉栋指挥炮兵营击毙了日军一名重要将领，并缴获了日军的重要情报，为后续的胜利奠定了基础。长沙保卫战取得了胜利，嘉栋因战功显赫被提拔为中校团长。

第十八章　血债血偿

北大荒的收获季节终于来到了。淑琴家种了玉米和大豆，亩产玉米七八百斤，亩产大豆三五百斤。淑琴他们种了三亩玉米、两亩大豆。在邻居廖天佑的帮助下，他们花了一个星期才把地里的庄稼收进屋。

廖天佑就是肖屯长口中的土匪头子，虽然淑琴不怎么相信肖屯长的话，但对这位山东汉子她还是有戒心的。姚俊安是个没城府的人，在屯子里又寂寞，遇到一个主动帮忙的邻居，自然是无话不说。自从廖天佑知道淑琴的情况，他的态度就更加热情起来，只要是淑琴他们家有人下地，他就会出现帮忙。

世杰刚被带回来的时候，睡眠特别不好，总会在夜里惊醒，然后就哭个不停，怎么哄也不行。俊安说是淑婉死得冤屈，又放心不下孩子，所以半夜回来看孩子，孩子这才哭闹。问他有什么办法，他说请黄大仙试试。淑琴让他试了两天，一点用也没有。俊安埋怨说是因为他没有带必需的法器，而且黄大仙喜欢在他的老房子里现身，淑琴也只有苦笑不再说什么。

孩子夜里的哭声响亮，连邻居廖天佑也听见了，他不停向姚俊安追问。当姚俊安告诉他缘由，他居然一声不吭地跑去请来了一大车打扮稀奇古怪的外乡人。这些男人都留着披肩的长发，穿着花里胡哨的裙子，头上戴着高高的帽子，帽子上面还插着长长的野鸡翎子。为首的拿着手鼓，敲着磬，边唱边跳。世杰瞪着眼睛看着他们，似乎忘了哭。他们从午夜一直跳到天明鸡叫，小姑娘终于睡着了。离奇的是，经他们这一闹腾，世杰夜里就真的不再哭了，一觉睡到天明。

经过这件事，淑琴对廖天佑也是心存感激，她正式邀请廖天佑来家里吃了一顿饭。说也奇怪，平时挺认生的世杰，看见廖天佑就格外亲切，举着小手要廖天佑抱。这让这个从未抱过孩子的大男人手足无措，他笨手笨脚抱孩子的样子惹得大家都笑了起来。

傍晚，廖天佑帮淑琴他们把晒干的玉米、大豆打包扛回家。淑琴本来要留他在家吃饭，但是廖天佑说他自己的玉米还没收，就匆匆离开了。在煤油灯下，淑琴一家五口围着炕桌吃饭。饭桌上弥漫着丰收后的喜悦，淑琴还蒸了几块狍子肉，热热闹闹就像过小年。

淑琴说，庄稼都收好了，让姚俊安先带淑芬回去，她这里都挺好的，淑芬就不用再过来了，俊安回不回来都行。

淑芬听了显得挺高兴，姚俊安则说他还会回来，等明年两个孩子大些再做决定。

刚吃了没几口，突然门外有人急促敲门。

“土匪来了！快让淑芬躲一躲，把值钱的东西藏起来！”门外喊话的是廖天佑。

姚俊安急忙跑到门口，打开一条门缝，门外已经没有人了。姚俊安急忙又插上门闩，拉着淑芬跑进厨房，打开地窖让淑芬带着世英躲了进去。

突然外面传来马嘶人吼的声音，淑琴吹灭了油灯，趴在窗口向外张望。只见大道上有十几匹高头大马，马上的人手举火把，似乎在一家一家地敲门，还不时传来女人和孩子的哭叫声和男人的笑骂声。

“咱们有什么就给他们什么，人没事就好。”姚俊安的声音有些发抖。

“不怕他们，他们还能恶过小鬼子？大不了跟他们拼了。”淑琴掏出了手枪。

“咱们可不能胡来呀，还有孩子哪！”姚俊安的声音更加紧张，“你还是把枪收起来，硬拼可不是办法。”

“我知道，不到万不得已，我不会那么做的。”

说话间，门外已经传来砸门的声音。淑琴抱起了熟睡的世杰，看着姚俊安去开门。

门打开了，随着寒风进来了三个拿着长枪的土匪。有一个手里拿着火把，他进门后四处张望了一下。

“就你们几口人？”

“是。”姚俊安回答道。

“你媳妇儿？”那个手拿火把的土匪走到炕前，用火把照了一下淑琴的脸。

“不是，是我外甥女。”

“男人呢？”

“在外面。”

“外面是哪儿？”

“挺老远的，在打鬼子。”淑琴回答道。

“当兵的？唬我啊，我见的多了。”土匪转身面对姚俊安，“这家里你主事儿？”

“有什么吩咐您说。”俊安朝他哈了一下腰。

“新来的吧？没记得有你们这户，懂规矩吗？”

“大爷您指教。”

“我们这黑灯瞎火大老远地跑来，还不该孝敬孝敬？”

“您瞅我们这鸟不拉屎的地方，这破草屋，能有什么您老看得上的，您就自个拿。”

“看你这身子骨单薄，这舌头倒是挺顺溜的，你是看爷好糊弄吧？”

“大爷您要这么说话，我还真没什么好说了。实话告诉您，家里就刚打下来的那点粮食值点钱，不过求爷手下留情，多少也给我们留点儿过冬糊口的。”

“你这人废话真多，”为首的土匪飞起一脚踢在姚俊安的肚子上，“还敢教训大爷该做什么！”

姚俊安哼了一声，捂着肚子弯下腰去。

淑琴从炕上跳了下来。

“你们要抢就抢，踢一个老人算什么汉子？”

“你个娘们儿这么嚣张？吃了豹子胆了？”

“你也算在道上混的，这道上也有‘七不夺、八不抢’的规矩，你懂吗？”

按照东北的土匪不成文的规矩，所谓盲、哑、疯、瘫、僧、道、尼不抢；同道的胡子不夺，娶媳嫁女不夺，送殡不夺，搬家不夺，山沟不夺，码头不夺，鳏寡孤独不夺，医生不夺。

淑琴的话说得那个土匪一愣。

“这八不夺里有一条鳏寡孤独不夺，我们就是鳏寡孤独，按江湖规矩你们就不该动我们！”

“你怎么是寡妇？你刚才不是说你男人在外面？”这个土匪也被淑琴的气势镇住了。

淑琴从怀里掏出了那张登着照片的报纸。

“这是我男人，那个女人是我。”因为报纸上的照片也不很清楚，淑琴就指着照片上的淑婉说是自己。

“我不识字儿，看不懂上面说什么。”这个小土匪有些气馁了。

“你们还在磨叽什么？”半掩着的门被一脚踢开，一个沙哑的声音传来。走进来一个五短身材的土匪，左右腰各挎着一支盒子枪。

“当家的，这娘儿挺难缠。她说她男人让鬼子杀了，是孤儿寡母……”他说着把手里的报纸递给那个刚进来的匪首。

“又不是我们杀的，干我们屁事！”这个匪首看都不看，一把将报纸扔开，“搜到什么没有？”

“好像就一些粮食。”

“那还发什么愣？抬出去装车！”他边说边走近淑琴，不怀好意地上下打量着淑琴，“城里来的吧？刚生了孩子还长得那么水灵。”

淑琴感觉到危险来临，不由后退了一步。

“这屯里的大姑娘小媳妇知道我贺老七来，不是钻了庄稼地就是在脸上抹了锅灰，只有你什么都没做。好久没碰男人了吧，让老七我好好疼疼你！”

贺老七说着就上前去拉淑琴，淑琴又退后一步坐在了炕沿。

“这位大爷，可使不得，您要什么都拿走，可不能干这伤天害理的事儿！”姚俊安在一边急了，扑上来抱住贺老七的腿。

“你他妈的找死呀！”贺老七抬脚踹在姚俊安的胸口，姚俊安仰面朝天倒在地下。

贺老七继续向淑琴扑去。淑琴怕伤着世杰，只得把孩子放在一边。屋里的打闹惊醒了孩子，世杰又开始响亮地哭闹起来。可是这一切都没能让贺老七停止兽行，他双手抓住了淑琴的衣襟用力向两边撕扯。棉袄上的布扣被扯飞了，露出了淑琴贴身的白色内衣。

淑琴已经没有退路，她趁乱伸手摸向后腰，飞快地抽出手枪对准了贺老七的胸膛！贺老七一惊，停住了胡乱撕扯的手，但他毕竟是久经沙场的惯匪，他估计淑琴还来不及打开手枪的保险，于是腾出手去抢夺淑琴手里的枪！

“跟老子玩这手，你懂玩枪吗？待会儿给你玩玩老子的真枪！”

淑琴握枪的手被贺老七攥住了。这贺老七身材不高，但是身板儿厚实，压在淑琴身上让她几乎透不上气来。她曲起腿想去蹬开贺老七，但是狡猾的贺老七压在她的胯中间，淑琴怎么也踢不到他。

屋里的土匪继续往外抬着粮食，显然没有注意到淑琴手里有枪。他们经过时还起哄道：“当家的，加把劲儿，这小娘们还有把子力气！”

姚俊安缓过气来，又站了起来，不顾一切地冲上去抱住贺老七，一个劲儿往炕下拽。贺老七一分神儿，手松了一下，淑琴趁机用拇指按下了保险栓！

贺老七似乎发现了异常，他一面更加用力去按住淑琴持枪的手腕，一面奋力蹬腿想摆脱姚俊安，但因趴在淑琴身上使不出劲儿，蹬了几下也没能摆脱。他只好大叫一声：“你们这帮蠢货，快过来帮忙！”

几个土匪闻声丢下粮食袋赶过来拖拉俊安，就在这时枪响了。

贺老七一下子从淑琴身上跳了起来，一屁股钻到了桌子下面。那两个拉拽俊安的土匪也松手了。他们之前为了扛粮食，把枪靠门口的墙放着。此时，他们呆若木鸡地看着端枪坐起来的淑琴。淑琴满头散发，像一只真正的雌老虎！

淑琴也呆住了，她不知道枪是怎么扣响的，也不知道子弹射向了哪里。外面的土匪听见枪声跑了进来，更多的火把照亮了屋里。淑琴这才看见姚俊安捂住了胸口，正在慢慢倒下。

“舅舅！”淑琴撕心裂肺地呼叫一声，跳下炕扶住了姚俊安，“您伤着哪儿啦？”

这时贺老七也从地上坐了起来，淑琴立即用枪瞄准了他。

“别动！”

“我不动！别开枪！”

后面冲进来的土匪用枪指着淑琴，淑琴继续对贺老七喊道：“让他们把枪放在地上！不然让你脑袋开花！”

“把枪放下！全放下！”贺老七声嘶力竭地喊道，几个土匪面面相觑，只好把枪放在了地下。

“大妹子高抬贵手，是我一时糊涂，”贺老七双手合掌下跪求饶，“这枪可不是我开的，我可没想打死人。您放过我这一回，以后咱们井水不犯河水！”

淑琴发觉姚俊安的气息在变弱，但是面对土匪她也分身无术。她用枪指着贺老七，厉声问道：“有没有枪伤药？他要是死了，你也别想活！”

“有药！有药！杨瞎子！快把杨瞎子叫过来！”贺老七连声高喊。

一个戴眼镜的瘦子走了进来。

“他是我们的医生，”贺老七解释道，“你快给这位先生上药！”

杨瞎子阴冷地看了淑琴一眼，也没有说话，伸手解开姚俊安的衣襟。只见姚俊安的左胸口有一个弹洞，鲜血还在汩汩地往外涌。

杨瞎子从身上袋子里掏出一个小白瓶，又拿出一块纱布。他把一些药粉倒在纱布上，然后按在伤口，再用胶带固定好纱布。

“咱可说清楚了，这枪药只能止血，可是子弹还在里头。这取子弹的事儿只能找医生，那得开刀，我这两下子可取不出子弹。”

突然外面传来两声枪响，听得出开枪的地方离得很近。一个土匪慌慌张张地跑进来。

“当家的，有人朝我们开枪，二秃子被打伤了！”

紧接着外面又是一声枪响，随即零零散散的枪声响成一片，听上去是在交火。

“大妹子，饶了我们吧！这屯子以后我们不再进来了，我贺老七对天发誓，以后我哪条腿迈进来就断哪条腿！我要再吃你们的粮食，我从嗓子眼儿烂到屁眼儿！”

淑琴看着脸色越来越苍白的姚俊安，心里也在暗暗着急，她瞪着贺老七说：“这屋里的枪都留下！今天姑奶奶先留下你的狗命，万一我舅舅有个三长两短，我还要跟你来讨命！现在给我滚！”

“我答应你就是，大家听着，我们撤！”贺老七就像听见大赦，一面赶忙命令手下，一面从地下爬了起来。

“慢着！还有你身上的枪！”淑琴喝令道。

贺老七乖乖地把两支盒子枪放在了桌上，转身向外夺路而逃。

杂乱的马蹄声远去，一个提枪的人影从屋外闪了进来。

“是我，天佑！”

“我猜就是你！你快过来帮帮我！”淑琴的声音发颤。

廖天佑点燃了油灯，只见躺在淑琴怀里的姚俊安脸色惨白，几乎没有了气息。他抓过姚俊安的手试了一下脉搏，已经微弱得几乎感觉不到了。

“能找到马车吗？”

“能。”

“那我们赶紧送他去看医生！”

“怕是来不及了。”

“是死是活也得试。你扶着舅舅，我去跟淑芬说一声。”

淑琴站起来走到炕边，抱起已经哭得嗓音沙哑的世杰，走进厨房，拉开地窖的木板，把世杰交给了淑芬。

“舅舅受伤了，我得带他去看医生。你们就老老实实地待着，等我回来，明白吗？”

淑芬已经被刚才的枪声吓得魂不守舍，看见满身是血的淑琴更是吓得说不出话来，只是一个劲儿点头。

淑琴把地窖的盖子重新盖上，转身走出去帮着廖天佑把姚俊安抬上马车，趁着月光朝屯子外的荒野驶去……

马车在土道上颠簸，淑琴只好垫了一床被子，让姚俊安的头枕在自己的腿上，但每一次颠簸姚俊安都会痛苦地哼一声，人也会不自主地抽搐。

这是一架单匹马拉的车，又坐了三个人，所以跑不快。淑琴心里有不好的预感，觉得舅舅可能撑不了那么久。

驶出近十里地，淑琴发现有些不对劲，即使颠簸再厉害，姚俊安也没有任何反应。路上漆黑一片，冷风飕飕，淑琴用手去探姚俊安的鼻息，却什么也感觉不到，只觉得他的身子越来越沉，越来越硬了。

“你停一下！”淑琴叫了一声。

廖天佑勒住了缰绳，马车停了下来。天佑跳下车跑到后面查看。

“舅舅好像没有气了？”淑琴惊恐的声音有些发颤。

天佑把手伸进姚俊安的衣服里，按着胸口感觉了一下，抽回手沉重地摇了摇头。

“已经没有心跳了，太晚了。”

淑琴俯身抱住姚俊安，万分悲痛地喊道：“舅舅，是我害死了你！”

“你千万不能这么想。”天佑在一旁劝慰道，“这大半夜的路上不安全，要是狼群闻到血腥味儿就危险了，咱们马车可跑不过狼群，还是先回屯里吧。”

回到屯里，淑琴守着姚俊安的遗体呆坐了一夜。天刚蒙蒙亮，天佑就又过来帮着淑琴给俊安脱衣擦干净身子，换了身干净的衣服。

肖长贵也跑来了，看到桌上一堆的枪，吓了他一哆嗦。

“今天要拜托你一件事，”淑琴对天佑说，“我要把舅舅和淑芬送回家去，我妹妹可不能再出事了。”

“您可不能走呀，”肖长贵为难地搓着手无助地望着淑琴，“屯子里出了那么大的事儿，许多人家的粮食都被抢了。这上面要是派人来查看，您要是不在，我们全屯子的人就又要大祸临头了。”

“让你妹妹淑芬引路，我去一趟，你就在家安心带孩子，有什么事儿让屯长先帮着照应。”天佑看着淑琴劝道，“我绝不会耽误事儿。”

淑琴看了看淑芬，淑芬从昨晚到现在都没有说过一句话，身子不停地瑟瑟发抖。此刻她眼巴巴地盯住姐姐，看得出此时她真想回家。

“那就只有拜托你了。”淑琴站起来给天佑深深鞠了一躬。

“你这就见外了，那我们现在就动身。”话说完，他招呼肖长贵一起把姚俊安的尸体抬到了车上。淑琴抱出两床被子，一床铺在了大车板上，一床盖在舅舅的身上。

大车刚起步，淑琴叫了一声“等等”，又跑回屋里取出一个枕头，垫在姚俊安的脑后。

“这车太颠，别把脑袋给震坏了。”

淑琴一手抱着世杰，一手牵着世英，站在路边望着马车渐渐远去……

夜里十点多，淑琴听见有人敲门，她急忙披衣起身。

“谁呀？”

“是我，天佑。”

淑琴下炕开门，门外卷进一股寒风，天佑站在门外并没有进来。

“挺晚了，我就不进去了，就是来跟你说一声，人都送到了。”

“我家里怎么样？见到我爹娘了？”

天佑犹豫了一下，似乎有什么难言之隐。

“你进来说，没事儿的。”

淑琴给天佑倒了一碗水。

“坐下慢慢说。”

“我说了你可别着急，”天佑喝了一口水，“你爸病了，我没见着，你妈不让我告诉你。”

“我爸身体一直不好，我妈怎么样？”

“她看起来还硬朗，能挺得住。”

“她看见我舅舅……”淑琴说不下去了。

“她听说舅舅是为了救你而死的，就让我带话给你，让你把心放宽。老辈儿为小辈儿死是心甘情愿的，这就是命，比白发人送黑发人强多了。”

淑琴已经泣不成声，趴在桌上说不出话来。

天佑伸手想去拍拍她的肩膀安慰一下，突然看见炕头有一双晶亮的眼睛盯着他，原来是小世英醒了，正坐起来看着他们。天佑有些尴尬地收回了手。

“那我先走了，有些事儿我们明天再聊。”

淑琴头也没抬起来，只是默默地点了点头。天佑站了起来，走了出去，反掩上房门。直到他站在门口等听见里面插上了门，这才转身离去。

天亮了，淑琴把家里打扫了一遍后打开房门，只见门外站着三三两两的屯子里的乡亲，对着自己的屋子指指点点，她猜他们大概在议论昨晚发生的事儿。

淑琴在屯里很少会接近他们，一是不想给他们找麻烦，二来也不想给自己找麻烦，各过各的，也少是非。但是，人这个东西很奇怪，越是远离他们越觉得你神秘，就越想琢磨你。不知昨晚的事在他们嘴里传成什么样子，反正这些人的神情都很奇怪。

淑琴向外张望了一下，她期待着天佑能过来，昨天也没来得及多问，但是她也不方便去找他，想了想还是回到屋里。

当她喂完孩子们，忽听外面有人敲门，她想一定是天佑来了，赶忙起身开门。打开门，她立刻呆住了，随即冲上去抱住了来人，在他的怀里放声大哭！两个孩子吓坏了，纷纷从凳子上爬下来抱住了妈妈的腿。

“有事儿咱们进去说。”说话的是葛鹏飞，他的眼圈也红了。

淑琴这才控制住自己的情绪，拉着孩子们进屋。

“知道你受了很多苦，”葛鹏飞在桌边坐了下来，“你这个地儿也不好找，只好白天过来了。昨晚住在附近一个屯子，还遇到了土匪。”

“你也遇到了土匪？”淑琴的眼泪又涌了出来。

“是呀，他们挨家挨户地搜，我也没落下，把我带给你和孩子的一些东西都抢走了。真抱歉空手过来了。”

“人没事儿就好，昨晚他们也来我们这儿了，我舅舅死了……”

“你舅舅他……”葛鹏飞一下站了起来，“他人呢？”

“我找人送回家了，”淑琴忍痛坐了下来，“他是为了救我。”

“妈妈，妈妈，他是谁？”小世英摇着妈妈的腿问。

“他是你舅舅。”淑琴看了葛鹏飞一眼。

“我还有一个舅舅呀。”小世英好奇地瞪着葛鹏飞，“他跟舅老爷长得不像。”

葛鹏飞苦笑了一下。

“我这个舅舅没当好，来看外甥女还空着手。”

“快别提了，你有嘉轩的消息吗？”

“他在湖南当县长了。”葛鹏飞说话时没有抬头，似乎有什么隐瞒。

“安全就好。”淑琴察觉到了，但并没有追问。

葛鹏飞也听出了淑琴的语气变化，他抬起头说道：“我第一次给他写信的时候，你还在牢里，生死不明。我怕他心挂两头，就说你和淑婉都牺牲了。”

“你这么做是对的，我也跟睿智说过。”淑琴尽量平静地说，“鬼子把我放出来，还不知道憋着什么坏。你不要告诉他我现在的情况，让他安心，万一他冒险回来，我们就都毁了。”

“这我能理解，可是你也太不容易了，这北大荒可真不是常人能熬下去的地方。”

“比起鬼子的大牢这算什么，”淑琴轻描淡写地说，“我现在唯一想的是要报仇。”

“淑琴。”外面有人喊了一声。

淑琴和葛鹏飞听了都一愣。淑琴知道是天佑来了，但是在此之前天佑从来没有这样叫过她，而葛鹏飞也吃惊于这人如此亲切地称呼淑琴。

淑琴有些不太自然地看了葛鹏飞一眼。

“他是我们邻居，就是他昨晚帮我送舅舅回家的。”

淑琴起身走到门口，看见天佑兴冲冲地拿着一个包裹站在门外。

“你看我昨晚昏了头，把你妈给你带的东西给忘了。”他说着就要往屋里走，但是淑琴没有挪开身子。

“真谢谢你。”淑琴伸手去接那个包裹，她的态度表明是不想让天佑进去。

天佑把包裹递给了淑琴，有些尴尬地站着说不出话来。

“我舅舅来了，”小世英从身后冒了出来，“我还有一个舅舅。”

天佑看着淑琴，不知该走还是留，淑琴想了想说：“你进来吧，我家里来了客人。”

天佑顺从地跟了进来，葛鹏飞见有人进来，也站了起来。

“这是葛大哥，我先生的好朋友，”淑琴为他们互相介绍，“这是廖天佑，我们的邻居，帮了我们很多。”

这俩男人互相打了个招呼，不知为何他们的神情都有些窘迫。

淑琴打开包裹，里面有几件衣服和一些糕点。她拿起糕点递给了天佑和葛鹏飞，他们都笑着推辞了。

“给孩子们吧。”

淑琴把糕点递给了世英，她尝了一口就欢天喜地地笑了。

“真甜，真好吃！”

“孩子太苦了。”葛鹏飞感慨地说。

“你家人现在也很苦。”天佑突然说了一句。

“他们怎么了？”淑琴敏感地追问。

天佑看了葛鹏飞一眼。

“这位大哥也许知道，你们家的生意被日本人关了，店铺也被抄了，宅子也被鬼子占了，现在住在城外以前给你们家赶车看门的李大爷家里，佣人都跑光了。我去的时候家里都找不出什么像样的吃的。”

“这个情况我也知道一些。”葛鹏飞的神情有些局促，“老人家自尊心很强，我和睿智都想帮一下他们，但是都被他们拒绝了。刚才还没来得及告诉你。”

“我爸病了，”淑琴沉默了一会儿，抬头看着葛鹏飞说，“这样下去可不行。”

“我知道，我回去就尽快带医生去看你父亲。”葛鹏飞看着淑琴说。

“我一直在琢磨一件事儿，今天你刚好来，我觉得是天助我们，”淑琴望着葛鹏飞，眼睛发亮，“我求你的事儿请一定不要拒绝。”

葛鹏飞感觉到淑琴话里的分量，“你说来听听，能帮你的我一定尽力。”

“天佑，麻烦你去把地窖里贺老七丢下的东西拿几件上来。”淑琴说完走到门口栓上了门。

天佑走到厨房，很快就抱来了几支枪。

“哪来的？”葛鹏飞惊讶地问。

“是我从土匪那里抢来的。”淑琴简短地把昨天夜里的事说了一遍，“地窖里还有，一共有长枪七杆、短枪两支。”

“你想拿这些枪做什么？”

“跟你换几杆三八大盖。”

葛鹏飞看着这些杂牌枪，一时不知说什么好。

“这三八大盖我们也没有多少，我得回去跟部队商量。”

“其实也不是跟你们换，只是借用一下，用完了还还给你们。等我们办完事后，这些枪也就都送给你们了。”

“你真够大方的。”

“不过我还需要几身鬼子的衣服，有钢盔更好，手榴弹也给一些。”

“淑琴，你究竟想干什么？”葛鹏飞有些担心了。

“这件事我昨夜想了很久。贺老七那帮土匪在这一带祸害人已经很多年了，必须教训他们一下！我舅舅也不能白死！”

“你是想跟他们干一仗？”葛鹏飞有些头绪了，“可是你的队伍在哪里？”

“天佑，你的队伍呢？”淑琴看着天佑说。

“我那也不叫什么队伍，”天佑的神情有些尴尬，“那就是实在活不下去了，找几个穷弟兄和老乡，出去打个劫什么的，说出来都丢人。”

“你们有多少人？几杆枪？”葛鹏飞问。

“最多的时候也才十几个人，从逃兵手里买来了几杆汉阳造和猎枪。”天佑的神情看起来有些为难，“贺老七可是这一带最大的土匪，有百十号人，就算再借几杆枪，我们也干不过他们的。”

“我们不是去硬拼，而是要智取。”淑琴的表情还是很镇定，“现在天已经冷下来了，他们急着要抢钱抢粮过冬，所以一定还会出去打家劫舍，我们就在半道上劫富济贫！”

葛鹏飞有些明白了。

“你是想让天佑的人假扮鬼子打他们的伏击？”

“对！这帮家伙欺软怕硬，对老百姓无恶不作，对鬼子怕得要死。我们就利用他们的弱点，打他个措手不及！”

“让我再想想……”天佑还是有些担心，“我怕我的人不顶事儿，他们大多没有打过仗。”

“我倒是觉得这件事有谱儿。”打过仗的葛鹏飞自然明白淑琴的意图，他看着天佑问，“你的人会放枪不？”

“这个行，就是打不准。”

“这个不怕。打枪不是为了消灭他们，而是把他们驱散，也就是镇住他们。你就叫你的人听命令一起开枪，朝天放都行，不过要整齐，不能七零八落。然后一起扔手榴弹，只为炸出气势来，不为炸死多少人……”

“我就是这个意思，”淑琴补充道，“他们大多数也是穷人，活不下去了才上山当土匪，所以我们只要吓唬住他们就行，关键是把货劫下来分给穷人。劫富济贫的事儿你的兄弟们也一定愿意干！”

“听你们这么一说，这事儿倒是能干。”天佑的神色也开朗起来，他一脸敬佩地看着淑琴，“没想到你除了遇事沉稳，还是带兵打仗的料儿！”

“你可别小看了我们淑琴，当年炸鬼子车站她可是一马当先！”葛鹏飞满眼赞叹地看着淑琴。

“你们先别夸我，还有几件事要跟你们商量。”淑琴摆了摆手，“天佑负责选伏击的地点，最好在山坡地，要能居高临下，才能以弱对强。选人的时候也不能大意，吃喝嫖赌的不能要！口风不严的更不能要！”

天佑听了，神情严肃地点了点头。

“另外，我要跟葛大哥借一两个人，帮我去盯住那窝土匪。他们可得辛苦些，白天黑夜都不能歇，守株待兔，就要能忍。发现他们行动，我们就打他个措手不及。”

“明白了。”天佑的神情像是接受命令。从那天淑琴敢下了土匪的枪，他就对淑琴佩服得五体投地，这会儿他对淑琴更是言听计从了。

“你再给我一点时间，我回去好好筹划一下。”葛鹏飞倒是没有那么冲动，“这枪支、服装和人员，我都需要时间准备。我先回去，我会尽快回来或是派人与你联系。这段时间你们一定要沉住气，不能泄露半点风声。”

第十九章　火中取栗

昏暗的客堂里，四个人分别坐在四把梨花木椅子上。三个人在闷头抽烟，而贺老七坐在中间左看右看，不知怎么让这些人开口。

那天，贺老七出了八狼窝铺，又连抢了两个小屯子。无奈这里的人太穷，除了些粮食没抢到什么财物。那次输得太惨，怎么也得搞个大的，不仅有实惠，还能在手下的弟兄那里找回些面子。他思来想去，最后把目标盯在了许家围子上。他把手下几个心腹找来，把他的想法一说，几个人全都蔫儿了，点着了烟卷不说话。

贺老七明白，这许家围子可是一块难啃的骨头。这些年来闹匪乱，很多村屯都修筑高墙，把整个屯子围起来，甚至还在墙上修筑岗楼，架起土炮。岗楼上还有哨兵站岗。那些哨兵多是猎户出身，枪法特别准。

许家围子是这一带人口最多、最富裕的村庄。许兆麟是围子里最有钱的人，许家也是十里八乡最有声望的家族。为了保卫村庄，他不仅带领村民修筑了坚固的围墙，还重金聘请了被日军打散的士兵担任护院。因此，多年来，尽管有不少土匪觊觎许家围子，但始终未能得逞。

“大当家的，虽说最近兄弟们也没能发什么大财，但这衣服、粮食过冬还是有富余的。”二当家的先说了他的意见，“这许家围子虽然是块肥肉，有多少道儿上的想去砸他们的窑（攻打有钱人家的大院），还是没人敢下手，要啃他只怕咱们的牙口不够硬呀！”

“二当家的说得对，我们也是这么想的。”那两个也趁机附和，“跟着大哥，我们吃饱喝足已经不容易了。许家围子的护院比我们的弟兄还多，有枪有炮有围墙，要攻打他们，得有鬼子的大炮才行呀！”

“这些我都想过了，但是，”贺老七故弄玄虚地说，“我没有那么笨。直接攻打城池，那是拿脑袋往石头上撞。不过，最坚固的城堡也有它最薄弱的地方，你们知道这许兆麟最薄弱的地方是什么吗？”

那三个人都听呆了，摇头说不知。

“那就是他的小孙子！”贺老七得意洋洋地看了一眼他们，继续说道，“许兆麟的儿子是晚年所得，而这个儿子成家多年后，才为许兆麟生了孙子。今年七岁了，全家人都把他当作掌上明珠。为了哄小孙子开心，任何事情都愿意去做。”

“我明白了，你是说我们去绑他的孙子……”二当家的似乎有些明白了。

“我早就在琢磨他了。我有个亲戚就在许家围子。听他说这小孙子爱逛街，逛街时有管家和两个保镖陪着。我们虽拼不过他的高墙大院，但是我们在暗处，他们毫无防备，派几个枪手干掉保镖还是绰绰有余。我们带上孩子和管家快速出屯子，等他们收到信儿，咱们早就进林子了。绑了这孩子，咱们还不是要什么有什么，根本不用去硬攻他们的围子！”

几个人一听也眉开眼笑。

“大哥这计谋真高，我看能行！”

“可是谁知道那孩子什么时候出来呀，咱们也不能总在街上守着？”二当家的提出疑问。

“这个我也想到了。我知道伊通有个耍猴的戏班子，把他们请到许家围子演几天戏，花不了多少钱。在那么小一个屯子里，有猴儿戏看不愁那孩子不去，咱们就守株待兔！”贺老七越说越兴奋，一拍大腿，“哥几个看这事儿能行，咱们就筹办起来。这一票就干他个大的，得让那个许兆麟大出血！”

“他要是没那么多银子呢？”

“那粮食和枪咱们也要！”贺老七一拍桌子，“到时候多准备几挂大车，把他们的车也抢来，咱们分成两路回山里。这样跑得快，又不容易被追上。”

“咱这一票要是干成了，那就能舒舒服服过上好几年啦！”大家一起疯狂地大笑起来……

猴戏班子很快就请到了。贺老七派了二十多个精干弟兄混进许家围子，一拨人守在猴戏班子附近守候；另一拨则盯在许兆麟大宅，一旦发现许兆麟的孙子出门，就即刻报信。

猴戏班子在许家围子演出了两天。第三天的上午，许家大宅出来一辆马车。接着，一个小男孩儿跑了出来，在他身后跟着一个穿长袍马褂的中年男人和两个体型彪悍的黑衣汉子。等孩子和中年男子上了车，黑衣汉子就在马车的一前一后分别坐下，随车而行。

盯梢的赶紧兵分两路，一路抄近道赶去报信，一路紧紧尾随马车。

马车来到演猴戏的场子停了下来。看见男孩儿跳下车来，贺老七的心都要蹦出来了。他向身边的两个枪手使了个眼色，他们会意地点了点头，压低了狗皮帽子，系上了帽绳儿，整张脸都被裹进了帽子，只露出一双眼睛。他们一前一后紧跟在那两个保镖后面。

保镖推开围观的看客，为男孩儿开出一条道。男孩儿走到最前面，笑嘻嘻地看着穿着戏服的猴子开心地拍起手来。

那个中年男子也快步跟了上来，他对着戏班大声喊道："谁是领班的？"

一个穿翻毛棉袄的老头走了过来。

"这位爷，小的在这里，您有何吩咐？"

"把你那些拿手的好戏给我们少爷都演一遍。"中年男子说完，伸手递过去两块光洋。

"谢谢这位爷，这就开戏！"那位领班的一招手，敲锣打鼓的两位就开始激烈地敲打起来。

贺老七也跟了过来，当他看见十几个弟兄都围了过来，就给两个枪手打了个手势。

那两个枪手会意，迅速从怀里掏出驳壳枪，直接对准了那两位保镖的后脑，几乎同时开枪！

随着两声枪响，两股鲜血冲上空中，随后鲜血洒得耍猴人和猴子满身满脸。两位保镖一声未吭就倒下了，围在一旁的人尖叫着四下散开。

贺老七冲上去先按住了小男孩儿，随即有人递过来一个麻袋，他们七手八脚把男孩子塞进了口袋。

守着男孩的中年管家正目瞪口呆地看着眼前发生的一切。一个枪手上去用枪柄在他的脑袋猛击一下，他立即瘫倒在地，几人上来也迅速把他装进一个麻袋。

旁边又响起一声枪响，贺老七猜测是他的人干掉了车夫。果不其然，贺老七的手下赶着许家的马车过来了。他们把两个麻袋扔上了车，两个枪手跳了上去。手下在马身上狠狠抽了一鞭，马嘶叫了一声，扬起前蹄奔跑起来！

贺老七带着其他手下也立即离开了现场，然后上了自己的马车，随即也快马加鞭地冲出了许家围子。

傍晚时分，中年管家衣衫不整地跑回了许家大宅。

“小少爷现在怎么样了？”许兆麟着急地问道。

“小少爷……小少爷……”管家看着老爷和他身后的许少爷和少奶奶，结巴地说不出口。

“你快说！”

“他们……他们把钉子钉在小少爷的两只手上，把他挂在了墙上……”

扑通一声，少奶奶软瘫在地，仆人们连忙把她扶起来。

“不要再说了，他们要什么？”许兆麟的声音也在发颤。

管家从口袋掏出一张纸，哆哆嗦嗦地递给老爷。

老爷接过来看了一眼，交给了许少爷，咬牙切齿地说：“全部答应他们，再加他们一百块大洋！让他们不许再伤害孩子！我们怎么联系他们？”

“在城楼上挂三盏灯笼。”

“然后呢？”

“他们会把交易地点和方法挂在城外的林子里，让我们听到枪响以后去找。”

“还愣着干吗？赶紧去挂灯笼！再找几个人一起喊‘再加一百块大洋别伤害孩子’，”许兆麟跺着脚喊，“听到林子的枪声就出围子找！”

看见许家围子的城墙上挂起了三盏灯笼，贺老七和他的几个同伙儿乐得蹦起来好高！

“咱大当家的真是神人呀！没花几颗子弹能干这么一家！”

“二当家的说得对，这一票有钱有粮还有枪，够咱们兄弟吃喝几年的了！”

“都少废话，先把给他们的单子挂出去。咱们还要准备一下，明天去收货也得小心，可别让他们给算计了！”

葛鹏飞的动作也很快，三天后他就派来了两个人，还带来了淑琴要的六杆三八大盖和几百发子弹，还有一些手榴弹和鬼子的军服和钢盔。

廖天佑也没有闲着，他在屯里选了几个兄弟，又去附近的屯子里找了几个山东老乡。他们到贺老七的寨子附近考察，最终把伏击点定在獐子沟。獐子沟是一条峡谷，也是赶大车进山的必经之路。两边都是峻峭的山岩，趴在山脊不容易被发现，而且居高临下，易守难攻，是打伏击的好地方。

这天，葛鹏飞派来的探子来报，说贺老七的寨子最近人员进出频繁，估计很快就会有大行动。

廖天佑一听就兴奋了，赶紧分头通知自己的弟兄。几天前他们已经操练了一番，主要是教他们使用三八大盖和听口令一起放枪。

淑琴让探子立即赶回去，她估计贺老七很快会有行动。果然，天刚亮，探子就跑回来报告，说贺老七带着几十人和四挂马车出了寨子。

廖天佑赶紧通知屯里的弟兄，自己又骑马叫上附近的兄弟，等他们赶到伏击地点，已经是晌午时分了。

贺老七也在指定的交接地点等候许家人来送赎金。这个地方视野辽阔，方圆几里也不可能打埋伏。大约九点多，许家的五辆大车到了。按照说好的条件，许家人放下马车就迅速离开了。

多疑的贺老七还是派人尾随他们一阵子，发现的确没有可疑迹象，他想应该是那位许大财主救孙心切，自然不敢耍心眼。

将许家的财物移到自己的车上，差不多花了半个多时辰。贺老七把这九辆车分成两路，先朝不同方向绕道几圈，为的是搞乱车的痕迹，以防许家人顺着痕迹追来。

他们在路上绕了近三个小时，始终没有发现被尾随的迹象，这才放下心来。两路车队在獐子沟附近会合，然后一起从獐子沟回寨子。

探子先来报告，贺老七的大车队很快进入獐子沟。廖天佑让假扮成鬼子的弟兄趴在了最前沿显眼的位置，再次关照大家，要一起开枪，一起投弹，并叮嘱他们待会下山后不许说话，以免被认出。

斜阳照进沟口，廖天佑看见一溜大车晃晃悠悠地进到沟口，跟车进来的有二三十人。这些人走了一天的路，大概也是人困马乏，走路东倒西歪，一些人蹭坐在马车的边沿。

贺老七坐在最前面的那辆马车，几天来的紧张煎熬让他也感觉很疲惫，现在财物到手，眼看就要到家了，他心里绷着的弦儿终于可以放松了。随着马车在晃动，他也有些昏昏欲睡。

廖天佑见车队已经进入埋伏圈，随即一声令下，三八大盖和汉阳造一起开火。这枪声在山峡间产生回音，听起来更加震撼！

枪声一响，贺老七从昏睡中惊醒。他跳下马车四下张望，想搞清楚是遭到哪里的伏击。

“当家的，有埋伏！他们在山上！好像是鬼子！”二当家的在喊。

贺老七举目远眺山头，依稀辨见几点鬼子钢盔的反光在晃动，那三八大盖的枪声，他更是听得一清二楚。

“他妈的！许兆麟！跟老子耍心眼！原来已经猜到是我，竟然叫了鬼子！”贺老七嘴里骂着，拔出盒子枪还击。

“咱们的火力顶不住鬼子呀，你的手枪打不了那么远！还是保命吧！”二当家的喊完，就打开马车上的箱子，抓起银圆往口袋里塞。

“投弹！”廖天佑小声命令道。十几颗手榴弹同时飞下山去，几秒钟后爆炸声此起彼伏，震耳欲聋！

一颗手榴弹就落在离贺老七不远处，贺老七急忙趴倒在地。他眼前一道红光冲天而起，眼睛和鼻梁一阵剧痛。他用手一摸，满脸都是鲜血。他尽力想睁开眼睛，但是眼前是一片漆黑，他心里一凉，怕是眼睛被弹片击中了！

“老二！快来人！我的眼睛被炸伤了！”

也许是爆炸声震聋了他们的耳朵，周围竟没有人过来帮他，只有被炸伤的人在鬼哭狼嚎。

“老大，我来了，您伤哪儿啦？”

“眼睛！我的眼睛看不见了！”

“我扶您先撤了，您再等一下，我去卸一匹马来！”

贺老七捂着眼睛的手指被划了一下，原来是一片弹片正好卡在他的鼻梁上。他心里暗叫倒霉，不知道眼睛里有没有飞进去弹片。

“大当家的，我们走！”二当家的找来一个手下帮忙。两个人把贺老七扶上马，一路奔回了山寨。

山寨里的弟兄看见大当家的满脸是血，各个都惊呆了。二当家的什么也没说，先扶着贺老七进屋，立马叫杨瞎子过来。

杨瞎子查看了贺老七的伤势，咂吧了一下嘴，没有说话。

“你倒是说话呀！老子的眼睛怎么样了？”

“这眼珠子都瘪了，里面的水都跑完了，怕是没治了。这鼻梁上的弹片我倒是可以先取下来……”

“你他妈的是白痴呀！我要的是我的眼睛！眼睛！”贺老七气得一脚把杨瞎子踢翻了，自己瘫倒在椅子上捶胸顿足！

二当家的把杨瞎子扶了起来，给他使了一个眼色。杨瞎子也做了一个无奈的表情，呆呆地站在一边。

“老大，还是先包扎一下伤口，要是发炎就麻烦了。我们再去找好大夫。”

外面传来一片嘈杂声，二当家的走到门口望了一眼，是那些被打散的弟兄陆续回来了。有的受了伤，在院子里大呼小叫找杨瞎子；还有的进来就喊：“鬼子要起跳子（来抓人）了！”

“大哥，我们是不是先出去避一下？”

贺老七也感觉大事不妙，此时他已经完全丧失了控制局面的能力，他点了点头。

“那就听你的，先找个地方落脚，躲一阵儿再说。”

“那许家那个娃呢？”

“都见过你们的脸了，本来就不能留。”

“明白了。”二当家的转过头对杨瞎子说，“你快把大当家的伤口处理一下，我马上回来！”

说着，他便走出了门。不一会儿，外面传来一声枪响……

山下已经没有回击的枪声，廖天佑一挥手，十几个弟兄一起冲下山。按照事先的计划，看到受伤的人就用枪托打昏；如果那人认出了我们的脸，就干脆补上一枪！

四下零零散散响了几枪，山谷里恢复了平静。九辆马车大部分完好，但有几匹马被打死或打伤。于是，他们将所有财物分装到五辆车上，剩下的马车则用一把火烧毁，将这次伏击伪装成鬼子所为。

廖天佑带人把五辆车藏在了一个离八狼窝铺不远的山沟里，由葛鹏飞派来的侦察员守护。第二天一大早，廖天佑就带着弟兄来到了山沟，淑琴没来。因为是淑琴出的主意，廖天佑认为淑琴应该多拿，但是淑琴坚持平分，于是就按参加行动的人头分了这批财物。

廖天佑把借来的三八大盖和衣物都让葛鹏飞派来的人带回，还把捡来的十几杆枪分了一半给他们。东西满满装了两大车，他们俩一人赶着一辆车回去了。

能分到这么多财物让这次参加行动的弟兄都不敢相信，他们都说以后就跟着廖天佑干。廖天佑嘱咐他们先把银圆带回去藏好，现在不要拿出来用，即使等风头过了，也不要大手大脚花钱；粮食先藏在附近的山洞，每人做好记号，分批拿回去，免得引人注目。

按照淑琴的吩咐，剩下的马匹就赶去山里放了，三驾马车也放火烧了。淑琴说不能贪心，这些马和马车都容易被认出来，以免惹祸上身。

“你帮我备一辆车，我今晚回家一趟。”淑琴对廖天佑说。

“非得今天走吗？这会儿外面飘雪了。”廖天佑朝门外看了看，天色已经黑了下来，但是仍然能看见大朵的雪花在飘落，“今年的雪怎么来得那么早？”

“下雪好，路上人少安全。”

“要不我陪你去？”

“那谁来带孩子？”

“你这黑灯瞎火地赶路，万一迷了道儿怎么办？”廖天佑还是不放心，“这一来一回至少要六个时辰。”

“所以我现在就得走，”淑琴看了一眼孩子，“辛苦你现在去装车，把我那份钱和粮食都装上，装好车就来家叫我。我现在就给孩子们做饭，早些哄她们睡觉。”

廖天佑知道淑琴决心已定，只好无奈地起身。

“你的主意大，什么事儿最终还得听你的。”

淑琴听了嫣然一笑。

“生来是男人的命，受的也是男人的罪，这辈子就这么着了。”

廖天佑看着她的笑脸心里怦然一动。

“可是在我眼里，你是这天下最女人的女人了。”

淑琴听着他这句文理不通的话没有作声，她明白天佑想表达的意思。“你给我带一杆大枪，我要防狼，再帮我买些烟叶，我要给我们家看院儿的老李头带些去。”

等廖天佑回来，外面的风雪下得更大了。天佑进门，帽子上和身上已经是白白的一片雪花。

“还是改天吧？这么大的风雪，我怕你会迷路呀！”

淑琴已经穿上了厚厚的棉袄，还戴了一顶狗皮毡帽，把两个帽耳朵放下来在下巴处扎紧，一张脸陷在毛皮里只能看见一双眼睛。

“这一路岔道不多，我来的时候就看过了。今天不去，以后的天也好不到哪里去，你就别磨磨唧唧的了。”

廖天佑只好带着淑琴走到大车旁。这时候道上已经铺了一层薄雪。

“你套了两匹好马。”淑琴惊喜地说。

“现在有钱了，还不是多亏了你。”天佑看了看天，“这两匹马常在外面跑车，能识得回家的道儿。只是你要去哪儿它们可就要听你的了。”

“你快回去吧，孩子还在家，我走了，尽早回来！”

淑琴说着跳上了车，一挥鞭子，两匹马立即奋力奔跑起来……

等上了路，淑琴才发现自己真是夸了海口，这风雪夜可不比平日走夜路，几米外道路就看不清。这马车还能跑路，全靠了这是两匹识途老马。淑琴也不扬鞭催赶它们，就任它们自己跑，因为这一路会路过三个屯子，她相信只要在经过这些屯子时候多留意，她就不会走错路。她期待在路上能遇到赶夜路的人，这样她就跟着他们去县城。

暴风雪下得越来越大，马车也越跑越慢，雪花飞进帽子化成冰水，淑琴感觉脸上像是被糊上了一层冰膜。握着马鞭的手虽然戴着手套，但是那寒气已经随着雪水渗透了棉布，手指都快僵硬了。

突然马车停了下来，两匹马焦躁不安地喷着响鼻，来回在原地跺着前蹄，似乎整个身子都在打颤。一个可怕的念头掠过淑琴的脑海：前面有狼群！

淑琴跳下马车，拉开枪栓，瞪大眼睛朝前走。刚走出几步，她就听见低沉的咆哮声。定睛一看，在黑暗中分明有几双绿森森的眼睛。她毫不犹豫地扣动了扳机！

啪的一声枪响，野狼发出了一声嘶叫。淑琴闻声又开了一枪，前面的绿眼睛不见了，但是淑琴不敢大意，她怕野狼会从暗中袭击她，便退回到马车旁，端枪巡视着周围。

突然，前方亮起一团火光，像是有人燃起了火把。

“不要开枪！别开枪！”

淑琴听见了声嘶力竭的喊声，心中一喜。

“你们是赶路的吗？”她也大声呼喊道。

“我们是赶路的。”随着话音，有两个人拿着火把走了过来。

“谢天谢地，你真是救命菩萨。”他们看见淑琴喜出望外地说，“我们被狼群困住了。在这荒天野地，还以为今天是在劫难逃了，没想遇到这位兄弟。”

淑琴与他们一番攀谈才知道，他们是从关内贩粮食的。因为鬼子禁止贩粮，怕被鬼子抓住，这才选择走夜道，没想遇到了风雪和狼群。

淑琴得知他们要去的地方正好路过杨树县，就决定跟他们一起走，这些贩粮的自然求之不得，于是两辆马车结伴而行。

“请问您找哪位？”老李头打开门，看见满身是雪的淑琴，没有认出来。

“是我，李大爷。”淑琴一把抓下头上的帽子。

“大小姐！真的是你吗？我不是做梦吧？”老李头说话都在颤抖。

“是我这个混丫头。那天打了您，还没给您赔不是呢！”

“什么鸡毛蒜皮的事儿，早就过去了，还提它做什么？”

“是谁呀？”屋里传来姚氏的声音。

“你看我都乐糊涂了，赶紧进屋呀！”

“李大爷，外头大车上是我带回来的东西，放在外面不安全，咱们先把它们搬进来吧。”

两个人也没有搭理屋里的人，只顾搬东西，转眼车上十几袋的东西都被卸在了屋里。

“琴儿！”姚氏走到外屋，一眼看见正抱着口袋进屋的淑琴。

“妈！”淑琴放下口袋，一头冲进母亲的怀里。

“琴儿，真的是你！你怎么会来？”姚氏抱着女儿，惊喜交加，泪流满面。

“您看她满身的雪。这么大的风雪她自个儿赶车来的，我都没有那么大本事！”老李头在一旁啧啧称赞。

“我爹呢？他怎么样了？”

“还是老病根子。小葛带医生来过，说是肺和心脏都不好，你爹正在吃他的药。”

“我进去看看。”

掀开门帘，淑琴看见父亲半依着被褥靠着炕沿，眼巴巴地望着门口，头发和胡子都是乱糟糟的，面颊瘦削，显得老态龙钟。

“我听见我闺女说话了。你来，快过来，让爹好好瞅瞅……”

淑琴扑到炕沿，一把抱住父亲，热泪止不住地滑落。

“爹，您受苦了。”

“我们这算什么，真正吃苦的是你。看看我闺女，又黑又瘦，不过挺精神的，孩子们怎么样？”

“都挺好的，壮实着呢！”

“这些都是什么呀？这包怎么那么沉？”外面传来妹妹淑芬的声音。

“爹，您等一下，我去去就来。”

淑琴走了出去，看见淑芬正在拽着一个蓝布袋子。

“淑芬，你先放下。”淑琴走上前去，拉住了妹妹的手臂。

“姐，你回来了，不走了吧？”

“姐一会儿就得走，孩子还在家里。”

“淑琴回来了，”廖氏也走了出来，庆瀚仍然躲在她身后没有露面，“瞧这屋里挤的，也没个地方让你坐下歇歇。”

“真是委屈你们了。”老李头满怀歉意地说。

“您这是说的哪里话？”姚氏不满地瞪了廖氏一眼，“在我们家危难的时候，你收留了我们，这就是大恩大德！”

“太太，您说这话可是折煞我了。这些年还不是老爷太太一直关照我，要不我哪有钱盖这么宽敞的房子。也是天意，让你们来我这里住，我高兴都来不及呢！”

“孩子，你哪儿弄来这么多粮食？”姚氏打开口袋，见是粮食，便半喜半忧问道。

“今年自己打的粮。”

“不是让土匪抢了吗？”淑芬不解地问。

“小孩子别多嘴！”淑琴扬起手假装要打她。

“我可不小了，过年就十六了。”淑芬不服气地争辩。

淑琴把蓝布包袱费力地拎了起来。

“妈，帮我一把。”

姚氏过来帮着提起一角，布袋里发出了金属的响声。姚氏正想发问，但被淑琴的眼神制止了，她们费劲地把包袱提进了里屋。

淑琴把包袱搁在炕上，轻轻解开包袱，里面露出白花花的一堆银圆！

姚氏一看，急忙又把包袱系上，神色紧张地问：“这是怎么回事儿？”

“这您就别多问了，把它藏好，别让人知道，最重要的是把爹的病治好！”

“现在这家里就是你最遭罪了。”姚氏说着眼泪又流了下来，“瞧我这出息，半辈子没有掉过泪，现在都泡在眼泪里了。”

“舅舅葬在哪里了？”淑琴说着眼圈又红了。

“就在你外公的坟地旁边。他也没成个家，以后逢年过节的，你们就去给他上坟添土吧。”

“妈，这您放心。”淑琴走到父亲身边握住他的手，“爹，您保重，我这就得赶回去，我下次再来看您。”

“这么急？这就要走？”

“天亮前我得回去，不然麻烦就大了。”

姚氏走过来拉起淑琴的手。

“我的苦命的闺女，什么时候才能熬到头呀！”

“等赶走了小鬼子！”淑琴扭头对着母亲嫣然一笑，“那么多人恨鬼子，打鬼子的人越来越多，他们熬不了多久了！”

清晨，鬼子司令部门前空无一人，哨兵突然看见一个十几岁的小男孩朝着岗亭走来。

“站住！你要干什么？”一个皇协军喊道。

“我要见你们司令。”小男孩儿似乎并不害怕。

“你要见司令干什么？”

“我有重要的事儿要告诉他，他上次来过我们家。”

哨兵见这小男孩穿戴像个富家子弟，便走进岗亭打了个电话。

“你过来吧，我带你进去！”哨兵不解地看着男孩儿，但还是恭恭敬敬地把他引入司令部的大楼。

东方破晓之际，淑琴敲响了自家的大门，廖天佑几乎在瞬间就开了门。

“你可回来了！”

淑琴身子一软，几乎要瘫倒在天佑的怀里。

“给我口热水喝。”

天佑把淑琴扶进了屋，急忙为她端来一碗鸡蛋羹。

“昨晚给你炖的，一直热着，吃口热乎的。”

淑琴眼里流露出感激的神色，她什么也没说，拿起调羹就吃了起来。

“慢着，别烫着了。”

果然淑琴被烫得用手直扇舌头。

“我去给你倒碗凉水。”

淑琴吃完蛋羹，眼睛也快睁不开了。

“你先睡会儿，我去把大车还回去。”天佑说着掩门出去了。

不知睡了多久，淑琴被一阵敲门声惊醒。她刚坐起来，就看见两个日本兵站在面前。在他们身后又冒出一个挎刀的鬼子军官。他走到淑琴的面前，质问道：“常淑琴，你昨晚到哪里去了？”

“哪儿也没去，就在家睡觉。”

“知道你会抵赖，”鬼子军官冷笑一声，朝身后喊道，“你的出来！你看看他是谁？”

淑琴往他身后望去，只见庆瀚面带恐惧地挪了进来，在他身后，赵睿智也跟了进来。

淑琴心里一下什么都明白了，她从炕上下来，穿上鞋。

“你们要带我去哪儿？”

“告诉我们，昨天是谁送你去的？”

“没有别人，我自己去的。”

“你撒谎！这么大的风雪你怎么去的？”

“我赶车去的。”

“哪里来的车？”

“我找人借的，他们也不知道我要干什么。”

“真是嘴硬！跟我们走！”

淑琴走出房门，看见鬼子的卡车就停在门口，肖长贵被他们揪着衣领站在卡车旁边。

“你出去有没有告诉过他？”鬼子军官指着肖长贵问。

“没有，我谁都没有告诉。”

“那你的大车跟谁借的？”

淑琴沉默了。

“我知道你，你嘴硬，我们也有办法对付你！”鬼子军官一挥手，两个日本兵朝屋里走去，不一会儿屋里传来孩子的哭叫声。淑琴挣扎着要冲上去，但被身后的鬼子紧紧按住。两个鬼子一人腋下夹着一个孩子走了出来，孩子哭叫着使劲儿蹬着腿。

“你们放开孩子！”淑琴愤怒地叫着。

“等等！”人群中廖天佑冲了出来，“是我，是我借给她的大车。”

鬼子军官看了看他。“把你的大车赶过来！你们跟着他！”鬼子军官对着身边的士兵下令。

“把他们带到那里去！”鬼子军官指了指旁边那棵绦柳树，又指了指肖长贵，“你，把屯子里的人都叫到这里来！”

等廖天佑把大车赶过来，老绦柳树下已经站了一片人。

鬼子军官让马车停在树下，又命令士兵把马车拴到树上，然后他站到马车上，对村民说：“你们屯子里发生了一件严重的事，让关禁在这里的国事犯逃离了屯子！所有与这件事有关联的人必须受到严惩！你们必须说实话，如果被我们查出来，惩罚就要加倍！”他说完后让赵睿智翻译给村民。

“我再问你一遍，是谁送你去的？”

“真的是我自己。”

“这么大的风雪，这么远的路，你一个女人怎么去？还想骗人！”

鬼子军官一挥手，几个鬼子兵就开始给世英、世杰腿上绑绳子。

“你们放开孩子！”淑琴撕心裂肺地叫喊着。

“是我，是我送她去的。”廖天佑从人群中站了出来。

“是你？”

“是我。”天佑看着鬼子军官点了点头。

“那好，犯错的人必须受到惩罚！把这个女人吊起来！让她看看帮她的人就是这个结果！”

几个鬼子把淑琴按住，然后反绑住双手，又在她的脚踝上捆上了绳子，然后一拉绳子，淑琴被拴在了树上！

“这是你赶车的马鞭吧，”鬼子军官从车上拿起了鞭子，“从这里到城里大概三十里地吧，一里地你至少挨一鞭子，三十里就是三十鞭！把他的裤子扒了，用马鞭抽他三十鞭！”

几个鬼子扑了上来，七手八脚地扒去天佑的棉裤，把他的两条腿分开绑在大车的车辕上，一个鬼子站在他身后，扬起鞭子就朝他身上抽去！

这一鞭子下去，天佑的臀部就冒出了血花。鞭梢扫过了他的脸，他的脸上也出现一道血痕。天佑咬牙哼了一声。几鞭子下去，他身上的棉袄也开了花，棉絮像雪花飞舞在半空。

淑琴被吊在半空，身子不停在打转。当她看见豆大的汗珠从天佑的脸上滚淌下来，她的泪水也夺眶而出。

打了十几鞭子，天佑的身子逐渐软瘫下来，他已经失去了知觉。

“把他放下来，把这个屯长绑上！”鬼子军官叫道，“你玩忽职守，放走了国事犯，也要打你十鞭！”

肖屯长也被扒去了棉裤，第一鞭下去，他就鬼哭狼嚎地惨叫起来！十鞭子打完，他也没了声息。

“把剩下的鞭子打完！”鬼子军官指了指躺在地下的天佑，向打手命令道。

鬼子提着鞭子走到天佑身边，举起鞭子狠狠打了下去！

“你们打我吧，还有多少鞭子来打我！“淑琴哭喊着叫着。

鞭子抽在天佑的身上像是打在粮食袋上，天佑几乎毫无反应。等到鞭子抽完，天佑身上早已成了血肉模糊的一团。

睿智站在一旁，双拳已经捏出了一把汗。这时空中突然飘起了雪花。鬼子军官走到大车旁，从腰间掏出手枪，对准了马的脑袋就是一枪！拉车的黑马嘶叫了一声，前脚一软，翻到在地上。鬼子们转身登上了卡车，一路呼啸而去。

村民们急忙上前把淑琴从树上解救下来，也把肖屯长从大车上放了下来。

淑琴慌忙查看天佑，他似乎只有出气没有进气了，她又伸手摸了摸天佑的脉搏。

“大家帮忙把他先抬去我屋里！”

第二十章　命缘义轻

章嘉轩与葛鹏飞约定的见面地点在千代田公园的给水塔下面。虽然已经过去了几年，日本人未必还在通缉章嘉轩，但毕竟这里已被日本人占领，葛鹏飞也是日本人要抓捕的目标，所以他们这一次见面还是要谨慎。

给水塔在公园的西南角，比较僻静，视野比较开阔，来游玩的人也不多，是个接头的理想地点。

上午十点，章嘉轩看见一个熟悉的身影走了过来。他身穿灰色长袍，围了一条带条纹围巾，头戴一顶黑色礼帽，是街上男人最普通的打扮，那人正是葛鹏飞。葛鹏飞像是不经意地坐在了嘉轩旁边。二人通过长袖的遮挡，紧紧握着对方的手。

“兄弟，咱们终于又见面了！”葛鹏飞兴奋地说。

“一晃就是六年，你们可受苦了！”嘉轩感慨道。

“真没有想到他们会把你派来，我刚知道的时候真不敢相信！”葛鹏飞兴奋地说。

“说来也巧，我辞去县长一职后，本来就想回东北，没想到朱家骅部长刚好来到长沙。组建抗日义勇军的时候我们有过联系，朱部长还记得我。我们一起在薛岳长官那里吃了一顿饭，最后就安排我回沈阳。我现在住在青叶町派出所一位姓孙的警官家里。他虽不是组织的人，但是在警校的时候就有抗日倾向，被发展为外围，有急事可以通过孙警官找我。”嘉轩交代道。

“咱们目前的联络点已经使用了两年多，人员频繁进出，恐怕会引起怀疑，是时候更换地点了。”

“所以上峰让我们今天在外面见面，也想请你吃顿饭，但没有被批准。”嘉轩看着葛鹏飞歉意地说。

“今天能够见到你就很开心了。不如哪天你到我们山里去，我们可以开怀畅饮几杯！”

“听说你的队伍很有规模了，兵强马壮，上峰对你很器重。”

“还不是你当年留下的底子好，在江湖上有信誉，方便我们一呼百应！”葛鹏飞憨笑道。

“不过有件事上峰要我提醒你，不要再跟那个东北人民抗日救国联合会搞在一起了，他们的背后是共产党，这可是犯忌讳的。”

“可是这些年他们的确对我们支持很多，而且睿智一直在帮我们联络。”

“睿智他还好吧？”

“他还好，就是日子过得太窝囊。他父亲为了救淑琴一家，答应藤原去当维持会会长，汉奸父子这个名声能压死人呀！”

“也真难为他，真想去见见他。”

“不见也罢。”

“你这是什么意思？”

“在淑琴姐妹的事儿上，睿智对你误解很深。她们姐妹在鬼子大狱里受的煎熬，他都目睹了，甚至还参与刑讯，你想他该多糟心！”

“他觉得是我丢下了她们姐妹，”嘉轩沉痛地垂下了头，“我是跳进黄河也洗不清呀！”

“还有一件事，就是开不了口。”葛鹏飞说话的神态有些不自然。

“有什么话你就说。”

“淑琴还活着。”

“你说什么？”嘉轩全身一震，像是被雷电击中。

“淑琴还活着。”

嘉轩腾地站起来，一张脸涨得通红。

“你在信里怎么告诉我她和淑婉都不在了？”

“那时候淑婉已经牺牲了，淑琴每天遭受严刑拷打，朝不保夕。我要是告诉你实情，你心挂两头又无计可施，还不是给你徒添烦恼？”

嘉轩重重在椅背上击了一拳。

“你知道我干了什么蠢事吗？”

葛鹏飞惊愕地抬头看着沉浸在痛苦中的嘉轩。

“我前年结婚了，今年就要有孩子了。”

“你们分开也有六年了，你也认为她已经牺牲了，这不是你的错。”

“可是她会怎么想？”嘉轩又在椅背上砸了一拳。

“你也不必过于自责，我会对淑琴解释，关于隐瞒你淑琴活着的情况，淑琴也是知道的。她还说我做得对。”

“对比之下，淑琴真的很伟大，是我太自私……”

“事情总能化解的，都是鬼子害的，要算账还是要找鬼子！”

“我想尽快见到淑琴。”

“你刚回来，是不是缓些日子？”葛鹏飞有些为难地说。

“你尽快吧，我这心里总是在翻腾，要不然我什么事也做不好。”

“有一件事我要告诉你，”葛鹏飞犹豫了一下，看着嘉轩说，“淑琴身边现在也有人了。”

嘉轩愣了一下，没有说话，只是呆呆看着葛鹏飞，等他继续说下去。

“淑琴被鬼子从大牢里放出来，但是被当作国事犯看押在北大荒，她的家也被抄了，常家老小现在流离失所，还要靠淑琴接济。”

“怎么会这样？”嘉轩听到这里，更加坐立不安。

“淑琴的父亲也去世了。几年前淑琴偷着给家里送粮，没想到被她的弟弟举报了，淑琴为此没少吃苦，他父亲一气之下也卧床不起……”

“是庆瀚干的？”嘉轩大惊失色。

“谁也没想到那孩子的心里会那么阴暗，他总是埋怨淑琴毁了常家。常老爷去世后，他就跟他妈离开了常家，后来参加了皇协军，现在还当了小队长。”

“真没想到！”嘉轩连连摇头，“他还算是我的学生，人也挺聪明的，怎么会变成那样的人！”

“先不提他了。淑琴一个人带两个孩子非常艰难，又受过大刑，还要下地干农活。她邻居人还不错，总去帮衬她们母女三人。有一次为了保护孩子还差一点被鬼子打残了，淑琴为了照顾他就让他住在家里……”说到这里，葛鹏飞就打住了，眼睛望着嘉轩。

“你说的我懂，”嘉轩明白葛鹏飞话里的意思，“她在牢里受了那么大罪，还要在北大荒带两个孩子，真是难为她了。”

“你能理解就好，”葛鹏飞松了一口气，“我回去后尽快安排你们见面。”

孩子们拿着葛鹏飞带来的玩具在屋里嬉笑玩闹。对葛鹏飞的到来她们总是特别高兴，因为他总是会带来一些好吃的和好玩的。

天佑看见葛鹏飞来也很高兴，但他还是找了个借口出门了。

“嘉轩他已经回沈阳了。”葛鹏飞对淑琴说。

淑琴的身子微微颤抖了一下，但是她表面上还是不动声色。

“他还好吗？”

“他挺好，就是看上去比以前发福了。”

“六年多了，人怎么会不变，我都变老了。”淑琴用手梳理了一下短发，葛鹏飞也注意到了她眼角已经起了皱纹。

“他已经成家了吧？”淑琴似乎不经意地问。

“两年前结了婚，他以为你已经不在了……”

“你不用跟我解释，”淑琴打断了葛鹏飞的话，“这件事你早就告诉过我，我也觉得你是对的，我希望你继续隐瞒下去。”

“这怎么可能？”葛鹏飞为难地看着淑琴，“再说他也在找孩子，我已经告诉他你还活着，只是吃了很多苦。”

“都过去了，还说这些干吗？”淑琴摇了摇头。

“嘉轩听了很激动，恨不得揍我一顿！”葛鹏飞继续说道，“他非常痛苦，觉得对不起你们。”

“他有问过淑婉葬在哪里吗？”淑琴打断了葛鹏飞的话。

“他当然问了，还有你的家人，他觉得特别对不住你的父母。”

“咱们不说这个，”淑琴打断了葛鹏飞的话，“你知道我现在和天佑在一起，虽然没名没分，但嘉轩要是来了，天佑该怎么想？”

“跟天佑谈谈吧，他也是个通情达理的人，”葛鹏飞劝慰道，“他来看看你也是人之常情，看孩子更是天经地义。不管怎么说，见一见也是应该的。”

“我再想一想，”淑琴松了口，“先跟天佑谈谈，这六年都等下来了，也不差这一天半天的。”

“那也好，我回去等信儿，过几天我再来。”

夜里，孩子们都熟睡了，淑琴和天佑披衣靠在炕头，许久谁都没有说话。

“你别老这么闷着，心里有什么就直说，我知道你窝心……”

“我窝心也不是一天两天了，自从我们在一起，每天我都是拎着心过的。我知道无论他在不在，都是你心里的一棵苗，谁也刨不掉！”淑琴的话还没说完，天佑就打断了她的话。

“天佑，你想多了，我们是真心真意在一起的，不是你想的那样……”淑琴说着伸开手臂想去拥抱天佑。

天佑一下子挺直了身子，推开了淑琴的手臂，气急败坏地说："你知道有多少次你在熟睡中喊着他的名字吗？你的身子跟我在一起，可是你的心不在。我知道自己配不上你，也知道有一天他会回来……"

"你小声点儿，别吵醒孩子。"淑琴想去捂他的嘴，"我不是跟你说了吗？他已经结婚了，来这里只是看看孩子。你要是不放心，我们就挑个日子把婚事办了，省得你总是瞎想……"

"我不是要逼你结婚，你怎么就不明白我的心！"天佑说着一掀被子要起身，淑琴一把将他拉住。天佑低垂下头，低声继续说道："我心里清楚，你跟我在一起是为了报答我。跟你有缘生活这几年，我知足。你现在说结婚，那我岂不成了趁火打劫的小人了？"

"今天晚了，咱们不谈这事儿了好不好？"淑琴半拉半拽地把他拖回来，"先躺下，别惊动了孩子，咱们找时间再掰扯这些。"

淑琴说着用手臂搂住了天佑的肩膀，但是天佑翻了一个身，把背冲着淑琴。淑琴咬住了嘴唇，眼角流下的泪水滑落到嘴里，又苦又涩……

今天是嘉轩约定过来的日子，天佑早早就出了门，他说中午和晚上都不回来吃饭，淑琴怎么劝说他也没用。这几天他很少说话，淑琴知道他心里膈应，也不去勉强他。她觉得等嘉轩来看过孩子以后，这件事就算过去了，心病还需心药医，时间终究会弥补隔阂。

嘉轩和葛鹏飞是坐马车来的，马车上装了大包小包不少东西。一到家，葛鹏飞和嘉轩就往家里卸货。那些漂亮的盒子都堆在炕上，里面有衣服还有糖果。两个孩子像过年一样开心，赖在炕上不肯下来。嘉轩穿了一身旧袍子，戴了一顶翻毛帽，就像一个车把式。葛鹏飞找了个借口带着两个小丫头到屋外玩儿去了。

淑琴和嘉轩两个人在桌边坐了下来。嘉轩这才发现，还不到三十岁的淑琴，两鬓和脑后都有了一缕一缕的白发。二人静静坐着，很久都没有开口。

"孩子们长得真好。"还是嘉轩打破了沉默。

"你们有孩子了吗？"淑琴劈头盖脸的一句问，把嘉轩问得愣住了。

他迟疑了片刻才醒过神来。

"有了。"

“是男孩儿还是女孩儿？”

“还没生呢。”

“我希望是个男孩儿。”淑琴的神情自在起来，语气也轻松多了。

“这些年你吃了很多苦。”嘉轩眼圈一红，心里的话脱口而出。

淑琴淡淡地笑了笑。

“已经过去了，还提它干什么？”

“怎么会过去了？你现在还正在煎熬中……”

“不就是早起做饭，下地干活，吃得下，睡得着，还有孩子可以打骂出气，日子挺舒坦。”淑琴说得更轻松，“倒是你这几年不容易，听说还当了县长？还娶了省主席的孙女？”

“县长的职位已经辞了。”嘉轩的脸一红，“也是当时考试走运。”

嘉轩没有提结婚的事儿，他觉得怎么说都是错。

“孩子你也见了，我们都挺好，你就早些回去吧。我现在还是国事犯，你也不能被人认出来，早些回去安全，踏踏实实过你的日子，不必担心我们。”

“淑琴，我……”嘉轩实在控制不住了，他站起来走过去拉起淑琴的手。

“快别这样，”淑琴也站了起来，挣脱开嘉轩的手，“别哭天抹泪的，一个大男人，叫人家笑话。”

“妈妈，妈妈。”两个女儿掀开门帘跑了进来，“有好多好看的衣服，我们能穿吗？”

葛鹏飞紧追着进来。

“舅舅的马车上还有，我帮你们穿新衣服。”他抬眼看见嘉轩满面的泪痕，一时也不知所措。

“妈妈，他怎么哭了？”世英拉着妈妈的衣角怯生生地问。

“是沙子吹进眼睛里了。”淑琴平静地说。

“妈妈，他是谁？也是舅舅吗？”妹妹世杰盯着嘉轩问道。

淑琴犹豫了一下，蹲下来搂住一双孩子。

“他是你们的爸爸。”

“什么是爸爸？”世杰还是不解地问。

“爸爸就是像舅舅一样的叔叔。”淑琴也不知道该如何解释。

“我知道，他就像廖叔叔一样的叔叔，”姐姐世英很肯定地回答，“我喜欢廖叔叔，也喜欢舅舅。”

“我也喜欢很多的叔叔和舅舅。”世杰也高兴地说。

“家里来且（客人）了？”门外有人在说话。

“是屯长来啦。”淑琴低声说了一句，然后示意嘉轩先带孩子们进到里屋，自己则走到门口，“进来坐吧。”

肖长贵朝着屋里探了探头，刚好看见坐在凳子上的葛鹏飞。

“是孩子的舅舅来了。你们聊吧，我就不打搅了。”

“你等会儿。”淑琴回头从炕上拿了一盒点心出来，“他舅舅带来的，带回去给嫂子尝尝。”

“你太客气了，隔三岔五总有东西送我们，真不好意思。”

“自家人不说见外的话，有空来坐。”

“他舅舅，我就先回了。”肖长贵提着点心乐呵呵地离开了。

“他这个人现在怎么样？”葛鹏飞警惕地问。

“自从那次被鬼子打伤了，心里也是挺恨鬼子的。可是屯长这差事他也不能不干，屯子里大小事儿他必须盯着，也是给大伙儿提个醒，别再闹出事儿来，怕再挨一顿揍。”淑琴说着笑了。

嘉轩正给孩子们试穿新衣服，两个孩子兴奋得脸都红了，在炕上使劲儿地蹦跳。淑琴掀开门帘看见这一幕，脸上不由露出幸福的笑容……

嘉轩和葛鹏飞连午饭也没吃就走了。坐在马车上，嘉轩一直望着越来越远的那间茅草屋，眼泪把前襟打湿了一片。葛鹏飞不时地看一眼嘉轩，他也不想去打搅嘉轩，突然他觉得这些年自己单身是对的。虽然孤身一人，有时候也会感觉孤独，但是战争残酷，有那么多的意外，能少些牵挂还是值得庆幸的。

晚饭很丰盛，淑琴不仅用风干肉炖了土豆，还做了酸菜馅饺子，但是直到孩子们都睡了，天佑也没有回来。淑琴等着等着，就趴在桌子上睡着了。直到听见有人敲门，她起身刚拉开门，一股浓烈的酒气扑面而来。

天佑踉踉跄跄地走了进来，淑琴想去扶他，但被他一把推开。他坐在椅子上看见桌上有一瓶开了盖的烧酒，抓起来就对着嘴喝。

“别喝那么多，吃点菜。”淑琴想夺下他手里的酒瓶。

“你别管我。”天佑又一次推开淑琴，继续往下灌，不小心被呛了一口，不停地咳嗽。

淑琴走过去为他捶背。

“想喝就喝，喝慢些，吃点菜，别伤了胃。”

天佑放下酒瓶，呆呆地看着淑琴，那种悲凉的眼色让淑琴心疼。

“你这是怎么了？什么事儿都没有，他们早走了，连中午饭也没吃，我和孩子一直在等你回来。”

天佑什么也没说，一把搂住淑琴的腰，泪水无声地淌落下来。淑琴也不知怎么劝才好，只能温柔地用手抚摸着他乱蓬蓬的头发。

“廖叔叔。”一张小脸从门帘后面探出来。

“世英，你怎么下炕了？快回去，别冻着了。”淑琴忙不迭地推开了天佑，走过去看世英，“以后不许晚上下炕。”

“我不嘛！”世英没有听妈妈的话，反而走到天佑的面前，“你看我的新衣服，我一直等你回来，要给你看，你看好看吗？”

“好看！”天佑迅速用手背抹去眼泪。

“这是我爸爸给我买的，妹妹也有，跟我的一样。”世英还在继续说。

淑琴过来不由分说就把她抱起来，恶狠狠地说：“把衣服脱了，再不睡看我怎么收拾你！”

等淑琴再回到厅里，天佑的神色看上去已经平静下来了。淑琴在他身边坐了下来，想说些什么又止住了，只是拉起了天佑的手。

“我今天在邻村买了几垧地，准备搬过去。我帮你雇了个长工，已经付了他一年的工钱，以后田里的农活儿和家里的重活儿就让他干，过两天他就过来。抽空我也会回来看看，他要是不好好干我就再找人……”

淑琴站了起来。

“天佑！你这是什么意思？”

“也没有别的意思。”天佑伸手去拿酒瓶，但是淑琴一把夺了过去，天佑苦笑着摇了摇头，“我就想换个活法，这么活下去我真的太累了，成天提心吊胆的，不知道你什么时候就走了。”

“天佑，你这都说了些什么？你还不如骂我！”淑琴气得一跺脚。

“我说的都是心里话。今天我买了地，租好了房子，我这心里也就敞亮了。虽然屋子里什么也没有，但是我心里踏实，没什么念想，也就没有什么担心。”

“天佑，你这说的是什么话！”淑琴趴在天佑的肩头哭了。

天佑轻轻拍着淑琴的手背。

“想想我这半辈子也过去了，也过了几年舒心的日子，我死也值了。”说到这里，天佑用手轻柔地托起淑琴的脸。

“你知道我最知足的是什么？就是我被鬼子打晕醒来的时候，我睁开眼睛就看见你的脸，你那么在乎我。我还躺在你的炕上，盖着你的被子。那时候我在想，就这么幸福地死了吧，以后就不会再有什么……”

“天佑，你别说了，你不知道我多在乎你！”

“我知道，为了救下世杰和世英，任何事你都愿意做，可是我做这事不是为了要你感恩。跟你在一起的每一天都像做梦似的，我真的知足了。”

“天佑，现在是我离不开你。”淑琴已经泣不成声。

“跟你说了这些话，我心里舒坦多了。天也不早了，该歇着了，别再把孩子弄醒了。你先进去睡，我吃点东西再进来。”

“酒我拿走了，不许再喝了。”

“行，我一天没吃东西，还真有些饿了。你先进去睡吧，我一会儿就来。”

淑琴拿着酒瓶进了屋，和衣靠在炕沿。今天实在太疲惫了，从昨晚到现在，她的心弦一点儿都没有放松过。此刻真是心力交瘁，她不由地合上了眼睛。

等淑琴再睁开眼睛，窗外已经透亮，她扭头看了一眼，身边是空的，天佑昨晚就没有进来过。她起身发现地下有个花布兜子。她提起来沉甸甸的，打开一看是一袋子银圆。她知道这是天佑留下的，她把上次抢贺老七的银圆都给了家里人。淑琴急忙赶了出去，外屋已空荡荡，房门虚掩着。

淑琴一屁股坐在凳子上，她知道天佑不会再回来了。她趴在桌上放声大哭。

“天佑呀天佑，你怎么那么傻！我都怀上了你的孩子！”

嘉轩刚回沈阳没几天，葛鹏飞就匆匆赶来了沈阳，他找到孙警长，把嘉轩约到了东陵。

十月的沈阳，白天气温已经降到了十度左右，此时去东陵游玩的游客寥寥无几。葛鹏飞把见面地点约在了碑亭。

过了石桥就是碑楼。这是一个重檐歇山式的建筑，四面拱门，里面立有须弥座式台基。台基上是汉白玉的石碑，正面刻着“大清福陵神功圣德碑”，据说是康熙帝手迹，背面的碑文记载着努尔哈赤的功绩。

太阳已经偏西，嘉轩穿了一件薄棉袄，站在碑楼底下正在端详着碑文，葛鹏飞的声音从身后传来。

“好雅兴，对不起，我来迟了。”

嘉轩转过身，急忙握住葛鹏飞的手。

“这么急着找我，应该有什么急事吧？”

“你猜对了，这件事十万火急。”

看见葛鹏飞的额角在冒汗，嘉轩掏出手绢递给他。

“看你急的，走了一身汗。”

“在四平街发现有尾巴，绕了几条街才把他给甩掉，所以来晚了。”葛鹏飞接过手绢擦了擦汗，“你知道东北抗日联军吧？”

“知道，跟咱们的抗日义勇军差不多，只不过他们的后面有共产党。”

“这就是我急着找你的原因。东北抗日联军准备攻打肇源县，那是吉林和黑龙江两省交界处的重镇。目前肇源县城内的敌军不多，日伪军和伪警察加起来也就二百来人。”

“怎么？你也想攻打肇源县？”

“我们还没有那个实力。东北抗日联军十二支队支队长叫徐泽民，他的队伍大约二百人。他联络了各地的抗日义勇军，附近艾青山的队伍已经答应他了。他还联系到了高峰。你还记得他吗？原来是喇嘛甸支队的。”

“这些年了，我还真想不起来了。”

“他是肇源县人，他对象就在县城，所以他很想参加。”

“我看是你自己很想参加吧，看把你急成那个样子。”嘉轩笑着说。

“能够打下一个县城也的确很有震撼力，这对我们今后开展工作也会很有帮助。”

“那好。我会尽快向上峰报告，一有回音我就打电话到你的联络点，你就不用再跑一趟了。”

“有些事最好面谈，再说电话也不太安全。”葛鹏飞笑着说，“不是也想多跟你见上一面吗？”

葛鹏飞接到了嘉轩传达的指示，上峰同意他参加这次行动，但东北抗日联军是主攻，他们只做策应和助攻，美其名曰是不要喧宾夺主，其实是不希望有主力部队投入。

高峰是本地人，且有对象作为内应，葛鹏飞遂组织了一支精干的小部队，先行潜入肇源县城。高峰对象的家宅靠近南门，其父于顺发商行供职。该商行在南门附近拥有一处空闲仓库，其父便安排高峰的队伍藏匿于此。

十一月八日，日军于肇源县城召开了肇源、肇州、肇东地区“剿匪”胜利庆祝大会，嘉轩的老对头藤原亦到会发表讲话。藤原宣称，目前已于上述地区全歼抗日联合军的部队，并声称三肇地区的“王道乐土”指日可待。

当日夜间十一点，徐泽民率领一百八十余人的部队，于县城外设伏。艾青山部亦已完成部署，高峰部则于肇源县城内担任内应，计划于夜间十二点从东门与南门同时发起进攻。按照既定计划，高峰部的任务是，于城外战斗打响后，趁乱在南城门内从敌人后方实施偷袭，与城外部队里应外合，攻占南门，并趁势夺取县公署、日军营房、警察署及法院。

然而，令他们始料未及的是，顺发商行的老板柳发，乃一位极其精明的商人。由于高峰对象的父亲数次探询仓库情况，柳发遂心生疑虑，怀疑下属人员意欲存放私货，遂于半夜悄然前往仓库查看。

当仓库内人员听闻门外开锁之声，皆感惊愕。眼见战斗即将打响，此时若发生意外，必将造成严重后果。高峰示意众人隐蔽，自己则持枪藏身于门后，准备随时出击。柳老板开启仓库大门，并用手电筒向内照射。这时，不知何人踩响了地面上的一块铁皮，骤然发出的声响惊吓了柳老板。

“是谁？什么人躲在里面？”柳老板战战兢兢地喊道，“再不出来我喊人啦！”

高峰一见情况不妙，只得冲了出来，把枪口对准了柳老板的胸口。

“别喊了！”

一见到黑洞洞的枪口，柳老板本能地举起双手。

“这位兄弟好说话，我不动，一切听您的。”

高峰一把将他拖进仓库，低声对他说：“我们只是暂借你的地方，你老老实实的就没事儿。我们办完事马上离开，你要是做出什么愚蠢的事，就别怪我们不客气！”

“我懂我懂，一切都听你们的！”

“那就先委屈你一下。”高峰说罢，找来绳子把柳老板反绑在柱子上，又用一块布堵住了他的嘴。

约莫一刻钟，城外枪炮声大作。高峰带着他的队伍冲了出去，临走时对着柳老板的耳朵喊了一声："打完仗再放了你！"

驻守南门的日军无论如何也料想不到，他们的背后竟会突然杀出一支队伍。不等他们有任何反应，密集的子弹已从身后呼啸而至，将他们纷纷击倒。高峰等人率领队伍，以迅雷不及掩耳之势，凭借长短枪和手榴弹，迅速清除了守卫南门的日军及伪军，随即打开城门，与十二支队的战士们汇合，一同向县公署和日军军营发起猛攻。

城内的日伪军刚刚结束庆功宴，尚在睡梦之中，突如其来的枪声瞬间打破了寂静，整个军营顿时陷入一片混乱。士兵们惊慌失措，四处寻找军官，而军官们也乱作一团，无法有效指挥。当他们匆忙穿好衣服，走出房门时，迎接他们的却是迎面而来的密集弹雨。

这场激烈的战斗在黎明前落下帷幕，日军伤亡十余人，另有一百多名日伪军被俘。然而，令人扼腕的是，日军指挥官藤原在会议结束后便已匆匆离开县城，逃过一劫。

天亮时分，经过清点，他们这次缴获了大量战利品，包括轻机枪五挺、迫击炮三门、长短枪三百余支、子弹两万余发，以及七十多匹战马。

清晨，城内百姓纷纷涌上街头，围观这场胜利。十二支队当机立断，在十字街召开群众大会，宣讲抗日救国的道理，号召民众参军杀敌。令人振奋的是，会后竟有二百多名热血青年踊跃报名参军。为了防范日军的报复行动，十二支队与义勇军迅速集结，满载着缴获的枪支弹药以及其他军用物资，于中午时分，从北门有序撤离了县城。

高峰和对象有大半年没见了，就想留下晚些再回去，但是鬼子的援军来得很快。十二支队前脚刚刚撤离，日军的援军就包围了县城。

肇源县城失守的消息震惊了伪满洲国，伪满滨江省警务厅派出叶永年带领特别搜查班来到肇源。他们乔装打扮，身着便衣，在城内展开了秘密的侦察与搜查工作。他们从溃逃的日伪军那里了解到，这次县城之所以被迅速攻破，是有人在城里策应，而且一定在城门口有藏身的地方。在排查中，顺发商行的仓库很快进入了特别搜查班的视线。

叶永年立即抓捕了柳老板，柳老板很快招供。高峰对象的全家都不幸被捕，加上被捕的其他抗日救国会会员和抗联战士家属及抗联相关人士共十九人。

藤原被此次攻打县城的行动吓破了胆，虽然他很重视这次案件，但是他藤原被攻打县城的行动吓破了胆。虽然他很重视此案，但本人却不敢再回肇源城，只得频繁打电话追问侦查结果。特别搜查班对被捕人员施以酷刑，但抗日志士们坚贞不屈，严守机密，日伪军一无所获。恼羞成怒的伪满洲政府决定杀一儆百，由伪满滨江省警务厅警务官山崎和参事官三浦下令，将十九名被捕抗日人员处以死刑。

一月九日晚，日本宪兵用铁链将十九名抗日志士捆绑成串，分批押上两辆卡车，秘密押往肇源城南松花江边的李家围子。为防止消息泄露，所有参与处决行动的都是日本人。

李家围子紧靠江边，江面已被厚厚的冰雪覆盖，只有几位农民在凿冰捕鱼。几辆汽车突然驶来，径直冲向他们，农民们惊慌逃散。日军跳下车追捕，其中两位行动稍慢的农民被抓。日军持枪逼迫他们把已凿开的冰窟窿凿大。冰窟窿离江岸二十多米远。当抗日志士们被推下车时，他们明白了日军的意图。日军用刺刀和枪柄驱赶他们走向冰窟窿……

第二十一章　舍身图报

自从回到东北，章嘉轩的工作开展得很顺利，他很快以沈阳为中心，在东北各市县建立了新的情报系统和活动据点。这次攻克肇源县城，重庆方面尤为赞许，专门给他和葛鹏飞的义勇军颁发荣誉奖章。

湖南传来喜讯，韦婉顺利诞下一子，章嘉轩为其取名“湘生”。韦婉觉得名字略显简单，但得知是为了纪念在湖南的时光，便欣然接受了。

嘉轩原本计划元旦后回湖南探亲，看看刚出生的儿子。然而，葛鹏飞突然带来消息，赵睿智有要事相商。嘉轩深知，若非要事，赵睿智不会轻易相约，便取消了回家计划，专心等待消息。

几天后，哈尔滨王岗伪满第三飞行队营区发生兵变，伪军第三飞行队士兵杀死了伪空军值日官，切断营区电源，击毙日本军官山浦圭治、高本政治郎等十余人。起义部队共八十四人，分乘两辆汽车，满载枪支、子弹和被服等驶离王岗机场，前往三肇地区投奔东北抗联第十二支队。途中遭到日伪部队包围，因寡不敌众，大部分战士壮烈牺牲，少数被俘。

嘉轩听到这个消息，急忙联系葛鹏飞询问情况。他疑惑地问，起义部队既然联系了十二支队，为何自己没有得到消息？若能提前知晓，他便可派队伍前去接应，或许能改变结局。

葛鹏飞回答说，他们一直无法联系上十二支队的徐泽民队长。他还提到，这次起义令日伪军高层震怒，下令限期破案，估计十二支队已经暂时隐蔽。此外，睿智也一直没有安排见面，想必也是被这起突发事件耽搁了。

就这样一直到春节，还没有睿智的消息。嘉轩感觉到有些沮丧，本来他有机会回去探亲的。春节刚过，传来更加令人震惊的消息：日伪军在兰西县包围了徐泽民率领的抗联第十二支队。全支队战士壮烈牺牲，徐泽民受伤被捕，最终在狱中殉难。

几天后，葛鹏飞传来消息，说睿智马上要见他，越快越好，时间可以由嘉轩来定，但是地点须在杨树县城。二人最后约定次日在城南的小树林里见面，他们俩对这一带都很熟悉。

次日下午一点多，在树林等候的嘉轩看见睿智骑着一匹栗色的高头大马赶来，他急忙从树林里走出来迎了上去。

睿智在嘉轩身前勒住了马。

“这些日子鬼子盯得紧，我没办法多带一匹马出来，我们只能骑一匹马了。”

睿智说话的时候没有流露出一丝久别重逢的喜悦，眼睛直视前方，甚至没有正眼看他，这让嘉轩有些尴尬，但他还是尽力保持镇定。

“没关系，你的马很强壮，俩人骑应该没有问题。”

二人不紧不慢地骑了半个时辰，来到一处背阴的山脚。这里环境幽静，树木参天。虽是二月，山背处却不见积雪，反而有一片绿茵茵的草地。

“这地方很幽静。”嘉轩先下了马，环顾四周，不由感叹道。

“前面就是淑婉的墓地。”睿智冷冷地说了一句，随即下了马，牵着马向前走去。

嘉轩浑身一震，他收起轻松的表情，讪讪地跟着睿智向前走去。在两棵马尾松的中间，嘉轩看到了一块一米多高的青石碑。石碑的正面没有刻任何文字，石碑的后面隆起半米高的坟头，坟头的青草和旁边的草地浑然一色。

“你可以到墓碑的后面看一看。”睿智牵着马站住了。

嘉轩走到了青石碑的后面，只见石碑背面刻着两朵盛开的红花。花茎很高，花朵像针状的小伞，花叶还有皱缩和反卷，花蕊超出花朵很多，似乎比整朵花还要长一倍。

“是彼岸花吗？”嘉轩喃喃地说。

“是的。这是淑琴的意思。”睿智牵着马走了过来，“你大概也懂这种花代表什么。”

彼岸花开时，叶子还没有长出来；等它的叶子长出来时，花儿却已经凋零。所谓花开不见叶，见叶不开花。如今淑婉已达彼岸，生死两隔。想到此，嘉轩不禁悲从中来。

“淑婉的遗体被鬼子放火焚烧了，这里只有她的一些骨灰和衣服。”睿智伸手拔着坟上的野草，“等赶走了日本鬼子，我们再在墓碑上刻上她的名字，她这样的好姑娘不能被人们忘记。”

“我来吧。”嘉轩似乎看见在茫茫黑夜里，有一堆火焰在吞噬着淑婉的身体，她的身躯瘦小孤单，在火舌中化为灰烬。嘉轩的眼眶湿润了，他蹲了下来，仔仔细细地从前到后把坟上的杂草拔了。

“我带来了祭品，你给淑婉上支香吧。”睿智说着站起来，从马鞍的挂兜里掏出了一些水果和点心，还有纸钱、香烛。

摆放祭品时，嘉轩情不自禁地偷看了一眼睿智，他总感觉睿智似乎有意要加重他的负罪感，这让他心里很不是滋味。他觉得睿智应该早些告诉自己今天会来祭奠淑婉，那么他就有时间准备祭品，而现在自己只能被动地听从睿智的安排。

嘉轩举香面对淑婉孤寂的荒坟，他的忏悔之心油然而生。扪心自问，虽然说自己的确很忙，但是抽一天的工夫和葛鹏飞来一趟还是可能的。这件事的确自己有愧，想到这里，他更觉懊恼。

二人上完香，睿智说道：“我们在这里坐一会儿，等烟火散尽我们再走，免得火星子引发山火。”

“睿智，关于淑婉姐妹的事儿，我想跟你聊聊。”嘉轩鼓足勇气对睿智说。

“关于这个我不想跟你聊，至少现在不想。”没想到睿智竟然一口回绝，看见嘉轩窘迫的神情，睿智缓和了一下口气，“大敌当前，我们先把这些放一放，等有机会吧。”

两个人坐在草地上，丛林肃静，只有风声和鸟声。嘉轩感到一种从未有过的宁静，若自己在战斗中牺牲，能与淑婉一起葬在这里，那也就死而无憾了。

看见烟火散尽，睿智站了起来。

“我们走吧。”

“这是叶赫那拉古城，”当睿智勒住了马，嘉轩惊异地说道，“没想到淑婉的墓地离这里不远。”

“上次我跟葛鹏飞来过这里。我们聊了很多，我感到这里是个谈事儿的好地方。”

他们翻身下马，睿智把马拴在河边的树上，两个人在叶赫河边信步。

正值冬末初春时节，雪水在山中逐渐融化，汇聚成清澈见底的河流，甚至可以看见水底嬉戏的鱼群。

“葛鹏飞问我，我到底是什么人，我让他猜。现在我想问你，你认为我是什么人？”睿智停下脚步，转头看着嘉轩，目不转睛地问。

“我想你是共产党，”嘉轩没有躲避睿智的目光，温和地回答，“我应该没有猜错吧？”

“是的。”睿智爽快地承认了，“那么你呢？你是中统的人吧？”

“看来你了解的也不少。”嘉轩笑了笑，点了点头。

“你们中统一直把共产党视为眼中钉吧？”睿智直言不讳地问道。

“这也未必，目前日寇是主要敌人，共产党主张抗日，这方面我们是一致的。”

说话间，有一条木船沿江而下，由于是顺水而下，小船划得很快。

“那我们现在是同舟共济了？”

“虽然我们在界河两岸，但是只要有船，都可以抵达彼岸。”

转眼，小船已经来到他们面前，他们这才发现小船上空无一人。

“你这次急着找我，是不是有什么具体的想法？”嘉轩转过身，单刀直入地问。

“听说伪满第三飞行队起义的事儿了吧？”

“是你们策反的？”

“是的。起初，这件事进展顺利。他们飞行队的任务是配合日军进行作战和侦察。由于日本人对他们控制严密，士兵中的不满情绪日益增长。他们中有个叫刘远泰的回双城探亲，遇到了我们的人，很快与十二支队取得了联系，他们同意起义。”

“他们起义的时候，十二支队为什么没有去接应？”

“问题就出在这里。当时日本人因为肇源城被攻克的事大为恼火，特别是藤原，死死盯住十二支队不放。徐泽民队长建议他们延迟行动，但是第三飞行队认为准备工作已经基本就绪，怕夜长梦多，坚持采取行动。”

“那他们是自己采取行动了？”

“是的。那天晚上的行动其实很成功，他们采取突袭，打死了所有日伪军官，还砸开了武器库，取出了机枪、步枪和子弹，又打开了被服库，搬出军服、棉衣，装上了汽车。这时候周边的日伪军官对此还毫无察觉。”

“那他们后来怎么会被围歼了？”

“他们太大意了，本来撤离时应该减小目标，不该带那么多的物资随行。他们的卡车目标太大，被敌人的侦察机发现了。日伪军的追兵有上千人，最后他们这支不到百人的队伍被围困在一座大院里。敌人用迫击炮和掷弹筒猛烈向大院袭击。由于阵地狭小，孤军奋战，最终第三飞行队寡不敌众。”

“这实在太可惜了。”

“不过他们在撤离时，捣毁了伪满机场的所有飞机，这次事件也震惊了伪满洲国。虽然伪政府极力封锁消息，但还是被不少民众得知了这个壮举！”

“真是可惜了这支队伍！”

“这件事发生后，藤原调集了所有力量围剿我们的第十二支队。前几天，他们在兰西县内抓获了徐泽民队长。徐队长在狱里自尽了。”

“这件事我也知道了。”

“既然这样，我就对你明说了。我们决心除掉藤原，为牺牲的烈士们报仇！”睿智挺直了身子，直直看着嘉轩。

“原来是这样。”嘉轩因为事出突然，一时不知该如何表态。

“藤原也是杀害淑婉和残害淑琴的直接凶手，你难道不想除掉他吗？”

“不是我不想报仇，而是这件事很大，我必须请示上峰，而且我还不清楚我能做些什么。你千万不要误会。”嘉轩急忙解释道。

“对不起，是我太着急了。”睿智也察觉自己过于心切，“我希望这次我们可以联手，单靠我们，力量有些单薄。”

“你具体说说你的想法，我一定会全力配合。”

“那好。我先告诉你一件事，虽说是私事，但也是这次行动的一部分。”睿智把目光转向了前方，“我就要结婚了。”

“好事呀，恭喜你了！”

“我的新娘是淑芬。”睿智说着，还是眼望前方。

嘉轩一下愣住了。在他的印象里，淑芬还是个黄毛丫头，可是立即意识到，淑芬今年已经二十二岁了，可不是小姑娘了。这六年不见，不知变成什么样子了。

“好多年没见了，她现在可是大姑娘了。”嘉轩感慨地说道。

“这些年她也吃了不少苦，非常不容易。”

“婚礼准备什么时候办？”

“就在下个月。我要利用这次婚礼，把藤原引出来。在他的老巢很难下手，而到了这里，让他插翅难飞！”

“原来是这样，你觉得他会来吗？”

“如果仅仅是一个婚礼，未必请得动他，这也是我今天找你来的原因。”

“你说吧，我能做什么？”

“把葛鹏飞和他的队伍借给我。”

“这个并不难。”

“你想错了，我是要借葛鹏飞之手送藤原一个大礼……”

淑芬一早醒来，躺在炕上，抚摸着婚纱，又闭上眼睛回想起她和睿智第一次互生情愫的那天。

淑芬十几岁就已经爱上了睿智。睿智面容英俊，温和儒雅，总穿一身军服，更显得他身型挺拔，充满阳刚朝气。但因为两个姐姐的缘故，她觉得睿智总是把她当作一个小妹妹，而不是一个情窦初开的小女人。

在父亲去世的那天，睿智一身风尘从外面赶来。他在父亲的遗体前默默站立，此刻感觉像天塌了的淑芬，情不自禁地从他身后紧紧抱住了他。

那时正值夏季，大家都衣衫单薄，淑芬没有意识到自己十六岁的身体已经不是个小女孩了。睿智自然也感觉到异样，他转身轻轻拍了拍淑芬的头，似乎是不经意地离开了她的拥抱。

在睿智转身的一瞬间，淑芬察觉到了睿智眼中异样的目光，那是惊诧和羞涩。她第一次感觉到自己的酥胸紧贴男性身体的异样触觉。

在父亲遗体前产生这种感觉，她有一种难言的犯罪感和羞怯感。她也即刻松开手臂，一张脸也在顷刻间变得通红。

睿智也被这一亲密接触搞得心神不定，他情不自禁地偷看了淑芬一眼，刚好遇上淑芬羞涩的目光。二人对视片刻，又立即转移了目光。

也许就在那一刻，睿智从淑芬的身上看到了淑琴的影子，尤其是淑芬的神情酷似淑琴，睿智不由心旌一摇。

此后，淑芬就对睿智发起了主动进攻，她总会找各种理由去赵家。因为与赵家是世交，她会留在赵家帮厨，也会给睿智洗贴身衣物。

淑芬的心思赵家人都看得清清楚楚，赵家总会留下淑芬在家吃饭，也算默认了淑芬与睿智的关系。姚氏自然也非常同意。

睿智主动上门提亲时，虽然有些突然，但姚氏还是满心欢喜地答应了。淑芬更是喜出望外，她偷偷跑去庙里烧香还愿，因为她每次去庙里上香，都会请菩萨保佑让睿智爱上她。现在看来，菩萨真的显灵了。

下午，婚车把淑芬和家人接去了睿智家。睿智的家里张灯结彩，一派喜庆，来送贺礼的人已经络绎不绝。

傍晚时分，巷口出现了一辆黑色的小轿车，后面紧跟着两辆军用大卡车。等候在门前的佣人急忙跑进去通报，身穿西服、胸佩红花的睿智快步赶到门前。

轿车刚停下来，从后面的卡车上先跳下一队日军，他们围着轿车拉出一条警戒线，而后从轿车的后门下来了两位身材魁梧、佩戴短枪的士兵。他们警惕地打量了一下四周，然后拉开了前车门。

藤原笑盈盈地走下车来，睿智迎上去弯腰与他握手。

“长官光临，蓬荜生辉，真是太感谢您了。”

“几年前我就答应过你，在你大婚的时候我会来讨杯喜酒。你看，我是君子信守诺言呀！”

这时候赵仲虎也赶了过来。

“藤原长官大驾光临，有失远迎呀！”

“老先生客气，我也是来沾沾你们的喜气呀！”

“快快请进！”

两位保镖照例走在前面，后面的一排士兵也持枪跟了进来。睿智先引他们到了客厅，然后带保镖们去宴会厅检查。

“赵老先生一向可好？”

“托您的福，一切都好，虽然半夜还会有人往院子里扔砖头。”

“那是他们嫉妒你呀！”藤原笑着端起茶盏，“这维持会会长照料一方，守土一方，真是很不容易呀！”

这时，睿智走了进来。

“警卫们在餐厅做安保检查，我们在这里稍坐一会儿，然后再过去。”

藤原向副官做了个手势。副官走上前打开手里的皮包，掏出一个锦盒。

“睿智，今天是你新婚大喜，我送你一个吉祥的礼物。”藤原伸手接过锦盒，打开后递给了睿智，“你看看喜欢吗？”

睿智接过来一看，原来是一支雕刻精美的玉如意。

“都说结婚送礼要送双，我可真送不起两支。这支玉如意是我向溥仪先生讨来的，应该是宫中之物。赵老先生看看。”

“这礼物太贵重了，我怎么敢当！”睿智说着把锦盒交给了父亲。

赵仲虎接过来一看，是一件三镶如意，在云首、柄中和柄尾都镶嵌了上好的白玉，在尾部还有精美的双鱼结穗带。

“看这上好的玉质和雕工，民间哪有此物？老夫也是第一次看见呀，这真是太贵重了。”

“你们喜欢就好。”

这时候两个保镖进来了，他们朝藤原的副官点了点头。

“喜宴什么时候开始呀，今天晚上还有些安排。”藤原说话的时候看着睿智。

睿智会意地点了点头。

“现在就可以开始呀，大家都在等着您的光临。”赵仲虎说着站起身来，向藤原做了一个请的动作。

当藤原一行走进喜宴大厅，十几桌的人都站立起来鼓掌。藤原向大家挥手致意，他注意到在主桌上有两个人没有站起来。

藤原笑着在主桌入座，眼睛一直没有离开这两个人。那女的他认出来了，就是淑琴的母亲，而坐在她身边的男人却不是淑琴的父亲，而是一个年纪更大的老人。淑琴的母亲看上去衰老了许多，但神情还是那么泰然自若。

“这二位是不是要为我介绍一下？”藤原看着引座的赵仲虎发问。

“这位是我的亲家，就是新娘的妈妈。”赵仲虎略显尴尬地解释道，“这位是李先生，是常家的亲戚。”

姚氏仍然是一副旁若无人的样子，对藤原她连看都懒得看一眼。而坐在她身旁的老李头显得有些心神不定，他只是强作镇定地捧着手里的茶杯，也是不发一言。

突然外面传来一阵吵闹声，有人在院子里高声喊叫：“今天是我姐姐结婚，我怎么不能来？”

姚氏听见外面的吵闹，脸上立刻黑了下来。正欲起身，身边的老李头拉了她一下。

睿智立即走了出去，只见几个佣人在堂前挡住了两个人。站在前面的那人身穿皇协军的军服，挎着腰刀，脚穿高靴，一副桀骜不驯的样子，原来是常庆瀚。后面跟着他的母亲廖氏，脸上挂着一副尴尬的笑容。

“哟，是姐夫来了。今天您就给我们评评这个理儿，我姐姐结婚，让我这当弟弟的站在门外，这像话吗？”

睿智沉着脸摆了摆手，让佣人们退去。

“远的话我也就不说了，咱妈不想请你们，自有她的道理。现在我带你们进去，一会儿给你们安排个座。今天是我的大喜日子，谁也别惹我不高兴！”

庆瀚狠狠地瞪了佣人们一眼。

“狗眼看人低，哪天别让我在街上遇见你们！”

睿智领着他们走到靠墙边的一张桌子，庆瀚又开始抱怨：“我们好歹也是常家的人，怎么着也该坐在主桌呀，找个墙角旮旯就把我们塞这儿啦？”

“你自己去吧，看把你能耐的。”睿智说完转身离去。

“我还就不信了。”庆瀚说着真的站起来就朝主桌走去。刚靠近主桌，他才发现藤原坐在那里看着他，他不由胆怯了。

没想到藤原对他招了招手，庆瀚壮着胆子走了过去。

“对不起，没想到您在……”

“我记得你，你还记得我送你的武士刀吗？”

“我怎么能忘了您？您当年送给我的武士刀我还好好保存着哪！”庆瀚一副受宠若惊的样子。

“那很好。如今你跨上了真的日本刀，为天皇效力，我很高兴。皇军需要你，‘满洲国’需要你。”

庆瀚立正敬礼，满脸谄笑。

“愿为日本天皇效劳！”

“现在回你的座位去吧，我想喜宴该开始了。”

庆瀚点头哈腰地回到了廖氏的身旁，神灵活现地说：“藤原长官还记得我，他要我坐在他的旁边。”

“那你怎么不去坐呢？”

“我不是回来陪您吗？”

听儿子这句话，廖氏脸上笑得像一朵花。

“你说这家人有病，让那个赶大车的坐在主桌上，不怕丢人现眼。”

“老李头对他们有恩吧，到现在还收留他们。”

“所以淑芬才千方百计地嫁到赵家，真是够贱的。这个赵睿智也是有眼无珠。”

“快别说了，在人家的酒席上。”廖氏注意到身边的人对他们露出厌恶的神情。

“我怕谁呀，今天来是给他们面子。”庆瀚说着给自己倒了一杯酒，自顾自地喝了起来……

躲在厨房灶头烧火的葛鹏飞一直观察着外面的动静，厨房传菜的速度开始慢下来。睿智从外面走了进来，快步来到葛鹏飞身边。

“一切正常，我们照计划进行。”

“跟藤原来的鬼子们喝了咱们为他们准备的酒水了吗？”

“他们在院子里喝着呢，倒是那些保镖滴酒不沾。不过我给他们准备了茶水，我不信他们一口不喝。”

“那我一会儿就去司令部，枪支都在外面的大车里呢！”

“撤退的事也安排好了？”

“你放心，我都准备好了。我们在司令部一得手，这里立刻帮你撤人！”

“那就拜托了！我先进去了，等酒席一散，咱们的大戏就上场！”

“你这就要走？”淑芬得知睿智要跟藤原一起走，满脸委屈，都快要哭出来了。

“我只是送藤原去办公室。你在家等我，我一会儿就回来。”

姚氏的脸变得铁青，宴席上她根本就没动一筷子，这会儿她心里的火儿都快憋不住了。

“你们今天也太过分了！这喜宴请了我们家的仇人还不算，现在新人还没入洞房，新郎就要陪鬼子走。你们这是要娶媳妇还是要给鬼子脸上贴金？”

睿智见藤原已经走到大厅门口，也没有时间再解释，他只得匆匆说了一句：“妈，您别生气，等我回来再跟您解释。”

赵仲虎走过来劝慰说：“睿智他也有难言之隐，这个世道要活下去不容易，亲家母多担待了。”说着他朝姚氏拱了拱手，也转身去送藤原出门。

淑芬委屈地落下泪来，姚氏叹了一口气。

“也是咱们常家的气数尽了。女儿的大婚，家里人死的死，散的散，就剩下我们孤儿寡母，早知道就不嫁给这家了。”

“您快别说这气话，”老李头在一旁劝慰道，“这睿智是好孩子，今天他一定有为难之处。淑琴来不了也是没有办法的事，改天我们一起去看她。今天我倒是挺高兴的，在咱们淑芬的婚礼上，让我这个下人坐了主桌，活了一辈子从来没有这么风光过，要不是这会儿有那么多人，我真想给您跪下来磕个头！”

老李头的话把姚氏给逗乐了。

“瞧你说的什么话。要不是你，我们娘儿几个不得流落街头？你才是我们的大恩人啊！”

藤原走进自己原来的办公室，左右打量了一下。

“这里变动不大，不过今晚没有叫驻地司令参加，是不是对他不够尊重呀？”

“这十四路义勇军投奔的事太大，不能走漏任何风声。那个葛队长也是压力不小呀，而且他跟咱们的这位司令还有些个人恩怨。”

“他人来了吗？”

睿智看了看表。“应该差不多了，他带来了一些枪支弹药表示诚意，还有他的队伍名单。您等会儿可以过目。”

“这支部队我跟了很久，他们里面的一些人我还都熟悉，一看就知道真假。”

“不过答应他的事希望司令能兑现，因为正要通过他使更多抗联部队归顺。”

“这你放心。我本来是要提拔他做皇协军的团长，他既然不想干，只要钱，也就随他了。”

“他也是因为抗联十二支队被您剿灭才心生退意。总之，我们能消灭一支队伍也是一件好事。”

“这件事如果办得顺利，我就把你调到总部去，我一定兑现我的承诺！”

“谢谢长官提携！”睿智敬礼鞠躬退出了房间。

睿智带藤原和副官来到了大楼后面的操场。只见操场上亮起了灯，地上摆满了各种枪弹，有轻机枪、步枪、手枪和掷弹筒。藤原边看边点头，他知道义勇军的武器很紧缺，这样的火力装备如果在他们手里，对“满洲国”的治安将是极大的威胁。既然能将这些武器上缴，也的确说明了对方的诚意。

“葛先生。”睿智对正在整理武器的几个汉子叫了一声。葛鹏飞站了起来，步履稳重地走上前来。两位保镖先迎上前对他仔仔细细地搜身。

葛鹏飞稳稳站在那里，脸上神态从容。等保镖搜完了身，藤原主动上前，向葛鹏飞伸出双手。

“一直期待见到你，果然出手不凡呀！”

葛鹏飞也笑着回应：“中国人说这叫不打不相识呀！”

“我们回办公室吧，葛先生还有重要的东西要交给您。”睿智在一旁说道。

说完，几个人转身往楼上走去。

葛鹏飞紧跟着藤原，睿智则跟着藤原的副官，两个保镖紧随后面。睿智发现两个保镖的脚步有些迟缓，在上楼梯的时候还捂住嘴打了哈欠。他知道是茶水里的催眠药见效了。

他们走进了办公室，两个保镖守在了门外，睿智给葛鹏飞递了个眼色。

“葛队长，把投诚人员的名单拿出来吧。有些人的情况我事先告诉藤原长官了，其实藤原长官对你们很了解。”

“好的。希望藤原先生以后多关照他们。”葛鹏飞说着从怀里掏出一本册子，“我这人贪财，拿了钱我就回老家买房置地了，这些人就交给您了……”

葛鹏飞边说边靠近藤原，举着册子递了过去。藤原满脸笑容伸手接过册子，急不可待地翻开看了起来。刚看了几页他就笑了起来。

“这里面有几个人，我已经找了他们很久，没想到会以这样的方式见面……”

藤原的话还没有说完，葛鹏飞突然转到他身后，用胳膊勒住了他的脖子。藤原的脸立即涨得通红，发不出一点声音！

副官一看大事不妙，赶紧从腰间掏枪，还没来得及说话，就被睿智用枪柄在他的后脑狠砸了一下，副官立即像软泥一般瘫倒在地。

睿智几步来到藤原跟前，从怀里掏出了一把短剑，拔去剑鞘，抽出利刃，对着藤原低声说道：“还认得这把天皇短剑吗？是你送我的。你来中国这么多年，让我最后教你一句中国成语，‘图穷匕见’！”

睿智说完，一剑深深扎进了藤原的肚腹之间。藤原哼了一声，巨大的疼痛让他的眼睛都凸爆出来，眼球布满了血丝！

“这一剑是为了淑琴，你给她带去的痛苦，今天这一下还远远不能补偿！”

而后睿智拔出短剑，又朝着藤原的心口直插进去。

“这一下是为了淑婉。你就算到了阴曹地府，淑婉和被你杀害的中国老百姓也不会饶过你！”

这一剑下去，藤原的眼睛翻白，身子也软瘫下去。葛鹏飞稍微松了一下胳膊，藤原努力睁开眼睛看着睿智。

“你……你是我最信任的中国人，可是，我错了，没有中国人可以相信……”

藤原死了，他的脸上浮现出一个古怪的笑意。

“你怎么能明白中国人的骨气呢！”睿智轻蔑一笑，把短剑在藤原的军服上擦了擦，然后丢在了桌上。

看见藤原咽了气，睿智从藤原的腰间取出手枪交给葛鹏飞，指着自己的肩膀说道：“快给我一枪！”

“你不跟我撤退？”葛鹏飞急了。

“我一走就会连累我家里人和淑芬，我还有任务！你快点！”

看着睿智坚决的样子，葛鹏飞迟疑地从睿智手中接过枪。

“你怎么不早说？”

“我早说你就不会同意这个计划。别犹豫了，开枪后保镖肯定进来。你还要干掉他们，然后立即撤退！”

“所以带来的枪都不要了？”

“能干掉藤原就值！枪可以再夺回来！别忘了给副官头上来一枪！”

葛鹏飞看见睿智坚定的眼神，点了点头，咬紧牙关对准睿智的肩膀开了一枪！

枪声一响，睿智立刻倒地。门外两个保镖推门而入，还未看清里面发生了什么，就被葛鹏飞一枪一个撂倒了。然后，葛鹏飞对着副官的脑袋上又开了一枪，这才慌忙查看睿智的情况。

“你没事吧？”

“我没事，你赶紧走！”

睿智用手捂着伤口。子弹射穿了他的肩膀，鲜血从背后汩汩涌出，不一会儿身下就淌成了一片，然后逐渐失去了意识。

等睿智醒来，司令部派人对他进行了几番审讯。睿智供述：藤原在与葛鹏飞谈判期间，双方产生了不信任。在争执中，副官拔枪，但是葛鹏飞动作更快。葛鹏飞抢了藤原的枪打死了副官又打伤了自己，还打死了冲进来的保镖，并大骂藤原不讲信用，害得他丢了枪也丢了队伍，为了泄愤就用短剑杀死了藤原。

审讯人员对睿智的话充满怀疑，但是因为在场的人都死了，葛鹏飞也的确带了大批武器来投诚。虽然无法排除睿智是同伙的嫌疑，但又无确凿证据。若是同伙，他应该与葛鹏飞一起逃逸，更何况他当天举行了婚礼，在情理上似乎也解释不同。

驻城司令酒井对这次受降行动没有让他参加本就心怀不满，他认为这是藤原为了独霸功劳而故意把他排挤在外，发生了这样的意外其实他也是幸灾乐祸。他对睿智倒是没有什么成见，所以他建议继续调查，可以先放睿智回家养伤，但暗中派人监视，等进一步调查后再做定论。

第二十二章　意惹情牵

离开祖国将近八年，章嘉怡在登上轮船的那一刻，才真切地感受到归心似箭的心情。来到日本最初的几年，她特别想家。特别是哥哥嘉轩回国后，她独自一人在异国他乡，只能依靠不定期收到的书信来慰藉乡愁。国内传来的消息大多令人担忧：日本侵华战争愈演愈烈，大哥二哥都参加了抗日队伍，他们为了安全起见，不敢与家人联系。出于同样的考虑，家里也劝她暂时不要回国。

毕业后，嘉怡在长崎一家出版社找到了工作。她对出版社的工作非常满意，投入创作时也感到十分充实。然而，她把过多的时间都埋在了书堆里，几乎很少与外界接触，以至于恋爱经历几乎空白。然而，她平静的生活还是被突如其来的战争彻底打乱了。

一天早上，她去寿司店买早餐，打开门却发现到处是传单。传单上印着汉日对照的文字："尔国侵略中国，罪恶深重。尔再不逊，则百万传单将变为千吨炸弹，尔再戒之。"随后，警笛大作，全城的警察都出动了，安保部门也在辖区内进行搜索，还把收集的传单拿去化验。化验结果证实传单的确来自中国，是从中国飞抵长崎的轰炸机上撒下来的。

消息传出，民众十分恐慌，对当局所声称的"日本本土防卫固若金汤"产生怀疑。嘉怡的心情也是喜忧参半，喜的是看见中国空军的实力增长，已经可以飞抵日本；忧的是看似安全的日本也将朝不保夕。

再之后，美国六十三架"超级空中堡垒"B-29 重型轰炸机从成都首飞日本。这回他们携带的不是传单，而是真正的炸弹。经过八个小时的往返，他们成功轰炸了九州八幡钢铁工业中心。

这次轰炸坚定了嘉怡回国的想法，既然同样面临战争的危险，她宁愿回国去面对。要是被中国的炸弹炸死在日本，那简直是对自己人生最大的嘲讽。刚好嘉轩也来信劝她尽早回国，战争的局面对日本越来越不利，他现在在沈阳工作，兄妹在一起也有个照应。于是嘉怡当即请辞了工作，简单收拾了行李，踏上了回国的行程。

同船的旅客大多是从日本向中国东北移民的开拓团成员。所谓开拓团，其实质是日本帝国主义向中国东北实行移民侵略的一种组织形式。他们大多数是农民，携家带口的也不少，带着孩子们扶着船舷眺望大海，一脸的憧憬与幸福。

为了避免麻烦，嘉怡穿着日本和服，别人都以为她是日本人。

"听说东北的土地可肥沃了，都是攥一把流油的黑土地。"一个男人满脸笑容地说，"我的朋友半年前去了。他说'满洲国'的土地比日本好多了，种什么产量都比我们家的地收成多，一去就能分到那么多地。我这次带了全家去，就准备住在那里不回日本了。"

嘉怡不知该说什么好，苦笑着点了点头。

"您也是移民去那里吗？"

"我是老师，去那里教书。"

"教书好，我们的孩子也要在那里上学，有从日本来的老师，我们就更放心了。"

葛鹏飞拿了一块写着章嘉怡名字的牌子，一早就来到了码头。嘉轩打来电话，说自己突然被叫去重庆，所以没办法来接妹妹，只能请他代劳。

在电话里，嘉轩介绍起自己这位妹妹，包括她的个人喜好和性格，还有她在日本的大致情况，说自己妹妹至今还是单身。葛鹏飞明显感觉嘉轩话里有话，嘉轩这次安排他接船，应该是有更多的含义。

来码头前，葛鹏飞特意刮了胡子，理了发，但是为了避免引起外人的注意，他穿着普通的长衫，戴了礼帽。

客轮进港了，旅客们陆陆续续地下了船，港口的宪兵在闸口一一查看证件，有的旅客还被要求打开行李检查。葛鹏飞不停在下船的人流中张望搜寻，并尽力把牌子举得高高的。

旅客已下过半，葛鹏飞突然看见一位身穿白色和服的姑娘朝他走来，发型和装束与一般日本人无异，眼睛又大又圆，神情与嘉轩挺相似。他相信这一定是嘉怡了。

葛鹏飞迎上前去。

"是嘉怡姑娘吧？我是你哥的朋友。"

看见嘉怡笑着点了点头，他边说话边去接嘉怡手中的箱子。

“你哥今天有事不能来接你，他让我先向你道歉！”

葛鹏飞突然靠近，嘉怡下意识地向后一闪，随即意识到不妥，她发现葛鹏飞的神情一滞。

“初次见面，我是章嘉怡，请多关照。”慌乱中嘉怡按照日本的礼节，给葛鹏飞深深鞠了一躬，葛鹏飞也忙不迭地还礼。

“这箱子是有些重，还是烦劳您帮我提吧。”嘉怡马上恢复了镇静，她觉得接受别人的善意会更容易减少初见的尴尬。

葛鹏飞果然面带笑容地从嘉怡手里接过箱子。

“我叫葛鹏飞，我比你哥长两岁，嘉轩叫我大哥，你也可以这样叫我。”

“那好，以后我就叫你葛大哥。”

出了码头，二人叫了辆人力车去了火车站，从营口坐火车去四平还要不少时间。葛鹏飞对嘉怡解释说嘉轩现在是省党部委员兼书记长，为了安全考虑，还是安排她住在四平。四平离老家近，自己在那里的关系也多，比较方便照顾。

嘉怡对国内当前的情况不了解，既然是哥哥的安排，她就欣然接受。两人在火车上聊了一路国内的现状，嘉怡听得也很新鲜。火车到四平已经入夜了，他们从车站叫了马车去她的住处。

马车停在了一个宽敞的巷口，葛鹏飞先跳下车，刚要转身去扶嘉怡，她已经自己先跳了下来。葛鹏飞把箱子拎了下来，领着嘉怡朝一栋二层洋房走去。

“这个地方是闹中取静，你先住下，如果不合心意咱们再找。”

嘉怡的房间在二楼，打开房门开了灯，首先映入眼帘的是一盆盛开的对对红。

“好多年不见了，你也喜欢这种花？”嘉怡欣喜地跑上前站在桌边，目不转睛地看着盛开的花朵。

“是你哥说的，这是你最喜欢的花。”葛鹏飞为了这盆花，可是花了不少力气，看见嘉怡那么喜欢，他的心里也是美滋滋的。

葛鹏飞放下箱子，走到柜橱旁拿过暖壶来倒水。

“先喝口热水吧。”然后他又打开橱柜取出一盒点心，“这里有些点心，都是咱们东北的特色：豆沙馅儿夹心饼、绿豆糕、烤炉果，还有牛舌糕……”

“你想得太周到了！”嘉怡手捧杯子，看着琳琅满目的点心，笑逐颜开。

“你哥说你小时候就爱吃这些点心，去日本那么多年，怕在那里是吃不着的。”

“看来我哥跟你说了不少我的事儿。”嘉怡带着顽皮的眼光看了葛鹏飞一眼，她发现这个身材魁梧的男人心思还挺缜密。

葛鹏飞被她的这句话说得脸红了，忙不迭地解释：“你哥特别关心你，一再交代要我好好照顾你……”

看见葛鹏飞红着脸有些慌乱的神情，嘉怡感觉很开心。这些年她都没有感受过成年异性的照顾，今天被这个大男人无微不至地关心，她真的感觉很温馨，而且看他那种手足无措的憨厚样子，她感觉到身为女性的一种驾驭感，这也让她感到兴奋。

“你先休息一下。如果想吃东西，我陪你去不远的店铺。如果累了，那我就先回去了，明天再来看你。”葛鹏飞说着退步到门口，他的心跳荡得很剧烈，有一种想逃避的感觉。

“我们下去吃点东西吧，这么晚了，你也饿了。”

嘉怡在四平的日子过得挺滋润的，主要是葛鹏飞经常会抽时间来陪她走一走，带她熟悉这个城市，品尝四平的特色美食。嘉怡跟葛鹏飞打趣说，像她这样吃下去，葛大哥就要赔她衣服了，因为她从日本带回来的服装可能会穿不下了。

为了让嘉怡在四平有更稳定的生活，葛鹏飞四处奔走，打听适合她的工作机会。刚好有一家翻译社在转让，葛鹏飞便联系以很低的价格盘了下来。

正当嘉怡在四平的生活逐渐步入正轨时，葛鹏飞得到消息，嘉轩被委任为五军政治部主任，正式上任之前特意请假回来看看嘉怡。嘉轩和嘉怡兄妹分开那么多年，他们都在盼望这一天。

嘉轩是傍晚来到妹妹的住处的。打开门看到哥哥的一刹，嘉怡激动地搂住哥哥的脖子不肯撒手，欢喜的泪水弄湿了哥哥的肩膀。嘉轩轻轻拍打着妹妹的背，他能理解妹妹那么多年独自在日本的艰辛。他们几乎促膝长谈了通宵，但是嘉轩并没有将自己的身份和盘托出，只是谈彼此的个人生活。嘉轩述说了与淑琴、淑婉和韦婉的事，讲到动情之处，他们相拥而泣。

嘉怡也说起了自己在日本的生活，说起了找工作的艰辛、国军对日本本土的轰炸。二人最后聊到了葛鹏飞，开始嘉怡说得还挺兴奋，后来看到哥哥眼里期待的神情，她意识到这是哥哥故意安排的。想到这里，她的目光开始游离躲闪，语调也低落下去。

“怎么？刚才还说得挺热闹，这会儿反而害羞了？”嘉轩打趣道，“你在日本待那么久，日本的女人不都认为‘结婚才是幸福’‘女人最大的追求应该是找个好丈夫’，这些对你都没有影响？”

“哥，你快别说了，我明白你的意思。”嘉怡的脸一下子红到了脖梗，“我也只是没有机会而已，遇到了对的人，我下手才快呢！”

“这话可是你说的。”嘉轩开心地笑了。

“葛大哥是我最信任的朋友，你是我最亲近的家人，”嘉轩看到妹妹已经表明了态度，也就直言不讳，“我是搭桥铺路，至于你们过不过桥，走哪条道儿，就看你们自己的了。”

“这件事我们先不说了，我想这两天回老家去看看，你能跟我一起去吗？”嘉怡问道。

“我尽力安排一下。即使能回去，也千万不可声张，也不要提及我们现在的住处。爸妈都明白，他们也不会多问，但是隔墙有耳，还是小心为上。”

“我明白，一切都听哥的。”

嘉轩和嘉怡包了台轿车回去，葛鹏飞正好在嘉轩的老家梨树县附近，便先去他们家报信，约好在家见面。到梨树县城已是傍晚，为了防止人多嘴杂，嘉轩让司机在县城边停车，他让司机先回去，第二天早上在这里等他们。

嘉轩问妹妹还认不认得回家的路。嘉怡说她还认得。嘉轩让她用头巾遮住脸先回家，路上不要跟人打招呼，回家后打开后门，他稍后从后门进来。

天色已晚，嘉轩压低礼帽，快步往家走去，一路没有遇见什么人。刚到后门，葛鹏飞就迎了出来，兴奋不已地说道：“你妹妹真不错！”

嘉轩自然明白葛鹏飞的意思，但他还是揣着明白装糊涂。

“我妹妹怎么了？”

葛鹏飞早就认定嘉轩是要把妹妹介绍给自己，但嘉轩这么装糊涂，他一下子变得尴尬起来。

“你看，我是想说，这几天陪你妹妹，发现她真是与众不同……”

嘉轩其实是想试试葛鹏飞对妹妹的真实态度，看见他的窘态，心里也明白了大半。

“今天也不是你来相亲，你先让我进去看看我爹娘，你说的事我一会儿还要好好审一审。”嘉轩笑着调侃起葛鹏飞，两人边说边走进院子。

章父种了大半辈子地，后来在城边开了一间磨坊，为村民做粮食加工，收取低廉的加工费。由于信誉良好，不少粮食大户都远道慕名而来。章父信佛，一生吃素。章母沉默寡言，只是默默地跟随丈夫。虽然她不信佛，每天也跟丈夫烧香拜佛，但是她不坚持素食，还喜欢为孩子们做荤菜。

嘉轩推开门走进屋，看到老父亲端坐在椅子上，脸上挂着温和的笑容，手中拿着一根长烟杆，但并未点燃。虽然几年未见，父亲似乎变化不大。母亲坐在桌子另一侧，看上去明显苍老了许多，抬头纹和鱼尾纹布满了整张脸。嘉怡坐在小板凳上，脸颊依偎在母亲的腿上，紧紧握住母亲的手。

嘉轩走到父亲面前，双膝跪下，规规矩矩地给父亲磕了三个响头。父亲脸上还是笑吟吟的，什么也没有说，似乎嘉轩是昨天才离开家，并没有显露出久别重逢的欣喜。

“父亲，孩儿不孝，那么久才回来看望你们。”嘉轩眼中含泪地说道。

“分久必合，合久必分，人间是这个道理，家里也一样。再说你们都是在干正事儿，那就是行天道，忠君报国才是最大的孝顺！”

嘉轩点了点头，转身走到母亲面前也跪下来，结结实实地磕了三个头。章母站了起来，拉住嘉轩的手。

“你黑了，也瘦了，可看着你像是又长高了。”

“是您矮下去了。”嘉怡在一边说，“年纪大了，人的骨骼会收缩，所以会变矮……”

“就你懂得多！”嘉轩佯怒地瞪了妹妹一眼。

“妈，你看哥吼我！”

嘉怡撒娇地拉住母亲的手，把父母都逗乐了。

第二十三章　横发逆起

淑芬永远不会忘记她新婚之夜发生的事。

在藤原离开之前，一切都显得那么完美。她如愿穿上了婚纱，变成了梦想中的公主。在亲朋好友的赞美中，她被簇拥在灯光最耀眼的地方，仿佛置身梦境。虽然没有饮酒，她却已陶醉其中，静待着步入洞房，迎接那一夜最浪漫的合卺时刻。

当睿智说要去送藤原回司令部时，淑芬相信他此刻的心情也是归心似箭，于是没有多想就痛快地点头答应了。没想到睿智这一去，等来的却是他受伤住院的消息。淑芬简直像被雷击中一样，顿觉天旋地转。她不顾一切，穿着婚纱就赶去了医院。

医院门口站满了荷枪实弹的鬼子兵，任何人都不准进入。淑芬突然想到了庆瀚，她急忙让马车赶去庆瀚家，把喝得醉醺醺的庆瀚叫了起来，让他去打听情况。

等衣冠不整的庆瀚来到医院，守卫的鬼子根本不买庆瀚的账，把他也挡在了门外。庆瀚只好灰溜溜地回来说，看来情况比较严重，让淑芬回家等消息，明天他一定会打听到消息。

淑芬的情绪几近崩溃，一个人回到新房。她百思不得其解，为什么这么倒霉的事情会发生在自己的身上，此刻她不想听任何劝慰，只想为自己的苦命痛痛快快地哭一场。

一个时辰后，赵老爷在门外说有了睿智的消息。淑芬急忙跳下床打开门。赵老爷说葛鹏飞刚派人送来消息，睿智只是肩膀受伤，没有生命危险，过两天应该可以回家。

听到这个消息，淑芬才缓过气来，但是这一夜她再也无法入睡。次日早晨九点多钟，庆瀚匆匆赶来说：藤原司令和他的副官当夜被人击毙，睿智负伤；因为睿智在现场，估计鬼子一时半会儿还不会放他回家。

一夜未眠，这个结果淑芬已经猜到了，但是现在没有人可以倾诉，唯一能帮她的就是庆瀚了。她几乎每天都去庆瀚家打听情况。庆瀚可不是省油的灯，他以需要上下打点为由，公开向她索要钱财。

淑芬别无选择，她也不好意思跟赵家伸手，自己家更是没有能力，她只能把彩礼拿出来填庆瀚那个无底洞。

一周后，日本人把赵老爷叫到司令部，司令官亲自跟他谈了条件。他们允许睿智回家养伤，但是要家人保证睿智不出门，还以安全为由派兵在赵家门口站岗。赵仲虎喜出望外，当然是满口答应，然后司令官派车把他和睿智送回了家。

一周不见，睿智瘦了一圈，眼圈发黑，脸色通红，伤口也感染了，高烧不退。赵家赶忙从四平请来了最好的大夫。淑芬几乎不眠不休地在睿智床前伺候着，累了就趴在睿智身边躺一会儿。人在身边了，她的心总算踏实些。

几天后，睿智的高烧终于退了，已经可以坐起来说话。看着身边略显憔悴的淑芬，他心里充满歉意。

晚上，睿智和淑芬终于躺在了一张床上。淑芬睡在睿智的臂弯里，小心翼翼地不去触碰睿智受伤的那一侧。她侧着脸看着睿智。

“我想问你一件事，你要老实回答。”

“你问吧，我回答你的一定都是实话。”睿智笑着用手指刮了一下淑芬的鼻子。

“你以前是不是喜欢过我姐姐？”

“谁？”

“别装傻，你不会像章嘉轩一样，喜欢她们两个吧？”

“看来我要是不编一个出来，今晚你不会让我睡觉了。”睿智还想搪塞过去。

“别打岔！说，喜欢谁？”

“好吧好吧，我招供，我的确喜欢过你大姐。”睿智看着淑芬的眼睛回答。

“那你老实告诉我，你会娶我，是不是因为我长得像我姐？”

睿智拱起身子来，一本正经地端详着淑芬的脸，然后煞有介事地说：“你长得还真有些像你姐。”

淑芬被逗乐了，举起拳头去敲打睿智。

“你讨厌！”

“不过你长得更像你二姐。”睿智说的是真心话。淑琴长得有些比较粗犷，淑婉要秀气很多，淑芬则有些小家碧玉的样子，多了一些柔媚。

“那我还要问你，这次你不许打哈哈。”淑芬的表情又严肃起来。

“好，请继续。”睿智还是一副不正经的样子。

“这次婚礼是不是为刺杀而做的掩护？”

睿智的脸色一下变了，急忙伸手捂住了淑芬的嘴，他低下头凑近淑芬的耳朵说：“这种话无论什么时候都不准乱说！”

“那你说你是因为爱我而娶我的吗？”

“结婚是人生大事，是要与你共度一生的，如果不是爱那是什么？”

淑芬听了这话，伸手搂住了睿智的腰。

睿智叹了一口气，躺了下来。

“也怪我让你们都受了连累，成天担惊受怕，真对不住了。”

“有你在身边就好，”淑芬紧紧搂住睿智的脖子，在他脸上亲吻，“只要你不离开我，怎么都好……”

一九四四年六月至八月，衡阳城成为抗战最激烈的战场之一。中国守军以血肉之躯，筑起了一道钢铁长城，顽强抵抗着装备精良的日军。尽管援军迟迟未到，粮弹告急，但他们始终坚守阵地，直到最后一刻。嘉栋和几个战友侥幸从衡阳城郊逃了出来。钻山林，走小道，走了很久才找到一个老乡。老乡帮忙找了几身旧衣服。为了防止人多目标大，大家换好衣服后便分头行动，尽量找人烟稀少的穷乡僻壤走。大家心里都没底，不知道目前的形势。

嘉栋一路走一路问，向湘乡的李家大屋赶去。战前，嘉栋把妻子李淳清和女儿湘衡安置在那里，没想到，等他赶到时已经是人去屋空。有人说他们被留守部队接去了贵州都匀。

嘉栋只得继续向贵州方向找寻，走了两天的山路，总算遇到了自己的部队。听他们说，在衡阳被打散的弟兄以及留守处照看的军属，全部被安置在了独山。

都匀离独山大约有六十多公里。嘉栋搭上了炮兵的卡车，到达独山后果然找到了留守处，在那里见到妻女。夫妻抱头痛哭，总算是共同逃过一场生死劫。嘉栋发现女儿的腿似乎出了毛病。女儿也快三岁了，走路依然摇摇晃晃的。淳清哭着诉说道，在途经金城江的时候，部队里发生了严重的痢疾。

大人们病倒了不少，炮兵营几乎所有的留守幼儿都患病死了。只有她及时将自己和大家隔离开来，并只去伙房拿些米饭泡水给孩子吃，这才侥幸没有染病。但是，孩子的身体非常虚弱，连正常走路都不会了。

嘉栋听罢又是一阵心酸。

在独山住了一个多月，鬼子进攻的队伍又逼近了。嘉栋他们也无处归队，只好跟随留守处撤往贵阳。

经过一个时期的调养，湘衡的身体恢复得很快，渐渐又能行走了，夫妻二人很是欣慰。不久留守处又转移到了桐梓。突然有一天，留守处的军官叫嘉栋去接电话，是重庆打来的。嘉栋赶忙跑去，竟然是哥哥嘉轩打来的，原来哥哥一直通过各种渠道在寻找他们。

兄弟再次重逢，自然悲喜交加，特别是嘉栋能够从衡阳这座人间炼狱中生还，真是一个奇迹。不过嘉栋在跟哥哥聊起衡阳保卫战的逃生经过时，还是很小心，尽量不让妻子听见，生怕吓到了妻子。

在嘉轩的举荐下，嘉栋谋得了青年军炮兵指挥官的职位。新年伊始，嘉栋就迫不及待地启程。嘉栋希望能做出个样子来，所以没日没夜与各营的官兵打成一片。

自从睿智出事以后，庆瀚感觉到自己再也得不到器重。前些日子他帮着姐姐去医院打听姐夫的消息，没想到鬼子宪兵就把他带到了司令部，酒井司令亲自审讯了他。

自酒井调任到这个城市以来，他们没见过几次面，最多就是出席社会活动的时候在外围警戒。庆瀚远远望见过酒井，还没有机会面对面对话。没想到他们第一次面对面谈话竟是在刑讯室，庆瀚感到非常委屈。这个刑讯室他来过，当时姐姐淑婉在此受刑。那时候他还小，只感觉阴冷恐怖。这些年过去了，当他再次走进这个充满血腥味儿的房间，一股凉气从颈椎一直寒到尾骨。

酒井的问话很简短，脸上不带一丝表情。他详细询问了关于睿智婚宴的整个过程，把每张桌子的人数和客人都问了一个遍。但那天庆瀚是没有接到邀请而硬闯进去的，他满心不痛快，根本没有注意太多细节。面对酒井的严厉目光，他不得不胡编。酒井没有动他一根指头，他已经是浑身冷汗，等问询结束，庆瀚感觉自己几乎没有抬腿走路的力气了。

慢慢挪步到院子里，抬头望着阳光明媚的蓝天白云，庆瀚像是重新活了一次。回想当年，两个姐姐待在那个人间炼狱里，每天经受严刑拷打，甚至死亡的威胁。真不知道她们是怎么想的，就跟中了邪似的，居然能挺得住！

这件事他并没有告诉淑芬，因为他还要利用自己和日本人的关系，继续向三姐要钱。没想到姐夫这么快就被放出来了，心中懊恼，财路就这么断了。

又过了几天，皇协军突然把庆瀚的小队长职务撤了，而把他调去兴农合作社。庆瀚根本搞不清这个合作社是干什么的，只知道自己这个队长是当不成了。俗话说，狗眼看人低，从身边的队员投来的鄙视目光中，他知道自己已经失宠了。但事已如此，庆瀚也别无选择。他收拾好自己的私人用品，在街上拦了一挂马车，灰溜溜地回了家。

第二天，他来到县城的兴农合作社报到，依然穿着他那身皇协军军服。合作社的社长是日本人渡边，他对庆瀚态度很冷淡。庆瀚被安排在一间七八个人的办公室，办公室没有一个人教他该干什么。

百无聊赖地混到午饭时间，同办公室的几个人都到门口不远处的小饭馆吃饭。庆瀚灵机一动，悄悄把大家的饭钱都付了。等到众人知道他为大家付过账了，便都微笑地跟他打了招呼。

坐在他对面的同事叫徐亦凡，他友善地提醒庆瀚，既然到这里上班，就回去把军装脱了换一身衣服。庆瀚连忙点头称是，好在办公的地方离家不远。他一路小跑回家，换了一件长衫回来。

之后，同僚们对他的态度友善多了，可还是少不了隔三岔五要敲他的竹杠。庆瀚心里十分窝火，以前都是他敲别人竹杠，现在风水轮流转，自己倒成了被宰的羔羊了。自己平日里花天酒地，还会去赌场耍钱，哪有积蓄。老娘在常家也没有攒下多少钱，现在特别抠门，囊中羞涩的他还不得不隔三岔五地去三姐那里借钱。

徐亦凡给他介绍，这个兴农合作社隶属伪满兴农部，主要负责农业、林业、畜牧业、水产、矿产、工业、开拓、殖民和其他资源的开发与利用。合作社理事长是松岛鉴。

几个月后，兴农合作社决定在长春、奉天、吉林、哈尔滨和龙江五处设立职员训练所，每期三个月，每年训练职员六千多人，要连续进行三年。

职员训练所初建需要人手，庆瀚没有家庭负担，又当过皇协军，社里就安排他到哈尔滨参加训练所的筹建。看过培训所的教材，庆瀚明白，这个所谓的兴农合作社，其实就是日伪军对农产品控制的一个工具。他们要农民以户为单位，成为兴农合作社的社员，接受“王道乐土”“大东亚共荣圈”“日满协和”等思想教育。各级兴农合作社从经济上对广大农村进行所谓扶植，其实质就是全面控制农作物的收成。

庆瀚很快摸清了合作社内部的门道，他发现这里面其实油水很足。因为合作社的人在收购农民的粮谷时，可以随意压等级、压分量。农民的农作物只能卖给合作社，所以他们就可以强索贿赂。他跟徐亦凡第一次去太平村收粮，不动声色地就勒索贿赂两万多元，徐亦凡理所应当地分了大头，庆瀚虽然分的少些，也是很满意。他开心极了，终于发现了一个比当皇协军队长还要挣钱的门道。

口袋里有了钱，托尔戈伐亚大街就成了他常光顾的地方了。那里有日本人开的妓院，茶室、酒吧、舞厅和饭店都成了色情娱乐场所。这里是徐亦凡带着他来的。徐亦凡告诉他，日本人鼓励在东北各地大办娼寮妓院，不仅可以攫取财富，实现“以战养战”的目的。有些日本妓女还是情报搜集员，她们能听懂中国话。有些傻帽把嫖日本女人当作抗日行为，还在床上大骂日本人，等他们下了床，出了妓院，打手们会跟到他们家，抓起来当劳工或者直接枪毙；有的人还是抗联部队的战士，言语中被套出情报，整个部队都遭殃。

徐亦凡还带他去过一家日本妓女经纪株式会社。会社门口虽然有日本宪兵把守，但是任何人都可以进去包租日本女子。他们会被领到一个豪华的欧式房间里，里面的茶几上有许多影集，影集上是每一名女子的照片和情况介绍。如果你看中了，双方就要签一份合同，规定包用的价格和期限，一般是五年期。订货方先预付百分之二十五的包银，大约过半个月，订货人就会接到银行的通知：“货物”到了，请支付余款。收货人到银行交清款项后，凭收据到株式会社领人。

庆瀚装模作样地翻看着照片，突然一张照片吸引了庆瀚的注意。照片上的姑娘看上去清纯脱俗，像是一朵出水芙蓉。文字介绍她芳龄二十四，已婚，还读过大学。不过，徐亦凡说这些学历都是随便写的。

庆瀚指着照片问接待员：“这个姑娘有人定了吗？”

接待员看了一眼，点了点头说，已被一家叫“吉原游廊”的娼寮定走的。庆瀚又默默地看了一眼照片，暗暗记住了她的名字——真希（まき）。

这些年，淑芬总有一种不好的预感，她总觉得冥冥之中似乎有一股邪恶的力量埋藏在她生命的道路上，也许这就是人们所说的宿命吧。在她两个姐姐身上肯定有，在她身上也有。她真想让舅舅给自己算上一卦，看看自己的八字是不是有问题，什么时候还会有坎儿。唉，如今舅舅也不在了。

藤原被杀事件已经过去几年了，睿智在日本人那里已不被信任，重要的会议他也不能参加。平常外出，身后还会出现躲躲闪闪的尾随者，虽然睿智一笑置之，但是淑芬一直提心吊胆。

日本人似乎早就在等睿智主动辞职，当睿智把辞呈递上后，当天就获得了批准。赵仲虎也以年迈多病为由，请辞了维持会会长的职务。日本人本来已经不信任他们父子，于是也顺水推舟地同意了他的请辞。与此同时，日本人自然就开始抢夺赵家的生意。特别赵家的钱庄生意，早已经被伪满洲国的中央银行挤兑得无法生存。赵仲虎此时对于生意也看开了。

睿智在一所中学找了一个教师的职位，教语文和日文。薪金虽然不高，但是朝七暮五的作息生活很有规律。淑芬对此倒很满意，唯一遗憾的是，婚后那么久，淑芬还是没能怀上。她实在有些嫉妒两个姐姐，偷偷摸摸地就能跟同一个人前后脚地怀孕生子。

今天似乎特别不顺，早上出门倒洗脸水，莫名其妙地把脚崴了。下午喝茶又把杯子摔了，脚面也被烫了。不知为什么，淑芬总是记得姐姐出逃那天，淑婉也被开水烫了脚面，淑芬觉得这可能是个不祥的兆头。

天很晚了，睿智还没有回来。淑芬心里一直不踏实，晚饭也没有胃口，坐在桌边等睿智回来。直到深夜，睿智才一脸疲惫地进屋，看见淑芬还没有吃饭，连连道歉说，晚上来了个朋友，就在外面吃了，没想已经那么晚。

淑芬压住满心的不悦，独自拿起筷子，可是吃什么都味同嚼蜡。睿智坐在对面似乎欲言又止。

淑芬放下了筷子。

“你是不是有什么事要说？”

“等你吃完饭吧。”睿智勉强笑了笑。

“你这个样子我更吃不下了，你还是说吧，省得我揪心揪肺的。”

“今天衡阳失守来了，守军跟鬼子干了四十多天。”

“你上次已经说过了，衡阳最终也是保不住的，东北的关东军都赶过去了，又是飞机又是大炮的，国军怎么抵挡得住？”

“关东军去打的长沙，”睿智耐心解释道，“衡阳情况不同。这回鬼子是急红眼了，动用了侵华战争以来最大的兵力来对付湖南。最近他们在国际战场开始到处吃败仗，先后在中途岛和瓜达尔卡纳尔岛被美军打败，上个月美军又在塞班岛进行了登陆，所以他们急着要打通中国大陆交通线……”

“你在给我上课吗？”淑芬不客气地打断了睿智的话。

“我只是想把目前的形势跟你说说。”睿智的神情有些尴尬，眼色也有些躲闪。

“你把心里想说的话说出来吧，藏着掖着的多难受。”淑芬嘴里这么说，心里那种不祥的预兆越来越强烈了。

“是这样，我想可能要离开家一阵子。”睿智鼓足了勇气把话说出了口。

“我可以跟你去吗？”淑芬拿起筷子，在盘子里胡乱拨拉着。

“这个……这个恐怕不行。”睿智为难地做出了否定的答复。

“要去哪里我能知道吗？”淑芬还是头也不抬地问。

“这个很难说……”

“这也难说，那也难说，我到底能知道什么？”淑芬心理崩溃了，她把筷子往桌上一拍，捂住脸哭泣起来。

睿智手足无措地站了起来，走到淑芬身边，抚摸着她的头发。

“不是我不想告诉你，实在是怕你担心……”

“你不用说了，”淑芬抬起了头，“其实我心里早就明白了。藤原是你杀的，对吧？”

睿智浑身一震，他看了看门窗，压低声音说：“这话可不能乱说。”

“我没有乱说，其实我早就知道，”淑芬也压低了声音，“你跟我姐夫是一伙的，是吧？”

“不太一样，”睿智也不知道该如何解释，“他是国民党的官员……”

“那么你是共产党？”淑芬敏感地追问道。

“有些事你还是不知道比较好。”睿智叹了一口气。

“睿智，我知道你是为了抗日，可是为了抗日我们家牺牲的够多了。”淑芬抓住睿智的手，恳求地说，“我的两个姐姐你是看到的，她们遭了多大的罪，我们家也因为她们一落千丈。我们失去了一切，只落得一个家破人亡的下场。”

“你不能这么去想……”

“我一个弱女子，失去了父亲，失去了姐姐和舅舅，我不能再失去你！你为了抗日做的够多了，你冒那么大风险去杀鬼子的大官，你对得起自己的良心。听我一句劝。我也求求你，不要离开我！”说着她张开手臂，紧紧地搂住了睿智的腰。

睿智沉默了，温柔地抚摸着她的长发。他隐约地感觉到，自己怀里这个看上去懦弱娇小的女子，骨子里也有像姐姐那样的倔性。不同的是，姐姐是有信念的，而她是为了保护自己的小家。

睿智已接到了组织的调令，目前的局势有了新的发展，东北抗日联军要做比较大的调整，详细的情况他是无法向淑芬解释清楚的，但要走那是确定无疑的，现在他只能先用缓兵之计。

“淑芬，你知道我今天和谁吃饭吗？”

淑芬抬起头，疑惑地看着他，不知道睿智为什么会扯到别的事情去。

“是你葛大哥，你好久没见他了吧？”

从北大荒开始，葛鹏飞就一直在照顾淑琴她们一家，他就像大哥哥一样无微不至，淑芬也真的感觉他就是自己的大哥哥。

“他怎么不到家里来？”

“你知道的，咱们家并不安全，凡事还是要小心。”睿智突然露出顽皮的笑容，“你知道吗，咱们葛大哥谈恋爱了！”

“是吗？”淑芬破涕为笑，“是谁家的姑娘？”

“说起来你也不会陌生，就是嘉轩的妹妹，名字叫嘉怡。”

“嘉轩还有个妹妹？怎么没听说过？”

“嘉轩和嘉栋都在抗日的部队，怕连累家人，他们都不敢回家，也不敢让别人知道家里的情况，家里的事情全靠葛大哥代为照顾和联系。嘉怡在日本读书，后来就住在长崎。她还是位画家和作家呢。前两个月，美国轰炸机轰炸了九州八幡钢铁工业中心，长崎就在九州市，所以她决定回国了。”

“那她现在住在哪里？”

“葛大哥把她安排在四平，一是离家比较近，二是四平比较大，也没有多少人会注意她。她现在开了一家小翻译社。”

“葛大哥真有福，还是一位才女呢！”

“说的是，我也想去见见她，不过也许你会先去。”

“我？”淑芬有些迷惑。

“我想在我离开的时候，你搬去四平跟她住。她初来乍到，也缺少可以信任的帮手。你去那里，生活会比较丰富，还有葛大哥他们照顾……”

“你绕了那么大一个弯子，原来你什么都设计好了！”淑芬如梦初醒。

“不是你想的那样，我也是晚上才知道这些，不过我觉得这好像是天意。”

“天意？”淑芬冷笑了一声，“你把我一个人丢下还说这是天意？睿智，我真是服了你了！”

“那好，算我用词不当，应该说是刚巧发生吧。”睿智的脸有些阴沉下来，他没有想到淑芬的反应会那么激烈，他原来猜想她肯定会伤心难过，不过应该是通情达理的。

淑芬也非常敏感，刚才的话出口，她也觉得有些伤人。看见睿智变了脸色，她也紧张起来。

“我知道你这个人做事也是不听劝的，你要走我也拦不住你。至于我去不去四平，我自己会拿主意，就不劳你费心了。”

说完，她站起身回了卧室，衣服也没脱，拎起被子蒙住头，失声痛哭起来……

自从在托尔戈伐亚大街见过真希的照片，庆瀚像是丢了魂儿似的，隔三岔五地去“吉原游廊”，看看那位真希姑娘有没有来。虽然他也光顾别的日本姑娘，但是一闭上眼睛，满脑子都是真希那纯美的倩影。

去的次数多了，这里的老板也认识他了，知道他喜欢真希姑娘，便问是否会为了真希姑娘多出钱。庆瀚毫不犹豫地答应了。老板让他留下电话号码，说等接到银行提单，老板就会提前通知他。

这几天，徐亦凡总感觉庆瀚怪怪的，喊他出差他总找理由推辞，一天到晚守在电话机旁。徐亦凡开玩笑说，他被哪个日本婆娘勾去了魂。

庆瀚终于盼到了他期待已久的电话，但是姑娘乘船一路劳顿，要给她一日休息，让他过一天再来。

这一天的漫长等待，庆瀚真的是度日如年，寝食难安。第二天一早就起床捯饬自己。到了“吉原游廊”的门口，竟还没有营业。他走进附近一家店铺，突然想给这位未曾谋面的姑娘买一件礼物。在礼品柜台他一眼看中了一个镶金边的玻璃樱花摆件，做工精细，价格不菲，一看就是舶来品。他毫不犹豫地买了下来。

走回那条前往吉原游廊的路上，他的心突然跳动得很激烈。他在心里暗骂自己，不就是嫖个妞儿吗？怎么搞得像是去相亲？

看见他一身的打扮，老板笑说："您可别成了吃花台的，那我们可吃不消。"

"吃花台的"，东北也叫"靠人的"，就是指一些长得很帅的嫖客，最后成了青楼女子的相好。

庆瀚有些不好意思了。

伙计把庆瀚带上了楼，轻轻敲了几下房门，伸手一推，房门便打开了。伙计做了请的手势，待庆瀚走进房门，那伙计又轻轻带上了门。

房间不大，阳光透过纱窗照射进来，一个身穿和服的日本姑娘背对房门坐着。和服的后领很低，从脖子一直袒露到肩胛骨。她似乎没有听见有人进来，坐在那里一动不动，不像是庆瀚以前遇到的日本妓女，一听见敲门就立即穿上木屐，一溜小跑地赶到门口，满面堆笑地迎接客人。

庆瀚小时候跟嘉轩学过日语，这几年又跟着日本人混，一般的日语交流没有问题。他走到姑娘的身后，轻轻咳嗽了一声，说道："お邪魔します（打搅了）。"

姑娘转回了头，一脸惊喜。

"あなたは日本人ですか（您是日本人吗）？"

庆瀚一听觉得有些扫兴，因为我是日本人所以那么热情？看不上中国人吗？当他看见姑娘的眼睛里含着泪水，五官精细得好似粉雕玉琢，微翘的鼻尖让她的面容显出几分俏皮。她本人比照片好看更多，简直把庆瀚看呆了！

姑娘似乎意识到自己的鲁莽，毕竟这里是中国，"满洲国"会日语的中国人不少。

"对不起，是不是我说错话了？"

庆瀚惊喜地发现这姑娘中文说得很好，便也用中文回答："没关系的，我是中国人。"

庆瀚看见姑娘刚才眼里兴奋目光黯然消退，脸上浮现出勉强的微笑。

"先生要喝茶吗？我去给您倒。"

她说着起身去拿茶壶。她虽然不高，但身材匀称，宽大的和服也掩不住她的细细腰身，走路时她背后的锦结随着步伐微微摇动，臀部的轮廓隐约可见。

等姑娘沏完茶后，空气又凝固了，庆瀚发现自己脑袋空空，突然想不出该说些什么。姑娘也是静静坐在那里看着他，就像在家里接待亲友。庆瀚突然想起自己买的礼物，慌忙掏出小锦盒递给姑娘。

“这是什么？”

“给你买的，你是叫真希吧？”

“对，我叫真希。”姑娘边说边打开礼盒，“真漂亮！”

她拿起那朵樱花对着阳光看着。

“喜欢吗？”

“喜欢。我最喜欢的就是樱花。”真希说着把樱花放回锦盒，转过脸问庆瀚，“你叫什么名字？”

一听姑娘的问话，庆瀚就知道她应该刚入行。因为干这一行，问客人的隐私都是犯忌的，但庆瀚还是笑了笑回道：“就叫我常哥吧。”

“我的名字叫铃木真希，铃木是我丈夫的姓。他两年前来了‘满洲国’。”真希端起茶喝了一口，似乎把庆瀚当作了老朋友。

听到真希介绍起自己的丈夫，庆瀚心里别扭极了。他觉得自己像个傻瓜，明明就是来找女人上床，现在倒像是探亲访友。他真想站起来什么也不说，直接剥了她的衣服，把她推到床上去。

闻着她的体香，看着近在咫尺的娇躯，他已经是欲火中烧，但看到她那张几近圣洁的脸，他又像是被绑住了手脚。

“今年听说他在中国战死了，可是没有收到他的骨灰。”真希继续说着，只是语气很平淡，像是在说别人的故事，“我来中国就想找到他的遗骨，哪怕在他战死的地方为他建一座衣冠冢。听说他死在长沙，长沙离这里远吗？”

“很远。”庆瀚有些不耐烦了，他不知道她还要说多久。

真希抬头看了他一眼，说了一句：“那我们来吧。”

“什么？”庆瀚一听愣住了。

“你花钱来不是听我说这些的。”真希说着站了起来，走到了床边，开始自己宽衣解带。

庆瀚此刻反而紧张起来，他甚至不敢朝真希那边看。他突然觉得刚才坐在桌前的真希挺美好，可是现在的她似乎从云端一下子跌进泥里，他心头的欲念此刻似乎在消退。

“你过来吧。”真希又在招呼他。

庆瀚起身走到床边。天气并不冷，但真希还是拉起被子把自己裹在里面，只露出了白皙的肩膀。

庆瀚站在床边看着真希，他这些天朝思暮想的梦中情人就活生生躺在面前，比他梦想中更为美丽温柔，但是他此刻只是呆呆地站在床边，似乎不想亵渎心中的女神。

看到庆瀚一动不动地站着，真希坐了起来，被子从她的肩头滑落，露出了她丰满白嫩的乳胸。她伸手拉住了庆瀚的手。

“你是个好人，来做你们男人该做的事。”

触碰到真希柔软的肌肤，庆瀚像是被一团烈火点燃，反手拉下西装丢在地下，一把扯去领带。当他火热的肌体与真希的肉体拥在了一起，他感觉自己浑身火烫得要爆炸！

庆瀚再也克制不住自己，在一阵疯狂的冲击后软瘫在真希的身上。

平息了喘息，真希起身去脸盆架拿了一块湿毛巾。她掀开被子，轻柔地为庆瀚擦拭身子。阳光从真希的背后射来，她丰腴的身形让庆瀚又禁不住心荡神摇。

“我今天不想走了。”庆瀚耍赖地说。

“那你去跟老板说。”在庆瀚眼里，真希笑得格外妩媚。

“我不想让别人碰你。”

“那你还得跟老板说。”

“你等着我，我要把你赎出去，包月，包年！”

“好呀，我等着。”真希还是笑着说，像是在敷衍。

“你不要不信我，我会做到的，一定！”

从吉原游廊出来，庆瀚走在大街上，他感觉一切都那么不真实，熟悉的街景似乎都被抹上了什么色彩，让他产生了一种虚幻的感觉，哪怕是一棵树或是一堵墙，只有触摸到，才能觉得它们是真实的。他像脚踩棉花般一脚高一脚低地往家走，脚步越走越慢。突然他转回身，飞快地往回跑去。

当他气喘吁吁地来到吉原游廊老板面前，老板惊讶地问：“你是不是丢了什么东西？”

“包月……包月要多少钱？”庆瀚说话时还有些喘气。

老板明白了，他笑着说：“这位仁兄，玩玩的事儿，不必太认真。还有好的，要不要我把画册再给你看看……”

“别那么多废话！”庆瀚有些急了，“我问你包月多少钱？”

“这个还真不好说。”老板做出一个为难的样子。

“你别蒙我，我去过株式会社，也看过包租的价格，我按照那个价格再给你加一半？”

“兄弟，要说你还真不懂这行的规矩。”老板拉下来脸，“我是跟株式会社签了合同的。人来了以后价格我说了算，你要是再胡搅蛮缠，我门口站的可是日本宪兵！”

庆瀚这才冷静下来。

“真对不住您，是我莽撞了，我的不对。”

看见庆瀚软了下来，老板也换上了笑脸。

“那位姑娘能被你喜欢是她的福气，你只要口袋的银子够，怎么做我们可以商量。你要是肯签保画押，人你带回家都行！”

庆瀚一想，母亲要是知道他现在办的这件事，还不跟他拼命。他摇了摇头。

“我只想让她不要再接别的客人，一天该给您多少钱？”

老板认真打量了一下眼前这位客人，看他也不像特别有钱的，说话的口气真不小。

“你可想好了，这一天接客的钱全包下，还有这房钱和她的吃住，不少的开支呢。我得算一算，明天给你准价。”

“行，那我明天再来。”

走出吉原游廊，庆瀚深深吐了一口气，他这会儿什么也不想，只想着从哪儿去弄钱。这个女人他是要定了，别的事儿将来再说。

第二十四章　乘利席胜

当庆瀚走进真希的房间，看见她趴在桌上，肩膀在耸动，像是在哭泣。他小心翼翼地走到她身边，轻轻地问道："有谁欺负你了？"

真希抬起了头，满面泪痕的她不施粉黛，眼睑红肿。

"是你。"

"我怎么欺负你了？"庆瀚不解地问。

"这两天我都没有客人，老板说，你把我包了。"

庆瀚松了一口气。

"我还当什么事儿呢，我不是怕你休息不好吗，想让你多休息几天。"

"老板说你付了一个月的包金。"真希站了起来，扑进了庆瀚的怀里，"他们一定向你要了很多钱，你为什么要这么做？"

"我就是不想让别人碰你。"庆瀚说出了心里话，无奈地摇了摇头，"我知道也可能到最后我也做不到，可是一想到别人进你的房间，我就是受不了。"

"你为什么要对我那么好？"真希把头埋在庆瀚的胸前，哭得更厉害了，"我本来是想等挣到钱，就去给我丈夫修一座坟。然后就在那里陪他去了，反正活着也没有什么盼头……"

"你千万不要这么想，"庆瀚抚摸着真希的背安慰她说，"好死不如赖活着。活着还能吃，还能玩儿，死了就是一团黑，什么也不知道，多吓人呀！"

"我怎么会遇见你？"真希抬起头，专注地看着庆瀚的脸，"你这么对我，我要怎么才能报答你？"

"什么报答不报答的，咱们俩就是有缘分。"庆瀚被她的眼光看得有些不好意思了，"从我第一眼看见你的照片，我就忘不了你，好像咱们上辈子就认识似的。你没来的时候我就牵肠挂肚的，看见了你，恨不能把身子和命都给你……"他边说边把真希往床边推。

真希不说话了，慢慢移动着身子，开始解庆瀚的衣扣。然后，她退到床边坐下，将脸贴在了庆瀚赤裸的胸膛，开始亲吻他的每寸肌肤……

庆瀚感觉自己像是一条小舢板，被狂暴的飓风吹到了茫茫的海面，汹涌起伏的海浪让他无法自主，只有随波逐流。海浪却丝毫不怜惜他，一会儿把他高高举上峰尖，随即又把他抛下谷底。汗水和爱液浸湿他，淹没了他，使他不呼叫就无法呼吸，但他心里只是想着不能停，一刻也不能停，就这样让他在海浪中沉浮，哪怕前面就是沉船灭顶……

庆瀚从昏睡中醒来，窗外已经是暮色苍茫，他睁开眼看见真希瞪大了眼睛看着自己，一缕头发还粘在她的前额。看见庆瀚醒来，她斜咬着下唇调皮地伸手去往他身下探索，庆瀚伸出双臂把她搂在怀里。

“我今天就死在你这里算了。”

庆瀚话刚出口，真希就变了脸，伸手就去捂住庆瀚的嘴。

“以后再不许说这样的话！”

“我不说，不说了。”

“你发誓。”真希赤裸着身子坐了起来，伸出小拇指要与庆瀚拉钩。

“你们也信这个？”庆瀚看着真希孩子气的举动不由笑了起来。

“你起来，你发誓。”真希还是不依不饶地摇着庆瀚的身子。

“好好，我起来。”庆瀚坐起身也伸出小拇指。

“在我们日本，做约定的时候，会用小指拉钩。因为我们相信小拇指连接着一个距离心脏很近的穴位，小拇指象征着心。”

“还有这样的事儿？”庆瀚说着伸出了自己的小拇指。

“我们那里有的女人会将自己的小拇指切下送给自己的心上人，这也是拉钩在日本叫作‘指切り’的原因。你要我切给你吗？”

“你别吓我了，还是好好留着吧。”庆瀚做出害怕的样子，伸手抓过真希的手，把她的小拇指在嘴里咂了一下。

外面传来敲门的声音，庆瀚皱起眉头大声问道：“怎么回事儿？”

“您的晚餐送来了，是老板安排的。”外面有人应答。

“原来这样，你们老板还挺有人情味儿。”庆瀚起身披上浴巾去开门。

俩人简单梳洗后开始用餐。吃饭的时候，真希问了许多问题。庆瀚觉得她像是在审讯犯人，当然他能感觉到她这是真心关心自己，他也就尽力耐心回答。

真希的问题大多都与庆瀚如何挣钱有关，庆瀚在回答时也从解答变成了吹嘘。他说起兴农合作社派他们去收棉花，农民要有酒有肉地招待他们，有的还提供鸦片。但是只要农民不给足他们贿赂，他们便会故意将新棉花弄脏，诬陷为旧棉花，还叫来警察把棉农关押起来打骂处罚。

庆瀚的另一条财路是利用粮食管制。当时，私自贩卖大米是违法的，一旦被抓，轻则罚款，重则坐牢。庆瀚认为这其中有利可图，便招揽了一些地痞流氓为他探听消息，一有情况就报告给协和会中央本部调查部长坂田修一。有一次，他们抓获了一个叫郭老西的人，仅罚款就高达两万大洋。除此之外，庆瀚还从捞人的好处费中以及奖金中获得了不少收益。

“去年秋季我出席省长会议，总务长官武部六藏因为我们出粮谷达到一百三十万吨，我领取了奖励金五千元。当然也分给科里的同事一些，但我还是拿了不少。”也许是喝了一些酒，庆瀚说话有些飘飘然，“我们遵照民生部于静远大臣的命令，在哈尔滨市和县里设有鸦片小卖所。据我们所知，这吸烟的有二十多万人，如果按每人每天吸一支算，每支烟六角，这一年就能卖出四千三百多万，以百分之七十利润计算，你算算能挣多少钱？”

庆瀚喝了一口酒，不等真希发问就又继续说：“当然那份钱我也只能分到一点儿，但是包你的钱我一定拿得出。”庆瀚拿起酒杯要与真希碰杯，“我知道你是担心我以后没有钱包你，你尽管放心，我有的是办法搞钱。”

“你错了，我实在是在担心你。”真希没有拿起酒杯，而是提高了嗓音，脸色也变得有些难看，“我要是知道你的钱是这么来的，我宁愿你不要包我。”

“你这是什么话？我难道不是为了你好？”庆瀚被真希的话激怒了，“你这个人怎么这么不识抬举？”

“你是个好人，所以我心疼你。”一见庆瀚发火了，真希急忙解释道，“你最近没有听广播吗？”

“你听到什么消息了？”

“意大利去年就投降了，德国也在今年五月投降，现在日本本土已经遭到轰炸，苏联随时可能出兵东北……”

“你这些消息都是从哪里听来的？”庆瀚有些气急败坏。

“这间屋里有收音机，我是从广播里听来的。”

“你是在偷听重庆电台吧？”

真希没有说话，点了点头。

“你可不要自找麻烦，千万不要出去乱说！”

“我知道的，我只是担心万一日本战败，你做的那些事……”

“你又胡说！日本怎么可能战败？前不久国务总理张景惠在新京总理官邸召集了省长会议。关东军参谋次长池田中将说了，时局虽然紧张，但是日本皇军有胜利的把握，日本与苏联互不侵犯条约有效期还有一年，苏联不会有任何举动，所以你的担心完全没有必要……”

“可是你做的那些事，不像是你这样的人做的，你是一个好人。”真希痴痴地望着庆瀚。

“好人？”庆瀚从鼻孔冷笑了一声，给自己斟满了酒，“你知道什么是好人？”

淑芬来到四平已经快半年了，起初还有些不太习惯。她只有小时候跟大姐去北大荒的时候离开过家，但身边还有大姐和舅舅。现在虽然跟嘉怡一起住，葛大哥不时过来照应，但还是有一种寄人篱下的感觉。

嘉怡虽然和蔼可亲，对自己也是照顾有加，但她总觉得与嘉怡还是有距离。首先，她把握不清自己与嘉轩的关系。嘉轩虽然算是自己的姐夫，但是他和两个姐姐都没有结婚，而且现在他又有了自己的家庭，如果没有葛大哥牵线，她跟嘉怡完全就是陌生人。再则，她与嘉怡的生活方式很不同。嘉怡从日本回来，生活习惯就像是日本人，特别爱干净，家里收拾得一尘不染，还经常洗澡。而淑芬在家没有那个条件，尤其是在冬天，最多隔些日子烧盆热水擦把身子。可嘉怡在卫生间装了一个大木桶，隔三岔五就会在木桶里泡澡，没有一个时辰不会出来，还会在卫生间里唱歌，害得淑芬内急时还要上街找公共厕所。

最让淑芬尴尬的是，有一天晚上嘉怡没有敲门就突然进来。她正要脱衣上床，因为东北睡大炕怕有虱子藏在内衣咬人，她都是裸身睡觉，正好被嘉怡撞了个正着。当然都是女人那也没有什么，嘉怡说日本的澡堂子还有男女混浴的。不过，第二天，嘉怡送来一套内衣，说是睡觉时候穿着舒服，这倒是让她有些磨不开面儿。晚上她试着穿上睡衣，那是真丝做的，摸上去比皮肤还滑溜，穿上的确很舒坦。

嘉怡翻译社的工作并不忙，淑芬的主要工作就是在办公室接电话和接待顾客。头些日子来的顾客并不多，嘉怡说正好有时间翻译几本日本的新书，后来慢慢就比较忙了，不仅电话增多，上门的顾客也不少，都是要翻译文件。不少是日本顾客，很多人要了解中国的法律事务，他们似乎想留在中国，不愿意回日本。嘉怡说这是个好兆头，说明日本人也认为自己离战败那天不远了。

一天中午，淑芬从外面打印文件回来，看见嘉怡趴在办公桌上痛哭，葛鹏飞站在一旁反而是笑盈盈的，还偷偷跟淑芬做了个鬼脸。

葛鹏飞示意淑芬出来，在门口兴奋地对她说，美国在日本又扔了一颗原子弹，不过这次是在长崎，也是嘉怡曾经居住多年的地方。原子弹的威力因为几天前广岛的那颗已经广为人知，所以这次长崎的伤亡也会十分惨重。嘉怡是为了她认识的那些朋友和邻居而痛心，但是这样打下去，离鬼子投降的日子一定很快了。还说今天晚上他会买些酒菜到她们那里去，还有一个好消息要告诉她们。淑芬十分性急地催他现在就说，但是葛鹏飞说，现在说了她晚上就吃不下饭了，所以必须吃饭的时候边喝酒边说。

下午的日子特别难熬，因为淑芬预感到这件好事应该与她有关，而且更可能是有关睿智的。睿智去了那么久，只来过两封信，只是说了些思念的话，关于他自己的情况却只字未提。淑芬也能理解，这是为了安全，但令人苦恼的是，她却无法回信给他，这样的日子真是度日如年。好容易熬到太阳西下，嘉怡的情绪也缓和下来。她们提早关闭了办公室，早早回家做了些简单的饭菜等葛鹏飞过来。

当敲门声响起，淑芬几乎跳起来跑去开门。葛鹏飞今天可不含糊，他带来了四平的传统美食烧鸽子。打开饭盒，只见烤鸽子肉色红亮、外焦里嫩，散发出一股诱人的香味。他还带了肉质鲜嫩的烤鳗鱼和晶莹剔透的玻璃叶饼，看来嘉怡她们准备的饭菜全都该撤了。

“咱们今天就喝四平本地的酒。”葛大哥打开一瓶白酒，“原来叫德昌福烧锅，一九一〇年的作坊。他家的高粱酒最棒，只是度数高了些，不过不怕，喝多了你们进屋就睡。今天可是个好日子……”

葛鹏飞话音未落，嘉怡就先皱了眉，葛鹏飞才想起长崎被炸的事儿，赶忙先给自己倒了一杯。

“说错话，先自罚一杯！”说完他一仰脖子喝了个干净，然后给每人倒了一杯，“为抗战胜利干杯！”

嘉怡和淑芬端起了杯子，葛鹏飞又是一饮而尽。嘉怡喝了一口，辣得她连声咳嗽。淑芬倒是爽快，也将杯中酒一口喝干。

葛鹏飞想去给嘉怡捶捶背，但是被嘉怡红着脸推开了。葛鹏飞笑着说：

“你们先吃点菜，酒可以小口喝。”

“葛大哥，你的好消息该说了吧。”淑芬拿起酒瓶给大家斟酒，随口问道。

“睿智已经打回来了！”

铛的一声，淑芬手里的酒瓶掉在了地下，葛鹏飞急忙弯腰去捡。

“当心我的酒！”

哇的一声，淑芬哭出声来。嘉怡急忙抱住她，淑芬伏在嘉怡的肩头号啕大哭。

“你看你，好事也不缓着说，这该受多大刺激。”嘉怡一边埋怨葛鹏飞，一边轻轻拍着淑芬的背，“好妹子，不哭了，这么哭会伤身子，这可是好事呀！”

葛鹏飞也没想到会出现这样的场面，他自我解嘲地端起酒杯说：“这可真是乐极生悲了，是不是没人听我说细节了？”

这话听进了淑芬的耳朵，她迅速用衣袖擦了一把眼泪，坐直身子。

“你真讨厌，现在还藏着掖着，什么啊！快说啊！”

“你还没等我说完就哭上了，叫我怎么往下说？”葛鹏飞装作委屈地看着淑芬，“你现在好了吗？”

嘉怡扬起一只手假装要打葛鹏飞。

“你怎么那么烦人？”

葛鹏飞抬手做防御状。

“好好，你们俩一起整我，我讨饶。我接到睿智从长春打来的电话，他已经跟苏联的部队一起进入了长春，可能过不多久就会打过来的。”

“他怎么不给我打电话？”淑芬委屈地说。

“他也是突然接到命令打回东北，他还不知道你们的电话。他打电话给我也是碰运气，刚好我在……”

“原来他一直在苏联呀。”淑芬如梦初醒，着急地问，“那你把我们的电话号码给他了？”

“当然给了，只是他说他不知道什么时间有机会出来打电话，不过他肯定会试的。”

“看来明天我们淑芬不会睡懒觉了，她会在办公室从早守到晚上。”嘉怡笑着打趣，“真为你高兴！”

淑芬的脸红了，她有时候早上会睡过头，嘉怡也从来不会喊醒她。

淑芬举起了酒杯。

“谢谢你们！我敬你们一杯！为了早一天赶走日本鬼子，也祝福你们的幸福！”说完这番祝福的话，她一饮而尽！

嘉怡与葛鹏飞互相看了一眼，虽然他们还从未当着别人面挑明过关系，但是此情此景下他们也不再矜持，双目注视对方脉脉含情，喝下了他们的第一杯交杯酒。

在不停地推杯换盏下，淑芬先是不胜酒力地趴倒在桌旁，嘉怡与葛鹏飞两人架着她回到房间。嘉怡帮她盖上被子，见她已经入睡，便悄悄关灯关门退了出来。

嘉怡出来时也觉得有些头晕，腿一软差点倒了下去。葛鹏飞急忙把她一把抱住，软玉温香，盈盈把握。

嘉怡一惊，举手想去推拒，但是已经举手无力，倒像是去回应他的拥抱。葛鹏飞胸口像是腾起了一股烈焰，他的滚烫顿时传递给了嘉怡，让她更是难以把持。

葛鹏飞望着怀里心爱的女人，她醉眼星迷，唇若丹霞，他禁不住俯下脸去，用双唇触及了嘉怡的嘴唇。嘉怡浑身一颤，不由抓紧了葛鹏飞的双臂，她闭上了眼睛，嘴里长舒了一口气。

此刻葛鹏飞却僵住了，嘉怡的举动让他有些不知所措。他似乎在鼓励自己，但毕竟她也已经是半醉状态，自己是不是有些乘人之危？他缓缓扶嘉怡坐下，给她倒了一杯水，然后喃喃地说：“我是不是该走了？”

嘉怡突然抬起双臂搂住了葛鹏飞的脖子。

“今晚你不准走了，我要你陪着我……”说着她张嘴吻住了葛鹏飞的唇，将舌尖伸入他的嘴里，探搅着他的舌头。葛鹏飞像是被掀去了顶层的火山口，满腔的热血都涌了上来，他用坚实的手臂紧紧拥住怀里柔若无骨的胴体，将双唇也裹住了嘉怡的唇舌大力吸吮，像是在吸吮生命的源泉……

嘉轩随着部队在昆明休整了几个月，时局也在不断变化。

二月，美军以八百艘船舰组成之大舰队，在距离东京仅七百五十英里的硫黄岛登陆发起进攻。

三月，美三百架“超级空中堡垒”B-29袭击东京，日本军民伤亡十八万五千余人。

四月，苏军攻入柏林中心防御地区，阿道夫·希特勒和他妻子爱娃自杀。

八月六日，美军向日本广岛投下第一枚原子弹，美国总统杜鲁门敦促日本无条件投降。

三天后，美军又在日本长崎投掷了原子弹，几天后日本宣布无条件投降。

消息传来，举国一片欢腾，嘉轩也跟大家一样，与每个见面的人拥抱大笑，热泪盈眶。如果从一九三一年的九一八事变算起，抗战进行了整整十四年；要是从一九〇五年一月日军占领旅顺开始算起，东北的老百姓被他们欺压了整整四十年！

嘉轩在那一刻，恨不得立即回到韦婉身边，接上她和两个孩子回到东北。这苦难的日子总算熬到头了，幸福的感觉如此强烈。他相信只要是中国人，都会感同身受。他猜测军队可能会逐步裁军，那时他就考虑退役，回到家乡。

第二十五章　天遂人愿

凌晨，嘉怡被街上传来的一阵喧闹声惊醒，她披衣起床拉开窗帘，只见三三两两的人群朝巷口涌去。不一会儿就听见有隆隆的机车轰鸣声。

“坦克！是苏军坦克进四平了！”人群中有人兴奋地叫嚷。

八月二十号，苏军红旗第一集团军的坦克部队进入了哈尔滨，照片和新闻登在了各大报纸上。新闻上说在哈尔滨的日军第四军没有抵抗就投降了，因为五天前日本裕仁天皇宣布无条件投降，但是还有一些日军在顽强抵抗。

昨晚广播里收听到苏军主力进入长春的消息，没想一天后他们就进入了四平，没有听见任何枪炮声。看来四平的鬼子也是不战而降了，胜利竟然来得那么快！

门外，淑芬在叫嚷着敲门。

“姐！你开门！街上可热闹了！”

嘉怡刚打开门，淑芬就冲了进来，披头散发的，也只披了一件外套。

“我好像听见他们说苏联军队打进来了，那么睿智也该跟他们一起来了吧？”

看着淑芬兴奋的样子，嘉怡不愿扫她的兴，也就随着她说：“也可能吧？只要他们是一支部队的，说不定他随时会来敲门。”

“可是他也不认识我们家呀？”淑芬说话带着哭腔，“你说他也真是的，这些日子就是没有电话来过。”

“你看他们进攻的速度有多快，这十来天已经打下半个东北，他们一定是非常的忙……”

“那他怎么能给葛大哥打电话，就不能给我打……”淑芬说着撅起了嘴。

“看你又要小孩子脾气，”嘉怡笑着在她鼻子上刮了一下，“赶紧去洗脸梳头，好好打扮一下，说不定你的心上人一会儿就飞到你的身边了。”

她们很早就到了公司，一上午只听见外面熙熙攘攘的吵闹声，也没有什么顾客，电话也没有一个。到了中午，终于有人推门进来。嘉怡抬头一看，原来是满头汗水的葛鹏飞。

“街上那么多人，想过来都不容易。”葛鹏飞先坐了下来，接过嘉怡递来的手巾，擦了擦脸上的汗水。

“你有什么消息吗？”淑芬劈头盖脸就问。

“什么消息，睿智吗？”葛鹏飞当然明白她问什么，有意要逗她。

“你真烦死人了。”淑芬懊恼地跺了一下脚，“这男人怎么一个个都是那么没心没肺的。”

“你这话骂得可不讲道理呀，我这辛辛苦苦地赶来，莫名其妙地被骂，你当你葛大哥没有脾气呀！”

“我不跟你说了，人家都急成什么样子，还拿人家开心。”

葛鹏飞看了一眼嘉怡，笑着说：“你们一定是知道苏联军队进城了，所以火急火燎地想知道睿智的消息。其实我跟你们也一样，紧跟着苏联人进的城。我只知道守城的鬼子都撤了，武器弹药都留下了，但是还没看见多少投降的日本兵……”

“那该怎么办？”嘉怡问道。

“你们赶紧多买些粮食和蔬菜，能不出门就不出门，熬过这些天，等我们进城就好了。”

“那你们什么时候才能进城呀？”淑芬着急地问。

“快了吧。苏联人在这里也没有什么事儿可干，日本人都投降了，就是继续对关东军的部队缴械吧。听说现在苏联缺劳力，他们抓了许多俘虏运回去当苦力。”

“听你这么说，这城里还挺不安全的。”嘉怡的神色似乎有些紧张。

“所以我带来了这个。”葛鹏飞从后腰拔出两支小手枪，“这是两支勃朗宁手枪，是军官佩戴的。体积小重量轻，适合你们女人防身。”

嘉怡退后了一步，像是看见了蛇。

“我可不想碰这东西。”

淑芬却立刻伸出手去。

“我要，谁要是敢欺负我，我就敢给他一枪！”

葛鹏飞拿枪的手后缩了一下。

“你可别莽莽撞撞的，我先教会你，别伤了自己！”

半夜时分，嘉怡在睡梦中被惊醒。她开灯看了一下手表，是夜里两点钟。门外敲门声还在继续，她赶忙披上衣服，走进客厅。此时淑芬也起来站在门前，手里还握着枪。

“是谁呀，半夜三更的？”

“是我，你葛大哥。”

外面传来葛鹏飞急促的声音。

淑芬一看嘉怡也出来了，就退后一步让嘉怡来开门。

门刚一打开，只见葛鹏飞满面笑容地把一个人先推了进来。

“你们看看是谁？”

还没等嘉怡醒过神来，身后的淑芬就发出一声难以言状的尖叫，风一般地从嘉怡身后闪过，一纵跃入那人的怀里，双臂勾着他的脖子，双腿夹住他的腰，发出快乐与伤怀的哭笑声。

那男人看着嘉怡有些不好意思，但也掩不住脸上的笑容。不用说嘉怡也知道，这就是淑芬日思夜想的赵睿智了。

“你倒是让人先进屋呀，”葛鹏飞笑着说，“人家赶了一夜的路，可还没吃饭呢！”

“你们坐，我去弄点吃的。”嘉怡毕竟与睿智是第一次见面，为了避免尴尬，她借口走开了。

“你们怎么会遇到的？”淑芬站在睿智的椅子旁边，按着睿智的肩膀，似乎怕他跑掉。

“我猜睿智这两天一定会设法打电话来，所以离开你们后我就去公司等，没想到他就打来了。我怕他找不到路，就在公司等他一起过来。”

“那你走的时候怎么不告诉我们？”

“我要是说了，你们今晚还能睡觉？”葛鹏飞看着淑芬笑着说。

“这些日子真的很难脱身，”睿智看着淑芬说，“因为今天苏军进四平，我是想尽办法才请假出来……”

“你还要回去？”淑芬一听脸色大变。

“我是请假出来的，明天一早还要回去的。”睿智充满歉意地说，但是淑芬的眼泪还是流了下来。

“你看挺高兴的，别搞得哭哭啼啼的。”葛鹏飞在一旁打圆场，“他既然今天能来，过几天就还能来，对不对？”

嘉怡端了一碗面出来。

“也没啥好吃的，先垫垫吧。”

“我叫您嫂子吧，您的手艺真不错。”睿智尝了一口，连声称赞。

“你听他瞎说。”嘉怡羞怯地笑着瞪了葛鹏飞一眼。

“早晚的事儿，我可是等着喝你们的喜酒呢！”睿智边吃边说。

“是呀。打败了小鬼子，找个好日子就把喜事办了，你哥哥也说不定能赶回来。”淑芬的情绪也平缓下来，但是她的眼睛几乎一刻都没有离开过睿智。

睿智也是饿了，三口二口就把一碗面吞下了肚，连面汤也喝得干干净净。

“我要不要再去给你做一碗？”嘉怡问道。

“我吃饱了，你的面做得太棒了。”

“这就是日本素面的做法，我放了些笋干、胡萝卜、木耳和鸡蛋，今天没有买到肉，要是有肉……”

站在一旁的葛鹏飞突然干咳了一声，嘉怡看见他在一个劲儿使眼色，她才恍然大悟。

“不好意思，我先把碗收拾了。”嘉怡低着头，脸已经红到了耳后。

“时候不早了，你们是不是先休息一下，明天睿智还要赶路。”葛鹏飞先挑破了窗户纸。

睿智看了一眼淑芬，只见淑芬的脸也红了，他会意地说：“葛大哥说的是，我还真有些累了。”

“你先洗个澡吧，我们这里有热水可以洗澡。”淑芬突然想到什么，凑近睿智的耳朵小声说。

“我去帮嘉怡洗碗吧，她做面条辛苦了。”葛鹏飞借故离开了。

睿智伸手揽过淑芬的腰，给了她深深的一吻。

“你的胡子好扎人，”淑芬伸手摸了摸睿智的下巴，“我们去卫生间吧，那里有葛大哥的胡子刀……”

睿智坐进了热气腾腾的大木桶里，感觉浑身的毛孔都张开了。他情不自禁地发出一声叹息，这些日子不要说泡热水澡，就是用热水擦把身子的机会都没有。

“舒服吧，这是嘉怡姐特意安装的。她是从日本回来的，听说日本人可爱洗澡了，他们男女还一起洗呢。”淑芬嗤嗤地笑了起来，她边说边帮着睿智搓着背，“看你这身老泥……”

“你也进来洗吧。”睿智突然捉住淑芬的手，呼吸急促地说道。

“你说什么……”淑芬羞红了脸，假意挣脱。

睿智从木桶里站了起来，湿淋淋地一把抱住了淑芬，凑近她的耳边轻声又坚定地说：“你进来跟我一起洗。”

尽管睿智他们尽力控制不发出声响，但是卫生间里传来的水声和其他古怪的声音，让坐在客厅的葛鹏飞和嘉怡都有些不自在。葛鹏飞站了起来，犹犹豫豫地说：“要不我还是走吧？”

“你去哪儿？明天你不送睿智了吗？”

“我要不就回办公室去，明天早上再过来？”葛鹏飞说话的时候头也不敢抬起来。

“看你也是个爷们儿，敢做不敢当？”嘉怡一把拉住了葛鹏飞的手。

“你还别激我，看到时候谁讨饶……”葛鹏飞压抑的情感被一下子点燃了。他一手托住嘉怡的背，弯腰兜起她的腿弯，一把将她抱了起来，径直走向卧室……

一番疾风暴雨后，嘉怡伏在葛鹏飞的胸膛上娇喘不息。葛鹏飞爱恋地轻轻抚着她的背。

“我要是不走了该多好。”

“等我哥回来，你去我家提亲吧。”嘉怡用手玩弄着葛鹏飞的头发，“头发那么长了，也不剪剪。”

“我现在可还是土匪，土匪就该有个土匪的样子。”葛鹏飞逗笑地说。

“你听见我问你的话了吗？你还没有回答我呢。”嘉怡撒娇地拧了一下葛鹏飞的耳朵。

“提亲呀，那么老套，现在都什么年代了，你还是留洋回来的。”

“我不管，我喜欢你去求亲，那样我多有面子。”嘉怡嬉笑着去揪葛鹏飞的胡子。

“行行，我去还不成？要送多少聘礼呀？我可是穷光蛋一个。”

“看你这没出息劲儿，骑着你的马，挎着你的枪，跟我爸说，同意就娶，不同意就抢。”

嘉怡的话把葛鹏飞逗乐了。葛鹏飞翻身把嘉怡压在身下，按住嘉怡的手腕假装粗声粗气地说：“你家同意我就是君子，要不同意我就是小人，这可是你说的。”

“你轻点儿，外面还有人啊。”嘉怡急忙去捂葛鹏飞的嘴。

“一个屋檐下，两对新人，感觉是有些怪怪的。”葛鹏飞乖乖地从嘉怡身上滑下来，双手枕在脑后看着天花板。

“以后咱们去乡下盖个小院吧，养些鸡鸭小羊羔，种些新鲜蔬菜。在日本好些人都向往这样的田园风光。”嘉怡侧着脸柔情蜜意地看着葛鹏飞。

“那我们就把我们的孩子跟那些鸡鸭小羊羔一起混养吧！”葛鹏飞一本正经地说道。

“你真是坏死了！”嘉怡娇嗔地举起拳头敲打着葛鹏飞宽厚的胸膛……

美国在长崎投下第二颗原子弹后，兴农合作社里的气氛愈发紧张。尽管报纸上没有相关报道，但人们口耳相传的消息更加令人恐惧，说原子弹爆炸时比太阳还要耀眼，一座城市瞬间化为灰烬。日本已经两次遭受这种炸弹的袭击，如果再继续下去，日本恐怕会被炸沉入海底。

庆瀚心里恐慌，更无心留在办公室，一有机会就往吉原游廊跑。在那里，他不仅能在温柔乡里暂时忘却一切，还能从真希那里听到更多真实消息。庆瀚不在时，真希几乎把所有时间都花在收听重庆电台上。她了解中日军队的战况，也知道意大利和德国已战败，下一个很可能就是日本。

庆瀚并不想听这些，但真希仍会认真地告诉他，要他考虑日本战败后的出路。

庆瀚并非没有想过这些，但事到如今，已无法回头。他能做什么呢？自己毫无本事，刚成年就当了伪军，几乎得罪了所有亲友。回去后，谁会正眼看他？恐怕会被唾沫淹死。

“没有过不去的河，走到哪算哪吧。”说到这些，他总是把脸埋在真希的双乳之间，不想睁开眼睛，最好耳朵也听不见，只感觉软玉温香。听着真希心脏的跳动，他才感觉自己是活着的。

终于，合作社的理事长松岛鉴亲自宣布昭和天皇的《终战诏书》：

“……今征伐已历四载，虽我将兵骁勇善战，百官有司励精图治，一亿众庶奉公体国，然时局每况愈下，失势之征已现。及今，夷军弹石之残虐，频杀无辜，残害生灵，实难逆料。如若征伐相续，则我生民不存于世，被发左衽之期重现；如此，则朕何以保全亿兆赤子，何面目复见列祖列宗乎？此朕所以敕令廷臣接受联军之诰者也。……”

庆瀚不能完全听懂这些用汉文训读体写的内容，但是他明白日本要投降了，他投靠日本人的路已经走到了尽头。在场的日本人都在默默地流泪，中国职员偷偷交换着慌乱的眼神，人人都不知所措。宣读完天皇的诏书后，松岛鉴向大家深深地鞠了一躬。

“本人十分感谢诸位曾经为帝国所做的努力，现在希望大家善始善终，各自回去清理好自己的档案，上交给各自的主管，不要有遗漏……”

庆瀚已无心听任何事，他迅速走进办公室，打开保险柜，将贵重物品快速装入提包，然后径直走向托尔戈伐亚大街。

走近街口，庆瀚就感觉不对劲。一辆接一辆的卡车驶出，车上载满了身穿日本和服的女子，她们在车上凄楚地哭泣。

庆瀚加快了脚步。当他赶到吉原游廊时，发现门口的日本宪兵已经不见踪影，地上散落着一些女性的衣物。他急忙冲了进去，却发现自己来晚了，整栋建筑已空无一人。当他跑到真希的房间时，发现房门大开，里面一片狼藉，只有桌上的一张纸被茶杯压着。庆瀚拿起来一看，这是真希留给他的便条，上面字迹潦草地写着：“庆瀚君，永别了，我也不知道他们带我去哪里，珍重！来世再见！真希。”

庆瀚瘫倒在椅子上，不禁号啕大哭。他悲痛于自己的命运，如今不仅走投无路，还失去了最珍爱的人。独自哭泣片刻，他渐渐冷静下来，开始思考这些姑娘会被带往何处。他站起身，快步跑下楼，拦下一辆人力车，直奔火车站。他知道大连有船驶往日本，若她们被送回日本，必先乘火车前往大连。

当他赶到火车站，只见人山人海，其中大多是日本军人，且以军官居多。他们携带着家眷，卫兵为其开路，看来像真希这样的女子根本无从安置。

庆瀚不停地向车站的日军打听消息。或许是他的日语流利，态度诚恳，日军告诉他，关东军司令部决定分批次用火车将日本人撤往朝鲜，再从朝鲜转运回日本。但目前的撤离人员仅限于日本军政要员及其家眷，其他滞留的日本侨民，恐怕会先被集中在开拓团，等待日本国内派遣船只接应。

庆瀚对于周边开拓团的情况还是比较了解的。

出了火车站，庆瀚看到前面有一辆出租汽车，开车的是一个中国人。他立刻站在路中央，一面伸手做了停止的手势，一面从腰间掏出手枪，对准了司机。

司机被镇住了，急忙一脚刹车停了下来。庆瀚走过去二话不说，拉开车门就坐了上去。

“去天里村！”

开车的是一位中年男子，看见一脸阴沉的庆瀚，他说话都有些发颤。

“这位先生，要不然我把车留给您？您尽管使，您办完事把车帮我还给车行就行，我会去付钱……”

“叫你开你就开，哪儿那么多废话！”庆瀚把手中的枪晃了晃，“你要钱还是要命？”因为庆瀚不会开车，他也只能硬着头皮这么干了。

天里村位于哈尔滨东郊，距离市区十余公里。村庄北临松花江，西靠阿什河，适宜种植水稻，素有“鱼米之乡”的美誉。日本侵略者将此地作为武装移民的重点区域。

来自日本北海道、长野、奈良、大阪等地的开拓团成员在此修建了神社、民宅、小学、图书室、医疗所、浴池等设施，所有建筑均采用日式风格。他们还从哈尔滨引来电力，并组建了自卫团，在村庄四周挖掘壕沟、修建岗楼、架设电网，以防御中国抗日武装的进攻。

司机飞速行驶，不到半小时便抵达天里村。还未进村，便听见里面传来凄厉的哭喊声。进入村庄，只见路边空地上聚集了一群人。庆瀚下车查看，发现两名身着军服的人倒在地上，腹部插着短刀，显然是切腹自尽。

庆瀚急忙向村民打听情况，得知并无外人进入村庄。村民们正准备逃离，因为听说苏联军队已经攻来。他们计划乘坐村里的小火车前往哈尔滨，希望能搭上返回日本的船只。

当年，天里村为了将农副产品运往三棵树火车站，特意铺设了这条小火车铁路。小火车最多可牵引十几节车厢，客货混载，每天往返一至两趟，每次可运载六十余人。

庆瀚拿出一些钱给村民，并向他们打听从哈尔滨逃出的日本人可能去往何处。有人告诉他，其亲戚说这些人可能会先去凤凰山躲避，或者前往五常方向寻找出路。

“我们现在去五常！”庆瀚上车对那个司机说。

司机一听脸色都变了。

“求求您放过我吧，我家里还有妻儿老小……”

“你少废话，老子也是救人！你要还想跟家人团聚，最好乖乖听我的，赶紧开车！”

重新回到公路上，沿途的车辆开始增多，大多是日本的军用卡车，有的载着军人，有的载着日本平民。这些车辆有的向市区驶去，有的向郊外开去，都如同无头苍蝇一般，横冲直撞，不时发生车祸和抛锚事故，沿途一片混乱。

从哈尔滨到五常大约需要两个半小时的车程，但现在路况很差，暮色已经开始降临。庆瀚此时也感到希望渺茫，即使真希是朝着五常方向去的，在路上相遇的机会也微乎其微，但他心中仍旧不甘。他不能就这样放弃，他希望老天能够看到他的诚心，让他再见真希一面！想到这里，他不由双手合十，举过头顶，朝着天空膜拜。

突然，前方传来一阵密集的枪声。司机猛地刹车，庆瀚的头差点撞在挡风玻璃上。庆瀚抬头看去，只见一队卡车停在路边，最前面的一辆车侧翻在路旁，十几辆车都已空无一人，枪声正是从附近的树林中传来的。

庆瀚摇下车窗，隐约听见有妇女的尖叫和哭喊声。他立即警觉起来，迅速拔下了车钥匙。

“你在车上待着，我去看看。”说着，庆瀚拔出手枪，朝着哭喊声奔去。

庆瀚跑出去没多远，就被眼前的景象惊呆了。他看见一排军官整齐地倒在地上，腹部都插着尖刀，头颅也被砍了下来，显然是集体自杀。不远处，一些士兵正用步枪射杀四处逃散的妇女，草坡上横七竖八地躺着尸体，还有受伤的女人在痛苦地呻吟。

庆瀚觉得，这些遇难者就是白天从城里开出来的那批车辆里的人。他猜测，那些宪兵最初可能是想带她们出来逃难，但由于火车无法通行，躲进山林的计划也遇到了困难。最终，他们选择在这里结束一切。庆瀚听到有士兵一边开枪一边喊道：“别跑了！被敌人抓住只会遭受更大的羞辱和痛苦！让我们帮你们一把！”

庆瀚明白，如果贸然上前，自己肯定会被当成活靶子。于是，他猫着腰，从士兵们的侧面绕过去。他知道，现在去翻找尸体已经没有意义，他只希望真希能够幸运地躲过枪击，藏在四散奔逃的人群中。他强烈地预感，真希就在不远处的某个地方。

过了一会儿，枪声渐渐稀疏下来。那些士兵似乎并不打算赶尽杀绝，他们只是站在原地开枪，没有追击。片刻之后，枪声完全停止了，几个士兵走向卡车。他们上了车，车灯亮起，发动机发出轰鸣，满载士兵的卡车开走了。

庆瀚站直了身子，开始小声地喊叫：“真希！真希！你在吗？”等他确认周围已经没有日本士兵，他开始边跑边喊：“真希！我是庆瀚！你在哪里？”

他气喘吁吁，几乎跑不动了。突然，他听见远处有个女人似乎在叫喊他的名字！庆瀚的浑身一震，循声慢慢走了过去，叫喊声渐渐清晰起来：“庆瀚！我在这里！”

庆瀚几乎从地上跳了起来，他朝着声音发出来的地方大声喊道：“真希！我在这里！我来了！”

跑下了一条沟梁，黑暗中他看见真希躺在地上，嘴里还在呼喊着他的名字。庆瀚跑到真希身边跪了下来，一把抱住了真希，眼泪止不住地涌了下来，而真希却痛苦地呻吟了一声。

“你受伤了？”庆瀚急切地问。

“我的小腿，好像被打中了。”

庆瀚探手摸了一下，果然满手都是黏糊糊的鲜血。

“伤口在哪里？要赶紧止血！”

真希抓住庆瀚的手，把他的手引导到伤口处。庆瀚立即解下自己的皮带，在伤口的上方勒紧。

“我背你走，我们马上去医院，我有车！”

当庆瀚背着真希来到小车前，他发现司机已不见踪影。庆瀚把真希搀扶到后座躺下，然后坐到驾驶位，插上钥匙，发动了车子。

庆瀚在皇协军时，也偷偷学过开车，只是练习机会不多，但基本操作还是会的。此时路上的车已不如下午那么多，他小心地踩下离合器，挂挡加油，汽车向前冲出几米远。他急忙刹车。经过几次尝试，他们终于行驶在回哈尔滨的路上了。庆瀚的驾驶技术不佳，车在路上摇晃，但真希感觉无比幸福，她不停地问：“我是在做梦吧？怎么会又见到了你？”

庆瀚心里也充满了自豪感，感觉自己像个救美英雄。他一面紧张地盯着路面，一面还跟真希聊起寻找她的过程。真希说她今天也是突然被老板叫到前台，所有的姑娘们都在。老板说日本投降了，他也得逃命去了，至于她们的去向，他已报告了日本宪兵队，一会儿就会有人来接她们，让她们赶紧做好准备。刚回房间收拾了一下东西，宪兵队的卡车就到了。她匆忙留下了纸条，就随卡车到了火车站。

车站人山人海，到处一片混乱，带队的一个宪兵头目说先去凤凰山躲一躲，等局势稳定再出来。可是有的军官不同意，在车站他们就吵了起来，后来还是上了车。不知怎么，在路上他们又吵了起来，然后在车上就开了枪，带队的车翻了车，下车的士兵带她们来到公路旁的山坡。有一位军官慷慨激昂地说了一番话，大意是为了国家荣誉，要“毫不留念地死，毫无顾忌地死，毫不犹豫地死”。

“难怪我看见那么多军官切腹自尽。”

“切腹自尽是武士的一种至高无上的荣誉，普通士兵还没有那个资格。”

“他们的头怎么被砍下来了？”

“这是切腹自尽的仪式，军官自己切腹后，由朋友或随从砍下他的头，这才算完美。”

“你们日本人真恐怖！”庆瀚不由说了一句，“所以他们还要你们一起死！”

“他们觉得那是为了我们好。”真希忍不住要为那些士兵辩解说，“可是我不想死。看见他们那样做，我就觉得会出事，所以偷偷溜到外面想跑，也有人这么做了，他们发现了就开枪了。”

“你休息一会儿吧，流了那么多血。”庆瀚突然觉得非常累，也许是这一天实在太紧张了，这会儿心安定下来，才想到这一天下来，他都没有吃过一点东西，也没喝过一口水，真是精疲力竭了。

庆瀚在午夜悄悄溜回了家。路上给真希买了一套干净的衣服换上。在家门口，他低声嘱咐真希：“真希，为了安全起见，这段时间你扮成朝鲜族姑娘，好吗？”真希虽然疑惑，但还是点了点头。

敲了好一会儿门，廖氏才来开。她现在的身体不好，尤其是视力严重减退，晚上几乎看不清东西。“妈，我带了一个人回来，”庆瀚先发制人，“她是个朝鲜族姑娘，现在跟着我，您以后就叫她孝真吧。”

“大妈您好，我叫金孝真。”真希走上前去给廖氏鞠了一躬。

廖氏对这个儿子又爱又恨，知道他在外闯荡，常常惹出事端，心中不免担忧。如今听闻儿子带回一个姑娘，她多少感到欣慰。

真希深感庆幸，能够逃离险境，来到一个陌生又温暖的家。她每天早起晚睡，操持家里的一切事务，让廖氏十分满意。

随着日本投降的消息传来，庆瀚感到前所未有的不安。他曾为日本人效力，如今处境岌岌可危，随时可能遭到报复。有一回他在街上遇到了一位被他敲诈过的农民，揪住他就是一通狠揍，还好他挣脱逃了出来，心里还一直后怕。

被打得鼻青脸肿的庆瀚有两天没有出门，他更担心的是万一真希的身份被人发现，那他们的日子就更不好过了。

庆瀚清点了一下这几年搜刮来的钱财，还够过上一阵的，于是他跟廖氏说准备要搬回母亲的娘家。

廖氏一听非常吃惊，她的娘家在离这里几百里地的濛江县。那里山高林深，交通不便，是个穷地方，她也是因为小时候家里穷才出来做丫头，以前她说想带庆瀚回娘家，庆瀚都回答谁会去那个鸟不生蛋的鬼地方。

庆瀚解释说现在世道变了，人们把他当汉奸，将来会不会清算他也不清楚，还不如躲到一个没人知道的地方，等过些日子再看看还能不能出山。

真希不愿让人们知道她的真实身份，对庆瀚的安排言听计从。只要能有个安全的栖身之所，她就已经心满意足。那天庆瀚挨打回来，她十分担心，听说有个能躲避麻烦的地方，她也是求之不得。

第二十六章　同室操戈

嘉怡和淑芬大多待在家里，葛鹏飞隔三岔五也会过来，为她们带些食物和蔬菜，她们真盼望苏军能早日撤退。

这天葛鹏飞在门外大喊大叫地敲门，嘉怡本想开门后埋怨他几句，但是没想到平时灰头土脸的葛鹏飞不仅刮了胡子，还穿了一身崭新的国民党校官军服，神气活现地站在门外。

“你怎么这样打扮？”嘉怡吃惊地问。

“这才是真正的我。”葛鹏飞不无骄傲地立正给她敬了一个军礼。

“哇，葛大哥好帅呀！”随后走过来的淑芬不由夸赞道。

“苏军已经陆续撤走了。”葛鹏飞进屋摘下军帽，他的头发也理过了。

“那真是太好了，明天我们就可以重新开业了。”嘉怡脸上浮起了笑容，“这些天闷在家里，我们都憋坏了。”

“希望睿智也能像你一样凯旋。”淑芬不无羡慕地打量着葛鹏飞的军服，“到时候他回来，不知道会不会像你一样风光？”

葛鹏飞有些为难地看着淑芬说：“我真不知道该怎么跟你解释。睿智现在是共产党，他们不能够像我这样进入四平的。”

“为什么呢？你们是东北义勇军，打日本鬼子的，他们是东北抗日联军，也是打日本鬼子的，你们不都是一样的？”淑芬不解地问。

“也一样，也不一样。”葛鹏飞痛苦地摇了摇头，“我们是政府军队，他们是地方武装，地方武装是不可以接收城市的……”

“好了好了，今天先不谈这些，”嘉怡出来打圆场，“不管怎么说，苏联人走了我们也该庆祝一下。我现在做饭去，鹏飞你把军装脱了，来厨房帮帮我……”

“今天还不行，”葛鹏飞站了起来，“我就是抽空过来看看你们，马上就要赶回去。”

“都进城了，还有什么事儿那么忙？”

“我们还不是正规军，只有三千多人，所以还需要在城区构筑工事，准备正规军过来接收。”

“接收还要造什么工事？”经过这些年，淑芬也懂得构筑工事是什么意思，“难道还会打仗？”

“很难说的，上边的命令，我们也不清楚。”葛鹏飞边说边走到了门口，他显然不想继续这个话题。

“那你去忙吧，抽空就回家吃饭，来之前给我们打个电话就行。”嘉怡显然有些失望，她以为盼望已久的和平日子即将开始。然而，仅仅两个月之后，战争的阴云又一次降临在四平的上空……

嘉怡起来正在做早餐，听见淑芬在卫生间喊了起来：“嘉怡姐，你听，是不是有打炮的声音？”

嘉怡把煎好的鸡蛋放进盘子里，走到窗前打开窗户，果然隐约可以听见沉闷的炮声。

淑芬从卫生间跑了出来，一脸的惊恐。

“不会是又打仗了吧？”

嘉怡也有些不知所措。

“听起来像是炮声，也许是在销毁炮弹吧？听说日本人投降后留下不少大炮和武器，这些东西不打仗恐怕就应该销毁吧？”

“我怎么觉得不像？如果是销毁炮弹，应该是爆炸一次，最多几次，可这些炮声一直都在响呀。好像离城里不远。会不会是葛大哥他们跟谁打起来了？”话刚出口，淑芬就后悔了，“我是瞎说的，你别往心里去。”

嘉怡好像没有听见淑芬的话。

“鹏飞说他们一直在城墙那里筑造工事，具体他也不肯细说。他好像知道要打仗，我看很有可能。”

“那我们今天还去公司吗？”

“还是去吧。如果有事，鹏飞或是睿智可能会打电话来。”

“那我们还等什么，赶紧去吧。我这就去换衣服。”

“不差这点时间，吃了早饭再去吧。”

“我这会儿真的吃不下，你自己吃吧。”淑芬说着匆匆走进自己的房间。

嘉怡和淑芬的估计是对的。她们进了办公室没有多久，葛鹏飞就满头大汗地冲了进来。

“我刚到你们家，你们已经不在了。你们赶紧回家吧，马上要打仗了！”

“谁和谁打？不会是睿智他们的部队吧？”淑芬急忙追问，其实她心里也猜到几分，但是她不能确定的是，如果真是睿智他们要来攻城，他总该想办法通知自己吧？

葛鹏飞看了她一眼。

“别管那么多了，先回家躲一躲。如果听见在城里打炮，就去你们附近的那个防空洞躲一躲，炮声不停就不要出来！”

“有这么严重？”嘉怡紧张地问。

“小心一点好，我要走了，你们也马上回去吧！”

“你自己也要小心！”嘉怡着急地叮嘱。

“我会的，别担心……”话音未落，葛鹏飞已经走了出去。

睿智离开四平后就被调到了西满军区，因为部队要准备攻打四平，上级知道他熟悉当地情况，所以专门把他调了过来。

来到八面城，睿智表面上镇定如常，但心里却十分焦急。他虽然有机会打电话给淑芬，但是这个电话他不能打，因为他不能透露自己就在四平城外。但是想到战事一开，枪炮无情，淑芬、嘉怡和葛鹏飞都会在城里，他真有些不知所措，这场仗应该是最折磨他的一仗了。

三月十七日凌晨四点，东北民主联军对四平发起了总攻。睿智带领的部队跟随廉克荣的侦察队直扑辽北省政府国民党大院，沿途与占据街道和大院的敌人展开巷战。凭借事先掌握的情报和精准的炮火支援，我军迅速突破敌人的防御体系，至中午基本控制了整个四平城。

此时从省政府大院开出来一辆装甲车，朝着南桥洞方向驶去。睿智知道他们如果冲过桥洞，就会直奔沈阳，估计车里一定是躲藏着省政府的重要头目，于是与廉克荣一起带领战士拼命追了上去。

由于他们熟悉小路，他们带领战士从小巷提前赶到装甲车的必经之路。当装甲车开到只有四五米的距离，廉克荣一声令下，成排的手榴弹扔了过去！

一阵爆炸声后，装甲车停住了，几个战士跳上装甲车用手榴弹敲打着装甲车盖，从装甲车里传来惊慌嘶哑的叫声："别打了！我们投降！"随即从机枪射击孔里塞出来一块白布。

装甲车车盖打开，从里面走出来十四个身穿白大褂、戴着白帽子的人，他们的胸前还有红十字会的十字标识，有的人腋下还夹着皮包。

廉克荣让他们站成一排。

"别再演戏了，谁是刘翰东？赶紧站出来！"

虽然没有人动，也没有人说话，但是人们的目光都投向了一个高高胖胖的人。他抬头遇到了廉克荣的目光，不由低下了头，向前走了一步……

战斗结束，睿智向首长请了假，急忙朝嘉怡家赶去。但是房门一直没有被敲开。他疑惑地刚走下楼，就听见一声尖锐的叫声："睿智！真是你！"

睿智抬眼一看，淑芬已经冲到了他的面前，一头扎进他的怀里，又哭又笑。

"快别这样。"睿智看见淑芬身后的嘉怡，一脸疲倦和尴尬的笑容，他轻轻推开淑芬，"我身上都是土。"

"先进屋吧。"嘉怡说着走在了前面，先上了楼。

"我们刚才在防空洞里，听到炮声停了才回来，我们还一直担心你们呢。"淑芬用手背擦去幸福的眼泪，紧紧拽住睿智的手不放。

睿智有些心神不定，刚才他只想着看见她们都平安，现在他的脑海中却全是葛鹏飞。他相信葛鹏飞极有可能在四平城内，其部队也应该是刘翰东的守城部队之一，因此，刚才与他们交火的可能性极大。他此时不知道葛鹏飞是否安全？

进了屋，嘉怡先给睿智倒了杯水。她什么也没说，也没问。睿智知道，她在等他开口。

淑芬此刻安心下来，她也感觉到了嘉怡与睿智之间的尴尬。她松开了睿智的手，走进卫生间给睿智端了盆水来，让他先洗一把脸。

"葛大哥在城里吗？"还是睿智先开口。

嘉怡默默地点了点头。

"打仗前葛大哥还来看望过我们，是他让我们听到炮声就躲到防空洞里。"淑芬补充道。

"他说得很对，你们在防空洞会比较安全……"

“为什么？”嘉怡突然开口，“为什么会这样？我一直听你们说一起打鬼子的故事，我还为你们这样的友谊而骄傲。不都是打鬼子的人，为什么你们要自相残杀？”嘉怡说着泪水止不住流了下来。

“这不是一两句话能够解释的。”睿智一时也不知该从何说起，“我们也不想打内战，今年一月我们就跟国民党签署了《国共停战协议》，但是蒋介石坚持东北地区不在停战范围内，还在美国的帮助下运兵到东北，挑起了内战。”

“你说的这些我不清楚，我只知道你和鹏飞都是一起打鬼子的抗日英雄，而今天你们居然自己打起来了，我只有痛心和失望。”

嘉怡近乎绝望的神情让睿智看了也很难过，睿智从椅子上站起身来。

“我现在就出去找一下葛大哥。你们在家先不要乱跑，等一切都安定下来，我一有消息就马上过来告诉你们。”他说着从桌上抓起军帽。

“你这就要走？”淑芬左右为难地站在睿智面前，但是她也理解嘉怡此刻的心情，也不好劝阻。

“我一定会全力以赴，嘉怡，请你放心！”睿智朝嘉怡点了点头，大步流星地走出门外……

这些天嘉轩根本睡不着，多年来承受着巨大压力。过去几乎是一沾枕头就能睡着，而最近他会一直睁着眼睛到后半夜。什么偏方都试过了，但都没有用。他知道这是因为最近的心理压力越来越大。刚平息完昆明的学生运动，国共双方的暗中较量越来越走向公开化，擦枪走火的事件接连不断，内战恐怕一触即发。

令嘉轩没想到的是，他被授予了少将军衔。调令也很快下来了，他整理了一下简单的行装，准备搭乘军用飞机飞往沈阳。在登机前他得知，四平机场被东北民主联军攻占。自从苏军占领四平后，他一直联络不上嘉怡，他心里也很焦急。

安顿下来后，嘉轩赶去以前工作过的中统联络部，但是只了解到葛鹏飞跟随刘翰东进驻了四平。四平这一战，几乎所有的高级政要军官不是死伤就是被俘，联络部也没有他的消息。

嘉轩带着忐忑不安的心情回到接待处，没想到进屋不久，就有人喊他接电话。他疑惑地接过听筒，对面竟然是葛鹏飞！

“嘉轩！是我！我好不容易从四平逃出来。部队都被打散了，我刚到机关，就听说你被调回来了！这真是太好了……”

“鹏飞，你走的时候有没有见到嘉怡她们？”嘉轩着急地问。

“开战前我去过，嘱咐她们不要出门，听到炮响就躲到防空洞里去，我想她们应该没事。”

“难怪我打她们办公室的电话一直没有人接，你看你能不能过来？我们当面谈一下。”

“他们现在要等我汇报情况，我估计中午能过来，我出来前给你去电话。”

中午时分，门岗打电话进来说有人找。嘉轩赶紧跑到大门口，只见葛鹏飞蓬头垢面，一身农村赶大车的打扮，难怪门岗不让他进来。

“你看上去真够惨的。”嘉轩走上去张开双臂，想先给他一个大大的拥抱，但是葛鹏飞躲闪了一下，“出来的时候跟赶车的老乡换了一身衣服，我这肩上还挨了弹片，挂彩了。”

“严重吗？”嘉轩关切地问。

“弹片被我拔出来了。皮肉伤，没什么大碍，死里逃生，已经算命大了。”

二人在附近找了一家小酒馆，三杯酒落肚，葛鹏飞开始叹苦经。

“这仗打得真是窝火。刘翰东的部队本来就没有多少人，在周围收编了一些土匪，最主要依靠的是一支伪军部队，而我们的对手是林彪手下的抗日联军，还数倍于我们，你说这仗怎么打？”

“你什么时候见到过睿智？”

“打仗前见到了，还跟他一起在你妹妹那里过了一夜。”

嘉轩敏感地看了他一眼，葛鹏飞这才意识到自己的口误，不由表情尴尬。

“他是跟淑芬团聚，我和你妹妹算是电灯泡。”

“你不必解释，”嘉轩笑着给鹏飞斟酒，“顺便问一句，跟我妹妹进展得如何？”

“她说打完仗要我去你家提亲。”葛鹏飞有些羞涩地偷看了嘉轩一眼，“我想你这关通过没有问题吧？”

“成人之美，胜造九级浮屠。”嘉轩笑着端起酒杯，“这修路架桥的可都是我呀！”

“你怎么调回来的？听说你现在可是少将军衔了，这官升得可够快的。”

“我自己也是云里雾里的。人家说朝里有人好做官，我可是没有靠山，也不参加任何派系，也许是我这样的人太少了吧，偏偏被他们看上了。来，咱们再干一杯！”

“喝了这杯酒，兄弟我也有个不情之请。”喝空了杯中酒，葛鹏飞放下酒杯看着嘉轩说，“你看看是不是能安排我到你的手下做事？”

嘉轩刚举杯到唇边，一听此话稍微愣了一下，他的表情被葛鹏飞看在眼里。

葛鹏飞说道：“你不必为难，我也是临时想到的，你听一耳朵就是，不必往心里去。”

嘉轩没有马上回答，仰脖喝完杯中酒。

“你的事就是我的事。不过我刚到新一军，人生地不熟。等我见过孙军长，看有适当的机会一定帮你安排！”

葛鹏飞看见酒瓶差不多空了，就招呼酒保，又要了一瓶白酒。嘉轩看了摆了摆手。

“咱们差不多了吧，再喝就过了。”

“要是睿智在一起就好了。”葛鹏飞还是让酒保打开瓶盖，“要是我们三个人喝，这酒正合适。”

“不知道这次打四平他有没有参加？”嘉轩叹了一口气。

“十有八九他在，你想他是本地人，又有亲眷在四平，不派他派谁？”

“没想到自己的兄弟要在这里兵戎相见。”嘉轩十分感慨地拍了一下鹏飞的肩膀，“最怕还有下一次。”

“非常可能。这次丢了四平，听说委员长十分震怒，他说‘没有四平就没有东北’，所以我估计一定会再反攻四平！”

“我想求你一件事。”嘉轩神情郑重地对葛鹏飞说。

“有什么事你就吩咐，反正我现在也没什么事。”

“我想去北大荒看一下淑琴和孩子们，你能陪我一起去吗？”

“这还不是一句话的事，你定日子，咱们说走就走。”

“我一会儿就去请假，就安排明天吧。”

“那行。我明天一早就过来，能走咱们就早走。”

“那就这么定了。如果有变化我打电话给你。”

“不过有件事我要先告诉你，淑琴生了一个儿子。”

嘉轩端酒杯的手颤抖了一下，酒滴洒落下来。

“什么时候的事儿？”

“也有五年多了。你走了以后，廖天佑就跟淑琴闹翻了，淑琴也没有把怀孕的事告诉他，所以他离开了淑琴就没有回去过。”

“那淑琴就一个人在北大荒带着三个孩子？”

“可不是吗，真够为难她的。好在她为人好，乡里乡亲的有人帮忙，我有时间也会去看她……”

“这些你怎么不早告诉我！”嘉轩重重地把酒杯往桌子上一顿，惹得周围的人都张望过来。

“淑琴不让呀。”葛鹏飞委屈地申辩，“她的脾气你是知道的，有孩子的事儿她况且都瞒着廖天佑，她怎么肯让我告诉你？”

“我真是害了她了，一次又一次！”嘉轩痛苦地用拳头砸了一下脑袋。

“你也别这么想，就是告诉你，你又能怎么样？”葛鹏飞劝慰道，“你给她钱她是绝对不会要的，那是羞辱她。她这么多年的付出，怎么能够用钱去补偿？要接她出来更是不可能，你现在有了自己的家庭，还有孩子，就是你想但韦婉能同意吗？”

嘉轩也没有心思喝酒了，他把面前的酒杯倒扣在面前。

“要是不能接她们出来，我从此戒酒了。我们明天见，今天我再好好想一想……”

睿智出去后一夜未归，淑芬失眠了，和衣靠在床头等了一夜，第二天早上起来发现，嘉怡也趴在桌前，她也是一夜没睡。两个人彼此看着对方的红眼圈都没有说话。

到中午，睿智终于回来了，他也是一脸倦意。看着他回避的眼神，她们已经知道，睿智没能带来什么好消息。

“我去了很多地方，医院、俘虏营，都没有葛大哥的消息。”睿智揉着手里的军帽，“不过很有可能他们从城南逃出了四平。”睿智说着抬起头看着嘉怡，“我们的目标是占领四平，并不是消灭他们，所以在城南方向留了一个口子，估计葛大哥很可能已经逃出了四平……”

“那他怎么不来报个信？”嘉怡问道。

“我们有六千人的部队在城里，几乎大街小巷都是我们的人，估计他想来也来不了。”睿智解释道。

“那也只能听天由命了，”嘉怡神色黯淡地说道，“这才过了几天太平日子。”

说到这里，她不禁又潸然泪下。

“我们辽西省的省委书记陶铸来了四平。他决定把被俘的国民党要员全部送往长春国民党驻地，包括那位省主席刘翰东。我想这是传达一种善意，我们也希望能继续和谈……”

“那真太好了。如果葛大哥他们知道这个情况，可能就会回来联系我们。连省主席你们都放了，他们这些下面的军官回来，你们就不会抓他们了吧？”淑芬想打个圆场，她边说边殷切地望着睿智。

睿智顺着淑芬的话往下说：“我们应该是不会为难他们的。只要他们放下武器，他们还可以加入我们的队伍，成为我们的战友。”

“你们打死藤原大佐的时候，不就已经是战友了吗？”嘉怡冷冷地说了一句，丝毫不给睿智台阶下。

睿智站了起来。

“葛大哥的事我有责任，我这就再去查，无论如何我一定会给你一个交代！”

说完，他看了淑芬一眼，转身出了门。

睿智的离去让嘉怡也有些意外。看着淑芬失望的神情，嘉怡低声说了一句“对不起”，转身回到自己的房间，关上了门……

第二十七章 变生不测

出发去八狼窝铺前，葛鹏飞坚持要嘉轩穿上他的将军制服。他说这不是炫耀，而是为了让淑琴在乡亲们面前光彩，对得起她这些年的付出。

嘉轩听从了葛鹏飞的意见，另外还去接待所借了一辆车。看见嘉轩肩章上的将军军衔，接待所的人肃然起敬，立即调来一辆黑色别克轿车。

从沈阳到北大荒，四个多小时的车程后，他们到达了八狼窝铺。轿车停在淑琴家门口，葛鹏飞先下车进了屋。

此刻，嘉轩百感交集，紧张、激动、期待，又有些许胆怯，没有勇气立刻下车。

不一会儿，葛鹏飞出来了，身后跟着两个十一二岁的小姑娘。她们牵着葛鹏飞的手，怯生生地看着这辆陌生的小汽车。

嘉轩抑制住狂跳的心，拉开车门。当他走下车，司机也打开后备厢，取出大包小包的礼品袋。但女儿们没有像上次那样高兴地跑过来，而是躲在葛鹏飞身后，用审慎的目光打量着他。

周边的邻居围拢过来，好奇地打量着嘉轩和他的车。嘉轩没有理会那些目光，从司机手中接过袋子，走向女儿们。

“拿着吧，都是爸爸给你们买的礼物。”葛鹏飞鼓励着世英和世杰，让她们去接礼物。但她们仍然紧紧抓住葛鹏飞的手，躲在他身后看着这位陌生人。

嘉轩感到一阵心酸。他记得第一次回来时，女儿们争抢着打开礼物，对他毫无防备。而现在，她们却对他如此疏远。他意识到，错过了陪伴女儿成长的这段时间，是他人生无法弥补的遗憾。

走进家门，屋里的摆设跟他上次来时几乎没有变化，只是墙上多了几张褪了色的旧年画，桌子旁多了几把椅子。

淑琴静静地坐在桌边，桌上还摆着中午吃饭时的碗筷。一个五岁左右的小男孩坐在她的身旁，乌黑发亮的眼睛好奇地盯着嘉轩。嘉轩知道，这就是淑琴与廖天佑的儿子。

当嘉轩的目光与淑琴的眼神交汇时，他从淑琴眼中看到的是从容与自信。淑琴像本地妇女一样将头发梳成一个髻，这使她的脸型显得有些长。她的眼角已出现明显的皱纹，皮肤也显得有些黝黑，身穿一件大襟碎花棉袄。如果让她走出去，与那些站在门口看热闹的妇女站在一起，他恐怕一时难以辨认出她。唯一不变的是她的眼睛，依然那么犀利，充满穿透力。

“你来了，还没吃饭吧？”淑琴站起身来。

“我不饿。”嘉轩有些手足无措，不知把手里的东西放在哪里好。

“到这个点了，就是你不饿，鹏飞他们也该饿了。我去弄点儿吃的。”

“把东西搁在里屋吧。”葛鹏飞带着孩子们进来，指点着嘉轩，仿佛他是家里的主人。

嘉轩把手里的东西放在了炕上。他刚转身走出去，身后两个姑娘就冲进去闹成一团，那个小男孩也跟了进去。姑娘们都跳到了炕上，小男孩也爬了上去，和姐姐们一起撕开那些包袋。

当打开糖果和糕点的盒子时，他们兴奋地大声叫嚷起来。小男孩抓起一块带奶油的蛋糕就往嘴里塞，把奶油抹得满脸都是，逗得姐姐们放声大笑。

嘉轩感到一股暖流流遍全身，眼眶也湿润了。他想去厨房帮淑琴打个下手，还可以缓和一下气氛，但挪不开脚步。他实在不知该如何开口，也不知道该做些什么，才能弥补自己这些年来对她们的亏欠。

不一会儿，淑琴端着热腾腾的窝头和炒大白菜出来了。

“家里也没什么好东西，勉强先垫一口吧。”摆完碗筷，她对屋里的葛鹏飞喊道，“葛大哥，你也出来吧，别跟孩子们一起疯了，让那位司机师傅也进来一起吃一口！”

当他们吃饭的时候，淑琴走进了里屋，孩子们立刻安静了下来。嘉轩感觉胸口发堵，实在是吃不下去，好歹就着茶水咽下几口窝头。

司机很快就吃完了，知趣地走出去等候。葛鹏飞的胃口很好，一盘大白菜被他一扫而空。他站起身，一边收拾碗筷，一边小声催促嘉轩：“抓紧时间谈谈，别跟个闷葫芦似的，好歹得开口，挨剋也是应该的。”

“我想带她一起去看淑婉。”嘉轩看着鹏飞说。

葛鹏飞眼前一亮。

“这是个好主意，不过你带祭品了吗？不然显得不够诚心。”

“还在车上呢，我分开放的。”

“那敢情好，原来你有准备。我帮你们在家看孩子，你们也方便多说说话。”

葛鹏飞把碗盘端进厨房，顺便把嘉轩的想法说给淑琴听。不一会儿，淑琴便走了出来，她一边解下腰间的围裙放在了椅子上，一边看着嘉轩说：“那咱们就走吧。”

嘉轩和淑琴并排坐在车后，两个人的身子保持着一定距离，许久他们谁都没有说话。

“家里的老人还好吧？”嘉轩率先打破沉默。

“我妈病了一段时间，这几天刚能下炕。”

“是什么病？看医生了吗？”

“老年病，也没有什么药能治。本来想让她来我这儿，可是她不爱挪动。好在老李头身体还硬朗，他找了个老伴儿，他们俩照顾我妈，比我还周到。”

“这倒难得，淑芬也离开了。老人身边不能没有人，能遇到老李头这样忠心的仆人，也是积了德了。”

“他早已不是仆人，几十年了，他就是我的家人，是我亏欠他的。那年为了离开家，我还打了他一擀面杖，一直让他也打还我。他总说让我欠着好，省得我以后再犯浑……”说到这里，淑琴自个儿笑了起来。

嘉轩望着淑琴，她脸上的神情，如同那个偷跑出来的夜晚，既调皮又纯真。他情不自禁地抓住她的手。

淑琴全身一震，转过来看了他一眼，并没有把手缩回去。

“这才十来年的工夫，就像已经过完了一辈子似的。”淑琴说着闭上了眼睛，把身子靠在后座上，仿佛全身都瘫软了。

嘉轩温柔地握着淑琴的手，这才发现她的手掌又厚又粗糙。他低头一看，那双手的手背干裂得像树皮，手掌心都是厚厚的老茧。他抓起她的手贴在了自己的脸上，泪水不由地淌落下来。

“别刺着了你的嫩脸，我的手糙，”淑琴说着把手抽了回来，睁开眼睛望着前面的挡风玻璃，“你现在出门就坐这样的车啦？挺舒服的，比家里炕头的褥子还软乎。”淑琴把身子又往后靠了靠，好像要找个更舒服的位置。

嘉轩好想让她枕在自己的腿上，让车子就这样一直开下去，但是他没有这个胆量。

“这台车是我借的，我刚调回东北，以前都在南方，坐的也都是卡车。”

“看你这身打扮，该是当了不小的官儿了吧？”淑琴的话听起来似乎有些嘲弄。

“哪有，我就是个文职官，现在调回来还不知道干什么呢！”

“不打算跟你借钱，别急着叫穷。”淑琴又来了一句。

嘉轩有些急了。

“我不是这个意思，”嘉轩想是不是淑琴误解他这么说是想逃避责任，“我这个人在外面也不懂人情世故，所以也不太可能升官，而且我现在……”

嘉轩刚想说自己不打算在军队干下去了，但是想到司机能听见，急忙把后面的话咽了回去。

“你看你这个人就是太顶真，这么多年也改不了。跟你说句玩笑话还当真，看来你还真是不适合当官儿。”

淑琴笑了，她一把抓过嘉轩的大檐帽，扣在了自己的头上，一本正经地目视前方。不到几秒钟，她自己先憋不住笑了，把帽子摘下来丢还给嘉轩。

嘉轩被淑琴孩子气的举动给弄懵了，他原来以为淑琴会被这些年来的厄运压得凄凄惨惨，但是淑琴展现出来的童心未泯，让他神魂颠倒。也许是此刻孩子不在眼前，她可以尽情释放自己。淑琴那副无拘无束的样子，把嘉轩又带回到记忆中恋爱的日子……

淑琴记得去坟地的近路，一路给司机做向导，很快就来到了淑婉的墓地。嘉轩从车上拿下祭品，让司机把车停在不远处，他和淑琴走进了林子。

嘉轩上次来的时候是二月，当时绿草如茵。现在是阳春三月，这片草地更是林茂草深。嘉轩还记得那次看到彼岸花长出了花骨朵，其中有一朵花苞还裂开了一条缝隙，可以看见里面鲜红的花瓣。

摆放完祭品，嘉轩燃香祭拜磕头，淑琴站在一旁静静地看着，脸上看不出任何表情。等嘉轩磕完头，淑琴走到墓碑前，燃着了一炷香，默默地对淑婉说：“婉儿，好久没来看你了，我说过，等打败了日本鬼子，我会来在墓碑上刻上你的名字。现在小鬼子投降了，杀害你的鬼子头子藤原也被睿智他们干掉了，也是为你报了仇，你可以瞑目了。”

淑琴把香插进香炉，仍然合掌对着坟碑说：“今天嘉轩也来了。我想把你当年说的话，当着你的面告诉他，你在那里好好等着我们，到时候我们都会来陪你，那时候我们再不分开！”

嘉轩听见了淑琴说的话，急切地问道：“淑婉跟你说了些什么？”

“你不想看看淑婉让我为她种的花？”淑琴没有直接回答嘉轩的问话，而是转身走到墓碑的后面，突然她发出一声惊喜的叫声，“你快来看！这株彼岸花开花了！”

嘉轩急忙紧跟几步走到墓碑后，果然看见一朵鲜艳娇嫩的红花映入眼帘。只见它的花蕊高耸，花色如血，在轻风中微微摆动。

“它是为你而开的吧！”淑琴看着嘉轩说，“虽说它叫‘春彼岸’，但是它的确开得早了些，还是淑婉地下有灵。”

“淑婉跟你说了些什么？”嘉轩有些急不可待了。

“我还没有跟人说过淑婉是怎么死的，今天我想告诉你。”淑琴在旁边的草地上坐了下来，用手往地下拍了拍，示意嘉轩也坐下。

淑琴开始讲述淑婉最后的日子，那段血淋淋的细节她一点都没有省略。她的叙述平淡冷静，但是嘉轩的身子开始打颤，淑琴的话像是一把尖刀，活生生地切开了他的胸膛，像烙铁一样烫在他的心上。

当淑琴说到她用自己的手捂住淑婉的口鼻，淑婉嘴里的鲜血从她的指缝涌出，她再用被褥压在妹妹的脸上，嘉轩忍不住失声痛哭，一缕血丝从他的嘴角流了下来。

“我的眼泪已经在那个时候流干了。”淑琴的声音还是那么平静，“今天让你知道这些，我觉得妹妹的死也值了，是她告诉我要找到这种彼岸花，要种在她的墓地。因为这种花的花朵和叶子从来不一起生长，它代表着相互的思念和无尽的悲痛。”

“她还说了什么？”嘉轩抬起头来，他在淑琴的眼神里看见了怜悯与爱恋。

“你的枪在吗？”淑琴突然问道，并没有接嘉轩的问话。

“在。”嘉轩心里有一种不好的预感。

“把枪给我。”淑琴的语气像是一道不容置疑的命令，嘉轩顺从地从腰间取出配枪交给了淑琴。

“你现在闭上眼睛。”淑琴又说道。

嘉轩刚想说什么，但还是把话咽了回去，顺从地闭上了眼睛。他听到子弹上膛拉栓的声音，但是他还是没有睁开眼睛，而后他感觉到那冰凉的枪口已经顶在了他自己额头！

“你怕吗？”淑琴轻轻问道。

嘉轩什么也没有说，轻轻摇了摇头。

“只要我扣动扳机，你和淑婉就会永远在一起了。你知道彼岸花也是一种诅咒吗？见到彼岸花开，就是接到了死神的召唤，他会被带到地狱去见想见他的恋人。”

“这是淑婉告诉你的？这是她最后的愿望吗？”嘉轩问道。

“她最后的愿望是让我把世杰带在身边，要照料她长大，所以我不能死。”嘉轩听见淑琴长叹了一口气，“人们都说彼岸花是开在黄泉路的花，还说见到彼岸花，就会想起曾经的恋人甚至前世的恋人，不知道这话对你有没有用？”

嘉轩感觉枪口已经离开他的额头，听见哒的一声枪的保险关上了。

“你可以睁开眼睛了。”淑琴说着把枪交还给了嘉轩。

“你真的会开枪吗？”嘉轩一边收起枪一边问。

“我会，如果你刚才露出怕死的样子。”淑琴平静地答道，“她一个人在这里太寂寞了，我也想来陪她，可是现在有孩子。希望有一天我们都能葬在这里，一起相伴，再也不分开，你愿意吗？”

“我愿意。”

“你能这么说我很高兴，现在拉我起来吧。”淑琴笑着看着嘉轩，“其实我知道你现在已经不是我们的人了。那个韦婉很漂亮吧，你们有几个孩子了？”

“两个儿子。”

“真有意思，你给我们姐妹的却是一人一个女儿。”淑琴站起来掸了掸衣服的灰尘，“时候不早了，我们该回去了……”

夜色中，雪亮的车灯把黑暗分开，嘉轩和葛鹏飞已经在回程的路上。嘉轩一直没有说话，还是葛鹏飞打破了沉寂。

“刚才在家我不方便问，你们谈得怎么样了？”

“什么谈得怎么样？”

“你傻了吗？你去是干什么去的？不会只是给孩子送些点心、衣服吧？”

“我根本没有机会开口，”嘉轩的情绪有些激动起来，“她根本没有给我机会！”

“看你还这么大脾气！”葛鹏飞的回应也很不客气，“那你期待什么？五年没有露面，你知道她是在怎么样的情况下熬过来的吗？不但要带三个孩子，还要给她的母亲送粮送药，难道见到你就是救星出现了？你能为她做些什么？再娶她？把她和孩子接回家？”

“这不是想回去跟她商量吗？你知道她怎么样吗？”嘉轩伏过身靠近葛鹏飞的耳朵说，“她要了我的枪，然后把枪指着我的脑袋！”

葛鹏飞一听竟然笑了，而且笑得很夸张。

嘉轩一看就急了，咬牙切齿地压低声音问道：“这你也笑得出来！”

“亏你还是搞政工的，一点都不懂人的心理。她那么做是在乎你，她对你还是又恨又爱，你难道不懂？”

葛鹏飞转过脸一本正经地对嘉轩说：“还记得阿拉丁神灯的故事里被关在那个瓶子里的魔鬼吗？一开始，他发誓谁救了他就给那个人很多好处，因为他被关在瓶子里太久了。时间久了，他变得愤怒起来，发誓谁救了他……”

“你别再说了。”嘉轩打断了葛鹏飞的话。

“那我就简单跟你说，”葛鹏飞依旧不依不饶，“她为什么要在淑婉坟前试探你，她是在看你值不值得她们姐妹这样的付出！”

嘉轩听了这话不由一惊，他还真没有从这方面想过。

“如果你在那时候表现出怯懦或者求饶，说不定她真的会开枪！她会觉得淑婉的死和她的付出是不值得的。这个时候不要跟女人谈什么民族大义，她只是在乎她的感情付出。幸亏你对她们是真心的，应该是你那副甘心赴死的样子救了你……”

“我想你这么说还是有一定道理的。”嘉轩伸手拍了一下葛鹏飞的肩膀，“士别三日，当刮目相看，你老哥的确长进多了。”

“不是我长进了，而是这些年我跟淑琴的接触比你还多。我看见她如何在北大荒挣扎，如何智取土匪，如何风雪夜送粮。坦白说，她所做的那些事，我这个大老爷们儿也做不到。她真不是平常人，做事从不按常理出牌，也不在乎别人怎么看她，只是凭自己的良心。平心而论，要是比起来你还真配不上她，你太俗！”

“我俗？”嘉轩瞪大了眼睛，大概还从来没有人这么评价过他。

“我还要告诉你一件事，这之前淑琴让我去找过廖天佑。”

嘉轩一惊，向前挺了挺身子。

“你找到他了吗？”

“没有，他的日子过得很不好，他又进山了。”

“干土匪？”

“应该是吧。前两年还见过他，有些破罐子破摔的味道，淑琴的事儿还是伤他很重。”

“我也真不知道怎么说，他还是个重情重义的人。”

“所以在淑琴的事上你更不能拖泥带水的，不然你谁都对不起！”

嘉轩惊异地看着葛鹏飞，虽然这些话听上去很尖锐，但他从心里还是认可这番话。

“那我现在该怎么做？”

“娶她！明媒正娶！”葛鹏飞一字一顿地说，“你有决心吗？”

“我当然愿意，可是她会答应吗？”

“要不说当局者迷啊！当她用枪指着你的时候，她的态度已经很明确了，她要确定你是个什么样的人。这么多年了你有没有改变，如果不是在乎你那位韦婉夫人，她今天就会跟你走。”

“其实我和韦婉说过这件事，还是她建议我把淑琴娶回来。韦婉不在乎什么名分。淑琴先跟我的，她就是老大，但是那时候我以为淑琴跟那个廖天佑在一起，可是现在怎么挽回呢？”

“这件事有一个化解的招数，只要这招出手，这僵局立马能破！”葛鹏飞不无得意地说。

“你有什么妙招？”

“等回去，回去我跟你细说。现在老哥我困了，今天早上起得忒早。”葛鹏飞说话间用手指了指司机，意思现在不方便说这件事。

回到招待所已经是半夜了，嘉轩也是疲惫不堪，也没有吃饭，洗了把脸就睡了。刚躺下没多久，就有人敲门让他去接电话。嘉轩强打起精神爬起来，睡眼惺忪地去接电话，听了第一句他就立即清醒了。

“我刚跟嘉怡通话了！她们都挺好的！”

“你怎么会这个时候找到她们？”嘉轩也兴奋起来。

“我不是不放心吗，也是打个电话碰碰运气，没想到她们真的在。是嘉怡坚持要住在办公室，她说如果我能逃出四平，一定会设法给她打电话，她真是在乎我。”

“那就好，真是菩萨保佑。”

“也是，不过我想告诉她们……”

电话那边，葛鹏飞突然中断了说话。

“告诉她们什么？喂？喂？你还在吗？

“我还在，也没有什么，只是提醒她们注意安全，没有别的事儿。还有记得我跟你说的，如果韦婉来东北，一定提前告诉我。我先挂了，晚安。”葛鹏飞没有说实话，其实他告诉了嘉怡，部队很可能就要开始攻打四平，但是他想到这有泄露军情之嫌，所以就没敢告诉嘉轩。

葛鹏飞的话提醒了嘉轩，他来到东北还没有跟韦婉通过电话，他本来想等安定下来再告诉她，但是现在觉得还是尽快跟她通话。

韦婉现在住在重庆，小儿子渝生就是在那里生的，但是她们的住家也没有电话，要约好时间去机关通话。他想明天早上就给重庆的同僚打电话帮他约好时间，他觉得与韦婉有许多事情要谈……

嘉轩很快接到命令，要他去铁岭一军指挥部报到。嘉轩心中暗暗叫苦，他想调来东北的初衷就是不想参与内战。原以为此时东北是日军最集中的地方，要打仗也是跟日本人打，没想到这第一仗就要跟东北民主联军打，而且还是在家乡四平！

军令如山，嘉轩只得硬着头皮去了铁岭指挥所，在那里他见到了东北保安副司令长官梁华盛将军。

“委员长限令我们要在四月二日前夺取四平，我也不知道该如何去向最高指挥部解释。听说你来以前去过重庆，委员长在那里给你授了衔。今天你来了很好，我们一起去看看，也许你有机会跟上峰反映一下，不是我们不尽力呀！”梁华盛说道。

嘉轩突然意识到自己这从天而降的身份，很可能被人误解成是一个督军的角色。从梁长官说话的口吻中，似乎也有那么点意思。这让他有些尴尬，但是也无从解释，只好勉强笑了笑以作回应。

“那我们先去作战室看看？先了解一下情况。”

“一切听从梁长官吩咐！”

嘉轩跟随梁长官来到作战室，只见有十几个人在忙碌。看见他们进来，急忙放下手边的工作，一起立正行礼。

“这是杜长官刚从五军为我们调来的章嘉轩将军。杜长官回来以前，他就跟你们一起工作。章将军十多年前就是东北义勇军的司令，还在张治中将军手下当过县长，更是邱清泉将军的爱将。这次他来我们参谋部暂时屈就，现在让我们大家鼓掌欢迎章将军！”

梁长官的这番话实在出乎嘉轩的意料，他本来只是想悄不作声地先熟悉情况，学习一下参谋部是如何运作的，可是这样一来就把他推到了前台，他也不能不顺着梁长官的话往下说。

“诸位同袍，承蒙梁长官抬举，有机会与各位合作，深感荣幸。章某初来乍到，仰仗诸位的地方还很多，让我们互相学习，共同为党国效力！”

一阵掌声后，梁长官跟几位军衔高的军官耳语了几句，便笑着挥了挥手离去了。不一会儿，一位挂上校军衔的中年军官走过来，向嘉轩行了个军礼。

嘉轩向他还礼。对方自我介绍姓马叫常亮，是参谋部的参谋。他说刚才梁长官吩咐由他来照顾嘉轩的工作和生活，有什么事都可以吩咐他来办理，他可以先带嘉轩去休息的地方。

嘉轩说不必了，他想先了解一下目前参谋部的准备情况。马参谋点了点头，先带他去沙盘前，详细说明了目前的态势。

“葛大哥来电话了！他很安全。”第二天见到睿智，淑芬就抢先告诉了他。

“那真是太好了！他现在在哪里？”

“他在沈阳，还有嘉怡的哥哥也在沈阳。他们还一起去看了我大姐。”

“是吗？这太应该了！我也有好久没有去看你姐了。”睿智的神情也很兴奋。

“中午就别走了，我给你做些好吃的。”嘉怡的心情看上去很好，这双喜临门的大喜事，让她看上去容光焕发。

“我晚上回来吃吧，中午还有些事。”

“是不是又要打仗了？”嘉怡问道。

“你听到什么消息了？”看见嘉怡脸上不寻常的神色，睿智敏感地问道。

“昨天夜里鹏飞吞吞吐吐地说了些。”

“他具体说了些什么？”睿智的语气有些着急。

“那么是真的了？他们真的要打回四平？”嘉怡敏感地察觉到睿智的反应，这意味着鹏飞的话是真的。

“我没说马上会打仗，”睿智控制了一下自己的情绪，“我是想知道葛大哥是怎么说的？”

“他说要我们注意安全，最好暂时住到城外乡下什么地方，四平城里不安全。”

“你们还要打呀！”淑芬走过来怯生生地拉着睿智的衣角。

“这也不是我们要不要的事。”睿智的神情看上去急着要走，但是他的眼睛还一直盯着嘉怡看，“他还说了些什么具体的情况？”

嘉怡心里已经明白睿智关心的是什么，她心里有些不开心。

“他就是关心我们的安全，没有说更多。”

睿智察觉到嘉怡的态度变化，他识趣地点了点头，说了一句“那你们多留心”，便匆匆离去了。

嘉怡担心在四平作战的哥哥嘉轩，经常向葛鹏飞打探消息。葛鹏飞虽然没有直接参战，但通过情报工作了解到前线战况激烈，国民党军队的火力优势明显，尤其是空袭和炮击给东北民主联军造成了很大的损失。

四平战役打得异常惨烈，双方都付出了巨大的牺牲。国民党军虽然装备精良，但由于东北民主联军的顽强抵抗，进展缓慢。而东北民主联军则面临着弹药不足、装备落后的困境。

这场战役给国共双方都带来了巨大的伤亡。四平城也遭受了严重的破坏。嘉轩也随指挥部一同进城。昔日的四平城已经是满目疮痍，街道上还弥漫着烧焦的木头和火药味儿，街上连看热闹的人都没有。这让所谓的凯旋进城显得有些煞风景，连随军记者也很难找到一个满意的角度。

第二十八章　悲喜交加

当撤退命令下达时，睿智正在司令部整理鬼子撤退后未来得及销毁的文件。由于当晚就要秘密撤退，睿智无法与淑芬她们道别，也无法打电话，以免泄露军事秘密。一旦撤退消息泄露，敌军的机械化部队，包括飞机和坦克，将对我军进行疯狂追击，进而造成难以想象的伤亡。

时间紧迫，睿智迅速集中精力，在军部警卫排的协助下，将已整理好的绝密档案装箱上车。随后，他们按文件的绝密程度进行筛选，优先带走保密级别高的文件。

此时，有人报告指挥部，作战科长王继芳失踪，同时失踪的还有他保管的重要文件，包括部队撤退的路线地图。指挥部气氛顿时紧张起来。据同事反映，王继芳最近与梨树镇地主家的小女儿交往密切，该女子白皙粉嫩，温柔多情，且是国民党三青团的女区长。尽管身份敏感，两人仍频繁接触。现在部队即将撤退，王继芳极有可能携带文件出逃，先去找该女子，然后一起叛变投敌。

这个猜想后果严重。一旦发生，将给我军带来难以估量的损失。睿智挺身而出："给我一匹马！我设法赶往梨树，我家就在附近。若找到他，我必除之，以绝后患！"

事态紧急，指挥部同意了他的请求。睿智牵马，换上便装，携带两支手枪，趁夜色向梨树方向疾驰而去……

清晨醒来，嘉怡突然有一种异样的感觉。过了一会儿，她才察觉，城内外的枪炮声都停止了。这一个多月来，几乎每天都是伴着枪炮声入睡，又伴随枪炮声醒来，如此寂静的早晨，她几乎已经忘记了。她忍不住推醒了睡在一旁的淑芬，让她也来听听这奇妙的宁静。淑芬揉着眼睛，嘴里不情愿地嘟囔着，说她昨夜睡得很晚，埋怨睿智这两天都没有出现。当她也注意到这异常的宁静之后，她开始有些心慌。

“怎么会这样？是不是城外的兵退了？那睿智该回来说一声呀，还是睿智他们……”淑芬不敢说下去了。

俩人急忙起身洗脸收拾，突然电话铃响了，铃声显得格外尖锐刺耳。嘉怡急忙跑过去接听。电话是葛鹏飞打来的。

“民主联军撤了！嘉轩他们该进城了！我也许下午就过来，今晚就到！”

嘉怡举着电话说不出一句话，她看着淑芬期待的眼神，也实在是想不出该说什么。她只是嗯了一声，便放下了听筒。

“怎么啦？你倒是说话呀！谁打来的？是葛大哥吗？他到底说了些什么？”淑芬连珠炮似的向嘉怡发出许多个问话。

嘉怡坐了下来，轻声说道：“睿智他们撤出四平了，我哥他们进城了。”

“怎么会这样？睿智怎么会不告诉我一声？他是不是出了什么事？”淑芬脸色变得煞白，一下子瘫软在椅子上。

“你不要瞎想。打仗的事睿智也是身不由己，可能是时间太仓促，也许等他安全了，就会打电话来的。”

“我要出去找他，对，我出去找他……”淑芬说着站起来就要出门。

“你这样到处乱转能找到吗？”嘉怡拦住了她，“现在外面情况还不明朗，谁知道战事究竟如何？你还是再等等，说不定一会儿睿智就会打电话过来……”

一听嘉怡这么说，淑芬就站住了，她一头栽进嘉怡的怀里。

“睿智可不能出事，我的天都要塌了……”

下午三点多，嘉轩在临时指挥部正想请假去看看妹妹，突然作战室来了一位军官，报告说抓到一个间谍，希望他能去主持审讯。

去审讯室的路上，那位军官介绍：这个人是被梨树镇的保安队伍抓住的，他企图行刺一位即将投诚的共军军官；是本地人，但无论怎么审问他都不肯开口；因为嘉轩也是本地人，他们想请嘉轩去主审，看看能否找到突破口。

嘉轩走进了一间地下室，迎面扑来一股潮湿的霉味儿。地下室里只放了一张桌子和两把椅子，有一盏昏暗的灯亮着，一位书记官正在做笔录。桌子对面，一个人被反绑在一个低矮的木箱上，一直低着头，听到嘉轩他们进来也没有抬起头。

嘉轩走到桌旁坐了下来，他拿过书记官面前的笔录看了一眼，只见白纸上只写着年月日。

陪嘉轩来的那位军官出去了，屋里只有嘉轩、书记官和那位疑犯。

“你把头抬起来。”嘉轩厉声命令道。

那人听到嘉轩的声音似乎全身颤动了一下，他慢慢地抬起来头。当他们四目相对的时候，嘉轩也惊呆了，面前的人竟然是赵睿智！

“把你的名字报上来！”嘉轩清了清嗓子，极力镇定下自己的心情。

“江涛。”睿智开口了。

“哪个江？”

“江水的江。”

“浪涛的涛？”

“是的。”

“在什么部队？”

“东北义勇军。”

“具体在哪个部队？”

睿智低下了头，没有回答。

“那么你先说说你去梨树干什么？”

“我认错人了。”睿智抬起头，很坦然地回答说。

“你这是什么意思？”

“我看见一个人很像当年给小日本做事的汉奸，就一直跟着他来着。”

“你身上为什么会带两支手枪？”

“我本来就是军人，身上有枪很正常。这一支枪和两支枪又有什么区别？”

“你很能狡辩，看来你也很不简单。说说你在军队任什么职务？”

“这个我不能说。”

“我劝你不要固执。这是战时，你有间谍嫌疑，我们可以严厉处置你，甚至不需要通过军事法庭！”

“要我说也可以，但是不能记录，在场的除了你也不能有其他人！”

“你有什么权利向我们提条件？”

“因为你们想知道我所了解的情况，所以，你们要么答应我的条件，要么一无所获。我是军人，死也不算事儿，无论是死在战场还是牢房。”

嘉轩转脸看了书记官一眼。书记官知趣地站起身，转身走了出去。

“睿智，你怎么会？”

睿智望着门口，做了一个制止的眼神。

“我们没有多少时间了，你要是见到淑芬，就跟她说在城外发现了我的尸体，已经把我掩埋了，免得她牵挂。”

“他们是怎么抓住你的？”

“我跟踪一个人去了梨树，没想到他们已经在院子外面布置了人。我也是太心急了，结果……”

“你有没有开枪？”

“也没有来得及。”睿智遗憾地摇了摇头。

“我这就放了你，你立刻出城，一刻也不要耽搁！”

“那你怎么办？”

“我刚才就想过了。他们有人认出了你，所以交给我来审，那我就将计就计。还记得我们曾经联手杀了藤原吗？我就说你是我们发展的特工。”

“他们能相信吗？”

“你就不要管那么多了。我们杀鬼子是事实，这值得保你一条命！我们现在就走，我送你出去！”

嘉轩说着就站起身走过去给睿智松绑。睿智脸上的神情还是有些迟疑，但是嘉轩不由分说，拉起他就往外走。

走到门外，嘉轩告诉卫兵，说这个人他要带走。卫兵看到嘉轩的军衔，敬了个礼也没有多说什么。嘉轩把睿智直接带出了大门外，对他摆了摆手，就转身回到了自己的办公室。

不一会儿，那个先前来找他的军官走了进来，敬了个礼，问道：“长官，那位疑犯呢？”

“我已经审过了。他是我们很早就合作过的情报人员，我们还合作杀掉了日本情报部门在伪满洲国的藤原大佐，为此重庆方面还给予了嘉奖，这些都有记录在案。为了今后的继续合作，我们不能让他暴露，所以我已经把他放了。”

“那我怎么填写审讯记录？”那位军官有些为难地问。

“这个交给我吧。当年整个行动也是由我负责的，把审讯记录拿来，我来填写和上报。”

当那位军官走了出去，嘉轩才感觉到自己身上的冷汗已经浸湿了内衣。

嘉怡叫淑芬回家。淑芬说她不舒服，要晚些回家。嘉怡知道她心情很沮丧，可能还在等睿智的电话，便没有再劝，独自先回了家。

好在城里的这场仗打得不久，附近也没有遭到破坏，只是家里的玻璃震碎了两块，桌上床上到处都是灰尘。嘉怡卷起袖子，拿起抹布，把家里彻底打扫了一遍。虽然汗流浃背，但看到家里恢复整洁，心里也感到一丝安慰。

傍晚时分，嘉怡开始准备晚饭。她心里期待哥哥和葛鹏飞都能回来，便搜罗了家里所有好吃的，精心准备了一桌饭菜。窗外的暮色开始降临，期待的人一个也没有回来。嘉怡心里渐渐有些担心。终于，她听见了敲门声，几乎跳起来赶去开门。门外站着满面笑容的葛鹏飞！她真想一头扑进他的怀里，但是她看见了站在葛鹏飞身后的淑芬。

“怎么这么巧？你们在哪里碰见的？”嘉怡克制住心里的激动，先让他们进门。

“我先去了公司，看见淑芬还在那里，就把她给拽回来了。”鹏飞边进屋边说。当他看见满桌的饭菜，便夸张地大呼小叫起来，“你看看，你看看，咱们回来得多及时！要不然岂不是糟蹋了这一大桌好饭好菜！还等你哥吗？”

“不等了，咱们先吃，谁知道他今晚还能不能来。”

“那我们就不客气了。”鹏飞说着就坐在桌旁，先拿起筷子夹了一口菜。

“看你猴急的，先去洗手。”嘉怡笑着解下围裙在鹏飞身上横扫了一下。

三个人坐下来吃饭，淑芬还是一脸愁容，端起碗埋头吃饭，也不怎么夹菜，吃着吃着，她的泪珠就落进了碗里。

嘉怡和鹏飞都明白她的心思，但也是无从相劝，只好默默无声地吃饭。

就在这时，忽听有人敲门，嘉怡又一次蹦跳起来，飞快地跑去开门……

“哥！”只听一个欢喜的呼叫，鹏飞就知道是嘉轩来了！

“都吃上了，也不知道等我。”嘉轩一边进屋一边打趣地说，“你这个地方也不容易找，我都在外面转了几圈了。是淑芬吧，女大十八变，我真认不出来了。”

淑芬站起身来，用手背飞快擦了一下眼泪。

“嘉轩哥。”她轻轻叫了一声。

“我知道你在担心什么。”嘉轩笑着走到淑芬的面前，“你过来，我有话要跟你说。”嘉轩做了一个招呼的动作，把不知所措的淑芬带到一旁，嘉怡和鹏飞大眼瞪小眼地不知道嘉轩要搞什么鬼。

不一会儿，他们两人走回饭桌。淑芬果然破涕为笑，嘉怡鹏飞他们是一头雾水，不知道嘉轩使了什么法术。

“哥，你跟淑芬说了些什么？”

“这是我们之间的小秘密，淑芬不准说，你们也不准打听。”嘉轩说着坐了下来，从大衣口袋里掏出一瓶酒，“有这么多好菜，怎么能没有酒？快去拿杯子来！”

“我去拿！”淑芬欢快地跑了进去，嘉轩得意地看着嘉怡和葛鹏飞，神秘地笑了笑，先拿起筷子吃了起来……

嘉轩回到军部指挥所，突然听到部队集结的命令。嘉轩正准备和部队一起出发，却突然接到传令兵的通知，要他在四平留守。大部队出发后，嘉轩心中疑惑，便向几个关系不错的参谋打听情况。他们说，廖耀湘指挥的新六军得到情报，一位民主联军的高级军官叛逃，向他们提供了共军的撤退线路和其他情报。因此，部队才敢于毫无顾忌地追击。

听到这个消息，嘉轩心头不由一沉，他想，会不会就是睿智冒险追击的那个叛逃人员？但是他的审讯记录和报告交上去后，无人问津，办公室也无人来访，看来问题也许没有那么严重。大战期间，抓到疑犯并非稀罕事。

留在四平无事，嘉轩与韦婉通了电话。韦婉说想带孩子们过来。嘉轩说现在情况还不稳定，但韦婉说要带孩子们去看看爷爷，他们也想念父亲。韦婉的理由让嘉轩无法反驳，只好同意他们找机会过来。

或许是韦副主席在重庆人脉广泛，没两天，韦婉就从机场打电话来说，她们已经要登机了，而且是搭乘军机飞往沈阳。

嘉轩连忙请假，上级批准他去沈阳，但要求他尽快返回，只给他一天的假期。嘉轩先打电话给葛鹏飞，让他去机场接韦婉他们，以防自己晚到，她们母子不知所措。

嘉轩开车到沈阳时，韦婉所乘的飞机已经降落，葛鹏飞顺利接到了她们，然后一起在候机厅里等着。当韦婉看见嘉轩的时候，她站起来，眼泪止不住地落了下来。两个儿子望着快步走来的父亲，呆呆地站在那里。嘉轩不禁想起去看淑琴的时候，他的女儿也是用陌生的眼神看着他，不由一阵心酸。

“听说四平打得很惨烈，你还好吗？”韦婉见到嘉轩，第一句话就问，其实同样的话她已经在电话里问过无数遍了，但这是她心里最大的担忧。作为军人的妻子，这种思念的煎熬尤其残酷。

“你看我不是好好的，连一块皮也没有擦掉。”嘉轩说着蹲下身去，试着去拉小儿子渝生的手。渝生今年四岁了，与爸爸见过没几次，特别是穿军装的父亲他更加陌生。他摆手不肯让爸爸去拉他的手，拽着妈妈的衣角往后躲。

葛鹏飞看着嘉轩，也是满眼的同情，他想起了前不久相似的一幕：在北大荒淑琴的家里，世英和世杰也是这样躲在他身后，不愿意去握父亲的手。

“我在酒店订了房间，我们就先去酒店吧。”葛鹏飞建议说。

“要不然带他们去中山路逛逛吧，给孩子们买些东西。”嘉轩问韦婉。

“你定吧，这里我也不熟。”韦婉的情绪缓和了下来，温柔地看着嘉轩。

“那就先去逛街，这里比重庆洋气多了。”葛鹏飞说着伸手抱起了渝生。刚一会儿工夫，他和孩子们已经混得很熟了。

“我看你挺喜欢孩子的，现在仗快打完了，你也该去我家提亲了。”嘉轩笑着对葛鹏飞说。

“就是呀，早就听说嘉怡端庄美丽，等不及想要见到她了。”韦婉也含笑说道。

“你们说得都对，我一定抓紧，可能比你们想象的更快！”葛鹏飞一面憨厚地笑着回答，一面把渝生扛在了肩上。

看见湘生有些嫉妒地望着弟弟，嘉轩弯腰问他：“要不要爸爸也背着你？”

湘生也已经六岁多了，他毕竟跟父亲熟一些，就老实地点了点头。嘉轩高兴地背起了儿子。两个男孩儿在两个大男人身上伸手打闹，十分开心。

韦婉望着这一幕，也是从心里就醉了……

汽车在乡间的田野中飞驰。这里山丘起伏，视野开阔，地里长着一片片的谷子，满眼一片绿色。

“这里的庄稼长得真不错呀！”韦婉是第一次来北方农村，感觉什么都新鲜。两个孩子也扒着窗口张望，看见一头毛驴也会大声叫喊。

“要是不打仗，那地里的庄稼会长得更茂盛。这里的农民一年就只有一季的收成，还是很穷呀！”葛鹏飞给韦婉解释着。

等到一行人来到沈阳，葛鹏飞把他的计划告诉嘉轩。他让嘉轩先陪韦婉去看望公公和婆婆，之后再陪韦婉去看淑琴，争取把淑琴和女儿们都接去看望嘉轩的父母。

嘉轩被他这个计划震惊了，他难以想象韦婉对这个建议的反应，他更难以想象淑琴见了韦婉会怎么样。葛鹏飞说他这几年与淑琴的相处可能要比嘉轩还多，况且韦婉贤淑善良，善解人意，这件事肯定能圆满解决。

韦婉听到这个建议时，果真表现得落落大方。她说她也一直想这么做的，她真心敬佩淑琴，已经视淑琴如大姐。所以，她要亲自出面请淑琴回家。

由于动身得早，午饭时他们已经到了家。葛鹏飞进城时，发现城内外的变化很大。国民党的部队进驻梨树县城才没多久，便开始把这座小城按照一个坚固的据点来构筑：深深的外壕，加高的城垛，以及星罗棋布的碉堡和地堡，完全改变了梨树县城原来的面貌。

到了老家，老人们对儿媳妇和孙子的到来真是喜出望外。孩子们对这个新环境也觉得很新鲜，在炕上爬上爬下，又在院子里开心玩耍，逗得老人开心得合不拢嘴。

嘉轩安排韦婉和孩子们暂时在老家住下，希望在战局稳定后再接他们出去，所以带来的东西也不少。他们开了两辆车过来，后面的一辆车拉的都是生活所需的物品。

第二天一早，葛鹏飞开车接韦婉看望淑琴，没想到韦婉把两个孩子都带上了，还带上了不少礼物。

葛鹏飞一时也搞不明白这样做到底好还是不好，因为淑琴的个性他是知道的，淑琴要是不给面子，任是天王老子她都不买账。万一淑琴不买账，当着孩子们的面多不合适。

葛鹏飞犹犹豫豫地说出了自己的担忧，但是韦婉只是微微一笑，说：“女人的事，男人不懂。”

越往北大荒开，沿路的风景越是荒凉，韦婉也不禁皱起了眉头。

“这个地方真是渺无人烟，土地也贫瘠，你看这白花花的是盐碱地吧？没想到北大荒竟然这么荒凉！”

“是的。很少有人选择来这里居住，来的人都是有特殊的原因，所以日本人才把这里作为囚禁国事犯的地方。”

孩子们的兴致没有被这片荒凉搅扰，反而对这片从未见过的荒芜感到新鲜。不时从路前惊恐穿过的野鸡和野兔，引来孩子们一阵阵兴奋的惊呼。

中午，他们到了淑琴的家门口。葛鹏飞先下了车，湘生趴在窗口望着低矮的草屋问妈妈："这屋子也是人住的吗？"

渝生小声问："我们可以出去吗？我要尿尿。"

"这里当然有人住，我们就是来这家做客的。"韦婉边说边打开车门，"你们下来吧。"

突然一个十来岁的小姑娘从草房里冲了出来。

"大舅舅！"她高声叫喊着扑进葛鹏飞的怀里。随后一个小一些的女孩儿也跑了出来，喊着"舅舅，舅舅"，也不甘示弱地冲向葛鹏飞。

葛鹏飞拉着她们的手正朝屋里走去，淑琴手里拿着一根大葱从屋里走了出来。当她看见站在车旁为小儿子脱裤子的韦婉时，她微微一愣，脸上的笑容凝住了。

韦婉倒是很从容，她让儿子蹲下来，免得尿湿裤子，眼睛含笑望着淑琴，没有一丝窘迫。

倒是葛鹏飞有些尴尬了，他本来想先进去给淑琴打个招呼，看看淑琴的反应。可是这番不期而遇，把他原先的计划打乱了，他也只能静观其变。

等儿子尿完，韦婉帮儿子穿起裤子，站了起来，拉着两个儿子的手面带微笑地朝着淑琴走去。

"我叫韦婉。这是我的两个儿子，湘生和渝生。"走到淑琴面前，韦婉看着她的眼睛，平静地做了自我介绍。

"我知道你是谁。"淑琴此刻已经恢复镇静，她边回答边剥着大葱。

"那是世英和世杰吧，都长这么高了。"韦婉把目光转向了两位姑娘，"女儿就是省心，不像我们这两个小子成天惹祸。"

"进屋坐吧，只是别嫌家里寒碜。"淑琴说着转过身先进了屋。

葛鹏飞站在一旁，手心都快要攥出汗了。直到此刻，他的心才稍微踏实下来。他偷偷朝韦婉翘起了大拇指，带着两个姑娘也跟着进屋。

世英和世杰好奇地看着两个小男孩儿，仰起脸问葛鹏飞："他们是谁？"

"是小弟弟呀！"葛鹏飞突然想起什么，"我差点儿忘了，车上还有小弟弟给你们带来的礼物呢！我们去拿！"

世英和世杰高兴地跟着葛鹏飞出了门。男孩儿们拉着妈妈的手，充满好奇地打量着周围。

"妈妈，这墙上有泥，屋顶上有草。"

"他们是第一次来北方农村，我自己也是。我是湖南人。"

“湖南人能吃辣，我这里也有辣椒。”淑琴去厨房放下大葱后走了出来，“中午还没吃饭吧？你们能吃面吧，我去给你们做碗面。”

“我们湖南人也喜欢吃面，但是做法跟你们不太一样。我来烧一碗湖南的面条吧，你们也尝一尝湖南的口味。”

“那敢情好，我来烧火，看看你们湖南人是怎么做面条的。”

两个女人说着走进了厨房，淑琴拿出了鸡蛋、面条，还有白菜和大葱。

“你不先放水吗？”淑琴好奇地问。

“我们的做法是不同的。我们先把大葱和辣椒炒香盛出来，再把鸡蛋煎成荷包蛋盛出来，再炒白菜，然后把刚才炒香的大葱和辣椒放进去，倒上一些水。”韦婉边说边操作。淑琴走过来把一个围裙系在了韦婉腰间。

“你这么做果然是挺香的。”淑琴说道。

“现在放面条，水刚漫过面条就可以，然后盖上盖焖锅。”韦婉把锅盖盖上后笑着说，“刚才炒辣椒的时候要是放一些我们湖南的腊肉就更香了。”

“你看我这记性，我还有晒干的狍子肉呢！”淑琴一拍脑袋说。

“下次吧。如果好吃，下次我们还可以做。”韦婉说着掀开了锅盖，“这面条差不多了，我们可以把荷包蛋放在上面。不过我们这是炒面不是汤面，不知道你女儿爱吃不爱吃。”

“她们已经吃过午饭了。不过，你这样做的，我让她们也尝尝。”

面条盛好了，果然几个孩子都爱吃。葛鹏飞也觉得面条好吃，更让他欣慰的是，大家围坐一桌，像是一家人，一起和和气气吃饭、说笑。他真心服了这两个不一般的女人。

吃完饭，孩子们已经混熟了，他们拿着各自的玩具开始追逐打闹。葛鹏飞也识趣地陪着孩子们玩去了，屋里就剩下两个女人。

“当知道你还活着，我就一直想来看你。”韦婉望着淑琴语气诚恳地说。

淑琴没有作声，只是目不转睛地看着韦婉。

“我跟嘉轩走在一起，是我追的他，他没有错。他那时候很痛苦，他还以为你不在了。”

“他怎么那么好福气，女人都把责任往自己身上揽。”淑琴从鼻子里轻轻哼了一声，不置可否地回应了一句。

“嘉轩是个好男人。他正直善良有担当。跟了他，我从来没有后悔过，哪怕将来再受什么苦，我这辈子都认了。”

“我也没有觉得你有什么错，”淑琴笑了笑，“各人的选择都有自己的理由。”

“我之所以在你这里跟你说这番话，是想请你回到嘉轩身边来。”

淑琴的脸上没有露出任何表情，但她手指微微一颤，这句话确实震撼到她。

“你是一个不平凡的女人，经历了那么多生生死死，我相信你不会去理那些世俗的观念。”韦婉继续说道，“我跟嘉轩这些年，我知道他的心里从来就没有放下过你。见到你以后我也能感觉到，你也是那种认准了就无法放下的女人。”

淑琴感觉这次遇到了对手，她能感觉到对方身上那种自信的气场和真诚。对方没有演戏，没有做作，每一句都是发自内心的，这使得她无法抗拒和反驳。她第一次感到被人说得哑口无言也是一件欢愉的事。

“我今天贸然登门，也没有期待立刻能从你这里得到什么答复。你和嘉轩的事当然由你自己决定，但是我今天有一个请求，希望你可以答应我。”韦婉停顿下来，期待地望着淑琴。

“你说吧。”

“今天请跟我走，我们带孩子一起去看嘉轩的父母。”韦婉的话说得斩钉截铁，不像是请求，而是决定，“无论如何，孩子是无辜的。中国人讲究血脉相承，她们是章家的骨肉，这是改变不了的事实。所以回家认祖归宗，也是天经地义的事。”

淑琴抬起头看着韦婉。从韦婉的眼睛里，淑琴看到的是真诚与鼓励。这些年来，淑琴遇到的都是些需要她支持的人，还从来没有遇到过一个可以为她做主的人，她第一次从一个女人的眼睛里感受到友谊的力量，这种温情的感觉让她不由自主地点了点头。

一辆轿车里竟然硬生生挤进了八个人！韦婉抱着小儿子坐在前座，淑琴和葛鹏飞的腿上各坐着世杰和湘生，世英挤在他们中间。孩子们经过一个下午的嬉闹已经完全熟悉，挤在这么狭小的空间里，他们还觉得特别有趣。当这一大家子人出现在章家院子里时，章家的老人都被震惊了！

葛鹏飞尽可能简略地把嘉轩和淑琴、淑婉的故事说给老人们听。说到动情处，老人们都落下了眼泪。孩子们适应得很快，都在炕上打闹。

在他们聊天的时候，韦婉来到厨房做饭。烧火的时候，她的眼泪不知不觉地流了出来。此时，她的心里似乎有一块石头落地，又似乎更加空荡荡得没有着落，心中有一种难以言明的悲喜交加的感觉。

葛鹏飞也跑进来说要帮忙。他看见韦婉红红的眼圈，多少也理解她心里的感受。韦婉从葛鹏飞眼里看出了异样，就揉着眼睛说烧不惯北方的柴灶，让烟熏了眼睛。

葛鹏飞什么也没说，又一次把大拇指翘了起来，对着韦婉晃了晃。韦婉有些不好意思地转过脸去。

吃完饭，葛鹏飞说要带淑琴他们回家。两位老人看家里实在住不下，也就没有挽留。淑琴和韦婉像姐妹般在门口道别，她们觉得像是认识了许多年，彼此之间似乎不再有任何隔阂……

当汽车开到了杨树县城常家大院，淑琴吃惊得合不拢嘴。葛鹏飞这才笑吟吟地说："自从赶走了鬼子，嘉轩就找人收回了被日本人霸占的房子。这些天都在整修，你母亲和老李头一家都被接回来了。今天，你们可以住在自己的家里，回不回北大荒以后再决定。"

淑琴一时不知该说什么好。她上前抱住葛鹏飞，眼泪落在了葛鹏飞的肩上。这些年她都没有流过眼泪，可是这个时候，似乎唯有泪水才能舒展她一直压抑禁锢的心情……

第二十九章　卓荦不羁

这天，嘉栋接到嘉轩打来的电话，说要娶淑琴。嘉栋听了十分吃惊，急忙问，韦婉嫂子怎么办。嘉轩说，操办这场婚礼的正是韦婉和嘉怡。他希望嘉栋可以请假回家，顺便看看年迈的父母亲。

请假的事情上报后，没想到上级竟然批给他了一个月的假期。喜出望外的嘉栋急忙打点行装，带着淳清和两个孩子搭乘飞机飞往沈阳。

淑琴的婚礼计划在常家大院举行，嘉怡和淑芬为了帮忙，从四平暂时搬到常家大院住。韦婉也几乎天天都来，忙前忙后地张罗，不知情的人还以为她是淑琴的妯娌。

淑琴一开始并不同意这样大肆操办，孩子们都那么大了，还有韦婉那一家人，于己于人她都觉得不合适，但韦婉和嘉怡还是轮番劝说，直到淑琴只能默许了。韦婉忙里忙外，让嘉怡看了都感动。

嘉怡听过不少关于淑琴的感人故事，但在嘉怡的心目中，这位嫂子与自己还是相距很远。她第一眼看见淑琴的时候，看到她那被沧桑岁月磨砺的脸，她只有敬畏，但是生不出亲近感，反倒韦婉让她感觉十分亲近。无论多么忙碌，韦婉总是一脸笑容，和蔼可亲，才几天的工夫，无论是章家还是常家的大大小小，无不为韦婉的大度宽容所折服，都把韦婉看作是可以无话不谈的亲人。

韦婉白天操劳了一天，晚上哄儿子睡着了自己还是合不上眼。除了一身酸痛疲惫，她心里还有许多不敢触及的痛楚，没有人可以诉说。白天，她想通过忙碌让头脑不去想那些痛楚。有时候她会觉得自己分身成了两个人，一个在地下忙着干事儿，一个浮在半空中看着自己，仿佛那个干活儿的是个木偶。她感觉内心深处有一个大洞，深不见底，她自己也不敢去探望。在她的人生经验里，她能够设身处地为别人着想，但是她想象不出来如果嘉轩真正分心到淑琴的身上，自己会是一种什么样的反应。

在为淑琴操办婚礼的过程，她感觉到了一种牺牲，以及牺牲带来的崇高的骄傲。她从嘉轩和嘉怡的眼中，从淑芬和淑琴的眼中，她都能感受到那种崇敬和尊重。这些像是一种无形的鞭策，她不得不遵从，不得不坚持，不得不笑脸相对。

回到常家大院后，淑琴常常去舅舅原先住的那个房间。房间之前被人改成了库房，淑琴自己动手，找回来被丢弃的家具，尽力还原成舅舅生前居住的样子。在做这些事的时候，她不要别人动手，甚至自己随身带着钥匙，她不在时不让别人进去。

对于家里人张灯结彩、布置婚礼，她似乎视而不见，一副与己无关的样子。她宁愿多陪母亲说几句话，还有就是跟老李头聊得比较多。如果有人无意中听见他们聊的内容，一定会大吃一惊。他们在聊如何喂养牲口，牛羊猪羊都聊遍了，就是不聊人世间的事儿。

大婚的前一天，嘉轩总算赶回来了。他是从沈阳机场接了嘉栋夫妇和孩子们直接回来的，随车来的还有葛鹏飞。他们的到来给家里添了更多的喜庆。

嘉轩的老父母此时也来到了常家。好在常家大院宽敞，房间也多，这么多人一起住着也不显得拥挤。只是忙坏了厨房做饭的师傅，他们几天前就开始忙乎准备婚宴，等嘉栋他们一大家子来，每天吃饭的就有十几口。

韦婉跟他们解释说，按规矩这婚礼应该在章家办，但是在常家办，淑琴会更中意。一来在章家她人生地不熟，带个三个半大的孩儿嫁过去，怕不知内情的乡亲指指点点；二来在杨树城里淑琴是知名的大英雄，左邻右舍大都知道她们姐妹打鬼子的故事。所以她向两家老人提议在这里办。她也问了淑琴的意见，淑琴笑笑说："你们做主吧，我怎么都行。"

嘉轩和葛鹏飞都觉得这样安排挺合适，嘉栋更是翘起拇指夸二嫂了不起。听到嘉栋称"二嫂"，嘉轩一下子变了脸，很认真地说道："以后你们就叫嫂子，没有什么大嫂二嫂的。"

嘉栋一听急忙跟韦婉说对不起，连在旁的嘉怡也吐了吐舌头说："你看我也不懂，还觉得叫二嫂挺合适。"

嘉轩的认真让韦婉反而有些难为情，韦婉红着脸说："就是一句称呼，有什么可较真的。淑琴比我大，各方面都比我强，叫她大嫂也是天经地义。"

因为第二天就要办喜事，韦婉催大家早些休息。当众人离去，嘉轩正要搂住她亲热一下，韦婉灵巧地一闪避开了。

“今天是什么日子？还不赶紧过去陪陪她。”

嘉轩一下子愣在那里。

“韦婉，你……”

“你不必多想，我现在去看看孩子们。你去吧，明天一天会很忙的。”说着她也转身出了门。

嘉轩来到了淑琴的房门前，以前他多么熟悉这扇门。当年，这扇门后隐秘着多少爱恋与缠绵，而此时他的心跳比初恋时还要慌乱。

嘉轩定了定神，举手敲了敲门。

“门开着呢。”里面淑琴回答说。

嘉轩推门进去，只见淑琴坐在炕沿，三个孩子都躺在她身边，小儿子世军的头还枕在母亲的腿上。

嘉轩想了想，搬了一把椅子坐在了淑琴的对面，深情地望着她，来时想了许多话，此时竟然全都忘了。

“明天不紧张吧？”嘉轩说出的第一句话，自己都觉得不得体。

“有什么可紧张的？”淑琴笑了。

“那倒也是，你什么样的场面没有经历过。”嘉轩尴尬地笑了，“不知为什么，我可是好紧张。”

“比那晚我们逃到你那里还紧张？”淑琴调侃道。

“那不一样。那时候是兴奋和期待，是新的生活就要展开……”

“那现在呢？”淑琴盯着他，这让嘉轩感觉自己跳进一个自己挖的坑里。

“我也说不好，感觉更多的是责任。以前亏欠你和孩子们的实在是太多了，真想拿出后半生来好好弥补，但又觉得自己能做的并不一定是你想要的……”

“那么你认为我现在想要什么？”

这一问真的把嘉轩问住了，孩子？安定？感情归宿……一连串的答案涌了上来，他才发现自己的确对淑琴了解太少了。

“你知道你的毛病在哪里吗？”淑琴看出了嘉轩的尴尬，笑了笑说，“你的毛病就是想得太多。其实生活就像一条河流，你愿意下河，它就带着你四处流淌；你愿意看着它，它就一直流下去。奋斗、挣扎、欢乐、悲伤，都不会改变它，一切都是你自己的选择。”

嘉轩愣了，他想不到淑琴竟然说出这样一席话。

淑琴又笑了笑，说道："你今天也累了，先回去休息吧。有什么事，明天咱们接着聊……"

常家大小姐回家成亲的消息一下子传遍了杨树县城。按照东北的习俗，婚宴要开得越早越好。婚礼当天，一大早就有人上门道喜。以前曾经与常家有过往来的商户友人也都来贺喜。常家大院的门口一时车水马龙，人流络绎不断。老李头代替了韩管家的角色，站在大门口迎来送往。有些人并没有收到婚宴的邀请，只是来送礼露个面，还千恩万谢地让老李头一定在姚氏面前告知当家的，闹得老李头哭笑不得。由于来的人多，厨房也准备不及，婚宴差不多在中午才开始，有人在院里门口燃放起了花炮。

淑芬这时候的任务是看住孩子。淑琴的孩子世英、世杰、世军打闹成一团，嘉轩的儿子湘生、渝生是另一伙儿，还有嘉栋的女儿湘衡和任天，搞得淑芬顾东就顾不了西，大冷天硬是折腾出一身汗。

"你快去吧，这里交给我，你家公公赵老爷来了。"老李头走过来给淑芬解围。

"真的？前天我去看他，他还说身体顶不住就不过来了。"淑芬惊喜地说，"那就辛苦您了，别让他们接近那些放花炮的就行。"

淑芬紧赶几步走出去，正好迎面遇上被家人搀扶着的公公赵仲虎。

"您怎么还是来了？不是身子骨还没好利索吗？"淑芬边说边上前去搀扶赵仲虎。

"就来贺个喜。不久坐了，一会儿还回去。"赵老爷笑吟吟地看着淑芬，"淑芬呀，一会儿你送我回去行吗？"

淑芬有些纳闷，还是笑着说："那怎么不行，家里人那么多，少我一个不碍事儿的……"

婚宴大厅已经座无虚席。新郎嘉轩身穿崭新的将军制服，英姿飒爽。原本他打算穿传统的马褂长衫，但葛鹏飞和嘉怡都极力反对。他们认为，这么多年来，嘉轩为了抗日隐姓埋名，如今终于可以堂堂正正地穿上这身军装，为常家扬眉吐气，也是众望所归。

新娘淑琴身着传统的新娘礼服，上身绣花红袍，肩披霞帔，下身红裙红裤，脚蹬红缎绣花鞋。嘉怡还特意为她准备了一顶凤冠，淑琴欣然戴上。只是，她坚持要在身旁空出一个座位，摆上碗筷，似乎是在缅怀着什么。大家心知肚明，也默许了她的心愿。

婚礼由嘉怡主持。她深情讲述了哥哥嘉轩与淑琴的爱情故事，令不少宾客为之动容。轮到嘉轩发言时，他简短而真挚地表达了对宾客的感谢，以及对淑琴的爱意。他的发言赢得了热烈的掌声，尤其是坐在对面的韦婉，她目不转睛地看着嘉轩，一边鼓掌一边拭泪。等嘉轩坐下，淑琴站了起来，默默环视了在场的嘉宾，从头上摘下凤冠，放在了她身边那张空位上。

"在座的各位都认识我，也一定都认识我妹妹淑婉。淑婉不幸遇害，嘉轩为了替她报仇，付出了很多。我和妹妹都敬仰他，爱慕他，愿意为他付出一切。"

在座的宾客都惊呆了，嘉轩和嘉怡更是瞪大了眼睛，张大了嘴巴，似乎不敢相信自己的耳朵。只有葛鹏飞和韦婉看上去比较平静，他们的眼神中闪过一丝了然，似乎早就预料到淑琴会做出什么不寻常的事。

淑琴从肩上取下霞帔，轻轻搭在椅背上，转身面向众人，目光如炬。

"今天，我代表淑婉参加这个婚礼。她值得拥有这份幸福，她的灵魂终于找到了归宿。将来，章家的家谱和嘉轩的墓碑上，都将刻下常淑婉的名字。"

淑琴将目光转向嘉轩，眼神中透露出坚定与深情。嘉轩的心被深深刺痛，他下意识地点了点头，眼中含泪。淑琴的目光一直刺向嘉轩的心灵深处，嘉轩被震撼不已，情不自禁地点了点头。

"伯父，伯母，你们也答应吧？"淑琴又转向章嘉轩的父母。

章父站了起来，端起了面前的酒杯。

"我是从来不喝酒的，今天破例，我干了这杯！"老人家说完举起酒杯，一饮而尽，然后放下酒杯，对着淑琴拱手深深鞠了一躬。

淑琴见状也急忙还礼，然后两只手分别端起一个酒杯。

"我代淑婉与您喝了这杯，祝您健康长寿！"

说罢，她一口一杯，喝干了杯中酒……

婚宴的气氛稍显诡异，宾客们不再像往常那样互相敬酒、划拳，而是默不作声地饮酒用餐，时不时偷偷打量新娘。淑琴在婚宴上显得格外从容，她一一向章家父母、姚氏、赵老爷、葛鹏飞、嘉怡、韦婉和嘉轩敬酒，让身为司仪的嘉怡有些措手不及。

婚宴接近尾声，淑琴起身与宾客道别，将霞帔凤冠交给嘉轩，然后独自拿着酒杯，在众人的注视下离席。按理说，亲友们应该将新人送入洞房，但淑琴的话让大家一头雾水，不知今晚的新娘究竟是淑琴还是淑婉，也不敢贸然随行。

淑琴在前，嘉轩捧着凤冠霞帔紧随其后。两人来到姚俊安生前的房间前，淑琴开门后示意嘉轩一同入内。嘉轩抬头望去，只见香案上供奉着淑婉和姚俊安的遗像，旁边还摆放着香炉、贡品和一个精美的刀鞘。

“不知道你认不认得，这个刀鞘是葛大哥拿来的。葛大哥就是用这把刀鞘里的刀杀死了藤原。最有意思的是，这把刀原本就是藤原的。”淑琴说着，从嘉轩手中接过霞帔和凤冠，将手中的酒瓶和酒杯一同摆放在了香案上。

淑琴用火柴点燃香烛，然后点了三支香，朝着淑婉和俊安的遗像鞠躬敬拜，随后退到一旁，等嘉轩来做祭拜。

当嘉轩跪在跪垫时，淑琴在一旁拿起酒瓶，在酒杯里斟满了酒，说道：“淑婉，今天是你大喜的日子，我和嘉轩来给你敬酒。”

她说着，将酒杯递给了嘉轩。

嘉轩看了淑琴一眼，从淑琴手里接过酒杯，将杯中的酒洒在了香案前。淑琴继续说道：“还记得那天我们要出逃前，请舅舅为我们算命，舅舅说你这丫头倔强，不听劝，如果当时听劝，离你姐姐远点，或许就不会遭受那些苦难，甚至丢了性命。但是，我知道你至今也无怨无悔。如今，嘉轩接你回家了，以后这常家大院就是你的家。”

淑琴让嘉轩站起来，她又一次斟满了酒，自己跪在了跪垫上。

“舅舅，我还记得您那天这样说我：‘见天的折腾，心眼大了去了，什么都自己做主，能落好吗？’您也全说对了。什么人什么命，我爱折腾，这些年也遭到了报应，但我还是无怨无悔。只是害得您丢了性命，这是我一生都赎不完的罪。今天是淑婉大喜的日子，我敬您一杯酒，以后每年的今天，我都会来给您敬酒……”淑琴说着说着，声音哽咽，说不下去了。

站在门外的韦婉、嘉怡和葛鹏飞，都忍不住泪流满面。

众人陪着淑琴和嘉怡来到新房门口，淑琴转回身对众人说：“你们请回吧，我刚才的话已经说得很清楚了。嘉轩，你和韦婉先回去吧。我们今生是有缘无分，但有世英世杰他们陪着我，我已经很满足了。”

嘉轩愣在了门口，不知该进还是该退。韦婉走了上前来，笑着说：“新房是我们为你布置的，好歹你得让我们进去坐一坐，这也是我们的一片心意。”

听到韦婉这么说，淑琴也不好意思再拒绝。韦婉走向前拿出钥匙，打开门后把钥匙交给了淑琴，自己闪在一边让淑琴开门。

淑琴推开了房门，刚走进第一步，她就被眼前所看到的一幕惊呆了：新房里一片红色，除了红烛、红灯笼，还有摆了满屋的红彤彤的彼岸花！她难以置信地看着这么阴森的花海，眼泪夺眶而出，不由自主地攥紧了韦婉的手。

“怎么可能？你们怎么会……”

韦婉把淑琴按在椅子上，仍然拉着她的手说：“无论是在常家还是在章家，没有谁能取代淑婉在我们心中的位置。她会生活在我们当中，活在我们的心里，没有人会遗忘她。”

葛鹏飞也走了过来，拍了拍淑琴的肩膀。

“你的心情我们都能理解。我说一句不合适的话，如果你今天和淑婉的位置换过来，你会让嘉轩和淑琴继续分离吗？你不是那种婆婆妈妈的娘们儿，你是一个有思想、有感情的人，不应该被束缚。我们都很幸运，韦婉也是不一般的女人，她就像你的淑婉。我相信，你们能相处得很好。看看她为你操办的一切，相信我们，相信嘉轩，相信你自己！”

淑琴被葛鹏飞的话打动了，她微微点了点头。

“葛大哥，我明白。”

“你都明白了，我们还站在这里干什么，大家都快撤呀！”

葛鹏飞笑着在嘉轩肩膀上擂了一拳。

“好好表现，不然明天谁都不能饶了你，看把我们急出这身汗……”

“就你话多，”嘉怡也在葛鹏飞背上擂了一拳，“你见了我爹怎么就说不出那么中听的话。”

“不怎么中听，老人家还不是答应了。”葛鹏飞嬉皮笑脸地边说边往外走。

韦婉弯下腰，搂住了淑琴的肩膀，紧紧把脸贴在了淑琴的发髻上，轻轻说了一句：“你要把淑婉嫁给嘉轩，打死我也想不到。”

说完她直起身子，望了嘉轩一眼，转身出去，顺手带上了门。

淑琴第一次被别人做主安排自己的事情，一时感觉天旋地转，觉得自己好像不是自己。

“我今晚是不是喝多了？”她转回头问嘉轩，“我的头有点晕。”

“你喝得真不少，一桌一桌地干杯。”

“你喝得不多吗？”

“也没有人给我敬酒，全都在看你一个人的大戏了。”嘉轩假装委屈地说。

“我真有那么霸道？”淑琴也显出娇羞的样子。

“都差点把我嫁出去了，也没个商量，还不霸道呀！”

“那你打算如何治我呀？”淑琴的脸红了，说话也轻佻起来。

“看我怎么治你！”嘉轩说着一把将她熊抱起来，放到了床上。

“你先脱了衣服。”躺在床上的淑琴醉眼惺忪地看着嘉轩。

“你说什么？”

“让你脱衣服。”

嘉轩动作麻利地脱去了上衣，淑琴说：“你过来，我要看看你的胳膊。”

嘉轩明白了，他把当年被淑婉咬过的胳膊伸过去，因为当年被他用小刀刻划过，所以印痕还很清晰。

“我要看另外一边，我咬的地方。”

嘉轩转过身，伸出另一只胳膊。

“我怎么找不见了？”淑琴故意找碴儿地问。

“这不是吗？这么明显还看不见？”嘉轩指着一块泛白的地方。

“不够深，看不清，我还要给你咬深一点儿！”

淑琴说着张嘴对着这陈旧的伤痕又一次狠狠咬了下去……

婚宴要散的时候，赵仲虎的贴身佣人走到淑芬的身边，低声对她耳语一句。淑芬左右张望了一下，见无人注意，便悄悄起身离席。她先找到老李头，请他帮忙照顾嘉怡的孩子，随后跟着赵老爷回了赵家。

进了赵家大院，赵老爷让佣人离开，叫淑芬扶他进了自己的屋子。淑芬扶着赵老爷刚在椅子上坐稳，身后突然传来一声轻咳。她猛地回头，只见睿智站在身后。震惊之下，她张口欲呼……

睿智一把捂住了她的嘴。淑芬顾不得公公在场，直接扑进睿智怀里，紧紧抱住他，不肯放手。

第三十章　阪上走丸

睿智被嘉轩送出来时，还有些恍惚。

他回想起被捕的那一刻，一直后悔：看到那个穿民主联军军服的人时，就该果断开枪，然而想再确认身份的犹豫，却让自己落入敌手。因为有人认出了他，他才无法脱身。一路上，他盘算着：如果被审讯，就学徐庶进曹营，一言不发，视死如归。虽然遗憾，但似乎别无选择。然而，命运再次转折，他竟然巧遇嘉轩，并被救了出来……

脱险后，他先到东北抗日联军的老联络点。原打算立即返回部队，却得知部队已撤往长春、哈尔滨，孙立人部紧追不舍，已越过松花江，直逼双城。看来叛徒泄露了情报，敌人才行动如此迅速。联络站的同志劝他暂缓行动，等待上级指示。

睿智暂时无法追上部队，便同意留在联络站。他很想联系淑芬，但考虑到敌占区的危险，最终决定暂时不联系。乡下的环境与四平城、日占时期不同，他趁机潜回杨树老家，看望了父亲。父亲告诉他，常家正在筹备嘉轩和淑琴的婚礼，淑芬会回来。睿智决定趁机与淑芬见面，但考虑到安全问题，便让父亲在婚宴上把淑芬请回家。

淑芬万万没有想到会在这里见到睿智，她是欣喜若狂，当夜与睿智几乎彻夜未眠，相拥在一起，不愿分开。睿智将脱险经过告诉淑芬，两人对嘉轩的救命之恩感激不已。但睿智强调，此事必须保密，否则会危及嘉轩。

淑芬也向睿智说了淑琴在婚宴上卸下霞帔凤冠的那一幕，还当场要求嘉轩和章家允诺他们娶的是淑婉。睿智不禁感叹道："一直知道淑琴做事大胆出格，不为世俗所束缚，这次更是出人意料，恐怕要让嘉轩为难了。"

"那我要不要告诉嘉轩今天见到你的事？"淑芬趴在睿智胸前，用手指揉着睿智的耳朵。

"还是先不要告诉他，我会给他写封信，到时候你找机会交给他。你干吗总是揉我的耳朵？都揉一晚上了。"睿智抓住了淑芬的手腕。

“你的耳朵根子真硬，我想把它给揉软些。”淑芬笑着回答。

“那是为什么？”

“都说耳朵根子硬的人不听话，我想让你听我的话。”淑芬调皮地说。

“那我也要揉揉你的耳朵，看看你听不听话。”睿智笑着翻身把淑芬压在身下，伸手去捏她的耳朵。

嬉闹了一阵后，淑芬开口说道：“我不想回四平了。”

睿智想了一下，回答说：“不回去也好，那你就先待在家里。”

“那我怎么跟嘉轩他们说？”

“就说父亲最近身体不好，需要人照顾。这也是事实呀！”

“那真太好了，你就可以多陪我几天了……”

濛江县东靠松花江，西、南、北三面都被长白山系龙岗山脉环抱，地处山区。这里冬季漫长而寒冷，气候严寒，四季分明，多偏西大风，深受寒潮侵袭。

庆瀚的姥姥家就在这山区中。五月底，他们到达时，村里的人都还穿着厚厚的棉衣，这里的气候比哈尔滨还要冷十几度。姥姥家的境况比他们想象的还要糟糕。原本高耸的夯土墙院，如今只剩一米高，三间土屋中，一间屋顶破洞累累，所幸房梁还是坚固的松木。屋内满是尘土，低矮的支摘窗，窗糊纸早已破烂不堪，连窗棂格也腐烂断裂。

姥姥的眼睛几乎失明，姥爷去世后，她便独自一人生活。后来，一位远房的侄女，也是个寡妇，搬来与她相互扶持。然而，侄女有个不成器的儿子，二十多岁，游手好闲，廖氏寄来的钱几乎都被他挥霍一空。老人家平日里只能吃高粱、玉米、小米面，搭配着一大缸腌制的咸萝卜，几乎一年到头都是如此，只有过年时才能勉强吃上一口麦面。

眼前的一切，让庆瀚感到心如刀绞。但事已至此，他只能硬着头皮面对。幸好身上还有些钱，他在村里雇了短工，花了数周时间，将破旧的房屋修葺一新，屋顶、墙壁都重新粉刷，还添置了几件简单的家具，围墙也重新修缮。几个星期下来，整个院子焕然一新，一家人总算有了一个像样的住所。

然而，庆瀚的心中始终笼罩着一层阴影。共产党的队伍已经占领了濛江县城，并成立了民主政府，将濛江县改名为靖宇县，以纪念抗联司令杨靖宇。庆瀚越想越感到不寒而栗。不过，他们隐居在这偏僻的山村里，似乎也没人关心外面的事情，这让他又感到一丝庆幸，或许当初选择这个穷乡僻壤，确实是个明智之举。

嘉轩休假后被调回四平，孙军长对他的态度依然冷淡，使他觉得自己像个局外人。他明白其中的原因，反而希望留在四平，因为这里相对安全，且便于与家人团聚。

四平的城市修复进展迅速，八月时，各学校已准备开学。韦婉带着孩子，与嘉怡、葛鹏飞一同先回到四平。淑芬留在老家，照顾病重的赵老爷。

嘉轩寻得一栋日式三层小楼，因原屋主一家在日本投降后集体自尽，被视为凶宅，故而易手。他悉心整修房屋，将三楼辟为韦婉母子居所，二楼则归淑琴及其子女。每位孩子均有独立房间，嘉怡遂出面劝说淑琴携子来四平就学。

淑琴欣然应允，她向来不矫情，深知孩子正值求学阶段。于是，她们很快搬来四平。嘉轩在家雇佣保姆，并有勤务兵协助料理家务。到了上学的时候，嘉轩就派车接送几个孩子去学校，生活过得井井有条。

睿智通过抗联的联络点最终联系上了部队。然而，部队并未通知他归队，而是指示他原地配合地方武装的发展。睿智决定重新联系曾经合作过的各抗联组织。日本投降后，分散在各地的抗联武装情况复杂：有的被国民党收编，有的仍盘踞山林，有的干起打家劫舍的土匪勾当。

睿智首先想到的是葛鹏飞，他知道葛鹏飞在这一地区带队伍多年，人脉广，关系多。淑芬曾提到，葛鹏飞的老家山东蓬莱已经开展了土地改革，他的亲友来信邀请他回去。葛鹏飞目前正在与妻子嘉怡商议此事。

睿智与葛鹏飞相识十余年，深知他出身贫寒，为人正直。但对于葛鹏飞的家庭情况，睿智了解不多。只知道他父母早逝，在东北的家中形单影只。

睿智将联络葛鹏飞的任务交给了淑芬。尽管淑芬对政治并不热衷，但对丈夫的话言听计从。睿智让她转达邀请，淑芬欣然同意。

葛鹏飞接到睿智的邀请后，并未显出意外，爽快地答应在杨树县城见面。不过，他要求睿智和淑芬为他保密，不想让嘉轩和嘉怡知道此事。

他们约见的地方依旧是叶赫那拉古城。两人各自骑马而来，睿智一身书生打扮，长衫礼帽，颇具文人气韵；葛鹏飞则像个商人，长衫马褂、瓜皮小帽、墨镜一应俱全，颇为滑稽。

“你这样一看，倒像是要去演文明戏。”睿智第一眼看见葛鹏飞，忍不住打趣道。

“你不穿军装，倒是很适合这副斯文书生的样子。”葛鹏飞笑着回应，“好久不见了。”

“士别三日，当刮目相看，这次见面，葛兄有何见教？”睿智决定先发制人。

“别取笑我了。淑芬肯定已经告诉你了吧，自从鬼子投降后，我就成了个无业游民。或者说，是被你们赶出了四平。”

“那我们可真是同病相怜了。我现在又被嘉轩他们赶出了四平……”

葛鹏飞闻言大笑。

“你说我们兄弟俩真是的，刚打完鬼子，不享受太平日子，非要内斗。”

“这也是我今天约你来的原因。”睿智收起笑容，神色变得认真，“我还记得上次在这里，你曾旁敲侧击地打听我的身份。现在我们都清楚彼此了，我想重申一遍：人生就像站在这条界河两岸，不能脚踏两只船，必须要做出选择。”

“是啊，我记得很清楚。”葛鹏飞望着滔滔江水，感慨万千，“现在我们确实站在了不同的岸边，虽然感情依旧，却已经隔岸相望了。”

他转过头，神情复杂地看着睿智。

睿智听了，坦然一笑，也转过脸看着葛鹏飞。

“佛教有句话‘苦海无边，回头是岸’，此岸彼岸才是我们应该的选择。”

“你好像对自己的选择很自信？”葛鹏飞的问话带着些许挑衅。

睿智没有直接回答他，而是反问道：“听说你有回山东老家的打算？”

“这个你也知道了？”葛鹏飞笑了笑，“我忘了，女人之间总是无话不谈，是嘉怡告诉淑芬的吧？”

“我还不太知道你家里的情况。你的父母好像过世比较早，老家还有什么人？”

“我父母年轻时闯关东，来到了东北，和我的大伯一家在哈尔滨定居。我四岁那年，哈尔滨爆发了鼠疫，父母和弟弟妹妹不幸染病离世，是我大伯把我抚养长大。现在老家还有叔叔和姑姑他们。”

“听说他们现在过得挺不错，所以想让你回去？”

葛鹏飞顿了顿，有些警惕地看了睿智一眼。

“你对我家的事了解得挺多，是不是知道他们分了土地？”

睿智笑了笑，说道：“你们家是在临沂地区吧？那里的情况我还是知道一些。去年九月，我们打垮了那里的日伪军，这之后就开展了反奸诉苦、减租减息和发展生产运动。农民大多分到了土地，在自己的土地上耕种收获。当然日子就不一样了。”

“我叔叔姑姑们也是这么说的。目前最大的问题是劳动力不足，如果家里能多一些人手，收成肯定会更好。”

“你应该也了解一下我们共产党的主张。我们不是为少数富人而战，也不是为了个人私利。但看看这些年，贫富差距不断扩大，穷人生活困苦，这样的社会还能维持多久？”

葛鹏飞沉默不语。睿智的话让他无言以对，因为他自己也曾有过同样的想法。

睿智开始劝说：“我希望你能留下，你想要的土地和权力，在东北一样可以实现。”

葛鹏飞疑惑地问道：“你这话是什么意思？”

睿智解释道：“我们党决定在东北地区进行土地改革。届时，这里的农民将分到土地，他们会为了保卫自己的财产而加入我们的队伍。东北的战局将因此发生翻天覆地的变化。俗话说‘识时务者为俊杰’，我希望你能做出明智的选择。”

葛鹏飞犹豫片刻，问道：“那我能做些什么？”

“我们可以一步一步来。”睿智看到葛鹏飞心动了，也感到很高兴。“现在，我们要大力发展地方武装。那些曾经参加过抗日的队伍，在战乱中分散了，很多人被迫回到山里。我们应该主动做他们的工作，让他们看到参加土地改革、为自己的未来而战的希望。我们可以给他们分土地，让他们真正为自己而战！”

“我原以为你要我去劝说嘉轩……”葛鹏飞夸张地抹了抹汗，“他现在毕竟是国军的将军，恐怕不太容易说服。”

“目前先不急，人都是会变的。”睿智心中盘算着，要不要将嘉轩救过他的事情告诉葛鹏飞。他犹豫了一下，还是没有说出口。“其实，国民党内部并非铁板一块，很多高级军官都对共产党心存好感。就拿去年来说，魏凤楼、高树勋等多位将军都相继投诚，他们的级别和资历都比嘉轩高得多。”

“看来形势不容乐观。”葛鹏飞感慨地摇了摇头。

“所以咱们先把联络那些武装部队的工作做起来，你可以先试着联络上他们，下一步的说服工作，我们共同努力。”

“这件事倒是不难办，我跟他们都一直保持着联系，他们也在找出路呀。”

“另外，我还有一件事要拜托你。”睿智看着葛鹏飞说。

“你说吧，只要我能办到的。”

“我要你去把杨树县周边农村的情况摸一摸，主要是有哪些大地主和最贫困的农民。下一步，我打算发动土改，就从杨树县开始。我会回去做父亲的工作，并让淑芬协助你。”

“你这是……”葛鹏飞被睿智的决定震惊了。

“这件事我已经决定了。”睿智神色坚定，“我也会跟淑芬说，让她协助你。我们家的产业也不能留，要分给劳苦大众！”

“难怪你们共产党会得人心！”葛鹏飞感慨地说道，“要都是像你这样的人，老百姓怎么不会支持你们！这事儿我一定会帮你！”

“不过我也有些私心，”睿智笑着说，“我家的药铺生意不错，分号都开到好几个周边县里去了。干这个买卖要讲良心，我想把这个生意交给你和嘉怡，悬壶济世，也是功德无量的事业呀！”

“原来我都觉得无路可走了，现在你像是给我打开了无数扇大门。”葛鹏飞上前一步，握住了睿智的手，“我今天下了决心，今后就跟着你干……”

这几个月是世英和世杰最开心的日子。她们穿上了崭新的校服，每天有爸爸陪着去上学。坐在小汽车里，感觉和以前坐马车完全不同。在八狼窝铺的时候，整个屯子也没有多少孩子，现在她们就读的四平市公立中街国民优级学校，学生就有几百人。大家剪成一样的发型，穿一样的校服，真是非常好玩。

虽然世英年纪最大，但在家“称霸”的总是世杰。淑琴在家有话在先，这个家一切以世杰为重，但凡有一口饭，就要世杰先吃，有一件衣服就要世杰先穿，这是她对妹妹的承诺，谁也不能改变。

韦婉的儿子比几个姐姐都小几岁，却心甘情愿让姐姐当孩子头。尤其这两个姐姐在外面打架绝不输给男孩儿。她们从小见过土匪，见过野狼，在八狼窝铺的孩子群里，都是拳头说话。如果在外面跟其他孩子打架被打败了，她们也绝不会对母亲说，因为母亲只会让她们自己处理。淑琴的教育观念就是：只要不欺负别人，天塌下来也不管，但也绝不能让别人欺负，打输了以后要再找机会打回去！

虽然世杰在家最受宠爱，但淑琴对小儿子世军也疼爱有加。世军虽然话不多，却很固执。只要是他喜欢的东西，就一定要霸占着，为此没少和两个哥哥闹矛盾。韦婉常常教导湘生、渝生要让着弟弟，但孩子终究是孩子，难免会有管不住的时候。有一次，因为世军霸占玩具，湘生气急之下骂他“小土匪”，这话正好被淑琴听见。淑琴脸色瞬间煞白，一把夺过玩具，狠狠地摔在地上，吓得保姆和韦婉都惊呆了。

晚上，韦婉悄悄把这件事告诉了嘉轩。嘉轩只好将淑琴和廖天佑的事情详细告知了韦婉。韦婉这才恍然大悟，感叹淑琴确实不容易，并表示以后会尽量管教好湘生、渝生，不让淑琴为难。

虽然家里有厨师，但韦婉更喜欢自己下厨，尤其在周末或节假日。作为地道的湖南人，她对辣味情有独钟，但为了顾及其他人的口味，她很少做辣菜。淑琴偶尔也会下厨，她擅长东北菜，不过这些菜厨师基本都能做。有时候，她会让嘉轩开车陪她去郊外，采集一些不常见的野菜。将野菜和肉一起炖煮，很受家人的欢迎。每次这个时候，韦婉都会主动帮忙，说是要向淑琴学几招。

淑琴知道韦婉喜欢吃辣的，有意在菜里多放些辣椒。在她的影响下，家里的大人孩子也逐渐喜欢上了辣味，甚至对没有辣味的菜产生了抗拒。

一家人刚刚适应了这难得的平静，城外的炮声却再次响起，第三次四平战役猝然爆发。

第三十一章　急流勇退

十月，东北军区司令部成立。睿智与上级取得了联系。上级对睿智积极联络葛鹏飞等地方武装的建议给予了充分的肯定。上级告诉睿智，北方军区这一阶段的工作方针是：一、实行新老部队合编；二、配合各地党组织建立民主政权；三、发动群众；四、肃清敌伪残余势力；五、扩大地方武装。

葛鹏飞积极开展联络工作。他不仅联系上了以前的喇嘛甸支队队长高峰，高峰手下还有一支近三百人的队伍；还联络了谢老大。虽然谢老大的队伍已被打散，但其手下几个头目各自拉起了一支队伍。葛鹏飞带着睿智与这些头目们进行了两次会谈，很有希望争取到他们加入民主联军。

为了支持他们的工作，上级从山东胶东地区派来了一位女干部邢惠茹。睿智一见到邢惠茹，就被她火辣的工作作风和爽朗的性格深深吸引。邢惠茹三十出头，身高一米七五，在东北的妇女中也算高个子。她总是穿着灰色棉袄，剪着一头披肩短发，浓眉大眼，说话声音洪亮，直爽热情。与邢惠茹相处几天，睿智对她有了更深入的了解。邢惠茹的老家在山东威海，抗日战争时期，她的丈夫在八路军胶东军区解放威海的战斗中牺牲。

这次邢惠茹被分配到睿智这里，虽然与她原先的期望有所出入，但很快便感受到了睿智出色的工作能力。睿智为人随和，善解人意，让初来乍到的她倍感安心。睿智经常把葛鹏飞找来一起商讨工作。起初，邢惠茹对这位曾是国民党部队的人员心存芥蒂，但在听闻葛鹏飞抗战时的英勇事迹后，她逐渐改观。葛鹏飞也对这位来自山东的女干部印象颇佳，认为她办事利落、说话直率，也很合得来，加上同为老乡，很快便建立了友谊与信任。

睿智告诉葛鹏飞，最近主力部队可能要行动，上级要求大家想尽一切办法筹措粮食。他通过父亲的关系已经筹集到了一批粮食，但眼下急需转移到安全的地方。考虑到自己目前不方便在杨树城公开露面，他想请葛鹏飞帮忙办理此事。

邢惠茹感慨万分地说，他们部队刚到东北，筹粮成了最大的难题。当地没有任何组织可以依靠，他们只能自己组建筹粮队。可当地老百姓对八路军不了解，也不愿意接受晋察冀边区银行发行的货币。尽管他们多次解释，这是一种得到国民政府认可的合法货币，但老百姓就是不信。无奈之下，他们只能将目光转向地主。他们四处打听附近有没有地主，地主住在哪里。有些老百姓会热心提供线索，但也有些人装作听不懂。

这里不是解放区，即使按照纪律找到了地主，也不能随意拿取。他们坚持要求部队出具借条或收据，甚至拒绝接受边区货币，认为那只不过是一张花纸。

听到这里葛鹏飞也笑了。

“这里的老百姓对八路军的确不了解，他们常说八路军‘穿着二尺半，拿着七斤半’，是说你们服装不合身，拿的武器简陋，而国民党穿的是罗斯福呢，还有飞机坦克，不相信你们能战胜国军。我还听说上次你们打四平的时候，找抬担架的人都找不到……”

“的确有这样的情况，”睿智坦然承认，“上次四平保卫战中，我们增援四平街制高点塔子山时，部队抵达辽河岸边。由于不了解河水深度，我们向当地村民打听，村民告诉我们‘水深着哪，得坐船’。我们信以为真，开始寻找船只，最后只找到两条小船。等下水时才发现，河水其实很浅，完全可以蹚水过去。”

“那不是贻误战机了吗？”邢惠茹瞪大了眼睛。

“可不是嘛！由于我们没有及时渡河，赶到塔子山阵地时已经太晚了，失去了这个制高点，这也是我们丢失四平的重要原因之一。”

葛鹏飞感慨道：“兵马未动，粮草先行，这话果然不假。这次国军几十万大军虽然靠美国军舰运来，但粮食供应还是大问题，要各部队自行解决，到头来只能靠抢，还打伤了老百姓。为这事还枪毙了几个人，也是没有办法。”

“所以我们的筹粮工作还是要加紧，最好让高峰他们一起参加，但是先不要告诉他们筹粮的原因。”话刚出口，睿智看见葛鹏飞的嘴角抽动了一下，“我想原因他们也会很快知道。”

“那我今晚先赶回去，我跟嘉怡打个招呼，这些天就先不回家了。”

“睿智，你什么时候带我去你家见一下嫂子呀，”邢惠茹笑着说，“葛大哥的爱人我还没见过呢。”

“不急，有机会的。”睿智心里打起了鼓。由于最近经常不在家，他担心如果带邢惠茹回去，淑芬会不高兴。

嘉轩满身疲惫地回到家里，已经近中午了，但家里还没有人。他知道她们一定还躲在防空洞里。近日来，城里的战斗越来越激烈，大家会带上食物和水一直待在那里，直到炮火平息。

嘉轩走进防空洞，果然一家人都在那里。这个防空洞是日本人修建的，面积不小也很坚固，里面可以躲藏二三十人，开战以来楼房里的住户都在这里躲藏。当嘉轩告诉大家战事已过，韦婉和嘉怡喜极而泣，淑琴的表情有些不屑。

“走着瞧吧，谁知道这安生日子能过多久！”

嘉怡走到哥哥身边问道：“你有鹏飞的消息吗？”

自从开战前葛鹏飞说要出去几天，到现在已经二十一天了，还没有他的任何消息。

“开战以后我在外面，你们在防空洞，他又进不了城，打电话也找不到我们。你放心，他不会有事的，也许今天就回来了。”

午饭的时候，葛鹏飞果然出现了，要不是当着众人的面，嘉怡恨不得上前狠狠捶他一顿。

中午的这顿饭大家吃得很安心，但是嘉轩叮嘱大家，暂时先不要去城里其他地方走动。外面危房很多，也许还有未爆炸的炮弹和手榴弹。现在天气热，又有许多尸体还没有掩埋，要防止瘟疫传染。

饭桌上，嘉怡还是忍不住追问葛鹏飞，这些天去了哪里。葛鹏飞支支吾吾地不肯明说。嘉轩察觉出端倪，饭后他把葛鹏飞叫出屋，认真对他盘问。

“我见到睿智了，他让我帮他筹集一些粮食。”葛鹏飞不再隐瞒，这是他回家前跟睿智已经商量好的。

“他还在那边吧？给部队筹集的？”嘉轩问。

葛鹏飞知道他在问什么，默默点了点头。

“我也没有什么能耐，筹粮还是靠他父亲赵老爷，这次他们家可是出了不少钱。”

“你下一步有什么打算？”

“你看我还能做什么？”葛鹏飞反问道。

嘉轩感到了压力。

“我暂时还真是帮不上什么忙。虽说挂了个将军的虚衔，什么实权也没有，不过我还是希望你不要再进来。”

“你是说不要再穿军装？”

“是啊，淑琴一直劝我离开部队。我也在犹豫，想等战事稳定下来，申请转业当老师。这种提心吊胆的日子真让人受不了。”

“这个想法我觉得挺好，你的确需要认真考虑一下。战争什么时候是个头啊，大家都不想再打仗了。”

“这些天我在想，你和嘉怡的事也不宜再拖了，我看今年选个好日子就把事办了吧。大家心里也踏实。”

一听此话，葛鹏飞笑容满面。

“我也是这么想的呀。只是我这一贫如洗，现在还没个正当职业，你们不嫌弃吧？”

“看你说的哪里话？天生我材必有用，以后别再把这件事挂在嘴边。”嘉轩拍了拍葛鹏飞的肩膀。

“有件事我要告诉你，睿智说他想跟他父亲商量，打算把家产都分给穷人……”

“这是他跟你说的？”

“是呀！他说，‘耕者有其田’是农民几辈子的夙愿，这也是共产党人努力奋斗的目标之一。”

“那他是想在东北搞土地改革了，”嘉轩感慨道，“共产党的这个做法真是高明，直接动摇了国军的根基。试想，一个国军士兵在战场上收到家书，得知共产党给他们的父母分了土地，日子过得更好了，他们还能心无旁骛地为国军卖命吗？这无异于釜底抽薪，直接瓦解了国军士兵的斗志。”

“你说的是呀！”葛鹏飞趁热打铁地说道，“我们老家在山东共产党解放区，分了土地才一年多，日子就红火多了。这次打仗，不少老乡自愿报名参加解放军，说是为了保卫来之不易的土地。”

“国民政府曾试图通过‘二五减租’和《佃农保护法》来缓解农民的负担。”嘉轩说道，“虽然这些政策在一定程度上有所帮助，但并没有从根本上解决农民的土地问题。”

“想从富人嘴里抢食哪儿那么容易。我听说那几年推行‘二五减租’，有十八万国民党基层党员被地方士绅武装枪杀，六千多国民党乡村党部被捣毁，最后只好作罢。”

“所以，现在有睿智这样的共产党人出来，把自己的家都拿出来分了。这样的力量不可小觑，看来这场仗还真是有的打了。”嘉轩不禁摇了摇头。

“睿智要让我试着接手他家的药店买卖，因为干这个买卖的人必须要有良心。”

“我看这事倒是挺适合你，”嘉轩很感兴趣地鼓励道，“如果他当真，我倒是不反对，你再跟嘉怡商量商量……”

晚饭后，淑琴把嘉轩叫进自己的房间。她脸上的神情让嘉轩有些紧张，似乎有什么重要的事要说。

“我大概又有了。”刚关上门，淑琴就突如其来地说了一句。

“什么有了？”嘉轩一时没有转过弯。

“你是真笨还是装傻？我还能有什么？”淑琴的脸上流露出一丝少见的羞涩。

“真的？那真的太好了！”嘉轩突然醒悟过来，惊喜地走上前抱住了淑琴。

“你看你，跟个毛头小伙子似的。”淑琴嘴里说着，却把嘉轩也抱得更紧，“只是这兵荒马乱的，来得真不是时候。”

“这回共军被打得很惨。我觉得他们会坐下来再谈判。”

“去年你也是这么说。你看看这四平都打了三次了，不知道还会不会打第四次？死了那么多人。打鬼子的时候他们都活下来了，可是现在在自己同胞手里丧了命，多冤啊！”

“这事儿咱们也说不清。政治我们都不懂，各说各有理，谁都说不服对方。那各方都有军队，就只有开打了。”

“既然这样，我看你还是尽快把军装脱了吧。我不愿意你去自相残杀。你可以去教书，等孩子大些了，我也能去教书，就是日子过得紧些，但心里踏实。”淑琴眼睛望着嘉轩，说得很认真。

嘉轩无法躲避淑琴的目光，点了点头。

“再给我一点时间。”

说完，他便蹲下，将耳朵贴在淑琴的小腹上，想听听孩子的心跳。

“你疯啦，才两个多月，”淑琴不由笑了出来，“再说你怎么知道是儿子？”

“我就知道他是儿子，他刚才告诉我了。”

嘉轩贴着她的肚子不肯离开……

十月，五师被调往平汉线，归陆军总部郑州指挥所指挥。十一月，整编第五师扩编为整编第五军，大量新兵和军官补充入伍。嘉轩借口妻子临产、妹妹即将结婚，向孙军长请假。孙军长阅毕报告，只是微笑，未予置评，令其静候通知。

请假报告第二天就批复下来了，假期给了两周。嘉轩搭机回到沈阳，立即赶回四平。刚好葛鹏飞也在家，也算全家人团聚了。嘉轩便主持起家庭事务，他查了黄历，十二月三十一号是农历丁亥年壬子月甲申日，黄道吉日，宜婚嫁迎娶，就提出趁年底把嘉怡和葛鹏飞的婚事办了，大家都笑着同意了。

饭桌上，大家聊起了嘉轩刚刚经历的那场战役。大家都听了电台广播，当时非常担心嘉轩的安全，直到嘉轩打电话给嘉怡报平安，这才放下心来。

"解放军的战斗力越来越强了，从四平这三场战斗，你就能越来越明显地感觉到。"葛鹏飞神情沉重地说。

"沙土集战役让我感觉到，也许这会是华东战局的转折点，也可能会是内战的一个历史性转折。"

"这场战争真是看不到头，非得打得你死我活。"淑琴也说道，"我还是那句话，干脆辞了吧。你本来就不是军人，现在也不是打日本，回家也不是丢人的事。我看你这次回来，就不要走了。"

"我也觉得淑琴说得有道理，你还是认真考虑一下。"韦婉也表示赞同，"现在家里的经济状况还算不错，你回来就算暂时找不到工作也没关系。我们撤离长沙的时候，爷爷留给我不少钱，足够我们过一段安稳的日子。"

"我帮着赵家清理了一下家产。"葛鹏飞也接着说，"睿智把他的想法跟他爹说了。赵老爷是个开明人士，答应按照睿智的想法做，他也很希望我能把赵家的药铺生意接过去。要不你也来帮我？"葛鹏飞说着看着嘉怡。

嘉怡点了点头。

"这两天我会认真考虑。"嘉轩看着大家投来的期待目光，勉强笑了笑，"这里的事情比较复杂，涉及方方面面，还需要一段时间处理。我预计两周内能给你们一个答复。"

晚上韦婉早早带孩子们上楼了，嘉轩随淑琴回到房间。淑琴怀孕已经七个月了。这次她的孕期反应特别强烈，从怀孕三个月开始，一直连续呕吐到现在。脚也浮肿了，只能穿拖鞋。

“看你的脸色不好，这次你可遭罪了。”嘉轩疼爱地抚摸着淑琴的头发，然后为她轻揉着太阳穴。

淑琴陶醉地靠着椅子，合上了眼睛，调侃地说：“这次你放心吧，生的一定是儿子，因为和上次怀世英的时候感觉完全不同。”

嘉轩开心大笑起来，然后感叹地说：“我真不想回去了，提不起劲儿。以前给士兵做报告，侃侃而谈，现在却不知道该说些什么。我只会做些政治工作，打仗的事我也不在行。最近看来，解放军里人才济济，连孙立人和邱清泉都不得不佩服，我在部队里似乎有些多余。”

“那就下决心吧，大丈夫别那么婆婆妈妈的，要干脆利落！”

“好！我尽快做出决定！”嘉轩说着伸出手臂环住了淑琴的脖子，给了她深情的一吻……

一周后，嘉轩写了辞呈，不仅寄给了邱清泉，还抄送给了张治中将军和杜聿明长官。辞呈中，他表示父母年迈，妻子体弱，照看孩子困难，希望部队能够体恤宽宥，允许他解甲归田。信件发出后，嘉轩如释重负，开始专心为嘉怡他们筹办婚礼。婚礼地点选在了老家，老人们听闻此事，欣喜不已，早早地请人布置新房，翘首以待。

最幸福的莫过于这对新人了。葛鹏飞忙前忙后，嘉怡也暂时搁置了生意。一方面，日本投降后，日文翻译的生意清淡了许多；另一方面，葛鹏飞对药店的生意非常上心，虽然他曾开过当铺，对经营店铺并不陌生，但药店涉及不少专业知识，嘉怡为了日后能更好地协助他，也抽空学习起中草药知识。

婚礼当天，宾客盈门。韦婉和淑琴带着孩子早早地到了章家。由于淑琴身怀有孕，家人都不让她操心婚礼琐事，只让她安心陪着孩子。嘉轩自然而然地承担起主事人的角色，忙里忙外，有条不紊。

上午十点，婚宴正式开始。嘉轩代表家人向亲友们致以衷心的感谢，并担任司仪主持新人的交拜礼。身穿红马褂、戴着礼帽的葛鹏飞和头戴盖头的嘉怡，依次向天地、父母行拜礼后，新人互拜。随后，这对新人率先品尝了新娘家精心准备的长寿面，并互相喂食。用餐完毕，新郎向岳父岳母敬烟，并收到岳父赠予的红包……

这时，门口突然传来一阵嘈杂声，打断了大家欢笑哄闹。嘉轩急忙走到门口一看，几名戴着钢盔、身穿宪兵服的军人正一脸严肃地走进来。

嘉轩心里一惊，知道肯定是找自己的，就主动迎上前去。

“诸位有何公干？”

“你是章嘉轩吗？”一位小头目模样的军官竖起眉毛问。

“我就是，请问……”

“没有什么可问的，现在请跟我们走！”

韦婉赶了上来，面色煞白地追问：“你们要把他带去哪里？”

“以后你们会知道的，现在大家散开！不要妨碍我们执行公务！”那名军官看见众人围了上来，警觉地去摸腰边的佩枪。

“大家都回去吧。鹏飞，你来照应一下，我不会有事的，婚礼你们继续。”嘉轩边说边跟着这一对宪兵走出门。外面有两台吉普车在等候，宪兵把嘉轩推搡进了第一辆车，迅速发动了车，扬长而去……

第三十二章　绝处逢生

这婚礼是无法继续下去了。葛鹏飞先安抚好老人，随后与韦婉、淑琴和嘉怡商议。他决定立即动身返回沈阳，通过中统的朋友，先了解一下究竟出了什么事。

韦婉和嘉怡都哭成了泪人，淑琴还比较冷静。淑琴让葛鹏飞安心去，这里她们会照顾好的。葛鹏飞也顾不上吃一口饭，急忙驱车赶往沈阳。好在他在中统的朋友关系很硬，很快查出来嘉轩被关在沈阳新一军兵营里，很快就要上军事法庭。

嘉轩面临两项罪名：临阵脱逃和私通“共匪”。令葛鹏飞震惊的是，这两项罪名均由蒋委员长亲自认定，一旦罪名成立，嘉轩性命难保。中统的朋友了解葛鹏飞与嘉轩的交情，出于好意劝告葛鹏飞不要介入此事。他们告诫葛鹏飞，这是一桩铁案，无人能改变，若贸然插手，恐将自陷险境。

葛鹏飞一路昏昏沉沉地回到家，停好车后却久久不敢下车。他不知道该如何面对在家中焦急等待的亲人，一时间竟感到无措。在车内坐了许久，他才鼓起勇气走进家门。一进屋，就被众人围住，一双双焦急的眼睛齐刷刷地望向他。见老人们不在，葛鹏飞深吸一口气，将了解到的情况告诉了大家。韦婉听后脸色煞白，身体摇晃了几下，幸亏淑芬和嘉怡及时扶住了她。

淑琴把韦婉扶到了椅子上，转过身来目光炯炯地盯住葛鹏飞问：“他们有什么证据吗？”

“还没有确切的消息。目前战局危急，蒋委员长指出全国各战场均处于劣势。为了应对严峻形势，全国不得不从全面防御转为分区防御，以徐州、沈阳、北平、汉口、西安等五大战场为战略重点。此时，嘉轩提出辞职，无疑会对军心造成负面影响，而他又是蒋委员长亲自提拔的将领，委员长的震怒可想而知。”

“那么通敌又是怎么回事呢？”

“那我就不清楚了。这个案子级别很高，很难了解到内情。”葛鹏飞为难地说。

“这个我知道。”在一旁的淑芬突然插嘴。

淑芬见事已至此，便将嘉轩冒死救出睿智的经过和盘托出。众人闻言大惊，葛鹏飞更是冷汗涔涔，担心嘉轩的案子会因此更加凶险。

淑琴站在那里愣了一会儿，突然开口问道：“你有办法搞到去南京的机票吗？”

“我去想办法，你的意思是……”

“我收拾一下，你送我去沈阳，我要去南京。”淑琴的语气很坚定。

淑芬有些急了。

“你这身子就快临产了，怎么受得了……”

“你去南京又能怎么样？这可是委员长亲自定的案子。”葛鹏飞的神情也有些为难。

“你们都不必多说了，我主意已定，我这就去收拾行李。韦婉，你去找一下身边还有多少钱，有金子最好，我和鹏飞一会儿就走。这件事对家里的老人先瞒着，能瞒多久就瞒多久！”

“那我也跟你一起去，路上还能照顾一下你，”韦婉缓过气来，努力坐起身来，“我爷爷在南京也还有些关系……”

葛鹏飞起初对淑琴让韦婉准备金条颇有疑虑，认为就算用钱打通关节，这个案子也未必能成，但他没有多言。没想到，搞机票时，金条却起了关键作用。由于航班紧张，他们需要等数日才能飞往南京。没想到送上金条后，立即登上了飞机。

淑琴在路上向二人大致说了她的想法。她认为，事到如今，只能先去求助张治中将军。一来张将军是蒋介石最信任的人，二来他了解嘉轩，也熟悉淑琴姐妹和韦婉，因此有望出面斡旋。如果张将军那里无法解决，他们再考虑去找杜聿明将军。毕竟是杜将军最初看中了嘉轩，并将他安排到了新五军。如今，杜将军又是东北战场最重要的指挥官，他的话应该有一定的分量。

葛鹏飞在沈阳时，通过中统的朋友了解到张治中将军刚从台湾度假回到南京，并担任国民政府西北行辕主任。这是一个绝佳的机会。淑琴说，睿智曾告诉她，嘉轩在审讯中提到睿智是与中统合作刺杀藤原的内线。因此，淑琴希望葛鹏飞也一同前往南京，以此作为他们手中的一张牌。

三人刚在南京安顿下来，韦婉就想打电话给韦副主席求助，淑琴立刻制止了她。

“我们现在可不能慌乱。虽然已经到了南京，但不能病急乱投医。这件事牵扯到最高层，交给能力不足或口风不紧的人去处理，反而会适得其反。到时候不仅得不到帮助，反而可能坏事。”

葛鹏飞也表示赞同。

“这件事是钦定的，只有最高层才能改变局面。如果事先泄露出去，会让上层觉得被架空，从而失去掌控权。这不仅有失颜面，还会引起不必要的混乱。”

韦婉听了他们的分析，觉得很有道理。之前虽然敬佩淑琴，但韦婉总觉得她只是个农村妇女，文化水平不高。这次，她才真正认识到淑琴的智慧过人。

临行前，淑琴嘱咐葛鹏飞务必带上军服。第二天一早，穿着军服的葛鹏飞和淑琴便赶往鼓楼头条巷十五号，那是张治中在南京的公馆。

淑琴特意穿了妹妹淑芬的衣服，想让略显隆起的腹部更加明显。她站在公寓门口，挺着孕肚，十分显眼。卫兵上前询问了她们的身份和来意，并请她们在门口稍候。

大约等了二十多分钟，屋内仍无动静。韦婉见状，径直走进卫兵值守的门房，语气严厉地对卫兵说道：“你们难道没看到门外站着一位孕妇吗？”

卫兵有些尴尬地说：“秘书还没回复，请大家少安毋躁。”

韦婉点点头说：“那好吧。麻烦您先搬把椅子给孕妇坐。”

卫兵有些为难地皱了皱眉头，再次拨打了电话。不一会儿，他搬来了一把椅子。

淑琴将椅子摆在进出门最显眼的位置。卫兵客气地请她移到旁边稍微隐蔽的地方。淑琴看了他一眼，没有动。

不一会儿，卫兵出来说道：“张主任不在，秘书说他在总统府军务局开会，请你们过去等。”

他们赶到总统府时，已经是上午十点了。由于正是春节假期，进出的人并不多。站在三座高大的拱门前，他们显得格外渺小。门口站岗的宪兵似乎已经得到了通知，他们头戴钢盔，面无表情地指向门口，示意他们等待。

他们一直等到中午，仍旧没有得到回应。淑琴靠着墙坐了下来。这一次，没有人再给她搬椅子。葛鹏飞多次上前询问，得到的答复都是：里面正在进行重要的军事会议，会议结束前，任何人不得打扰。

直到下午一点多，一位戴着眼镜的中年军官才匆匆赶来，将他们带进了总统府。总统府中西合璧，既有西式的办公楼，又有中式花园，保留了江南古典园林的格局。

走过长长的甬道和楼台花园，他们被带进了一间会客室。勤务兵随即进来为他们沏茶。大约又等了二十分钟，门开了，一身戎装的张治中将军走了进来。

“让各位久等了，今天的会议比较长。”张将军首先拱手致歉。

三人起身还礼。

“张将军好。”

“是常女士吧？您请坐，对不起，不知道您还怀有身孕。”

“您在开会，没敢打搅。”身后那位戴眼镜的军官解释道。

“韦婉，我们好久没见了。你爷爷还好吗？”张治中笑着对韦婉说。

“他身体还好，在长沙老家呢。”

“这位比较面生，我们没有见过面吧？”张治中看着葛鹏飞问。

“报告将军，我叫葛鹏飞，原来是东北义勇军的，跟章嘉轩一起共过事。”

“我刚听说嘉轩的事，你们是为这件事来的吧？”

淑琴打开随身带的一个包裹，取出一个相框，里面是淑婉的照片。

“我叫常淑琴，这是我妹妹常淑婉。我们的事我想张将军也知道吧？”

“我知道。你妹妹是一位了不起的抗日英雄，她的事迹在抗战胜利纪念日的电台节目里也有介绍，我们都非常敬佩。”

“我和韦婉的确是为嘉轩的事而来。听说嘉轩犯了两件事，一件事与我有关，就是他上交辞呈的事，这件事完全由我而起。”

“这话从何说起？”张治中微笑着看着淑琴发问。

“我在鬼子的监狱坐牢受刑，又被他们发配到北大荒多年，落了一身病，嘉轩总觉得非常亏欠我。现在我母亲患病，他的父母年迈，多年抗日，他都无暇顾及家里老人，所以我让他递交辞呈。你们可以批准，也可以不批准，但是这与临阵脱逃的罪名毫不相干！”

张治中听了没有说话，只是默默点了点头。

“这第二个战时通敌的罪名完全是牵强附会。今天我们让葛副司令一起来，就是为了澄清此事。”

“你是副司令？”张治中转脸看着葛鹏飞。

“报告将军，章嘉轩担任东北义勇军第十四路军总司令的时候，我是他的助手。”

“张将军应该知道刺杀伪满洲国日本特务头子藤原的事，那就是嘉轩与这次涉案的所谓共党奸细的合作，具体情况葛鹏飞会向您汇报。”

葛鹏飞把中统批准的与睿智的合作向张将军做了详细说明，张治中边听边点头。

“具体情况我相信经过你们对嘉轩的审讯，一切都会真相大白，但是我听说嘉轩的案子还未经审讯，就已经被内定死刑。我们来南京就是要查明是否真有此事。”

“这件事我也刚听说，我还要核实一下情况。”张治中慎重地回答，“对不起诸位，下午会议还要继续。你们说的情况我也会向上面反映，相信一定会有公正的结果。”

“张将军到现在还没有吃过一点东西。”那位军官在后面补充说道。

淑琴又站了起来。

“张将军是我们唯一的希望了。请转告委员长，我们家的一切都献给党国了。如果嘉轩有个三长两短，我就带着腹中的胎儿一起去黄泉陪伴他，我和我妹妹还有嘉轩就可以团圆，党国的面子我们也顾不得了！”

淑琴说话时目光坚定，令在场的人都有些动容。张治中急忙上前握住淑琴的手。

“你不要太担心，事情一定会解决的，你要保重身体，也照顾好自己和孩子。”

“那我就在南京静候佳音！”淑琴对着张治中拱了拱手。

她的意思很明确：等不到答复，我就在南京跟你们死磕了！

在南京等了三天，张治中终于派秘书传来口信，说已将他们提供的材料转呈相关部门，并得到明确答复：军事审判将如期进行，但会秉公执法，不预先定罪。更重要的是，最高领袖已批示，此案底线是确保章嘉轩将军的人身安全。因此，他们可以放心回家等待。

秘书离开后，韦婉再也控制不住情绪，扑进淑琴怀里放声大哭。淑琴轻拍她的背，安慰她。葛鹏飞也眼眶湿润，这几天悬着的心终于落地。想起最初听到消息时，几乎所有人都绝望了，唯有淑琴力挽狂澜，他由衷钦佩这位奇女子。

“我虽然比你年长，可是以后让我叫你嫂子吧，现在见到你我都觉得自己矮三寸。”葛鹏飞擦去眼角的泪花说。

“你没有觉得那天我像个泼妇，”淑琴笑着说，“自我标榜，寻死寻活，撒泼无赖，他们大概还以为我会躺在总统府门前打滚。”

听了淑琴的话，韦婉也破涕为笑了。

“还是我姐能耐，要不是那股死磕的劲儿，哪能这么快就有了回音。”

“那我们就先回去吧，”葛鹏飞建议，“我们就在沈阳等着，朋友会告诉我们案子的进展。”

“你现在可以去跟韦副主席说了。上面松了口，有关系就可以活动活动，让案子进行得快一些。”

“对了，我这就去打电话。”韦婉说着起身出去了。

“鹏飞，我看你也把这身皮扒了吧。”淑琴看着葛鹏飞的那身军服说，“这战争打个没完，送了命也不知道为什么，还不如安心随便干个什么营生。”

“嫂子说得对，我回去也辞了。其实我跟嘉轩也商量过了。”

“改口，还叫弟妹，我还不想被你喊老了。”

淑琴假装生气地皱起眉头，然后开心地笑了……

刚刚返回四平，战云便再次笼罩了这座城市。葛鹏飞从沈阳赶了回来。他原本打算安排大家一起撤离到乡下，但眼看淑琴的预产期已过，大家都很紧张。这次的延期可能对母子俩都有危险。面对众人的担忧，淑琴却镇定地说：“没事的，我当年足足过了十一个月才出生，不也活得好好的吗？”

虽然嘴上这么说，淑琴心里却隐隐不安。她觉得这次的战事与以往不同，似乎预示着不祥的结局。韦婉担心淑琴生产时无法及时送医，便高价聘请了一位妇产科医生常驻家中，并准备了急救药品和照明设备。葛鹏飞也决定留下来，与大家共同面对即将到来的战火考验。

淑琴感到这次的战斗比上次更加激烈，枪炮声密集得几乎没有间隙，甚至夜间也毫不停歇，而且战火越来越逼近她们的住处。

晚上，整个四平城仿佛陷入一片火海，到处都是熊熊燃烧的房屋，炮弹甚至落到了她们住处附近，近距离的机枪声和手榴弹爆炸声清晰可闻。她们不敢回家，只能裹着被子在防空洞里睡下。淑琴觉得洞内的空气十分闷热，便半躺半靠在洞口，几个孩子也依偎在她身旁。

次日清晨，枪炮声逐渐平息。小儿子世军醒来，想尿尿。葛鹏飞将他带到便桶旁。方便完后，小世军仍旧眯着眼睛，爬回母亲淑琴的怀里继续睡。

突然，一阵急促的脚步声从洞外传来。有人发现了防空洞的入口，开始大声呼喊。洞内的人顿时慌乱起来，有人甚至哭出声来。由于洞外的嘈杂声太大，他们喊的内容完全听不清。葛鹏飞大声让大家安静下来。就在这时，一颗手榴弹飞了进来，正好落在淑琴的身旁！

葛鹏飞回头刚好看见这一幕，脸色刷白。他离淑琴还有好几步远，想跑过去也来不及了，只得大声喊道："赶紧趴下！"但是他心知不妙，因为冒着青烟的手榴弹离淑琴和孩子们太近，趴下也来不及了。

淑琴愣了愣，随即反应过来，一把抓起手榴弹迅速朝外面扔去……手榴弹在洞口爆炸了，一团黑色的烟雾涌进防空洞里，呛得人喘不过气，睁不开眼睛。

葛鹏飞怕有更多的手榴弹扔进来，站起来冲出了防空洞，高举双手大声呼喊："里面都是妇女儿童，没有军人！我们是老百姓！"

"世军！世军！你怎么啦！"防空洞里发出淑琴撕心裂肺的哭喊声！葛鹏飞一听急忙冲进洞口，模模糊糊看见淑琴和她怀里满脸是血的世军！

"医生！医生！快来救人！"葛鹏飞弯腰一把将淑琴和孩子抱了起来，跑出了防空洞。

医生赶了过来。这时烟尘散尽，只见一块弹片深深插入了孩子的前额。世军脸色苍白，已经没有了呼吸。

硝烟散尽，防空洞外的士兵早已不见。洞内的人们陆续走出，围在浑身是血的淑琴母子身旁。淑琴目光空洞，死死抱住孩子，嘴唇翕动，无声地呢喃："为什么，为什么……"

这时，她的脸抽搐了一下，整个身子也蜷缩起来，嘴里发出痛苦的呻吟。

"不好，恐怕她要生了！"那位医生紧张地看了葛鹏飞一眼。

"先把她抬回家去！"葛鹏飞硬生生将孩子的尸体从淑琴怀里抱了出来。淑琴发出一声凄厉的惨叫，顿时昏厥了过去！

一个小时后，孩子终于生下来了，是个健康的男孩。虽然母子平安，但是大家都没有一点喜悦的心情。只是默默守在淑琴的身边，看着她昏睡中惨白的面容。

四周恢复了宁静，只有四处飘来的硝烟和房屋燃烧的焦味。城里的战斗已经平息。韦婉觉得四平再也住不下去了，她们必须尽快离开，最好先去沈阳。嘉怡也表示同意，葛鹏飞主动提出出去找车。

这时，一旁的医生说她先生是开救护车的，可以送她们去沈阳，但需要支付一定的费用。韦婉毫不犹豫地走进屋内，拿出一根金条。医生看到金条，立刻露出贪婪的目光，立刻表示让她们稍等，她马上回去安排。

韦婉手忙脚乱地收拾好行李。不久，一辆救护车急促地驶到楼下。众人合力将淑琴抬上车，救护车在布满瓦砾的街道上剧烈颠簸，艰难而急迫地向城外驶去。

出城时，遇到军人检查。救护人员打开车门，焦急地向军人说明情况：车上有刚生产的产妇、虚弱的新生儿和一群孩子，情况紧急！军人了解情况后，挥手示意救护车通行。救护车随即向沈阳方向疾驰而去。

几天后，军事法庭传来一个出人意料的结果。嘉轩的判决下来了，对他审判结论是："事出有因，查无实据，同意辞呈，开除军籍。"

这份判决自相矛盾：既然已经同意了辞呈，就不应该再谈开除军籍。如此一来，嘉轩将无法获得任何退役后的政府补贴，但这对他的家人来说，无疑是个天大的喜事。

回到家中，嘉轩几乎足不出户，每天只是陪伴着淑琴。淑琴的身体也渐渐恢复，她给儿子取名"章世军"。新生儿的到来，并不能抵消她失去孩子的痛苦，而且更增加了她对廖天佑的愧疚。

自从嘉轩回来后，淑琴白天允许他在床前陪伴，但到了晚上，却禁止他入内。她甚至认为嘉轩是她的"魔咒"，每次他们在一起，都会给她带来不幸。第一次是去投奔嘉轩，失去了妹妹；现在回到嘉轩身边，却失去了儿子。面对淑琴这种固执的偏见，嘉轩苦笑着无法反驳，只能寄希望于时间能抚平她的伤痛。

一九四七年十二月至一九四八年三月，东北野战军发动冬季攻势，歼灭国民党军十五万余人，收复四平等十八座城市，将国民党军队压缩至长春、沈阳、锦州等几处孤立城池。四平解放后，睿智等人将设在山里的联络点搬进杨树城，并建立了县政府。睿智动员父亲将自家大院腾出作为县政府办公地点，家人则在外租房居住。

守卫县城的主要兵力是葛鹏飞和睿智发展的齐富春队伍。他们在睿智的带领下，每天出操训练，精神面貌焕然一新。尽管装备简陋、军服未发，但他们都佩戴着东北民主联军的红袖章。睿智被任命为代县长，邢惠茹任副县长。睿智负责制定县级土地改革的全面规划，邢惠茹则负责培训新干部，讲解阶级划分、成分认定、浮财分配和土地平分等具体办法。由于睿智和葛鹏飞前期已做了大量摸底工作，县政府成立后，县委、县政府便集中精力对土地进行核查和评级，为下一步的土地分配做好准备。

在睿智和葛鹏飞的工作下，赵仲虎很早就主动交出了全部地契，并带头将大部分土地分给穷困的佃户。他的这一举动为之后的土地丈量和划分工作起到了很好的示范作用。由于这些土地的转让发生在杨树城解放之前，根据土改政策，赵仲虎被划为富裕中农。

葛鹏飞接手药铺后，发现药铺的各项业务，从药材采购、加工到分销，都运行得十分有序，他只需负责整体指挥调度和财务核查。赵仲虎因此落得一身轻松。

葛鹏飞原本打算将收入的一部分分给赵家，但赵家拒绝了，认为这与换个经理无异。他们强调药铺已经转让，葛鹏飞只需慢慢偿还本金即可。在得到赵家的承诺后，葛鹏飞决定让利于民，大幅降低药价，并为困难群众提供免费诊疗。没想到，此举不仅让药铺生意更加兴隆，也为赵仲虎赢得了仗义疏财的美名。

回到老家，睿智决定将邢惠茹介绍给家人，特别是妻子淑芬。淑芬早从睿智口中得知邢惠茹，一直表现出强烈的好奇。当睿智提起邢惠茹时，淑芬总是追问她的外貌、年龄和婚姻状况，这让睿智感到有些为难。

见到邢惠茹后，淑芬表现得格外热情，这让睿智感到有些尴尬。邢惠茹则落落大方，坦然回答着淑芬的各种问题，直到用餐时，淑芬的提问才告一段落。饭后，邢惠茹告辞离去，表示还有许多事务待办。

邢惠茹离开后，淑芬就开始埋怨睿智，说他没说实话。她认为邢惠茹根本不像他说的那么壮实，而是比较丰满，长相也不是大脸大鼻子，而是浓眉大眼。睿智听了，觉得又好气又好笑。

“你这真是没事找事，她只是我的同事，我干吗要仔细描述她的长相？”

“那你的意思我是个醋罐子了？”

“反正我闻着有些酸味儿，”睿智笑着回答，“不跟你打嘴仗了，我也得上班去了。”

“你给我回来，这事儿你不说清楚我不让你走。”淑芬有些气急败坏。

“晚上回来你再开战吧。四平都打了四回了，我看这档事儿你要打上几回。”睿智笑着往外走，一溜烟出了门……

韦副主席从湖南传来好消息，党通局经济部的特种经济调查处决定录用嘉轩，要他尽快去长沙报到。嘉轩知道，韦副主席一定为此事多方关照。

党通局的前身就是国民党中央执行委员会调查统计局，简称中统局或中统，一九四七年更名为党通局。特种经济调查处公开任务是调查非法的经济活动，以及搜集经济情报等。

韦副主席后来才告诉嘉轩，这份差事是张治中将军推荐的。张将军说，嘉轩人品正直、能力出众，非常适合稽查腐败的工作。然而，就在一家人都准备前往湖南时，淑琴却表示不愿随行。

嘉轩开始以为淑琴只是因为心情不好，耐心相劝也就是了，没想到订机票的时候，淑琴还是固执己见。

嘉轩这才紧张了，想来想去只能去搬救兵，那就是葛鹏飞。嘉轩知道葛鹏飞已经接手了赵家的药铺生意，一直在杨树城，几乎很少回来。妹妹嘉怡先是在沈阳暂时闲在家里，每天读一些医药方面的书籍，还拜了一位老中医为师，后来就经常跟随葛鹏飞去杨树县了，在家的日子也很少。

杨树县已经解放，嘉轩虽然已被开除军籍，但因过往经历和当前处境，也不便前往。他知晓睿智在那里担任共产党的县长，因为自己近期的一场官司，又与睿智有所牵扯，更不便交往。平日里若想联系葛鹏飞，只能通过电话。听说嘉轩要走，葛鹏飞很快赶了回来，淑芬也一起回来了。家里顿时热闹了许多。

晚饭时，大家聊起了老家的事。淑琴问了问淑芬关于母亲的情况，又详细询问了关于土改的情况。

葛鹏飞提起了睿智把赵家的地分给穷人的事，感叹道：“睿智为国为民，真是个君子。不过，我觉得他这样做反而救了赵家。在解放区，有钱有地反而不是好事。我老家的人说，被划为地主或富农后，不仅要被分田地，还会被批斗，在村里抬不起头。”

“那么我娘呢？她愿意交出土地吗？”淑琴担心地问，因为嘉轩把常家大院弄回来的时候，还把常家的地也买回来给了姚氏。

“我们去看过你娘，也跟她聊起这件事。她说地是庄稼人的命根子，要留给子孙的，不肯拿出来。”葛鹏飞说完，长叹了一口气。

饭后，淑芬朝嘉轩使了个眼色。嘉轩会意地站了起来，走到了外面，淑芬从衣襟里掏出一封信。

“这是睿智给你的信，他说你看完就烧了吧，免得节外生枝。”她说完就匆匆回到屋里。

嘉轩迅速拆开了信，睿智熟悉的字迹展现在眼前：

兄台雅鉴：

同窗之温，今犹如昨，时局之变，与君相逢于疆场，不胜唏嘘。

大凡天下事，当局者迷，旁观者审。国而有今日之败者，非君之过，盖因权贵腐败，军政不和，互相倾轧，军民如仇。大厦之将倾，非一木所能支，以国家兴废之端观之，勿以一己小节固执，当以民族大义为重。

凡人计身家两全之策，人之常情，然勿为私务所蔽，惑于所见，则为幸事。同窗之谊，舍命相救，没齿不忘，安得不以忠言直告，还望三思！

愚弟敬上

嘉轩看完信，沉思片刻，并没有将信撕毁，而是小心地放回信封，揣进了衣兜。

葛鹏飞他们走后，淑琴更加坚定不走了。她说，听了葛鹏飞说的情况，她更不放心母亲，决定去杨树县陪母亲一阵子，看看土改对母亲会不会不利；嘉轩可以先把孩子带去长沙，等母亲那里安定下来，她再过来。

考虑到家乡发生的大变化，嘉轩也觉得淑琴说得有道理，于是只好同意她先去杨树县，自己带着韦婉和几个孩子飞往长沙赴任。

第三十三章　劳燕分飞

嘉轩带着韦婉和四个孩子回到长沙，住进了韦副主席的大院。大院房间宽敞，世英和世杰同住一间，湘生和渝生同住一间。孩子们住得相近，在院子里追逐打闹，很是开心。淑琴临行前，再三嘱咐韦婉尽快安排世英姐妹入学。韦婉深感责任重大，立刻督促两个女儿准备考试。嘉轩则去特种经济调查处报到。

世英和世杰姐妹俩很争气，顺利考上了含光女子中学。高一结束后，她们本应升入高二。然而，班上成绩优异的同学纷纷表示要转学到长沙名校周南女中，甚至跳级升入高三。受到同学影响，姐妹俩也动了心，向韦婉提出转学考周南女中的想法。

韦婉对此表示了担忧。她认为，考虑到姐妹俩之前因逃难而耽误了不少学业，能够在含光中学跟上高一的课程已实属不易。周南女中作为长沙最好的女子中学，入学竞争非常激烈，跳级更是难上加难。为了稳妥起见，她建议女儿们继续在含光中学就读高二，打好基础。世英姐妹俩不服气，她们辩解说虽然一直在打仗，妈妈对她们的要求还是很严格，妈妈还托人从城里买来了初中教材，把初中的知识都已经教给她们了。

韦婉拗不过她们，只好答应带她们去试试。没想到姐妹俩居然都考上了，这让嘉轩和韦婉都惊喜不已。

韦婉拗不过她们，只好答应带她们去试试。没想到姐妹俩竟然都考上了，嘉轩和韦婉惊喜不已。然而，刚入学时她们确实很不适应。周南女中的课堂教学要求用毛笔抄写笔记、作业，这对于她们是巨大的挑战。两人只能日夜苦练毛笔字，成绩才渐渐赶上同学。而且，她们身材比本地同学高大，遇到事情两人总是共同面对，那些起初欺负她们的同学，也渐渐对她们表示尊重。这让她们心情越来越好。

嘉栋托朋友弄到一张去沈阳的车票。临行前，嘉栋与哥哥通电话，告诉嘉轩自己要回家。嘉轩说，父母已搬去杨树城，住在常家大院。淑琴的母亲病了，他们的父母最近身体也不好，父亲又卧病在床，淑琴和嘉怡便把三位老人接到常家大院，以便照顾。嘉轩还说，现在局势严峻，务必速去速回，以免生变。并让他带话给淑琴，说世英和世杰水土不服，经常生病，非常思念母亲，务必请她去长沙。嘉轩还把睿智和葛鹏飞的电话给嘉栋，说他们是共产党人，若遇难处，相信他们能帮忙，到沈阳后也可请他们接应。

嘉栋在车站拿出写着睿智和葛鹏飞电话号码的纸条，但是想了想还是揣回了口袋，毕竟他是国军的现役军人，对睿智和葛鹏飞都不了解。虽说葛鹏飞现在是自己的妹夫了，但是多一事不如少一事，还是自己回去比较稳妥。

中午，嘉栋已经到了杨树城，他看见城里到处贴着标语："打倒蒋介石！解放全中国！""打到土豪劣绅！人民当家做主！"这些标语给了他一种莫名的压力，让他觉得自己的身份更加成问题。万一自己被人认出，可能真的会引起误会和麻烦。

嘉栋没敢立即去常家，他先找了一间街边的小饭馆要了一碗面。正在埋头吃面的时候，忽然有一个人走到他的对面，拉开椅子坐了下来。

嘉栋抬头看了一眼。那人三十来岁，满脸胡子拉碴的，眼睛直勾勾地望着嘉栋。看见嘉栋抬头看他，他满脸兴奋地问道："这不是章大哥吗？您什么时候回来的？"

嘉栋有些警觉地看了他一眼。

"您认错人了吧？我不认识你。"

"您的确不认识我，可是我认识您呀！"那个人仍然显得很热情，"我现在算是葛大哥的手下，以前是谢老大的人。我打枪准，人家都叫我马邪乎。"他咧开嘴笑了笑，露出一口大黄牙，"您哥哥婚礼的时候，我去您家帮过忙，所以见过您。您回来怎么还在街上吃饭？"

马邪乎突然压低声音说："是不是有什么秘密任务？我们今天来也有任务……"

"我说你认错人了，我不知道什么谢老大。"嘉栋不想跟他再多纠缠，他放下筷子站了起来，"老板，钱给您放在桌上了。"

到了傍晚，街上的人逐渐稀少，嘉栋悄悄走进了常家院子，在院子里迎面看见正在往外走的嘉怡。嘉怡一下愣在原地，嘴张得老大说不出话来，停顿片刻，才几步冲上前来，扑进了嘉栋的怀里。

“哥，你这么来了？”

嘉栋轻轻拍打着嘉怡的背。

“想你们了呗，你们都还好吧？爹妈怎么样了？”

嘉怡这才缓过神来。

“他们身体还好，就是想你们，总在念叨你们，尤其是你。你一直在打仗吧？”

“有时候吧，军人嘛。”嘉栋回应道，“咱们回头再聊吧，先进去看看爸妈。”

“你看我都乐昏了头，就让你在院子里站着。走，咱进屋！”

掀开门帘，淑琴也在屋里。两位老人看见最担心的小儿子平安回来了，老父亲非要从炕上坐起来，拉着儿子的手不再放开。这是以前父亲从来没有表现过的亲昵之举，让嘉栋不禁一阵心酸。

看见嘉栋进来，淑琴也有些吃惊。她给嘉栋倒了一杯水，然后给他递了一个眼神，自己先走了出去。

嘉栋感觉到淑琴是有话要跟他说，便与父母聊了几句后，就借故走了出去。

刚出门，嘉栋就看见淑琴站在院子里张望。一看见嘉栋出来，淑琴就急忙迎上前去，对他说：“你先跟我去我屋里吧，那里方便说话。”

嘉栋有些不解地跟在淑琴身后。等进了屋子，淑琴转身关上了房门。

“要先委屈你一下，先待在屋子不要出去，我一会儿就回来，到时候再跟你解释。”淑琴说完又转身走了出去，小心翼翼地关上了房门。

嘉栋大致猜到嫂子是在担心自己的安全，但他还是觉得嫂子有些过于担心了。嘉栋也见过葛鹏飞和赵睿智，嘉栋不认为葛鹏飞和赵睿智会害他。

过了一会儿，淑琴回来了。嘉栋站起来迎了上去。

“嫂子，有什么不妥吗？”

淑琴笑了笑说：“也不一定会有事儿，只是我有些担心一个人，她叫邢惠茹，是个副县长。这些天她总上咱家来，要说服我母亲主动交出家里的田地产业。可是我妈死脑筋，就是不干。”

“她这个人很难相处吗？”

“那倒也不是。我倒是觉得她是好意。听说在中原地区搞土改，土地多的地主被整得挺惨的，她似乎是为我们担心。”

“那你担心什么？”

“我总觉得那个女的身上有一股杀气。听说共产党都是不讲情面的，犯了他们的章法，天王老子都不认。我就怕让她知道你回来了，万一较起真来，那会是什么结局谁都保不准。睿智说今天晚上家里来客人，保不齐她也会跟来，所以我去跟爹妈还有嘉怡都打了招呼，先把你回家的事儿瞒一瞒。”

“谢谢嫂子操心。”嘉栋觉得嫂子的做法还是对的，自从街上遇到那个不三不四的家伙，嘉栋也有些担心节外生枝，“您考虑得周到。我刚才还遇到一个人，自称以前是谢老大的手下，现在是我妹夫手下，还来家里帮过忙。”

“那也保不齐是真的。听说谢老大被睿智的手下齐富春的队伍收编了，这两天就进城了。那个谢家兄弟我打过交道，不是什么善茬子。”

“嫂子，您也是经过大风浪的人，也遭了那么多的罪，本该跟我哥享几天福，现在又劳累您照料三位老人，真是为难你了。”

“你怎么说那么见外的话！你嫂子就是这个命。没事儿的，嫂子扛得住。”

“其实，这两年总打内战，我也是心灰意冷。刚才见到父母那个样子，我心里也很难过，这么多年也没有尽孝。所以，我打算离开队伍，干脆回家务农，把老婆孩子接回来跟你们一起过。”嘉栋很认真地说。

“这样大的事可不能一时冲动，还是回去跟媳妇商量一下。”淑琴看着嘉栋说，“国民党和共产党是结了仇的，民国初年就开始要剿灭红党。到了抗战时期，你们还是面和心不和，剿灭共党一直是你们的心愿。我看共产党如果坐了天下，收拾你们也是早晚的事。”

“嫂子，”嘉栋感觉有些委屈，“我就是一个军人。军人以服从命令为天职，我从不参与政治。共产党要是跟我算账，那我可真是冤死了！”

“再怎么说你也是国民党的军人，跟共产党打过仗，所以你还是要三思。”

听了淑琴的话，嘉栋陷入沉思，许久没有说话。

“我再去看看。这会儿他们该回家了，如果那个邢惠茹没有来，我就喊你一起吃饭。”

嘉栋独自坐在屋里，心里翻腾得厉害，进了家门还要东躲西藏，让他这个从枪林弹雨里厮杀出来的军人感到十分窝囊。虽然他不太了解共产党，他所认识的只有睿智和葛鹏飞，但从大哥口里听说过他们的事，觉得他们都是可敬可爱的朋友。他们真实的一面是这样吗？他也无法判断。

过了一会儿，淑琴又回来了，她为难地摇了摇头。

“那个邢惠茹来家里了，还留下来吃饭。你只好先委屈一下。你跟我去舅舅的屋里吧，那里没有人住，会方便一些。一会儿我把饭给你送过去。等那个女人走了以后，咱们全家人再一起聚。”

“好的，一切都听嫂子安排。”

嘉栋站了起来，跟在淑琴的后面。淑琴开门后先左右张望了一下，朝嘉栋招了招手……

淑芬自从见到邢惠茹后，心里就好像结了一个疙瘩。那个女人开朗活泼，走到哪里都落落大方，谈笑风生，插科打诨，甚至连荤段子都能信手拈来。这些都是淑芬望尘莫及的。虽然她从睿智身上看不出什么变化，但一想到他们整天在一起说说笑笑，心里就泛起一股腻味。

有时候，家里没事儿，淑芬就跑去县政府，也就是睿智原来的家。县政府的人都认识她，对她格外客气，甚至有人喊她“县长夫人”，这让她心里美滋滋的。

让淑芬感到沮丧的是，睿智在县政府的表现与在家判若两人。他不怎么言笑，对待她的态度远不及对那些大山里来的农民。倒是那位邢惠茹见到她总是十分客气，至少给足她面子，这点倒是让淑芬感觉不错。看见邢惠茹在众人面前做报告时中气十足的样子，淑芬也不得不佩服。

自从淑琴回来，家中的事儿她大部分都承担去了，淑芬在家就觉得闲得慌。本来淑芬想去药铺帮忙做些事儿，但是嘉怡面有难色。何况对药材和财务，她完全不懂；在大堂接待，又觉得有失颜面。所以去了几次也就作罢了。

淑芬几次向睿智打听，看县政府有没有适合她的职位。睿智说会帮她留意着。她还找了邢惠茹，邢惠茹笑着劝她：“别着急，妇女参加工作是好事，可以慢慢来。比如，你现在可以先帮着土改工作队做些事。或者，先做做你母亲的工作，让她明白土改是国家政策。她要是现在不配合，以后定成分会很被动。”

听了邢惠茹的话，淑芬觉得这个差事她实在难以胜任。睿智早就提醒过她，但每当她去试着跟母亲商量，刚开口就被训斥了一顿。母亲说，她们家的产业清清白白，是常家的先人千辛万苦积攒下来的，没有欺压穷人，也没有不义之财，她可不能让常家的祖产毁在她的手里，将来死后也无颜面对常家的列祖列宗。要她的命可以，但是要她交出常家的祖业就是没门！

淑芬无奈，只得将情况告诉了邢惠茹。邢惠茹笑了笑说，那我们一起来做工作。这以后邢惠茹就经常跟睿智一起回家，得空就去姚氏的屋里坐坐。可姚老太太一点都不糊涂，陪着唠唠嗑可以，但只要一谈到土地财产的事，便立刻变脸，将她赶了出去。

晚上，睿智又带着邢惠茹回来了。淑琴在他们回来之前偷偷告诉全家，嘉栋回来的事千万别让邢惠茹知道。淑芬跟嘉栋并不熟，只知道他是嘉轩的弟弟，她在心里一直没有原谅嘉轩，觉得是他毁了大姐、二姐和常家。

睿智和邢惠茹回来时显得神采飞扬，葛鹏飞更是眉飞色舞。跟他们一起回来的还有齐富春和一位陌生人。齐富春长得很英俊，一表人才，笑起来面颊还有一对酒窝，淑芬还挺喜欢他到家里来。而那个陌生人，淑芬看了第一眼就不喜欢。他面无三两肉，颧骨很高，眼窝深凹，眉毛几乎连成一条线，眼神里像是有一股寒气。

一进屋，睿智就把那位陌生人让到主座，热情洋溢地给大家介绍道："这位是新参加我们部队的谢传彪同志，以前也跟我们一起打过鬼子，今后就跟齐富春同志一起担任县城的保安和剿匪工作。今天我代表县政府和我的家人，热烈欢迎谢传彪同志！"

淑琴刚好端着菜进屋，看见大家正举杯敬酒，当她的目光与谢传彪相遇，他们俩都愣了一下。

"淑琴，我来介绍一下情况……"睿智察觉到淑琴的异样，赶忙想解释。

"解释就不必了吧！当年要不是你送信及时，嘉轩早就死在他手里了！怎么？今天成了座上宾了？"淑琴冷笑一声，把手里的菜盘子重重搁在桌上。

"嫂子，这都是过去的事了，后来谢家兄弟不是跟我们一起伏击鬼子的火车吗？"葛鹏飞也站出来打圆场，"他现在已经加入我们的队伍了。"

说着，葛鹏飞递过淑琴一杯酒。

"嫂子你也别忙乎了，赶紧来坐下。淑芬，你去厨房看看帮一下忙。"

睿智也满面愧疚地说："这事儿怪我粗心，本该早些跟你打个招呼。我这里给你赔不是，我先自罚一杯！"睿智端起酒杯一饮而尽。

淑琴拦住淑芬说："厨房里你也帮不上手，也没几个菜了，还是我去。你们陪客人吧。"说完便走了出去。

睿智无奈地看着淑琴的背影，淑芬站起来说："我姐就这脾气，这位谢同志别介意，我代我姐跟你喝一个，也算是给你赔个不是。”说完她先喝完了杯中酒。

谢传彪见状也端起酒杯。

“都说不打不相识，这不算个事儿。今天能跟诸位坐在了一张桌上喝酒，是我的荣幸。我代表我哥哥和队伍里的弟兄，敬在座的各位一杯！”

淑琴端了几个菜到了嘉栋躲着的小屋，腋下还夹了一瓶酒，跟嘉栋说道：“今天嫂子我陪你喝几杯。”

“你不去陪客人吗？”嘉栋有些担心地问。

“什么狗屁客人，八抬大轿抬我也不去，看了那张嘴脸我就恶心。”她大致把谢家兄弟的事儿跟嘉栋说了一番。

“我今天中午在城里还遇到过他们的人。”嘉栋把在小酒馆发生的事说给淑琴听。

“那就应该是谢家兄弟的人，我觉得他们不是什么好人。算了，不提他们了。”淑琴给嘉栋和自己各斟满了酒，“来，咱们先干一杯，就为了活着！”说着，她一口就干了杯中酒。

“为了活着？”嘉栋听了先是一愣，而后若有所悟地点了点头，“对，为了活着！”他也举杯一饮而尽。

“看看我们身边，比我们年轻的，比我们聪明的，比我们善良的，好多都已经不在了。更不要说这几年打仗，光是我在四平见过的死人，怕赶上我们县里赶集的人了。四平城墙外堆的尸体跟城墙那么高，攻城的部队不用搭梯子，踩着死人就能上去。”

“衡阳城那次也是，死人像是割麦子一样倒下一片片，但那是跟鬼子干，是保家卫国，死了也值得。可是现在，打来打去都是中国人，我就不明白了。”

“所以抗战一结束，我就劝你哥早早退出军队。日子怎么都是过，杀人作孽的事还是少干，谁不是爹生娘养的。”

“嫂子相信这世上有鬼神吗？”

“我是不信鬼神什么的。虽然有些事听着古怪，我就相信，人要靠自己，只要心里那杆秤不歪，活得再难也舒坦。”

“嫂子，你说得对，我也决心像哥那样辞了，回去我就办！”嘉栋说着心里敞亮起来，“我哥也全靠嫂子您劝得及时。虽然吃了一场官司，可是保住了一条命。看看邱清泉将军，一世英雄，跟新五军上万弟兄就埋在黄土地里了。来，嫂子，我替我哥敬你一杯！”

“听兄弟你这番话我就放心了。脱了那身皮，干什么都行，老天饿不死瞎眼的家雀儿，何况我兄弟这么堂堂五尺的大汉！”

“嫂子有件事得告诉您，这次您恐怕得跟我一起回去，俩侄女的情况不太好。”

“你说什么？”淑琴的手一抖，杯子里的酒都洒出来。

“嫂子，您别急。也没有那么严重，只是有些水土不服，上学功课也紧，孩子们压力太大……”

“那就退学不读了就是。”淑琴真的有些急了，“你哥也真是的，这么大的事儿也不跟我说。”

“他不也是怕你着急吗，所以让我来跟你说。你看现在家里有我妹妹和淑芬，您跟我去看看孩子们也好，她们也特别想念您……”

“你别说了。那我们就一起走，我也真想去看看孩子们……”

淑琴话音未落，外面突然传来激烈的枪声。嘉栋吃了一惊，本能地站了起来。

“怎么回事儿？这城里经常打枪吗？”

“不会呀，自打我们回来还没听见过枪声。”淑琴也站了起来。

此时枪声越来越稠密，而且听上去枪声离家也越来越近。

“这附近有土匪吗？”嘉栋突然想起中午在小饭馆遇见的那个人。

“土匪倒是有，但是都不成气候，大多是打家劫舍的。只是谢家兄弟有几百号人的队伍，可是他们不是要加入睿智他们的队伍……”

“我怕他们的投诚是假的。”嘉栋突然脑子里灵光一闪，“中午那个家伙说什么有行动，估计就是今晚要闹事儿！”

“那睿智他们就是让土匪给蒙了。”淑琴脸色大变，“你先待在屋里别出去，我去给他们提个醒！”

“你身边有枪吗？”嘉栋问道。

“我有。”淑琴走到炕头，从枕头下面摸出一把手枪，递给了嘉栋。这些年她已经习惯枪不离身。

“你去看看情况，有什么不对劲儿就回来告诉我。”嘉栋接过枪叮嘱淑琴。

“嗯，我知道。”淑琴说着推开门，疾步朝餐厅走去……

当第一阵枪声响起，齐富春和葛鹏飞从椅子上一跃而起。

“怎么回事儿？”

睿智也站了起来。

“听起来枪声很近，应该就是城里。”

在座的三位老人们面面相觑，不知所措。他们已经很久没有听到过近距离的枪声了。

“这枪声那么密集，不像是几个土匪打黑枪。”葛鹏飞疑惑地看着谢传彪问，“会不会是你的部队跟齐富春的部队发生误会了？”

谢传彪坐在椅子上纹丝不动，手里拿着酒杯笑着说：“我们的部队都是按照你们的安排驻扎的，会不会是你们在设鸿门宴，在那里设计要缴我部队的械吧？”说完，他乜斜着眼恶狠狠地盯住齐富春。

“你简直是血口喷人！”齐富春气得涨红了脸，“我看是你设计诈降吧？”齐富春说着就向腰间去摸手枪。

睿智感觉事态严重，他与邢惠茹交流了一下眼色。

“情况搞清楚之前，先不要瞎猜疑。齐富春和葛鹏飞先去查看一下情况，我和邢副县长陪客人再坐一会儿，等你们的消息。”说着也拔出了腰间的佩枪。

葛鹏飞明白了睿智的意思，其实他们就是要先扣下谢传彪做人质。他与齐富春交换了一下眼色，转身就要离开。

他们刚走到门口，淑琴就气喘吁吁地出现在了门口。

“你们上当了！谢老二是内奸！”

睿智和邢惠茹调转枪口指向谢传彪。

“不许动！把枪交出来！”

“有必要吗？我来根本就没带枪，不信你们可以搜。”谢传彪坐在椅子上笑着说，一副死皮赖脸的样子，“我看是章家大小姐又想玩一出美女救英雄，都说事不过三，我可是对你越来越没有耐性了。”

邢惠茹用枪顶在了谢传彪的额头。

“你老实说，你究竟在玩什么花样？”

“你们也太小看我了。既然事已如此，话就挑明了说。”谢传彪放下手里的酒杯，“你们县大队不过二百来人，我进城的队伍就有三百，城外我哥还有百十来号人。你要跟我们叫板，还差点火候吧。”

说完，他居然又喝了一口酒。

睿智看了齐富春和葛鹏飞一眼。

“你们先走，我们来对付他！”

“好！”葛鹏飞答应着和齐富春准备出门。还没等他们迈出门槛，院子里就传来一片枪声！

“别怕！他们那是朝天开枪，我还在你们手里呢！只要我不死，他们就不会朝你们开枪。”谢传彪冷笑着站了起来，“你看我选的这个地方多好，有你们的爹娘、丈母娘，还有兄弟姐妹，都是人质。我谢传彪就是烂命一条，拼一个够本，拼两个赚一个！”

睿智和邢惠茹面面相觑，他们知道这回是遇到劲敌了。对方就是一个地痞无赖的滚刀肉，现在他们明显落于下风，硬拼是不可行的。

“二当家的，您在里头还好吗？”外面的枪声停了，有人扯着嗓子喊。

“我好着呐，还在喝酒，你们先消停一下，等我让你们进来再进来。”谢传彪也大声回应道，眼睛一直盯着睿智。

“在你下山之前，我们有过充分交流，全国的形势你和你哥都清楚，与解放军为敌就是与人民为敌。蒋介石几百万军队照样被我们打垮了，不要说你这区区几百土匪……”

“你还别跟我说这个，”谢传彪也斜着眼睛看着睿智，“日本人打遍中国多能耐，他们又能拿我们兄弟如何？跟你们共产党也就是做一笔生意。现在国军出大价钱买你们的人头，以前也没想到你们的人头那么值钱，你这县长的一颗脑袋够我们吃一年！”

“你这个土匪……”淑芬此时气得全身发抖，站起来把一杯酒泼到谢传彪的脸上！

谢传彪抹了一把脸上的酒水。

“本来爷们儿之间的事儿，不跟老娘们儿掺和。这可是你自找的，一会儿就拿你招待我们刚下山的弟兄们。你好歹是县太爷的娘们儿，让他们也开个荤……”

“谢传彪！我真是瞎了眼没看透你！你再胡说八道，我这就毙了你！”气得浑身发颤的葛鹏飞用枪顶在了谢传彪的额头上！

“你小心别走火，有种你就开枪！要不是看在章嘉轩的份儿上，我也拿你老婆给兄弟们消遣。”谢传彪说着站了起来，他转头看向淑琴说，“怎么没见到你小舅子呀，他不是回来了吗？”

“你胡说什么？”淑琴的神情显得有些慌乱，睿智和葛鹏飞也吃了一惊，不由自主地转过脸望着淑琴。

“要是我没猜错，是你把他藏起来了。他可是国军的大官儿，我猜他是带任务来的，我估摸着是给我们带钱来的。”谢传彪咧开嘴笑了。

“原来你也不信任他们，”谢传彪用手一指睿智他们，“所以把他藏起来了。现在你去告诉他，现在已经安全了，可以让他出来了。”

说罢，他大声对外喊了起来：“兄弟们，去院子里找一找，把我们章家二少爷请出来！你们可仔细着点儿，磕破了他一层皮，我就活扒了你们！”

不一会儿，院子里传来一阵嘈杂声，有人高声喊道：“二当家的，章家二少爷我们请到了！”

“快快有请！”谢传彪竟然像主人一样张罗起来。

葛鹏飞看着睿智和邢惠茹有些不知所措。

片刻工夫，嘉栋走进了屋子。他的脸色阴沉，有意回避着屋里人的目光，走到父母亲的面前跪了下来。

“爹，娘，让您二老受惊了！”

“哥！……”嘉怡也走到哥哥的身边，她略带歉意地看了葛鹏飞一眼。葛鹏飞这才明白嘉怡也知道这个事情。

“小弟多有冲撞，请二哥恕罪！”谢传彪走过去对嘉栋拱手抱拳。

“谁是你二哥？”嘉栋扭头白了他一眼。

谢传彪讨了个没趣，悻悻地说道：“既然哥哥不谅情，小弟也只能公事公办了。”他大声对门外喊道：“弟兄们都进来吧。”

他的话音刚落，从门外冲进来一群手拿各式枪支的土匪，瞄准了屋内的每一个人。

“下了他们的枪！”谢传彪继续下令。

在这样的情形下，继续抵抗肯定是没有意义的。土匪们拿走了葛鹏飞他们的枪。其中有一个土匪走到嘉栋身边，忍不住对着嘉栋挤眉弄眼，还小声对嘉栋说：“您回来的消息，我立马告诉我们头头儿了。”

他就是嘉栋在小饭馆遇到的那个马邪乎。他一副春风得意的样子，应该是得了赏。

“全部带走！”谢传彪恶狠狠地说道。

谢传彪率领手下，押解着众人，来到了一处空旷的场地上。这里曾是日本宪兵队，也就是藤原司令部旧址。空场上，一群土匪正驱赶着惊恐的百姓。场中央，一口沾满血迹的铡刀前，两具无头的尸体横陈，鲜血喷溅的到处都是。两颗血淋淋的头颅摆在了桌上，死者的眼睛还半睁着，显得十分恐怖。在铡刀旁边还站着十几个农民模样的老乡，都在那里瑟瑟发抖。

谢传彪狞笑着把齐富春推了出来。

“冤有头，债有主。还记得两个月前榆树台袁家岭那一仗吧！你们伏击打死了我们十来个弟兄，带队的就是你的这两个队长。”他指了指桌上的人头，“我拿他们来祭奠我兄弟正合适吧？”

“你这个挨千刀的，当初真悔不该放过了你……”

“是你看错了我们谢家兄弟，以为这一仗就把我们打怕了，就可以收编我们了？你真是瞎了眼！”谢传彪走过去踹了齐富春一脚，双手被绑在身后的齐富春一个踉跄跌倒在地，“我们行走江湖，讲的就是一个义字。无论是谁伤了我们弟兄，走遍天涯海角也要给兄弟报仇！”

他的话音未落，四下响起一片喧嚣声。

“谢传彪！你不要得意忘形，我们共产党人也是有仇必报的。你要是再滥杀无辜，一定逃脱不了人民的惩罚！”睿智对着谢传彪高声呵斥道。

“你自己也是泥菩萨过河，还敢在这里口出狂言！来人！先把这个姓齐的给我铡了！就从腰上铡！铡完了把他的身子挂在城墙上，给那些想来救他们的‘共匪’看看！”

他的话音刚落，几个土匪就冲了过来，七手八脚地就将齐富春拖到铡刀前面，按倒在铡刀上。手起刀落，血光四溅，齐富春被拦腰斩断。齐富春痛苦不堪地向前爬了两步，肠子血肉模糊地拖在身后。在场的人群发出一阵惊呼！

嘉栋在一旁看得心惊肉跳，土匪的狠毒超出了他的想象。谢传彪歇斯底里的狂笑从身旁传来，更让他感到不寒而栗。

“各位兄弟，下面我来给大家介绍一个人，他是我们国军的英雄，也是当年衡阳保卫战的功臣，我们东北人的骄傲，这位就是章家二公子章嘉栋！”谢传彪说着走到嘉栋的身边，鼓着掌把嘉栋让到桌前。

一股强烈的血腥味儿扑面而来，嘉栋胃里一阵翻腾。尽管他也是从血水里蹚过来的人，但面对这样残忍剁下的人头，还是非常恶心。当他听到谢传彪提到衡阳保卫战，他觉得简直就是玷污了他的名字和战友的鲜血。

“我们今天打下杨树县，一会儿还要砍下他们县长和那个女县长的脑袋，还有这些分地主乡绅田地的积极分子。”谢传彪说着指向那些站在铡刀旁边的农民，“章团长冒着生命危险来到这里，就是来实现国军的承诺。国军承诺给每位弟兄一大笔钱，不是金圆券，而是真正的黄金，是不是，章团长？现在我们欢迎章团长给大家训话！”

谢传彪说完又开始鼓掌，一听说有黄金分，四下的土匪不停地鼓掌，发出一片叫好声。然而接下来的一幕令谁也没有想到，只见嘉栋突然从身后抽出手枪，迅速顶在了谢传彪的脑袋上！

谢传彪一下呆住了，嘴里喃喃道：“兄弟好说，我哪里说错了？您别生气……”

在场的土匪都愣住了，可是当家的在人家手里，嘉栋又是国军军官，他们一时都不知所措，空场上一下子寂静无声。

“我是章嘉栋，也打过鬼子，乡亲们都知道我。可我回来不是给谁送金子的，我只是想告诉你们，别再做伤天害理的事了。你们手里的枪打鬼子可以，打自己的乡亲不行！”

“弟兄们，别听他胡说……”谢传彪知道大事不妙，鱼死网破也要挣扎。他刚喊了一句，就被嘉栋用枪柄狠狠在头上砸了一下，鲜血顿时从他额头流了下来。

正在这时，场外突然传来枪声，在场的土匪开始慌乱起来。睿智知道，一定是被打散的部队正在反击，便也大声说道：“我们的部队正在赶来，你们马上要被包围了！想活命的赶紧放下武器！再跟着谢老二只会死无葬身之地！”

这时，一个女人的身影突然冲了上来。她手握尖刀先冲到葛鹏飞的身边，把葛鹏飞手腕上的绳索割断。葛鹏飞手腕一松，立刻冲到谢传彪身边，拔出他腰间的配枪。葛鹏飞也才发现，这个女人正是淑琴。

原来，淑琴把自己的枪给了嘉栋后，心里还是不放心，就偷偷找了把尖刀藏在身上。她先是偷偷把绑着自己的绳子划开。趁着土匪们的注意力都在嘉栋和谢老二身上，这才有机会解救葛鹏飞。

突然，不远处一声枪响，嘉栋应声倒地。一股鲜血从他肩膀上汩汩流出。谢传彪趁机一头撞向嘉栋。嘉栋一个踉跄，后退了几步。谢传彪趁机飞快地向人群窜去。嘉栋强忍着疼痛，朝他连开两枪，其中一枪击中了谢传彪的臀部，但谢传彪还是一瘸一拐地逃走了。

土匪们眼看老大都跑了，他们也乱成一团。早就顾不上睿智等人。葛鹏飞和淑琴帮众人松了绑。睿智和邢惠芬赶忙过来搀扶嘉栋，一行人迅速隐入夜幕中……

当淑琴扶着嘉栋走下火车时，站台上早已聚集了一大群人。韦婉手捧鲜花，第一个迎了上来，热烈的掌声随之响起。

“欢迎我们的英雄回家！”韦婉激动地说道。

嘉栋接过鲜花，转身捧给了淑琴。

“真正的英雄是我们淑琴嫂子。”

韦婉笑着说：“她当然也是呀！”说完一转身，世英和世杰手捧鲜花跑了上来，一左一右抱住了母亲。

嘉轩也笑吟吟地走上前来，握住淑琴的手说：“欢迎回家。”

淑琴还真不习惯这样的场面，她有些羞怯地抽回了手，温柔地搂住了女儿们。

“淳清！”章嘉栋突然看到躲在人群后面的妻子和女儿，快步走上前去。

“你们怎么来了？”

淳清眼里含泪，脸已经涨得通红，小女儿湘衡怯生生地攥着母亲的手，看着肩上挎着绷带的父亲。

“你的伤怎么样？要紧吗？”淳清关爱地问候丈夫的伤势。

“子弹打穿了皮肉，所幸没有伤到骨头，皮肉伤而已，养几天就好了。”嘉栋故作轻松地回答，“你们是怎么来长沙的？”

“是你哥派人把我们接来的。”

家宴过后，孩子们出去玩耍。大家坐在一起，开始讨论正事。嘉轩首先对嘉栋说道：“你回老家这段时间，时局变化很快。国民政府已经开始全面撤往台湾。现在，无论是船票还是飞机票都非常难弄，所以我们必须尽快做出决定。”

嘉栋说："这次我在老家做的那些事，不知道会不会惹出大麻烦。如果土匪的行动真是军统安排的，那我的处境就更危险了。不管怎么样，我决定不回老家了。我现在就递交辞呈。至于去台湾，我完全不懂，哥，你就帮我们拿个主意吧。"

"那帮土匪的行动肯定有军统的支持，但是不可能让他们去当街铡人、强奸妇女。这些事军统也不敢上报。现在兵荒马乱，人人自顾不暇，我估计你的事儿问题不大。"嘉轩先宽了宽弟弟的心，"至于递交辞呈，我支持你。现在谁都没心思打仗，我估计他们会批准。"

"那我马上就办。淑琴嫂子也是这么劝我的。那么，我们准备去台湾。"嘉栋看了妻子一眼，淳清默默地点了点头，"那一切请哥哥嫂子费心，我们这就做离开的准备。"

"好。你先把证件留给我，我去打听一下你的申请怎么办，回头我们再联系。你身上还有伤，先回去休息一下。"

嘉栋走后，屋里只剩下嘉轩、韦婉和淑琴三个人。嘉轩望着淑琴说："我在中统和国军干了那么些年，也跟共产党打过仗。这秋后算账怕是躲不过去。我想，去台湾肯定会更安全，你们说呢？"

"我不了解共产党。将来怎么样，的确很难说，但安全还是第一位的，不能拿身家性命去赌运气。稳妥起见，我想还是走吧。"韦婉看着嘉轩和淑琴说道。

淑琴心里明白，他们早就商量好了，现在唯一的阻力就是自己了。

"我也同意你们的意见，我也是这样对嘉栋说的。"淑琴的回答让嘉轩和韦婉如释重负，但是淑琴后面的话却让他们猝不及防，"你们走，我带着三个孩子留下来。"淑琴一脸平静，看上去已经经过了深思熟虑。

嘉轩有些沉不住气了。

"淑琴，我已经为我们全家申请了去台证，而且已经获得批准，真是非常不容易的，多少人打破脑袋也搞不到一张票。如果我们分开，那就是咫尺天涯，将来还不知道会发生什么……"

"你说的这些我都考虑过了。"淑琴的神情还是那么平静，一点不像意气用事，"我本来考虑让世英、世杰跟你走，我跟世军留下，但是我曾经许诺过淑婉，世杰不能离开我的身边。再说，你我的父母都已经是风烛残年。我们都走了，谁给他们养老送终？"

嘉轩还是劝说道：“你这些年受了那么多罪，后半生总要过得安稳些。新政权的一切都是未知的，肯定会面临很多危险，我希望你能再考虑一下……”

“共产党怎么样我不知道，国民党当权的样子我可是看够了。”淑琴笑了笑，“是个当官的就贪，根本不顾及老百姓，只知道清除异己，哪里顾及民计民生？内战打个不停，民心尽失，最后不得不逃去一个海岛。我对你们更没有信心。”

嘉轩一脸尴尬，只得说：“国民党做得的确不怎么样，但是共产党来了会怎么样，你也不知道呀！”

“我的确不知道，但是我见到睿智这样的人当县长，把自己的家产都拿出来分给穷人。我不敢说共产党当官的都像睿智那样，但是他们需要老百姓，不会跟我们老百姓较劲。我就是一介平民，有什么好怕的。”

嘉轩无言以对，只得求助地看着韦婉，希望她能帮助劝说几句。

“姐姐你说的都对。”韦婉和颜悦色地说道，“我爷爷为国民政府干了大半辈子，最后总结了八个字‘病入膏肓、无力回天’。他也选择留下，不去台湾。”

一听韦婉的话，嘉轩大惊失色，瞪大了眼睛看着韦婉，似乎在责怪她这么做岂不是帮倒忙。

韦婉的话让淑琴有些意外。虽然她了解嘉轩的想法，但对韦婉突然说出这样的话，还是感到出乎她的意料。在这种情况下，韦婉最难开口。不管她劝淑琴走还是留，都会让人觉得别有用心。

韦婉似乎没有注意到两人的反应，避开嘉轩的目光，继续说道：“我爷爷的决定我尊重，毕竟他年纪大了，想落叶归根。但淑琴姐的情况和爷爷不一样。”

她走到淑琴身边，深情地看着淑琴。

“从你们私奔开始，你们在一起的时间太短了。监狱、流放，还有之后漫长的分别，这些年你受了太多苦。前几年你们终于再次见到彼此，可是随后嘉轩又是打仗又是被捕入狱，你们在一起聚首的日子少之又少。淑琴，我和你都是女人，都懂女人的不易。你这些年，过得太苦了。”

说到这里，韦婉是眼里满含热泪，嘉轩也为之动容。

“我不敢说懂你，但我还是懂嘉轩的。他的确没有跟我经常谈起你们的感情，但是自他第一次谈及你，我就深深知道，你是他生命中不可或缺的人。

如果我是他，要在你我之间做出选择，我会毫不犹豫地选择你。我活在他的身边，你活在他的心里。你们是彼此的灵魂伴侣……”

说到这里，韦婉哽咽得说不下去了，用手捂住了脸。

嘉轩的眼泪一下子就流出来了，淑琴的眼圈也红了。

“韦婉，你不用往下说了，”淑琴开口说道，“我明白你的意思。”

“不，我还有最后一句话。”韦婉飞快地擦了一把眼泪，“如果你要给嘉轩一个完整的灵魂，那就跟我们一起走。如果你要做一个完整的女人，你也应该一起走。这个家可以没有我，但是不能没有你。如果我离开嘉轩，我还会是一个完整的我自己。但是这个家没有你，那就是一个残缺的家庭。对你是这样，对孩子们也是这样。我想说的就是这些。对不起，我要离开一下。”

韦婉说完，站起来飞跑了出去，谁都没来得及拦住她。

嘉轩站了起来，来到了淑琴的面前，深情地握住了她的手。

“韦婉刚才说出了我的全部感受。请相信，她是真诚真心的。淑琴，我们一起走吧，以后再也不分开！”

淑琴的眼泪终于控制不住，不停往下流。她紧紧攥住嘉轩的手，像是溺水者抓住了一根枯枝，她仰起脸看着嘉轩。

“让我再看看我留给你的伤疤。”

嘉轩顺从地挽起了袖子。淑琴看着那已经变白的印记，眼泪不由得滴落下来。她突然俯下身去，又一次狠狠地咬在了那块伤疤上，咬得那么深，那么歇斯底里。嘉轩痛得浑身打颤，但是淑琴仍然不松口！

许久，淑琴终于抬起头。嘉轩的血留在她的嘴唇上。她盯着嘉轩的眼睛，斩钉截铁地说道：“把你交给她我放心了，但我们还是要留下，谁也不能改变！”

在韦副主席的帮助下，嘉栋的辞职批复总算拿到了，他们便立即着手办理赴台申请。但是嘉轩一家出发的日子已经到了，他们只好先行。

由于乘客太多，每个人允许携带的行李也有限制，所以登机手续很快就办好了。世英和世杰姐妹俩似乎明白，要再次跟父亲长久分离，她们一直拉着父亲的手，泪眼汪汪。

嘉栋走过去拉起姐妹俩的手，让淑琴与嘉轩告别。淑琴穿上了韦婉送给她的旗袍，还让韦婉为她化了淡妆，看上去年轻了许多，连世英世杰都夸妈妈好漂亮。

淑琴大大方方地站在嘉轩面前，深情地望着这个倾注了她一生爱恋的男人。她突然觉得怎么也看不够，握住他温暖的大手再也不想放开。有一瞬间，她怀疑自己是不是做了一个错误的决定，自己把自己的爱情和幸福都葬送了？

嘉轩凝视着心爱的女人，心尖仿佛被无形的手狠狠攥紧。痛楚如潮水般涌来，将他淹没。他脸色苍白，额上渗出细密的汗珠，颤抖着将淑琴拥入怀中，企图在她的温暖中寻求一丝慰藉。

机场人员开始催促乘客登机了。淑琴轻轻地但是很坚决地推开了嘉轩，转身把世英世杰姐妹搂入怀里，姐妹俩已经泣不成声。

韦婉也是泪流满面，和嘉轩一起拉着湘生和渝生走向飞机。

嘉轩站在舷梯上，泪眼模糊地挥动着手臂，最后一次回望。在熙攘的人群中，他已难以分辨淑琴和女儿们的身影，但是他知道，她们在他心里的位置永远都在那里，直到他生命的最后时刻……

二〇二〇年十月四日于广州

后记

人生最大的遗憾，莫过于与一些人失之交臂。囿于自身的认知水平，我们往往与那些能够影响一生的人物有缘无分。他们本可以成为我们的良师益友，用人生感悟为我们指点迷津。然而，我们却对他们身上的光辉熟视无睹，待到幡然醒悟时，他们已然远去。

十二岁时，第一次听说外祖父的事。那时，我正在学校申请加入红卫兵。母亲神情凝重地告诉我，她的父亲身在台湾，且是一名国民党将军。我的世界瞬间崩塌。后来，我在东北见到了外祖母。尽管她拒绝随外公前往台湾，但厄运并未放过她。我曾握住她的手，发现她的十指没有指甲。我曾好奇地询问，她却只是轻描淡写地搪塞过去。直到她去世后，我才知道，那是日寇残酷刑讯留下的罪证。

外祖父的弟弟来北京看我，我听说他在国民党炮兵部队当过军官。他在我北京四合院里住得很开心，还会用几根手指撑地做俯卧撑，但是我完全不知道他在抗日战争中参加了著名的长沙保卫战和常德保卫战。在衡阳保卫战中，他指挥了唯一一支炮兵队伍，与方先觉将军一起浴血奋战，杀敌过万。当我在写作这部书时，常常恼怒自己当年的无知与浅薄，竟然没有问及他当年那些峥嵘岁月。

几十年来，我断断续续地知道一些家族往事，却从未想过要将这段历史记录下来，因为内心麻木，一直未能受到触动。直到几年前的一天，在家中与母亲闲聊，偶然谈起两位外祖母。母亲详尽地讲述了她们与外公的故事，我才被深深吸引。尽管当时我已经发表了几部小说，但仍没有勇气涉足这样的历史题材。

我曾鼓励母亲撰写这本书，并表示可以协助修改。不久后，母亲陆续写下一些片段。我感觉那像是回忆录，但这些历史记录已然在我心中留下深深的烙印。

一天夜里，我梦见了外祖母，即书中牺牲于狱中的常淑婉。她独自躺在阴森黑暗的牢房里，高窗透进的一缕月光洒在墙角。我仿佛闻到了牢房里潮湿的霉味和血腥气。她侧卧着，脸朝向窗口，目光涣散，似看非看，蓬乱的头发散落在她消瘦的脸颊上。她呼吸急促，断臂血肉模糊地垂在胸前，苍蝇和不知名的小虫在断臂的血痂上飞舞爬行。

我悄然走近她，蹲在她身旁。我不知所措，深切地感受到她的痛苦与绝望，却又无能为力。我明白，此时任何安慰都是徒劳的。我猛然意识到，我必须完成这本书。

此时此刻，我设身处地地想到，当年外婆只是一个二十三岁的姑娘。丈夫被追杀，生死未卜；自己被炸断手脚，身陷囹圄，每日等待她的便是日本兵的严刑拷打。她根本无望活着走出监狱。她需要怎样的意志，才能熬过这地狱般的煎熬？每日看着太阳射入的第一缕阳光，她心中又在想些什么？

在之后的写作过程中，我梦见了外祖父，梦见了我的大姨，也梦见了方先觉将军。有时候，我感觉不是自己在写作，而是有人附身。我只是用手指敲击键盘，身体仿佛不再属于自己。

这本书描写的年代从一九三四年到一九四九年，涉及众多知名的历史人物。寻找特定历史时期的资料困难重重，但总像是冥冥之中有神助，我总能找到所需的资料。我确信，这不是我独自完成的书，我只是这段历史的代言人。

由于从小受到的教育，我们那一代人习惯于关注宏大的场面：读历史，偏爱秦朝统一六国；看电影，钟情于战争的万炮齐鸣、千军万马；就连观看体育表演，也喜欢张艺谋导演的奥运开幕式，那千人列队，整齐划一。然而，几十年的生活经历，让我如今更想关注个体在历史长河中的沉浮。比起宏大的史诗，我更在意人们在每一时每一刻的艰辛：母亲的每一次哺乳，农民在耕种时的一株株秧苗，学生桌前的一沓沓书籍，病人在每一次输液时的煎熬……

在写作这本书的过程中，随着掌握的资料越来越多，一些曾经不被我关注的小人物反而更令我感动：打更的老李头是真实存在的，他为主人家辛勤劳作了大半辈子，对主人家产生了一种依赖性的归属感。小说中，他被大小姐打了一闷棍的情节是虚构的，但他在常家大院受到的委屈又岂止于此？

常庆瀚的故事也是真实的。他身着日本军服，腰挎战刀，脚蹬马靴，走进家门的样子，母亲终生难忘。虽然他与日本遗留妇女之间的故事有虚构成分，但他后半生的痛苦与挣扎，也令人唏嘘不已。

大时代的洪流，无情地碾压着无数小人物的命运。然而，一个时代的进步，正是由这些小人物的碰撞、沉浮与不屈的挣扎所推动。每个人的命运，都在日复一日的平凡遭遇中书写。他们的一生，或许就在这平凡岁月的煎熬中度过。但正是因为他们默默的付出，沉重的时代车轮才得以不断向前。

写作让我得以更深刻地体悟底层人的命运。我不敢奢望能改变任何人的命运，只愿尽己所能，为普通人做些力所能及的事，让困苦中的人看到希望，感受到人情的温暖，让人们更关注身边的人与事。

在本书的写作过程中，我得到了众多朋友的帮助。在此，我首先要感谢母亲家乡梨树县的魏晓光先生。魏先生曾在政府机关任职，无论是退休前还是退休后，他都兢兢业业地为发掘梨树县的历史与文化做出了巨大贡献，也为本书的创作提供了大量无私的帮助。

在纸质书出版困难重重的当下，我也要感谢挚友们的鼓励与支持。李大伟先生是成功的企业家，他以卓越的经商才华，在工作过的每一座城市，都留下了令人瞩目的标志性建筑。他回馈社会的情怀，以及对公益事业的贡献，更是我望尘莫及的。在本书的写作过程中，我也得到了他诸多睿智的指点，在此再次表示感谢。

我的朋友刘业先生，从基层工人做起，从事过一些看似微不足道的服务工作。但他始终兢兢业业，对待每一份工作都一丝不苟，最终赢得了人们的尊重。我们是忘年交，在本书出版的艰难过程中，他一直是鼓励我的动力之一。

孙红亮先生是我在小说创作与影视改编中不可或缺的良师益友。是他慧眼识珠，发掘了我的一部小说，并倾力将其搬上大银幕。这对我的创作产生了深远的影响。因此，在写作时，我也努力在脑海中构思画面，期待文字能化为生动的影像。

在本书的编辑和出版过程中，我要衷心感谢华艺出版社的编辑殷芳先生和郑再帅先生，以及团结出版社的责任编辑石晶女士。他们付出了大量的时间和精力，没有他们的辛勤付出，这本书稿便无法问世。

我更要深深感谢我的妻子，没有她全力的支持，我无法度过那些煎熬的日日夜夜。

最后，我要由衷感谢我的母亲。从根本上说，没有她，我便如同大自然中无序的粒子。正是因为她和我的大姨毅然选择留在大陆，才有了我，才有了这本书。就本书而言，没有她最初的自传，便不会有这部成书。这本书是我与母亲合作的结晶。感谢母亲以她坚毅的毅力和聪慧的智慧，将我这块朽木雕琢成器。

感谢历史，感谢人们，感谢编辑，感恩时代！

刘广元

二〇二四年八月于杭州